Robyn Young est née en 1975 à Oxford. Irlandaise et galloise du côté de sa mère, anglaise et écossaise du côté de son père, elle a toujours été fascinée par l'héritage celtique. Après un voyage en Égypte en 2001, elle se lance dans la rédaction de « L'Âme du Temple » dont *Le Livre du Cercle* est le premier volet. Les deux volumes suivants *La Pierre noire* et *Requiem* paraîtront également au Fleuve Noir.

LE LIVRE DU CERCLE

ROBYN YOUNG

LE LIVRE DU CERCLE

L'Âme du Temple, volume 1

Traduit de l'anglais (Royaume-Uni)
par Maxime Berrée

Fleuve Noir

Titre original :
Brethren

First published in Great Britain in 2006
by Hodder & Stoughton
A division of Hodder Headline

© 2006, by Robyn Young
© 2008, Fleuve Noir, département d'Univers Poche,
pour la traduction française.
ISBN : 978-2-265-08402-5

REMERCIEMENTS

Tout d'abord, merci à toi, lecteur, qui lis cette page sans avoir aucune idée de qui sont ces gens. Sache simplement que sans eux, ce livre n'aurait pu exister. Je remercie ma mère et mon père pour le soutien qu'ils m'ont apporté au fil des ans. Je vous aime. Merci aussi au reste de ma famille et en particulier à mon grand-père, Ken Young, pour les histoires qu'il m'a racontées.

Je remercie également tous mes amis (ils se reconnaîtront) pour leurs encouragements continuels et pour m'avoir aidé à décoller de mon ordinateur, avec mention spéciale à Jo et ma seconde famille, Sue et Dave. Sans oublier mes collègues écrivains : Clare, Liz, Niall et Monica, pour leur soutien précieux, aussi bien sur le plan émotionnel qu'éditorial. Merci aussi à mes amis et à mes professeurs de l'université du Sussex pour leurs excellents conseils, et à Sophia pour avoir corrigé certaines erreurs de latin.

Je rends grâce à mon agent, Rupert Heath, pour sa foi, son énergie inépuisable et la perspicacité de son jugement. Mais aussi pour la purge de tous mes Yoda-ismes et pour les fous rires. Ce livre doit également beaucoup à mon éditeur Nick Sayers, à son assistante Anne Clarke, ainsi qu'à toute l'équipe fantastique chez Hodder & Stoughton : merci à eux pour leur accueil chaleureux, leur enthousiasme et leur implication. De même qu'à mon éditrice américaine chez Dutton, Julie Doughty, qui m'a fait à la dernière minute de judicieuses suggestions.

Merci à Amal al-Ayoubi, de la School of Oriental and African Studies, pour avoir vérifié mon arabe, et un grand merci à Mark Philpott du Centre for Medieval & Renaissance Studies et du Keble College, à Oxford, pour sa relecture du manuscrit qui a épargné à une amatrice des incongruités historiques. S'il reste des erreurs dans ce livre, elles sont malheureusement de mon fait.

Enfin, et surtout, merci pour tout à Lee, mon amour.

Sis

COMTÉ d'ÉDESSE

ROYAUME de
CILICIE

Édesse

Mossoul

Antioche

Alep

CHYPRE

PRINCIPAUTÉ d'ANTIOCHE

SYRIE

le Tigre

Tripoli

COMTÉ de TRIPOLI

mer
Méditerranée

Beyrouth

Tyr

Damas

Bagdad

Acre

mer de Galilée

le Jourdain

Césarée

ROYAUME de JÉRUSALEM

Damiette

Jaffa

l'Euphrate

Gaza

Jérusalem
Bethléem

mer Morte

Mansourah
Le Caire

ARABIE

le Nil

désert
du Sinaï

ÉGYPTE

mer
Rouge

La Terre sainte
en l'an du Seigneur 1260

PROLOGUE
Extrait du *Livre du Graal*

Dans ce lac plus éblouissant que le soleil
Bouillonnant comme un chaudron,
Et bien qu'aucun être vivant n'eût supporté
La chaleur de cette fiévreuse fournaise,
Perceval aperçut des créatures ténébreuses
Dont la vision l'emplit d'effroi.
Se tordant sous la surface frémissante
Comme des flammes pourpres, ambre et or,
Ces créatures ailées et crochues tendaient leurs griffes
Pour l'attirer dans les abysses.
Mais sur le rivage se tenait un chevalier
Vêtu d'un manteau blanc virginal,
Sur la poitrine une croix rouge armoriée,
Un halo lumineux brillant autour de lui.
Le chevalier se tourna vers Perceval
En levant un bras vers le lac,
D'une voix austère et impérieuse
Il lui ordonna d'y jeter les trésors.

Le cœur de Perceval se pétrifia,
Son corps se glaça et ses doigts gelèrent,
Il se sentait incapable d'abandonner
Les précieux trésors qu'il tenait entre ses mains.
Alors le chevalier lui dit encore,

Décochant ses paroles comme une flèche ;
Nous sommes frères, Perceval,
Tes frères ne t'abandonneront pas.
Ce qui est perdu ne le sera pas pour toujours.
Ce qui est mort reviendra à la vie.
Et Perceval, sa foi revenue,
Se pencha et laissa choir les trésors.
La croix d'or délicat, brillante
Et jaune comme le soleil du matin ;
Le chandelier aux sept dents
D'argent frappé, qui scintillait ;
Enfin le croissant de plomb martelé
Et les ombres de sa surface rugueuse.

Soudain s'éleva le chant
De plusieurs voix réunies.
Portées par le vent, douces et pures,
Elles remplissaient le ciel d'une aube radieuse.
Le lac n'était plus de feu
Mais d'eau bleue calme et claire,
Et un homme en or en sortit,
Avec des yeux en argent et des cheveux noirs de plomb.
Perceval tomba à genoux
Et se mit à pleurer de joie.
Il leva la tête, et trois fois
Il cria : Gloire à toi, Seigneur !

PREMIÈRE PARTIE

1

Ayn Djalut (le Puits de Goliath), royaume de Jérusalem

3 septembre 1260 après J.-C.

Le soleil approchait du zénith, dominant le ciel et chauffant à blanc l'ocre profond du désert. Au-dessus des collines qui entouraient la plaine d'Ayn Djalut tournoyaient des busards dont les cris abrasifs restaient suspendus en l'air, comme solidifiés par la chaleur. Du côté ouest, là où les pentes nues des collines s'étiraient vers le sable, se tenaient deux mille hommes sur des chevaux cuirassés. Glaives et boucliers étincelaient, si bouillants qu'on pouvait à peine les toucher, et les tuniques et les turbans n'atténuaient en rien la férocité du soleil. Cependant, personne ne se plaignait.

Monté sur un cheval noir à l'avant-garde du régiment bahrite, le commandant Baybars Bundukdari attrapa la gourde attachée à sa selle entre deux sabres aux lames émoussées. Après avoir bu une gorgée, il fit rouler ses épaules pour en détendre les articulations raidies. La bande de son turban était trempée de sueur et la cotte de mailles qu'il portait sous sa cape bleue lui paraissait inhabituellement lourde. La matinée s'achevait, la chaleur

15

augmentait, et si l'eau avait calmé sa gorge desséchée, elle ne pouvait étancher la soif plus profonde de son organisme.

— Émir Baybars, murmura l'un des jeunes officiers à ses côtés. Le temps passe. Le groupe d'éclaireurs aurait déjà dû revenir.

— Ils seront bientôt de retour, Ismail. Sois patient.

Tout en rattachant la gourde à sa selle, Baybars étudia les rangs silencieux du régiment bahrite, alignés derrière lui. Le visage de tous les hommes affichait l'expression menaçante et résolue qu'il avait déjà vue sur tant de troupes en ordre de bataille attendant la confrontation. Bientôt, cette expression changerait. Baybars avait vu les guerriers les plus courageux blêmir, une fois confrontés à des lignes de combattants ennemis semblables aux leurs. Mais le moment venu ils se battraient sans hésitation, car ils étaient des soldats de l'armée mamelouke : les guerriers esclaves de l'Égypte.

— Émir?

— Qu'y a-t-il, Ismail?

— Nous n'avons pas de nouvelles des éclaireurs depuis l'aube. Et s'ils s'étaient fait prendre?

Baybars le regarda en fronçant les sourcils, et Ismail se rendit compte qu'il aurait mieux fait de se taire.

Dans l'ensemble, il n'y avait rien de particulièrement frappant chez Baybars; comme la plupart de ses hommes, il était grand et musclé, avec des cheveux brun foncé et la peau mate. Seul son regard le distinguait. Un défaut, une sorte de point blanc au centre de sa pupille gauche, donnait à ses yeux une intensité singulière; c'était l'un des attributs qui lui avaient valu son sobriquet – l'Arbalète. Mis au supplice par les yeux bleus qu'il braquait sur lui, le sous-officier Ismail se sentit comme une mouche prise dans une toile d'araignée.

— Je te l'ai déjà dit, sois patient.

— Oui, émir.

Le regard de Baybars s'adoucit légèrement tandis

qu'Ismail, penaud, baissait la tête. Il n'y avait pas si longtemps, quelques années tout au plus, lui aussi avait attendu dans la troupe sa première bataille. Les Mamelouks affrontaient les Francs sur une plaine poussiéreuse, près du village de la Forbie. Il avait dirigé l'attaque de la cavalerie, écrasé l'ennemi pendant des heures, et le sang des chrétiens avait souillé le sable. Aujourd'hui, si Dieu le voulait, il en irait de même.

Au loin, presque indiscernable, une colonne de poussière tourbillonnante s'éleva sur la plaine. Lentement se dessinèrent les formes de sept cavaliers, distordues par la réverbération du soleil. Baybars enfonça ses talons dans les flancs de son cheval et sortit des rangs, suivi par ses officiers.

Alors que le groupe d'éclaireurs approchait à toute allure, leur chef dirigea son cheval vers Baybars. Tirant vivement sur les rênes, il s'arrêta devant le commandant. La robe brune de l'animal était maculée de sueur, son museau taché d'écume.

— Émir Baybars, salua le cavalier en haletant. Les Mongols arrivent.

— De quelles forces disposent-ils ?

— Un tumen, émir.

— Dix mille hommes. Et leur chef ?

— Ils sont dirigés par le général Kitbouga, comme nous le pensions.

— Ils vous ont vus ?

— Nous nous sommes arrangés pour qu'ils nous repèrent, comme convenu. L'avant-garde n'est pas loin derrière nous et le gros de l'armée suit de près.

Le chef des éclaireurs fit trotter son cheval en s'approchant de Baybars et baissa la voix, si bien que les autres officiers durent se pencher pour entendre.

— Leur puissance est grande, émir, ils ont beaucoup de machines de guerre. Et pourtant, d'après nos renseignements, il ne s'agit que d'un tiers de l'armée.

17

— Si vous coupez la tête de la bête, le corps tombera, répondit Baybars.

Le hurlement strident d'un cor mongol retentit au loin. D'autres se joignirent rapidement à lui et un concert aigu et discordant s'éleva bientôt de l'autre côté des collines. Les chevaux mamelouks, sentant la tension de leurs cavaliers, se mirent à hennir en s'ébrouant. Baybars salua de la tête le chef de patrouille, puis il s'adressa aux officiers.

— À mon signal, sonnez la retraite.

Il se tourna vers Ismail :

— Tu chevaucheras à mes côtés.

— Oui, émir, répondit Ismail, et son visage rayonna de fierté.

Pendant dix à vingt secondes, les seuls sons qui se firent entendre furent ceux des cors lointains et du vent soufflant sans répit à travers la plaine. À l'est, un voile de fumée masqua le ciel tandis que les premières lignes des forces mongoles apparaissaient en haut des collines. Les cavaliers firent une brève pause au sommet, puis ils dévalèrent la pente et recouvrirent la plaine comme une marée noire, les seuls éclats lumineux étant les reflets du soleil sur l'acier.

Devant le corps principal de l'armée, l'avant-garde était composée de cavaliers légers équipés de lances et d'arcs, suivis par Kitbouga lui-même. De chaque côté, le chef mongol était flanqué de guerriers vétérans vêtus d'un heaume en fer et d'une armure lamellaire faite de bandes de cuir. Chaque homme avait deux chevaux en réserve, et derrière cette énorme colonne roulaient les engins de siège et les chariots remplis des richesses pillées par les Mongols au cours de leur campagne. Ces derniers étaient conduits par des femmes qui portaient de grands arcs dans le dos. Gengis Khan, qui avait fondé l'Empire mongol, était mort trente-trois ans plus tôt, mais la puissance de son empire guerrier lui survivait dans l'armée qui faisait face aujourd'hui aux Mamelouks.

Baybars prévoyait cette confrontation depuis des mois,

mais cela faisait bien plus longtemps qu'il était habité par l'envie d'en découdre. Vingt années s'étaient écoulées depuis que les Mongols avaient envahi son pays natal, ravageant les terres et le bétail de sa tribu ; son peuple avait dû fuir devant l'agression et solliciter l'aide d'un chef voisin qui les avait trahis en les vendant aux marchands d'esclaves syriens. Quand un émissaire mongol était arrivé au Caire quelques mois plus tôt, Baybars avait senti qu'il tenait là l'occasion de prendre sa revanche sur le peuple qui avait précipité sa déchéance dans l'esclavage.

L'émissaire était venu exiger de Qutuz, le sultan mamelouk, qu'il se soumette à la loi mongole, et c'était cette injonction, au-delà même du récent assaut dévastateur mené par les Mongols contre Bagdad la musulmane, qui avait finalement poussé le sultan à agir. Les Mamelouks ne s'inclinaient que devant Allah. Pendant que Qutuz et les administrateurs de l'armée, Baybars inclus, organisaient les représailles, l'émissaire mongol avait été enterré jusqu'au cou dans le sable, à l'extérieur des murs du Caire, et il avait eu quelques journées pour réfléchir à son erreur avant que le soleil, les fourmis rouges et les rapaces ne finissent le travail. Aujourd'hui, ceux qui l'avaient envoyé allaient recevoir la même leçon.

Baybars attendit que les premiers rangs de la cavalerie lourde arrivent au milieu de la plaine, puis il tourna son cheval vers ses hommes. Dégainant un des sabres, il le pointa vers le ciel. Les rayons du soleil frappèrent la lame incurvée, qui scintilla comme une étoile.

— Guerriers d'Égypte, cria-t-il, notre heure est venue. Avec cette victoire, nous ferons de nos ennemis des monceaux de cadavres plus hauts que ces collines et plus vastes que le désert. À la victoire !

— À la victoire ! reprirent en chœur les soldats du régiment bahrite. Au nom d'Allah !

Comme un seul homme, ils tournèrent le dos à l'armée en approche et lancèrent leurs chevaux au galop. Les

Mongols, pensant que l'ennemi terrifié s'enfuyait, les pourchassèrent en hurlant.

Deux collines bordaient le côté ouest de la plaine. Elles n'étaient pas très hautes, mais assez abruptes, et formaient une sorte de gorge. Baybars et ses hommes plongèrent dans l'ouverture en cravachant frénétiquement, et les cavaliers de l'avant-garde mongole y pénétrèrent à leur suite, traversant les nuages de poussière suffocants soulevés par les chevaux mamelouks. Le reste de l'armée mongole s'engouffra elle aussi dans le défilé. Leur passage fit trembler les parois et ils reçurent une douche de roches et de sable. Sur un signal de Baybars, le régiment bahrite ralentit sa course et fit demi-tour pour former un barrage devant les Mongols. Soudain retentit un vacarme de cors et de tambours.

À contre-jour, dans l'éclat du soleil, une silhouette venait d'apparaître sur une des hauteurs qui surplombaient la gorge. Cette silhouette, c'était celle de Qutuz. Et il n'était pas seul. À ses côtés, dominant la scène, des milliers de cavaliers, d'archers et de lanciers étaient alignés. Chaque régiment était identifié par une couleur · pourpre, écarlate, orange, noir. Comme si les collines avaient revêtu un immense patchwork cousu d'un fil d'argent, partout où des lances ou des heaumes scintillaient à la lumière du soleil. Postés en attente, les hommes de l'infanterie portaient des épées, des massues et des arcs, et un corps de mercenaires bédouins et kurdes, peu nombreux mais impitoyables, ajoutait à la force principale deux ailes hérissées de pointes longues de vingt centimètres.

Maintenant que les Mongols étaient pris au piège de Baybars, il ne lui restait plus qu'à resserrer l'étau.

Avec les cors, les Mamelouks lancèrent un cri de guerre retentissant et le grondement de leurs vociférations parvint même à couvrir momentanément la pulsation des tambours. La cavalerie mamelouke chargea. Dans la descente, des chevaux tombèrent en soulevant des volutes de fumée. Les cris des cavaliers malheureux se perdaient dans le bruit de tonnerre des sabots contre le sol. Les autres se précipitaient sur leurs cibles tandis que deux régiments écumaient la plaine d'Ayn Djalut pour rabattre le reste des forces mongoles dans le passage. Baybars fit tournoyer son épée au-dessus de sa tête et se lança en hurlant dans la mêlée. Les hommes du régiment bahrite reprirent son cri.

— *Allahu Akbar! Allahu Akbar!*

Les deux armées se rencontrèrent dans une tempête de poussière, de clameurs et de bruits métalliques. Dès les premières secondes, des centaines d'hommes périrent dans les deux camps et leurs corps s'entassèrent sur le sol, où ils devinrent des obstacles pour ceux qui restaient debout. Les chevaux se cabraient et projetaient leurs cavaliers dans le chaos. Les hommes à l'article de la mort poussaient des râles en crachant du sang.

Les Mongols étaient réputés pour leurs talents de cavaliers, mais la gorge était trop encaissée pour qu'ils puissent manœuvrer efficacement. Pendant que les Mamelouks s'enfonçaient avec férocité dans l'armée ennemie, la ligne de cavalerie bédouine empêchait ses troupes de tête de les prendre à revers. Les flèches sifflaient depuis les collines et, de temps à autre, une boule de feu orange explosait au milieu de la mêlée – des pots d'argile remplis de naphte enflammée. Les Mongols atteints par ces projectiles s'embrasaient comme des torches et poussaient des cris atroces. Leurs chevaux s'affolaient, propageant le feu et la confusion dans les rangs.

Plongeant dans le chaos, Baybars imprima à l'un de ses sabres un mouvement circulaire particulièrement perfide et, d'un seul coup, trancha proprement la tête d'un homme. Un autre Mongol, le visage moucheté par le sang de son camarade, prit immédiatement sa place. Baybars fit parler ses lames tandis que son cheval était frappé et bousculé de toutes parts et que de plus en plus d'hommes affluaient dans la cohue. Couvert de sang, Ismail combattait à ses côtés. Il hurla en enfonçant son épée dans la visière d'un Mongol. En s'enfouissant dans le crâne de l'homme, la lame se coinça un court instant et il lui fallut lutter pour l'arracher, après quoi il chercha une nouvelle cible.

Les sabres de Baybars dansaient dans ses mains, et deux autres guerriers tombèrent sous ses coups mortels.

Kitbouga, le général mongol, se battait avec férocité. Les cercles foudroyants qu'il faisait avec son épée fendaient les crânes et tranchaient les membres de ses adversaires. Alors même qu'il était encerclé, personne ne semblait capable de le toucher. Baybars pensa à la prime qui attendait celui qui capturerait ou tuerait le seigneur ennemi, mais un mur de combattants et une haie de lames virevoltantes lui bloquaient le chemin. Puis un jeune guerrier l'assaillit en faisant tournoyer une massue. Il baissa la tête, oublia Kitbouga et se concentra pour rester en vie.

Quand les premières lignes ennemies furent tombées ou repoussées, les femmes et les enfants se joignirent aux hommes. Même si les Mamelouks n'ignoraient pas que les femmes et les filles mongoles participaient aux batailles, certains eurent un moment d'hésitation. Elles étaient aussi douées que les hommes pour le combat, et avec leurs longs cheveux que le vent faisait flotter sur leurs visages hargneux, elles avaient l'air encore plus farouches. Un commandant mamelouk, craignant leur effet sur ses troupes, hurla par-dessus le vacarme un cri de ralliement qui fut bientôt repris par les soldats. Le nom d'Allah remplit l'air, son écho se répercuta contre les collines et vint retentir aux oreilles des Mamelouks. Dès lors, ils n'eurent plus aucune réserve et décimèrent tous ceux qui se dressaient devant eux. Pour ces guerriers esclaves, l'armée mongole était devenue une bête anonyme, sans âge ni sexe, qu'il fallait mettre en pièces.

Au fil du temps, les coups se firent moins énergiques.

Les hommes étaient descendus des chevaux et s'étaient regroupés pour combattre, comptant les uns sur les autres pour parer les attaques. Les grognements et les râles se mêlaient aux cris, les lames atteignaient les adversaires fatigués qui ne parvenaient plus à se mouvoir assez rapidement. Les Mongols avaient lancé un ultime assaut contre l'infanterie, espérant briser leur ligne et passer derrière les Mamelouks, mais les soldats ne cédèrent pas de terrain et seule une partie de la cavalerie mongole réussit à pénétrer à travers la forêt de lances. Les cavaliers mamelouks vinrent à leur rencontre et les liquidèrent en un éclair. C'en était ainsi fini de Kitbouga, dont le cheval avait été renversé par une poignée d'hommes. Victorieux, les Mamelouks lui avaient tranché la tête et la brandissaient aux troupes d'en face, épuisées. Les Mongols, qu'on avait appelés la terreur des nations, avaient perdu la bataille.

Baybars dut abandonner son cheval, une flèche perdue lui avait perforé la nuque. Il combattit au sol, les bottes recouvertes de sang. Il y en avait partout : dans l'air, dans sa bouche, dans sa barbe, et même sur la garde de son épée, qui devenait glissante. Il porta une nouvelle attaque et toucha un ennemi. Le Mongol s'effondra sur le sable avec un cri bref. Personne ne l'attaquant, Baybars marqua un temps d'arrêt.

Une rafale de vent éloigna la poussière et il vit les drapeaux au-dessus des chariots et des engins de siège mongols : ils se rendaient. En regardant autour de lui, il constata qu'il était entouré par des monceaux de cadavres. La puanteur du sang et des corps déchiquetés emplissait l'air, et déjà les charognards triomphaient dans le ciel. Les morts étaient entassés pêle-mêle. Au milieu des cuirasses ennemies brillaient les capes des Mamelouks tombés. Non loin, Ismail était couché sur le dos, la poitrine transpercée par une épée mongole.

Baybars s'approcha de lui, puis il s'agenouilla pour fermer les yeux du jeune homme et se recueillir un moment. L'espace d'un instant, il resta perdu dans ses pensées. Mais un de ses officiers le héla, et il dut se relever. Ce dernier saignait abondamment, il avait une profonde entaille à la tempe et ses yeux semblaient incapables de faire le point.

— Émir, dit-il d'une voix rauque, quels sont les ordres ?

Baybars observa la plaine dévastée. En quelques heures, ils avaient détruit l'armée mongole, tuant plus de sept mille hommes. Des Mamelouks s'étaient mis à genoux pour louer Allah, mais la plupart d'entre eux paradaient tout en se dirigeant vers les chariots. Baybars savait qu'il devait reprendre le contrôle de ses hommes, sinon leur exaltation les inciterait à piller les trésors ennemis et à tuer les survivants. Il fallait les en empêcher : les prisonniers, en particulier les femmes et les enfants, vaudraient cher sur le marché aux esclaves.

— Soumettez-les, mais assurez-vous qu'on ne les tue pas. Nous voulons des esclaves à vendre, pas d'autres cadavres à brûler.

L'officier le salua et se dépêcha d'aller relayer l'ordre. Baybars rengaina son épée et chercha un cheval alentour. Il dénicha une monture et cavala vers ses troupes. Autour de lui, d'autres commandants mamelouks s'adressaient à leurs propres régiments. Baybars regarda les visages las mais intraitables des Bahrites et se sentit exulter pour la première fois.

— Frères, cria-t-il, bien que les mots eussent du mal à se frayer un chemin dans sa gorge desséchée. La lumière d'Allah brille sur ce jour. Nous triomphons dans Sa gloire, notre ennemi est vaincu.

Il s'arrêta, le temps pour les soldats de pousser quelques acclamations, puis leva le bras en réclamant le silence.

— Cependant, les célébrations devront attendre, car il y a beaucoup à faire. Suivez les ordres de vos officiers.

Les acclamations continuèrent, mais déjà les troupes se réunissaient en un semblant d'ordre. Baybars se dirigea vers ses officiers et fit signe à deux d'entre eux.

— Je veux que les corps de nos hommes soient enterrés

avant le coucher du soleil. Brûlez ceux des Mongols et fouillez les environs pour vérifier que certains n'ont pas essayé de fuir. Qu'on transporte les blessés jusqu'à notre camp, je vous y retrouverai quand ce sera fait.

Baybars regarda autour de lui, mais il fut incapable de repérer Qutuz au milieu de la désolation.

— Où est le sultan?

— Il s'est retiré au camp il y a une heure à peu près, émir, répondit l'un des officiers. Il a été blessé au cours de la bataille.

— C'est grave?

— Non, émir, je crois que la blessure est superficielle. Les médecins s'occupent de lui.

Baybars salua ses officiers et alla voir où on en était avec les prisonniers. Les Mamelouks pillaient les chariots et entassaient à même le sable tout ce qui avait de la valeur. Un cri retentit : deux soldats tiraient de leur cachette trois enfants réfugiés derrière un chariot. Une femme, que Baybars supposa être leur mère, bondit sur ses pieds et courut vers eux. Bien qu'elle eût les mains attachées dans le dos, elle crachait comme un serpent et donnait des coups de pied aux hommes. Un des soldats lui balança une grande gifle qui l'envoya au sol, puis il la traîna par les cheveux, avec deux de ses enfants, vers le groupe de prisonniers. Baybars contempla ces futurs esclaves et rencontra le regard terrifié d'un jeune garçon. Dans ces yeux, grands ouverts et affolés, il reconnaissait celui qu'il avait été vingt ans plus tôt.

Né Turc Kipchak, sur les rives de la mer Noire, Baybars n'aurait rien su de la guerre ni de l'esclavage sans l'invasion mongole. Après avoir été séparé de sa famille et vendu aux enchères sur un marché syrien, il devint l'esclave de quatre maîtres successifs avant qu'un officier de l'armée égyptienne ne l'achète et ne l'emmène au Caire pour faire de lui un guerrier esclave. Dans le camp mamelouk, près du Nil, avec une foule d'autres garçons destinés à l'armée du sultan, on l'avait habillé, armé, et on lui avait appris à combattre. Maintenant, à trente-sept ans, il commandait les indomptables Bahrites. Néanmoins, malgré les caisses d'or et les esclaves personnels, le souvenir de ses premières années de servitude avait toujours un goût amer.

Baybars fit signe à l'un des hommes organisant le pillage.

— Assurez-vous que les voleurs soient transférés au camp. Celui qui volera le sultan le regrettera. Utilisez les engins abîmés comme combustible pour les bûchers et emportez le reste.

— À vos ordres, émir.

Baybars se dirigea vers le camp mamelouk où le sultan Qutuz l'attendait. Son corps était épuisé mais son cœur était léger. Pour la première fois depuis que les Mongols avaient envahi la Syrie, les positions s'étaient inversées. Désormais, il ne faudrait plus longtemps pour écraser le reste de la horde.

Et quand ce serait fait, Qutuz pourrait porter son attention sur ce qui comptait vraiment.

2

Porte Saint-Martin, Paris

3 septembre 1260 après J.-C.

Le jeune clerc courait à perdre haleine depuis qu'il avait franchi la porte Saint-Martin. Ses pieds dérapaient sur le sol couvert de flaques d'eau et de fumier. Il glissa, se rattrapa à un mur et reprit sa course. Au loin, devant lui, il commençait à apercevoir les piles de l'ancien pont et les planches qui ne traversaient pas complètement la Seine. À l'est, le jour commençait à poindre et la lueur évanescente de l'aube se reflétait sur les tours de Notre-Dame qui émergeaient au fur et à mesure qu'il se rapprochait de la Cité. Mais au cœur de ce labyrinthe de ruelles, l'obscurité régnait toujours. Les cheveux trempés par la sueur, il bifurqua sur la droite vers le Grand-Pont. De temps à autre, il jetait un coup d'œil en arrière. Il n'y avait personne.

Une fois qu'il aurait donné le livre, il retrouverait sa liberté. Quand les cloches sonneraient prime, il serait déjà en chemin pour Rouen, où une nouvelle vie l'attendait. Il s'arrêta un instant à l'entrée d'une allée pour reprendre son souffle. Haletant, il se plia en deux et s'appuya d'une main sur sa cuisse; de l'autre, il tenait un livre relié en vélin. Soudain, un mouvement attira son attention. Un

27

homme en cape grise était apparu à l'autre bout de l'allée et approchait à grandes foulées. Le jeune clerc se retourna et repartit en courant.

Il zigzagua entre les bâtiments, s'efforçant de mettre à distance les bruits de course qu'il entendait derrière lui. Mais son poursuivant était tenace et l'écart diminuait. Ils approchaient maintenant du Châtelet. Serrant toujours le livre contre lui, il s'élança dans un passage étroit entre deux rangées d'échoppes. À l'arrière de la boutique d'un marchand de vin étaient empilées plusieurs barriques. Le clerc regarda par-dessus son épaule. L'homme n'était pas encore en vue. Il jeta le livre derrière les barriques et continua à fuir. S'il s'échappait, il reviendrait le récupérer.

Mais il n'y parvint pas.

Trois rues plus loin, devant une boucherie, l'homme le rattrapa. Le sol était encore rouge du sang des bêtes tuées la veille. L'homme à la cape grise le colla sans ménagement contre le mur et il hurla.

— Donne-le-moi!

L'homme prononça ces mots avec un fort accent. Malgré la capuche qu'il avait rabattue sur son visage, le clerc aperçut sa peau mate.

— Est-ce que vous êtes fou? Lâchez-moi! s'écria le jeune homme en se débattant.

Son assaillant sortit un poignard.

— Je n'ai pas envie de jouer. Donne-moi le livre.

— Ne me tuez pas! Pitié!

— Nous savons que tu l'as volé, dit l'homme en levant le poignard.

Le jeune homme prit une grande aspiration.

— Je n'avais pas le choix! Il a dit que…

Il baissa la tête et commença à pleurer.

— Je ne veux pas mourir, dit-il au milieu des sanglots.

— Qui t'a demandé de le voler?

Mais le clerc continuait de pleurnicher. Avec un soupir impatient, l'assaillant recula d'un pas et rangea le poignard dans son étui.

— Je ne te ferai pas de mal si tu me dis ce que je veux savoir.

Le jeune homme leva les yeux vers lui.

— Vous m'avez suivi depuis la commanderie?

— Oui.

— L'homme que je... Jean? Est-il...? articula le clerc. De grosses larmes roulaient sur ses joues.

— Il est en vie.

Il y eut un léger bruit, quelque part derrière eux. L'homme en gris tourna la tête et scruta de ses yeux noirs les bâtiments alentour. Ne voyant rien, il se concentra de nouveau sur le clerc.

— Donne-moi le livre et nous pourrons retourner ensemble à la commanderie. Je te jure de ne pas te faire de mal si tu me dis la vérité. Commence par me dire qui t'a forcé à le voler.

Le clerc allait ouvrir la bouche quand ils entendirent un *clic* assez fort, suivi d'un léger sifflement. Instinctivement, l'homme en gris s'accroupit. L'instant d'après, un carreau d'arbalète transperçait la gorge du clerc. Ses yeux s'agrandirent, mais il ne fit pas un bruit en s'affaissant sur le sol. L'homme en gris se retourna à temps pour voir une ombre disparaître sur les toits des boutiques. Il poussa un juron puis se pencha sur le clerc, dont les jambes étaient prises d'un violent tremblement.

— Où as-tu mis le livre? *Où?*

La bouche du clerc s'ouvrit mais seul du sang en sortit. Pour finir, ses jambes cessèrent de tressauter et sa tête retomba en arrière. L'homme en gris jura de nouveau et entreprit de fouiller le cadavre, même s'il était évident qu'il ne trouverait rien sur lui. Des voix se firent entendre et l'homme leva la tête. Trois personnes entraient dans l'allée. Elles portaient les manteaux écarlates des gardes de la ville.

— Qui va là? lança l'un d'entre eux en levant sa torche et en apercevant une ombre contre le mur. Vous, là-bas!

L'homme en gris commença à courir.

— Allons-y! lança le garde à la torche à ses camarades. Il s'approcha et esquissa un signe de croix quand les flammes révélèrent la tunique noire du clerc avec, sur la poitrine, la croix rouge évasée de l'ordre du Temple.

Quelques rues plus loin, dans son échoppe, le marchand de vin Antoine de Pont-Évêque se creusait la tête sur son livre de comptes. En entendant des cris, il quitta sa table, ouvrit la porte de derrière et regarda dans la rue. L'allée était encore vide. Antoine bâillait et s'apprêtait à rentrer dans sa boutique quand ses yeux remarquèrent quelque chose, caché derrière les barriques vides. Un livre, assez épais et joliment relié en vélin. Il se baissa pour le ramasser. Le titre en était composé avec des feuilles d'or. Antoine ne savait pas lire, mais l'ouvrage avait été réalisé avec soin, c'était évident, et il ne pouvait imaginer qu'on puisse égarer ou perdre un objet aussi précieux. Après avoir jeté un bref coup d'œil alentour, il rentra dans son échoppe et ferma sa porte. Ravi de sa découverte, il rangea le livre sous son comptoir, sur une étagère poussiéreuse, et retourna à ses comptes. Si son fripon de frère venait lui rendre visite, il lui demanderait ce qu'il en pensait.

Nouveau Temple, Londres, 3 septembre 1260 après J.-C.

Dans la salle capitulaire du Nouveau Temple, un groupe de chevaliers était réuni pour l'initiation. Assis en silence sur des bancs, ils faisaient face à l'estrade dressée pour l'occasion. Devant l'autel qui la surmontait, un frère sergent de dix-huit ans, à genoux sur les dalles, la tête inclinée, tournait le dos aux chevaliers. Il avait ôté son habituelle tunique noire, et sa poitrine dénudée prenait une couleur ambrée à la lumière des bougies. Un prêtre gravit les marches de l'estrade, précédé par deux clercs. Ces derniers disposèrent les vases sacrés puis allèrent se poster au fond, aux côtés de deux chevaliers vêtus, comme tous les Templiers, de longs surcots blancs avec la croix rouge armoriée sur le cœur.

Serrant contre sa poitrine un livre relié de cuir, le prêtre se racla la gorge et regarda l'assemblée.

— *Ecce quam bonum et quam jocundum habitare fratres in unum*[1].

— Amen, lui répondirent en chœur les chevaliers.

— Au nom de Notre-Seigneur Jésus-Christ, et au nom de Marie, Notre Très Sainte Mère, je vous souhaite la bienvenue, mes frères. Nous sommes réunis en ce jour pour un rite sacré.

Il tourna son regard vers le sergent agenouillé.

— Dans quel but êtes-vous ici?

Le sergent s'efforça de se souvenir des mots qu'il était supposé prononcer et qu'on lui avait appris durant sa nuit de veille.

— Je viens me livrer au Temple, corps et âme.

— Au nom de qui venez-vous vous livrer?

— Au nom de Dieu et au nom d'Hugues de Payns, fondateur de notre Ordre sacré, qui a abandonné cette vie de péchés et de ténèbres, s'est libéré des liens de ce monde et...

Le sergent s'arrêta, les tempes palpitantes.

— ... et, emmenant avec lui le manteau et la croix, a voyagé en Outremer, la terre au-delà de la mer, pour porter le feu et l'épée aux infidèles. Et qui, une fois là-bas, a juré de protéger les pèlerins chrétiens en chemin vers la Terre sainte.

— Acceptez-vous maintenant le manteau du Temple, en sachant qu'ainsi vous mettez vos pas dans ceux de notre fondateur et devenez un humble serviteur de Dieu Tout-Puissant?

Le sergent consentit. Le prêtre saisit alors une coupe en argile sur l'autel et versa délicatement son contenu dans un encensoir doré. Le mélange résineux d'oliban et de myrrhe s'enflamma au contact des braises et un

---

1. Voyez comme il est bon et doux pour les frères d'habiter ensemble.

panache de fumée s'éleva. Les deux chevaliers, restés en arrière jusque-là, s'avancèrent.

L'un d'eux sortit l'épée de son fourreau et la pointa en direction du sergent.

— Si vous voulez être de ce côté de la mer, vous serez mandé en Outremer. Si vous voulez manger, vous souffrirez la faim. Si vous souhaitez dormir, on vous fera veiller. Pouvez-vous accepter ces tourments pour la gloire de Dieu et le salut de votre âme?

— Oui, frère, répondit solennellement le sergent.

— Alors répondez en vérité à ces questions.

Les chevaliers reprirent leur place et le prêtre lut un passage du livre.

— Croyez-vous en la foi chrétienne, telle qu'elle est révélée par l'Église de Rome? Êtes-vous le fils d'un chevalier, né d'une union légitime? Avez-vous donné un présent à un chevalier de cet Ordre pour y être reçu? Êtes-vous sain de corps, atteint d'aucune maladie?

Le sergent répondit à voix haute et le prêtre inclina la tête. Puis un des clercs prit le livre et vint se placer devant le sergent, à qui il le brandit.

— Observe la Règle du Temple, dit le clerc. Elle a été écrite avec l'aide de saint Bernard de Clairvaux, béni soit-il, qui a soutenu notre Ordre dès sa fondation et dont l'esprit continue à vivre en nous. Observe ces lois, telles qu'elles sont écrites ici, et jure d'y obéir. Jure que tu seras toujours fidèle à l'Ordre, que tu obéiras sans poser de question. Que tu obéiras aux officiers du Temple, à commencer par le grand maître, qui nous gouverne avec sagesse depuis son siège en la ville d'Acre; le visiteur du royaume de France, commandeur des citadelles de l'Occident; le maréchal; le sénéchal; puis les maîtres de tous les royaumes où va notre influence. Tu obéiras aux commandeurs en temps de guerre, et en toute occasion aux maîtres de la commanderie où tu te trouveras. Tu protégeras les civils avec tes frères d'armes. Jure que tu vivras chastement et sans rien posséder, excepté ce qui te sera accordé par tes maîtres. Jure aussi que tu aideras notre cause en Outremer, en Terre sainte, que tu es prêt à donner ta vie pour défendre nos forteresses et nos territoires au royaume de Jérusalem. Enfin, jure que tu ne quitteras jamais l'Ordre du Temple, sauf si les maîtres t'y autorisent, car tu es lié par ce serment et le seras à jamais aux yeux de Dieu.

Le sergent plaça la main sur le livre et jura, après quoi le clerc remonta les marches et posa le livre sur l'autel. Le prêtre se pencha alors pour saisir une petite boîte noire et dorée. Il l'ouvrit et en sortit doucement une fiole en cristal.

— Ceci est le sang du Christ, murmura le prêtre. Il y a deux siècles, Hugues de Payns, fondateur de notre Ordre, nous a rapporté de l'église du Saint-Sépulcre ce flacon qui en contient trois gouttes. Adore-les car nous t'accueillons.

La compagnie se signa tandis que le sergent regardait craintivement la fiole : on ne lui avait pas parlé de cette partie de la cérémonie.

— Est-ce que tu te livres corps et âme ?

— Je me livre corps et âme.

— Alors, prosterne-toi devant cet autel, ordonna le prêtre, et implore la bénédiction de Dieu, de la Vierge et de tous les saints.

Le visage écrasé contre le mur, Will Campbell regarda le sergent s'incliner sur les dalles, bras écartés, comme la croix sur les manteaux des chevaliers. Le grattement tenace des souris avait érodé une pierre à la base du mur séparant la réserve et la salle du chapitre, formant un léger interstice. Will changea de position. Il était grand pour ses treize ans et ses jambes commençaient à s'engourdir. En dehors de la lumière ténue qui filtrait par la porte de la cuisine, la réserve était plongée dans le noir. L'air y était infesté par l'odeur des crottes de souris et du grain moisi. Les deux gros sacs entre lesquels il s'était faufilé, en plus de le dissimuler, l'empêchaient de trop souffir du contact avec le sol glacial.

— Tu en as assez vu?

Will tourna la tête vers le garçon recroquevillé contre un sac, derrière lui.

— Pourquoi? Tu veux regarder?

— Non, marmonna le garçon en étirant ses jambes et en faisant la grimace à mesure que le sang y affluait. Je voudrais qu'on parte.

Will secoua la tête.

— Comment est-ce possible que tu n'aies pas envie de regarder? Même le...

Il fronça les sourcils, cherchant un bon exemple.

— Même le *pape* n'a jamais vu d'initiation. Tu n'auras jamais d'autre occasion de voir la cérémonie la plus secrète de l'Ordre.

— Oui, dit Simon en relevant la tête, et ce n'est pas un hasard si elle est secrète. C'est parce que personne n'est censé la voir. Seuls les chevaliers et les prêtres en ont le droit, et tu n'es ni l'un ni l'autre.

Il remua sur son sac.

— Et j'ai des fourmis dans les jambes, ajouta-t-il d'un air maussade.

Will leva les yeux au ciel.

— Pars, dans ce cas. On se verra plus tard.

— Oui, je te verrai à travers les barreaux d'une geôle. Écoute ton aîné, pour une fois.

— Aîné? sourit Will. D'un an, seulement.

— Peut-être, mais vingt ans en sagesse, soupira Simon. Tant pis, je reste. Qui d'autre serait assez stupide pour veiller sur tes arrières?

Will se repositionna face à l'ouverture. Le prêtre descendait de l'estrade, une épée à la main. Toujours torse nu, le sergent se leva en gardant la tête inclinée.

— J'ai entendu dire qu'ils postent des archers sur les toits des commanderies où se déroulent les cérémonies, continua Simon en tassant le sac sur lequel il était assis. S'ils nous attrapent, on sera probablement exécutés.

Will s'abstint de répondre.

— À moins qu'ils... qu'ils ne nous expulsent, grommela Simon. Ou qu'ils nous envoient à Merlan.

Cette idée le fit frissonner. Quand il était arrivé à la commanderie un an plus tôt, un sergent plus âgé lui avait parlé de Merlan. Au fil des ans, la prison des Templiers en France avait acquis une réputation terrifiante et il avait été profondément affecté par la description que le sergent lui en avait faite.

— Merlan, c'est pour les traîtres et les meurtriers, murmura Will en continuant à observer le prêtre.

— Et les espions.

Soudain, les portes de la cuisine s'ouvrirent avec fracas. Les rayons de lumière filtrant dans la réserve s'intensifièrent. À tâtons, Simon se cacha derrière Will tandis que les pas s'approchaient. Il y eut un grand bruit, suivi d'un juron, puis les pas s'arrêtèrent. Ignorant Simon qui tremblait de tout son corps, Will se dégagea des sacs et s'avança avec précaution de la porte. Avisant une fente dans le bois, il y colla son œil.

La cuisine était une grande pièce rectangulaire, divisée par deux longues rangées de bancs où l'on préparait les repas. À une extrémité, près des portes, un feu brûlait dans l'âtre. Les murs étaient garnis d'étagères où s'entassaient gamelles, coupes et bocaux. Au sol étaient empilés des fûts de bière et des paniers remplis de légumes. Des lapins, des rôtis de porc et des poissons séchés pendaient à des crochets. Sur l'un des bancs était assis un homme vêtu de la tunique brune des domestiques. Will maugréa intérieurement. C'était Peter, le chef de cuisine. Il avait posé un panier de légumes sur le banc et se préparait à éplucher.

— Qui est-ce? demanda Simon.

Will revint vers lui et s'accroupit.

— Peter. On dirait qu'il en a pour un moment, murmura-t-il.

Le visage de Simon se décomposa.

— Il va falloir y aller, dit Will en faisant un signe de la tête vers la cuisine.

— *Y aller ?*

— On ne peut pas rester là toute la journée. Je suis censé polir l'armure d'Owein.

— Oui, mais avec lui qui est là...

Sans donner l'opportunité à Simon de refuser, Will alla jusqu'à la porte et l'ouvrit.

Le couteau de Peter resta suspendu en l'air.

— Dieu du ciel ! s'exclama-t-il.

Il se reprit rapidement et ses yeux se plissèrent en reconnaissant Will. Il reposa le couteau, s'essuya les mains sur sa tunique et observa Simon qui sortait à son tour de la réserve et fermait la porte derrière lui.

— Qu'est-ce que vous faisiez là-dedans, vous deux ? demanda-t-il en se levant.

— On a entendu un bruit, dit Will avec calme. On a voulu voir ce qui...

Peter le poussa de l'épaule et ouvrit la porte d'un coup sec.

— Vous chapardiez encore ?

Ses yeux scrutèrent la pièce mais tout avait l'air en ordre.

— C'était quoi la dernière fois ? Du pain ?

— Des gâteaux, rectifia Will. Et je ne volais pas, je...

— Et toi ? dit Peter en se tournant vers Simon. Que vient faire un palefrenier dans les cuisines ?

Simon mit ses pouces dans sa ceinture et haussa les épaules en se dandinant d'un pied sur l'autre.

— Le balai de l'écurie était cassé, dit Will. On voulait en emprunter un.

— Et vous avez besoin d'être deux pour ça ?

Will le fixa en silence.

Peter les regardait de travers. Cela faisait trente ans qu'il servait la commanderie, il admettait mal que deux adolescents insultent son intelligence. Son regard alla de la réserve à Will, puis il céda, visiblement agacé.

— Prenez votre balai et allez-vous-en !

Il retourna s'asseoir sur le banc et empoigna son couteau.

— Mais si je revois l'un d'entre vous ici, je vous dénonce au maître.

Will se dépêcha de traverser la cuisine et de prendre un balai près de l'âtre. Quand il sortit, la lumière du soleil l'éblouit un moment. Il se tourna vers Simon.

— Tiens.

— Comme c'est gentil, dit Simon en attrapant le balai. J'espère que ta curiosité est satisfaite. Si on nous avait découverts...

Il avala sa salive.

— La prochaine fois que tu voudras que quelqu'un monte la garde pour toi, je serai en Terre sainte. Je serai plus en sécurité là-bas.

Il secoua la tête comme s'il allait continuer à accabler Will de reproche. Mais à la place, il adressa à son ami un large sourire qui révéla ses dents abîmées : un coup de sabot lui en avait cassé plusieurs l'année précédente.

— On se voit avant les nones ? demanda-t-il.

Will fit la grimace en pensant à l'office de l'après-midi. Il n'avait même pas commencé ses corvées et la matinée tirait déjà à sa fin. C'était comme s'il n'y avait pas assez d'heures dans une journée pour faire tout ce qu'on attendait de lui. Entre les repas, l'entraînement quotidien à l'épée et toutes les menues besognes qu'il devait accomplir pour son maître, il lui restait peu de temps, sans parler des sept offices. La journée de Will, comme celles de tous les sergents, commençait avant l'aube par les laudes, été comme hiver, et la chapelle à cette heure était toujours froide et lugubre. Ensuite, il allait voir le cheval de son maître et on lui assignait des tâches pour la journée. À six heures, il y avait l'office de prime, après quoi Will et ses frères sergents brisaient le jeûne en écoutant la lecture des Écritures. Puis ils retournaient à la chapelle pour les offices de tierce et sexte. Dans l'après-midi, entre le déjeuner, les corvées et l'entraînement, ils allaient aux nones. Et au crépuscule, il y avait encore les vêpres, suivies du souper, puis la journée se terminait avec les complies. Certains Templiers éprouvaient sans doute de la fierté à être considérés comme des moines guerriers, mais Will n'en pouvait plus de passer davantage de temps à la chapelle que dans son lit. Il allait s'en plaindre à Simon, qui connaissait déjà ses récriminations, quand il entendit quelqu'un crier son nom.

Un petit garçon aux cheveux roux courait dans leur direction en dispersant les poules occupées à picorer dans le champ.

— Will, j'ai un message de maître Owein. Il veut te voir dans sa cellule immédiatement.

— Il t'a dit pourquoi?

— Non, répondit le garçon. Mais il n'avait pas l'air content.

— Tu crois qu'il sait ce que nous avons fait? murmura Simon à son oreille.

— Non, à moins qu'il soit capable de voir à travers les murs.

Will lui lança un sourire et commença à courir. Il traversa le champ, prit un passage qui coupait par le potager et déboucha dans une grande cour entourée de bâtiments en pierre grise. Derrière les immeubles se dressait la chapelle, une grande structure pleine de grâce avec une nef ronde imitant l'église du Saint-Sépulcre à Jérusalem. Will se rendit jusqu'au quartier des chevaliers, près de la chapelle, en évitant les groupes de sergents, les écuyers guidant les chevaux et les domestiques. Le Nouveau Temple était la plus grande commanderie du royaume d'Angleterre. En plus des immenses quartiers des domestiques et des chevaliers, le complexe possédait un terrain d'entraînement, une armurerie, des écuries et son propre débarcadère sur la Tamise. En moyenne, il y avait toujours une centaine de chevaliers qui y résidaient, ainsi que plusieurs centaines de sergents et domestiques. Ayant atteint les portes du bâtiment de deux étages situé près du cloître, Will y pénétra et grimpa l'escalier quatre à quatre. Là-haut, la respiration coupée, il frappa à une lourde porte en chêne. Quand celle-ci s'ouvrit, révélant la silhouette imposante de Owein ap Gwyn, il brossait sa tunique qui s'était couverte d'une pellicule de poussière dans la réserve.

— Entre, lui dit sombrement le chevalier.

La cellule, fraîche et sombre, était partagée par quelques chevaliers de haut rang. Son mobilier était composé d'une armoire posée contre le mur, de plusieurs tabourets dissimulés derrière un panneau en bois, d'une table et d'un banc près de la fenêtre qui donnait, par-dessus le cloître, sur un carré d'herbe. Will se tint droit, le regard fixe, tandis que la porte se fermait derrière lui. Il ne savait pas pourquoi Owein l'avait convoqué, mais il espérait que ce ne serait pas trop long. S'il arrivait à polir l'armure avant les nones, il pourrait s'entraîner une heure de plus cet après-midi. Il ne restait plus beaucoup de temps et le tournoi approchait.

Owein vint se placer devant lui. Will pouvait lire le mécontentement sur le visage du chevalier.

— Comprends-tu à quel point ton sort est enviable, sergent? demanda Owein avec une pointe de colère dans la voix.

— Pardon, maître?

— Ta position. Nombreux sont ceux de ton rang qui ne bénéficient pas de la tutelle d'un chevalier.

— Oui, maître.

— Alors, pourquoi désobéis-tu à mes ordres?

Will ne dit rien.

— Tu es muet?

— Non, maître. Mais je ne peux pas répondre si je ne sais pas ce vous me reprochez.

— Tu ne sais pas ce que tu as fait? fit Owein d'une

voix encore plus dure. Alors, c'est peut-être ta mémoire, et non ta langue, qui est déficiente. Quel est ton premier devoir après les laudes, sergent?

— Aller voir votre cheval, maître, répondit Will comprenant soudain ce qui avait dû se passer.

— Dans ce cas, comment se fait-il qu'en passant devant les écuries, je me sois aperçu qu'il n'avait pas été toiletté et que son auge était vide?

Après les laudes, Will avait délaissé sa corvée pour aller inspecter la réserve, afin d'être prêt au moment de l'initiation. La nuit dernière, il avait demandé à l'un des sergents avec qui il partageait son dortoir de nourrir le cheval d'Owein pour lui. Il avait dû oublier.

— Je suis désolé, maître, dit Will d'une voix contrite. Je me suis réveillé trop tard.

Il était légèrement surpris : il lui était arrivé de faire bien pire que d'oublier de nourrir le cheval. Il commença à se sentir mal à l'aise.

— Combien de fois ai-je déjà entendu cette excuse! Pour devenir un Templier, tu dois être prêt à faire des sacrifices et à te conformer aux règles. Tu t'entraînes à être un soldat! Un guerrier du Christ! Un jour, sergent, tu seras appelé à la guerre. Si tu n'es pas capable de suivre des ordres aujourd'hui, je ne vois pas comment tu pourras espérer maintenir l'ordre en tant que chevalier sur un champ de bataille. Peux-tu t'imaginer le visiteur de Paris, ou le maître de Pairaud ici à Londres, incapables d'accomplir les tâches que leur a confiées le grand maître Bérard, simplement parce qu'ils auraient oublié de se lever?

Owein fixait Will d'un regard inflexible. Comme Will ne répondait pas, le chevalier secoua la tête avec irritation.

— Le tournoi n'aura lieu que dans un mois. Je songe à t'empêcher de t'y inscrire.

Will le regarda un long moment, réfléchissant à toute vitesse, puis il poussa un léger soupir de soulagement.

Son maître ne l'exclurait pas du concours : il avait envie de le voir gagner. C'était une menace en l'air.

Owein étudia le grand garçon noueux dont la tunique était recouverte de poussière et qui se tenait droit, dans une attitude de défi. Ses cheveux noirs étaient rabattus sur son front et des mèches lui tombaient dans les yeux. Il y avait une maturité presque adulte dans ce visage long et anguleux, et Owein était frappé de constater à quel point le garçon commençait à ressembler à son père. Il savait que la colère et les menaces ne serviraient à rien. Probablement, pensa-t-il légèrement chagriné, parce qu'il ne pouvait pas rester longtemps furieux contre lui, ni recourir aux punitions plus brutales employées par les autres chevaliers.

Il jeta un coup d'œil vers le panneau en bois, puis revint à Will. Au bout d'un moment, il se tourna vers la fenêtre afin de prendre le temps de réfléchir.

Avec le silence, le sentiment de malaise de Will revint. Il avait rarement vu Owein si pensif et ça le rendait nerveux. Peut-être qu'il avait tort : peut-être que son maître l'exclurait vraiment du tournoi. Ou peut-être y avait-il pis... Le mot *expulsion* lui traversa l'esprit. Après ce qui sembla être une éternité, Owein se retourna.

— Je sais ce qui est arrivé en Écosse, William.

Owein vit les yeux de Will s'agrandir d'étonnement, puis se fermer au moment où le garçon détourna le regard.

— Si tu veux t'amender, ce n'est pas comme cela que tu y parviendras. Que penserait ton père de ton comportement? Quand il reviendra de la Terre sainte, je veux pouvoir lui tenir des propos élogieux sur ton compte. Je ne veux pas avoir à lui dire que tu m'as déçu.

Will eut l'impression de recevoir un coup de poing dans le ventre. L'air avait été chassé d'un coup de ses poumons, il se sentait étourdi, nauséeux.

— Comment... Comment êtes-vous au courant?

— Ton père m'a raconté avant de partir.

— Il vous a raconté? dit faiblement Will.

Il baissa la tête, resta quelques secondes dans cette position, puis releva les yeux vers Owein.

— Puis-je recevoir mon châtiment et être renvoyé, maître?

Owein eut le sentiment que Will laissait tomber son masque un instant. La fragilité qu'il avait aperçue disparut néanmoins aussi vite qu'elle était venue. Le garçon serra les dents et il vit une veine battre sur sa tempe. Le chevalier reconnut cette résolution intraitable. Il l'avait déjà observée sur le visage du chevalier James Campbell quand il lui avait déconseillé de demander son transfert de la commanderie du Temple vers la cité d'Acre. James n'avait pas été appelé pour participer à la croisade et, outre Will ici, à Londres, il avait une femme et des filles en Écosse. Mais il avait refusé de suivre son conseil. Owein se demanda s'il lisait correctement dans l'esprit du garçon. Il décida qu'il était temps de parler franchement.

— Non, sergent Campbell, tu ne seras pas renvoyé. Je n'ai pas fini.

— Je ne souhaite pas en parler, maître, dit Will d'une voix basse.

— Rien ne nous y oblige, répondit posément Owein en s'asseyant sur le banc. Du moins, si tu te comportes comme le sergent que tu peux être. Tu es vif d'esprit, William. Ton enthousiasme et ton habileté sur le terrain d'entraînement méritent des louanges. Mais tu refuses d'appliquer les obligations fondamentales de notre Ordre. Crois-tu que nos fondateurs ont écrit la Règle pour s'amuser? Nous nous efforçons tous de vivre selon leurs idéaux, de manière à remplir notre rôle de guerriers du Christ sur Terre. Savoir se battre ne suffit pas. Bernard de Clairvaux lui-même nous dit qu'il ne sert à rien d'attaquer nos ennemis tant que nous n'avons pas soumis nos propres démons. Comprends-tu cela, William?

— Oui, maître, dit calmement Will.

Les arguments d'Owein avaient touché quelque chose de profond en lui.

— Tu ne peux pas compromettre ta position en bafouant la Règle quand tu la trouves ennuyeuse, ou absurde. Tu dois commencer par obéir à *tous* tes devoirs, et pas seulement à ceux qui te plaisent. Tu dois apprendre la discipline, sinon tu n'auras pas ta place dans cet Ordre. Est-ce clair?

— Oui, maître Owein.

Le chevalier se rassit, satisfait que Will l'ait entendu et compris. Il prit un des rouleaux sur la table, le déroula et l'aplanit avec sa paume.

— Ta prochaine tâche d'importance consistera à porter mon bouclier lors de la conférence entre le roi Henri et maître de Pairaud.

— Le roi? Il vient ici?

— Dans douze jours, répondit Owein en relevant les yeux du parchemin. Et sa visite est privée, interdiction d'en parler.

— Vous avez ma parole, maître.

— D'ici là, tu seras assigné aux écuries en guise de punition pour avoir négligé tes responsabilités ce matin. Cela, en plus de ton travail quotidien. C'est tout, sergent. Tu peux disposer.

Will s'inclina et se dirigea vers la porte.

— William? le rappela Owein.

— Maître?

— Mes menaces ont pu te paraître sans fondement par le passé. Mais si tu mets encore ma patience à l'épreuve, je n'hésiterai pas à t'exclure de l'Ordre. Ne cherche pas les ennuis. Dieu sait que tu les trouves facilement, mais la prochaine fois, tu pourrais bien t'en mordre les doigts.

— Oui, maître.

Quand Will fut parti, Owein se gratta le front avec lassitude.

— Tu es bien trop indulgent avec ce garçon, frère.

Un grand chevalier aux cheveux grisonnants, avec un

bandeau en cuir sur l'œil gauche, apparut derrière le panneau en bois, d'où il avait assisté à la discussion. Il tenait une poignée de rouleaux dans les bras.

— Porter l'écu d'un chevalier est un grand honneur, et ça l'est encore davantage au regard des circonstances. Au lieu de le punir, tu le récompenses.

Owein étudia le parchemin devant lui.

— Peut-être cette responsabilité aura-t-elle le don de tempérer ses ardeurs.

— Ou elle le conduira à des abus encore plus graves. Je crains que ton affection pour ce garçon ne t'aveugle. Tu n'es pas son père.

Owein fronça les sourcils. Il voulut répondre, mais le chevalier aux cheveux grisonnants n'avait pas terminé.

— Il faut éduquer les garçons de son âge comme des chiens, reprit-il. Ils réagissent mieux aux coups de fouet qu'aux longs discours.

— Je ne suis pas d'accord.

Le chevalier haussa légèrement les épaules et déposa ses parchemins sur la table.

— C'est à toi de décider, évidemment. Je me contente de te donner mon opinion.

— J'ai entendu ton point de vue, Jacques, répondit Owein d'une voix à la fois douce et ferme.

Il désigna les parchemins.

— Tu les as tous lus?

— Oui.

Jacques gagna la fenêtre, d'où il examina le domaine du Temple. Les feuilles des arbres commençaient à brunir.

— Qu'en dit maître de Pairaud? Pense-t-il que Henri accédera à nos demandes?

— Certainement. Comme je m'en occupe depuis plusieurs mois, maître de Pairaud m'a confié, dans une certaine mesure, la conduite des pourparlers. Je lui ai fait part de mes idées et nous avons convenu que nous devrions compiler non seulement les rapports de la trésorerie sur ce que nous avons prêté à la famille royale cette année, mais aussi les dépenses précises auxquelles, selon nous, ces sommes ont été affectées. J'aurais besoin de ton aide pour régler les détails.

— Compte sur moi.

Owein hocha la tête en signe de reconnaissance.

— Tout cela va renforcer notre plaidoyer.

— Aussi convaincant soit-il, il ne plaira pas au roi.

— Non, c'est sûr. Mais si nous prenons nos précautions, Henri n'aura pas d'autre choix que d'accéder aux demandes du Temple. Et s'il refuse, nous pouvons toujours adresser une requête au pape pour qu'il l'oblige à donner son accord.

— Soyons prudents, frère. Le Temple a beau être au-dessus de l'autorité royale, Henri a les moyens de nous compliquer la vie. Il l'a déjà fait en essayant de confisquer certains de nos domaines. Et nous avons déjà suffisamment de quoi nous inquiéter actuellement, sans avoir en plus à nous préoccuper des réactions mesquines de monarques jaloux.

Il tira un tabouret et s'assit devant Owein.

— Tu as parlé au maître ce matin. Est-ce qu'il t'a dit s'il avait reçu des rapports récents d'Outremer?

— Nous en reparlerons à la prochaine réunion du chapitre, mais non, il n'a rien reçu depuis que nous avons appris l'attaque des Mongols sur Alep, Damas et Bagdad, et le mouvement des Mamelouks pour arrêter la horde. Et, à mon sens, c'est un encouragement plus que suffisant pour confronter rapidement le roi à ses dettes. Nous allons avoir besoin de tout l'argent que nous pourrons récupérer. Si les Mamelouks affrontent les Mongols et gagnent, leur armée marchera vers nos territoires.

Du bout des doigts, Owein mit de l'ordre dans le tas de parchemins qui se trouvaient sur la table. Puis il secoua la tête.

— Je ne peux imaginer de plus grand péril.

3

Ayn Djalut (le Puits de Goliath), royaume de Jérusalem

3 septembre 1260 après J.-C.

Dans le camp mamelouk régnait le tumulte. Les cris exaltés et les chants célébrant la victoire se mêlaient aux injonctions hurlées par les officiers qui tentaient de maintenir un semblant d'ordre dans ce qui, au premier abord, ressemblait au chaos.

Atteignant le pavillon du sultan, Baybars arrêta son cheval et mit pied à terre. Pendant qu'il attachait la bête, il observa le défilé en contrebas. Le soleil plongeait derrière les collines et les ombres s'allongeaient dans la vallée. Il pouvait entendre l'écho assourdi des haches détruisant les engins de siège mongols pour fournir les bûchers. Une file de Mamelouks blessés serpentait le long de la colline : ceux qui pouvaient encore marcher étaient aidés par leurs camarades, les moins fortunés étant allongés sur les chariots qui cahotaient sur le sol rocailleux.

Baybars se dirigea vers l'entrée du pavillon. Deux guerriers en cape blanche du régiment Mu'izziyya, la garde royale, en surveillaient l'entrée. Ils s'inclinèrent sur son passage.

À l'intérieur du pavillon, l'air était imprégné d'une odeur de bois de santal. Une lumière douce et jaunâtre émanait des lampes à huile. Il fallut un moment à Baybars pour s'accoutumer à l'obscurité, puis son regard se posa sur le trône, installé sur une estrade en bois garnie de soie blanche. Somptueux, il était recouvert de tissus brodés, et à l'extrémité de ses bras étaient sculptées deux têtes de lion en or. Néanmoins, il était vide. Baybars scruta la pénombre et aperçut une couche partiellement cachée derrière un paravent. Le sultan Qutuz, maître des Mamelouks et souverain d'Égypte, reposait là, sur des coussins et des draps. Il avait tiré sur lui son manteau broché de jade et sa barbe noire luisait d'huile parfumée. Comme d'habitude, le sultan était très entouré. Baybars pensait depuis longtemps que le statut de Qutuz était moins marqué par la fine bande d'or au-dessus de ses sourcils que par la suite qui l'accompagnait partout. Des serviteurs portant des plateaux de fruits et des coupes remplies de liqueur d'hibiscus et de koumys se déplaçaient délicatement entre les conseillers royaux et les divers généraux. Des gardes royaux du régiment Mu'izziyya étaient tapis dans l'ombre.

Une bourrasque rafraîchit l'atmosphère du pavillon quand un messager entra pour parler à l'un des généraux. Qutuz leva les yeux vers Baybars.

— Émir, lui dit-il. Avance.

Il attendit que Baybars approche de sa couche.

— Je te félicite, seigneur, poursuivit-il en le regardant s'incliner. Grâce à ton plan, nous avons vaincu les Mongols pour la première fois.

Tout en se calant plus confortablement dans les coussins, Qutuz prit une coupe sur un plateau qu'on lui présentait.

— Quelle devrait être notre prochaine action, selon toi ? Certains de mes conseillers suggèrent que nous nous retirions, dit-il en jetant un bref coup d'œil aux hommes regroupés dans le coin du pavillon.

Baybars planta son regard dans celui du sultan.

— Nous devrions au contraire avancer pour obliger les dernières forces mongoles à se battre, seigneur. Ils se sont enfuis vers l'est et les rapports qui viennent des frontières indiquent que le trône est disputé en Mongolie. Il faudrait frapper en profitant de la confusion.

— Cela pourrait se révéler difficile, intervint l'un des généraux. Le chemin est long et...

— Non, l'interrompit Qutuz. Baybars a raison. Si nous voulons que notre succès soit total, nous devons frapper pendant que nous le pouvons.

Il fit un geste en direction d'un scribe assis à une table.

— J'ai écrit une lettre aux souverains occidentaux d'Acre, les informant de notre victoire et demandant leur soutien pour cette campagne. Qu'un de tes officiers se rende là-bas et la remette en main propre au grand maître des chevaliers Teutoniques.

Baybars se saisit du rouleau avec réticence. Demander la permission d'entrer sur ces territoires, des territoires *volés*, à l'ennemi qui les avait insultés, lui et tous les Mamelouks durant leur brève halte en Acre quand ils se rendaient en Palestine! Alors que l'armée campait à l'extérieur des murs d'Acre, les chevaliers Teutoniques, un ordre militaire du royaume germanique, avaient convié Qutuz à festoyer à leur table, dans la forteresse. Le sultan leur avait alors proposé une alliance militaire contre les Mongols. Les négociations entre des forces chrétiennes et musulmanes n'avaient rien d'inhabituel. Beaucoup d'alliances de ce genre avaient été forgées depuis l'époque où les premiers croisés, sur l'appel de leur pape, étaient venus délivrer la terre du Christ des infidèles, aiguillonnés aussi bien par la promesse de l'absolution dans la vie future que par la perspective des terres et des richesses dans celle-ci. Sur ces nouveaux rivages, ils avaient appris à négocier avec l'ennemi. Du conflit était né le commerce, et même l'amitié. Mais à ce jour, même si les souverains de l'Ouest permettaient aux Mamelouks de traverser leurs territoires, ils continuaient de repousser les propositions d'alliance militaire.

Pendant le festin, assis en silence aux côtés du sultan, Baybars avait observé, maussade, les serviteurs musulmans apporter les plats. Dans la cité d'Acre, le pouvoir était détenu par ceux que les musulmans appelaient *al-Firinjah* – les Francs. Le terme était utilisé pour tous les hommes d'Occident qui se battaient, quelle que fût leur nationalité. Car ils avaient deux choses en commun : tous appartenaient à la Chrétienté romaine et aucun n'avait demandé d'invitation pour venir. Dans les villes gouvernées par les Francs, les juifs et les musulmans avaient le droit de travailler, de pratiquer leur religion et d'organiser leurs propres administrations. Mais Baybars ressentait cette tolérance apparente des Francs comme un affront. Les chrétiens romains avaient pris leur Terre sainte par la force, ils faisaient du gras et vivaient heureux, alors que son peuple était réduit en esclavage. Les souverains d'Acre pouvaient bien essayer de se cacher derrière leur raffinement, leurs cheveux parfumés et leurs habits de soie, Baybars voyait toujours sur eux la crasse occidentale. Et tout le savon de la Palestine ne pourrait suffire à les en débarrasser.

Il dévisagea Qutuz.

— Je préférerais leur apporter la guerre qu'un message, seigneur.

Qutuz tambourinait du bout des doigts sur le rebord de sa couche.

— Nous devons concentrer nos forces sur un seul ennemi à la fois, émir. Les Mongols doivent payer pour m'avoir insulté.

— Et pour les huit mille musulmans qu'ils ont tués à Bagdad ?

— En effet, répondit Qutuz.

Il vida la coupe, puis la tendit à un serviteur.

— Au moins, les Francs sont courtois avec moi.

— Ils sont courtois, seigneur, parce qu'ils ont peur de devoir abandonner des territoires aux Mongols. Comme ils ne veulent pas manier leur épée, ils nous laissent nous battre à leur place.

Baybars soutint le regard de Qutuz sans ciller. Un silence tendu s'était installé, que dérangeaient uniquement les bruits feutrés des serviteurs et, en dehors du pavillon, les sons assourdis venant du camp. Qutuz fut le premier à détourner les yeux.

— Exécute mes ordres, émir.

Baybars préféra ne pas répondre. Il aurait le temps durant la campagne de rallier Qutuz à ses vues.

— Reste la question de la récompense, seigneur.

Qutuz se redressa en hochant la tête et toute la tension sembla disparaître d'un coup.

— Les prises de guerre doivent toujours profiter aux guerriers qui ont combattu, Baybars.

Il fit un geste à l'intention d'un de ses conseillers.

— Faites remplir un coffre d'or pour l'émir.

— Ce n'est pas l'or que je convoite.

Qutuz parut surpris.

— Non ? Alors, que veux-tu ?

— Être nommé gouverneur de la cité d'Alep, seigneur.

Qutuz garda le silence un moment. Derrière lui, les conseillers s'agitaient, mal à l'aise. Puis le sultan se mit à rire.

— Tu demandes une ville tenue par les Mongols ?

— Pas pour longtemps. Nous avons écrasé un tiers de leurs forces et nous nous apprêtons à marcher sur leurs citadelles pour finir ce que nous avons commencé.

Le sourire de Qutuz s'éteignit.

— À quoi joues-tu ?

— Je ne joue pas, seigneur.

— Pourquoi exiges-tu une telle récompense ? Que ferais-tu à Alep alors que ton plus grand désir est de mener l'armée contre les chrétiens ?

— Le poste de gouverneur ne m'en dissuaderait pas.

Qutuz croisa les bras.

— Émir, dit-il d'une voix caressante que démentait la dureté de son regard, je ne comprends pas pourquoi tu souhaites retourner dans un endroit aussi chargé de souvenirs.

Baybars se raidit. Il savait que Qutuz s'arrangeait pour en savoir le plus long possible sur ses officiers, mais il pensait que tout le monde ignorait ce qu'il avait vécu à Alep.

Voyant qu'il avait touché un point sensible, Qutuz sourit légèrement.

— Je vous ai servi, seigneur, ainsi que vos prédécesseurs, depuis que j'ai dix-huit ans.

La voix grave de Baybars remplissait le pavillon. Conseillers et serviteurs s'arrêtèrent en plein milieu de ce qu'ils faisaient pour l'écouter.

— J'ai apporté la peur aux ennemis de l'Islam et j'ai fait triompher notre cause. J'ai conduit nos troupes à la bataille de la Forbie, où nous avons tué cinq mille chrétiens. J'ai participé à la capture de Louis, le roi des Francs, à Mansourah, et tué trois cents de ses meilleurs chevaliers.

— Et je te suis reconnaissant pour tout ce que tu as fait, émir Baybars, mais même si je le pouvais, je ne te donnerais pas un tel joyau.

— Reconnaissant, seigneur?

Baybars parlait d'une voix légère, mais ses poings étaient serrés.

— Si je n'avais pas été là, vous ne seriez pas assis sur le trône, seigneur.

Qutuz se leva d'un bond, faisant voler les coussins.

— Tu t'oublies, *émir*! Au nom d'Allah, je devrais te faire fouetter!

Il alla à grands pas vers le trône et monta sur l'estrade. Puis il s'assit et posa ses mains sur les têtes de lion.

— Je vous demande pardon, seigneur, mais je crois mériter cette récompense.

— Va-t'en! cracha Qutuz. Va-t'en et ne reviens pas

avant d'avoir réfléchi à ce qui sépare un sultan d'un général. Tu n'auras jamais Alep, Baybars. Tu m'entends ? *Jamais !*

Baybars vit que quelques-uns des gardes royaux s'étaient avancés, la main sur le pommeau de leur sabre. Il se força à s'incliner devant Qutuz, puis sortit du pavillon, le parchemin toujours serré dans son poing.

Le soleil s'était couché et les cadavres mongols brûlaient sur les bûchers. Baybars traversa le camp au milieu des rires et des acclamations. Quand il entra dans sa tente, il s'arrêta net. Un officier mamelouk s'y trouvait, un homme maigre au nez épaté, dont le visage respirait l'honnêteté et la franchise.

— Émir ! Je ne t'ai pas vu pendant le combat, mais on m'a raconté des dizaines d'histoires à ton sujet.

Baybars tendit ses sabres à un serviteur qui attendait sur le côté. L'officier s'approcha de lui et l'embrassa, puis il retourna s'asseoir sur une couche, près d'un coffre où se trouvaient des plateaux de figues et de viandes épicées.

— Dans le camp, tous les hommes scandent ton nom. Enlève ton armure et bois avec moi pour célébrer cet événement.

— Il n'est plus temps de célébrer, Omar.

— Comment cela ?

Baybars regarda ses serviteurs. Celui à qui il avait donné ses armes commençait à les nettoyer. Deux autres ranimaient la braise et un quatrième versait de l'eau dans une bassine.

— Laissez-nous, leur ordonna-t-il.

Les serviteurs eurent l'air étonné, mais en voyant l'expression sur le visage de leur maître, ils se hâtèrent de décamper. Baybars lança le rouleau sur le coffre et enleva son armure ensanglantée, qu'il laissa tomber sur le sable. Puis il s'assit sur la couche et empoigna une coupe de koumys. Il but d'une traite le lait de jument fermenté, qui lui adoucit la gorge.

Omar s'assit face à Baybars.

— En dix-huit ans, je ne t'ai jamais vu aussi en colère après une victoire. Quelle en est la cause, mon ami ?

— Qutuz.

Omar garda le silence pendant que Baybars lui expliquait le refus que lui avait opposé le sultan. Quand l'émir eut fini, il secoua la tête.

— De toute évidence, Qutuz a peur de toi. Ta réputation te précède et il est conscient de l'importance de l'armée quand il s'agit de détrôner le sultan. Après tout, lui aussi a pris le pouvoir par la force. Il ne règne que depuis un an et sa position n'est pas soutenue par tous les régiments. À mon avis, il pense que tu aurais trop de pouvoir s'il te donnait Alep.

Omar leva les bras avec impuissance.

— Mais je ne vois pas ce que tu peux faire. La parole du sultan fait loi.

— Il doit mourir, grogna Baybars à voix basse.

— Quoi ?

Baybars le regarda droit dans les yeux.

— Je le tuerai et j'installerai sur le trône un autre souverain. Un souverain qui récompense ses officiers. Un souverain qui leur apportera les victoires qu'ils méritent.

Les yeux d'Omar se portèrent vers l'entrée de la tente. Les battants étaient ouverts et il pouvait voir dehors les lueurs des torches et les ombres des hommes qui transportaient leur butin.

— Tu ne peux pas penser des choses pareilles, murmura-t-il. Dors un peu. Demain est un autre jour, ta colère sera apaisée.

— Tu es un de mes meilleurs officiers, Omar, et tu es comme un frère pour moi. Mais si c'est ce que tu crois, tu ne me connais pas. Tu étais là quand nous avons tué Turan Chah l'Ayyoubide. J'ai enfoncé de mes propres mains la lame qui lui a ôté la vie. Je peux le refaire.

— Oui, répondit calmement Omar, j'étais là.

Et il vit qu'il n'y avait aucun doute ni aucune hésitation dans les yeux de Baybars.

Omar avait déjà vu ce regard dix ans plus tôt, après une victoire contre les Francs à Mansourah. À l'époque, les Bahrites formaient la garde royale du sultan Ayyoub, dont les prédécesseurs avaient levé l'armée mamelouke. Juste avant la bataille de Mansourah, Ayyoub était mort et son héritier, Turan Chah, était monté sur le trône. Turan Chah avait mécontenté les Mamelouks en nommant ses propres hommes aux postes de pouvoir. Aibek, le général des Bahrites, demanda alors à Baybars de se charger de lui. Ce soir-là, Turan Chah donnait un festin. La nuit venue, Baybars et une troupe d'officiers, les sabres dissimulés sous leurs capes, avaient fait irruption dans la salle de banquet. Turan Chah s'était réfugié dans une tour sur les berges du Nil, mais Baybars l'avait poursuivi sans relâche et avait ordonné qu'on y mette le feu. Voyant la charpente s'embraser, le sultan s'était jeté dans le fleuve. De la rive, les Bahrites l'entendaient supplier qu'on l'épargne. Mais Baybars s'était jeté dans le fleuve et avait mis un terme du même coup aux implorations du sultan et à sa lignée.

Omar n'oublierait jamais le moment où Baybars avait plongé son épée dans le ventre de Turan Chah : déformé par la rage qui le consumait, son visage était méconnaissable.

Omar secoua la tête.

— Ça ne marchera pas cette fois. Qutuz est toujours entouré de gardes. Tu te ferais tuer.

Une voix se fit entendre et tous deux jetèrent des regards inquiets alentour. La main de Baybars chercha instinctivement la dague qu'il portait constamment dans sa botte.

— Ça pourrait marcher. Oh oui! Ça pourrait marcher!

Ces paroles furent suivies d'un rire gloussant et Baybars se détendit.

— Viens ici, dit-il.

Un moment après, un vieil homme sortit de l'ombre. Il manquait une dent à son sourire, ses cheveux noirs étaient emmêlés et sa peau mate était aussi ridée que celle d'un vieux fruit. Il portait une simple robe en coton élimée et marchait pieds nus. Omar se détendit à peine en reconnaissant Khadir, le devin de Baybars. À sa taille était nouée une chaîne d'où pendait une dague à pommeau doré avec un rubis incrusté dans la lame. Cette dague était la seule chose indiquant que cet être misérable avait appartenu un temps à l'Ordre des Assassins, un groupe d'élite de guerriers radicaux fondé en Perse juste avant la première croisade. En tant que membres de la branche chiite de l'Islam, minorité musulmane qui s'était séparée des traditionalistes sunnites au moment de la succession de Mahomet, la mission des Assassins consistait à détruire tous les ennemis de leur foi. Et ils l'accomplissaient avec brutalité, si nécessaire. Depuis leur forteresse secrète dans les montagnes syriennes, ils fondaient sur leurs proies comme des faucons silencieux et mortels. Le poison et la dague constituaient leurs armes de prédilection. Au fil des ans, Arabes, croisés, Turcs et Mongols avaient appris à les craindre.

Omar ne savait pas pourquoi Khadir les avait quittés. D'après ce qu'il en savait, le devin avait été exclu de l'Ordre. Mais pourquoi, voilà qui restait mystérieux. Tout ce qu'Omar savait, c'est que le vieil homme était arrivé au Caire juste après que Baybars eut pris le contrôle des Bahrites et qu'il lui avait offert ses services.

Tandis que Khadir s'approchait des lumières dansantes du brasier, Omar remarqua qu'il tenait une vipère dans le creux de sa main.

— Parle, lui ordonna Baybars.

Khadir s'accroupit sur le sable en regardant le serpent s'enrouler, hypnotisé, autour de son poignet.

— Tue Qutuz, dit-il froidement, et tu auras le soutien de l'armée.

— En es-tu certain ?

Khadir gloussa et s'assit, jambes croisées. Pinçant la tête du serpent entre son pouce et son index, il le retira de son poignet et lui murmura quelque chose avant de le laisser tomber au sol. Celui-ci glissa dans le sable en dessinant une piste sinueuse vers la couche. Omar résista à l'impulsion qui lui commandait de relever les jambes quand le serpent passa en ondulant sur ses bottes. Il était jeune, mais son venin n'en était pas moins puissant.

Khadir frappa dans ses mains quand le serpent s'approcha de Baybars.

— Vois ! Il te donne la réponse.

— Sa sorcellerie est un affront à Allah, dit Omar. Tu ne devrais pas lui permettre ce genre de choses.

Le regard de Khadir se posa sur Omar, qui détourna les yeux, incapable de supporter ses prunelles blanches.

Baybars observait le serpent se frayer un chemin entre ses pieds en direction de l'ombre sous sa couche.

— Allah lui a donné ce don, Omar. Et il n'a jamais eu tort.

Il leva l'une de ses bottes et écrasa du talon la tête de la vipère. Puis il retourna le cadavre du bout du pied en levant les yeux vers Khadir.

— Tu dis que l'armée soutiendra mon action. Mais le régiment Mu'izziyya ? La garde royale prendra le parti de Qutuz, non ?

Khadir haussa les épaules et se mit debout.

— Peut-être, mais tu pourras acheter leur loyauté avec l'or et le butin d'aujourd'hui.

Il s'approcha de la couche et ramassa le cadavre du serpent. Après avoir observé avec tristesse sa dépouille écrabouillée, il l'emmaillota dans sa robe. Puis il regarda Baybars avec une sorte de fierté paternelle.

— Je vois un grand avenir pour toi, maître. Les nations vont succomber et les rois vont périr. Tu te dresseras sur un pont de crânes, au-dessus d'une rivière de sang.

Il se mit à genoux devant Baybars.

— Si tu assassines Qutuz de tes propres mains, tu seras sultan !

Baybars eut un rire étrange.

— Sultan ? Dans ce cas, Alep serait le dernier de mes soucis.

Quand Baybars avait tué Turan Chah, c'est Aibek, alors commandant des Bahrites, qui avait eu le privilège d'accéder au trône, puisqu'il avait décidé de l'assassinat. Mais Baybars n'avait pas été récompensé comme il l'aurait dû et il avait refusé de faire allégeance à l'homme dont il avait servi les desseins, préférant quitter Le Caire. Il n'y était revenu que depuis un an, au moment où Qutuz avait détrôné le successeur d'Aibek. Il espérait que le nouveau sultan se révélerait plus dévoué que les autres : aux hommes et à la cause. Il avait été amèrement déçu.

Baybars se dirigea vers l'entrée de la tente. Dehors, le ciel était illuminé par les flammes des bûchers et la lune brillait, rousse au-dessus du désert. Il regarda les crêtes des collines se découper dans l'obscurité. Au sud, le Puits de Goliath reflétait la lune en prenant une teinte acier. Par le passé, les Francs étaient venus sur cette plaine défier le sultan égyptien Saladin, avec leurs croix et leurs épées. Leur armée avait été encerclée, les routes de ravitaillement coupées, mais ils avaient survécu en pêchant dans le Puits. Incapable d'envahir leur campement, Saladin avait été contraint de se retirer. Cela faisait deux siècles maintenant que les Francs pillaient son peuple, le massacraient et profanaient ses lieux de culte. Là où on avait loué le nom d'Allah, des porcs se vautraient dans la fange.

Mais la rancœur reflua lentement, tandis que Baybars anticipait sur les événements à venir. Les paroles de Khadir bouillonnaient dans sa tête. Il avait un rôle à jouer dans la chute des Francs. Il pressentait son destin.

— Si j'étais sultan, murmura-t-il, je combattrais les barbares avec tant de férocité que les vautours ne trouveraient pas même de quoi festoyer.

Omar vint aux côtés de Baybars.

— Je sais que tu désires répandre leur sang, mais ne prends pas les Francs pour des sauvages arriérés. Ce sont des guerriers expérimentés et de fins stratèges. Les détruire ne sera pas chose facile.

— Tu te trompes. Ce sont des barbares. Dans leurs pays, ils vivent comme des porcs. Leurs maisons sont des taudis, ils n'ont pas de manières. Ils ne sont pas civilisés. Ils ont regardé vers l'Orient et ont vu la beauté de nos villes, l'élégance de notre peuple et la grande valeur de nos écoles. Ce n'est pas pour Dieu qu'ils viennent, mais pour piller. Chaque jour qu'ils passent sur notre sol doit être vengé.

— Le sultan a donné ses ordres, répondit Omar. Nous allons combattre les Mongols.

— Il ne nous faudra pas longtemps pour les écraser. Ensuite, nous nous occuperons de Qutuz. Es-tu avec moi?

— Tu connais la réponse.

— Prends mon or, dit Baybars en montrant un petit coffre, et soudoie les officiers. Nous devons les rallier à notre cause.

— Et ensuite?

— Ensuite? fit Baybars en regardant Khadir, dont les yeux luisaient à la lumière du brasier. Ensuite, nous préparerons la guerre.

4

Nouveau Temple, Londres

14 septembre 1260 après J.-C.

En s'entrechoquant, les épées de bois émirent un bruit sec. L'impact traversa tout son bras, et Will raffermit sa prise. Son adversaire, un sergent blond du nom de Garin de Lyons, glissa dans la boue. Il avait plu à verse les trois derniers jours et le terrain était noyé sous des flaques d'eau boueuse. Sur la droite, des roseaux et des arbustes dissimulaient la Tamise. Sur la gauche, on voyait à peine les bâtiments de la commanderie à travers la brume. Alors que le soleil ne parvenait pas à réchauffer l'air saturé d'humidité, les visages des jeunes gens ruisselaient de sueur. Will s'écarta pour éviter une nouvelle botte. Feintant à gauche, il fit un arc de cercle en direction de Garin, qui para le coup et recula pour se remettre en position.

— Je croyais que vous autres Écossais aviez des dispositions pour le combat?

— Je m'échauffe, répondit Will en pivotant. Et je n'ai pas encore décidé qui tu es aujourd'hui.

— Moi, j'ai décidé, grogna Garin. Tu es un Sarrasin.

— Encore? fit Will. Très bien. Dans ce cas, tu es un Hospitalier.

Garin cracha à terre avec un visage méprisant. Les chevaliers de Saint-Jean, qui soignaient les pèlerins, étaient les rivaux des Templiers. Même si ces deux ordres militaires étaient tous deux constitués de nobles catholiques qui se battaient pour Dieu et la Chrétienté, ça ne les empêchait pas de se faire la guerre à cause des terres, du négoce et de toutes sortes de conflits d'intérêt.

Will allongea le bras en se baissant mais Garin lui porta un coup puissant à la tête.

— Halte !

Les deux garçons s'écartèrent, le souffle court. Le chevalier qui venait de leur ordonner d'arrêter le combat s'approcha d'eux. Malgré le bandeau en cuir qui lui cachait un œil, la sévérité de son regard ne faisait aucun doute.

— Tu es censé désarmer ton assaillant, Lyons. Pas essayer de le tuer.

— Je suis désolé, maître, dit Garin en baissant la tête. J'ai mal pensé mon coup.

— Voilà quelque chose de certain. Continuez ! aboyat-il en retournant vers le coin du terrain où seize garçons de l'âge de Will et Garin se tenaient alignés.

On n'enseignait pas à tous les sergents de l'ordre du Temple l'art du combat. Beaucoup serviraient comme cuisiniers, forgerons, drapiers ou palefreniers dans les nombreuses commanderies et les nombreux domaines. Mais ceux qui aspiraient à devenir chevaliers se devaient d'être des combattants accomplis à dix-huit ans. Les études – rhétorique, grammaire et logique – ne bénéficiaient pas de la même considération, même si l'on exigeait des sergents qu'ils sachent par cœur les six cents clauses de la Règle. À l'âge de quinze ans, ces garçons pouvaient chevaucher avec lance et bouclier mais, à quelques exceptions près, dont Will et Garin, ils n'étaient pas capables d'écrire leur propre nom.

Will se plaça en garde face à Garin qui devait lancer le premier mouvement. Celui-ci chargea en hurlant. Will évita l'assaut mais Garin appuya son attaque en le forçant à reculer par une série de petits coups rapides. Will parvint à garder l'équilibre et ils s'écrasèrent l'un contre l'autre. Les épées croisées, chacun poussait, déterminé à ne pas céder de terrain. Autour d'eux, l'air était rempli par la condensation qu'ils dégageaient en respirant. Ils s'enfonçaient dans la boue. Soudain, les yeux de Garin s'arrondirent : son pied venait de déraper. Il s'étala de tout son long et lâcha son épée. Du bout de la sienne, Will l'envoya voltiger un peu plus loin. Les acclamations fusèrent depuis les rangs des sergents.

Le chevalier les fit taire d'un geste impérieux.

— Il n'y a pas lieu de le féliciter pour un tel combat.

Will aida Garin à se relever et celui-ci alla récupérer son épée pendant que le chevalier s'adressait aux sergents.

— La défense de Campbell était brouillonne. Si elle avait été meilleure, il aurait pu affaiblir Lyons et anticiper plus facilement son attaque, qui était elle-même désordonnée.

Il se tourna vers les deux garçons et posa son regard sur Will.

— Et tu n'aurais pas dû avoir recours à une méthode aussi grossière pour battre Lyons. Ton mouvement final reposait sur la force, et non sur la technique. Bon, au moins, tu as profité du terrain.

Puis il regarda Garin.

— Et ton équilibre, Lyons?

Garin allait répondre mais le chevalier ne lui en laissa pas le temps.

— Brocart et Jay, lança-t-il à deux sergents, prenez leur place.

Pendant que les deux garçons allaient se placer au centre du terrain, Will secoua ses bras pour en détendre les muscles endoloris. Il observa Garin, qui fixait toujours le chevalier.

— Ton oncle est de charmante humeur, comme à son habitude.

— Je crois qu'il est préoccupé par la conférence de demain.

Garin se tourna vers Will.

— On m'a dit que tu y serais.

Will hésita. Il avait encore en mémoire la menace d'Owein.

— Tu peux me le dire, insista Garin à voix basse pour ne pas être entendu. Moi aussi, j'assisterai aux pourparlers. Je porte le bouclier de mon oncle.

— Désolé, dit Will en se détendant. Owein m'a interdit d'en parler.

— Mon oncle aussi, mais il a laissé entendre ce matin que tu y serais.

Il regarda Will d'un air ennuyé.

— D'ailleurs, je ne crois pas que ta présence l'enchante particulièrement.

Will observa le chevalier. L'attention qu'il portait au combat assombrissait l'expression de son visage. Jacques de Lyons, commandant à la retraite, avait affronté les musulmans aux batailles de la Forbie et de Mansourah. À la première, il avait perdu un œil face à un Turc khorezmien, et à la deuxième trois cents compagnons. Au Nouveau Temple, sa blessure et son tempérament lui avaient valu le surnom de Cyclope. Mais personne ne se serait risqué à le lui dire en face.

— Quoi que je fasse, ça déplaît à ton oncle.

— Ce n'est pas à toi qu'il vient de faire des remarques, murmura Garin en rongeant un ongle dont il ne restait déjà pas grand-chose. Et tu ne peux pas lui en vouloir. Sois plus prudent. Il m'a dit qu'il demanderait ton renvoi si tu enfreignais encore le règlement.

Les deux sergents avaient commencé à se battre. Brocart, le plus petit des deux, se mit à crier parce Jay avait placé une attaque irrégulière et lui avait touché le tibia.

— Au moins, nous sommes meilleurs qu'eux, remarqua Will.

— Est-ce que tu m'écoutes ?

— Quoi ? fit Will en se tournant vers lui.

Garin secoua la tête.

— Je te dis de faire plus attention. Tu as négligé ta corvée pour dormir une heure de plus et tu as passé dix jours à payer pour ça. Je t'ai à peine vu.

— Ce n'était pas pour dormir. Je...

Will s'arrêta et baissa la voix pour raconter à son ami l'initiation qu'il avait vue avec Simon.

— Est-ce que tu es fou ?

— Il fallait que je voie ça.

— Mais tu seras aux premières loges un jour.

Le visage de Garin exprimait l'incrédulité.

— Je ne pouvais pas attendre cinq ans. On ne parle que de ça, grimaça Will.

— Et Simon. Pourquoi l'impliquer ?

— Il me fallait quelqu'un de confiance pour monter la garde.

À l'expression qui se peignit sur son visage, Will comprit qu'il avait froissé son ami.

— Je t'aurais bien proposé, précisa-t-il rapidement, mais je savais d'avance ce que tu m'aurais répondu. J'aurais préféré que ce soit toi, tu le sais bien.

Cette explication avait quelque peu apaisé Garin, mais Will sentit que ce dernier était toujours déçu.

— Ce n'est pas bien que tu aies vu l'initiation. Et encore moins un palefrenier.

— Il porte la même tunique que nous.

Garin soupira.

— Tu sais très bien ce que je veux dire. Son père est tanneur, les nôtres sont chevaliers. Et Simon n'en sera jamais un.

— Si c'est la famille qui fait la noblesse, grommela Will, alors je ne suis qu'à moitié noble.

Garin rit doucement.

— Tu exagères.

— Non. Mon père est peut-être chevalier, mais pas

mon grand-père. Quant à ma mère, elle vient d'une famille de marchands. Nous ne sommes pas tous issus d'une lignée aussi noble que la tienne.

— Quoi qu'il en soit, ton père est chevalier. Cela suffit à faire de toi un noble.

Sur ces mots, Garin s'éloigna.

Dans la lice improvisée, Brocart venait de désarmer Jay d'une attaque malhabile au poignet. Jacques revint avec les deux combattants et les sergents remuèrent nerveusement. À la fin de l'entraînement, le chevalier punissait toujours celui d'entre eux qui avait livré le pire combat. En général, dix tours de terrain en courant.

Il examina la rangée, passa devant Will dont le regard ne cilla pas, puis devant Garin, qui baissa la tête. Ayant fait le tour, il prononça la sentence.

— Lyons, c'est toi qui cours aujourd'hui.

Garin n'en crut pas ses oreilles. Brocart, qui avait livré une performance pitoyable, semblait perplexe.

— Messire?

Garin luttait pour garder une voix posée. Comme Will, il n'avait encore jamais été puni.

— Tu m'as entendu, dit Jacques d'une voix bourrue. Dix tours.

— Oui, maître, murmura Garin. Merci.

Le chevalier se détourna. Alors que Garin sortait du rang, Will l'agrippa par le bras.

— Ce n'est pas juste, souffla-t-il. Jacques a tort.

— Campbell!

Will remit ses bras le long de son corps.

— Qu'est-ce que vous avez dit?

— Moi, maître?

Le regard de Jacques brillait d'un éclat inquisiteur.

— Ne joue pas avec moi, mon garçon. Qu'as-tu dit à Lyons?

— Rien, maître. J'ai juste…

Il regarda autour de lui pour chercher le soutien de ses camarades mais ils évitaient tous son regard.

— Je me demandais juste pourquoi vous aviez choisi Garin, maître.

Il avait essayé d'adopter un ton léger, comme s'il posait une question. Il y eut une longue pause.

— Je vois, dit Jacques d'une voix si douce qu'elle en devenait encore plus inquiétante. Qui d'autre, selon toi, mériterait d'être puni ?

Will regarda ses camarades, puis de nouveau Jacques.

— Alors, Campbell ?

Will demeura silencieux un long moment.

— Je ne sais pas, maître.

— Parle plus fort ! cria Jacques.

— Je ne sais pas, maître.

— Bien entendu, dit Jacques, la bouche tordue en un rictus mauvais.

Il se tourna vers les autres sergents et désigna Will.

— Comment un garçon sans expérience de la guerre, un garçon dont la lignée remonte à une seule génération, pourrait-il connaître quoi que ce soit à l'art du combat ?

Will remarqua que cette repartie ravissait Jay. Garin regardait le sol d'un air maussade.

— À l'avenir, Campbell, continua Jacques en se rapprochant de lui, gardez vos opinions pour vous. Ne remettez plus *jamais* en cause mon jugement, cracha-t-il. Lyons, Campbell vient juste de vous faire gagner dix tours en plus.

Will était consterné. Il lança un regard d'excuse à Garin, lui demandant de le pardonner, mais le garçon détourna les yeux. Il sortit du rang et commença à courir. Will fixa le dos du chevalier pendant que celui-ci se dirigeait à grands pas vers les bâtiments de la commanderie. Ses mains tremblaient, il aurait voulu balancer ses poings dans le visage de Jacques et effacer son sourire de Cyclope. Autour de lui, les sergents quittaient le terrain d'entraînement. Il sentait chez les uns de la sympathie, chez les autres de la désapprobation.

Après un moment, Will courut rejoindre Garin.

Jacques fouilla sur la table pour trouver le rouleau qu'il cherchait. Il relut lentement le rapport. En dehors d'une bougie presque consommée et des rayons de la lune à travers la fenêtre, la cellule était assez obscure, aussi dut-il faire un effort. Dehors, une chouette hululait. Jacques se prit la tête entre les mains : les mots sur le parchemin se brouillaient en lignes noires indéchiffrables. Ôtant le bandeau noir, il fit tourner son doigt sur le bord de l'étroite cavité au fond de laquelle se trouvait autrefois son œil. Le creux était rempli de cicatrices. Il avait perdu son œil seize ans plus tôt, mais il ressentait toujours la douleur quand il lisait trop longtemps. Cela faisait quelques heures qu'il était enfermé dans la cellule, il avait raté le dîner et le dernier office. Owein était venu le voir un peu plus tôt pour lui recommander d'aller se coucher. S'ils n'étaient pas prêts pour la conférence de demain, ils ne le seraient jamais, lui avait-il dit. Mais Jacques voulait être absolument certain que Henri n'aurait aucun moyen de discuter la situation.

Soudain, on frappa à la porte.

— Entrez, dit-il d'une voix fatiguée.

Un domestique en tunique brune apparut sur le seuil. Il avait l'air agité.

— Désolé, maître, je sais qu'il est tard, mais un homme veut vous voir. Il dit que c'est urgent.

Jacques se renfrogna. Il n'avait pas envie d'être interrompu. De plus, qui pouvait avoir besoin d'être introduit à cette heure ?

— Faites-le entrer.

Le domestique recula d'un pas et fit un signe déférent à quelqu'un, derrière lui. Dans l'embrasure de la porte se présenta alors un homme imposant, vêtu d'une grande cape grise élimée. L'œil de Jacques s'agrandit en voyant l'homme avancer, retirer la grande capuche qui dissimulait son visage et s'incliner pour le saluer.

— Hasan, murmura le chevalier.

— Avez-vous besoin de quelque chose, sire ? demanda timidement le domestique. Des rafraîchissements, peut-être ?

— Non, dit Jacques en fixant l'homme. Laissez-nous.

Le domestique salua, visiblement soulagé, et ferma la porte. Et tout en se dépêchant de s'éloigner, il se signa.

Écosse, 9 juin 1257 après J.-C.

Will se tenait sur le seuil de la maison. Le feu crépitait dans l'âtre. Sur la table où la bonne préparait le repas, rien n'était encore prêt. Les sept poissons blancs étaient vidés et leurs écailles renvoyaient des reflets d'argent à la lumière des bougies. James Campbell était assis, les jambes étendues. Will ne voyait que le profil de son père : la mâchoire anguleuse, les sourcils saillants au-dessus du long nez droit. Ses cheveux grisonnaient sur les tempes mais sa barbe était aussi noire que le plumage d'un corbeau. James regardait par la porte, d'où lui parvenait l'odeur de la menthe et des achillées mille-feuilles. En journée, on voyait les champs et les bois qui s'étendaient depuis le domaine jusqu'à Édimbourg. Par temps clair, on pouvait même apercevoir la petite tache grise que formait la ville à l'horizon. Mais il faisait nuit maintenant. Le vent leur portait le gargouillement du ruisseau qui courait non loin, au milieu des rochers, en direction d'un loch quelques kilomètres à l'ouest.

James était rentré ce soir d'une semaine passée à Balantrodoch, la commanderie écossaise des Templiers, où il tenait les comptes pour le maître. Sur le dossier de son siège était posée une cape noire. James n'avait pas encore été initié, il ne pouvait donc porter l'habit des chevaliers. Bien qu'il ait passé beaucoup de temps à Balantrodoch, à travailler, vivre et prier avec les membres de l'Ordre, il n'avait pas fait vœu de chasteté et de pauvreté, seulement d'obéissance. Il continuait donc à remplir ses devoirs d'époux et de père, et partageait son temps entre le Temple et son domaine. Sa cape noire signifiait qu'il était toujours un pécheur, seuls les purs pouvaient prétendre au blanc.

Will s'attardait à l'entrée. Il regardait son père, inquiet du ton solennel et inhabituel avec lequel celui-ci l'avait convoqué. Il entendait rire dans la pièce adjacente, où ses deux sœurs aînées, Alycie et Ede, jouaient avec la plus jeune, Mary.

James Campbell se retourna et sourit en voyant Will.

— Viens ici, William. J'ai quelque chose pour toi.

Quand Will fut assis, son père prit ses mains dans les siennes. Les longs doigts effilés de James étaient maculés d'encre, à la différence de ceux des quelques chevaliers que Will avait eu l'occasion de rencontrer, dont la paume était calleuse à force de tenir l'épée. Au cours de ses treize années au service du Temple, James avait passé du temps avec les chevaliers et il avait appris à monter un destrier et à combattre. Pour Will, il valait n'importe lequel des guerriers qu'il avait connus ; et même plus, car il savait écrire, lire, compter et parler latin aussi bien que le pape. Will l'avait aussi entendu marmonner quelques mots dans une langue musicale et chantante que James lui avait dit être de l'arabe, la langue des Sarrasins.

— Te rappelles-tu du cadeau dont je t'ai parlé, celui que ton grand-père m'a fait avant de mourir ?

Will pensa d'abord au domaine. La demeure spacieuse et confortable, nichée au pied d'une colline, avec ses dépendances et ses granges, qui avait appartenu à son grand-père. Angus Campbell était un riche marchand de vin. Fatigué des querelles familiales, il avait quitté son clan pour s'occuper seul de ses affaires. Il avait élevé James, lui avait trouvé une épouse convenable et, juste après la naissance de ses deux enfants, il l'avait placé chez les Templiers, à Balantrodoch, avec qui il faisait du commerce depuis de nombreuses années. Sur son lit de mort, Angus avait légué sa fortune à l'Ordre et son domaine à son fils.

— La maison ?

— Non, autre chose.

Will secoua la tête.

— J'imagine que tu étais trop jeune pour t'en rappeler.

James se leva et s'approcha du feu. Contre le mur était appuyé une épée, ou plutôt un fauchon. La courte lame incurvée était ébréchée, ce qui laissait penser qu'elle avait probablement connu la guerre. Son pommeau était circulaire et des bandes argentées parcouraient la poignée pour améliorer la prise en main.

Will regarda son père la déposer sur la table.

— Ta naissance te donne droit à ce fauchon. Ton grand-père l'a hérité de son père, et il me l'a donné avant de mourir. Il est maintenant à toi, William.

Will regardait son père avec stupeur.

— Une vraie lame ?

— Tu ne te battras pas toujours avec un bâton, répondit James en souriant. Le jour où tu la manieras dans une bataille est encore loin. Et si Dieu veut, peut-être cela n'arrivera-t-il jamais. Mais je pense que tu es assez grand pour la porter. J'ai parlé au maître de Balantrodoch, il est d'accord pour te recevoir comme aspirant sergent.

Will caressa la garde de l'épée. Elle était encore chaude d'être restée appuyée contre l'âtre.

— J'y vais vraiment ?

James scruta le visage de son fils.

— Je t'ai entraîné du mieux que j'ai pu, William. Je t'ai appris à lire et à écrire, à monter à cheval et à te battre, mais tu dois encore apprendre et c'est là-bas que sont les meilleurs instructeurs. Un jour, William, tu seras admis chevalier du Temple et tu porteras la cape blanche. Et ce jour-là, je serai à tes côtés.

Will s'imprégna de ces mots. Il allait devenir sergent de l'ordre du Temple. Ce nom le remplissait de crainte et de respect depuis qu'il était tout petit. Aucune organisation sur Terre, lui avait dit son père, n'a plus de pouvoir que le Temple, à part bien sûr l'Église elle-même. Il commença à rêver de devenir un chevalier, le plus grand des hommes de ce monde, digne et noble comme son père, honorable et généreux aussi. Soudain, une pensée lui traversa l'esprit.

— On peut finir le bateau, d'abord?

James se mit à rire et passa sa main dans les cheveux du garçon.

— Tu ne seras pas sergent avant au moins un an. Nous aurons largement le temps de le finir.

— N'est-ce pas l'épée de ton père, Will? demanda sa mère en entrant, un panier rempli de menthe à la main.

Elle était grande, vêtue d'une simple robe de laine, les cheveux roux comme des baies sauvages. Son ventre, qui portait un enfant, commençait à enfler. Derrière elle, Mary sautillait du haut de ses huit ans.

— On dirait bien, Isabel, dit James en prenant Mary dans ses bras pour la faire voltiger. Sauf qu'elle appartient à William, désormais.

Tout en posant son panier, Isabel leva un sourcil affectueusement réprobateur à son mari.

— Elle pourrait bien appartenir au pape, elle n'a rien à faire sur ma table.

James reposa Mary et serra contre lui Isabel, qui protesta. Elle lui frictionna gentiment la tête.

— Nous n'aurons rien à manger si tu n'enlèves pas ce bout de ferraille! Laisse-moi vaquer à mes occupations.

James feignit d'être choqué.

— Cette lame appartient à ton clan, femme, ce n'est pas un bout de ferraille.

— Nous n'avons pas de clan, père, fit remarquer Alycie, la fille aînée, qui entrait avec Ede.

Comme leur mère, elles avaient des chevelures rousses et sombres, tandis que celle de Mary était couleur de miel.

— C'est vrai, concéda James, pas depuis que votre grand-père a quitté la famille. Mais ça fait quand même partie de notre héritage.

Il relâcha Isabel et empoigna l'épée.

— Regardez, n'est-ce pas l'un des fleurons de l'Écosse?

Il fendit l'air d'un coup rapide. La lame frappa par mégarde le panier de menthe, qui alla valser dans un coin de la pièce, ce qui fit rire Will.

Nouveau Temple, Londres, 15 septembre 1260 après J.-C.

Dans sa main, la poignée était gelée. La rouille commençait à recouvrir la lame au-dessus de la garde, et les bandes argentées se décollaient. À côté de lui, Will entendit ronfler l'un des huit sergents avec qui il partageait sa chambre. À l'image du quartier des sergents, le dortoir était une pièce lugubre et basse de plafond. Neuf paillasses, alignées contre un mur, et une couverture en laine par personne. Face aux couchettes, seulement deux armoires pour les vêtements et les quelques biens des sergents, ainsi qu'une table pour la bougie. Dormir nu étant formellement interdit, Will était habillé d'un maillot de corps et de ses hauts-de-chausses. Mais comme il faisait froid, il avait tiré sur lui sa cape d'hiver.

Will reposa l'épée à côté du lit et remonta ses genoux sur sa poitrine. Il était minuit passé, mais ses pensées le tenaient éveillé. Quand il avait rattrapé Garin sur le terrain, celui-ci avait gardé le silence pendant un long moment. Ils avaient fait quelques tours sans rien dire, puis Garin avait fini par lui adresser la parole.

— Pourquoi fais-tu ça? avait-il demandé, le souffle court.

— J'ai pensé que tu apprécierais un peu de compagnie, avait répondu Will avec une fausse désinvolture.

Ils n'avaient pas besoin d'en dire plus. Le reste de la punition, ils l'avaient passée à discuter et à rire, tout en s'encourageant mutuellement. À la fin, dans un geste de rébellion dérisoire mais réconfortant, Will avait escaladé un arbre du verger pour prendre une poignée de prunes, qu'ils avaient mangées en se cachant derrière des piliers tandis que le soleil couchant séchait leur sueur.

Will avait rencontré Garin deux ans plus tôt, le matin de son arrivée au Nouveau Temple. Il n'était jamais allé à Balantrodoch, comme son père le lui avait promis. Le premier jour à la commanderie, on l'avait conduit au terrain d'entraînement et présenté aux sergents avec qui il allait passer les sept prochaines années de sa vie. Garin était arrivé peu de temps auparavant et ils furent associés aux entraînements. L'accueil des sergents avait été amical, sauf Garin qui lui avait paru réticent. Sans répondre aux questions dont les sergents le bombardaient, Will avait pris l'épée de bois qu'on lui tendait et avait suivi les ordres de Jacques à la lettre. Pendant les repas et les offices, il restait seul, le ronronnement des prêtres qui lisaient les Écritures bourdonnant à ses oreilles.

Quinze jours avaient passé sans que rien ne change. La curiosité de ses camarades avait diminué, ils le croyaient muet ou arrogant. Il aurait pu demeurer silencieux encore longtemps si Garin n'avait pas été là. Ce dernier ne lui avait posé aucune question sur ses origines, pas plus qu'il n'avait demandé pourquoi on voyait si rarement James Campbell hors de sa cellule, où il travaillait avec Jacques et Owein comme comptable, à la place d'un clerc malade – c'était pour ce poste que James et son fils étaient venus à Londres.

Plusieurs mois après leur arrivée, James avait pénétré la salle capitulaire pour y prononcer les deux vœux de chasteté et de pauvreté. Voir son père habillé de la cape blanche des chevaliers avait profondément affecté Will. Avant cela, son père se comportait déjà avec lui comme un étranger, réservé et formel. Désormais, il était hors d'atteinte. Will, qui portait toujours sa tunique noire pleine de péchés, éprouva le sentiment de le perdre pour de bon. Son père l'avait informé que sa mère et ses sœurs étaient installées dans un couvent, à côté de Balantrodoch, car il avait donné le domaine à l'ordre pour être reçu comme chevalier. L'ordre les soutiendrait, lui avait-il expliqué, elles ne manqueraient de rien. Mais ça n'avait pas allégé le chagrin de Will, qui sentait tout le poids de sa faute et ne pouvait se la pardonner.

Will n'ayant ni la force ni l'envie de parler de ces histoires, le fait que Garin ne s'y intéresse pas l'avait mis à l'aise. Et quand Garin avait suggéré qu'ils s'entraînent sur leur temps libre, il avait accepté avec plaisir. Au cours des semaines suivantes, Will avait commencé à parler, d'abord à propos de technique à l'épée, puis il avait posé des questions sur la commanderie, et pour finir il s'était confié. L'ombre qui l'avait suivi depuis l'Écosse ne l'avait jamais quitté, mais il n'y pensait pas quand il était avec Garin.

Quand son père était parti pour la Terre sainte, sa hardiesse avait augmenté. Garin détestait comme lui les corvées et les offices quotidiens. Ils n'étaient pas les seuls à se rebeller mais, comme le disait Owein, à eux deux ils faisaient des étincelles. L'hiver dernier, quand les marais derrière la porte Nord de Londres avaient gelé, ils avaient osé s'échapper de la commanderie au milieu de la nuit pour aller patiner. Imitant les garçons de la ville, ils avaient attaché des blocs de glace à leurs pieds avec des bandes de cuir. Et ils avaient eu droit à quelques heures de bonheur inoubliable avant de reprendre en sens inverse le long chemin du retour, en se jurant de ne jamais le dire à personne.

Aujourd'hui, Will ne pouvait plus imaginer Garin transgresser le règlement de la sorte. Il reprit l'épée et la serra contre lui, en passant le doigt sur l'arête de la lame. Son ami avait raté le dîner. Et comme ni lui ni Jacques n'avaient été présents aux complies, il s'inquiétait. Que pouvait-il faire ? La réponse était la même que d'habitude : il n'y avait rien à faire. Jacques était chevalier et il n'était que sergent. Il se disait parfois qu'il comprenait ce que Garin ressentait. D'autres fois, il se demandait ce qui était le pire : un oncle qui vous maltraite, ou un père qui refuse de vous parler.

5

Nouveau Temple, Londres

15 septembre 1260 après J.-C.

Hasan s'assit sur un tabouret tout en examinant la pièce.

Jacques sourit en le voyant refuser la coupe qu'il lui tendait.

— C'est de l'eau, précisa-t-il.

Hasan sourit à son tour et accepta la proposition.

— Merci, je n'ai pas souvent l'occasion d'être avec des amis. Il est dur de perdre l'habitude de décliner ce qui est offert, même quand ça l'est de bon cœur.

Il but une lampée pour éliminer de sa gorge la poussière du voyage.

Jacques écoutait attentivement, l'accent rendant les paroles de Hasan difficiles à comprendre.

— J'espère que tu ne m'en veux pas, continua Hasan. Je ne t'avais pas prévenu de ma visite et il est bien tard, mais j'étais pressé par le temps. Je suis arrivé ce soir à Londres.

Jacques balaya d'un geste ces mots d'excuse.

— Qu'est-ce qui t'amène ici, Hasan? Je n'ai pas entendu parler de frère Everard depuis un bon moment.

Hasan reposa la coupe sur la table.

— *Le Livre du Graal* a été volé.

Jacques était habitué au franc-parler de Hasan. Mais si ç'avait été un choc de le voir, ce n'était rien comparé au bouleversement que provoqua en lui cette annonce. Il réprima l'exclamation qui lui vint spontanément aux lèvres et demeura silencieux un moment.

— Quand est-ce arrivé? finit-il par articuler. Et comment?

— Il y a douze jours. Un clerc l'a pris dans la chambre forte de la commanderie.

Jacques passa nerveusement la main dans ses cheveux gris-blanc.

— Le trésorier a découvert l'un des deux officiers de garde inconscient. Une fois réanimé, il a expliqué qu'il avait entendu du bruit dans la chambre forte et qu'il était allé voir. C'est là qu'un de ses camarades, un jeune clerc du nom de Daniel Rulli, l'a frappé avec une sébile jusqu'à ce qu'il perde conscience.

— C'est ce Rulli qui a pris le livre?

Hasan hocha la tête.

— Le visiteur a ordonné qu'on fouille la commanderie, mais frère Everard pensait que Rulli s'était enfui. Il m'a envoyé en ville le retrouver et je l'ai rattrapé près du Grand-Châtelet.

Hasan expliqua à Jacques les dernières paroles que le clerc avait prononcées avant d'être assassiné.

— On l'a contraint à voler?

— C'est ce qu'il a dit.

Jacques fronça les sourcils.

— S'il disait vrai, nous devons supposer que l'assassin et celui qui l'a poussé à voler *Le Livre du Graal* sont un seul et même homme. Ou au moins, qu'ils travaillent ensemble, non?

— C'est ce que je pense aussi. Rulli allait sûrement donner le livre. On peut l'avoir tué pour l'empêcher de révéler où il allait, ou l'identité de son commanditaire.

Mais je ne parviens pas à comprendre pourquoi il ne l'avait pas sur lui. Il l'a peut-être caché quelque part quand il a compris que j'étais à ses trousses.

— Ou il l'avait déjà transmis.

— C'est une autre possibilité. Malheureusement, je n'ai pas pu poursuivre son assassin. Les gardes sont arrivés et j'ai dû m'enfuir.

Sans répondre, Jacques but une gorgée du vin qu'il venait de se servir.

— Quand je suis revenu à la commanderie, poursuivit Hasan, Everard a demandé au visiteur la permission d'interroger le trésorier et les deux officiers. Ce sont les seuls à avoir accès au coffre en dehors de Rulli et du visiteur. Mais ils ne savaient rien. Nous avons aussi interrogé un camarade de Rulli, un sergent. Il nous a dit que Rulli avait l'air soucieux depuis quelques jours, mais il ne savait pas pourquoi et il a nié être au courant du vol. Même quand nous l'avons menacé de l'incarcérer à Merlan.

— Est-ce que quelqu'un sait ce qui a été volé ?

— Le visiteur et les officiers savent seulement qu'il s'agit d'un document très important appartenant à frère Everard. Rien de plus.

— C'est toujours ça.

Jacques vida d'un trait le reste de son vin.

— Quand les gardes sont venus à la commanderie nous informer du meurtre de Rulli, le visiteur a fait croire à un vol d'argent. Le sénéchal du Temple et le connétable du roi ont mené l'enquête conjointement, mais elle n'a abouti à rien.

— Le roi a pris l'affaire au sérieux s'il a fait mener l'enquête par le plus haut dignitaire de sa justice.

— Le visiteur a insisté.

Jacques alla se resservir du vin.

— Le coffre de Paris contient de nombreux trésors d'une valeur inestimable. En comparaison, le livre ne vaut pas beaucoup. A-t-on pris autre chose ?

— Rien du tout.

Hasan ne quittait pas le chevalier des yeux.

— Puis-je parler franchement, frère?

— Bien sûr.

— Aussi périlleuse que soit la situation, je doute que celui qui est en possession du livre puisse en tirer quelque chose. Pour un lecteur ordinaire, ce n'est qu'un livre autour de la quête du Graal. Peu orthodoxe, mais c'est tout.

— Peu orthodoxe? répéta Jacques avec une moue dubitative, tout en se rasseyant. C'est un mot bien faible pour parler de rites sacrificiels et de la profanation de la Croix. Tout ce qui va à l'encontre de l'Église est considéré comme hérétique, Hasan. J'imagine que tu es au courant de ce qui est arrivé aux cathares.

Hasan acquiesça. Il n'était pas en Occident quand la croisade contre les cathares avait commencé, mais il connaissait l'histoire de cette secte religieuse qui s'était répandue dans le sud du royaume de France. Ils reconnaissaient deux dieux, l'un d'une bonté suprême, l'autre étant le mal absolu. Leur propre doctrine ne les empêchait pas d'adhérer à l'Ancien et au Nouveau Testament, mais ils croyaient qu'il s'agissait d'interprétations allégoriques plutôt que littérales. Pour eux, c'est le dieu du mal qui avait créé l'univers. Ils considéraient donc que Jésus n'était pas un véritable humain, le dieu bon qui transcendait la Terre corrompue ne pouvant en aucun cas en faire partie.

Bien entendu, cette conception s'opposait à celle de l'Église. Quand leur enseignement commença à se répandre et à gagner en popularité, celle-ci les déclara donc hérétiques. La croisade avait cette fois pour théâtre le sol européen. Il fallut trente-six années pour exterminer tous les membres de la secte. Le coup fatal aux cathares avait été porté seize ans plus tôt, quand la dernière grosse citadelle en leur possession était tombée. En tout, on avait brûlé deux cents hommes, femmes et enfants. Pour l'Église, l'hérésie était une maladie qu'il fallait éradiquer, quitte à amputer un membre pour empêcher l'infection de se répandre dans le reste du corps.

— De plus, continua Jacques en posant sa coupe, je ne crois pas que le livre soit entre les mains d'un lecteur ordinaire. Celui qui a forcé le clerc à le voler doit savoir qu'il appartient au Cercle. Sinon, pourquoi voler le livre plutôt que tous les trésors du coffre ?

— Mais seule une poignée de frères du Temple est au courant.

— Il y a toujours eu des rumeurs.

— Des rumeurs, oui, mais rien de plus, répondit prudemment Hasan. L'Âme du Temple est une légende. Pendant toutes ces années, personne n'a été en mesure de prouver son existence.

— Parce qu'il n'y a aucune preuve à découvrir, sauf à faire parler ceux qui ont fait serment de mourir plutôt que de divulguer notre secret. Ou à dérober ce fichu livre.

Jacques se rassit avec lassitude.

— Tous ceux qui ont quitté le Cercle après notre dissolution ne sont pas morts. Il se peut qu'ils ne se sentent plus liés par leur serment. Ou peut-être l'un d'entre eux a-t-il découvert que l'Anima Templi continue son œuvre sans lui. Ou encore, le livre a été volé pour servir de preuve contre nous, ou pour nous faire chanter.

Jacques secoua la tête.

— Ne te méprends pas, Hasan. Le péril sera grand tant que nous n'aurons pas remis la main sur le livre. Si nos plans étaient dévoilés, le Temple pourrait être détruit, les frères du Cercle subiraient le pal et tout ce que nous avons construit depuis un siècle serait réduit à néant. Peux-tu imaginer ce que ferait l'Église si elle découvrait notre but ultime ?

Jacques porta la coupe à ses lèvres, mais il la reposa sans boire.

— Sans la puissance du Temple, sans les ressources en hommes et en argent qu'il nous fournit à son insu, nous ne pourrons pas achever notre œuvre.

Pensif, Hasan demeura silencieux quelques instants.

— Si le voleur est au courant à cause d'un ancien membre ayant divulgué nos secrets, qui cela peut-il être? Qui voudrait nous détruire, ou détruire le Temple?

— Nous nous sommes faits beaucoup d'ennemis, des gens qui jalousent notre pouvoir et nos richesses. Le Temple ne répond qu'au pape, il est au-dessus des rois et de leurs cours. En tant que chevaliers, nous ne payons aucun impôt, et nous avons même le droit d'ouvrir des églises dont nous tirons des revenus. Nous commerçons avec tous les royaumes de ce côté de la mer et nous avons de l'influence au-delà. Nous contrarier est un crime. Tuer, ou même blesser l'un des nôtres, est passible d'excommunication. Qui pourrait vouloir notre perte? demanda Jacques en s'animant. Les Hospitaliers, les Mamelouks, les marchands de Gênes ou de Pise, n'importe quel roi ou noble, les Teutons, que sais-je encore, la liste est longue.

— Je trouverai le livre, frère, dit calmement Hasan. Dussé-je retourner le lit du roi lui-même.

Jacques regarda les parchemins qui avaient occupé ses pensées depuis deux semaines. Des contrariétés insignifiantes par rapport à ce qu'il venait d'apprendre.

— As-tu besoin de moi ici? Sinon, je rentre à Paris le plus rapidement possible.

Jacques alla jusqu'à l'armoire près de la fenêtre.

— J'ai des affaires à traiter ici. Attends-moi. Dès que ce sera possible, je viendrai avec toi à Paris.

Ouvrant la porte de l'armoire, il passa la main derrière une bible posée sur l'étagère du bas et sortit de sa cachette une petite boîte. Puis, sur une étagère plus élevée, il prit une clé avec laquelle il ouvrit la boîte, pour finalement en extraire une bourse. Il fit tomber quelques pièces dans sa paume et les tendit à Hasan, avant de remettre la boîte et la clé à leurs places respectives.

— Je vais faire seller mon cheval pour toi. Il y a une auberge sur Friday Street. Cherche l'enseigne du Croissant-de-Lune. Dis-leur mon nom et tu seras bien accueilli. Je te ferai savoir quand mes affaires seront terminées.

Hasan mit les pièces dans la bourse accrochée à sa ceinture.

— Everard sera content. Il espérait que tu puisses revenir avec moi.

Il se leva de son tabouret et fouilla dans le sac qu'il avait gardé sur ses genoux durant toute l'entrevue.

— Une dernière chose, frère.

Hasan sortit un étui en cuir et le tendit à Jacques.

— La seule bonne nouvelle dont je sois porteur.

Jacques ouvrit l'étui, qui contenait un bout de parchemin couvert d'une écriture soignée. Il lut en diagonale les premiers paragraphes, avant de lever son unique œil vers Hasan.

— En effet, voilà de bonnes nouvelles. Je t'avoue que je ne m'attendais pas à ce qu'il y parvienne aussi rapidement. Puis-je le garder? J'aimerais pouvoir le lire posément.

— Bien entendu.

Jacques posa la lettre sur la table, par-dessous les parchemins, et se dirigea vers la porte.

— Viens. Je t'accompagne jusqu'à l'écurie.

La Tamise, Londres, 15 septembre 1260 après J.-C.

Henri III, roi d'Angleterre, protégeait ses yeux éblouis par la réverbération du soleil sur la Tamise. Il était encore tôt mais il faisait déjà étonnamment chaud, pour le monarque comme pour le grand nombre de valets, de clercs et de gardes qui l'accompagnaient. Le capitaine de la barge royale cria à une barque à tribord de rester hors de son chemin. Une foule de pêcheurs et de bateaux chargés de marchandises parcourait la Tamise, ce qui en rendait la traversée difficile.

Malgré la chaleur et les volumineuses robes de velours

noir agrémentées de fourrure de loup au cou et aux poignets, Henri avait froid. Il essayait de croiser le regard de son fils aîné, assis sur le banc face à lui, mais le prince Édouard observait les deux hommes de la barque incriminée, qui ramaient frénétiquement pour dégager le passage. Henri se tourna vers l'homme à sa gauche, vêtu d'un manteau et d'un chapeau noirs. Son visage était encore plus pâle que d'habitude.

— L'eau vous incommode, chancelier? s'enquit Henri.

— Non, sire. C'est le mouvement qui me perturbe.

— C'est le chemin le plus rapide pour se rendre au Temple, dit Henri d'un ton enjoué, comme si cela pouvait lui rendre le trajet plus confortable.

Il renvoya un valet qui apportait un plateau de boissons.

— Et ça a l'avantage d'être plus discret que le cheval, répondit le chancelier. Mieux vaut qu'on ne nous voie pas entrer au Temple. Il est connu que nos seuls liens avec les chevaliers sont d'ordre financier. Vos sujets pourraient se demander pourquoi vous avez encore besoin d'or, alors que vous leur en prenez tant. Les nouveaux impôts sont très impopulaires.

Henri se renfrogna.

— Ces impôts ont été levés sur vos conseils, chancelier.

— Et je vous certifie, sire, que vous avez bien fait. Je me contente de vous montrer où sont vos intérêts. Et votre intérêt aujourd'hui, c'est de rendre notre présence au Temple aussi rapide et secrète que possible. Nous n'aurions même pas dû accepter d'y aller. Les Templiers n'en finissent pas de prendre de l'importance.

Les rives étaient remplies d'un flot continu de négociants, de marchands, de garçons de course et de gens à l'affût de la moindre affaire. Ils marchaient à pied, allaient à cheval, ou étaient assis sur des charrettes tirées par des bœufs. Au fond, la ville s'étendait comme une forêt inextricable de maisons en pierre ou en bois, de magasins, d'hôtels particuliers et de prieurés, d'où émergeaient çà et là les hautes flèches des chapelles. L'éclat du soleil, l'odeur du poisson sur le quai et la frénésie alentour, tout cela plaisait à Henri.

— Leur invitation ressemble presque à une convocation, reprit le chancelier. Il n'y a aucun ordre du jour, ils demandent simplement à ce que j'assiste à la conférence avec le personnel de la trésorerie.

Les joues du chancelier avaient rosi d'indignation.

— Je suppose que cela concerne notre dette, répondit sèchement Henri.

— Mais vous en avez déjà parlé récemment avec l'un d'eux, sire.

— Frère Owein. Un homme opiniâtre, pour sûr. Je lui ai dit que je rembourserai la dette quand j'en serai capable. Ce qu'il a accepté.

— Dans ce cas, pourquoi cette conférence?

Henri ouvrit la bouche pour répondre, mais son fils intervint.

— Peut-être veulent-ils proposer une nouvelle croisade?

Le chancelier et Henri tournèrent leurs regards vers le prince.

Édouard clignait des yeux à cause du soleil. L'une de ses paupières tombait, donnant l'impression qu'il était toujours plongé dans ses pensées. Mais il avait fière allure. Sa voix était douce et il parlait lentement pour déguiser le léger bégaiement qui l'affectait depuis son enfance.

— Le besoin s'en fait sentir depuis longtemps. Il n'y a pas eu d'effort soutenu vers l'Orient depuis la campagne du roi Louis, qui s'est achevée il y a six ans. Nous avons de vagues rapports sur l'invasion mongole et nous savons que les Mamelouks se préparent à marcher sur la Palestine pour se confronter à eux.

— Pour le moment, répondit Henri, je dois me concentrer sur les problèmes domestiques plutôt que sur les troubles à l'étranger. Les Ordres militaires peuvent très bien s'en occuper. C'est à ça qu'ils servent, après tout.

— Vous avez pris la Croix il y a dix ans maintenant, père, dit doucement le prince, mais avec une pointe de défi dans la voix. Je croyais que vous vouliez partir en croisade ? C'est ce que vous avez dit aux chevaliers quand ils vous ont demandé à quoi allait servir l'argent qu'ils vous prêtaient.

— Et c'est ce que je ferai, le moment venu.

Henri se détourna pour mettre fin à cette conversation, mais il savait qu'Édouard le regardait toujours. L'année dernière, la rumeur avait circulé que son fils était impliqué dans un complot visant à le renverser, complot dont le maître d'œuvre était le beau-frère de Henri, le comte de Leicester Simon de Montfort. Mais sans preuves, il avait dû se réconcilier avec son fils et avec le comte. Néanmoins, l'incident les avait éloignés.

— Il nous faut simplement être fermes avec les chevaliers, dit le chancelier d'un ton décidé. Quel que soit le sujet dont ils veulent discuter...

Henri rumina en silence pendant que la barge passait les murs de la ville. Au loin se dressait la commanderie des Templiers.

Nouveau Temple, Londres, 15 septembre 1260 après J.-C.

Les portes de la chapelle se refermèrent et les chevaliers s'assirent tandis que le prêtre se plaçait derrière l'autel. Dans la nef où il se trouvait avec les autres sergents, Will s'agenouilla. Le prêtre démarra l'office de tierce avec sa ferveur habituelle. Will réunit ses mains pour prier, mais son esprit n'était pas tourné vers Dieu, ni même vers l'imminente conférence avec le roi. Il était en retard à l'office et n'avait pas encore vu Garin. Il entrouvrit les yeux, scruta la nef et soupira en apercevant enfin son ami. Garin était agenouillé quelques rangées devant lui, la tête inclinée, les cheveux tombant comme un voile sur son visage.

Le prêtre entama la lecture des Écritures, au grand

déplaisir de Will. Cela faisait deux ans qu'il les entendait sept fois par jour, sans compter la messe quotidienne après l'office de sexte, ni les vêpres ou les veillées des morts chaque après-midi. Il y avait aussi les services spéciaux : la messe du Christ, l'Épiphanie, la fête de l'Annonciation, la fête de l'Assomption, la fête de Saint-Jean, pour n'en citer que quelques-uns. Au moins, ces jours-là, il y avait toujours un repas acceptable.

Pour finir, le prêtre leva ses mains.

— Levez-vous, mes frères. Humbles serviteurs de Dieu, défenseurs de la vraie foi et de la loi divine. Levez-vous et disons le *Pater Noster*.

Will se leva, des fourmis dans les jambes, pour réciter la Prière au Seigneur. Sa voix se joignit à celles des deux cent soixante hommes réunis dans la chapelle.

— *Pax vobiscum!*[1]

Le prêtre ferma son bréviaire, signalant ainsi la fin de l'office.

Impatient, Will attendit avec les sergents que les chevaliers sortent. Quand son tour fut venu, il se dépêcha, bousculant même ses camarades. Après la pénombre de la chapelle, le soleil semblait encore plus brillant et il plissa les yeux en passant sous le porche. Les sergents marchaient à la file derrière les chevaliers. Ils allaient à la Grande Salle casser leur jeûne. Le ciel affichait un grand bleu simplement teinté de brume, et l'odeur des pommes et des prunes mûres dans le verger masquait de son doux parfum la puanteur de la sueur et des crottes de cheval qui imprégnait la commanderie. Quelque chose dans la couleur de la lumière matinale, la manière dont elle semblait tout illuminer de l'intérieur, rappela à Will le jour où il était arrivé au Nouveau Temple.

Ses fesses étaient douloureuses et il était exténué après quinze jours de chevauchée depuis Édimbourg. Son père et lui avaient traversé la forêt du Middlesex, laissant derrière eux champs de céréales et vignobles. L'automne

---

1. Que la paix soit avec vous !

avait roussi les feuilles des arbres. Ils s'étaient arrêtés à un ruisseau pour faire boire leurs chevaux, et Will avait contemplé Londres qui s'étendait au loin. À l'extérieur des murs, sur la droite, il avait vu quelques domaines impressionnants le long de la Tamise. L'un d'entre eux, avait-il deviné, était le Temple. Tout lui semblait si grand et sublime et sanctifié qu'il avait imaginé que c'étaient des anges, et non des hommes, qui y habitaient. Exalté, il s'était tourné vers son père, mais celui-ci semblait indifférent à tout depuis plusieurs mois.

Will repoussa ces souvenirs. Il refusait de se laisser harceler par des fantômes. Surtout aujourd'hui. Voyant Garin dans la file des sergents, il descendit les marches en cavalant et s'obligea à sourire.

— Tu viens à l'armurerie ? fit-il en le prenant par le bras. Où étais-tu la nuit dernière ?

— À l'infirmerie avec frère Michael, répondit Garin en faisant la grimace. J'avais des crampes d'estomac. Peut-être à cause des prunes, mais je ne lui en ai pas parlé.

— J'ai cru…, commença Will, mais il s'arrêta. Ça nous apprendra. Heureusement que j'ai un estomac d'acier.

— Allons prendre les boucliers, dit Garin. Je n'ai pas envie d'être en retard.

Les deux garçons se dirigèrent vers l'armurerie, ignorant les regards de curiosité que leur jetaient les jeunes sergents.

Après avoir récupéré les boucliers de leurs maîtres, ils allèrent dans la cour intérieure bordée d'un cloître. Les écus frappés d'une croix pourpre étaient presque aussi grands qu'eux. Au centre de l'herbe encore perlée de rosée, de grandes planches sur tréteaux avaient été installées et une foule de domestiques s'activait, les uns amenant des bancs, les autres des plateaux remplis de victuailles ou de vin. Will s'avança vers Owein avec Garin à sa suite. Le chevalier, en pleine discussion avec un clerc, leva les yeux et l'aperçut. Will ouvrit la bouche pour saluer son maître, mais une voix l'interrompit.

— Frère Owein !

Will se tourna et vit Jacques approcher à grands pas. Sans même remarquer Will et Garin, Jacques fit savoir à Owein que la barge royale arrivait.

— Très bien, frère, répondit Owein. Nous sommes prêts. À ta place, sergent, fit-il à Will. Et souviens-toi, ne parle que si on t'adresse la parole.

— Oui, maître.

Ils allèrent se poster près de deux autres sergents qui portaient les boucliers de leur maître. Garin s'installa aux côtés de Will, portant l'écu devant lui. Jacques se tenait debout avec Owein au bord du carré de gazon. Sa posture sévère et arrogante de Cyclope déplaisait à Will. Quelques instants plus tard, les portes de la cour s'ouvrirent.

À la tête de l'assemblée qui pénétra dans la cour se trouvait Humbert de Pairaud, maître de l'Angleterre. C'était un homme de grande stature, trapu, avec d'abondants cheveux noirs, dont la simple présence sembla remplir la cour. Le roi Henri marchait à ses côtés. Ses cheveux cendrés étaient bouclés à l'extrémité, et son visage parcouru de rides profondes. Le prince Édouard était placé à droite de son père. Le jeune homme faisait presque une tête de plus que tous les autres et, à vingt et un ans, il avait déjà l'allure d'un monarque. Un homme au visage pâle et aux joues creuses les suivait, ainsi qu'une cohorte de valets, de clercs et de gardes royaux.

Owein s'avança au-devant d'eux et s'inclina, d'abord devant le maître, ensuite devant le roi et le prince.

— Sire, maître, c'est un honneur de vous accueillir au Temple. Monsieur le chancelier, ajouta-t-il en saluant l'homme en noir d'un hochement de tête.

Henri sourit mielleusement.

— Chevalier Owein, comme il est bon de vous revoir.

Will regarda Owein avec étonnement. Il ignorait que son maître avait déjà rencontré le roi.

— Sire, intervint Humbert d'une voix que l'âge et l'habitude d'exercer l'autorité rendaient bourrue, asseyons-nous pour parler confortablement.

Des domestiques étendirent sur la chaise destinée au roi un carré de soie écarlate. Puis ils se retirèrent sous le cloître tandis que Henri s'asseyait et faisait signe à la nuée de domestiques papillonnant autour de lui de s'éloigner.

— Je ne m'explique toujours pas comment vous pouvez vivre dans un endroit aussi modeste, maître. L'homme le plus fortuné d'Occident peut sans doute s'accorder un peu de luxe ?

— Nous rendons grâce au Seigneur, sire, répliqua doucement Humbert en s'asseyant à gauche du souverain. Le confort de la chair n'est rien.

Will recula pour permettre à Owein de s'asseoir à côté du maître. Édouard avait pris place à la droite du roi. Trois chevaliers, dont Jacques, ainsi que cinq clercs, deux accompagnant le roi et trois appartenant au Temple, se partageaient les autres sièges. Il y avait encore une place vide. Will supposa qu'elle était pour le chancelier, qui avait choisi de rester debout derrière le roi, comme un corbeau perché sur le dossier de sa chaise.

Henri regarda les plateaux chargés de fruits et les cruches de vin.

— Fort heureusement, vous avez l'amabilité de nous pourvoir de plaisirs plus terrestres.

Humbert fit signe à un domestique de servir le vin.

— Le Temple se fait un devoir de recevoir ses invités selon leurs propres habitudes.

Henri posa sur le maître un regard agacé, puis ses yeux se perdirent au loin tandis qu'on lui versait du vin. Des yeux, il fit le tour de l'assemblée et s'arrêta sur Will.

— On dirait que vos soldats sont plus jeunes d'année en année. Ou peut-être est-ce moi qui vieillis. Quel âge as-tu, mon garçon ?

— Treize ans et huit mois, sire.

Du coin de l'œil, Will remarqua le regard que lui jetait Jacques.

— Ah ! fit Henri sans remarquer l'embarras du garçon. Écossais, à moins que mes oreilles ne me trompent.

— Oui, sire.

— Alors tu as eu le privilège d'être le sujet de deux des plus belles femmes de ces îles. Ma femme et ma fille, Margaret.

Will opina mais se garda de répondre. Il n'avait que quatre ans quand Henri avait marié sa fille, elle-même âgée de dix, au roi d'Écosse. Mais il avait grandi avec le sentiment que lui avait transmis son père : grâce à Margaret, Henri s'était assuré une emprise sur l'Écosse, un pays que les rois anglais convoitaient depuis des siècles.

— C'est dans la jeunesse que nous devons placer nos espoirs pour l'avenir, continua Henri en buvant une gorgée de vin. Le mois dernier, j'ai commandé au meilleur artiste d'Angleterre de recréer la chute de Jérusalem dans mes quartiers privés. C'était l'âge d'or de la chevalerie, quand les fraternités étaient des Ordres de renom et que des hommes comme Godefroy de Bouillon marchaient sur les traces de Notre-Seigneur Jésus-Christ, se sacrifiant pour la gloire de Dieu et de la Chrétienté. Qui sait, ajouta-t-il sèchement, peut-être des jours aussi glorieux pourraient-ils revenir.

Humbert leva les sourcils.

— Il me semblait que l'argent que nous vous avons prêté était destiné à des croisades en Palestine, pas aux murs de votre palais.

— Ne vous tourmentez pas pour votre argent, Pairaud, il est utilement dépensé. Vous vous souciez trop de ces choses. Le Temple commerce avec presque tous les pays, fait payer aux pèlerins la traversée vers la Palestine, accepte les donations des nobles et des rois. Et en matière de prêt, vous demandez presque autant d'intérêt que les juifs !

Le roi planta son regard dans celui de Humbert.

— Je crains que le nom de Pauvres Soldats du Christ, par lequel vous aimez qu'on vous appelle, ne vous égare.

— Le Temple utilise tous les moyens à sa disposition pour générer des fonds. Il le faut bien si nous voulons continuer à nous battre au-delà des mers. Nous y sommes obligés pour réaliser le rêve de tous les hommes, des femmes et des enfants de la Chrétienté depuis deux siècles : prendre Jérusalem aux Sarrasins et faire de la Terre sainte un bastion chrétien. En tant que moines, nous prions pour y parvenir. En tant que soldats, nous fortifions nos garnisons en Outremer. Et en tant qu'hommes, nous produisons et vendons tout ce que nous pouvons. Si nous ne le faisions pas, qui le ferait, sire ? L'Occident peut bien rêver, mais nous sommes peu nombreux à tenter de réaliser ce rêve.

— Vous vous cachez derrière votre piété, répliqua Henri d'un ton cassant. Chacun sait que le Temple, avec toutes ses propriétés, se construit un empire ici, en Occident. Un empire que le roi lui-même ne contrôle plus dans son propre royaume !

Le silence envahit la cour un moment, avant que ne s'élève la voix aimable du prince Édouard.

— Avez-vous des nouvelles de ce qui se passe en Orient, maître des Templiers ? Votre dernier rapport nous informait que les Mongols avaient attaqué Bagdad et plusieurs autres villes. Faut-il penser qu'ils vont attaquer aussi nos possessions ?

Henri fronça les sourcils tandis que Humbert se tournait pour répondre.

— Nous ne savons rien de plus, prince. Mais je ne crois pas que les Mongols représentent un danger dans l'immédiat. Je suis davantage inquiet au sujet des Mamelouks.

— Leur chef, Qutuz, est un esclave ! Que pourrait-il bien nous faire ?

— Un guerrier esclave, corrigea Humbert. Et d'ailleurs, il n'est plus esclave. Mes frères et moi pensons que les Mamelouks représentent une menace sous-estimée en Occident. Aujourd'hui, seuls les Mongols les empêchent de s'en prendre à nous.

— Les Mongols sont bien plus puissants, répliqua sèchement Henri, et j'ai entendu dire qu'ils utilisent des femmes et des enfants chrétiens comme boucliers dans les batailles. Tant mieux si les Sarrasins les occupent.

— Pardonnez-moi, sire, mais vous faites fausse route. Les Mongols sont puissants, mais l'Église a déjà converti nombre d'entre eux. À Bagdad, ils n'ont tué que les Sarrasins, ils ont épargné les nôtres. Nos espions au Caire nous ont appris que les Mamelouks s'apprêtent à marcher sur la Palestine, qu'ils vont faire la guerre aux Mongols. Leur avant-garde sera dirigée par l'un de leurs généraux les plus redoutables, Baybars.

— Baybars?

— Ils l'appellent l'Arbalète, expliqua Humbert, le visage soudain tendu. Il est responsable de l'égorgement de plus de trois cents chevaliers du Temple. C'est lui qui a conduit le massacre de Mansourah, la bataille qui a mis un terme à la croisade de votre beau-frère, le roi Louis.

Derrière lui, Will sentit Garin se raidir. Quand il avait quatre ans, Garin avait perdu son père et deux frères dans cette campagne. Jacques avait été le seul de la famille Lyons à survivre. Le regard de Will se porta sur le Cyclope, qui avait l'air plongé dans ses pensées.

— Quand Louis a pris Damiette, il a laissé son frère, Robert d'Artois, diriger ses forces vers le sud de l'Égypte. Ils ont fondu sur l'armée mamelouke, installée à l'extérieur de Mansourah. Artois a lancé une attaque audacieuse sur le camp, sans écouter les ordres du roi. Il a fait tomber beaucoup de soldats mamelouks, notamment le chef de la garde royale. Baybars a pris sa place et piégé l'armée chrétienne à Mansourah, en sachant que nous suivrions ses troupes dans les rues de la ville. Nos hommes sont morts par centaines. Il ne faut pas sous-estimer les Mamelouks, sire.

Le prince Édouard s'agitait.

— Avons-nous assez de forces pour faire face à cette menace, maître?

— Oui! s'écria Henri avec emphase avant que Humbert n'ait pu répondre. Ceux qui ont juré de défendre les chrétiens en Terre sainte seront-ils capables de respecter leur serment?

— Comme en toute chose, sire, se pose la question du financement, intervint Owein.

Humbert lui jeta un regard dur.

— Les Mamelouks connaissent bien le terrain, sire. Mieux que nos colons, qui se sont installés dans telle ou telle ville et s'en sont contentés. Ils utilisent des pigeons pour envoyer des messages et ils ont des espions partout. À l'heure actuelle, ils sont mieux placés pour attaquer que nous pour nous défendre.

— Nous devons agir, dit Édouard. Une croisade ferait...

— Chacun sait, l'interrompit Henri, qu'une décision hâtive n'est jamais bonne. Une croisade est peut-être nécessaire, mais nous devons l'organiser soigneusement.

— Bien entendu, père, fit poliment Édouard.

— Tout cela est déroutant, messire, continua Henri. Mais je ne peux pas être d'une grande utilité en l'état actuel des choses. Pourquoi m'avoir fait venir?

— S'il plaît à Votre Majesté, dit Humbert, frère Owein commencera la discussion.

Owein se tourna vers Henri, les mains croisées sur la table.

— Nous vous consentons l'usage de la trésorerie du Temple pour que vous y entreposiez vos biens et utilisiez nos propres fonds quand il vous sied, comme nous l'avons accordé par le passé à votre père, le roi Jean, et à son frère, le roi Richard. Le Temple est ravi de soutenir financièrement la famille royale...

— Je l'espère, le coupa Henri. Dieu sait que je vous laisse assez de pouvoir en compensation de vos maigres bontés.

— Dieu le sait, répondit Humbert, et soyez assuré que vous serez grandement récompensé au Ciel de la générosité que vous montrez à l'égard de ses soldats. Continuez, s'il vous plaît, frère Owein.

— Mais bien que nous soyons ravis de cette situation, nos fonds ne sont pas illimités.

Owein fit un signe en direction d'un des clercs du Temple, qui posa un rouleau de parchemin devant le roi.

— Comme vous pouvez le constater, sire, vos dettes ont considérablement augmenté cette dernière année.

Henri déchiffra le document, son front se creusant à mesure qu'il lisait. Il le tendit au chancelier, qui le parcourut d'un œil rapide avant de le lui rendre. Tandis que Henri se lissait la barbe, Édouard se leva pour jeter à son tour un coup d'œil au parchemin.

— Cet argent m'a été prêté de bonne foi, dit finalement Henri. J'ai bien entendu l'intention de le rembourser, mais c'est impossible à l'heure actuelle.

— Nous avons appris, répondit Owein en jetant un coup d'œil à Jacques, que vous avez récemment organisé des joutes pour des courtisans français. Qui les a payées?

Jacques hocha la tête en silence. Henri leur jeta un regard furieux.

— Je suis sûr, chevaliers, que vous pouvez comprendre la situation de mon père, dit Édouard en levant le nez du parchemin. En tant que souverain, il est de son devoir de protéger le peuple en temps de guerre et de le divertir en temps de paix.

— Nous le comprenons, concéda Owein. Mais nous ne pouvons nous permettre que ces dettes ne soient pas remboursées. Nous avons besoin d'or si nous voulons soutenir notre effort en Terre sainte.

— Qu'en est-il de la charité? Les Templiers ne reconnaissent-ils plus ce devoir chrétien?

— Si vous souhaitez la charité, sire, dit Humbert, avec tout mon respect je vous suggère de vous adresser aux Hospitaliers.

Le visage de Henri s'empourpra.

— Quelle insolence !

Il jeta le parchemin sur la table.

— Vous aurez bientôt votre argent. J'ai levé des impôts ici et dans mes terres en Gascogne. Mais je vous préviens, si vous m'insultez une fois de plus, vous ne verrez pas un sou.

— Les impôts prennent trop de temps, sire. Il nous faut l'argent rapidement.

— Dieu du Ciel ! Vous voulez peut-être que je vende les vêtements que je porte ? L'argent ne pousse pas sur les arbres !

Owein regarda Humbert, qui lui fit signe de continuer.

— Il existe un autre moyen de résoudre ce problème, sire.

— Et lequel, selon vous ?

— Mettez en gage chez nous les joyaux de la Couronne, sire. Nous les garderons jusqu'à ce que les dettes soient remboursées.

— *Quoi ?* enragea le roi.

Édouard se rassit. Le chancelier fixait Owein avec étonnement. Will luttait pour ne rien laisser paraître de sa propre surprise.

— C'est le seul moyen, sire, dit Humbert.

Le roi se leva, et dans sa précipitation, sa chaise partit en arrière. La soie écarlate glissa et tomba dans l'herbe. Il frappa du poing sur la table, renversant plusieurs coupes.

— Les joyaux de la Couronne sont les symboles de ma lignée et la distinction de la royauté, ils n'appartiennent pas à des soldats présomptueux qui se croient au-dessus de Dieu !

Il s'empara du parchemin, le déchira et jeta les morceaux dans l'herbe.

Humbert se leva.

— Je vous rappelle que la loyauté du Temple a toujours été bénéfique et même, pourrait-on dire, essentielle au souverain de cette nation, plaida-t-il d'une voix calme. Il serait dommage, sire, de remettre en cause cette loyauté.

— J'aurai votre *tête* ! dit Henri d'une voix fulminante.

Les gardes royaux, à l'autre bout du gazon, s'agitaient quelque peu. Deux des chevaliers s'étaient levés, prêts à dégainer.

Édouard posa la main sur le bras de Henri.

— Venez, père, je crois que la discussion est terminée.

Henri jeta un dernier regard furieux à Humbert puis, écartant d'un brusque mouvement son fils, il traversa la cour. Avant de suivre le roi, Édouard se tourna et salua Humbert et Owein.

Le seul à rester fut le chancelier.

— Nous vous notifierons la décision du roi d'ici un mois, maître des Templiers.

Humbert regarda les bouts de parchemin que le vent dispersait au sol.

— J'ai un double de ces comptes dans ma cellule. Sa Majesté souhaite-t-elle qu'on les lui envoie au palais ?

Le chancelier secoua la tête en signe de dénégation.

— Je vais les récupérer maintenant.

Humbert jeta un regard autour de la table.

— Lyons, dit-il en se dirigeant vers Garin, escortez monsieur le chancelier à ma cellule. Mon valet vous donnera le parchemin en question.

Garin s'inclina lentement et traversa la cour avec le chancelier à sa suite. Will se retourna en entendant la voix d'Owein derrière lui.

— Ça ne s'est pas passé aussi bien que je l'imaginais. J'espère que le roi ne décidera pas de se venger.

— Chien qui aboie ne mord pas, frère Owein, répondit Humbert. La dernière fois que Henri a tenté de nous intimider, il a reculé quand nous l'avons menacé de le renverser.

6

Plaine de Sharon, royaume de Jérusalem

9 octobre 1260 après J.-C.

— Nous touchons au but, émir.

Baybars entendait à peine ce que lui disait le sultan. L'air autour de lui était rempli par les battements des tambours. Quand les Mamelouks rentreraient au Caire, ils résonneraient durant sept jours pour fêter la victoire.

— Notre retour sera triomphal, continua Qutuz, qui devait élever la voix pour couvrir le raffut.

— La ville chantera vos louanges, sultan, répondit Baybars d'une voix aussi calme que son esprit était agité.

Qutuz sourit.

— Les Mongols y réfléchiront à deux fois avant de me provoquer, maintenant que j'ai resserré mon emprise sur la Syrie.

— Oui, fit Baybars en jetant un coup d'œil par-dessus son épaule.

Derrière eux, l'armée mamelouke barrait la route sur des kilomètres. Les drapeaux et les bannières étaient hissés au-dessus des chariots où s'entassaient butin et esclaves. Les conseillers du sultan et les officiers de la garde royale lui bouchaient la vue, mais il put quand même apercevoir Omar à quelque distance, à l'avant du régiment bahrite.

Baybars se remit dans le sens de la marche. Le soleil déclinant était un œil rougeâtre sur l'horizon. Au loin, une bande de verdure traversait la plaine de Sharon, le long de la rivière qui se jetait dans la mer à une trentaine de kilomètres plus à l'ouest. Ils la traverseraient à son passage le plus étroit et continueraient vers le sud. L'armée approchait de Gaza. Là-bas, ils pourraient se reposer avant la difficile traversée du désert du Sinaï qui les amènerait en Égypte.

Baybars étudia le sultan du coin de l'œil. Celui-ci se tenait droit sur sa selle. Il avait raison, leur retour serait triomphal. Les Mamelouks avaient réussi là où tout le monde avait échoué, ils avaient accompli ce que personne même n'avait *osé* tenter : affronter l'armée mongole et l'écraser. Mais pour Baybars, la victoire avait un goût amer. Il avait perdu bien plus qu'Alep dans cette campagne. Alors qu'il en rêvait depuis des années, il avait perdu l'occasion de se venger. Depuis qu'ils avaient repris la route, il essayait d'élaborer un plan pour se débarrasser de Qutuz, mais le temps passait sans qu'il puisse en régler les détails.

Cinq jours après la bataille d'Ayn Djalut, les Mamelouks avaient marché sur Damas, et les Mongols avaient de nouveau reculé. De là, ils étaient allés vers le nord, à Homs et à Hamah. Les émirs qui avaient dû fuir devant l'invasion mongole avaient repris leur poste et les villes avaient été soumises à la loi coranique. À Alep, les Mongols avaient tenu près d'un mois, mais les Mamelouks avaient fini par anéantir leurs défenses et reprendre la ville. Quand les combats avaient cessé, Qutuz avait paradé dans les rues. Les musulmans, qui avaient souffert du joug mongol, hésitaient à sortir de chez eux pour voir leur libérateur. Au même moment, on tuait les chrétiens.

Le temps que le cortège arrive à la principale place de marché de la ville, la jubilation des musulmans les faisait se presser pour accueillir leur nouveau souverain. Baybars était resté silencieux au côté de Qutuz, tandis que celui-ci orchestrait une cérémonie de remise de la ville au nouveau gouverneur mamelouk. À la fin, alors que tous congratulaient leur chef, Baybars s'était éclipsé dans la foule. Il avait dit quelque chose à l'un des soldats, puis s'était dirigé vers l'estrade dressée au milieu de la place.

Il n'y avait pas si longtemps, lui semblait-il, il était enchaîné sur cette estrade. Des hommes l'avaient jaugé comme s'il avait été une bête dans une foire au bétail. Derrière le marché, au sud de la mosquée, se trouvait la maison dans laquelle il avait servi six mois.

Baybars avait grimpé les marches, les cris de l'armée emplissant ses oreilles.

— *Allahu Akhbar!*

Dieu est le plus grand.

Quand Omar l'avait rejoint deux heures plus tard, il était toujours assis là.

— Émir?

Baybars était sorti de sa rêverie, surpris de voir le soleil déjà presque couché.

— Je te cherchais, dit Omar. Tu es là depuis longtemps?

Baybars ne répondit rien.

— Il y a du nouveau. Nous avons payé les officiers. Ils te soutiennent.

Baybars hocha la tête.

— Je comprends pourquoi tu restes ici plutôt que de retourner au camp, avait continué Omar. Qutuz est saoul et il ne cesse de faire l'éloge du gouverneur qu'il a désigné.

Baybars regarda la place et la couleur dorée qu'elle prenait avec la lumière de ce début de soirée. La foule s'était éparpillée, mais un escadron de Mamelouks était resté pour patrouiller dans les rues. Qutuz et sa suite avaient investi la citadelle pour fêter la victoire.

— Ce n'est pas à cause du sultan que je ne me suis pas

retiré avec les hommes. Alep n'est pas entre mes mains aujourd'hui, mais quand Qutuz sera mort, ce n'est pas des louanges que le gouverneur recevra.

— Alors pourquoi te cacher?

— Je ne me cache pas. J'attends.

— Tu attends? l'interrogea Omar. Qu'est-ce que tu attends?

— Un vieil ami.

Baybars s'était levé, il observait les rues menant à la place. Le dôme de la mosquée était une grande cloche dorée posée sur les toits des maisons. Omar se leva à son tour et regarda dans la même direction.

— Tu ne m'avais pas dit que tu connaissais quelqu'un ici. Cela fait quoi, dix-huit ans que tu n'es pas venu?

— Dix-neuf.

Baybars croisa ses mains dans son dos.

— Retourne au camp, je t'y rejoindrai bientôt.

— Les officiers ont été payés, mais on n'a fixé ni le lieu ni l'heure. Nous devrions le faire tant que nous en avons l'occasion et...

— Tu désobéis à mes ordres, officier? dit Baybars sans le regarder.

— Pardonne-moi, émir, répondit Omar avec surprise.

Il se tourna pour partir, puis s'arrêta quand Baybars sauta de l'estrade. Un soldat mamelouk arrivait en cavalant d'une des rues alentour. Il ralentit son cheval en s'approchant de Baybars.

— Émir.

Il mit pied à terre et s'inclina.

— As-tu trouvé la maison?

— Oui, émir, mais l'homme que vous m'avez envoyé chercher n'était pas là.

— Comment cela?

— La maison a été abandonnée il y a quelque temps. Je me suis renseigné. Peu de gens connaissaient la famille qui habitait là. Un marchand croit se rappeler que la propriété appartenait à un chevalier de l'Ouest. D'après lui, le chevalier serait mort et sa famille serait repartie depuis une dizaine d'années.

Baybars recula de quelques pas et s'agrippa à l'estrade.

— Désirez-vous autre chose? demanda le soldat.

Baybars lui fit signe qu'il pouvait disposer.

Le soldat s'inclina, remonta sur son cheval et s'en alla.

Omar sauta à son tour de l'estrade.

— Qui est ce chevalier?

— Retourne au camp.

— Parle-moi, le pressa Omar. Tu ne m'as jamais dit ce qui t'était arrivé à Alep, mais je sais que cette ville te hante. Ce chevalier était-il ton maître?

Baybars l'attrapa par les épaules et le plaqua contre l'estrade.

— Pars, je te dis!

Le souffle coupé, Omar le fixait, éberlué. Baybars le lâcha et recula.

— Nous parlerons bientôt, Omar, reprit-il, un peu plus calme, tu as ma parole. Mais pas aujourd'hui.

Quand l'appel pour la prière avait retenti, il marchait seul, ayant abandonné Omar sur la place du marché.

Baybars saisit les rênes de son cheval. Alentour, les rythmes des tambours ne faiblissaient pas. Il s'efforça de se concentrer sur le sujet le plus important. Il était l'un des généraux de l'armée mamelouke. Il avait défait les chrétiens et les Mongols. Il se rappelait avoir été un esclave, mais ce n'est pas comme esclave qu'on se souviendrait de lui. L'échec de ce qu'il avait projeté de faire à Alep l'avait secoué, mais il n'était plus temps de retourner le passé. Le chevalier était soit parti, soit mort. Il n'aurait pas son châtiment.

— Tu es bien calme aujourd'hui, émir. Quelque chose ne va pas? l'interrogea Qutuz.

— Non, seigneur.

Qutuz le scruta mais on ne pouvait rien lire sur le

visage de Baybars. Il aurait aussi bien pu regarder un mur, il n'aurait pas été moins expressif.

— Tu seras récompensé comme il se doit pour ta contribution à la victoire, une fois que nous serons rentrés au Caire.

— Votre générosité vous honore, seigneur.

Un éclaireur approchait d'eux. Il arrêta son cheval, en descendit et se présenta face à Qutuz.

— Il y a un village à environ une lieue[1] à l'est de la route, maître.

— Des chrétiens?

— Oui, maître, il y a une église.

— J'enverrai les Mu'izziyya.

— Vos hommes sont las, intervint Baybars. Ce sera le troisième village chrétien qu'ils mettront à sac en cinq jours. J'ai besoin de me défouler, laissez-moi y aller avec les Bahrites.

Qutuz réfléchit un moment avant d'acquiescer.

— Vas-y. Nous continuerons vers Gaza. Je n'ai pas besoin de te rappeler comment procéder.

— Non, seigneur, tout ce qui a de la valeur sera rapporté sans faute.

Baybars enfonça ses talons dans les flancs de son cheval. Sur son ordre, cinq cents hommes quittèrent la colonne de l'armée en marche pour le suivre. Quelques chariots se mirent également dans leur sillage : leurs cages en bois pouvaient contenir beaucoup d'esclaves.

Le village était niché entre deux talus au bord de la plaine de Sharon, près de champs d'oliviers. Des pieux enfoncés et attachés les uns aux autres étaient censés protéger les soixante maisons, ou plutôt les soixante cahutes en brique argileuse qui s'y entassaient. En plus de l'église, il n'y avait que trois bâtiments en pierre. Des nuages de fumée sortant des cheminées s'étiraient dans le ciel rosâtre.

1. Lieue : ancienne mesure équivalant à quatre kilomètres. *(N.d.T.)*

Les fermiers avaient quitté les oliveraies pour rentrer chez eux.

Une fois le périmètre du village atteint, les Mamelouks se mirent à arracher les pieux. Plusieurs habitants, ayant vu les soldats approcher, avaient lancé l'alarme et la panique était déjà à son comble quand les cloches se mirent à sonner. Quelques hommes se dépêchaient de s'armer avec ce qu'ils pouvaient trouver : pierres, faux, balais... Mais la plupart cherchaient à fuir.

La cavalerie chargea et des fermiers abrités derrière un chariot s'éparpillèrent. Les soldats sur leurs montures cuirassées frappèrent avec leurs épées et leurs massues hérissées de pointes, visant les têtes et les dos sans protection. Affolés, courant dans tous les sens, les hommes tombaient sous les coups avant d'être piétinés par les chevaux. Parvenant à éviter de justesse une épée qui allait le décapiter, un paysan réussit à s'enfuir. Trois soldats le poursuivirent en hurlant, excités par la chasse. Les soldats retournaient les charrettes sur leur passage, déversant et écrasant au sol quantité d'olives qui dégageaient leur puissant arôme.

Baybars traversa le village au milieu des habitants en pleine débandade, observant ses soldats essayer de rassembler les fermiers dans les rues.

Les villages tels que celui-ci étaient nombreux en Palestine. Ils avaient d'abord été habités par des coptes, puis par des chrétiens orthodoxes grecs et arméniens dont les familles avaient travaillé la terre pendant des générations. Quand les premiers croisés étaient arrivés d'Occident, la paix relative entre les chrétiens autochtones et leurs souverains musulmans avait tourné au conflit. Les princes et les ducs francs s'emparèrent d'Antioche, Jérusalem, Bethléem et Hébron et ils possédèrent bientôt une grande partie du sud et du centre de la Palestine, ainsi que le nord de la Syrie. Ils divisèrent alors cet espace en quatre États dont ils firent leur nouvel empire : Outremer, le pays au-delà de la mer. Ils avaient appelé ces États le royaume de Jérusalem, la principauté d'Antioche et les comtés d'Édesse et de Tripoli. Les maisons les plus puissantes de la noblesse occidentale se partagèrent le gouvernement de ces provinces, tout en se soumettant au roi chrétien de Jérusalem. Les musulmans avaient depuis reconquis certaines villes, notamment Jérusalem et Édesse, mais pour Baybars ces victoires ne suffisaient pas.

— Quels sont les ordres, émir? lui demanda l'un des officiers.

Baybars fit un large mouvement pour désigner les maisons.

— Brûlez-moi tout ça. Et fouillez l'église pour voir si elle contient quelque chose de valeur.

L'officier s'en alla relayer l'ordre.

Les Mamelouks mirent rapidement le feu aux chaumières en jetant des torches sur les toits. Hommes, femmes et enfants ne sortaient des refuges où ils suffoquaient que pour être capturés. Un bruit sourd parvenait du centre du village, indiquant que les soldats enfonçaient les portes des bâtiments en pierre. Le son du bois qui se brisait était suivi par des cris d'épouvante. Le chef du village fut traîné dans la rue avec sa femme. Tandis qu'on les décapitait, leurs enfants furent poussés, hurlant de terreur, jusqu'aux chariots.

Baybars sauta de son cheval en voyant Omar s'approcher. Avec lui se trouvait un autre officier bahrite, Kalawun, un homme de grande taille au visage osseux mais plein de charme. Les deux hommes arrêtèrent leur monture et mirent pied à terre.

— Je commençais à me demander si vous alliez venir, dit Baybars.

— Nous devons parler, émir, répondit calmement Omar.

— Pas maintenant. Le sultan a des yeux partout. Il me surveille depuis Ayn Djalut, il n'a plus confiance.

— Dans ce cas, intervint Kalawun avec un demi-sourire, il est moins stupide que je ne le pensais.

Les trois hommes se tournèrent, une femme hurlait depuis une maison de l'autre côté de la rue. Une partie du toit s'était effondrée, envoyant une gerbe d'étincelles dans le ciel. La femme s'agrippait à un petit baluchon blanc. Un soldat s'approcha, elle sauta sur le côté pour l'éviter mais il fut plus rapide : l'épée plongea dans son estomac et en ressortit avec une giclée de sang. Elle s'écroula en lâchant le baluchon et le soldat parut surpris d'entendre une sorte de miaulement aigu. De la pointe de l'épée, il défit le drap blanc et découvrit un bébé. Le soldat regarda autour de lui, l'air indécis, et il aperçut Baybars.

— Émir ? lança-t-il en montrant l'enfant. Que dois-je en faire ?

— Tu as l'intention de l'allaiter toi-même ?

Quelques Mamelouks autour de lui se mirent à rire.

— Non, émir, répondit le soldat en levant le bras.

Omar détourna les yeux. C'était peut-être un bienfait de tuer cet enfant : s'ils l'avaient laissé en vie, il serait mort d'insolation ou de faim. Mais personne n'était obligé de regarder. Quelques secondes plus tard, il vit le soldat repartir et une flaque de sang rougir le drap et se répandre autour du bébé.

Baybars jeta un regard circulaire autour de lui. Le village était à feu et à sang. Ses yeux se posèrent sur l'église. Les portes en étaient fermées, le bâtiment n'était pas encore pris.

— Venez, dit-il à Omar et à Kalawun.

Il s'approcha et voulut ouvrir mais quelque chose l'en empêchait. À l'intérieur, une voix d'homme se fit entendre, tremblante mais pleine de détermination.

— Arrière, suppôts du diable !

Baybars mit un coup de pied et parvint à passer l'épaule. Il dégagea le banc qui bloquait la porte et tira son sabre en entrant, suivi par Omar et Kalawun. Il prit un instant pour observer les lieux. L'église était petite et sans autre ornement qu'un autel délabré à l'autre extrémité, sous un crucifix en bois suspendu au mur. Derrière l'autel, un vieux prêtre en robe défraîchie brandissait un candélabre. La seule lumière provenait de deux ouvertures sur les murs latéraux.

Le prêtre brandissait son candélabre en direction de Baybars. C'était un petit homme décharné.

— Arrière! Vous n'avez pas le droit d'entrer dans la maison de Dieu!

— Ton église est sur nos terres, répliqua Baybars en s'avançant. Nous avons tous les droits.

— C'est la terre de Dieu!

— Toi et les tiens, vous êtes comme les fourmis. Vous construisez des églises et des châteaux sans vous préoccuper de savoir où vous êtes ni ce que vous faites. Vous êtes nuisibles.

— Je suis né ici, et mon peuple aussi! cria le prêtre.

— Vous êtes des Francs. C'est le sang de cette engeance qui coule en vous.

— Mais c'est *ici* chez nous!

Il sortit de derrière l'autel et fendit l'air avec son candélabre. Baybars bondit en faisant tournoyer son sabre. Le prêtre se baissa mais le coup ne lui était pas destiné. La lame trancha la corde du crucifix, qui tomba au sol avec fracas. Baybars le piétina, réduisant en miettes le visage du Christ sous son talon.

— Vous êtes peut-être nés sur ces terres, mais vous portez en vous la pourriture de l'Occident. Ce que nous faisons ici, nous allons le faire dans toute la Palestine.

Il s'approcha du prêtre et le désarma en frappant simplement le candélabre du plat de l'épée. Puis, en sentant la pointe de la lame contre sa gorge, le prêtre blêmit.

— Ton Dieu versera des larmes en voyant Ses églises et Ses reliques en feu. Les cendres de la Chrétienté seront répandues aux quatre vents et ce sera un soulagement pour tous les musulmans.

— Vous mourrez, murmura le prêtre. Les soldats du Christ vous écraseront.

Baybars enfonça la lame dans sa gorge, traversant sans difficulté la chair et les os. Le prêtre émit un bref gargouillis quand elle ressortit par la nuque. Du sang jaillit de sa bouche et Baybars fit pivoter le sabre. Enfin, il l'extirpa et le prêtre s'écroula contre l'autel. Mais Baybars n'en avait pas fini. Il leva de nouveau son arme et frappa le cadavre à terre, il le frappa encore et encore, s'acharnant dessus jusqu'à ce que les pierres soient couvertes de sang. Il était à bout de souffle. Ses yeux n'exprimaient plus que la sauvagerie. Il aurait sa vengeance ! Aucun n'en réchapperait !

Il fit volte-face en sentant une main lui agripper le bras. C'était Omar. Chancelant, Baybars recula.

— Il est mort, émir.

Se détournant du corps en charpie, il sortit un chiffon de l'étui qu'il portait à la ceinture. Puis il entreprit d'essuyer sa lame, tout en regardant les visages perplexes d'Omar et Kalawun.

— Alors ? Vous vouliez parler ?

Kalawun s'avança.

— Omar m'a parlé de votre plan, émir. Je suis avec vous.

Baybars hocha la tête en signe de remerciement. Kalawun avait été enrôlé dans le régiment bahrite deux ans après Omar et lui-même. Il avait fait la preuve de sa loyauté en les suivant à Damiette, le jour où ils avaient tué Turan Chah.

— Ce ne sera pas facile, dit Omar. Le sultan est toujours entouré de gardes. Peut-être devrions-nous attendre de rentrer au Caire.

— Non, répondit fermement Baybars, nous devons agir avant d'arriver en ville. Qutuz sera en sécurité s'il atteint la forteresse.

— Du poison ? suggéra Omar. Nous pourrions payer un des pages...

— C'est trop risqué. De plus, je ne paierai personne pour faire ce que je peux faire moi-même.

Baybars acheva de nettoyer son sabre et le remit à sa ceinture.

— Qu'est-ce que vous proposez, émir? demanda Kalawun.

— Nous frapperons en entrant en Égypte. Quand nous aurons traversé le Sinaï, nous ferons halte à al-Salihiyya. La ville n'est qu'à un jour du Caire, Qutuz relâchera sa vigilance.

Omar réfléchit un instant.

— Il reste une chose : comment t'assurer le trône une fois le sultan mort? Les autres généraux voudront sûrement...

— Khadir s'en occupera, l'interrompit Baybars.

— Mieux vaudrait tenir le devin en laisse, émir, s'inquiéta Omar. Je me suis laissé dire que l'Ordre des Assassins l'a exclu parce qu'il était trop sanguinaire, même pour eux.

— C'est justement ce dont j'ai besoin. Êtes-vous avec moi?

— Oui, émir, dit Kalawun.

Après un instant, Omar aquiesça.

— Nous sommes avec vous.

— Émir Baybars!

Les trois hommes se retournèrent. Un soldat se tenait à la porte de l'église.

— Le village est sous contrôle, dit-il en s'inclinant. Nous chargeons les chariots.

— Venez, dit Baybars à Omar et Kalawun tandis que le soldat disparaissait. Ramenons au sultan son dernier butin.

Dehors, les flammes s'élevaient dans le ciel tandis que les Mamelouks obligeaient à la pointe de l'épée les dernières femmes et les derniers enfants à entrer dans les cages.

Qutuz jeta un coup d'œil derrière lui pour observer les collines qui bordaient la plaine, entourées d'un halo orange évanescent. Il pouvait discerner les langues de feu indiquant que Baybars s'était rendu maître du village. Il se retourna et se massa la nuque. Ses épaules étaient nouées, et pas seulement à cause de cette longue journée de cheval.

Depuis plusieurs semaines, l'inquiétude le rongeait. Et elle n'avait fait que grandir depuis Ayn Djalut. Que Baybars ait demandé Alep montrait l'étendue de ses ambitions. Après son refus, il s'était attendu à de l'aigreur ou à de l'amertume. Le calme apparent de l'officier l'avait désarçonné. Il se tourna vers son chef d'état-major plusieurs rangs derrière lui.

— Approche, Aqtai, cria-t-il.

L'homme empâté leva les yeux vers lui avec surprise, puis se mit au galop pour le rejoindre.

— Sultan?

— J'ai besoin de ton conseil, lui dit Qutuz quand il fut remonté à sa hauteur.

— Comment puis-je vous servir, maître? demanda Aqtai sur un ton mielleux.

— Je voudrais que tu me retires une épine du pied.

7

Nouveau Temple, Londres

13 octobre 1260 après J.-C.

Dans la cellule, Jacques prit une plume d'oie dans le pot d'argile qui se trouvait sur la table et la fit pensivement rouler entre son pouce et son index.

— Ton père et moi avions gagné deux de ces tournois à ton âge. Tu es ici depuis deux ans, il est temps que tu en gagnes un.

Étonné, Garin leva les yeux à la mention de son père. Jacques parlait rarement de son frère mort.

— Ce sera ma première opportunité, maître, répondit-il avec calme. J'étais malade l'année dernière, et l'année d'avant je venais de commencer l'entraînement.

— Ce sera différent cette année, n'est-ce pas?

— Je vais faire de mon mieux, maître.

— Tu as intérêt. J'ai parlé de toi à nos invités ce matin, et les maîtres des autres domaines attendent de grandes choses de mon neveu sur le champ de bataille.

Garin tenta d'avaler sa salive mais sa bouche était sèche. Ce matin, les maîtres des commanderies écossaises et irlandaises étaient arrivés avec leurs escortes de chevaliers pour le chapitre général qui se tiendrait dans quatre jours. Le chapitre se réunissait une fois par an pour discuter des affaires du Temple dans les îles Britanniques. Le tournoi organisé à cette occasion se déroulerait le lendemain.

— La compétition sera féroce, maître. Will est un bon combattant et...

— Campbell est un paysan, répondit sèchement Jacques en serrant la plume dans son poing. Tu es de la famille Lyons. Quand tu postuleras au grade de commandeur, ton ascendance parlera pour toi. Campbell ne sera jamais commandeur. Qu'il gagne n'y changera rien. Pour toi, c'est impératif.

— Oui, maître.

Garin eut une soudaine envie de se ronger les ongles et il dut lutter pour garder les mains jointes derrière son dos. Son oncle détestait cette mauvaise habitude.

Jacques soupira, se rassit et posa la plume sur la table.

— Tu as un devoir envers ta famille. Qui fera briller notre nom maintenant que ton père et tes frères sont morts? Mes jours de gloire sont derrière moi. Avec la mort de son mari et de ses fils, ta mère a vu s'éloigner le rêve de redonner rapidement à la famille la place qui est la sienne au sein du royaume. Elle ne le montre pas, Garin, mais Cecilia pleure le soir, quand arrive le moment de se coucher dans le taudis crasseux où elle habite maintenant. Elle a connu les bijoux, les parfums, les robes; tout ce qu'elle a maintenant, ce sont des souvenirs.

Garin refoula ses larmes. Il lisait tout cela sur le visage de sa mère : la colère, la misère, l'amertume, la frustration. Il souffrait de l'imaginer pleurant toute la nuit sur son lit, tressaillant au moindre bruit d'oiseaux sur le toit ou de voisins faisant craquer les lattes du plancher. Dans le petit domaine de Rochester payé par la rente que lui allouait le Temple, trois domestiques cuisinaient et nettoyaient pour les pensionnaires, mais c'était une maigre compensation pour l'armée de domestiques dont Cecilia avait disposé à Lyons, où son père avait été un chevalier fortuné avant de rejoindre le Temple.

— Je me battrai pour elle, je le promets, maître, murmura-t-il.

La voix de Jacques s'adoucit un peu.

— Ta mère et moi nous sommes dépensés sans compter pour que tu sois apte à porter ce fardeau. Depuis que tu as six ans, Cecilia t'a obtenu les meilleurs précepteurs qu'elle pouvait t'offrir, et aujourd'hui tu es sous ma tutelle. Tu peux bénéficier de mon expérience si tu le souhaites.

— Je le souhaite.

— Tu es un bon garçon, dit Jacques en lui adressant un sourire étrange.

Garin fut effrayé par l'expression de son visage. Il recula involontairement tandis que son oncle se levait et faisait le tour de la table.

Jacques posa les mains sur les épaules de son neveu.

— Je sais que j'ai été dur avec toi ces derniers mois. Mais c'est pour ton bien, tu comprends ça?

— Oui, maître.

— Tu as de grandes opportunités ici, Garin, et je ne parle pas simplement de devenir commandeur.

— De grandes opportunités?

Jacques ne répondit pas. Desserrant son étreinte, il se tourna vers la fenêtre. Son sourire avait disparu.

— Va-t'en, maintenant. Je te verrai sur le terrain, à l'entraînement.

Garin s'inclina.

— Merci, maître.

Il voulut partir. Ses jambes tremblaient.

— Garin?

— Oui, maître?

— Rends-moi fier.

En quittant la cellule vers ses quartiers, il ne se faisait pas d'illusions sur le message que son oncle avait voulu lui faire passer. « Rends-moi fier », c'était juste une autre manière de dire : « Ne me déçois pas. »

Le dortoir était vide. Garin referma la porte et s'y adossa. Il lui semblait que son nom était aussi lourd qu'une pierre accrochée à son cou.

Will prit un raccourci par le cimetière derrière la chapelle pour se rendre au quartier des chevaliers. Il sauta par-dessus le muret qui séparait la chapelle du verger mais il s'arrêta net de l'autre côté : une jeune fille chantonnait dans les parages. Il ne comprenait pas ce qu'elle disait mais il reconnaissait la langue natale d'Owein. La fille marchait entre les arbres. Will avait entendu parler de commanderies féminines au royaume de France, mais qu'une femme pénètre dans l'un des principaux domaines de l'Ordre était strictement interdit par la Règle. C'était comme si elle arrivait d'un autre monde. En l'observant, il se souvint qu'il l'avait déjà vue dix-huit mois plus tôt, juste après le départ de son père.

James Campbell revenait alors d'un bref voyage durant lequel il avait escorté Humbert de Pairaud jusqu'à la commanderie de Paris. Il avait convoqué Will pour lui dire qu'il partait en Acre. Will l'avait supplié de l'emmener avec lui mais James n'avait pas cédé. Le matin de son départ, trois semaines plus tard, il avait pris la main de Will dans la sienne un moment, puis, sans un mot, avait traversé la passerelle pour monter à bord du navire de guerre amarré au quai du Temple. Will était resté assis sur le mur du quai jusque tard dans la soirée, bien après que le vaisseau eut disparu.

Le lendemain, il était devenu l'apprenti d'Owein. Le chevalier lui avait montré de la sympathie, mais quelques jours plus tard lui aussi était parti. Durant tout le mois où il fut absent, Will fut placé sous l'autorité de Jacques. Will n'avait jamais compris pourquoi celui-ci ne pouvait le supporter, mais pendant ces quelques semaines et, depuis lors, il lui avait fait comprendre qu'il ne valait pas mieux à ses yeux qu'un insecte.

Will travaillait à l'écurie le soir où Owein était revenu. Il avait été surpris de voir une fille qui avait à peu près son âge sur le destrier, derrière son maître. Tous deux avaient été rejoints par Humbert de Pairaud à l'extérieur de l'écurie. C'était une fille grande et émaciée. Elle avait sauté de cheval sans demander d'aide. Sa robe de voyage, trop large de plusieurs tailles, flottait autour d'elle. Ses cheveux étaient ramassés en chignon sur sa nuque et sa peau très pâle était tendue sur des fossettes saillantes. Elle avait rappelé à Will une créature sauvage et froide, scrutant tout de ses grands yeux profonds. Elle avait même étudié le maître en détail, comme si elle en avait le droit. Le lendemain matin, elle était partie. Quand Will lui avait demandé de qui il s'agissait, Owein avait répondu qu'elle était sa nièce et qu'elle ne pouvait plus rester à Powys, mais il avait refusé d'en dire davantage.

Elle semblait bien différente aujourd'hui. Svelte plutôt que malingre, les joues pleines et la peau hâlée, à l'encontre de la mode, elle était resplendissante de santé. Alors que la plupart des filles épinglaient leurs cheveux sous un chapeau, les siens tombaient sur ses épaules et semblaient capter toute la lumière du soleil. Comme Will marchait dans sa direction, la jeune fille leva les yeux et cessa de chanter. Elle se redressa, tenant d'une main les jupons de sa robe blanche remplis de fruits.

— Bonjour.

Will garda le silence un moment, sans savoir quoi dire.

— Tu es la nièce d'Owein.

— Oui.

Ses yeux, d'un vert plus pâle que les siens, étincelèrent.

— Mais je préfère que tu m'appelles Elwen. Et toi, qui es-tu ?

— Will Campbell, répondit-il, mal à l'aise face à ces yeux qui le détaillaient.

— Le sergent, dit-elle avec un léger sourire. J'ai entendu parler de toi.

— Ah bon? dit Will sur un ton qu'il espérait nonchalant. Et qu'as-tu entendu?

— Que tu viens d'Écosse et que tu as toujours des problèmes parce que ton père est en Terre sainte et qu'il te manque.

— Tu ne sais *rien* de moi, s'énerva Will, pas plus que ton oncle!

Elwen recula face à la colère du garçon.

— Désolée, je ne voulais pas te contrarier.

Will détourna les yeux, luttant contre son soudain emportement.

— Tu n'es qu'une fille, répondit-il en donnant mollement un coup de pied dans une pomme tombée à terre. C'est normal que tu ne saches rien.

— J'en sais plus qu'un garçon qui passe ses journées à taper avec un bâton! répliqua Elwen.

Ils se regardèrent un instant en silence. Un cri les fit se retourner. Will jura intérieurement en voyant le prêtre qui avait officié ce matin s'approcher d'eux, sa robe noire ondulant sur l'herbe.

— Au nom de Dieu, que se passe-t-il? cria le prêtre en regardant Will.

— Rien, nous ne faisons que parler, dit Will.

Du coin de l'œil, il vit qu'Elwen le regardait froidement.

— Et pourquoi, sergent, êtes-vous en train de *parler* alors que vous avez du travail?

Le prêtre les regardait d'un air furieux.

— La discipline doit être respectée dans cette enceinte, sans quoi nous ne valons pas mieux que des infidèles. L'indolence et la désobéissance mènent tout droit au diable.

Elwen ne tenait plus en place.

— Mais enfin, nous...

— Silence, fillette! la fit taire le prêtre, qui se tournait vers elle pour la première fois. Nous n'avons accepté de vous héberger ici, à la demande du chevalier Owein, qu'avec la plus grande réticence.

— Mon tuteur est malade. Je n'avais nulle part où aller.

— Le maître nous a assurés que vous ne sortiriez pas de vos quartiers. Votre présence ici...

Le prêtre s'interrompit en voyant les fruits dans ses jupons qui laissaient apparaître ses jambes bronzées. Will fut ravi de voir le rouge monter à ses joues.

— Et qu'est-ce que c'est que ça? bouillonna le prêtre en désignant les pommes. Vous volez?

— Voler? fit Elwen d'un air choqué. Bien sûr que non! J'espérais que les cuisiniers pourraient faire quelque chose de bon pour le maître.

Troublé, le prêtre ouvrit la bouche puis la referma. Will dissimula son sourire derrière sa main. Les yeux d'Elwen croisèrent les siens et son visage s'adoucit.

Le prêtre les regarda tous les deux avec méfiance.

— À vos devoirs, sergent! ordonna-t-il finalement.

Puis il se tourna vers Elwen.

— Quant à vous, je vous ramène à vos quartiers. Le maître, que Dieu le bénisse, jugera peut-être bon de ne pas vous punir, mais je ne resterai pas à regarder sans rien faire alors que vous abusez de son hospitalité.

Il allait l'empoigner mais il s'arrêta à quelques centimètres de sa peau, comme s'il craignait de la toucher. Mais il n'avait pas besoin de la pousser, Elwen partait déjà devant lui, les jupons chargés de pommes.

Ayant toujours peine à croire à l'audace de la jeune fille, Will sauta par-dessus le mur du verger et pénétra dans la cour principale. Il voulait faire quelque chose avant l'office de l'après-midi, quelque chose qu'il repoussait depuis trop longtemps. *Écris à ta mère,* lui avait dit son père en partant. Le souvenir de leur séparation en Écosse, les lèvres de sa mère frôlant sa joue et son faible sourire le hantaient toujours. Mais il ne lui avait pas encore écrit. Pour une fois, il avait une bonne nouvelle à lui annoncer : il avait porté le bouclier de son maître à une conférence avec le roi.

Will frappa à la porte de la cellule, espérant que ce serait Owein et non Jacques qui lui ouvrirait. Il attendit et frappa de nouveau, plus fort cette fois. Will regarda autour de lui. Le couloir était désert. Il ouvrit doucement la porte et constata que la pièce était vide. Il allait la refermer quand il aperçut les parchemins sur la table.

Ils étaient rangés en trois piles. Will s'approcha, à la recherche d'un parchemin vierge. Toutes les peaux avaient été utilisées. Il remarqua que certaines avaient été écrites par Owein, il reconnaissait son écriture fluide, alors que les autres étaient recouvertes du gribouillage anguleux de Jacques. Remarquant l'une d'entre elles, qui portait le sceau royal en cire rouge, il jeta un coup d'œil derrière lui avant de s'en saisir. Ses yeux parcoururent la lettre avec curiosité. Adressée à Humbert de Pairaud, le roi y demandait que les chevaliers renoncent aux joyaux de la Couronne. Will s'en désintéressa après les premières lignes et la laissa retomber sur la table. Puis il farfouilla dans les derniers rouleaux. Ils concernaient les enregistrements des dettes de Henri, ce qui était un peu plus intéressant. Will émit un petit sifflement entre ses dents en constatant combien le roi d'Angleterre avait emprunté au Temple au fil des ans. Après avoir satisfait sa curiosité, il reposa les parchemins. Son regard tomba sur l'armoire. Se déplaçant à pas de velours, il ouvrit les doubles portes et découvrit une réserve de peaux neuves sur une étagère. Il se mit sur la pointe des pieds pour en extraire une, mais ce faisant il renversa toute la pile. Les remettant rapidement en ordre, il en glissa une dans le bas de sa jambière. Il avait rangé toutes les peaux sauf une, jaunie et fissurée, dont il se demandait ce qu'elle faisait au milieu des autres. Au lieu d'être vierge, elle comportait du texte en latin. Mais ce qui attira son attention, c'était que les formes des lettres étaient trop nettes, comme si celui qui l'avait rédigé avait voulu cacher son écriture naturelle. Il chercha un sceau mais n'en trouva aucun, ce qui l'étonna, tout comme le fait qu'il n'y eût pas de destinataire. En revanche, le parchemin portait une date.

1er avril. Anno Domini 1260
Je vous prie de m'excuser si je n'ai pas donné de nouvelles plus tôt, mais il y avait peu à dire. Arrivé l'automne dernier, j'ai pris contact avec nos frères d'Acre. Ils envoient leurs vœux à leur maître et me demandent de vous informer que le travail ici se déroule bien, même si nous aimerions avancer plus vite. L'un des nôtres est mort cet hiver et nous avons été douloureusement diminués par son absence. Les autres se demandent quand vous reviendrez pour guider notre Cercle.

D'autres facteurs ont rendu ma mission plus difficile que prévu. L'année a commencé par la guerre et a continué de la même façon. En janvier, les Mongols ont ravagé la cité d'Alep, et dès mars ils balayaient Damas. Le mois dernier, nous avons appris que leur général, Kitbouga, ayant ordonné à ses troupes de prendre la ville de Naplouse, nos forces sur place étaient encerclées. Ils n'ont pas tenté d'engager le combat mais le grand maître Bérard a réagi à la menace en renforçant les garnisons du Temple. Nous avons essayé de négocier, mais sans succès pour le moment.

Malgré ces obstacles, je suis parvenu à accomplir ma tâche. Mon contact dans le camp mamelouk s'est déjà révélé utile, il nous a beaucoup appris. Les frères du Cercle sont optimistes quant à ce qu'il pourrait nous aider à accomplir à l'avenir. C'est un officier haut placé dans l'un de leurs régiments, plus haut que nous n'aurions pu l'espérer, et il fera ce qu'il peut pour soutenir notre cause. J'aurai, je l'espère, d'autres nouvelles à vous annoncer bientôt, mais les Mamelouks se préparent actuellement à attaquer les Mongols sur...

Will se redressa d'un coup, il avait entendu du bruit dans le couloir. Il remit le document en place et se jeta derrière le paravent en bois au moment précis où les portes s'ouvraient. Le cœur battant, il entendit des bruits de pas, puis le bruissement d'un parchemin. Après quelques secondes, il risqua un coup d'œil par-dessus le paravent et son cœur s'emballa en apercevant Jacques de Lyons penché sur la table. Le chevalier s'empara d'une poignée de parchemins et se retourna pour partir, mais il s'arrêta net en voyant les portes de l'armoire ouvertes. Il traversa lentement la pièce. Will frémit mais il était bien caché. Sans l'ombre d'une hésitation, le chevalier récupéra la lettre au milieu de la pile sur l'étagère. Il la dissimula au milieu des parchemins qu'il portait et ferma l'armoire. Quand il fut certain de ne plus entendre ses pas dans le couloir, Will se releva et quitta la pièce.

Palais de Westminster, Londres, 13 octobre 1260 après J.-C.

Le roi Henri se tenait près de la fenêtre. La brume recouvrait le marais et le dédale de maisons qui l'entourait.

Les Romains s'étaient installés sur cette île où les deux branches du Tyburn rejoignent la Tamise. L'île de Thorney était la résidence royale depuis Édouard le Confesseur. Derrière le palais, les murs blancs de l'abbaye de Westminster grimpaient jusqu'au ciel. Henri préférait le palais à toutes ses autres résidences : c'était la moins austère et la plus proche de la ville.

Il entendit un léger toussotement derrière lui.

— Vous désiriez me voir, sire ?

Henri se retourna. Les habits noirs et la peau blanche du chancelier contrastaient vivement avec les couleurs vives de la pièce. Les murs de la chambre, qui faisaient vingt-cinq mètres de long, étaient couverts de peintures et de tapisseries. Il y avait des vitraux à toutes les fenêtres et de somptueux tapis, disposés un peu partout sur le sol

117

carrelé. Une table en chêne magnifique était entourée de chaises sculptées avec raffinement, et des couches voluptueuses étaient installées çà et là, au milieu des statues et des nombreux ornements. Le roi avait dépensé beaucoup d'or dans ses propriétés, mais nulle part autant que dans la Chambre Peinte.

Henri alla prendre un rouleau sur la table.

— C'est arrivé il y a une heure, dit-il en le tendant au chancelier.

Tandis que celui-ci le lisait, les portes s'ouvrirent et Édouard entra. La sueur plaquait ses cheveux sur son front, ses bottes et son pantalon de cavalier étaient maculés de boue.

— Père, dit-il en s'inclinant brièvement, j'allais partir pour une chasse. Qu'y a-t-il donc de si urgent?

Henri désigna le rouleau que le chancelier avait en main.

— Lis ça, dit-il en s'asseyant lourdement sur l'une des couches. Ils veulent les emporter à la commanderie de Paris! Qu'ils aillent au diable!

Édouard prit le rouleau et le parcourut.

— Nous devrions demander une autre conférence, dit-il en regardant son père. Pour renégocier.

Henri balaya d'une main la proposition.

— À quoi bon? J'ai déjà essayé. Ils *requièrent poliment* le transfert dans neuf jours, voilà leur réponse!

— Qu'allez-vous faire, sire? interrogea le chancelier.

— Si je défie les chevaliers, que vont-ils faire d'après vous?

— Difficile à dire, sire. J'imagine qu'ils demanderont l'approbation du pape et feront jouer en leur faveur la situation en Outremer. Le pape pourrait alors exiger en personne que l'ordre soit exécuté.

— Je n'ai pas le choix, dans ce cas.

Les yeux d'Édouard se plissèrent.

— Vous renoncez si facilement? Soyez plus ferme avec

les chevaliers, comme vous l'avez été au Temple. Les joyaux de la Couronne nous appartiennent, père.

— Croyez-vous que cela me plaise? Mais que me vaudrait un refus? Une bulle papale. Et si je m'obstine, l'excommunication.

Henri se leva.

— Nous les rembourserons quand nous le pourrons. En attendant, qu'ils les prennent. Au moins, je ne les aurai plus sur le dos.

Il se dirigea vers la sortie.

— Chancelier, informez les chevaliers que j'accepte. Je ne veux plus y penser.

Édouard voulut suivre le roi pour protester, mais le chancelier l'attrapa par le bras. Il regarda la main qui l'avait arrêté en plein élan, puis l'homme à qui elle appartenait. Ses yeux gris pâle jetaient des éclairs.

Le chancelier desserra son étreinte.

— Pardonnez-moi, prince. Mais je crois que votre père a raison. Il n'a pas d'autre choix.

— Mon père est vieux et faible, répliqua Édouard d'un ton cassant. Qui sera responsable de ses dettes quand il ne sera plus là? Tant qu'elles ne seront pas remboursées, les chevaliers détiendront les joyaux avec lesquels je suis censé être couronné. Je refuse qu'ils prennent ce qui m'appartient de droit.

— Je n'en ai pas plus envie que vous. Mais vous avez peut-être le moyen de tourner la situation à votre avantage sans impliquer votre père. Bien sûr, il vous faudrait l'aide de...

Le chancelier cherchait un terme adéquat.

— ... de votre homme de main.

— Continuez.

— J'ai découvert quelque chose à la commanderie. Quelque chose que vous pourriez utiliser.

8

Nouveau Temple, Londres

15 octobre 1260 après J.-C.

— Paris ? dit Simon d'un air dubitatif.

— C'est ce que m'a dit Owein ce matin, répondit Will en grimaçant.

Les deux garçons portaient une grande botte de foin à travers champs.

— J'escorte les joyaux de la Couronne.

— Tout seul ? fit Simon d'une voix moqueuse.

— Bien sûr que non, avec Owein, neuf autres chevaliers et leurs sergents, ainsi que la reine Éléonore.

Il fit un signe en direction des quais, là où le grand mât d'un bateau dépassait des arbres.

— Nous naviguerons à bord de l'*Endurance*.

— Cette épave ? Elle n'a même pas l'air capable de traverser une flaque !

Will souleva la balle un peu plus haut, ses pieds glissaient sur la terre humide. Il n'avait pas cessé de pleuvoir les deux derniers jours et le sol était détrempé. Il ne restait plus que trois jours avant le tournoi, si bien que Will avait passé les derniers offices à prier pour qu'il fasse beau. Aujourd'hui, ses prières étaient enfin exaucées :

une matinée ensoleillée avait suivi l'aube brumeuse et froide.

Simon et lui traversèrent l'écurie et posèrent la botte de foin. Will s'assit dessus, le nez rempli par les odeurs animales, pendant que Simon allait chercher une selle dans la pièce attenante.

— Alors, tu es prêt pour le combat ? l'entendit-il l'interpeller.

— Autant qu'on peut l'être.

— Jacques attend beaucoup de toi ?

Will prit une brindille de foin et l'enroula autour de ses doigts. Depuis deux jours, il avait du mal à se concentrer.

« *Au nom du Ciel, sergent ! Tu es sourd ou bien stupide ? Arrête de me regarder bêtement et active-toi ! Comme si tu n'avais pas besoin de t'entraîner !* »

Mais Will ne pouvait s'empêcher de fixer obstinément le chevalier. Son esprit n'arrêtait pas de revenir à la lettre qu'il avait découverte et qui semblait appartenir au Cyclope. Même si elle n'avait rien d'anormal, certains mots l'avaient marqué : *nos frères, le maître, notre Cercle, mon contact dans le camp mamelouk.* Il savait que le Temple avait des espions en territoire ennemi, mais la lettre semblait suggérer autre chose, une sorte de lien entre le Temple et l'ennemi. Et pourquoi ne portait-elle pas de sceau ? Il regrettait de n'avoir pas eu le temps d'en terminer la lecture.

— Tu vas gagner, affirma Simon comme s'il s'agissait d'un fait accompli.

Il revenait avec une selle qu'il jeta sur un banc.

— Comment ? fit Will. Ah ! Oui, peut-être.

La confiance que son ami avait en lui le fit sourire.

— Et combien de temps vas-tu rester à Paris ? demanda Simon en prenant un chiffon et de la cire. Une semaine ? Plus, peut-être ?

Will observa Simon tandis que celui-ci prélevait une noix de cire et commençait à frotter la selle.

121

Un bruit de sabots se fit entendre dans la cour. Simon posa son chiffon, essuya ses mains sur sa tunique et alla accueillir le cavalier. Resté à l'intérieur, Will entendit deux voix : celle, confuse, de Simon et celle d'un homme à l'accent étranger. Il s'approcha de l'entrée. Simon tenait les rênes d'un destrier noir avec une étoile blanche sur le chanfrein. Will connaissait le cheval, c'était celui de Cyclope, mais il n'avait jamais vu le cavalier. Celui-ci portait une cape grise dont il avait rabattu la capuche sur sa tête. Il fit un signe de remerciement à Simon et se tourna pour partir. Will aperçut alors une barbe et une peau plus noires que celle d'aucun Anglais. Il le regarda traverser la cour en direction du quartier des chevaliers.

— Qui était-ce ? demanda-t-il à Simon, qui rentrait le cheval dans l'écurie.

— Aucune idée. Il avait l'air étranger, non ?

— Pourquoi avait-il le cheval de Cyclope ?

— Je suppose que c'est celui qu'il a pris le mois dernier. Le grand écuyer m'a dit qu'un ami de Jacques avait emprunté son cheval pour quelques semaines.

Simon attacha les rênes à un poteau et se pencha pour défaire les étriers.

— Tu restes un peu ? Tu veux m'aider ?

— Non, dit Will d'un air distrait, je dois m'entraîner.

— Tu repasses bientôt ? Je ne t'ai pas vu depuis des semaines.

— Oui, bien sûr.

Simon regarda Will partir, puis il dessella le destrier et le conduisit à une stalle. Après quoi il entreprit de couper la corde de la botte de foin. Une ombre bloqua partiellement la lumière à l'entrée de l'écurie et Simon leva les yeux. Un homme se tenait là, vêtu d'une cape rousse. L'inconnu, qui avait de longs cheveux défaits et une mâchoire carrée, salua Simon pour la forme.

— Où se trouve le quartier des sergents ?

Simon se redressa et s'approcha tout en rangeant son couteau dans sa ceinture.

— Qui cherchez-vous ?

L'homme sourit, révélant une bouche remplie de dents gâtées.

— Ce sont mes affaires, garçon. Où est-ce ?

Simon n'avait pas le droit d'interroger les visiteurs, même s'ils étaient étrangers ou déplaisants, comme c'était le cas.

— De l'autre côté de la cour, répondit-il froidement en montrant du doigt les bâtiments au loin. Le grand, là-bas.

La Tour, Londres, 17 octobre 1260 après J.-C.

La barge publique glissait lentement en direction du London Bridge, après avoir déposé tous les passagers aux quais de Walbrook. Tous les passagers, sauf un. Recroquevillé sur lui-même, Garin était assis sur un banc à la poupe. Il regardait les charrettes stationnées derrière la chapelle et les nombreuses échoppes qui occupaient le pont. En passant sous les arches, il observa les têtes plantées au bout des piques comme des lampions. Garin resserra sa cape pour dissimuler la croix rouge sur sa tunique, terrifié à l'idée que quelqu'un le reconnaisse. Il se trouvait tout seul hors de la commanderie, sans permission. Rien que d'y penser le remplissait de vertige. Mais, au-delà de l'anxiété, il ressentait un brin d'excitation. C'était ce sentiment qui l'avait amené jusqu'ici, en plus de la crainte du châtiment s'il avait refusé d'obéir aux ordres. En temps normal, rien n'aurait pu le décider à quitter la commanderie. Mais aujourd'hui avait lieu la réunion du chapitre et les chevaliers seraient occupés presque toute la journée. Personne n'y verrait rien.

Après le pont, la vue était dominée par la Tour de Londres, ses énormes fortifications et les douves qui la bordaient sur trois côtés. La barge se mit à quai avant d'arriver aux murs : aucun bateau ne pouvait aller plus loin sans autorisation. Quand les membres de l'équipage eurent arrimé le bateau, Garin descendit. Il suivit les instructions qu'on lui avait données et traversa un labyrinthe de ruelles pour arriver jusqu'au mur d'enceinte côté ville. Là, il trouva un petit pont-levis qui enjambait les douves et menait à une porte étroite dans la façade. Deux gardes royaux en livrée écarlate se tenaient de chaque côté de la porte. L'un d'eux leva son épée quand Garin posa le pied sur le pont.

— Restez où vous êtes.

Garin fit ce qu'on lui demandait tandis que le garde s'approchait.

— Je m'appelle Garin de Lyons, dit-il en bredouillant. On m'attend... je pense.

— Suivez-moi.

Garin traversa le pont derrière l'homme. Le second garde avait sorti un trousseau de clés et déverrouillait la porte. Celle-ci s'ouvrit sur une grande cour menant à une forteresse en pierre et en marbre flanquée d'immenses tourelles. La forteresse était entourée d'arbres et de dépendances, dont une structure en bois plus haute que les autres.

— Allez-y, dit le premier garde avec impatience.

— Où dois-je aller? demanda Garin en se sentant rougir.

— Quelqu'un va venir à votre rencontre.

Garin s'avança et tressaillit en entendant la porte se fermer derrière lui, puis la clé tourner dans la serrure. Toute sa confiance en lui s'évanouit et il commença lentement à marcher.

Après avoir parcouru une courte distance, il arriva près du bâtiment en bois. Une odeur fétide s'en dégageait. Quelques gardes patrouillaient près de la forteresse et des domestiques s'affairaient un peu plus loin, mais il n'y avait personne dans la cour. Garin se retourna en entendant du bruit dans le bâtiment derrière lui. Curieux, il s'approcha et risqua un coup d'œil entre des planches disjointes. Mais il faisait trop sombre à l'intérieur, il ne vit rien. Avisant une ouverture carrée dans la façade, il se mit sur la pointe des pieds. L'odeur était encore pire. Quelque chose pendait juste devant l'ouverture. On aurait dit une peau de cuir. Garin s'agrippa au rebord de l'ouverture et se hissa à sa hauteur. La peau de cuir bougea et soudain il fit face à une tête colossale qui le regardait. Il tomba à la renverse et buta, derrière lui, contre quelqu'un. Il se retourna, confus et prêt à s'excuser, mais c'était l'homme à la mâchoire carrée et à la peau grêlée qui lui avait donné l'ordre de venir deux jours plus tôt. Un bruit aussi puissant que dix trompettes parvint du bâtiment.

— *Qu'est-ce que c'est ?*

— L'animal de compagnie du roi Henri, répondit l'homme sans se départir de son calme. Dépêche-toi.

Il prit Garin par la manche et attira le garçon hébété vers la Tour. Sa cape rousse claquait au vent tandis qu'ils traversaient la cour.

— Il t'attend.

— *Mais qu'est-ce que c'est ?* demanda Garin en regardant le serpent qui passait par l'ouverture et qui était attaché à la tête de la bête.

L'homme, qui s'appelait Rook, fit un effort visible pour être courtois.

— Un éléphant. Cadeau du roi Louis. Il l'a ramené d'Égypte.

Quittant le monstre des yeux, Garin se laissa emmener. Rook dégageait une odeur aigre de sueur et Garin devait respirer par la bouche pour éviter que sa nausée n'empire.

— As-tu dit à quelqu'un que tu venais ici ?

— Non. J'ai fait comme vous m'avez dit. Personne ne m'a vu partir.

Rook étudia attentivement le garçon. Au bout d'un moment, il eut une sorte de grognement satisfait.

Garin devait presque courir pour suivre l'allure. Ils passèrent devant plusieurs gardes qui ne leur prêtèrent

125

aucune attention, firent le tour du bâtiment principal et entrèrent par une petite porte à l'arrière. Une entrée de service, pensa nerveusement Garin, certainement pas celle qu'utilisent des invités normaux. La main de Rook tenait fermement son épaule. Ils empruntèrent un couloir étroit, puis un escalier en spirale. Garin n'avait pas l'impression qu'on le guidait, mais qu'on le poussait. Il essaya de reprendre sa respiration quand ils arrivèrent en haut, où une série de fenêtres donnait sur la cour et, au-delà des murs, sur la Tamise. Sans ralentir, Rook le dirigea vers une porte en bois à laquelle il frappa deux fois avant d'ouvrir.

Garin aurait tout donné pour rebrousser chemin. Mais la question qui le taraudait depuis que Rook était venu le voir tournait toujours dans son esprit : que pouvait bien lui vouloir l'héritier du trône d'Angleterre ?

La chambre était plongée dans l'obscurité. De lourdes tentures noires obstruaient les fenêtres, empêchant la lumière du jour d'entrer. À intervalles réguliers, des rayons de lumière filtraient, révélant la poussière en suspension au-dessus des dalles froides. L'autre éclairage provenait d'une simple bougie brûlant sur une table en chêne encadrée par deux bancs. Il lui semblait voir un lit contre le mur opposé. Malgré la pénombre, il parvint aussi à discerner quelques scènes peintes sur les murs : des bâtiments, une forêt, des soldats à cheval. Soudain, un homme sembla s'extraire des peintures et s'avancer.

— Sergent Lyons, dit le prince Édouard en souriant, je suis content que tu sois venu.

Surpris, Garin oublia de s'incliner. Le prince ne sembla pas s'en offusquer.

— Assieds-toi, je t'en prie, fit-il en lui indiquant l'un des bancs.

Garin avait les jambes en coton mais il obéit, après avoir jeté un coup d'œil à Rook qui restait près de la porte. Édouard s'assit face à lui. À la lumière de la bougie,

Garin eut l'impression que sa mâchoire et ses joues étaient taillées à la serpe. Il prit une cruche posée sur la table.

— Veux-tu boire quelque chose ?

Garin aquiesça, sa bouche était pâteuse.

— Volontiers, prince.

— Il vient des terres de mon père en Gascogne, expliqua Édouard en le servant. Le meilleur vin de la Chrétienté.

Garin avait trop soif pour réellement l'apprécier. Cependant, la chaleur et la puissance du vin le détendirent.

Édouard remplit de nouveau la coupe du garçon.

— J'espère que tu n'as pas eu de difficulté à sortir de la commanderie.

— Non, prince.

— Bien, dit Édouard en faisant tourner sa coupe entre ses longs doigts. Je suis désolé de t'avoir fait venir de cette manière, Garin, mais la nature de ma requête m'oblige au secret.

Après un temps de pause durant lequel Garin garda le silence, le prince reprit la parole.

— La raison pour laquelle je voulais te voir, c'est parce que je crois que tu pourrais m'aider à régler un problème. À la demande de maître de Pairaud, le roi a accepté de mettre en gage les joyaux de la Couronne. Ils partiront dans cinq jours pour Paris, où ils seront conservés jusqu'à ce que le roi ait payé sa dette.

Garin hocha la tête. Son oncle lui avait dit la veille que le roi avait fini par accepter et qu'il ferait partie de l'escorte. Il se demandait de plus en plus ce qu'il faisait là.

Édouard prit une gorgée de vin en étudiant le garçon.

— Je vais être franc avec toi, Garin. Je ne veux pas qu'on confie les joyaux à l'Ordre. Ils appartiennent à mon père et à sa lignée. Nous avons tenté de raisonner les chevaliers, mais ils ne veulent rien entendre. Ils ne me laissent pas d'autre choix que de m'en occuper moi-même. Les joyaux iront bien aux chevaliers mais je les récupérerai.

Garin avait du mal à suivre la pensée du prince.

— Prince, je...

Édouard leva sa main pour le faire taire.

— Je veux que tu m'aides, Garin. Ma mère, la reine, escortera les joyaux. Mon père l'a exigé. Mais les chevaliers gardent secret les détails du voyage. En tant que neveu de Jacques de Lyons, tu as accès à ces informations.

En saisissant ce que le prince voulait, Garin fut très étonné. Il se leva, sa tête tournait autant à cause du vin que de cette révélation.

— Je... je suis désolé. Je ne peux pas !

Il faillit renverser le banc dans sa hâte de partir. Tout ce qu'il désirait, c'était la lumière du jour, l'air frais, loin d'ici.

La voix d'Édouard s'éleva derrière lui.

— Ne souhaites-tu pas faire briller le nom de ta famille ? Que les Lyons soient de nouveau la noble lignée qu'ils étaient au royaume de France ?

Garin sursauta. Il se retourna pour faire face à Édouard sans voir que Rook avait sorti une dague.

— N'est-ce pas ce que tu as dit au chancelier quand tu l'as accompagné à la cellule de ton maître ? Que tu ressens ce poids qu'on t'a mis sur les épaules comme un fardeau ?

Garin secoua la tête. Ce n'était pas *exactement* ce qu'il avait dit.

— Je peux réaliser tes souhaits, Garin. Faire de toi un seigneur, t'attribuer des terres, te rendre riche.

Garin ne bougea pas. Dans son dos, la dague de Rook retourna à sa ceinture.

— Tout ce que tu as à faire, c'est me dire ce que tu sais sur le trajet. Et je t'accorderai tout ce que tu veux.

— Et si quelqu'un le découvrait ? marmonna Garin, sa propre voix résonnant étrangement à ses oreilles.

— Personne n'en saura jamais rien.

— Mais comment... comment comptez-vous récupérer les joyaux?

Édouard finit son vin et posa la coupe.

— Ne t'inquiète pas pour ça. Personne ne sera blessé.

Il se leva et s'approcha de Garin. Pour le garçon, ce grand prince semblait tout droit sorti d'un ancien poème, à la fois terrifiant et fascinant. Il était un mythe, non un homme.

— Les joyaux sont à ma famille. Je ne fais que sauver ce qui nous appartient, je suis sûr que tu peux le comprendre.

Il prit la bougie sur la table.

— Marchons un peu, Garin.

Le garçon hésita, puis il suivit le prince vers le mur du fond. À la lumière de la bougie, les peintures semblèrent s'animer.

— C'est mon père qui a fait peindre tout cela, dit Édouard. En l'honneur de ceux qui, il y a deux cents ans, ont donné leur vie pour débarrasser Jérusalem des infidèles.

Garin constata qu'il s'agissait d'une cité entourée de murailles. Jérusalem. Des bâtiments blancs et des coupoles dorées s'étalaient à flanc de colline, jusqu'à une vaste structure qu'il supposa être le dôme du Rocher, l'un des principaux lieux saints de l'Islam transformé en église depuis la chute de la ville. Garin eut envie de se trouver là-bas et de s'allonger dans l'herbe en arrière-plan. Mais Édouard se déplaça et la lumière illumina une autre scène. Cette fois, la ville était plus proche. Des volutes de fumée s'élevaient des bâtiments. Devant les murs de la cité se tenait une armée, une énorme masse sombre d'hommes et d'engins de siège, de chevaux, de chars, de tentes et de bannières.

— Quand le pape Urbain II a lancé l'appel à la croisade en l'an de grâce 1095, beaucoup d'hommes ont pris la Croix : chevaliers, nobles, rois et paysans, tous souhaitaient reprendre la Ville sainte aux infidèles. Mais il leur fallut quatre ans pour l'atteindre, et nombre d'entre eux avaient péri en chemin.

Édouard désigna les engins de siège alignés à l'entrée de la ville.

— Ils passèrent près d'un mois à fabriquer des munitions pour la bataille. Et le 13 juillet, épuisés par cette longue campagne et par les privations, ils lancèrent l'assaut.

La bougie se déplaça de nouveau. Cette fois, les couleurs étaient sombres ; du noir et du rouge écarlate pour la fumée et les langues de feu qui partaient depuis les toits des immeubles ; du pourpre et de l'incarnat pour le sang.

— Ils prirent la Ville sainte en une seule journée. Ses rues furent nettoyées des Sarrasins et des Juifs. Les sites sacrés où le Christ a châtié les marchands du Temple, la tombe d'où il est ressuscité, le lieu où la Vierge a dormi : nos prêtres sanctifièrent tous ces endroits. Ce fut un jour à nul autre pareil.

Édouard avait les yeux brillants, son visage exprimait une passion pleine et entière.

— J'aurais aimé y être.

Garin observa la scène en détail. Il vit des rivières de sang dans les rues, des hommes et des femmes qu'on sortait de leurs mosquées, de leurs maisons, pour les passer au fil de l'épée. Il vit des montagnes d'or sur des monceaux de cadavres. Tels qu'ils étaient peints, les visages des croisés victorieux semblaient exprimer une joie presque démoniaque.

Édouard se tourna vers Garin.

— Les Sarrasins nous ont repris Jérusalem il y a soixante-treize ans. Si nous voulons que ceux qui sont partis vers l'Orient n'y soient pas partis en vain, et que brille de nouveau la Chrétienté, nous devons nous en rendre maîtres. Est-ce que tu veux qu'ils adorent leur faux dieu dans des lieux sanctifiés par nos prêtres ?

Ne sachant pas quoi répondre, Garin se contenta de secouer la tête.

— Si mon grand-oncle Richard Cœur de Lion était là, crois-tu qu'il resterait à rien faire alors que l'ennemi s'empare de toutes nos forteresses ?

Le visage d'Édouard se durcit.

— Mon père ne mènera pas de croisade, je le sais. Moi, je la mènerai. Les joyaux me reviennent de plein droit, ils seront ma couronne quand je deviendrai roi. Ni mon père ni moi-même ne pouvons nous permettre de rembourser nos dettes alors que ce dont nous avons besoin, ce dont nous avons *tous* besoin, c'est d'une croisade. Je veux la même chose que les Templiers, mais je le ferai comme je l'entends. Comprends-tu cela, Garin ?

Le jeune homme se rongeait les ongles. Édouard sourit, puis se dirigea vers un coffre au pied du lit. Garin le suivit. Le prince ouvrit le coffre et en sortit une bourse, qu'il tendit au sergent.

— Prends-la.

Les yeux ronds, mais n'osant refuser, Garin s'en saisit. La bourse lui parut assez lourde.

— Ce n'est que le début, dit Édouard en le fixant. Aide-moi, et je te promets que je t'aiderai. Tu ne peux que gagner à me rendre service.

Garin pensa à sa mère dans la maison inconfortable de Rochester, sa mère qui pleurait le soir dans sa chambre, sa mère qui avait vendu ses robes et ses parures pour qu'il devienne sergent. Le contenu de la bourse qu'il tenait suffirait sans doute à lui acheter toutes les parures qu'elle pourrait jamais désirer.

— Redonnerez-vous à ma famille son titre de noblesse ?

— Quand j'en aurai le pouvoir, oui.

Garin regarda le prince droit dans les yeux. Il y voyait de l'intelligence, de l'ambition et de l'opiniâtreté, mais pas de duplicité.

— Je veux simplement que ma mère soit heureuse, dit-il en soupirant, et rendre mon oncle fier.

— Je sais combien il est dur de répondre aux espoirs de toute une famille, répondit le prince d'une voix compréhensive.

Garin lutta contre les larmes qui cherchaient à se frayer un chemin.

— Notre bateau, l'*Endurance*, ne nous emmènera pas jusqu'à Paris, dit-il soudain, il sera chargé de laine pour les royaumes de France et d'Aragon. L'*Endurance* accostera à Honfleur, à l'embouchure de la Seine. Nous débarquerons avec les joyaux et le navire poursuivra sa route vers le port de La Rochelle.

— Tu seras du voyage? demanda gentiment le prince.

— Oui. Mon oncle s'est arrangé avec la commanderie de Paris pour qu'elle nous envoie un bateau à Honfleur. Je pense que la reine passera la nuit dans un de nos domaines près du port. Nous partirons le lendemain matin.

— Tu fais le bon choix, Garin.

Le jeune homme passa la langue sur ses lèvres et regarda le sol. Il se sentait mal.

— À présent, dit brusquement Édouard, mieux vaut que tu retournes à la commanderie. Ne change rien à tes habitudes. Si je veux te contacter, je t'enverrai Rook. Veille à bien cacher l'or.

Ils se dirigeaient vers la porte quand Édouard prit soudain Garin par les épaules.

— Et si tu parles de notre rencontre, je nierai tout et je ferai en sorte que ta famille et toi alliez voir ce que la vie future vous réserve depuis le London Bridge.

Garin acquiesça promptement en repensant aux têtes décapitées qu'il avait vues près du pont. Il ne souhaitait plus qu'une chose, partir.

— Je ne dirai rien, je le jure.

Édouard fit un signe en direction de la porte.

— Attends dehors, Rook va te raccompagner.

Quand il fut sorti, l'homme de main s'avança vers le prince.

— Vous croyez que nous pouvons faire confiance à ce rat? demanda-t-il à voix basse.

— Si je ne le croyais pas, il n'aurait pas quitté cette chambre, répondit calmement Édouard. Nous n'avons pas le choix. C'est notre seule opportunité de récupérer les joyaux. Une fois qu'ils seront à Paris, je doute que nous les revoyions un jour.

— Croyez-vous que ce nabot coopérera si nous avons besoin de lui?

— Je le pense. Mais trouvez ce que vous pouvez sur sa famille, histoire d'en être sûr. En attendant, nous devons dresser un plan. Cinq jours, ce n'est pas beaucoup.

— Soyez sans crainte, les joyaux n'arriveront jamais à Paris.

Édouard sourit.

— Je suis content que mes efforts pour faire commuer ta sentence soient récompensés, Rook. Envoyer au gibet un homme avec tes talents aurait été du gâchis.

Rook s'inclina.

— Ma vie vous appartient.

9

Nouveau Temple, Londres

18 octobre 1260 après J.-C.

Will dégagea d'un mouvement de tête les cheveux qui lui tombaient dans les yeux. Il était concentré sur le sergent trapu qui lui faisait face, un certain Brian. Habitué aux épées en bois de l'entraînement, la lame en acier qu'il avait entre les mains lui semblait lourde. Un plastron en cuir lui ceignait la poitrine, et des peaux épaisses lui protégeaient les jambes et les bras. Il tournait autour du sergent. Comme il ne l'avait jamais combattu, il lui avait fallu une manche pour prendre sa mesure. Brian était puissant, mais lent.

Ignorant les encouragements venus des bords du terrain, Will laissa Brian charger et para la première attaque, esquiva la seconde et, en se tournant, parvint à frapper le dos de son adversaire. Les épées avaient été émoussées pour éviter de trop graves blessures, mais la force du coup mit Brian à genoux. Will en profita pour pointer sa lame sur la nuque du garçon. S'il avait appuyé, il l'aurait tué. Des acclamations retentirent, qui firent s'envoler les oiseaux de leur refuge dans les arbres voisins. Le héraut annonça la victoire de Will tandis que Brian luttait pour se remettre debout et félicitait son vainqueur avant de quitter le terrain, tête basse.

Humbert de Pairaud se leva et la clameur cessa. Aux côtés du maître d'Angleterre, sur le même banc, se trouvaient les maîtres d'Irlande et d'Écosse. Sur l'estrade devant eux étaient posés les prix : une épée pour le vainqueur du groupe des aînés ; et pour la classe d'âge de Will, une médaille en cuivre portant la réplique du sceau de l'Ordre, soit un destrier monté par deux chevaliers. Will s'inclina devant les trois maîtres.

— Je déclare William Campbell, sergent du chevalier Owein ap Gwyn, maître du terrain. Campbell combattra pour le duel final. Vous pouvez quitter le terrain, sergent, ajouta-t-il en regardant Will.

Will s'inclina derechef puis courut vers la tente dressée au bord du terrain.

Une heure plus tôt, il avait fini cinquième de l'épreuve de force face à trente autres sergents. Et quatrième à la quintaine, où il avait failli tomber de cheval et avait raté trois fois la cible avec sa lance. Mais sentir la victoire lui échapper au profit de Garin, qui avait remporté ces deux premières épreuves, l'avait enragé. Il avait gagné la course à pied et battu ses trois premiers adversaires en duel. Son bras était engourdi à cause du poids de l'épée mais le triomphe lui chauffait les veines. Plus qu'un combat !

Quand Will entra sous la tente, Garin jaugeait le poids d'une épée en faisant de grands mouvements. Dans un coin, un sergent plus âgé défaisait les lanières de son plastron. Dehors, un autre duel se préparait.

Garin plaça l'épée sur la table où les armes étaient entreposées.

— Bien joué, fit-il en apercevant Will.

— Merci, répondit celui-ci sans remarquer la morosité de son ami. Je croyais que je n'arriverais pas à le battre. Si tu gagnes ton combat, on se retrouvera pour le dernier duel.

Garin acquiesça sombrement.

— Qu'est-ce qu'il y a?

— Rien, grogna Garin. Il n'y a pas de prix pour le deuxième.

— Ce n'est pas grave, répondit Will avec désinvolture. Si nous arrivons jusque-là, nous serons tous les deux les champions du jour, peu importe celui qui gagne.

Il regarda le sergent fixer son plastron et s'en aller.

— Où étais-tu, hier? demanda-t-il à voix basse.

— Nulle part, fit rapidement Garin. Je veux dire, à l'armurerie.

— Je t'ai cherché, je voulais te demander quelque chose. Quand ton oncle est-il allé pour la dernière fois en Terre sainte?

— Il est revenu après avoir été blessé à la Forbie, les Sarrasins venaient de reprendre Jérusalem.

— Est-il resté en contact avec des gens là-bas, des étrangers peut-être, quelqu'un qui pourrait lui avoir rendu visite?

Garin se retourna.

— Pourquoi cette question?

Il fit un geste en direction du terrain.

— Je me bats dans une minute. Qu'est-ce qu'il y a?

Will entendit le héraut crier le nom de Garin.

— Rien. Juste une question que je me posais sur la Terre sainte. J'hésite à lui demander. Tu ferais mieux d'y aller. Bonne chance, ajouta-t-il en posant la main sur l'épaule de son ami.

Garin sortit de la tente, resta un long moment immobile dans l'entrée à regarder le terrain, puis il avança d'un pas résolu.

Sa première charge fut féroce, ses coups puissants obligeaient son adversaire à reculer, mais celui-ci parvint à se rétablir. Les seuls bruits qu'on entendait étaient ceux des épées. Au bout d'un moment, Garin tailla le bras du garçon et l'étoffe de sa tunique rougit. Un rugissement parvint du bord du terrain. Will n'avait jamais vu son ami combattre aussi bien. Garin se déplaçait avec agilité, ses coups étaient précis et efficaces.

Il para plusieurs bottes courtes et pivota légèrement sur ses jambes pour se retrouver sur la gauche du garçon, qui dut se contorsionner pour contrer deux allonges rapides comme l'éclair. Les feintes de Garin étaient déroutantes mais son adversaire ne s'y laissa pas prendre et vint à sa rencontre. Ils se tamponnèrent, Garin perdit l'équilibre et tomba à genoux. Tout en parant les coups du sergent, il se remit debout et plaça plusieurs attaques. Tandis que l'autre garçon reculait, Garin jeta un coup d'œil au banc des juges où Jacques était en pleine conversation avec le maître d'Irlande.

Ses gestes n'étaient plus aussi fluides qu'au début du combat, son poignet se raidissait, ses allonges étaient plus lentes et ses parades sentaient l'affolement. Will le vit rater l'occasion d'une botte définitive. Son adversaire avait remarqué le changement et c'était lui qui dominait le combat à présent. Garin lança un coup sans conviction, sa prise se relâcha et l'épée lui échappa des mains. Il tenta de la récupérer mais son adversaire était déjà sur lui et posait l'épée sur son plastron. Le sergent hurla de joie en levant son épée en l'air tandis que le héraut proclamait sa victoire. Will observa Garin, qui se tenait sur le terrain sans même ramasser son épée, la tête tournée vers Jacques. Le regard que lui jetait le chevalier était froid comme la mort.

Garin revint vers la tente, seul. Will poussa les sergents pour aller réconforter son ami, mais on l'appelait pour le duel final. Il hésita, puis se rendit finalement sur le terrain.

Garin entra sous la tente, défit le plastron qu'il laissa tomber au sol, et posa les mains à plat sur le banc. Il avait l'impression que la boule dans sa gorge allait l'étouffer. Sa vision devint floue et il se gifla les yeux avec hargne, déterminé à ne pas pleurer. S'il commençait, il ne pourrait plus s'arrêter.

— Sors de là !

En entendant la voix de Jacques, ses larmes commencèrent à jaillir, impossibles à contenir. Le chevalier se tenait à l'entrée de la tente, à contre-jour. Garin ne voyait pas son visage mais il imaginait très bien l'expression qu'il arborait. La terreur de Garin se lova dans son estomac comme un serpent froid.

— Maître, réussit-il à articuler, je suis désolé. Je...

— Garde tes excuses, le coupa Jacques d'une voix monocorde et cassante. Suis-moi.

Jacques le prit par le bras et le traîna hors de la tente. Tandis que son oncle l'emmenait au pas de charge en direction des bâtiments de la commanderie, Garin jeta un coup d'œil vers le terrain où Will s'activait, l'épée à la main.

Parvenus au quartier des chevaliers, Jacques lui fit grimper les escaliers quatre à quatre et l'emmena à sa cellule.

— Allez, fit-il en poussant Garin à l'intérieur.

Quand Jacques se retourna après avoir fermé la porte, le jeune homme leva d'instinct les bras pour se protéger.

— Maître, je...

Mais Jacques lui envoya en plein visage une gifle cinglante et il alla heurter la table. Le chevalier s'approcha de lui, le poing fermé, et le frappa plusieurs fois à la tête.

— S'il vous plaît ! implora Garin en se protégeant de ses deux bras.

Les coups pleuvaient sans discontinuer. Malgré le sang qui commençait à couler de son nez et de sa lèvre, il réussit à tenir debout. Tomber aurait encore aggravé la fureur de son oncle. C'est à coups de botte qu'il l'aurait corrigé.

— Je t'ai dit que je voulais que tu gagnes ! hurla Jacques. Hein ? Qu'est-ce que je t'avais dit ?

— De gagner, cria Garin, vous m'aviez dit de gagner. Mais je n'ai...

— Je t'ai vu, espèce d'insolent ! Tu as fait exprès de perdre ! Pour m'énerver !

Jacques attrapa Garin par les épaules et le secoua comme une brindille.

— *N'est-ce pas ?*

— Non !

À travers la fenêtre leur parvint une clameur. Jacques relâcha Garin. Au milieu des acclamations, ils entendirent le nom de Campbell, crié par le héraut. Le visage de Jacques, déjà échauffé, s'assombrit encore. Il jura et se tourna vers son neveu.

— Tu entends ça ? Tu as laissé gagner ce morveux !

Garin fut trop lent à lever le bras et son oncle lui assena une nouvelle gifle qui le fit chanceler jusqu'au coin de la fenêtre. Il y resta quelques instants, puis s'affaissa au sol. Son visage était couvert de sang et deux filets de morve lui pendaient du nez.

— Lève-toi ! hurla Jacques.

— Vous ne regardiez même pas, s'écria Garin sans se préoccuper des larmes qui coulaient sur ses joues. Je vous ai vu ! Vous parliez avec le maître d'Irlande !

— Je lui disais à quel point j'étais impressionné ! répondit Jacques d'une voix acerbe.

Garin sanglotait ouvertement maintenant.

— Ce n'est pas qu'aujourd'hui, c'est tout le temps. Vous voulez toujours que je réussisse tout.

Il se releva et se dressa devant le chevalier, tout tremblant, mais son visage avait un air de défi.

— Il n'y a aucun moyen de vous satisfaire.

— Je t'ai donné toutes les chances, toutes celles que ton père et moi n'avons pas eues quand nous…

— *Je ne suis pas vous !* hurla Garin en s'avançant, les poings serrés.

La douleur, l'humiliation et la rage se lisaient dans ses yeux.

— Je ne suis pas vous, ni mon père, ni mes frères ! Je sais que je ne suis pas assez bien. Je le sais bien ! Mais j'ai toujours fait de mon mieux !

Jacques regardait son neveu avec surprise. Il ne l'avait

jamais entendu parler avec autant de rage. Et en voyant le visage couvert de sang et de larmes du garçon, lui revint nettement une autre image, celle de son frère Raoul de Lyons.

Raoul gît dans une rue poussiéreuse de Mansourah, le dos brisé et la poitrine perforée par trois flèches. Son cheval l'a mis à terre après qu'un groupe de Mamelouks, sous le commandement de Baybars, a jeté des poutres depuis les toits pour bloquer les rues avoisinantes et piéger les chevaliers. À côté, les deux fils aînés de Raoul sont morts. Le combat s'est déplacé en laissant la ruelle pleine de cadavres, et c'est pour échapper au fracas des armes que Jacques s'agenouille auprès de son frère et serre son corps ensanglanté dans ses bras.

— *Frère, prends soin de ma femme et de mon fils.*

Tels avaient été ses derniers mots. Il était mort avant que Jacques n'ait le temps de répondre.

— Garin, dit-il à son neveu en pleurs.

Jacques s'approcha du garçon et posa les deux mains sur ses épaules.

— Regarde-moi. Crois-tu que j'aime te punir ainsı? Je le fais parce que je sais que tu peux réussir.

Garin fixait le chevalier. Son œil droit était enflé, il serait bientôt fermé.

— Je serai chevalier, mon oncle, dit-il d'une voix enrouée. Je remettrai le nom de ma famille à sa place et je rendrai ma mère heureuse. *Je le jure!*

— Je ne pensais pas au fait d'être chevalier, répondit Jacques avec frustration, mais à des choses que tu ignores.

Il se tourna vers la fenêtre et s'accouda au rebord. Il pouvait entendre le nom de Will qui n'en finissait plus d'être scandé.

— Il y a plus au Temple que ce que tu crois.

Il se tut un long moment.

— J'appartiens à un groupe d'hommes, à un Cercle à l'intérieur de l'Ordre. Nous ne sommes plus nombreux maintenant, mais nous sommes toujours puissants. Beaucoup de gens ont aidé notre cause, volontairement ou non, depuis que nous nous sommes établis il y a un siècle. Le roi Richard Cœur de Lion fut l'un de nos patrons pendant un temps. Mais nous travaillons en secret, même le grand maître ne sait pas que nous existons. Nous nous appelons l'Anima Templi : l'Âme du Temple.

Garin secoua la tête, incrédule.

— Je ne comprends pas. Que fait ce groupe ?

Jacques leva la main.

— Je ne peux pas encore te le dire. Pour le moment, nous sommes en grand danger. On nous a volé quelque chose de précieux. Si la chose tombait entre de mauvaises mains, cela pourrait nous être fatal, et peut-être même au Temple lui-même.

— De quoi s'agit-il ?

Jacques hésita, il semblait incertain.

— Dites-le-moi, mon oncle, le supplia Garin. Si je ne sais pas ce que vous attendez de moi, je ne peux pas vous aider.

Jacques le regarda longuement. Puis il parla d'une voix calme.

— Il s'agit du *Livre du Graal*. C'est notre code, il contient notre cérémonie d'initiation et les détails de nos plans pour l'avenir, des plans que personne ne doit connaître tant que nous ne sommes pas prêts. Quand j'aurai escorté les joyaux de la Couronne à Paris, je resterai là-bas pour rechercher le livre.

Il s'approcha de Garin.

— J'ai toujours espéré que tu ferais un jour partie de notre Cercle. Tu resteras avec moi et tu rencontreras celui qui dirige le groupe, Everard.

Le Nouveau Temple, Londres, 19 octobre 1260 après J.-C.

Elwen faisait les cent pas dans sa chambre. Elle était vêtue d'une longue robe de toile vert pâle et d'une ceinture en soie dorée qui soulignait ses hanches. Elle n'avait pas touché à son ragoût, resté sur la table près du lit, là où un domestique le lui avait déposé une heure plus tôt. La chambre petite et sommairement meublée jouxtait la draperie de la commanderie. Owein lui avait dit que la pièce servait d'ordinaire d'entrepôt pour les fournitures des drapiers. Elle sentait la laine et le vieux cuir. Dans le coin, contre la fenêtre, des robes et une cape bleu foncé pendaient à une patère.

Elwen s'approcha de la fenêtre. Le soleil apparut derrière les nuages et la lumière l'éblouit. Quelqu'un frappa.

— Elwen ?

Reconnaissant la voix d'Owein, elle déverrouilla la porte et ouvrit.

— Mon oncle, dit-elle en le saluant d'un sourire.

Owein entra et ferma derrière lui. Il l'attira à lui et se pencha pour l'embrasser sur le front. En se redressant, il vit le plateau.

— Tu n'y as pas touché ?

— Je n'ai pas faim.

— Tu ne te sens pas bien ?

— Non, c'est juste...

Elle soupira profondément.

— Combien de temps dois-je rester ici ? J'ai l'impression d'être en prison. Je n'ai même pas pu voir le tournoi hier. J'ai entendu qu'ils criaient le nom de ton sergent. C'est lui qui a gagné ?

— Tu ne dois pas sortir de tes quartiers, dit Owein.

Sa voix était douce, mais ferme.

— Nous ne devons pas abuser de la confiance du grand maître. S'il n'avait pas accepté de te recueillir, je n'aurais pas su où t'envoyer.

— Et je lui suis reconnaissante.

Elwen s'approcha de la table et fit semblant de s'intéresser à la broderie.

— Mais si je reste enfermée ici, je vais devenir folle.

— C'est pour ça que je suis ici, Elwen. Tu vas bientôt partir.

— Mon tuteur? Il va mieux?

Owein vit l'espoir renaître en elle. Il la prit par la main et la fit asseoir sur le lit.

— Je crains que non, répondit-il. J'ai reçu un mot cet après-midi, Elwen. Ton tuteur est mort. Une maladie soudaine... Les médecins n'ont rien pu faire.

Il passa le bras sur ses épaules.

— Je suis désolé, ma douce. Je sais que tu l'aimais.

Elwen regardait ses mains posées sur ses cuisses.

— Oui, se contenta-t-elle de répondre.

Elle resta silencieuse un moment.

— Et moi? Que va-t-on faire de moi?

— Le Temple n'est pas un endroit pour une femme, dit Owein d'un ton protecteur. J'ai envoyé un message à un frère à Bath. Charles est un ancien officier du Temple, il s'est retiré à la suite d'une blessure. Aujourd'hui, il dirige un domaine en dehors de la ville où il élève nos chevaux. Je suis sûr qu'il acceptera de te recevoir.

— Bath? répondit Elwen d'une voix où perçait l'anxiété. Mais j'aime Londres.

Owein passa la main dans ses cheveux.

— Je pars dans trois jours pour Paris. Je ne sais pas quand je reviendrai et je n'aurai pas le temps de te chercher un logement en ville d'ici là. Tu aimeras Bath. Le domaine de Charles est plus grand que cette pièce, dit-il avec un sourire d'encouragement. Et Charles a trois filles, l'une d'elles a ton âge. Tu recevras l'éducation appropriée à une jeune fille.

Elwen s'agrippa à sa couverture et en tira nerveusement un fil qui pendait.

— Combien de temps resterai-je là-bas?

— Un an au plus, jusqu'à ce que tu aies l'âge requis.

— Requis pour quoi? demanda-t-elle lentement.

— Pour le mariage, bien sûr, quand je t'aurai trouvé un fiancé.

— Mon oncle! s'exclama-t-elle en riant. Je ne veux pas me marier!

— Pas maintenant, je m'en doute.

— Jamais! dit-elle avec véhémence.

— Avec le temps, tu te feras à cette idée, affirma-t-il.

— Je n'ai pas d'autre choix?

— Tu as le choix entre te marier et devenir nonne.

— Ce n'est pas ce que je veux, répondit-elle rapidement.

Owein tenta de la rasséréner.

— Je suis désolé, Elwen, mais tu ne peux pas rester ici. Aller à Bath est ce qui peut t'arriver de mieux. Tu as besoin d'apprendre à te tenir comme une jeune fille de ton rang. J'ai promis à ta mère de m'occuper de toi et c'est ce que je vais faire.

Elwen voulut dire quelque chose mais il ne lui en laissa pas le temps.

— Tu ne me feras pas changer d'avis, dit-il en se levant. J'espère des nouvelles de Charles dans les semaines à venir. Si tout se passe bien, tu partiras pour Bath à mon retour de Paris.

Il ouvrit la porte, se retourna comme s'il allait dire quelque chose mais partit finalement sans rien ajouter.

Restée seule, Elwen eut l'impression que les murs de la petite pièce s'écroulaient sur elle. Quand sa mère, déjà veuve, avait été forcée de prendre un emploi chez un riche propriétaire terrien, Owein l'avait prise avec lui sur son cheval et l'avait emmenée à Londres. En la voyant pleurer, son oncle avait cru que c'était le chagrin qui provoquait ses larmes. En réalité, c'étaient des larmes de soulagement.

À Powys, sa mère se levait à l'aube, le visage livide, pour une dure journée de labeur domestique. Et Elwen avait elle aussi des corvées : elle devait nettoyer les deux pièces humides et sombres de la chaumière, et nourrir la truie ainsi que les quelques poules qu'elles possédaient. Ce n'est qu'après avoir fait tout cela qu'elle pouvait courir dans les champs à la recherche d'un nouvel arbre à escalader ou d'enfants avec qui jouer. Au fil du temps, sa mère était devenue de plus en plus effacée, jusqu'à se transformer en une présence à peine palpable. Un cri d'enfant ou un éclat de rire semblaient la faire souffrir. Elwen avait appris à vivre en silence. En arrivant à Londres, elle avait passé les trois premiers jours chez son tuteur à écouter les bruits de la ville parvenant jusqu'à elle.

Des années passées à récurer le sol pour mettre la pitance sur la table avait fait de sa mère l'ombre d'une femme, incapable d'aimer, de ressentir, de rêver. Owein ne pouvait pas comprendre. La seule mort qu'il connaissait, c'était celle qui se donne ou se reçoit à la pointe de l'épée.

— Will Campbell!

Occupé à approvisionner l'écurie en eau, Will vit venir vers lui deux sergents.

— Nous t'avons vu combattre, dit le plus petit, un garçon couvert de taches de rousseur.

— Et?

— On peut voir la médaille? demanda l'autre.

Will soupira avec impatience mais il posa les seaux et fouilla dans la poche de sa tunique.

— Voilà, dit-il en la tendant au petit.

Celui-ci la prit avec révérence et les deux comparses l'étudièrent. La porte du bâtiment opposé s'ouvrit et un sergent sortit de l'infirmerie. C'était Garin. Will ne le reconnut qu'à ses cheveux et à sa démarche, tant son visage était méconnaissable.

— Nom de Dieu! jura-t-il.

Il récupéra la médaille et courut, sans un regard pour les deux garçons éberlués par son blasphème. L'œil droit de son ami ne s'ouvrait plus, la paupière était gonflée de sang, et tout autour la peau était rouge et bleu bordé de

145

jaune. Sa lèvre, elle aussi, était boursouflée, des croûtes s'étaient formées là où elle avait éclaté, et on aurait dit qu'il s'était glissé un chiffon dans la joue droite tellement elle était tuméfiée.

— Garin? Qu'est-ce qui s'est passé?

— Laisse-moi, marmonna Garin d'une voix qu'il ne lui avait jamais entendue.

Will rangea la médaille dans sa poche et attrapa Garin par l'épaule.

— C'est Cyclope qui t'a fait ça?

— Ne l'appelle pas comme ça!

Garin se défit de l'étreinte de son ami et se mit à courir vers les quais de la commanderie. Will le suivit.

L'*Endurance*, le bateau qui les emmènerait vers Paris, bringuebalait contre le quai. Massif, avec ses deux mâts, sa coque haute et sa dunette, il était conçu pour transporter des marchandises, à la différence des navires de guerre plus légers. En haut du mât de misaine flottait la bannière noire et blanche du Temple, claquant au vent. C'était leur point de ralliement durant les batailles. Les membres de l'équipage chargés de surveiller le bateau levèrent à peine le nez de leur partie de dames quand les deux sergents arrivèrent en courant.

Pendant un moment, Garin se tint droit, les poings serrés, puis il s'effondra.

Will s'assit à côté de lui et regarda les reflets du soleil jouer sur la Tamise comme sur un miroir cassé.

— Comment a-t-il pu te faire ça? Tu es de son sang.

— Il était furieux que j'aie perdu.

— Quand est-ce arrivé?

— Hier.

Will hocha la tête.

— Je le mérite, reprit Garin, j'ai échoué.

— Tu le mérites? répondit Will, abasourdi. Qu'a dit l'infirmière?

— Que ma vue reviendrait quand l'œil s'ouvrirait.

— Seigneur!

— Peut-être que je pourrais mettre un bandeau sur mon œil, moi aussi, dit Garin d'une voix ironique.

Il sortit de sa tunique une poche en tissu remplie d'une matière verte à l'odeur âcre.

— Frère Michael m'a donné un cataplasme pour calmer les boursouflures.

Il l'observa un moment puis le jeta dans la rivière.

Will tendit le bras.

— Ne fais pas ça, c'est pour te soigner !

Garin le regarda et eut un rire nerveux qui mit Will mal à l'aise.

— Je pourrais aller voir Owein, il parlerait à ton oncle, lui dirait d'arrêter de te traiter comme ça.

— C'est une histoire de famille, répondit abruptement Garin. Laisse Owein en dehors de ça.

— Il y est allé trop fort cette fois, le salaud, murmura Will. Tu ne devrais pas te laisser faire.

— Comme toi avec ton père ? lui demanda insidieusement Garin.

Will serra les dents et détourna le regard.

— Ce n'est pas de moi dont on parle.

— Mon oncle essaie de m'apprendre à devenir un commandeur. Il me punit parce que j'ai échoué, c'est de ma faute.

— Tu as changé. Plus rien ne t'amuse, on dirait.

— J'ai presque quatorze ans, Will. Comme toi. Si Owein n'était pas aussi coulant avec toi, tu aurais été exclu il y a des années vu toutes les règles que tu enfreins rien que pour t'amuser. Il est temps que tu te comportes en homme.

— Si être un homme signifie perdre sa bonne humeur, non merci. Et la plupart des règles n'ont *aucun intérêt*. On nous explique même comment couper le fromage ! Ce n'est pas ça, être chevalier.

— Parfois, je me demande si tu as vraiment envie de le devenir, fit Garin en reniflant.

— Ne change pas de sujet, le coupa Will, ennuyé par la tournure que prenait la conversation. Ton oncle ne

147

devrait pas te traiter ainsi. C'est beaucoup plus que de simples punitions.

Garin eut un rire sans joie.

— Tu crois qu'il est le premier à me battre? Ma mère me frappait avec un bâton quand j'avais fait quelque chose qui lui déplaisait. Quant à mon tuteur... c'était encore autre chose. Lui, quand je me trompais dans ma leçon, il préférait la ceinture.

Les yeux de Garin étaient brouillés par les larmes.

— Tu ne sais pas ce que c'est de porter mon nom. Tu ne comprends rien, Will. Tu ne *sais* rien.

Will tenta de calmer son ami.

— Écoute, Garin, il y a peut-être un moyen de l'arrêter. Je pense qu'il prépare quelque chose. Premièrement, il a prêté son cheval à un homme qui...

— Tu ne sauras jamais pourquoi il me traite comme ça, l'interrompit Garin sans l'écouter. Peut-être que si Owein te punissait davantage, tu serais un meilleur sergent.

— Quoi? s'exclama Will, hébété.

— Tu t'en sors toujours, juste parce que tu es bon à l'épée. Mais à force de ne rien prendre au sérieux, tu ne seras jamais commandeur! Alors que moi, oui!

Les mots de Garin restèrent comme en suspension dans l'air un instant.

— Je ne voulais pas dire ça, ajouta-t-il en soupirant. C'est ce que pense mon oncle. Il pense que tu es une mauvaise fréquentation et que c'est à cause de toi que je ne réponds pas à ses attentes.

— Ah.

Will se passa la langue sur les lèvres et resta un instant immobile. Puis il plongea la main dans sa poche. Il avait pensé donner la médaille à son père, pour lui prouver qu'il était digne de sa confiance. Mais il la sortit et la tendit à Garin.

— Tiens.

Celui-ci se mit debout et fixa la médaille.

— Je n'en veux pas, fit-il froidement.

— C'est un cadeau.

Tout en disant cela, Will prit la main de son ami et y déposa la médaille.

Garin ne dit rien, il caressa du bout des doigts les deux chevaliers en cuivre.

— Merci, murmura-t-il.

Il sembla vouloir ajouter quelque chose mais, changeant d'idée, il partit du quai.

Resté seul, Will s'allongea en prenant appui sur les coudes et regarda une cogue marchande remonter le courant. À cet endroit, il y avait toujours beaucoup de monde sur la Tamise. Les bateaux apportaient des épices, du verre, du tissu et du vin de Bruges, d'Anvers, de Venise et même d'Acre.

Will prit une pierre sur le quai et la jeta dans la rivière. Il regarda les cercles concentriques s'éloigner du point d'impact. Garin avait tort. Il n'enfreignait pas les règles pour s'amuser. Les corvées sans fin, les prières, les repas pris dans le silence lui laissaient trop de temps pour réfléchir. Il n'y avait qu'au combat qu'il s'arrêtait de penser, et quand il faisait quelque chose d'interdit, l'excitation faisait s'évanouir les souvenirs.

Comme le soir tombait, Will se leva et reprit le chemin de ses quartiers. Il dépassa l'armurerie et se dirigeait vers la chapelle quand il aperçut une silhouette en cape bleu foncé assise sur le muret entourant le cimetière. C'était Elwen. L'air absente, elle regardait à travers le verger, ses longs cheveux flottant au vent.

— Elwen.

Même dans le demi-jour, il pouvait voir qu'elle avait pleuré.

— Qu'est-ce que tu veux, Will Campbell? dit-elle avec agressivité.

Il haussa les épaules et reprit son chemin.

— Attends! lui lança-t-elle.

Il s'arrêta.

— Reste. J'ai besoin de compagnie.

Will s'assit sur le muret, à côté d'elle.

— Qu'est-ce qui t'arrive? demanda-t-il en voyant son air abattu.

— Je dois partir.

Elle lui expliqua ce qu'Owein avait décidé.

— Je suis désolé, dit-il gauchement quand elle eut terminé.

Elle se hérissa d'un coup.

— Pourquoi es-tu désolé? s'écria-t-elle. C'est pas toi qu'on va marier à un vieillard dégoûtant!

— Je voulais dire, pour ton tuteur. Je suis désolé qu'il soit mort.

Elwen s'essuya les yeux avec sa manche.

— Moi aussi, mais...

Son ton s'était adouci.

— ... je ne veux pas aller à Bath.

Elle eut un rire amer.

— Je ne verrai jamais la Terre sainte, n'est-ce pas?

Will était surpris.

— Tu veux y aller en pèlerinage?

— Pas en pèlerinage, répondit-elle en le regardant droit dans les yeux. Il y avait un vieil homme dans le village où j'ai grandi. Il était allé en Terre sainte. Il disait qu'il y a là-bas des villes avec des châteaux et des tours dorées, et aussi que la mer est tellement bleue qu'elle fait mal aux yeux. Il disait qu'il y a des endroits où il ne pleut jamais. Il pleut toujours à Powys.

Au fil de son discours, ses yeux s'étaient mis à briller.

— Je veux voir ça. Je veux tout voir. Si j'étais restée à Powys, ma mère aurait fini par me marier à un fermier. J'aurais élevé des cochons et des enfants et je n'aurais jamais rien vu d'autre que les champs. Moi, je veux voyager, voir plein d'endroits, et non vieillir et être malheureuse et pauvre comme tous ceux que j'ai connus. Plutôt mourir, conclut-elle farouchement.

Will voulut l'interrompre mais n'en eut pas le temps.

— Et ne me dis pas qu'il n'y a que les hommes qui

voyagent. Plein de femmes sont allées en Terre sainte. Des petites filles, aussi. Mon tuteur m'a parlé de la croisade des enfants.

— Ça ne compte pas. Ils ne sont allés que jusqu'à Marseille. Là-bas, ils ont été vendus comme esclaves. Mais ce n'est pas ce que j'allais dire. Je te comprends. Si je le pouvais, je partirais demain. Tu peux me croire, ajouta-t-il avec ferveur.

— Pour faire la guerre, répondit-elle froidement.

— Non.

— Pourquoi t'entraînes-tu à combattre, alors ?

Will soupira.

— Quand j'irai en Terre sainte, ce sera pour faire la guerre, concéda-t-il. Mais ce n'est pas pour ça que je veux y aller.

— Et pourquoi donc ?

— Je veux revoir mon père, dit-il calmement.

— J'avais raison, alors, il te manque ?

Will se leva.

— Peut-être que tu verras la Terre sainte. Owein t'a dit que tu n'irais à Bath que pour un an.

— Et tu crois que mon *mari* me laissera y aller ? Non, soupira-t-elle. Je devrai m'occuper des bébés, il faut bien les nourrir. C'est ce que font les femmes, non ?

— Pas toujours, répondit Will d'une voix incertaine.

— Ah bon ? Ce n'est pas ce que ta mère faisait ?

— Je dis juste qu'on ne peut pas savoir ce qui va se passer.

Il regarda passer un groupe de sergents. Certains d'entre eux regardaient Elwen avec curiosité.

— Il faut que j'y aille.

— Ça m'a fait plaisir de te revoir.

Will commença à partir, puis il se retourna.

— Un jour, Owein m'a dit que les hommes sont maîtres de leur destinée. Peut-être que c'est pareil pour les femmes…

— Oui, répondit Elwen en souriant faiblement, peut-être.

10

Honfleur, Normandie

22 octobre 1260 après J.-C.

L'*Endurance* fendait les flots, laissant derrière lui un sillon d'écume. Le ciel était d'un bleu profond, sans l'ombre d'un nuage, et un vent généreux gonflait les voiles triangulaires. Les voix des hommes retentissaient, hurlant des ordres. À la tête du navire se trouvait un capitaine de l'Ordre des Templiers et cinq chevaliers officiers, le reste de l'équipage étant composé de sergents et de matelots. Appuyé au bastingage, perdu dans sa contemplation, Will regardait l'eau défiler à toute vitesse. Il avait déjà navigué sur la Tamise, mais ce n'était rien en comparaison de l'immensité bleue sur laquelle ils voguaient. Il avait l'impression de voler. À côté de lui, un sergent au visage livide vomissait dans la mer en poussant des râles.

Will se détourna pour ne pas assister à ses haut-le-cœur et ses yeux se fixèrent sur un homme assis au bord de la dunette. Enveloppé dans sa cape grise, il balançait ses jambes en suivant les mouvements du bateau. Malgré la capuche, son visage n'était pas vraiment dissimulé. Chez lui, le noir dominait tout : les yeux, qui ressemblaient à deux morceaux de charbon, les cheveux et la barbe de corbeau, ainsi que la peau d'acajou. Will n'était pas le seul à l'épier. Un peu plus tôt, il avait entendu deux sergents plus âgés discuter à voix basse de l'étranger.

— Il vient peut-être de Gênes, avait murmuré l'un, ou de Pise. Mais je ne sais pas ce qu'il fait ici, avec nous. J'ai entendu un chevalier dire que c'était un camarade de Jacques.

— Non, avait répondu l'autre sergent en jetant un regard discret à l'homme en gris. Je pense que c'est un Sarrasin.

Le premier sergent s'était signé et avait agrippé la poignée de son épée.

L'homme ayant remarqué qu'il l'observait, Will fit semblant d'étudier quelque chose dans l'eau. Mais il avait cru le voir sourire à son intention. Lorsqu'il risqua un nouveau coup d'œil, l'homme s'était replongé dans ses pensées. Était-ce vraiment un Sarrasin? Will n'y croyait pas : un ennemi de Dieu à bord d'un bateau du Temple? Cependant, il repensa à son accent étranger et à la lettre qu'il avait découverte dans la cellule.

Will chercha Garin, il aurait voulu pouvoir lui faire part de ses préoccupations. Celui-ci était assis, seul, sur un banc à la poupe. Son visage avait légèrement désenflé, mais l'œil droit ne s'ouvrait toujours pas complètement. Will se leva et récupéra sous le banc le sac qui contenait toutes ses affaires : une tunique et des culottes de rechange, ainsi que le fauchon que son père lui avait donné. Ces derniers jours, il avait essayé de parler avec Garin, mais son ami le traitait avec une indifférence blessante. Il avait donc décidé d'attendre que Garin revienne vers lui.

Tout en étirant ses jambes, Will regarda la cabine du capitaine en dessous de la dunette. La porte était ouverte et il pouvait voir, à l'intérieur, les dix chevaliers du Temple en train de boire et de manger. Un coffre noir portant les dorures du blason royal était posé à même le sol, au pied du tabouret d'Owein. C'est probablement là qu'étaient cachés les joyaux de la Couronne. La reine Éléonore et sa suite se trouvaient dans la cabine attenante.

Lorsqu'ils avaient franchi l'estuaire de la Tamise, la reine était apparue sur le pont avec deux de ses dames de compagnie. Ses cheveux bruns étaient arrangés avec art, quelques mèches flottant sur son visage aux traits délicats, et elle rayonnait dans sa robe brodée de fleurs de lys dorées, emblème du royaume de France. Éléonore était la sœur de Marguerite, épouse du roi Louis IX. Alors qu'ils quittaient l'Angleterre, elle avait regardé avec anxiété la ligne d'horizon avant de rentrer dans sa cabine. De temps à autre, la mélodie étouffée d'une harpe se faisait entendre à travers les tentures écarlates dont on avait garni les sabords.

Penchant la tête de côté, Will ferma les yeux.

C'étaient les cris des mouettes qui l'avaient réveillé quelques instants plus tôt. La terre était maintenant en vue. Mais le spectacle était moins grandiose que prévu : Will s'attendait à ce que le royaume de France propose autre chose que des plages de galets semblables à celles d'Angleterre. Le bateau contourna une presqu'île et s'engagea dans l'embouchure d'un fleuve. En entendant les conversations de l'équipage, Will comprit qu'ils arrivaient à Honfleur.

Bientôt, il put voir à tribord un petit port niché dans une crique. Derrière la rade, des maisons s'étendaient en demi-cercle autour d'une place occupée par la foule. Des drapeaux claquant au vent dominaient la scène. Quand ils s'approchèrent, il constata qu'il y avait une fête sur la place. Il entendait des éclats de rire, de la musique et des mots dans une langue incompréhensible. Le bateau accosta et il empoigna son sac.

Jacques et l'homme en gris parlaient tranquillement près de la dunette. Will s'approcha d'eux, il aurait voulu surprendre leur conversation, mais les deux hommes se turent car Owein s'adressait à quelqu'un par-dessus bord.

— Bonjour, frère !

Le salut était destiné à un petit homme bedonnant qui accourait sur le quai. Vêtu du manteau noir des prêtres du Temple, il arborait la tonsure et avait le visage couvert d'une barbe châtaine broussailleuse.

— *Pax tecum*, fit-il d'une voix essoufflée.

Owein descendit la passerelle pour le rejoindre.

— *Et cum spiritu tuo*[1]. Vous nous attendiez, je suppose ?

— Nous avons reçu le message de Humbert de Pairaud la semaine dernière. Tout est prêt pour recevoir Sa Majesté. Mais je crains, ajouta le prêtre d'un air contrit, que ses quartiers ne soient davantage faits pour un roturier que pour une reine.

— Je suis sûr que ça ira très bien pour une nuit. Notre bateau est-il prêt ?

— Oui, frère, l'*Opinicus* est arrivé ce matin de Paris, répondit le prêtre en pointant du doigt l'autre extrémité du quai.

Will se tourna dans la direction qu'il indiquait et vit un robuste vaisseau avec un seul mât et une voile carrée. Sur la voile était représenté un Opinicus – une créature héraldique tenant du lion, du chameau et du dragon.

— Son équipage soupera avec nous. Nos logements sont tout près d'ici.

Le prêtre désignait maintenant un bâtiment en pierre sur les hauteurs, entouré d'un mur d'enceinte en piteux état. Puis il sourit d'un air béat en joignant ses deux mains sur sa panse.

— Vous joindrez-vous à nous pour la soupe et pour les vêpres ? Nous sommes une petite assemblée, et nous avons rarement l'occasion de voir nos frères. Bien que nous marchions dans les pas de Bernard de Clairvaux, béni soit-il, notre service est entièrement de nature spirituelle. Nous nous considérons plus comme des moines

1. Que la paix soit avec toi.
Et avec ton esprit.

155

que comme des guerriers. Toutefois, ce serait un honneur de dîner en votre illustre compagnie. Il observa l'équipage du bateau et son regard marqua une certaine hésitation.

— Peut-être aurons-nous des difficultés à nourrir autant de bouches, ajouta-t-il prudemment.

— Nous verrons, répondit Owein en regardant le ciel. Nous allons attendre quelques heures avant d'escorter la reine à votre domaine. Nous ne voulons surtout pas attirer l'attention. Dites à l'équipage de l'*Opinicus* de venir nous retrouver au vaisseau.

Le prêtre parut s'offenser des manières brusques d'Owein.

— Comme vous voudrez, frère, répondit-il froidement.

Puis il partit en se dandinant.

Quelques heures plus tard, Will se trouvait sur le quai. Il avait été affecté à la surveillance des coffres, caisses et autres fûts que l'équipage et les sergents déchargeaient de l'*Endurance*. Pour l'essentiel, la cargaison appartenait à la reine, à l'exception des caisses de sel et de quelques barriques de bière destinées à la commanderie de Paris. Will entendit qu'on riait derrière lui. Il se retourna et vit un groupe d'enfants le fixer avec curiosité. Il était presque minuit mais la fête battait toujours son plein. On avait allumé des torches autour de la place, et l'odeur de viande grillée qui lui parvenait faisait gargouiller son estomac. D'après ce qu'un sergent lui avait dit, on célébrait la moisson d'automne. Les femmes étaient couronnées d'épis de blé et les hommes s'étaient faits des masques de loup et de cerf. C'était un spectacle sinistre que de voir ces parodies de bêtes danser et tourbillonner à la lumière des torches.

Will se retourna, préférant ne plus regarder en direction de la place. Sur la passerelle, deux hommes d'équipage descendaient une caisse. Derrière eux, un passager à la silhouette fluette, entièrement caché par une cape bleu marine dont il avait baissé la capuche, luttait avec une boîte apparemment trop lourde pour lui. Il trébucha. Will s'approcha pour l'aider, mais les deux hommes d'équipage, qui avaient posé la caisse, s'en occupaient déjà.

— Laissez-moi prendre ça, mademoiselle, dit l'un des hommes.

Ainsi donc, c'était une femme.

Mais Will entendit des bruits de pas dans son dos et il dut arrêter là son observation de la scène. Un garçon vêtu d'une tunique de sergent se tenait derrière lui.

— Où est le chevalier Owein? demanda le jeune homme en regardant le bateau.

— À bord, lui répondit Will.

— Informez-le que l'*Opinicus* est paré. Je vais envoyer quelques hommes pour vous aider à transporter tout ça.

Le garçon repartit sans rien ajouter. Quand Will se retourna, les deux hommes d'équipage de l'*Endurance* étaient allés chercher d'autres caisses et la dame de compagnie avait disparu.

Owein descendit. À côté de lui, Garin et un autre sergent portaient le coffre noir orné du blason royal. Will rapporta à Owein les propos du sergent de l'*Opinicus*.

— Bien, fit Owein, Jacques supervisera le chargement.

À ce moment-là, trois chevaliers apparurent sur la passerelle, suivis par la reine et sa suite.

— Êtes-vous prête, Majesté? demanda Owein tandis qu'une de ses dames l'aidait à descendre la passerelle.

— Oui, répondit la reine d'une voix douce et mélodieuse. Mes affaires? demanda-t-elle en désignant les caisses à côté de Will.

— Elles vont être chargées immédiatement à bord de l'*Opinicus*. Venez, Majesté, nous allons vous escorter jusqu'à votre logis.

Garin et l'autre sergent hissaient le coffre noir sur le reste du chargement. La reine s'arrêta.

— Je préférerais que les joyaux restent avec moi.

Garin lâcha prise et le coffre tomba avec fracas. Le

rouge lui monta au visage tandis qu'il se dépêchait de le récupérer.

— Majesté, dit Owein en lançant un regard noir à Garin, je vous assure que les joyaux sont sous bonne garde ici. Nous devrions y aller, ajouta-t-il en apercevant les enfants qui scrutaient la reine et sa suite.

Le cortège s'ébranla, escorté par Owein et les trois chevaliers. Les enfants, qui parlaient avec animation, commencèrent à les suivre, et un chevalier les tança pour les disperser.

— Finissons-en, dit Jacques en descendant à son tour, accompagné par tous les chevaliers et les sergents, ainsi que par l'homme en gris.

L'équipage de l'*Endurance* remonta la passerelle et défit les cordes d'amarrage.

— Transportez-moi ces caisses! hurla Jacques.

Il ordonna à deux chevaliers et deux sergents de monter la garde, puis se dirigea avec le reste de la troupe vers l'*Opinicus*. Il transportait lui-même le coffre contenant les joyaux de la Couronne.

Will se chargea d'une caisse de sel. L'homme en gris, comme Will l'avait surnommé en son for intérieur, marchait devant lui. Il avait un sac sur l'épaule et un petit baril sous le bras. L'endroit était mal éclairé et les torches disposées çà et là ne pouvaient percer l'obscurité sur plus de quelques toises. En traversant les quais, ils croisèrent des hommes de l'*Opinicus* qui venaient les aider. Will déposa la caisse devant le bateau. C'était un vaisseau plus petit que l'*Endurance*, qui ne comportait qu'une cabine à la poupe.

Jacques confia le coffre noir à un membre de l'équipage sur le bateau.

— Pose ça, Hasan, dit-il à l'homme en gris en désignant le baril et le sac.

— Qu'est-ce que je t'avais dit? murmura un garçon derrière Will. C'est un prénom arabe, Hasan!

— Campbell!

C'était Jacques qui venait de l'interpeller.

— Aidez Lyons à transporter le reste.

— Oui, maître, répondit vivement Will.

Garin n'était pas dans les parages et Will repartit d'un bon pas vers la cargaison. Mais quand il y arriva, son ami ne s'y trouvait pas non plus.

— Où est Garin ? demanda-t-il à l'un des sergents.

— Près de l'*Opinicus*, je crois, répondit celui-ci en haussant les épaules.

Will scruta le quai, il devait avoir croisé Garin sans s'en rendre compte. En se retournant, il aperçut Hasan sur la place, qui se faufilait entre les étals. Pour ne pas le perdre de vue, Will mit un genou à terre en faisant semblant de réajuster ses bottes. Plusieurs sergents passèrent à côté de lui. Hasan traversait une foule d'hommes ivres en train de chanter. Bientôt, il disparut. La curiosité de Will fut plus forte que lui, et il marcha en direction de la place. Croisant un chevalier qui transportait la harpe de la reine, il se cacha derrière des caisses.

Après l'obscurité du quai, la profusion de lumière et la confusion des chants et des rires le dérouta un moment. Une femme dodue passa en dansant, ses jupes tourbillonnant près de lui. Un peu plus loin, Hasan examinait les pains et les gâteaux d'un étal. Will s'approcha en veillant à rester invisible. À côté de lui, un amuseur public faisait une démonstration de ses talents en jonglant avec des pommes. Will se dressa sur la pointe des pieds et vit que Hasan se trouvait maintenant près des maisons bordant la place. Il lutta pour se frayer un chemin mais le temps de sortir de la foule, Hasan avait de nouveau disparu.

Minuit sonna aux cloches de l'église. Will ne pouvait pas trop s'attarder, sinon Cyclope finirait par s'apercevoir de son absence. Regardant autour de lui, il vit une ombre passer le coin d'une ruelle qui s'enfonçait entre les maisons. Il s'élança sans réfléchir à ce qu'il dirait s'il se faisait attraper. Parvenu à l'entrée d'un passage puant l'urine et les légumes pourris, il s'arrêta. Deux hommes sortirent de la maison derrière lui, une chope à la main. Sur la porte de ce qui devait être une taverne on discernait une peinture, une sorte de mouton jaune dans un champ bleu-vert. La cloche se tut brusquement.

Will cria en sentant une main l'empoigner fermement par l'épaule et le tirer sans ménagement dans le passage. Il lutta, se débattit comme un diable, mais la poigne qui le tenait était trop puissante pour qu'il puisse se dégager. Il fut plaqué dos au mur contre une maison. Alors qu'il essayait de s'enfuir, il sentit sur sa gorge quelque chose de froid et de dur. Will regarda l'homme qui tenait la dague. Dans la faible lumière du passage, les yeux de Hasan brillaient d'un éclat tranchant.

11

Al-Salihiyya, Égypte

23 octobre 1260 après J.-C.

Baybars pénétra sous la tente, suivi par deux serviteurs portant un plateau chargé de fruits et d'une cruche de koumys. Omar était assis sur l'une des couches installées sur un vaste tapis au centre duquel se trouvait un coffre. En dehors de ces quelques meubles et d'un brasero qui servait à la fois de chauffage et d'éclairage, la tente était vide.

L'armée était arrivée tard dans la soirée à al-Salihiyya. Le roulement des tambours avait éveillé la population avant même qu'ils n'atteignent les murs de la cité. Située à environ huit lieues du Caire, la ville avait été construite douze ans plus tôt par le sultan Ayyoub afin que l'armée dispose d'un camp de repos quand elle revenait de Palestine. Elle n'était habitée que par une garnison de soldats et quelques fermiers avec leurs familles. En entendant les tambours, ils étaient tous sortis de leur lit pour préparer des ravitaillements. Les Mamelouks avaient dressé le camp contre le mur d'enceinte, sur une plaine herbeuse que la lune recouvrait d'une lueur argentée.

Comparé au remue-ménage qui régnait dehors, le dépouillement de la tente avait quelque chose d'agréable :

il semblait à Baybars qu'il reflétait la clarté de son propre esprit. Qutuz et ses généraux avaient ordonné que leurs pavillons soient dressés de manière habituelle, mais Baybars n'était pas préoccupé par son confort. Tout en défaisant la boucle de sa ceinture, il fit un signe de tête à Omar.

— Où est Kalawun?

— Il nous rejoint dès que possible, émir. Il est...

Omar s'interrompit et fixa un regard interrogateur sur les deux serviteurs. Baybars leur ordonna de s'en aller. Tandis qu'ils déposaient la nourriture et se retiraient, il sortit son sabre et le posa sur le tapis. Puis il réprima un bâillement et se passa la main dans les cheveux. Cela faisait trois heures qu'il supervisait les préparatifs du campement et il était plus de minuit. Les neuf jours de marche à travers le Sinaï, sous un soleil de plomb, l'avaient épuisé. Il avait l'impression que sa peau était en ébullition.

— Tu devrais manger quelque chose, dit doucement Omar.

Il regarda les figues et les quartiers d'orange d'un air dégoûté.

— Je n'ai pas faim du tout.

Néanmoins, il saisit un verre de koumys et le vida d'un trait.

— Kalawun a réuni les derniers généraux, dit Omar avec un léger sourire. Ils devraient se rallier à nous sans problème. Je crois qu'il aime son nouveau rôle.

— Il sait se montrer persuasif, répondit Baybars en reposant sa coupe. Quand il parle, les hommes l'écoutent.

Cette qualité impressionnait toujours Baybars, qui en était totalement dépourvu. Depuis le temps qu'il était habitué à donner des ordres et à être obéi, le ton de sa voix était devenu sec et cassant.

Kalawun entrait justement dans la tente.

— Émir, dit-il en saluant Baybars.

— Comment s'est passée la négociation avec les généraux?

— Je viens de discuter avec deux d'entre eux. Ils ne t'empêcheront pas de prendre le trône, une fois le sultan mort. Pour eux, tu es le meilleur candidat.

Baybars eut un sourire blasé.

— Combien leur loyauté a-t-elle coûté ?

— Une goutte d'eau dans l'océan des trésors qui t'attendent à la Citadelle.

Kalawun retourna près de l'entrée et en ouvrit les battants.

— J'ai trouvé quelque chose qui t'appartient, émir.

Khadir pénétra à sa suite dans la tente. La robe du devin était trempée et il portait à la main, par ses deux oreilles, la tête d'un lièvre. Traversant la pénombre, il vint se placer à proximité du brasero. Puis il s'allongea à quatre pattes en signe de soumission. Avec ses longs membres squelettiques étalés sur le sable, Omar avait l'impression de voir une araignée prête à bondir sur sa proie. L'officier ne comprenait pas pourquoi Baybars souhaitait tellement impliquer ce misérable dans une affaire aussi cruciale.

— D'où arrives-tu ? l'interrogea Baybars.

— Je chassais, répondit Khadir d'une voix exaltée.

La dague au pommeau doré qui pendait à la chaîne autour de ses hanches était couverte de sang. Il se leva et caressa les oreilles du lièvre.

— C'est si doux, murmura-t-il.

— As-tu découvert ce que je veux savoir ? lui demanda Baybars tandis que Kalawun s'asseyait sur une couche.

— Oui, maître. Nous avons la clé du trône.

— Qu'est-ce que cela signifie ? s'enquit Omar.

— Aqtai, le chef d'état-major du sultan, expliqua Baybars. C'est lui qui désignera le successeur.

— Je l'ai observé attentivement ces dernières semaines, reprit Khadir. C'est un faible. Il nous obéira. L'étoile rouge de la guerre domine le ciel, et elle appelle le sang.

— Ne t'inquiète pas pour ça, elle aura du sang, répondit Baybars.

Il se tourna vers Omar et Kalawun.

— Qutuz a décrété que nous resterons ici toute la journée de demain. Après la prière du lever du soleil et son premier repas, Qutuz se rendort toujours pour une sieste d'une heure. C'est là qu'il a le moins de gardes autour de lui. Son pavillon est dressé juste sous les murs de la ville. À cet endroit, il y a une plantation de citronniers. Nous nous y cacherons dès l'aube, et quand Qutuz ira se recoucher, nous surgirons par-derrière et ferons irruption dans sa tente. Kalawun, tu t'occuperas des deux gardes royaux avant de te poster à côté du trône. Omar, tu resteras avec moi pour empêcher ses serviteurs d'intervenir. Je tuerai Qutuz moi-même.

Les deux hommes hochèrent la tête.

— Nous n'aurons pas beaucoup de temps, continua Baybars. Kalawun, va voir Aqtai maintenant. Il faut qu'il soit présent à ce moment-là pour me confier le trône.

— À vos ordres, émir Baybars, dit Kalawun en se levant.

— Aqtai s'est retiré dans son pavillon il y a une heure, l'informa Baybars.

Kalawun sortit de la tente et traversa le camp. Comme l'armée ne devait rester qu'une nuit à al-Salihiyya, beaucoup d'hommes dormaient à la belle étoile, à proximité des feux. Le roulement des tambours s'était arrêté et le calme était retombé sur le campement. Un peu plus loin, il aperçut les silhouettes des engins de siège et des chariots qui se découpaient dans l'obscurité, ainsi qu'un troupeau de chameaux qu'on emmenait boire dans un des nombreux ruisseaux traversant la plaine. Kalawun dépassa le pavillon royal et observa le trône entre les deux battants. Quelques gardes se tenaient à proximité, raides et silencieux comme la mort.

Kalawun approchait de la tente du chef d'état-major du sultan.

— Officier Kalawun !

Kalawun s'arrêta. L'homme qui venait de l'interpeller était l'un des généraux qu'il avait soudoyés un peu plus tôt dans la soirée.

— Nous devons parler, dit le général en venant se placer devant lui.

Kalawun hocha respectueusement la tête.

— Pour le moment, général, j'ai une audience avec le chef d'état-major du sultan. Nous parlerons ensuite.

— Si c'est un allié que vous cherchez, dit le général en faisant un signe vers la tente d'Aqtai, vous n'en trouverez pas ici.

— C'est-à-dire? fit Kalawun en fronçant les sourcils.

— J'ai des informations de la plus haute importance.

Kalawun jeta un regard alentour, puis il fit signe au général de le suivre à quelque distance de la tente d'Aqtai, dans un recoin obscur.

— Racontez-moi.

Le général sourit légèrement, avec un air cupide.

— Comme je l'ai dit, ces informations sont de la plus haute importance.

— Tu seras récompensé, lui répondit Kalawun avec impatience.

Le général réfléchit un instant, puis se lança.

— Avec l'aide de son chef d'état-major, le sultan a organisé une chasse demain matin, aussitôt après la prière. Qutuz y invitera Baybars, et il a l'intention d'en profiter pour le tuer.

Kalawun prit une profonde inspiration.

— Pourquoi Qutuz ferait-il une chose pareille? A-t-il eu vent de notre plan?

— Non, répondit le général. Je pense qu'il songe à tuer Baybars depuis un moment. Il est trop populaire auprès des soldats, et pas seulement les Bahrites. Sa puissance l'effraie, il a peur qu'il ne se retourne un jour contre lui.

— Comment es-tu au courant de cette intrigue?

— Qutuz pense que ma loyauté lui est acquise. J'ai

participé tout à l'heure à l'entrevue où tous les détails ont été mis au point.

Kalawun secoua la tête, incrédule.

— Combien seront-ils, à cette chasse?

— Qutuz, six gardes royaux et cinq généraux, dont moi-même.

— Peux-tu convaincre les généraux que nous n'avons pas encore ralliés à notre cause?

— Peut-être un ou deux, mais pas plus.

— Baybars te récompensera pour ta loyauté.

— J'ai confiance en sa générosité.

Kalawun quitta le général et refit le chemin en sens inverse. Quand il arriva dans la tente, Omar et Baybars étaient toujours en pleine conversation.

— Émir, dit-il en les interrompant.

Baybars leva les yeux vers lui.

12

Honfleur, Normandie

23 octobre 1260 après J.-C.

Hasan accentua la pression de sa dague sur la gorge de Will.

— Pourquoi me suis-tu? répéta-t-il. Réponds!

Will avait du mal à comprendre ce qu'il disait, son accent étranger donnant aux mots qu'il prononçait une couleur inhabituelle.

— Je ne vous suivais pas, parvint à articuler Will en se forçant à regarder l'homme dans les yeux.

Le visage de Hasan se contracta.

— Ne me prends pas pour un idiot. Tu n'arrêtes pas de me regarder d'un drôle d'air depuis que nous avons quitté l'Angleterre.

— J'étais simplement curieux de voir où vous alliez. J'ai entendu les autres sergents parler. Ils disent que vous êtes un Sarrasin, ils ne vous font pas confiance.

— Je vois, fit Hasan d'un air songeur. Et donc tu me suivais… Tu croyais que j'allais tuer des chrétiens, violer des nonnes, dévorer des enfants?

Hasan grimaça en une sorte de rictus.

— C'est ce que font les Sarrasins, non ? répondit Will d'une voix balbutiante.

Le sourire de Hasan s'évanouit. Il recula, baissa la dague et sortit quelque chose de son sac.

— Regarde, dit-il en montrant un pain. Voilà ce que je faisais. J'achetais à manger.

Il remit le pain dans le sac et glissa la dague dans un petit fourreau en cuir qu'il portait à la hanche.

— Je suggère que tu retournes au bateau. Cette ruelle n'est pas un endroit sûr pour les enfants, aussi intrépides soient-ils.

Will se dégagea et commença à s'éloigner d'un pas raide. Il sentait le regard de Hasan dans son dos. Quand il arriva au bout du passage, il se retourna : Hasan n'avait pas bougé, il le suivait encore des yeux. Will se mit alors à courir.

L'*Endurance* avait levé l'ancre. La cargaison avait diminué de volume, Will prit une caisse et se dirigea vers l'*Opinicus*. Mais il dut s'arrêter deux fois sur le chemin pour attendre que ses jambes arrêtent de trembler. C'était une chose de se battre contre un sergent, c'en était une autre de sentir la lame froide d'une dague contre son cou.

Des torches avaient été allumées sur l'*Opinicus* afin d'éclairer le pont et le quai en dessous. Garin était occupé à transporter un coffre dans la petite cabine de la reine.

Depuis le pont, Owein vit Will arriver.

— Sergent ! Est-ce que c'est à toi ?

Will reconnut le sac qui contenait ses vêtements et son épée.

— Oui, maître, répondit-il en posant la caisse sur un muret.

— Ne le laisse pas traîner n'importe où, le tança Owein en lui jetant le paquet. Je doute que la reine apprécierait que tes vêtements se mélangent à ses affaires.

Puis le chevalier se retourna pour diriger la manœuvre de deux sergents qui portaient une lourde caisse. Will observa son maître un moment. Il se demandait s'il devait lui parler de ce qui venait de se passer. Hasan était armé et dangereux. Mais s'il était avec Jacques, peut-être Owein était-il au courant que c'était un Sarrasin... Will n'y comprenait plus rien. Et la lettre qu'il avait trouvée dans la cellule, était-elle liée à Hasan d'une manière ou d'une autre, ou s'agissait-il de tout autre chose ?

Soudain, un mouvement attira son attention. Quelqu'un se faufilait entre les cabanes en bois qui longeaient le quai. La silhouette s'était accroupie derrière l'une d'entre elles, pour éviter d'être vue par un chevalier à la poupe de l'*Opinicus*. Comme celui-ci se retournait, l'homme recommença à se mouvoir furtivement. Fronçant les sourcils, Will longea le muret au-delà de l'*Opinicus*, d'où lui parvenaient des cris et des jurons.

Il avait l'impression de connaître cette silhouette, il y avait quelque chose dans la manière dont la capuche était rabaissée sur le visage qui lui était familier. Puis la lumière se fit dans son esprit : c'était la dame de compagnie qu'il avait vue trébucher sur la passerelle. Will sortit de l'obscurité au moment où elle débouchait derrière l'une des cabanes.

— Que faites-vous ici ?

La jeune fille recula.

— C'est la reine qui vous envoie ? insista-t-il.

Mais au lieu de répondre, elle continua à reculer et ses pieds se prirent dans un filet de pêche. Sa capuche glissa en arrière et Will reconnut Elwen avec stupeur. Il lui fallut un moment pour reprendre ses esprits, après quoi il posa son sac et se précipita pour l'aider à se relever.

— Elwen ? Qu'est-ce que tu fais là ?

Livide, la jeune fille tremblait. Sa cape s'était défaite et Will vit une tache sombre sur sa robe.

— Tu saignes ?

— Non, répondit-elle en le repoussant et en fermant sa cape. C'est le voyage qui m'a rendu malade.

— À quoi pensais-tu ? lui demanda-t-il en la regardant. Comment es-tu montée sur l'*Endurance* ?

— Je me suis cachée dans la soute le dernier soir. Les gardes ont été distraits par un bateau sur la Tamise, j'en ai profité. Je pensais qu'une fois arrivée ici, mon oncle ne pourrait plus m'envoyer à Bath. Qu'il serait obligé de m'écouter.

Elle haussa les épaules.

— Et s'il ne m'écoute pas, je resterai ici et je trouverai un moyen d'arriver à Paris.

Will la regarda avec un mélange d'incrédulité et de respect.

— Tu es…

Mais il s'interrompit car des hommes portant des robes noires et des masques de squelette venaient d'arriver sur le quai. Ils étaient nombreux et avançaient en formation serrée vers l'*Opinicus*. Ils dégainèrent tous en même temps leur épée.

À bord du bateau, les chevaliers les avaient vus approcher et s'étaient déjà emparés de leurs armes. Deux des hommes en robe noire s'écartèrent du groupe pour attaquer Owein, qui ne s'était pas aperçu de leur irruption. Will et Elwen crièrent de concert pour l'avertir. Le chevalier se retourna et eut à peine le temps de sortir son épée qu'un des hommes essayait de le transpercer. Le bruit du métal s'entrechoquant résonna durement.

— Les joyaux ! hurla Owein tout en se défendant. Protégez les joyaux !

Les seize assaillants s'étaient dispersés sur le pont de l'*Opinicus*. En dehors de deux matelots qui se battaient aux côtés des chevaliers et des trois sergents, les autres membres de l'équipage n'étaient pas entraînés au combat. Ils constituaient donc des cibles faciles et trois d'entre eux périrent dès la première vague d'assaut. Le visage concentré, Jacques avait fort à faire avec les deux hommes qui l'assaillaient. Recroquevillé contre la porte de la cabine, Garin regardait terrorisé le combat que livrait son oncle.

Un cri retentit lorsque l'un des chevaliers se fit taillader la joue jusqu'à l'os avant d'être poussé à l'eau.

Will voulut se précipiter à bord, mais il se rendit compte qu'il n'était pas armé. Elwen le retint par le bras.

— Qu'est-ce que tu veux faire?

À sa voix, Will comprit qu'elle était tétanisée par la peur.

Au même moment, il vit un colosse forcer Owein à reculer par une série d'allonges. Le chevalier pivota et enfonça le tranchant de son épée dans le dos de son adversaire, mais dans la manœuvre son bras droit avait été profondément entaillé. De son côté, Jacques avait disposé des deux hommes et un troisième se présentait maintenant à lui. Un autre chevalier fut tué, ainsi que deux assaillants. Il y eut un cri à l'arrière du bateau : Garin venait d'être renversé sans ménagement par un des hommes en noir, qui ouvrait la porte de la cabine et y pénétrait. Will se retourna, se rappelant soudain que son sac était posé près de l'endroit où Elwen était tombée. Il courut pour aller récupérer son fauchon, puis il s'élança vers le bateau.

— Non! cria Elwen dans son dos. Will!

Will avait à peine sauté à bord qu'un homme, laissant derrière lui le sergent qu'il venait de tuer, l'attaqua. Comme l'homme s'avançait, ahanant sous son masque de mort, Will leva son épée pour contrer le coup. Quand les deux armes se percutèrent, l'onde de choc traversa tout son bras. Il serra les dents et assura sa prise. Puis il dut parer une série d'attaques plus puissantes et rapides que toutes celles qu'il avait eu à affronter jusqu'ici. Autour de lui, tout n'était plus que chaos. Couvert de sang et de cadavres, le pont était un terrain bien différent de celui sur lequel il s'était entraîné à la commanderie. Malgré ses efforts, il ne parvenait pas à tourner autour de son adversaire et à se dégager du recoin où il était acculé. Soudain, en voyant avancer vers lui cette épée qui n'était pas en bois, Will eut le sentiment, la certitude qu'il allait mourir.

Il fit un pas de côté pour éviter le coup et son pied buta contre un corps. Fermant les yeux, il sentit l'épée lui frôler la poitrine tandis qu'il s'écrasait contre le sol. Puis il entendit un cri. Il constata alors, en rouvrant les yeux, qu'une lame sortait de l'estomac de son adversaire. L'homme tomba près de lui et Will découvrit que Hasan se tenait là, l'épée couverte de sang. Mais il n'eut pas le temps de le remercier car celui-ci repartait déjà en courant. Il se releva et entendit Elwen crier depuis le quai. Pendant son combat, les dix hommes vêtus d'une robe noire encore en vie avaient envahi la cabine. Deux d'entre eux portaient le coffre contenant les joyaux de la Couronne. Les huit autres leur dégageaient le chemin vers le quai. Owein se défendait contre deux hommes qui l'avaient pris en étau. Jacques, qui combattait dos à dos avec Hasan, tua un homme d'une botte fulgurante, mais les deux qui détenaient les joyaux avaient atteint le rebord du bateau. Ils sautèrent sur le quai et retombèrent sur Elwen, qui s'était approchée en voyant son oncle en danger.

Sous le choc, celle-ci s'étala et l'un des hommes lâcha le coffre, qui alla s'écraser sur les pavés. Son comparse se tourna immédiatement vers Elwen en brandissant son épée mais Garin vint le percuter en pleine course. L'épée lui glissa des mains et, quand il tomba, on entendit sa tête se fracasser contre le sol. Will sauta par-dessus bord.

L'autre homme avait délaissé son épée pour s'emparer du coffre. Il commença à courir mais n'eut pas le temps d'aller bien loin : Owein le rattrapa et lui assena un coup d'épée dans le dos à quelques mètres à peine du bateau. Il s'effondra avec le coffre, qui percuta de nouveau le sol et s'ouvrit en déversant son contenu. Une couronne incrustée de pierres précieuses roula jusqu'au muret tandis que la lumière des torches faisait scintiller des bagues, un globe terrestre en or massif et un sceptre étincelant.

Owein se retourna et vit Will et Garin, ce dernier

tenant à la main l'épée de l'homme qui s'était fracassé la tête.

— Surveillez les joyaux! leur cria-t-il.

C'est alors qu'il aperçut Elwen. Stupéfait, il eut un moment de relâchement. Avant qu'il ait pu dire quoi que ce soit, on entendit un hurlement sur le bateau. Tous se retournèrent et Garin poussa un cri en voyant une épée s'enfoncer dans la poitrine de Jacques. Le chevalier s'écroula et son assassin mourut quelques instants plus tard de la main de Hasan.

Les six assaillants restants sautèrent par-dessus bord et trois d'entre eux se dirigèrent vers Owein. Mais en voyant les joyaux répandus sur le sol et les hommes qui se précipitaient à leurs trousses, ils prirent peur et s'enfuirent avec les autres. Deux chevaliers et quatre sergents les pourchassèrent sur le quai tandis que Garin remontait à bord en hurlant le nom de son oncle. Un petit attroupement s'était formé à quelques encablures du bateau, des badauds étant accourus de la place du marché pour voir d'où provenait ce vacarme. Mais ils se dispersèrent en voyant les hommes en robe noire venir dans leur direction, l'épée à la main. Les femmes hurlaient en tirant leurs enfants par le bras.

Owein se tourna vers sa nièce.

— Elwen?

Mais il entendit un grognement derrière lui. L'homme qu'il avait frappé dans le dos luttait pour se mettre à genoux. Quand Owein s'approcha de lui, il leva la main d'un geste implorant.

— *Pax!* cria-t-il.

— Debout!

L'homme se leva lentement en gardant la tête inclinée en signe de soumission. Soudain, Will aperçut la dague qu'il dissimulait dans son dos. Il voulut crier mais c'était trop tard : l'homme venait de poignarder le chevalier en pleine poitrine. L'épée d'Owein fit un bruit métallique en heurtant le sol. Il recula de quelques pas et mit ses deux mains autour de la poignée de la dague. Quand Owein s'effondra sur le quai, Will ne put s'empêcher de crier. L'homme s'éloignait en chancelant. En entendant des bruits de pas derrière lui, il regarda par-dessus son épaule et ses yeux s'agrandirent en voyant le fauchon dans la main de Will. La lame le frappa à la tempe dans un grand bruit de craquement d'os et le sang jaillit de sa tête en même temps qu'il tombait à genoux. L'homme lui jeta un regard implorant, et Will hésita pendant un moment infinitésimal qui lui sembla durer une éternité. Puis il lui trancha la gorge, et il sentit la chair et les tissus lui résister un instant avant finalement de céder.

— *Owein!*

Will pivota et vit Elwen se pencher sur son oncle. Quand il arriva auprès d'eux, elle tenait la tête du chevalier entre ses mains et criait son nom, semblant ne plus pouvoir s'arrêter. La dague était enfoncée dans sa poitrine jusqu'à la garde, et du sang bouillonnait à ses lèvres. Il avait les yeux grands ouverts. Will regarda son maître et sentit la bile faire irruption dans sa gorge. Il lâcha son épée et se mit à genoux. Puis il prit Elwen par les épaules pour la calmer. Ses mains étaient couvertes de sang.

— Viens!

Elle continuait à pleurer et à hurler.

— *Elwen!* cria-t-il en la tirant.

Elle lâcha la tête d'Owein, qui retomba en arrière.

— *Non!*

Elle se tourna vers Will et lui martela la poitrine de ses poings fermés.

— *Non! Non! Non!*

Il lui saisit les poignets et la serra contre lui, l'étreignant tellement fort qu'il aurait pu l'écraser. Par-dessus son épaule, il vit le visage d'Owein : sa mâchoire tombante, ses yeux vitreux.

13

Al-Salihiyya, Égypte

23 octobre 1260 après J.-C.

Assis sur son trône, Qutuz regardait à l'est l'horizon rougir avant l'arrivée imminente du soleil. Ce serait une bonne matinée pour les lièvres, et peut-être pour les sangliers. Le camp commençait à s'animer. Les hommes sortaient de sous leurs couvertures, rompaient leur jeûne et s'occupaient des chevaux. Les cinq généraux et les gardes Mu'izziyya qu'il avait conviés à la chasse l'attendaient devant le pavillon. Mais aucun signe de Baybars. Qutuz se leva, descendit de l'estrade et s'agenouilla sur le tapis de prière qu'avaient installé ses serviteurs. Il se tourna vers La Mecque au moment précis où les premiers rayons du soleil enflammaient le ciel. Et il savait que tous les hommes de son armée faisaient de même en cet instant. Leur chant s'éleva au-dessus de la plaine.

— *Bismillah arrahman arraheem. Alhamdulillah, arbb al 'alamin. Arrahman arrahem. Malik yawn adden*[1].

---

1. Au nom d'Allah, le tout miséricordieux, le très miséricordieux. Louange à Allah, seigneur de l'univers. Le tout miséricordieux, le très miséricordieux. Le roi du jour du jugement.

Quand il eut terminé, Qutuz s'inclina jusqu'à sentir contre son front l'herbe verte et humide. Se rasseyant, il vit trois hommes venir dans sa direction. Son visage se teinta d'inquiétude en voyant que Baybars était encadré par Omar et Kalawun.

— Émir, dit-il en se levant.

Baybars s'inclina.

— Seigneur.

— L'invitation ne concernait que vous, dit Qutuz en adressant un sourire perplexe à Omar et Kalawun.

Baybars feignit la surprise.

— Toutes mes excuses, sultan. Je n'avais pas compris que la chasse était réservée. Laissez-nous, ordonna-t-il à Omar et Kalawun.

— Attendez! fit Qutuz en levant la main. Ce n'est pas la peine. Vos officiers peuvent se joindre à nous, émir.

Il souriait mielleusement.

— Je suis sûr qu'il y aura assez de gibier pour nous tous. Sellez deux autres chevaux! lança-t-il à ses serviteurs.

Qutuz sortit du pavillon et se dirigea vers sa jument blanche.

— À la chasse! hurla-t-il.

Juste avant de monter en selle, le sultan prit la courte lance que lui tendait un garde Mu'izziyya.

— Dites aux autres qu'il y aura trois morts aujourd'hui, lui glissa-t-il discrètement en enfourchant la jument.

Le groupe de chasseurs sortit du camp et prit la direction du nord. C'était une belle matinée ensoleillée. Ils franchirent à cheval de petits ruisseaux et traversèrent des champs de coton. Les fermiers qui achevaient la récolte d'automne levaient les yeux pour les regarder passer.

Cavaler ainsi détendit Qutuz. Accompagner le rythme de la jument en pliant les genoux, sentir le vent sécher la sueur, tout cela avait le don de l'apaiser. Ils n'étaient partis que depuis quatre mois, mais la campagne lui avait semblé bien plus longue. Au moment de leur départ, les crues du Nil venaient de commencer, submergeant tous les marais et les canaux du Delta. L'eau avait maintenant retrouvé son niveau naturel. Son retour allait être triomphal : demain soir, on scanderait son nom dans toutes les rues du Caire.

Le groupe atteignit les eaux scintillantes d'un lac en passant par des lagons pleins de roseaux et de taillis enchevêtrés. Sur leur passage, les cigognes et les oiseaux sauvages s'envolaient des broussailles, tandis que les buffles continuaient de paître tranquillement sur le rivage. Deux hommes crièrent en voyant des lièvres près du lac, agiles créatures bondissant follement sur l'herbe. Qutuz reprit l'appel et les hommes leur donnèrent la chasse, lances en l'air. Trois généraux lancèrent leurs chevaux au galop pour encercler les lièvres, et bientôt l'air fut empli de la clameur des chasseurs tuant un à un les animaux. Qutuz jeta sa lance dans les airs et embrocha de sa pointe le dernier.

Pendant que le sultan mettait pied à terre et que les Mu'izziyya allaient récupérer leurs proies, Baybars fit tourner son cheval pour faire face à Omar et Kalawun.

— Vous êtes prêts ?

— Oui, émir, répondit Omar en descendant de cheval et en empoignant son sabre.

Kalawun acquiesça d'un signe de tête.

Aqtai déambulait entre les plateaux de nourriture installés ici et là sur les coffres. Sous la tente la chaleur était étouffante, et il s'éventa le visage avec la main tout en avalant un morceau de viande. Sa robe de soie blanche tombait en plis informes sur son corps adipeux, et il avait deux taches de sueur sous les bras. Une brise bienvenue vint le rafraîchir. Il ferma les yeux pour en apprécier les bienfaits. Soudain, il sentit quelque chose de dur lui creuser les reins. Son cri fut étouffé par la main qui se posa sur sa bouche, et ses yeux s'affolèrent en entendant l'ordre qu'une voix lui intimait.

— *Silence !*

Dans son dos, la pression s'accentua et il hocha plusieurs fois la tête, terrorisé.

La main se retira et il se retourna. Khadir se dressait devant lui, tenant une dague.

— Qu'est-ce que tu fais ? Va-t'en, dit-il en indiquant d'un doigt tremblant l'entrée de la tente.

Mais il constata avec dépit que sa voix ressemblait à un couinement.

Khadir fit jouer la dague entre ses doigts.

— C'est mon maître qui m'envoie, dit-il à voix basse, comme pour une confidence. Il a un message.

— Quel message ?

Khadir s'approcha de lui et pointa la dague à quelques centimètres de son estomac. Aqtai recula légèrement et buta contre un coffre en renversant une cruche de koumys.

— Quand mon maître reviendra de la chasse, il veut que tu le retrouves dans le pavillon royal.

— Que me veut l'émir Baybars ? bredouilla Aqtai, les yeux fixés sur la dague.

— Il n'y a plus d'émir Baybars, gloussa Khadir.

Il appuya légèrement la dague sur l'estomac d'Aqtai et remonta jusqu'à sa poitrine.

— Celui que tu rencontreras tout à l'heure, ce sera le *sultan* Baybars.

— Qu'est-ce que tu...

Aqtai s'arrêta, les yeux écarquillés.

— Tu l'accueilleras au pavillon royal et tu lui offriras de trôner en tant que sultan d'Égypte et commandant suprême de l'armée mamelouke.

— *Non !* s'insurgea Aqtai. Baybars sera pendu !

Et il plongea désespérément vers l'entrée. Mais dans le mouvement, la dague lui fit une longue estafilade sur la poitrine.

Il n'alla pas plus loin car Khadir se tenait déjà devant lui et le clouait au sol avec une force qui le fit tressaillir. Surplombant le chef d'état-major du sultan, Khadir releva sa robe pour lui montrer ce qu'elle cachait : le corps d'un lièvre qu'il avait tué le matin même, suspendu avec une corde par les oreilles.

— J'ai donné un nom à cet animal, dit-il en dénouant la corde. Je l'appelle Aqtai.

Puis il leva sa dague et découpa la bouche du lièvre.

— Aqtai dira seulement ce que nous voulons qu'il dise.

Après quoi il lui trancha une oreille.

— Aqtai ne tolérera pas qu'on dise du mal de Baybars.

Tout en s'asseyant sur la panse du chef d'état-major, il fit sauter un des yeux de l'animal.

— Aqtai reconnaîtra le pouvoir du nouveau sultan.

Enfin, il tint le lièvre juste au-dessus de sa poitrine.

— Et si Aqtai n'est pas capable de tout cela…

Avec sa dague, il ouvrit lentement l'estomac du lièvre et sortit ses entrailles en prenant soin de répandre le sang sur la robe du chef d'état-major.

— Aqtai mourra.

Baybars marchait sur l'herbe jonchée de cadavres de lièvres. Le groupe s'était dispersé, chacun étant parti à la recherche de ses lances. Omar et Kalawun se tenaient derrière le sultan. Baybars s'approcha de Qutuz, qui ramassait un des lièvres qu'il avait tués.

Le sultan saisit l'animal par les oreilles.

— Nous allons festoyer ce soir! s'exclama-t-il en le brandissant.

Il regarda alentour pendant que Baybars s'approchait.

— Bonne chasse, non?

— Oui, répondit Baybars. Bonne chasse.

Qutuz regarda par-dessus l'épaule de l'émir en direction de deux Mu'izziyya, à qui il fit un signe de la tête. Baybars ne vit pas les deux hommes tirer les sabres de leurs fourreaux, mais Omar les aperçut.

— Seigneur! appela-t-il en tirant sa propre lame.

Qutuz se détourna de Baybars pour le regarder. Son sourire s'évanouit en voyant l'épée qu'il tenait à la main.

179

Omar leva sa lame en l'air et jeta un coup d'œil aux deux gardes.

— Rendons hommage à notre seigneur, dit-il en se mettant à genoux devant Qutuz et en inclinant la tête.

Les généraux se regardèrent, puis ils suivirent l'exemple d'Omar pour ne pas paraître irrespectueux. Kalawun fit de même. Seuls les Mu'izziyya et Baybars, qui ne comprenait rien à l'attitude d'Omar, restèrent debout. Mais au bout d'un moment, eux aussi levèrent leurs épées en signe de fidélité et s'agenouillèrent. Omar leva les yeux et aperçut Baybars derrière le sultan. Il sourit imperceptiblement.

Qutuz les regardait tous avec surprise.

— Seigneur, dit doucement Omar. Puis-je vous faire serment de ma loyauté ?

Qutuz lui tendit la main en riant avec embarras.

— Bien entendu.

Omar prit fermement sa main et l'embrassa.

Qutuz entendit un cri, puis une douleur atroce éclata dans son dos. Il tituba, tomba à genoux et, regardant son ventre, vit que la pointe d'une épée en ressortait. La lame disparut et le sang se mit à couler le long de ses cuisses. La douleur dominait tout, maintenant. Autour de lui, il entendit le bruit d'épées qui s'entrechoquaient. Malgré la brume qui recouvrait tout son champ de vision, il vit qu'Omar était debout et combattait ses gardes aux côtés de Kalawun. Il essaya de se relever mais son corps refusait de lui obéir. Il émit un râle pitoyable et posa les deux mains sur l'herbe humide, à côté d'un des lièvres. Puis une paire de bottes apparut devant ses yeux et il leva la tête, bien qu'elle lui donnât l'impression d'être en plomb. Baybars était au-dessus de lui. Le sabre qu'il tenait était couvert de sang. L'émir donna un coup de pied dans ses bras et Qutuz bascula sur le côté. Il pouvait encore sentir l'air frais lui caresser les joues. Une voix s'éleva, et c'était comme si elle venait de très loin.

— Je ne suis plus ton esclave.

Baybars s'éloigna. Quatre Mu'izziyya étaient morts, les deux autres s'étaient rendus. Il alla vers Kalawun, qui menaçait de son épée deux généraux les armes à la main.

— Lâchez vos épées ! leur cracha-t-il.

— Vous n'avez pas le droit de faire ça ! protesta l'un des généraux.

— Je viens de le faire.

Impuissants, les deux hommes laissèrent tomber leurs épées. Kalawun les ramassa et fit un signe de la tête à l'intention du général qui l'avait informé du plan de Qutuz.

Baybars se dirigea vers la rive du lac. Enfonçant sa lame dans le sable, il se pencha pour laver le sang qu'il avait sur les mains. Puis il se releva et regarda le lac, au-dessus duquel un troupeau de flamants roses venait de prendre son envol. Et il rit. C'était à lui. Le lac, la plaine, les oiseaux : tout ça lui appartenait. Il remua l'eau avec ses mains. Elle aussi lui appartenait. Pour la première fois depuis des années, et même pour la toute première fois, il n'avait aucune entrave : ni les liens de l'esclavage, ni ceux de la soumission à un chef. Il se sentit libre.

La troupe, diminuée, revint au camp. Omar et Kalawun étaient à l'avant, aux côtés de Baybars. Ils ramenaient avec eux la jument blanche du sultan et les chevaux des gardes morts au cours du combat. Malgré les protestations des survivants, le cadavre de Qutuz était resté sans sépulture. Il pourrirait à même l'herbe, ou se ferait dévorer par les animaux. Quand ils firent irruption dans le camp, les soldats jetèrent des regards curieux en voyant des montures sans cavalier. Baybars arrêta son cheval devant le pavillon royal et mit pied à terre avant d'y pénétrer.

Aqtai se trouvait sur l'estrade, le visage pâle et agité de tics nerveux. Khadir se tenait à côté de lui. Baybars fit un signe de remerciement au devin et monta sur l'estrade pour faire face aux hommes qui commençaient à s'attrouper devant le pavillon. Des appels retentissaient de partout et tous les soldats accouraient.

La voix profonde de Baybars résonna à travers le camp.

— Le sultan Qutuz est mort !

Sur un signe de Khadir, Aqtai s'avança.

— Émir Baybars, dit-il d'une petite voix, le trône vous revient.

Les murmures de la foule, qui avaient commencé avant l'annonce, formaient maintenant un chœur d'exclamations stupéfaites et d'acclamations de joie. Baybars s'assit sur le trône, ses mains se posant sur les deux lions à l'extrémité des bras.

Aqtai s'agenouilla devant lui.

— Baybars Bundukdari, sultan d'Égypte, je te jure fidélité et obéissance !

Les soldats et les officiers du régiment bahrite furent les premiers à imiter Aqtai, suivis bientôt par tous les soldats que comptait l'armée. Les guerriers Mu'izziyya échangèrent des regards circonspects en comprenant qu'ils venaient d'être remplacés : les Bahrites allaient reprendre leur place de gardes royaux. Un par un, cependant, ils s'inclinèrent devant leur nouveau chef.

Kalawun et Omar vinrent se placer de part et d'autre du trône, et Kalawun brandit son épée.

— Gloire à toi, Baybars al-Malik al-Zahir !

Toute l'armée s'agenouilla et scanda le nom de son chef.

— Gloire à toi, Baybars al-Malik al-Zahir ! Gloire à Baybars, chef victorieux !

Baybars se leva et s'avança au bord de l'estrade. Puis il fit le silence d'un geste impérieux du bras.

— Qutuz pensait se tenir ici même ce soir. Il vous aurait tenu un discours célébrant notre grande victoire contre les Mongols. Mais je n'évoquerai pas nos triomphes.

Les acclamations cessèrent.

— Car nous avons failli. Nous sommes dirigés depuis trop longtemps par des chefs sans volonté. Nous vivons depuis trop longtemps à l'abri, dans nos citadelles, tandis que nos frères en Palestine doivent se battre ou mourir. Et nous permettons depuis trop longtemps aux hommes d'Occident d'occuper nos terres. Cela fait presque deux cents ans qu'ils sont ici, avec leurs croix et leurs épées, qu'ils nous narguent et nous détruisent. Serons-nous à jamais leurs esclaves ?

— Non ! hurlèrent quelques hommes çà et là.

— Allons-nous les laisser faire encore longtemps ?

D'autres hommes se joignirent aux premiers pour manifester leur mécontentement.

— Je ne les laisserai pas faire ! rugit Baybars en tirant son sabre. Il n'est plus temps d'attendre et d'observer.

Des applaudissements se mêlaient maintenant aux clameurs.

— Vous dresserez-vous avec moi contre les Francs ?

L'armée mamelouke répondit comme un seul homme. Baybars leva son sabre tendu vers le ciel.

— J'en appelle au Jihad !

14

Le Temple, Paris

26 octobre 1260 après J.-C.

Une pluie fine tombait sur les hommes et perlait le long de la voile qu'aucun vent ne gonflait. Tout était silencieux, même les rames frappaient l'eau sans faire le moindre bruit. On distinguait à peine la ville plongée dans la brume derrière le coude que formait le fleuve. Plus loin, le cours d'eau se séparait en deux bras autour d'une île sur laquelle se dressaient plusieurs bâtiments impressionnants. Le plus grand et le plus magnifique d'entre eux, à son extrémité, était une cathédrale d'une blancheur extraordinaire. L'*Opinicus* s'engagea dans le bras gauche de la rivière, entre l'île et la berge, et dépassa une forteresse et des jardins dont les arbres surgissaient comme des fantômes à travers le brouillard. Puis la forteresse disparut et laissa la place à des églises, des monastères, des hôtels particuliers, sans compter les maisons en bois, la place du marché et les rangées d'échoppes et d'auberges enchevêtrées en un réseau complexe de ruelles tortueuses.

Will observait la foule sur la rive, les gens qui entraient dans les auberges ou sortaient des églises comme autant d'abeilles s'activant dans une ruche. La pluie était plus forte maintenant et elle n'épargnait ni les clochers des églises, ni les neuf cadavres qu'on avait recouverts de leurs manteaux, blancs pour les chevaliers et noirs pour les sergents. Le déluge les nettoyait de leur sang et de petites mares rougeâtres se formaient autour d'eux. Elwen était penchée sur Owein. Du sang commençait à souiller sa robe.

— Viens, lui dit Will d'une voix douce.

La tache écarlate s'étendait de plus en plus sur le tissu.

— Elwen…, insista-t-il. Le sang…

Elle se leva en se grattant la joue avec dans les yeux un air malicieux.

— Will Campbell, le tança-t-elle d'une voix moqueuse, ton maître n'est pas mort.

Il se tourna vers Owein et constata qu'elle avait raison.

— Il faut être prêt à se sacrifier si l'on veut être un Templier, dit Owein.

La dague était toujours fichée dans sa poitrine.

— Tu m'as tué, sergent.

— Non.

Tu m'as tué.

Soudain, Will comprit qu'Owein n'avait rien dit.

— Je ne t'ai pas tué ! hurla-t-il, désespéré.

Mais le chevalier n'était plus là.

Will se tenait près d'un lac noir. Quelqu'un criait. À côté de lui, une fillette aux cheveux blonds dansait, sa jupe écarlate virevoltant autour d'elle. Elle tourbillonnait et tourbillonnait en s'approchant de lui, et en même temps sa jupe devenait une brume rouge. Soudain, la fillette disparut. Un homme se tenait maintenant devant lui. Ses yeux noirs le fixaient mais à la place du visage, il n'y avait qu'un néant blanc. L'homme leva la main et souleva lentement le néant blanc. Quand il eut enlevé son masque, Will hurla.

— *Tu l'as tuée !* lui hurla son père en le prenant par l'épaule.

— Il va faire ça toutes les nuits ?

La voix venait de la paillasse d'à côté. Le sergent qui couchait en face tourna la tête dans sa direction.

— Tais-toi, Hugues.

Puis il regarda Will.

— Tu nous as réveillés, tu n'arrêtais pas de crier.

Will balaya d'un revers de la main les cheveux qui lui tombaient dans les yeux. Sa couverture était entortillée autour de ses jambes et ses vêtements étaient trempés par la sueur.

— Je vais bien.

Le sergent, qui s'était présenté hier sous le nom de Robert de Paris, hocha la tête et se remit au lit.

Will se leva. Quelqu'un ronflait, et Hugues tira la couverture sur sa tête en grognant. Will se dirigea vers la table où étaient posées une chandelle et une bassine d'eau. La bougie était presque finie. Will s'aspergea le visage d'eau, puis il alla s'asseoir à même la pierre sur le rebord de l'unique fenêtre de la chambre. Dehors, le vent devait être glacial. Un autre ronfleur se joignit au premier et Hugues se tourna une fois de plus sur son lit.

Will était un étranger ici, il dérangeait leurs habitudes et leur intimité. Il leur avait raconté en partie la bataille de Honfleur, mais il ne leur avait pas expliqué ce qui s'était passé après : le chaos sur le quai, et le silence pendant la remontée de la Seine.

Après la bataille, les hommes qui avaient pourchassé les six assaillants étaient revenus en annonçant qu'ils avaient pu en tuer deux, mais que les autres s'étaient échappés. Les chevaliers voulaient rester pour les traquer et découvrir qui les avait envoyés, mais le capitaine de l'*Opinicus* préférait quitter le port immédiatement.

— C'étaient des mercenaires ! affirmait John, un chevalier encore jeune. Nous devons identifier leur commanditaire !

On avait fouillé les cadavres, mais sans trouver le moindre indice.

— Trois de mes hommes sont morts, avait répondu le capitaine avec amertume. Nous repartons avant qu'il n'y ait plus personne pour manœuvrer le bateau.

— Ils ne lanceront pas de deuxième assaut. Pour l'amour du Christ, nous les avons presque tous tués! Achevons-les.

— Vous n'en savez rien. Il y en a peut-être d'autres.

— Nous devons trouver qui est responsable de ce massacre, avait insisté John d'une voix résolue.

L'un des sergents avait tiré son épée.

— Je pense que c'est à *lui* que nous devrions demander, avait-il dit en la pointant vers Hasan.

Celui-ci avait écouté en silence jusque-là. Les chevaliers et le capitaine s'étaient tournés vers lui.

— Avez-vous des raisons de m'accuser? avait-il posément demandé.

— Vous êtes un Sarrasin, avait lancé le sergent. Faut-il une autre raison? Personne ne vous connaît.

— Jacques me connaissait. La confiance d'un chevalier ne signifie rien pour vous?

— Jacques est mort.

— Ça suffit, était intervenu John en posant la main sur l'épaule du sergent.

La discussion avait encore duré un moment, jusqu'à ce que le capitaine de l'*Opinicus* obtienne gain de cause. Un sergent était parti réveiller la reine, qui était arrivée de la commanderie avec sa suite, le prêtre bedonnant à leurs trousses.

— Que Dieu ait pitié de nous, n'arrêtait-il pas de répéter. Que Dieu ait pitié de nous.

En découvrant le carnage, la reine avait posé la main sur sa joue.

— Les joyaux? s'était-elle enquise d'une voix inquiète.

— Ils sont en sécurité, Majesté, l'avait rassurée John.

Ils étaient rangés dans une malle ordinaire, entreposée dans la cabine.

Pendant que tout le monde embarquait, deux chevaliers s'étaient approchés d'Owein. Durant tout ce temps, Elwen était restée allongée auprès de son oncle, qu'elle serrait dans ses bras. Will avait essayé de la relever, mais sans succès.

Les chevaliers n'eurent pas la même prévenance.

— C'est la nièce d'Owein ? avait demandé l'un d'entre eux à Will. Qu'est-ce qu'elle fait là ?

Ne voyant pas l'intérêt de mentir, Will avait expliqué comment elle s'était cachée à bord de l'*Opinicus*.

Le chevalier avait poussé un juron en secouant la tête, puis il avait pris Elwen par le bras.

— Debout, jeune fille !

Comme Elwen criait, Will s'était avancé.

— Reste à ta place, sergent ! lui avait aboyé le second chevalier en aidant son frère. Ce n'est pas en la laissant pleurnicher qu'Owein reviendra.

Ils avaient traîné Elwen à bord de l'*Opinicus*, puis l'avaient assise sur un banc. Leur brutalité avait calmé ses larmes. Et elle s'était tue pendant qu'on hissait à bord le cadavre d'Owein et qu'on le recouvrait de son manteau blanc.

Puis John avait ordonné au prêtre d'enterrer les mercenaires le lendemain.

— Ne les enterrez pas dans un sol consacré, avait-il précisé.

— Frère, avait répondu le prêtre, choqué, il ne serait pas très chrétien d'abandonner leur âme à Satan, sans même un procès.

— Ils seront jugés en enfer.

Will avait ramassé l'épée d'Owein et l'avait posée à côté de son corps. C'est alors qu'il avait vu Garin, agenouillé auprès de Jacques. Le visage de ce dernier arborait une grimace, l'expression figée qu'il portait au moment de sa mort. Garin pleurait, ses poings serrés posés sur ses cuisses. Will s'était approché de lui et avait voulu réconforter son ami en lui posant la main sur l'épaule.

— *Ne me touche pas!*

Surpris par sa violence, Will avait laissé Garin pleurer son oncle et s'était assis plus loin sur un banc, le visage enfoncé dans ses mains.

Si le chaos qui avait suivi la bataille avait été difficile à supporter, ce n'était rien en comparaison du silence qui les avait accompagnés dans la suite de leur voyage. Les gardes et les serviteurs de la reine étaient assis sur les bancs, avec les chevaliers et les sergents. Dans la cabine, il y avait tout juste assez de place pour Éléonore et sa suite. De tous ceux qui étaient là, seule Elwen semblait capable d'exprimer sa peine. Toute la nuit, elle avait sangloté. Même Will, qui partageait pourtant son chagrin, n'en pouvait plus de l'entendre. Un sergent avait fini par lui crier de se taire. L'instant d'après, la porte de la cabine s'était ouverte. La reine Éléonore, le visage pâle, se tenait sur le seuil.

— N'avez-vous point de cœur? avait-elle demandé au sergent.

Celui-ci était resté bouche bée.

La reine s'était approchée d'Elwen et lui avait tenu des propos apaisants, qui ressemblaient d'après Will à ce que Simon murmurait à ses chevaux les soirs d'orage. Puis elle avait conduit Elwen dans sa cabine, où elles étaient restées toute la journée.

Après leur arrivée à Paris, dans la soirée, une équipe était partie à la commanderie réquisitionner les chariots nécessaires au déchargement du bateau. La reine, quant à elle, avait dépêché deux gardes au palais, où sa sœur Marguerite l'attendait. Quand son carrosse s'était présenté, tiré par quatre chevaux à la robe noire, elle avait fait monter Elwen avec ses dames de compagnie tandis que ses affaires étaient chargées dans un autre chariot.

— Je l'emmène avec moi au palais, avait dit la reine aux chevaliers tout en grimpant dans l'intérieur capitonné.

Votre commanderie n'est pas un endroit convenable pour une dame. En particulier si elle est en deuil, avait-elle ajouté en fixant le sergent qui avait réprimandé Elwen. Puis son attelage était parti. Les chevaliers et les sergents s'étaient alors engagés dans les ruelles venteuses de la ville, dépassant la commanderie des Hospitaliers, puis ils avaient remonté la rue du Temple, qui menait à leur propre commanderie à l'extérieur des murs de la ville, à travers un charmant paysage champêtre. Là-bas, on avait emmené Will jusqu'au dortoir où il avait passé la majeure partie de la journée.

Aujourd'hui serait son deuxième jour à Paris. Il serait surtout marqué par les funérailles d'Owein.

Quand les cloches sonnèrent les matines, Will resta assis sur le rebord de la fenêtre. Les autres sergents se levèrent de leur paillasse, et ce fut bientôt un chœur de bâillements et de voix ensommeillées. L'accent était étrange pour Will, mais comme ils parlaient en latin, il comprenait ce qu'ils disaient. Dans les commanderies, qui réunissaient sous le même toit des Templiers d'origines diverses, le latin était la langue commune.

Les sergents enfilèrent leurs tuniques noires par-dessus les maillots de corps et les culottes, puis ils firent la queue devant la bassine pour se laver le visage. Robert était le quatrième. Après s'être aspergé, il s'essuya avec les manches de sa tunique, plaqua ses cheveux blonds vers l'arrière et salua Will de la tête.

— Tu viens à la chapelle? lui demanda-t-il en se dirigeant vers l'armoire qui se trouvait dans un coin de la chambre.

Will secoua la tête.

— Laisse-le rester ici, Robert, si c'est ce qu'il veut.

Will regarda Hugues, qui ajustait sa tunique. Celui-ci lui jeta un regard en coin.

— Tu devrais peut-être dormir quand nous ne sommes pas là. Comme ça, nous ne serions pas obligés de subir tes cauchemars.

Robert leva les yeux au ciel en secouant la tête. Il avait pris une ramille sur une étagère et se frottait les dents avec. C'était sans doute pour cela qu'il avait des dents inhabituellement blanches.

— Ne t'en fais pas, dit-il à Will en reposant la ramille sur l'étagère. Hugues a besoin de sommeil, c'est tout.

Furieux, Hugues se tourna vers Robert.

— Ne parle pas de moi comme si je n'étais pas là! Tu fais toujours ça!

En les observant, Will réprima un sourire naissant. Les deux jeunes garçons, qui avaient tous les deux un an de plus que lui, n'auraient pas pu être plus différents. Robert était grand et mince, et il avait des traits délicats, presque féminins. Hugues, quant à lui, était petit et joufflu, avec des yeux sombres perçants à travers une épaisse touffe de cheveux noirs.

Hugues leur tourna le dos et se dirigea vers une autre armoire. Il s'empara d'une cape noire qu'il enroula autour de ses épaules.

— Ne fais pas attention à lui, dit Robert d'une voix posée. Il a du mal à être naturel avec les gens qu'il ne connaît pas.

Et comme Will ne répondait pas, il ajouta :

— À cause de son nom.

— Son nom? demanda Will avec nonchalance.

— Hugues de Pairaud. Humbert, le maître d'Angleterre, est son oncle. Sa famille sert le Temple depuis des années et Hugues a toujours peur que les sergents d'une ascendance moins noble ne cherchent son amitié que pour s'en vanter.

— De quoi parles-tu? demanda Hugues, qui traversait la chambre pour sortir.

— Je disais à Will qu'un jour tu seras grand maître.

— C'est vrai, répondit Hugues avec une pointe d'arrogance dans la voix. Ou au moins visiteur du royaume de France. C'est à ça qu'on me prépa…

— Si tu dis une fois de plus que c'est à ça qu'on te prépare, je te fouette, le coupa Robert.

Puis il entraîna Hugues vers la porte.

— Allons, Hugues. Dieu t'a donné une âme, voyons s'Il peut t'offrir un cœur.

Avant de sortir, il se tourna vers Will et lui fit un clin d'œil.

Quelques minutes plus tard, les cloches cessèrent de sonner les matines, ce qui signifiait que l'office avait commencé. Will ne quittait toujours pas le rebord de la fenêtre. Depuis quatre ans, il ne s'était pas passé une journée sans que Will ne se lève avant l'aube pour le premier office. Aujourd'hui, il ne s'agenouillerait pas. Il préférait regarder le ciel s'illuminer progressivement pendant que les oiseaux commençaient à chanter.

Les quartiers des sergents formaient un arc de cercle à proximité des écuries. Par-dessus les toits, il observa les champs parsemés de chênes noueux et de bouleaux argentés. Un ruisseau courait à travers l'herbe, et il pouvait voir tourner plus loin la roue d'un moulin. Au-delà, se trouvait un vivier qui reflétait le ciel pâle de l'aube, ainsi que les dépendances et les granges qui accueillaient, d'après Robert, les chambres des domestiques, l'armurerie, la draperie, le fournil et la réserve à grains. Il y avait même un four à poterie. En se penchant par la fenêtre, Will pouvait apercevoir les imposantes tourelles du donjon. Le Temple de Paris, qui était la principale commanderie de l'Ordre, était bien plus grand et plus impressionnant que le Nouveau Temple. En comparaison, ce dernier paraissait modeste.

Sentant des courbatures dans ses jambes et son dos, Will descendit du rebord. Il alla prendre son épée dans son sac, au pied de sa paillasse, ainsi que la tunique et la culotte qu'il portait pendant le combat. Le tissu était parsemé de taches de sang séché. Will plongea ses habits dans la bassine et commença à frotter. L'eau ne tarda pas à prendre une teinte rouge et brune, tandis que l'odeur rance du sang se répandait dans la chambre. Soudain, il revit les yeux du mercenaire au moment où il lui avait assené le coup de grâce. Il était encore sous le choc de voir à quel point il était facile de prendre la vie d'un homme. Au moins, le masque l'avait empêché de voir son visage. Avant de reprendre le bateau, il aurait pu le regarder, mais il s'était soigneusement tenu à l'écart des cadavres des mercenaires. Un homme portant un masque n'est pas vraiment un être humain : il n'a ni famille, ni histoire, ni avenir.

Soudain, il entendit une voix de garçon dans le couloir, puis des bruits de pas. Et de nouveau le silence. Will étendit les vêtements sur le rebord de la fenêtre en se demandant si quelqu'un s'apercevrait de son absence à la chapelle. Mais la seule personne qu'il connaissait vraiment ici, c'était Garin. Et ils ne s'étaient pas vus depuis leur arrivée, où chacun avait été conduit à son dortoir respectif.

Enfin, il commença à nettoyer son fauchon. Ce n'était plus un jouet d'enfant, mais une arme mortelle. Tout en essuyant sa lame, Will essaya d'imaginer son père assis à côté de lui. Il se disait qu'il l'aurait soutenu, lui aurait affirmé qu'il avait agi comme il fallait, qu'il avait fait ce pour quoi on l'avait entraîné, que tel était son devoir. Mais, au lieu de cela, ce que Will entendait, c'était son père l'assurant d'une voix monocorde, sans conviction, que ce n'était pas de sa faute, que c'était un accident et qu'il n'avait aucune raison de se sentir coupable.

La cloche recommença à sonner au moment où les chevaliers et les sergents, avec à leur tête le prêtre qui avait conduit la messe de requiem, sortaient de la chapelle. Will marchait derrière le cercueil d'Owein porté par quatre chevaliers du Nouveau Temple. Les deux chevaliers qui avaient survécu à la bataille, l'équipage de l'*Opinicus*, Garin, mais aussi la foule de chevaliers, de prêtres et de sergents que Will ne connaissait pas, tous marchaient en silence derrière les neuf cercueils. Robert et Hugues étaient là tous les deux, mais aucun signe d'Elwen. Will éprouvait une sorte de ressentiment à l'idée que tant de gens qui n'avaient pas connu Owein soient présents à son enterrement.

Le prêtre dirigea le cortège à travers le cimetière de la chapelle. Derrière lui se tenait le visiteur du royaume de France, commandeur des citadelles de l'Occident, second dans la hiérarchie après le grand maître. Avec sa barbe taillée en trident, le visiteur avait une allure majestueuse. À l'autre bout du cimetière, qu'une enceinte séparait du monde extérieur, on avait creusé neuf tombes. Les hommes formèrent un cercle tandis qu'on descendait les cercueils au fond des trous. Quand le cercueil d'Owein, centimètre par centimètre, disparut en oscillant au bout des cordes, Will détourna le regard.

Le prêtre commença à psalmodier.

— *Requiem aeternam dona eis, domine, et lux perpetua luceat eis.* Seigneur, donnez-leur le repos éternel, et faites luire sur eux la lumière sans déclin.

Après les prières, le prêtre se baissa, prit une poignée de terre et la jeta dans la tombe d'Owein. Et il répéta ce geste pour chaque tombe.

— Car tu es poussière, et tu retourneras à la poussière.

Le visiteur s'avança et tira son épée. Tenant la poignée à deux mains, il la leva au ciel.

— Les sacrifices que nous faisons ici-bas seront récompensés au Ciel. Nos frères entrent dans son règne, puissent-ils trouver la paix dans les bras de Dieu.

Il rengaina son épée et retourna se placer aux côtés du prêtre pendant que les fossoyeurs, pelle à la main, commençaient à reboucher les trous. Le bruit de la terre tombant sur les cercueils avait un caractère brutal et définitif.

L'assemblée quitta peu à peu le cimetière, mais Will restait près des tombes. Même Garin partit sans venir le voir. D'ailleurs, il n'avait pas échangé le moindre regard avec lui durant toute la cérémonie. Trop abattu pour chercher son ami, Will s'agenouilla sur l'herbe humide. À Honfleur, il avait voulu parler à Garin de la lettre qu'il avait trouvée dans la cellule, mais désormais ça n'avait plus d'importance. Les événements de ces derniers jours avaient ravalé ses inquiétudes à propos de la loyauté de Jacques au rang de peccadille. Levant la tête, Will vit le visiteur s'approcher des chevaliers du Nouveau Temple.

— Nous repartirons pour Londres après-demain, dit John, le chevalier qui avait pris la tête de la compagnie après la bataille. Maintenant que les joyaux sont à l'abri dans votre chambre forte et que nos frères reposent en paix, nous ne sommes plus d'aucune utilité ici. De plus, nous devons informer le maître d'Angleterre de ce qui s'est passé. Il nous faut mener l'enquête aussi vite que possible.

Son visage s'assombrit, il semblait découragé.

— Mais j'ai peur qu'elle ne se révèle difficile. Personne en dehors du Temple ne connaissait le parcours que nous allions emprunter. Toutefois, le roi Henri n'a pas fait mystère de son opposition au transfert des joyaux. Il n'est pas inconcevable qu'il ait essayé de les récupérer.

— Je vais faire préparer un bateau, répondit le visiteur. Informez maître de Pairaud que nous sommes disposés à l'aider dans cette enquête. Qu'il nous dise s'il a besoin d'hommes ou d'argent. Je vais également en informer le grand maître Bérard en Acre.

— Oui, maître.

La dernière tombe venant d'être rebouchée, des maçons amenèrent des dalles en marbre et en recouvrirent les monticules. Afin de ne pas gêner le passage des âmes vers le Paradis, ils attendraient le lendemain pour graver le contour des épées des chevaliers sur les pierres tombales.

Will leva les yeux en sentant la présence de quelqu'un à côté de lui. C'était Robert.

— Tu veux que je te tienne compagnie?

— Non, fit Will en détournant la tête et en se frottant les yeux.

— Je suis de corvée à l'armurerie. J'y serai toute la journée, si tu veux me trouver.

Robert s'en alla, mais Will n'était toujours pas seul. Il y avait encore un prêtre à sa gauche. Son visage était en partie dissimulé par une capuche, mais Will pouvait voir qu'il était âgé : c'était sans doute l'homme le plus vieux qu'il ait jamais rencontré. Des mèches de cheveux blancs aussi fragiles qu'une toile d'araignée lui tombaient sur les épaules, et sa barbe était clairsemée autour du menton, notamment à cause d'une vilaine cicatrice qui tordait sa bouche en un rictus permanent. De plus, la vieillesse l'obligeait à se tenir voûté et pour un peu, Will l'aurait cru bossu. Apparemment, il ne s'était pas aperçu de la présence du sergent.

Celui-ci passa la main dans la terre retournée autour de la tombe d'Owein, mais le silence et l'absence de mouvement le rendaient nerveux.

— Attends, dit-il en courant derrière Robert, j'arrive.

Robert hocha la tête mais ne dit rien quand Will le rejoignit. Tandis qu'ils avançaient, Will se retourna pour observer le vieux prêtre.

— Qui est-ce?

Robert regarda par-dessus son épaule.

— Le père Everard de Troyes, dit-il avec un demi-sourire. Mais ne te fie pas aux apparences, il est loin d'être gâteux. Je préférerais encore avoir affaire au diable.

— Qu'est-ce que tu veux dire?

— Tu as vu sa main? Celle avec les deux doigts qui manquent?

Will fit semblant d'avoir remarqué et acquiesça.

— Il les a perdus à Jérusalem, quand les Khorezmiens ont repris la Ville sainte il y a seize ans. Il s'est défendu d'une seule main contre dix guerriers. Et il les a tous tués. Il était dans l'église du Saint-Sépulcre quand l'attaque a commencé, et il a dû se cacher sous des cadavres de prêtres pendant trois jours pour ne pas être capturé.

La voix de Robert était grave, mais Will sentait qu'il aimait raconter cette histoire.

— Tu peux imaginer ça ? Trois jours dans cette fournaise, avec les mouches et la puanteur ? On dit qu'il est le seul chrétien à avoir réchappé du massacre.

Avant de sortir du cimetière, Will jeta un dernier regard au vieil homme. Celui-ci était toujours debout à côté des tombes, il n'avait pas bougé d'un centimètre. Will eut l'impression qu'une simple bourrasque pourrait emporter comme un fétu de paille cet homme qui avait combattu seul contre dix guerriers.

Le Temple, Paris, 27 octobre 1260 après J.-C.

Le lendemain, son dernier jour à Paris, Will retourna sur la tombe d'Owein après les nones. Non pas qu'il veuille se recueillir, mais il ne savait pas trop où aller. Il était content de repartir au Nouveau Temple, en même temps qu'il craignait le retour. Alors qu'il faisait le tour de la chapelle, d'où des gargouilles couvertes de mousse souriaient béatement au ciel, il aperçut Elwen agenouillée sur la tombe d'Owein, un bouquet de lys à la main. Elle portait une robe noire toute simple bordée de blanc et ses cheveux étaient cachés sous une capeline. Elle leva un instant les yeux de la tombe quand il s'approcha.

— Tu crois qu'il m'en veut de ne pas avoir été là à son enterrement ?

— Non, répondit Will d'une voix calme tout en s'accroupissant près d'elle.

— Personne n'est venu au palais m'informer que les funérailles avaient lieu hier. Je suis de son sang, j'aurais dû être là.

Elwen posa les lys sur la tombe.

— J'ai demandé à la reine Éléonore la permission de venir ce matin. Un de ses gardes m'a escortée. Comment c'était ? La cérémonie, je veux dire…

— Comme tous les enterrements, marmonna Will.

— Je n'arrête pas de me demander s'il serait mort si je n'avais pas été là. Il aurait peut-être été plus prudent. Ou il aurait peut-être vu la dague...

— Tu ne peux pas penser des choses pareilles.

Will la regarda passer le doigt sur le marbre, et il se couvrit d'une fine poussière. Les contours de l'épée d'Owein avaient été gravés dans la matinée.

— Qu'est-ce que tu feras à ton retour ? demanda-t-il.

— Je ne rentre pas à Londres, dit Elwen en serrant ses genoux dans ses bras. Je reste ici.

— À la commanderie ? demanda Will, surpris.

— Non, au palais. J'ai expliqué à la reine Éléonore que je n'avais plus personne en Angleterre, et nulle part où aller, elle m'a répondu qu'elle refusait que cette tragédie engendre d'autres souffrances. Elle a parlé avec sa sœur, la reine Marguerite, qui a accepté de me prendre à son service. Je suis dame de compagnie, maintenant.

Elwen se tourna vers Will.

— Tu devrais voir le palais. C'est tellement grand que je ne peux pas quitter ma chambre sans un domestique, sinon je me perdrais. Il y a des jardins sur les berges du fleuve, de belles pelouses, des centaines d'arbres. On dirait une maison, une vraie maison remplie de gens et de rires.

Puis elle regarda la tombe d'Owein.

— Et je serai près de lui.

— Owein aurait été content pour toi, dit platement Will, qui se sentait soudain inutile et abandonné.

Il n'avait plus ni maître ni foyer. Il essaya de se défaire de la jalousie qui l'envahissait.

— C'est une belle situation.

Will releva la tête en entendant des bruits de pas. Garin venait dans leur direction. Mais en les voyant, il s'arrêta.

Elwen se leva.

— Tu es Garin de Lyons, n'est-ce pas ?

— Oui, répondit froidement Garin.

Elwen s'approcha de lui.

— Merci, dit-elle sincèrement. Tu m'as sauvé la vie. On m'a dit que toi aussi, tu as perdu de la famille dans cette bataille, ajouta-t-elle doucement. Un oncle, c'est ça?

— Oui.

Et sans rien ajouter, Garin tourna les talons.

— Garin!

Will passa à côté d'Elwen, qui se mordillait les lèvres, et rattrapa son ami.

— Qu'est-ce qu'il y a?

— Rien, fit Garin en lui jetant un regard en coin. Je veux juste qu'on me laisse tranquille.

— On peut te laisser seul si tu veux, dit Will en faisant un signe interrogatif à Elwen.

La jeune fille acquiesça.

— Non, c'est moi qui m'en vais, dit sèchement Garin en repartant.

Will se mit en travers de son chemin.

— Garin, s'il te plaît. Tu ne m'as pas adressé la parole depuis la bataille. Qu'est-ce qui se passe?

Le visage de son ami se ferma un peu plus.

— Je n'ai pas envie de te parler, c'est tout.

— Pourquoi?

Garin se détourna et fit le tour des tombes.

— Laisse-moi tranquille.

Will le rejoignit à côté de la tombe d'Owein et l'agrippa par la manche avec plus de fermeté qu'il n'en avait eu l'intention.

— Moi aussi, j'ai perdu mon maître! Je sais ce que tu ressens!

— Tu n'as aucune idée de ce que je ressens! s'écria Garin en repoussant brusquement la main de son ami. Tout ça, c'est de ta faute!

— Quoi? fit Will, médusé.

— Toujours à te fourrer dans le pétrin! Toujours à chercher les problèmes, et Owein qui te laissait t'en tirer avec quelques remontrances! Et qu'est-ce que j'ai eu, moi?

— Ce n'est pas ma...

— J'ai reçu toutes les punitions que toi, tu ne recevais pas!

Elwen regardait la scène en silence.

— Ce n'est pas moi qui te punissais, c'est Jacques. Et il t'aurait puni de toute manière, même si je n'avais pas été là.

— Non! Si tu n'avais pas été là, mon oncle n'aurait pas eu besoin de me punir, et moi je n'aurais pas eu besoin de...

Garin s'arrêta, les yeux remplis de larmes.

— Il est mort. Mon oncle est mort. Et c'est *ta* faute!

— Pourquoi veux-tu que ce soit ma faute? s'exclama Will. Je n'ai rien fait de mal, que je sache!

— Tu ne fais jamais rien de mal, hein? lui répliqua Garin, le visage cramoisi par la fureur. Même quand tu lui désobéissais, Owein était fier de toi. Et ton père? Tu as tué ta sœur, il t'a quand même inscrit au Temple!

Will explosa et lui envoya sans réfléchir un coup de poing dans la mâchoire. Elwen poussa un cri. Garin trébucha, son pied buta contre la tombe d'Owein, et il tomba sur les lys qu'Elwen avait déposés plus tôt. Will s'avança les poings serrés, prêt à se battre, puis il vit du sang au coin de la bouche de Garin et sa colère reflua instantanément.

— Garin. Je... Je ne voulais pas.

Le jeune homme se releva et passa la main sur sa bouche. Il regarda le sang, puis Will, et il partit en courant.

Will tressaillit en sentant une main sur son bras.

— Pourquoi l'as-tu frappé? murmura Elwen. Qu'est-ce qu'il voulait dire, à propos de ta sœur?

Will poussa un profond soupir.

— Je suis désolé.

Ce fut tout ce qu'il dit avant de s'enfuir à son tour.

Sur la tombe gisaient, éparpillés, les lys écrasés.

15

Le Temple, Paris

27 octobre 1260 après J.-C.

Will s'assit sur sa paillasse. Il respirait bruyamment. Ses phalanges avaient déjà commencé à rougir. Il n'avait parlé de sa sœur qu'à Garin. Même Simon n'était pas au courant. Il ne pouvait pas croire que son ami le lui avait renvoyé en pleine figure. Garin... Will courba la tête, honteux au souvenir de ses lèvres rougies par le sang. D'une main tremblante, il sortit de son sac un parchemin plié en quatre. Il avait commencé la lettre pour sa mère juste avant de partir pour Paris. Et ne l'avait toujours pas terminée. Il relut les mots qu'il lui avait écrits de sa petite écriture hachée.

Quelques heures plus tard, quand les cloches sonnèrent la fin des vêpres, la porte s'ouvrit et Robert entra.

— Je me demandais où tu étais passé. Il est presque l'heure du souper.

Will était assis sur son lit, des lambeaux de parchemin éparpillés sur sa couverture. Il s'essuya le visage tandis que Robert s'approchait.

— Qu'est-ce qui s'est passé? demanda Robert en voyant la lettre déchiquetée.

— Je n'ai pas envie d'en parler.

Robert haussa les épaules et s'assit au pied de la paillasse.

— N'en parlons pas, dans ce cas.

Will leva la tête.

— Pourquoi est-ce qu'il me blâme?

— Qui donc?

— Garin. Il dit que c'est ma faute si son oncle est mort.

— Ma mère est morte quand j'étais jeune, répondit Robert. Pendant un temps, mon père a rejeté la faute sur tout le monde, mais personne n'était responsable. Elle était malade. Il n'y avait rien à faire.

— Jacques n'est pas mort dans son lit. Il y a forcément un responsable.

Will se rallongea et fixa le plafond.

— Peut-être que c'est moi, ajouta-t-il.

Robert se tourna vers lui et posa son coude sur le lit, la tête appuyée sur sa main.

— Et comment ça?

— Parfois, je voulais que Jacques paye pour ce qu'il faisait subir à Garin. Peut-être que c'est mon souhait qui a été exaucé.

Will passa un doigt sur ses phalanges meurtries. Robert fit un signe de la tête en les voyant.

— Est-ce que quelqu'un porte sur le visage des marques qui correspondent à celles que tu as sur la main?

— Garin.

— Pourquoi vous êtes-vous battus?

— Il a dit quelque chose à propos de ma sœur, répondit Will en se redressant. Il n'aurait pas dû parler de ça.

Robert attendit la suite en silence.

— J'ai tué ma sœur, avoua soudain Will.

Les mots semblaient avoir une présence tangible dans la chambre. Will attendait que Robert remarque leurs formes sombres et tourmentées, prêtes à surgir d'un coin de la pièce.

— Pourquoi ? demanda finalement le sergent.

Mais Will ne paraissait pas désireux de s'expliquer.

— Comment est-elle morte ? demanda doucement Robert.

— Mon père disait que c'était son ange. Il avait l'habitude de lui rapporter des rubans d'Édimbourg. Il pouvait passer des heures à la regarder jouer.

Will remonta les genoux contre sa poitrine.

— Mais Mary n'avait rien d'un ange. Elle volait sans cesse du pain dans la cuisine, et ensuite elle m'accusait. Ou alors elle laissait la porte du poulailler ouverte et elle écrasait les œufs, ou bien elle boudait parce que quelqu'un lui demandait de faire quelque chose. Je me rappelle avoir souhaité qu'elle disparaisse. Pas qu'elle meure, non, mais qu'on la perde d'une manière ou d'une autre. Je ne le pensais pas vraiment.

Will fixait Robert avec intensité.

— C'est arrivé l'été juste avant que j'entre au Nouveau Temple. Mon père était parti à Balantrodoch. J'avais décidé de me rendre au lac pour finir le bateau que nous avions commencé à construire. Nous devions l'utiliser pour aller à la pêche. Je voulais lui faire la surprise quand il reviendrait. Mary m'a suivi. Je lui ai dit que je ne voulais pas d'elle, qu'elle passerait son temps dans mes pattes, mais elle a continué à me suivre. Nous sommes arrivés au lac et je me suis mis au travail. Il faisait chaud. Bien entendu, Mary s'ennuyait, alors je l'ai envoyée ramasser des coquillages. J'avais prévu de passer la journée à travailler sur le bateau, mais Mary a commencé à dire qu'elle voulait rentrer. Quand je lui ai répondu de s'en aller, elle a prétendu qu'elle ne connaissait pas le chemin. Il y avait des bois de l'autre côté du lac. J'y suis allé pour trouver des branches susceptibles de servir de rames. Mary m'a accompagné. Elle n'arrêtait pas de répéter que notre père préférerait cent mille fois les coquillages qu'elle avait ramassés au bateau idiot que je fabriquais.

Will se prit la tête entre les mains.

— On est arrivés sur des rochers, au bord de l'eau. Mary a dit… Je n'arrive plus à me souvenir, mais elle a dit quelque chose et puis elle m'a jeté les coquillages dessus et je suis devenu furieux. Alors, je l'ai poussée. Je ne pensais pas la pousser si fort. Elle est tombée dans l'eau et sa tête a cogné contre un rocher. J'ai sauté mais…

Will secoua la tête.

— Je l'ai prise dans mes bras et l'ai ramenée à la maison. C'était à des kilomètres et elle était lourde. Je lui parlais sans arrêt, je lui demandais de me répondre mais elle avait perdu conscience. Mon père était à la maison. Quand je suis arrivé, il était dans la cour, à porter un seau d'eau pour son bain. Il m'a vu et il a souri en me saluant de la main. Et puis il a vu Mary. Il a lâché le seau et a couru vers nous.

Will avala sa salive en se souvenant des cris de détresse qu'avait poussés son père en berçant sa fille morte, et de sa mère qui avait traversé la cour pieds nus pour les rejoindre.

— Plus tard, il m'a emmené dehors et m'a demandé comment c'était arrivé. Je lui ai simplement dit qu'elle était tombée.

Will courbait les épaules.

— Mais il n'arrêtait pas de me poser des questions et j'ai dû lui dire la vérité. On aurait dit qu'il savait déjà. Il a hoché la tête, s'est levé et est retourné dans la maison. Il ne me regardait plus. Ma mère a pleuré pendant des mois. Elle a eu un autre bébé, une fille, Ysenda, mais elle ne souriait plus, elle ne riait plus comme avant. Mon père n'était presque plus jamais là. Il ne m'a pas envoyé non plus à Balantrodoch comme il me l'avait promis. À la place, il m'a emmené à Londres, où on lui proposait de remplacer un clerc malade.

Will se leva et se frotta les bras.

— En fait, il s'est débarrassé de moi. La plupart du temps, il était absent. Ou dans une cellule, à travailler avec l'oncle de Garin. Je ne le voyais pratiquement jamais.

Nous aurions pu rentrer quand le clerc s'est rétabli, ou même rester au Nouveau Temple, mais il est devenu chevalier et il est parti pour la Terre sainte en m'abandonnant. Il ne m'a pas donné de nouvelles depuis près d'un an et demi.

Robert se leva à son tour.

— Tu ne voulais pas la tuer, tu l'as seulement poussée. Ton père le sait forcément.

— Alors, pourquoi est-ce qu'il me hait? demanda Will d'une voix étranglée.

La porte s'ouvrit et Hugues fit son apparition.

— Qu'est-ce qui se passe? demanda-t-il en venant à côté de Robert.

Puis il vit les bouts de parchemin éparpillés sur le lit et fit claquer sa langue contre son palais.

— Quel désordre! commenta-t-il.

Robert lui jeta un regard de reproche.

— Hugues...

Surpris, celui-ci fronça les sourcils.

— Et pourquoi es-tu ici avec lui plutôt qu'au souper? Il repart à Londres demain, de toute façon.

Will n'attendit pas que Robert réponde, il passa entre les deux sergents et sortit de la chambre.

Il quitta le quartier des sergents en courant. Des chevaliers marchaient en petits groupes vers la Grande Salle, fantômes en manteau se déplaçant dans la pénombre. Will passa à leurs côtés sans ralentir, même quand l'un d'entre eux lui cria de s'arrêter. Toujours en courant, il dépassa le quartier des chevaliers, le donjon, les bâtiments administratifs et l'armurerie. Il ne savait pas où il allait. La sueur perlait sur son front et il sentit ses jambes se raidir. Il pénétra dans le cimetière et se dirigea vers la chapelle, qui était ouverte.

Quelques chandelles éclairaient faiblement l'abside. De la fumée s'échappait encore de l'encensoir qui avait servi pour les vêpres. Will ferma les portes derrière lui et s'avança dans la nef. Près de l'autel, il observa un moment un crucifix, la tête courbée de Jésus lui rappelant le poids de ses propres fautes. Son estomac gargouilla, il n'avait rien mangé depuis l'aube. L'odeur de l'encens l'écœurait. Puis il vit que la porte de la sacristie était entrebâillée. À l'intérieur, dans un coin de la pièce, brûlait une bougie. Des livres reliés en vélin et d'autres bougies étaient entreposés sur un banc, près de la fenêtre. Will s'arrêta sur le seuil, ses yeux se posant tour à tour sur une étagère où se trouvaient des cruches de vin et sur la table où étaient posés le calice et le ciboire.

Au bout d'un moment, il se décida à entrer. Il se dirigea droit vers les étagères et s'empara d'une cruche à moitié vide. À la lueur des bougies, le vin prenait des reflets pourpres. Il souleva ensuite le couvercle du ciboire et en tira une poignée d'hosties. Le sang et le corps du Christ. S'asseyant à même le sol, il porta le calice à ses lèvres.

— Notre Père, dit-il en s'esclaffant.

Après avoir bu une gorgée, il se fourra les hosties dans la bouche et regarda les ombres jouer sur les voûtes du plafond. Il attendit que Dieu le punisse, il *souhaitait* être puni. Mais il ne se passa rien. Quand il eut fini de manger, il s'adossa au pied de la table, genoux remontés contre la poitrine et bras serrés autour de ses jambes. Soudain, il se sentit épuisé. Il resterait là jusqu'au dernier office, puis il se cacherait dans le cimetière. Quand les autres iraient se coucher, il pourrait retourner dans son dortoir et dormir jusqu'à l'aube. Et demain? Will se blottit un peu plus et reposa sa tête contre son épaule. Demain viendrait bien assez tôt.

— Debout, je te dis!

Will revint lentement à la réalité. Quelque chose lui tambourinait contre les jambes. Il ouvrit des yeux pleins de sommeil. Le vin l'avait assommé et sa bouche était pâteuse. Il ne savait pas depuis combien de temps il dormait, mais d'après ce qu'il pouvait voir par la fenêtre, il faisait complètement noir dehors. L'homme qui se tenait au-dessus de lui portait le manteau noir des prêtres. C'était Everard de Troyes, le vieil homme du cimetière. Il ne portait pas sa capuche et Will découvrit la cicatrice qui courait depuis sa lèvre inférieure jusqu'à son front. C'était un sillon rose qui avait l'air encore sensible. Le visage du prêtre était émacié, en dehors des immenses poches sous les yeux. On aurait dit un vêtement coupé convenablement, mais plus à la bonne taille. À l'une de ses mains noueuses manquaient deux doigts. À leur place se trouvaient des moignons osseux.

— Qui es-tu?

La voix d'Everard était à peine plus qu'un simple chuintement, et pourtant on sentait en elle une puissance dominatrice.

Will lutta pour se remettre d'aplomb. Il regarda le calice vide au sol et les miettes d'hosties. Il hésitait.

— Réponds-moi! lui ordonna le prêtre.

— Mon nom est William. Je suis venu avec l'*Opinicus*. Mon maître était sire Owein, un des chevaliers morts durant l'attaque à Honfleur.

— Et que fais-tu ici?

— Un des sergents m'a dit de rapporter une bougie pour notre dortoir, répondit Will en adoptant l'air innocent qui avait toujours dupé Owein.

Everard eut un sourire incrédule. Will se sentait mal à l'aise.

Le prêtre s'approcha de lui et le renifla.

— Est-ce que tu as bu, sergent?

— Non, maître.

— Non? l'interrogea Everard en reniflant de nouveau. Je suis certain de sentir l'odeur du mauvais vin.

Il regarda le calice renversé sur les dalles.

— Peut-être que tu dormais sous l'effet de l'Eucharistie? Le sang du Christ a des propriétés si puissantes... En particulier, murmura-t-il sur un ton menaçant, quand on le consomme comme un ivrogne, et non comme un fidèle adorateur de Notre-Seigneur.

Will ouvrit la bouche pour se défendre, mais le prêtre l'attrapait déjà par l'épaule et le tirait vers la porte.

— Où m'emmenez-vous ? dit Will qui essayait d'avoir l'air indigné, mais dont la voix trahissait la terreur.

— Chez le visiteur, grogna Everard. T'expulser n'est pas de mon ressort.

Will cherchait quelque chose à dire qui eût fléchi le prêtre, mais il ne parvenait pas à rassembler ses pensées. Et sur le chemin qui les conduisit aux appartements du visiteur, il ne réussit qu'à marmonner de vagues excuses, qui restèrent lettre morte.

Le logement du visiteur se trouvait dans les bâtiments administratifs, sous la tour du donjon. L'endroit grouillait de chevaliers sortant tout juste de table et remplissant leurs obligations avant le dernier office. Quand ils passèrent sous le grand porche, Will se força à garder la tête haute. Puis ils traversèrent un couloir avant de s'arrêter devant des portes noires à double battant. Everard frappa doucement.

— Entrez, fit une voix grave.

Everard ouvrit les portes et poussa Will devant lui.

La pièce était spacieuse et décorée avec plus de faste que les quartiers des chevaliers au Nouveau Temple. Une table polie était calée contre le mur, entourée de quatre tabourets et d'un siège qui ressemblait à un trône avec son coussin et son dossier brodés. Un rideau dissimulait partiellement une grande fenêtre, et le sol était couvert de tapis et de carpettes. Ici et là, des bougeoirs en étain supportaient de grandes chandelles, et deux bûches craquaient en brûlant dans l'âtre, dégageant une odeur de terre et de bois.

Un livre ouvert devant lui, le visiteur était assis dans l'espèce de trône.

— Frère Everard ? dit-il en levant des yeux interrogatifs sur le prêtre et sur Will. Que se passe-t-il ?

— Ce mécréant a profané le Sacrement. Je préparais

la chapelle pour les complies et je l'ai surpris en train de dormir. Il s'est enivré avec le sang du Christ.

Le visiteur fronça les sourcils avec sévérité et Will baissa la tête, incapable de croiser ses yeux désapprobateurs.

— Eh bien, voilà qui est répréhensible, en effet.

Les yeux du visiteur se portèrent vers Everard.

— Mais je suis certain que nous pourrons résoudre ce problème au cours du prochain chapitre.

Will reprit espoir, mais le visage d'Everard affichait toujours la plus extrême détermination.

— D'ordinaire, j'aurais attendu jusque-là, frère, mais ce garçon est un des Anglais. Il part demain, et je ne veux pas qu'il échappe à la punition qu'il mérite pour avoir traité notre chapelle comme une vulgaire taverne.

Le visiteur réfléchit un instant, ferma son livre et joignit ses deux mains, qu'il posa sur la table. Quelque chose dans sa manière de faire ce geste rappela à Will son propre maître, et ce souvenir fut pour lui comme un coup de poignard supplémentaire.

— Qu'as-tu à dire pour ta défense, sergent?

Will ouvrit la bouche, mais aucun son ne voulut en sortir. Quelques instants passèrent puis il s'éclaircit la gorge, déglutit, et prit enfin la parole.

— Je suis entré dans la chapelle et je me suis endormi, maître. Je n'avais pas l'intention de faire du mal.

Le visage du visiteur ne changea pas d'expression.

— De toute évidence, le problème n'est pas ton somme. Ce que je veux savoir, c'est pourquoi tu as profané le Sacrement.

Will fixa le sol sans répondre.

Le visiteur faisait jouer ses pouces l'un sur l'autre.

— Tu viens du Nouveau Temple, n'est-ce pas?

— Oui, maître, dit Will avec calme. Mon maître, le chevalier Owein, est mort à Honfleur.

— Quel est ton nom?

— Will Campbell, maître.

— Campbell? Tu es le fils de James Campbell?

— Oui, maître, répondit Will en levant la tête.

— Je l'ai rencontré à plusieurs reprises, quand il est venu à la commanderie. Il est en Acre actuellement, si je ne m'abuse, avec le grand maître Bérard?

Le visiteur secoua la tête.

— C'est très décevant. Je me serais attendu à beaucoup mieux de la part du fils d'un chevalier si respecté.

— Un instant, mon frère, intervint Everard en s'avançant. Pourrais-je vous parler en privé?

— Bien sûr, répondit le visiteur, qui avait l'air perplexe.

Va dehors et attends qu'on t'appelle, dit-il à Will.

En sortant de la pièce, il remarqua qu'Everard le regardait maintenant avec intérêt. D'une certaine manière, c'était plus inquiétant que de le voir en colère.

Garin s'allongea sur sa paillasse en caressant doucement ses lèvres éclatées. Plongé dans le noir, le dortoir était complètement silencieux. Les sergents avaient fini leur repas du soir et achevaient leurs corvées avant le dernier office. Le lit était inconfortable, la paille le démangeait à travers son maillot de corps. Au bout d'un moment, il se releva et se posta à la fenêtre pour regarder les hommes circuler dans la cour. Il n'en pouvait plus d'attendre jusqu'à l'aube que le bateau soit prêt, il aurait voulu quitter Paris à l'instant même.

Soudain, la porte s'ouvrit. Un domestique en tunique brune entra dans la chambre. Il portait sous le bras une pile de couvertures, et dans sa main libre, une bougie dont la flamme vacillait. Garin se tourna vers la fenêtre et entreprit de se ronger l'ongle du pouce, bien qu'il n'en restât déjà presque plus rien. Le domestique marchait sans faire de bruit. Il posa la bougie sur la table et commença à faire le tour des lits pour changer les couvertures. Dans son dos, Garin entendit le bruit de la paille qu'on remuait puis des pièces qui s'entrechoquaient. Il fit volte-face. Le domestique était penché sur son lit, son sac à la main.

— Non! s'écria Garin.

Et il s'élança en voyant le domestique tirer du sac la petite bourse en velours.

— Ne touche pas à…

Garin s'interrompit tandis que le domestique levait les yeux vers lui avec un sourire révélant deux rangées de chicots marron.

— Ne touche pas à quoi? À ça? s'enquit Rook en balançant la bourse au bout de ses doigts.

Garin jeta un coup d'œil en direction de la porte. Elle était fermée.

— Comment m'avez-vous…, demanda Garin, incapable de finir sa phrase.

— J'ai toujours remarqué que les chevaliers ne jettent pas un regard aux domestiques, répondit Rook.

Il désigna sa tunique brune.

— Un sergent m'a gentiment indiqué comment te trouver.

Il ouvrit sa tunique pour montrer à Garin la dague incurvée qui pendait à sa hanche. Les plis informes du vêtement lui avaient permis de dissimuler son arme.

— Tu ne pensais quand même pas t'en tirer comme ça, dis-moi?

Garin regarda Rook accrocher la bourse à sa ceinture, à côté de la lame.

— C'est à moi maintenant, dit-il calmement.

— À vous?

Rook sortit sa dague et s'avança. Garin recula de quelques pas et fut bientôt acculé contre le rebord de la fenêtre.

— Tout cet or devait payer tes services, si tu te souviens bien.

Rook fit tournoyer sa dague et en appuya la pointe contre la poitrine de Garin.

— Mais tu ne nous as pas été d'une grande utilité.

— J'ai fait ce que le prince a exigé de moi! Je l'ai informé du trajet que nous emprunterions et je suis allé à *La Toison d'Or* prévenir ses hommes que *L'Endurance* était parti.

Garin avait été épouvanté quand Rook, deux jours avant leur départ, lui avait délivré un message du prince lui demandant de se rendre à l'auberge de Honfleur dès son arrivée sur place afin de donner aux mercenaires qui s'y trouveraient le signal de l'attaque. Jusqu'au dernier moment, Garin avait espéré que le prince n'agirait pas, qu'il finirait par laisser tomber.

— Ce n'est pas ma faute si vos hommes sont morts ! cria-t-il en sentant la pointe de la dague s'enfoncer légèrement dans sa poitrine.

— Nos hommes étaient prêts à mourir. Ce à quoi ils ne s'attendaient pas, c'est à être attaqués par un enfant. Un enfant qui, après les avoir loyalement informés du départ de *L'Endurance*, a tué celui qui détenait les joyaux, les empêchant ainsi de fuir avec le trésor. Il se trouve, poursuivit Rook en pinçant vicieusement la joue de Garin, qu'ils t'ont décrit avec beaucoup de précision. Un garçon blond aux yeux bleus. Un merdeux avec les cheveux qui lui tombent dans les yeux, a précisé l'un d'entre eux.

— Votre homme était sur le point de tuer une fille ! rétorqua Garin.

Et à travers la peur, on pouvait sentir dans sa voix percer la colère.

Rook eut un rire méprisant.

— *On m'avait dit que personne ne serait blessé !* fit-il en imitant la voix geignarde de Garin.

— Vous avez tué mon oncle ! hurla le jeune sergent en poussant Rook. J'ai fait ce que vous m'avez demandé et vous l'avez tué !

Rook reprit son équilibre et plaqua de nouveau le garçon contre le mur. Garin en eut le souffle coupé. La dague était une nouvelle fois contre sa poitrine et s'enfonçait légèrement dans la peau.

— Et maintenant, souffla Rook, tu vas le rejoindre !

Garin lutta mais il était bloqué par la poigne puissante

de son adversaire. Il sentit du sang couler le long de sa poitrine et imprégner son maillot de corps.

Rook s'approcha de lui, visage contre visage.

— Tu as prévenu les chevaliers, petit merdeux! Tu leur as parlé de mon maître!

— Non!...

Garin commençait à suffoquer, une main lui tenaillant la gorge.

— Vous avez... ma... parole...

— Ta parole ne vaut guère plus que ta vie, à mes yeux.

— Je n'ai rien dit à personne! s'exclama Garin, les jambes défaillantes.

— Tiens-toi debout et cesse de pleurnicher! Tu as prévenu les chevaliers, n'est-ce pas?

— *Non!* Je... Je ne peux plus *respirer!*

Garin était en panique, il s'accrochait désespérément au bras de Rook. Sa vue devenait floue, le monde basculait.

— Mon Dieu, s'il vous plaît! Ne... Ne me tuez pas!

— Et pourquoi devrais-je t'épargner?

— Je suis au courant de choses... un secret! Il y a un livre... il a été volé... c'est important pour le Temple... un... un Cercle à l'intérieur du Temple... le roi Richard était impliqué... et...

— Qu'est-ce que c'est que ce charabia? demanda Rook avec mépris.

Mais il desserra légèrement sa prise.

— Il y a un groupe secret à l'intérieur du Temple, fit Garin en essayant de reprendre son souffle. On leur a dérobé un livre dans cette commanderie. Ça pourrait provoquer la perte du Temple. Mais je ne sais pas pourquoi.

— Tu gagnes du temps! fit Rook en relevant la dague. Je sais que tu as tout raconté aux chevaliers.

Garin planta son regard dans celui de son agresseur.

— Alors tuez-moi! cria-t-il. Tuez-moi! Mais je n'ai rien dit aux chevaliers, je le jure!

Il ferma les yeux, s'attendant à chaque instant à être perforé et à ce que la douleur jaillisse dans sa poitrine. Mais au lieu de ça, il entendit Rook éclater de rire et rouvrit les yeux. Un sourire ignoble fendait en deux le visage de l'homme de main.

— Je ne suis pas venu pour te tuer, mon garçon, dit Rook d'une voix presque gaie. Je voulais juste m'assurer que tu n'avais pas parlé. Et le seul moyen d'être certain que tu me répondes franchement, c'était de te faire peur.

Il rengaina la dague.

— La perte des joyaux a fait beaucoup de peine à mon maître. Mais il pense qu'en le servant fidèlement, tu finiras par rembourser ta dette. Avant cette histoire à Honfleur, il te croyait plus débrouillard.

— Non, dit Garin en essuyant du revers de la main ses joues trempées, je refuse de quitter l'Ordre.

Rook plissa les yeux.

— Ce n'est pas non plus son intérêt. Tu as plus de valeur pour lui si tu y restes. Même si tu n'es que sergent, ton statut te donne du pouvoir. Un pouvoir qu'il s'agit d'utiliser à bon escient.

— Non, répéta Garin avec détermination. Mon oncle est mort à cause de lui. Je ne le servirai plus.

— Oh si, tu le serviras. Et tu lui en seras reconnaissant, encore! Qu'est-ce qui t'attend à ton retour à Londres? demanda-t-il sur un ton doucereux.

Garin tressaillit en y songeant.

— Je... Je ne sais pas.

— Et moi, je crois que tu le sais très bien.

Rook souriait, mais son expression était grave.

— Jacques était un homme puissant, il jouissait d'une grande influence. Peu d'hommes ont une situation aussi enviable. Il aurait pu t'assurer un grand avenir. Tu es aussi responsable de sa mort que celui qui a ordonné l'attaque.

— Ce sont vos mercenaires qui l'ont tué! Ce n'est pas ma faute!

— Certes, le coup est venu de leurs épées. Mais si tu avais tenu ta langue, le coup n'aurait pas été porté.

Rook soupira.

— Voilà comment tu as perdu une bonne opportunité d'honorer le nom de ta famille. N'est-ce pas ce que tu voulais ? Mon maître ne t'avait-il pas dit qu'il pouvait t'aider ?

Rook ouvrit sa tunique et défit le nœud qui liait la bourse en velours à sa ceinture.

— Tiens, dit-il en la fourrant dans les mains de Garin. Mon maître est un homme juste. Garde l'or. Accepte sa requête et il te conservera sa faveur. Si tu refuses, Dieu sait ce qui arrivera. Grande est son influence. Il peut te rendre la vie facile, ou il peut te la rendre insupportable.

Garin fixa un moment la bourse, puis il la tendit à Rook.

— C'est pour mon oncle que je voulais rendre à notre nom son prestige. Maintenant qu'il est mort, ça n'a plus d'importance.

Pendant quelques instants, ils se turent tous deux.

— Et ta mère ? s'enquit doucement Rook. Ça n'a pas d'importance pour elle ?

— Tu ne connais pas ma mère, répondit Garin en se raidissant.

Rook contempla pensivement le plafond.

— Cecilia est plutôt grande, un peu maigre à mon goût, mais elle a de jolis cheveux blonds.

Il planta son regard dans celui de Garin.

— Des cheveux somptueux, n'est-ce pas ? D'ordinaire, elle les dissimule sous un bonnet. Mais quand elle les laisse tomber librement jusqu'au bas de son dos, elle est d'une beauté stupéfiante.

Rook plaça sa main sur son cœur, comme pour montrer sa sincérité.

— Je l'ai vue il y a quelques jours. Mon maître aime connaître les gens qui le servent.

Son visage se durcit.

— Il aime savoir ce qui est précieux à leurs yeux. Après que tu eus accepté de collaborer avec nous, il m'a envoyé en visite dans ta maison, à Rochester.

— Tu mens, fit Garin d'une voix sifflante.

— Comme je viens de le dire, ta mère est d'une beauté stupéfiante. Mais quand j'ai frappé à sa porte, il m'a semblé qu'elle manquait de charité envers un pauvre mendiant demandant l'aumône. Elle m'a fait renvoyer par une de ses domestiques.

Il s'approcha de Garin.

— Si je devais me présenter une nouvelle fois chez elle, je pense qu'elle serait obligée de me traiter avec plus d'amitié. À vrai dire, avec plus d'amitié qu'aucune dame ne devrait jamais en avoir pour un étranger.

Il saisit Garin par l'épaule en le regardant d'un air menaçant.

— Tu vois bien que tu restes à notre service...

Livide, Garin leva les yeux vers lui.

— Non ? demanda Rook.

Garin acquiesça légèrement.

— Dis-le, mon garçon.

— Oui, finit par concéder Garin.

— C'est mieux. Nous sommes d'accord là-dessus, maintenant. Dans le mois qui vient, je te ferai parvenir un message au Nouveau Temple. Mon maître a quelques menus services dont il aimerait te voir t'occuper. Et tu pourras lui parler de ce livre que tu as évoqué tout à l'heure.

Rook se dirigea vers la porte, arborant un sourire joyeux.

— Je pense que ça l'intéressera beaucoup.

— Si vous la touchez, je vous tue, murmura Garin tandis qu'il s'en allait.

Rook ne lui accorda pas un regard.

Quand la porte se referma sur lui, Garin jeta la bourse sur sa paillasse.

Les portes noires à double battant s'ouvrirent et Will vit le chevalier John sortir du logement du visiteur. Cela faisait plus d'une heure que Will se trouvait dans le couloir. Juste après qu'on lui eut demandé d'attendre dehors, il avait vu Everard quitter les lieux et revenir quelques minutes plus tard avec le chevalier. Avant de partir en traversant le couloir, John lui lança un regard désapprobateur. Le ventre noué, Will se tourna et découvrit Everard qui se tenait dans l'encadrement de la porte. Le prêtre lui fit signe d'entrer. Will s'avança dans la pièce. Everard ferma les portes derrière lui, puis se plaça à côté de l'âtre pour réchauffer ses mains noueuses auprès des flammes.

— Assieds-toi, lui ordonna le visiteur en désignant un des tabourets autour de la table.

Will traversa la pièce, les bruits de ses pas étouffés par les tapis, puis il prit place en gardant sagement les mains sur ses cuisses.

— Je suis désolé d'avoir bu le vin du Sacrement, maître, commença-t-il.

Il avait répété tout un discours pendant qu'il était dans le couloir.

— J'avais manqué le souper et j'étais assoiffé. Mais vraiment, je suis désolé et…

En voyant que ses excuses ne semblaient pas émouvoir le moins du monde le visiteur, la voix de Will s'était faite de plus en plus ténue, au point qu'il avait laissé sa phrase inachevée.

— Je suis content de voir que tu te repens, mais je crains que ce ne soit pas suffisant. C'est une grave offense que tu as commise. Dans d'autres circonstances, on t'amènerait devant le chapitre hebdomadaire, on t'enlèverait ta tunique et tu serais exclu.

— D'autres circonstances? demanda Will, la voix étranglée.

Le visiteur se cala sur son siège et caressa sa barbe.

— Apparemment, tu as fait preuve de courage et

217

d'initiative à Honfleur. D'après ce qu'on m'a dit, tu es un bon combattant, un jeune homme de talent et plein d'avenir. Tu as gagné le tournoi du Nouveau Temple, me semble-t-il?

Will acquiesça.

— Je ne voudrais pas que le Temple soit obligé de se priver de tes capacités, continua le visiteur. Et Dieu semble veiller sur toi.

Il jeta un bref coup d'œil à Everard, que Will remarqua.

— En tenant compte de ces circonstances, reprit le visiteur, voilà la punition dont nous avons décidé. Dans cinq ans, quand tu en auras l'âge, tu ne prononceras pas les vœux des chevaliers, comme les autres sergents. Tu devras attendre un an et un jour de plus pour être reçu chevalier et obtenir le manteau blanc.

Will agrippa le rebord du tabouret. Six ans? Six ans avant d'avoir le manteau?

— En plus de cela, tu seras fouetté. Puisque tu te comportes en chien, tu seras traité comme tel. Je ne tolérerai pas qu'un sergent désirant devenir guerrier du Christ se comporte en païen barbare. Frère Everard a accepté d'administrer la correction.

Il fit un signe de la tête à Everard.

— Vous pouvez l'emmener, frère.

Avant qu'Everard ne s'incline devant le visiteur, Will crut voir une expression triomphale passer fugitivement sur le visage du prêtre. Puis, complètement hébété, il suivit Everard à travers le couloir, d'où ils débouchèrent dans la cour. Ils marchèrent en silence jusqu'à la chapelle, chaque pas augmentant la crainte de Will. Il n'avait jamais été battu.

Après avoir fermé les portes, Everard le dirigea vers l'autel.

— Dépêche-toi, je n'ai pas toute la nuit.

Will marchait lentement. Quand ils atteignirent l'abside, Everard lui désigna le sol.

— À genoux.

Will s'exécuta, et ses yeux s'arrêtèrent sur la silhouette du Christ, clouée à son crucifix.

— Maintenant, dit Everard en fronçant les sourcils, où est-il ?

Il fouilla sa mémoire quelques instants, puis se rendit dans la sacristie. Le silence s'abattit sur Will et décupla son angoisse. Quand il revint, Everard tenait quelque chose dans la main. En reconnaissant le fouet, les yeux de Will s'agrandirent.

— Enlève ta tunique et allonge-toi sur le ventre.

Will se déshabilla et enleva aussi son maillot de corps. Avec le froid qui régnait dans la chapelle, il eut immédiatement la chair de poule. Puis il se coucha sur les pierres glaciales, bras étendus vers l'avant et paumes contre le sol.

— Pourquoi le visiteur ne m'a-t-il pas renvoyé ? demanda-t-il, espérant retarder de quelques secondes le moment inévitable où le fouet viendrait claquer sur son dos. Je le mérite.

— Nous avons considéré que ton expulsion ne servirait les intérêts de personne, dit posément Everard. Et de cette manière, nous aurons toi et moi quelque chose dont nous avons besoin.

— Je ne comprends pas, fit Will en commençant à se retourner, mais Everard le bloqua en lui posant le pied sur le dos.

— Tu restes un sergent du Temple, expliqua Everard. Et moi, je gagne un apprenti.

— Un apprenti ? l'interrogea Will en tressaillant car il l'entendait agiter le fouet au-dessus de lui. Qu'est-ce que vous voulez dire ?

— Je veux dire, répondit Everard avec une lenteur délibérée, qu'à partir d'aujourd'hui, tu es un sergent du Temple de Paris. Et que je suis ton nouveau maître.

Will entendit le fouet fendre l'air, puis la douleur lui traversa le dos comme un éclair et lui arracha un cri. Tandis qu'elle se répandait en lui, il enfonça ses ongles dans les pierres, comme s'il essayait de les broyer entre ses mains. Il entendit à peine le claquement suivant mais la douleur fut pire encore, car maintenant il l'anticipait. Le fouet tomba et lui lacéra le dos à plusieurs reprises. Il était au bord de la nausée. Il fermait les yeux, pleurait, rageait.

Quand il eut fini, Everard enroula le fouet autour de sa main. Will, le souffle court, posa sa joue à même le sol.

— Lève-toi.

Will avait le dos en feu et les jambes en coton. Il se redressa et prit une grande inspiration avant d'enfiler sa tunique sur sa peau martyrisée. Il se serait roulé par terre tant le contact avec le coton était douloureux, mais il ne voulait pas donner au prêtre cette satisfaction : perdre sa fierté aurait été bien pire.

Les joues d'Everard avaient pris un peu de couleur à cause de l'exercice.

— Pourquoi...

Will dut s'arrêter et serrer les dents à cause de la douleur lancinante dans son dos.

— Pourquoi avez-vous besoin d'un sergent? Vous êtes prêtre...

— Je recueille et traduis des manuscrits de médecine, de mathématiques, de géométrie et d'astronomie, entre autres, répondit Everard en jetant négligemment le fouet sur un banc. Mais si les soixante-dix années que j'ai vécues en ce bas monde m'ont apporté quelque sagesse, elles n'ont pas été aussi clémentes avec mon corps. Ma vue décline, j'ai besoin d'un secrétaire.

— Un secrétaire? répéta Will en essayant de contenir sa colère.

— Cela fait des mois que j'en demande un au visiteur, mais il ne m'a jusque-là affecté aucun sergent pour cette tâche.

Everard ébaucha un sourire.

— C'est une bonne fortune que tu sois venu à moi,

fit-il en souriant toujours plus. Et que tu aies choisi de profaner le Sacrement.

Incrédule, Will fixait le prêtre.

— Un secrétaire? reprit-il.

— À la différence des camarades de ton âge et de ton rang, tu sais lire et écrire.

— Je veux devenir *chevalier*, pas copiste!

— Crois-tu qu'un Templier n'utilise que son épée, mon garçon?

Everard secoua la tête.

— Ton précédent maître t'a enseigné à manier ton arme. Je t'apprendrai à exploiter les ressources de ton esprit. Si tu en as, ajouta-t-il en scrutant Will. Maintenant, retourne à tes quartiers. Demain, après les matines, viens à ma chambre. Tu commenceras par nettoyer le sol. D'après l'odeur qui y règne, je suis à peu près sûr qu'un des chats y est entré.

— Non.

— Non?

— Je ne ferai pas ça!

— Pars, dans ce cas.

Will ouvrit la bouche pour répondre, mais il se ravisa. Il regarda le prêtre, incertain de la marche à suivre.

— Quoi?

— Pars, je ne t'en empêcherai pas.

Will était abasourdi.

— C'est une plaisanterie?

— Non.

— Très bien, reprit Will au bout d'un moment, et il fit quelques pas en direction de la porte.

— Passe cette porte, mon garçon, dit le prêtre dans son dos, et ne t'arrête pas avant d'avoir quitté la commanderie. Tu n'es plus sergent de l'Ordre du Temple. Je te libère de tes liens.

— Ce n'est pas...

— Si tu n'obéis pas à ton maître, tu n'as aucune raison de rester ici.

Will se tenait dans l'allée, à mi-chemin entre les portes et l'autel. Il ne désirait pas autant que les autres sergents être chevalier : combattre les infidèles au nom de la Chrétienté, servir Dieu et obtenir la puissance et les privilèges que tout cela apportait. En revanche, Owein lui avait dit que porter le manteau ferait de lui un homme neuf, qu'il naîtrait de nouveau, purifié de tous ses péchés antérieurs. Cela, Will l'avait entendu. Le manteau avait de l'importance, il signifiait l'absolution. Il fallait que son père le voie dans ce manteau. Ainsi, il ne resterait pas à jamais le garçon qui avait tué sa sœur.

— Je ne partirai pas, murmura-t-il.

— Très bien, sergent Campbell. Nous nous verrons à l'aube.

Everard regarda Will marcher d'un pas traînant vers la sortie. Quand il fut parti, le prêtre commença à préparer l'autel pour les complies.

Quelques minutes plus tard, les portes s'ouvrirent et un homme en cape grise pénétra dans la chapelle.

— Ah, te voilà, dit Everard en le regardant s'avancer dans l'allée. Je suppose que tu viens de donner ta version de la bataille ?

— Oui, frère, répondit Hasan. J'ai dit au visiteur que j'étais à Londres pour rencontrer un de tes contacts, un libraire.

— Il ne t'a pas interrogé plus avant ?

Everard plaça le bréviaire qu'il tenait sur l'autel et s'approcha de Hasan, qui secoua la tête en signe de dénégation.

— Tant mieux. Nous ne pouvons nous permettre d'autres difficultés. La mort de Jacques nous a fait déjà beaucoup de mal. Il nous faut retrouver le livre le plus vite possible. Même si Rulli l'avait déjà livré au commanditaire du vol au moment où tu l'as attrapé, il est probable qu'il soit encore en ville. Jacques t'a-t-il dit ce qu'il en pensait quand vous étiez au Nouveau Temple ?

— Il partageait ton inquiétude. Lui aussi pensait que

celui qui le détenait pourrait s'en servir comme d'une preuve pour révéler l'existence de l'Anima Templi et exposer nos buts.

Hasan s'assit sur un banc et aperçut le fouet à côté de lui.

— Quelqu'un a eu des problèmes ?

Everard grogna et récupéra le fouet.

— Le fils de James Campbell, si tu peux croire ça.

— Le fils de James ?

— William, un sergent du Nouveau Temple. Il est venu de Londres sur le même bateau que toi. Je viens d'en faire mon apprenti.

Hasan fronça les sourcils.

— William ? C'est celui dont je t'ai parlé, qui me suivait à Honfleur. Tu crois qu'il est au courant ?

Everard réfléchit un moment, puis secoua la tête.

— James sait ce qui est en jeu. Il ne lui en aurait pas parlé. Et le garçon n'avait pas l'air de savoir qui je suis. Il était simplement curieux, à Honfleur. D'ailleurs, ce ne serait pas le premier à faire preuve de curiosité à ton égard, Hasan.

Everard se dirigea vers la sacristie.

— Et puis il me rendra service, ajouta-t-il.

Hasan regarda Everard ranger le fouet sur une étagère.

— Je sais que tu cherches un sergent depuis longtemps, frère. Mais si je peux me permettre, je ne suis pas certain que c'est ce que James avait à l'esprit quand il t'a demandé de veiller sur son fils.

— Mais je ne pourrais pas mieux m'en occuper, répondit abruptement le prêtre. Il n'a plus de maître. Qu'est-ce que tu crois que James aurait voulu ? Qu'on le renvoie seul en Angleterre, ou que je le garde sous mon aile ?

Hasan hocha la tête, ne voulant pas s'opposer à Everard.

— Peut-être que nous devrions repenser à contacter nos frères du Cercle pour les informer que le livre a été volé, dit-il.

— Nos frères en Orient ont des missions à accomplir. La guerre contre les Mamelouks est imminente. Il faut qu'ils restent concentrés pour surmonter les épreuves qui ne vont pas manquer de leur échoir.

— Mais sans leur soutien, retrouver le livre va être extrêmement difficile. Peut-être impossible. Si par malheur *Le Livre du Graal* était révélé au monde, et si l'existence de l'Anima Templi était prouvée, alors tout ce pour quoi nous avons combattu périrait.

— C'est ma responsabilité, Hasan, répondit fermement Everard. Je m'en occupe.

Il se gratta le front d'un air contrarié.

— Ce salaud d'Armand[1] ! s'exclama-t-il soudain. Il fallait que le grand maître ait sa cérémonie, il ne pouvait pas s'en passer !

Il soupira et regarda Hasan.

— Depuis sa rédaction, ce livre est une pierre que je porte au cou. Quand Armand est mort à la Forbie, j'aurais dû le détruire au lieu de le rapporter à Paris. À cause de moi, nous risquons de perdre tout ce que nous construisons depuis tant d'années. Notre travail est trop important pour le monde entier, Hasan, nous ne pouvons permettre qu'il soit ruiné.

— Ce n'est pas ta faute, mon frère.

— Ah, non ? Pourtant c'est moi qui ai écrit ce maudit livre, personne d'autre. Et c'est la vanité qui me l'a fait conserver, Hasan.

Everard secoua la tête.

— La vanité, répéta-t-il.

Hasan resta silencieux un moment, sans savoir quoi répondre. Pour finir, il plongea la main dans son sac et en tira un parchemin jaune qu'il tendit à Everard.

— J'ai trouvé ça sur Jacques après sa mort. Je ne voulais pas que quelqu'un le trouve.

Le prêtre s'en saisit avec un geste las.

1. Armand de Périgord, grand maître du Temple (1232-1245?).

— L'a-t-il lu?

— Oui. Il était content que James soit parvenu à réaliser tant de choses à l'intérieur du camp mamelouk en aussi peu de temps.

Hasan resta silencieux quelques instants.

— Parleras-tu à ton nouvel apprenti de l'implication de son père? finit-il par demander.

— Non, répondit Everard en déchirant le parchemin, il a encore beaucoup à apprendre.

DEUXIÈME PARTIE

16

Safed, royaume de Jérusalem

19 juillet 1266 après J.-C.

James Campbell se leva et se signa face à l'autel. La chapelle était fraîche et silencieuse. Ce n'était pas encore l'aube et, à l'exception des gardes qui patrouillaient sur le mur d'enceinte, tous les habitants de la forteresse étaient encore endormis. James s'était levé tôt car il voulait profiter du calme de la chapelle quand elle était vide, un calme qui lui permettait d'oublier, ne serait-ce que quelques instants, où il se trouvait. Quand les cloches sonneraient les matines, les travées se rempliraient d'une foule si compacte que les derniers arrivés devraient s'agenouiller à l'extérieur. Depuis trois semaines, il en allait de même tous les matins. Auparavant, seuls les cinquante chevaliers et les trente sergents qui constituaient la garnison de Safed se levaient à l'aube pour assister au premier office dans l'intimité de la chapelle. Mais maintenant, toute la population avait des raisons de prier et les prêtres n'avaient pas le cœur à l'en empêcher.

— Pour affronter les jours qui viennent, toutes les prières sont les bienvenues, avait dit frère Joseph.

Tournant le dos à l'autel, James traversa l'allée centrale.

Il s'arrêta près d'une statue qui montait la garde près de la porte. Les yeux de saint Georges étaient tournés vers les voûtes du plafond, comme son épée qu'il dressait triomphalement. Sur sa poitrine était sculptée une croix et il écrasait de son pied gauche un serpent agonisant. Ainsi figée, la mâchoire de l'animal était déformée d'étrange manière. James se pencha pour toucher le pied du saint.

— Protège-nous.

Les portes s'ouvrirent et une silhouette en manteau blanc, à la carrure imposante, pénétra dans la chapelle. À la lumière des bougies, les cheveux et la barbe du chevalier, épais et secs comme de la paille, décolorés par le soleil, prirent une teinte dorée.

— Je pensais bien te trouver ici, dit-il avec un sourire.

Lors de ses récents tours de garde sur la muraille, sa peau avait brûlé par endroits, et les coins de ses yeux étaient plissés à cause de l'éblouissement constant.

— Crois-tu que Dieu t'ait écouté aujourd'hui, frère?

James leva les yeux vers le chevalier, qui était plus grand que lui d'une bonne tête. Lui-même n'était pourtant pas petit ou mal bâti, mais il se sentait toujours minuscule en présence de cet homme de haute taille.

— Dieu nous écoute toujours, Mattius.

— Je me demande parfois comment Il peut nous entendre alors que nous Lui parlons tous en même temps, dit Mattius en haussant les épaules. Mais j'espère que tu as raison. Ils préparent un autre assaut. Le commandant croit qu'ils vont le lancer dès l'aube, il veut que nous allions sur les remparts.

James se força à afficher un sourire déterminé et prit le chemin de la sortie.

— Quand nous les aurons repoussés une fois de plus, tu seras bien obligé d'admettre qu'Il nous écoute.

Les deux hommes quittèrent la chapelle et traversèrent l'enceinte intérieure plongée dans une obscurité complète. La chapelle, les celliers et les citernes qui occupaient l'espace central avaient l'air moins hauts en raison des murailles de pierre qui les entouraient. À un bout de l'enceinte se trouvait le donjon massif qui accueillait les quartiers des chevaliers, des prêtres et des sergents. À ses côtés, le long de l'enceinte, des tours hébergeaient l'infirmerie, l'armurerie, la draperie et les cuisines.

Les deux chevaliers marchaient rapidement en direction d'une poterne située à la base de la muraille. Affaibli par la distance, le son des marteaux leur parvenait depuis l'enceinte extérieure. En passant près de l'infirmerie, ils entendirent également des gémissements plaintifs. Une fois franchie la poterne, ils empruntèrent un passage nauséabond qui traversait le mur de presque quatre mètres d'épaisseur. Par une ouverture grillagée dans le plafond, la lumière ténue d'une torche leur éclairait le chemin. Au-dessus se trouvait la galerie depuis laquelle on pouvait verser, au besoin, de l'huile bouillante. Au bout du passage, Mattius ouvrit une porte et franchit le seuil. Les gardes affectés à la poterne se retournèrent en mettant la main sur la poignée de leurs armes, mais ils se calmèrent immédiatement en reconnaissant les deux chevaliers.

— Content de voir que vous n'êtes pas endormis, commenta Mattius en fermant la porte, renforcée à l'extérieur par des plaques d'acier.

Puis il tapa dans le dos d'un des gardes, ce qui le surprit et le fit trébucher.

— Mais je ne pense pas que le danger viendra de *l'intérieur*, ajouta-t-il d'un ton moqueur.

— Il se pourrait fort bien que tu te trompes, Mattius. C'est de l'intérieur que tombent la plupart des forteresses, fit James.

Mattius poussa un grognement et le suivit à travers des passages étroits bordés de bâtiments et des espaces plus larges remplis de gens dormant autour de feux de camp, au pied des tours. Une odeur puissante de fumier, pas désagréable mais légèrement écœurante, s'élevait des enclos et des étables où l'on avait parqué les animaux. Par-dessus les appels des gardes, le murmure des habitants qui s'éveillaient et les hennissements des chevaux, retentissait l'omniprésent vacarme des maçons réparant à coups de marteaux la barbacane. Les tourelles étaient reliées entre elles par des chemins de ronde où se pressaient archers et mangonneaux. Les langues jaunes des torches projetaient sur les remparts les ombres vacillantes des hommes. En temps de paix comme pendant les sièges, l'enceinte extérieure servait de caserne pour les soldats et les domestiques. Si l'ennemi transperçait la muraille extérieure, les défenseurs de la forteresse pourraient déverser sur lui un déluge de liquides bouillants, de pierres et de flèches. La garnison se réfugierait dans la première enceinte et transformerait Safed en forteresse à l'intérieur de la forteresse : c'était l'un des domaines les plus imprenables des croisés en Outremer. La fierté du Temple.

Tout en marchant, le regard de James papillonnait d'un groupe à l'autre. Sur leur passage, une partie des troupes levait les yeux vers eux avec une expression d'espoir mêlé de crainte. Outre les chevaliers, les sergents et les domestiques, Safed accueillait une garnison de mille six cents soldats chrétiens de Syrie, des mercenaires légèrement armés recrutés pour renforcer la défense de la forteresse. James évaluait leur nombre. Il avait abandonné sa plume à Londres, mais les années passées à tenir des registres à Balantrodoch exerçaient encore leur influence sur lui et il continuait à observer le monde selon les critères binaires, positif ou négatif, des livres de compte. Tout s'envisageait en fonction des chiffres, de leur manière de s'équilibrer. Tant de provisions pouvaient nourrir tant de personnes pendant tant de temps : plus il y avait de bouches à nourrir, plus la durée était courte. Il est vrai que les réserves d'eau et de nourriture étaient loin d'être épuisées pour le moment. Mais personne ne pouvait dire pendant combien de temps ils seraient assiégés ici, sans pouvoir sortir de Safed ni envoyer un message pour demander des renforts. Les sièges pouvaient durer des mois.

— Ils auraient au moins pu amener quelque chose d'utile, grommela Mattius en regardant un homme et une femme avec trois enfants squelettiques qui partageaient une couverture près d'un feu.

James suivit son regard et ses yeux tombèrent sur un petit entassement de marmites et de casseroles posées à même le sol, à côté de la famille. Dans son sommeil, l'homme gardait sa main posée sur le monticule, comme s'il craignait que quelqu'un ne les lui vole. James imagina la scène : une ferme en briques, perdue au milieu des pâturages. En entendant le grondement lointain des sabots et en voyant approcher les étendards, ils avaient attrapé marmites et casseroles sur une étagère avant de prendre la fuite à travers champs, la mère portant le plus jeune dans ses bras, le père jetant sans cesse des regards angoissés derrière lui.

— Après la bataille de Mansourah, répondit James, quand les forces égyptiennes ont dévasté le camp de Louis, le frère du roi a été sauvé par des cuisiniers brandissant des poêlons. Presque tout peut servir d'arme.

La mâchoire de Mattius se contracta tandis qu'il levait les yeux vers le ciel, à la recherche de l'inspiration.

— Une plume ?

James sourit légèrement. Une lueur d'amusement passa dans ses yeux et ses traits s'adoucirent, le faisant paraître plus jeune de quelques années.

— Évidemment. Avec une plume, tu peux signer l'arrêt de mort d'un homme, rédiger des textes de loi ou des édits, et même déclarer des guerres.

Ils montèrent une volée de marches étroites menant aux remparts.

— Je pensais à quelque chose d'un peu plus adapté à notre situation actuelle, répondit Mattius tandis qu'ils dépassaient une rangée d'archers agenouillés le long des meurtrières qui perçaient le mur à intervalles réguliers.

— Je suppose, répliqua James, ravi de leur joute verbale,

que la pointe d'une plume est assez solide pour aveugler un homme.

— Et une fleur, alors?

James ouvrait la bouche avec une repartie toute prête à lancer, quand son regard tomba sur un groupe de jeunes gens qui se tenaient un peu plus loin sur le chemin de ronde. Les cinq sergents templiers avaient été affectés à la garnison de Safed deux mois plus tôt. Ils arrivaient tout droit d'Acre, où on les avait entraînés. Il les vit se redresser sur leur passage. La lumière des torches éclaira leurs visages imberbes et pâles.

— Dieu Tout-Puissant, Mattius, ils sont plus jeunes que mon fils.

Mattius nota que le visage de son ami était soudain devenu grave, toute trace d'humour ayant disparu.

— Comment va-t-il? demanda-t-il avec jovialité. Ne t'a-t-il pas annoncé, dans sa dernière lettre, qu'il a prononcé ses vœux?

Mattius connaissait déjà la réponse puisque James lui avait lu la lettre dès qu'elle était arrivée. James le savait bien mais il apprécia la tentative que faisait son camarade pour lui changer les idées.

— William va bien, frère. Oui, il est désormais chevalier. J'étais inquiet pour lui quand j'ai eu des nouvelles à l'époque où j'étais en Acre. La mort de son maître, Owein, était un coup dur et il avait l'air perdu et malheureux à Paris. Mais il a visiblement trouvé un certain équilibre et son maître, Everard, lui a semble-t-il beaucoup appris. Son écriture est meilleure que la mienne.

— Pas étonnant avec ce vieil érudit, fit Mattius en souriant.

— J'aurais aimé être là pour ses débuts. J'ai l'impression que cela fait une éternité que je ne l'ai pas vu.

— Tu le reverras bien assez tôt. Quand l'Occident saura ce qui nous arrive, ton fils viendra avec une armée pour combattre à nos côtés.

James se retourna pour jeter un coup d'œil aux sergents.

— Et nous aurons beaucoup de choses à discuter.

Après avoir prononcé ces mots, James sombra dans le silence jusqu'à ce qu'ils atteignent une tour dans le coin des remparts.

Il avait été fou de joie en recevant la lettre de Will l'informant qu'il avait reçu la robe, mais la joie avait bientôt été mêlée au regret et à la jalousie. En un sens, il éprouvait bien sûr une reconnaissance infinie envers Everard, qui s'était occupé de son fils. Quand Jacques de Lyons, impressionné par son habileté pour la diplomatie et sa connaissance de l'arabe, avait décidé de le faire entrer dans l'Anima Templi, James n'avait rencontré Everard qu'une fois avant que celui-ci ne lui demande de remplir une mission en Orient. À ce moment-là, James avait été submergé par l'excitation : la mission qu'on lui confiait était vitale pour les desseins de l'Anima Templi, auxquels il croyait du plus profond de son être, et il pensait avoir une chance de la mener à bien. Il avait accepté à la condition qu'Everard garde un œil sur Will et que son fils ne reste pas sans protection au cas où quelque chose lui arriverait. Mais bien qu'il fût content que le prêtre ait pris le garçon sous son aile après la mort d'Owein, il déplorait de n'avoir pas pu l'élever lui-même et de n'avoir pas été là pour son initiation.

Ces dernières semaines, Will avait été de plus en plus présent dans ses pensées. Peut-être parce qu'il pouvait craindre aujourd'hui de ne jamais le revoir, de ne jamais plus l'étreindre, ou de ne pouvoir lui dire à quel point il était désolé d'être parti sans un mot d'explication. Lorsqu'il s'était tenu prêt au départ sur les quais de la commanderie du Nouveau Temple, James n'avait eu qu'une envie : prendre son fils désemparé dans ses bras et lui dire qu'il ne le blâmait plus pour la mort de Mary, qu'il devait partir pour faire quelque chose d'important, quelque chose qui pourrait changer le monde. Mais il n'avait été capable que de serrer sa main dans la sienne. Alors qu'ils approchaient de la tour d'angle, James observa le colosse qui marchait à ses côtés. Mattius avait été un véritable ami pour lui ces dernières années, mais il ne savait rien de la raison pour laquelle il était en Terre sainte, ou de ce qu'il faisait en plus de ses obligations pour le Temple lors de ses diverses affectations dans des garnisons comme Safed. Il arrivait parfois à James d'éprouver une solitude si pesante qu'elle aurait pu l'écraser. Ses filles lui manquaient, avec l'odeur de leurs cheveux et leurs rires joyeux. Tout comme la chaleur du corps de sa femme contre le sien. Il aurait aimé que son fils soit là, bien sûr, pour lui apporter le réconfort dont il ressentait cruellement le besoin. Dans ces moments-là, il lui fallait se souvenir que le plus important n'était pas sa famille, ni ses amis, ni même son devoir envers le Temple, mais sa mission. C'est pour eux, se disait-il, qu'il l'accomplissait.

James franchit l'entrée de la poterne à la base de la tour et s'y engouffra avec Mattius, puis ils commencèrent à gravir l'escalier en colimaçon. Un vent glacial tourbillonnait en leur envoyant de la poussière dans les yeux. Au fur et à mesure de leur ascension, le vent devenait de plus en plus fort, à l'instar de la lueur des torches. Parvenus en haut, ils émergèrent par un trou sur le toit crénelé de la tour. Le ciel commençait à s'illuminer, les étoiles déclinaient en prenant une teinte bleu turquoise. Un homme petit et trapu, au visage tanné, se retourna quand ils arrivèrent. Avec lui se trouvaient huit autres Templiers, deux sergents et le capitaine des soldats syriens.

— Bonjour, frères.

James s'inclina.

— Commandeur.

— J'espère que vous avez bien dormi, la journée pourrait être longue.

— Mattius m'a informé de la possibilité d'un assaut, maître.

Le commandeur se dirigea vers le parapet.

— Venez voir par vous-même.

James le suivit et regarda à l'extérieur. Safed était situé sur une grande colline rocheuse et escarpée, offrant ainsi un avantage stratégique sur toutes les terres environnantes. La forteresse faisait partie des castelets des croisés dans la vallée du Jourdain. Située sur la route de Damas en Acre, elle permettait d'observer au sud jusqu'au gué de Jacob, et vers le nord par-delà la rivière du Jourdain. De jour, on pouvait contempler l'étendue des collines et des pâturages ainsi que les villages sous sa domination. À une petite dizaine de kilomètres au sud, le Jourdain se déversait dans la mer de Galilée et les champs s'élevaient soudain en montagnes de granit rose. Malgré l'obscurité, James vit l'immense armée mamelouke couvrir tout l'espace au pied de la forteresse. Des milliers de torches brûlaient en projetant un halo digne de l'enfer sur le campement où s'entassaient tentes, chariots, chevaux, chameaux et bannières agitées par le vent. À certains endroits, l'éclairage permettait de discerner des hommes en cape et en turban de toutes les couleurs se déplaçant entre les structures spectrales des engins de siège qui se dressaient sur la plaine comme des monstres.

— Ils ont l'air encore plus nombreux qu'hier, murmura James. Ont-ils reçu des renforts ?

— Pas de renforts, répondit le commandeur. La nuit dernière, après votre départ, ils ont envoyé des hérauts pour nous informer qu'ils avaient capturé deux cents chrétiens de plus dans les villages environnants. Nous les avons vus, ils les avaient mis en cage.

— Mon Dieu.

— Ils auraient dû fuir quand ils en avaient encore la possibilité. On ne peut plus rien faire pour eux.

James eut envie de protester, mais il n'en fit rien. Aussi cruelles que fussent les paroles du commandeur, il savait qu'il avait raison.

Le commandeur pointa de l'index une zone ténébreuse

en bas de la colline, où un chemin raide et sinueux menait jusqu'à la barbacane qui défendait le pont de la forteresse.

— Regardez.

James et Mattius, qui venaient de les rejoindre, se penchèrent pour observer dans la direction qu'il leur indiquait. En scrutant les ténèbres, James devina des silhouettes humaines s'activer autour d'une forme longue et rectangulaire perceptible uniquement parce qu'elle était d'un noir plus profond que l'obscurité alentour.

— Ils ont construit un chat[1].

Le commandeur hocha la tête.

— Oui, et ça pourrait nous poser problème. Nous venons tout juste de finir de réparer les dégâts causés par les deux premières attaques sur la barbacane.

Il eut un rire amer.

— Et dire que ce n'était même pas leur objectif. Si ce boulet n'avait pas dévié autant de la trajectoire qu'ils voulaient lui faire prendre... dit-il en secouant la tête. Ils savent que c'est un point faible, maintenant.

James s'aperçut qu'il n'entendait plus les marteaux : on avait dû éloigner les maçons, une fois leur travail terminé. Il fronça les sourcils en étudiant le chat. En raison de son énorme châssis monté sur roues, les Mamelouks devraient l'approcher au pied des remparts pour qu'il leur soit utile. De l'abri qu'il leur fournirait, les hommes surgiraient sur le pont, à moins qu'ils n'attachent un bélier à tête d'acier sur son toit. Cet engin pourrait à l'évidence poser problème, toutefois, il était possible de l'affronter.

— On pourrait lancer des explosifs ? proposa James.

— Ils se seront préparés à cette riposte. J'imagine qu'ils auront protégé le toit en le recouvrant de cuir bouilli dans le vinaigre.

C'était le plus probable en effet, pensa James, le cuir

1. Chat : engin d'approche sur roues, recouvert d'un toit. *(N.d.T.)*

bouilli dans le vinaigre étant quasiment impossible à incendier.

— Une unité, dans ce cas ?

— J'en ai déjà envoyé une. La nuit dernière nous avons remarqué un regain d'activité dans le campement, c'est ce qui nous a donné le premier signe d'une attaque à l'aube. Nous avons envoyé un groupe de Syriens à travers l'un des tunnels. La sortie dissimulée débouche à proximité des engins de siège de l'ennemi. Les Syriens n'ont pas pu s'approcher assez près pour entendre ce que racontaient les soldats, sinon ils auraient risqué de compromettre leur position. Mais ils les ont vus charger leurs engins.

Le commandeur fit un geste vers l'extrémité du campement.

James regarda les vingt-sept mangonneaux que les Mamelouks appelaient mandjaniks, et qu'ils avaient alignés à intervalles réguliers en bas des remparts. Pour l'heure, leurs longs madriers rotatifs étaient immobiles. Chacun de ces madriers était incliné à la diagonale du bâti auquel il était fixé. L'extrémité surélevée, qui faisait office de contrepoids, était maintenue en place par un système complexe de cordes, et l'autre côté, creusé pour recevoir les projectiles, reposait sur le sol. La cavité pratiquée pouvait accueillir une pierre pesant jusqu'à cent cinquante kilos. Pendant l'attaque, on tirerait grâce aux cordes la partie faisant contrepoids. L'extrémité du madrier où était placé le projectile viendrait percuter une poutre en haut du bâti, catapultant ainsi sa charge à l'intérieur des murs de Safed.

James s'arracha à sa contemplation lorsque le commandeur reprit le fil de son exposé.

— Une fois de plus, l'assaut principal de l'ennemi reposera en grande partie sur la faculté de ses mangonneaux à percer une brèche dans nos murs. Nous concentrerons nos archers et nos propres engins sur leurs positions. Pour le moment, ils sont hors de portée mais ils devront bien s'approcher quand la bataille commencera.

— Commandeur, êtes-vous certain que la forteresse puisse résister à une attaque prolongée?

James, Mattius et le commandeur des Templiers se retournèrent. L'homme qui venait de parler était le capitaine des soldats chrétiens de Syrie. Il les étudiait de ses yeux noirs.

— Ne ferions-nous pas mieux de proposer une reddition tant qu'il en est encore temps? Nous pourrions encore obtenir des conditions acceptables.

— Reddition? se moqua le commandeur. Ne serait-ce pas un peu prématuré? Nous les avons déjà repoussés deux fois sans trop subir de pertes.

— Ces dernières années, commandeur, j'ai étudié notre ennemi. Je connais ses stratégies. J'étais en Acre il y a trois ans, quand le sultan a pris la ville d'assaut.

— Moi aussi, j'y étais, dit James en voyant les traits du commandeur se durcir. Le combat a été féroce, certes, mais le sultan n'a pas pris la ville, pas plus que sa tentative du mois dernier n'a réussi.

Le capitaine syrien regarda en contrebas l'armée immense des Mamelouks.

— Ses soldats l'appellent l'Arbalète. Ils prétendent qu'il n'aura de cesse que tous les chrétiens qui vivent ici soient morts. Mais je suis né ici, mes hommes et moi avons plus de droit sur cette terre que lui.

— Raison de plus pour se dresser contre lui et l'affronter, dit le commandeur avec force. Ce serait une pure lâcheté de plier aussi rapidement devant un ennemi auquel nous avons jusque-là résisté.

— Je ne suis pas lâche, commandeur, mais cette forteresse a déjà été prise une fois par Saladin, et ce sultan n'a pas le sens de l'honneur de son prédécesseur.

Le commandeur croisa les bras sur sa poitrine.

— Depuis vingt-six ans que nous avons reconquis Safed, nous avons dépensé des fortunes pour consolider ses fortifications. Elles sont bien plus résistantes aujourd'hui qu'à l'époque où les forces de Saladin les ont assiégées. Nous serions en mesure de contenir l'ennemi pendant des mois ou des années, si nous le devions. Le sultan ne souhaite pas que la campagne s'éternise : cela lui coûterait trop cher. Et je ne lui donnerai pas la satisfaction d'une victoire rapide.

Il tapota le bord du parapet et sourit froidement.

— Ce n'est pas du simple mortier qui soutient ces murs, c'est la volonté de Dieu.

Tandis que les cloches de la chapelle sonnaient les matines, James détailla l'enceinte. Les remparts de Safed, réguliers et lisses, étaient gardés par des tours sans visage et des soldats prêts au combat. Cette vision l'emplit d'espoir. Mais il regarda de nouveau du côté des forces extraordinaires réunies par le sultan Baybars, avec ses machines capables de détruire n'importe quelle fortification, ses archers et ses armements. L'éclaireur qu'il avait envoyé dehors n'avait pas trouvé la trace de son contact à l'intérieur du campement. Et soudain, tout espoir lui sembla vain.

17

Porte Saint-Denis, Paris

19 juillet 1266 après J.-C.

— As-tu confiance en moi?
— Bien sûr.
— Alors ferme les yeux.
Will s'exécuta en soupirant. Il se redressa sur ses coudes et l'herbe lui chatouilla la nuque.
— On ne pourrait pas manger?
Il entrouvrit un œil et vit qu'Elwen fouillait dans le sac qu'elle avait apporté. Elle était agenouillée auprès de lui et sa robe blanche, délicatement lacée sur ses hanches et sur ses manches, s'étalait joliment autour d'elle. Elle avait enlevé son bonnet et ses cheveux retombaient en tresses rebelles sur son dos. Ce jour était marqué du sceau du bonheur. Le champ où ils se trouvaient descendait en pente douce jusqu'à l'enceinte de la ville où les têtes pourpres des chardons, dont certaines avaient la taille d'un homme, oscillaient au gré du vent. Derrière les murs, Paris était un joyau blanc qui scintillait dans la lumière zénithale. À cette distance, il oubliait ce que la ville avait de sinistre et

de bruyant, il ne voyait plus que sa magnificence. Elwen se tourna vers lui et Will sourit en refermant l'œil.

— Qu'est-ce qui te fait sourire?

— Tes idées saugrenues.

— Si tu n'aimes pas mes jeux...

— Oh, je vais jouer, l'apaisa-t-il rapidement en sentant au ton de sa voix que sa réponse l'avait irritée. D'autant que je vais gagner.

— Peut-être voudrais-tu qu'on parie là-dessus?

— Et qu'est-ce que je miserais? Contrairement à toi, je ne suis pas payé pour mes services.

Une ombre passa sur lui, assombrissant d'un coup la lueur rouge du soleil qu'il percevait à travers ses paupières. Puis il sentit la manche d'Elwen lui frôler la joue.

— Tu pourrais miser ton cœur.

Il sourit, bien qu'il ne pût déterminer au son de sa voix si elle était satisfaite de ses réponses. Puis il sentit quelque chose de dur contre ses lèvres et il ouvrit la bouche pour l'accueillir. Il mâcha lentement et une saveur nettement identifiable lui piqua la langue.

— Pomme. C'était facile.

— Le suivant sera plus dur.

Will attendit en écoutant le bourdonnement des abeilles dans l'herbe haute. Elwen fouilla de nouveau dans son sac.

— La reine n'attend-elle pas ton retour?

— Non, répondit-elle vivement, j'ai tout l'après-midi pour moi.

Will secoua la tête, jaloux de la liberté d'Elwen. La plupart des femmes de dix-neuf ans en étaient à leur cinquième ou sixième année de mariage, elles avaient depuis longtemps abandonné leurs droits et leurs terres pour les offrir en dot à leurs maris. Tandis qu'Elwen, toujours demoiselle, et dame de compagnie de la reine Marguerite, jouissait de grands privilèges. Si elle l'avait désiré, elle aurait même pu investir l'argent qu'elle gagnait dans une propriété. Sans compter que, du fait qu'elle avait entretenu durant ces six années une grande proximité avec sa maîtresse, cela lui avait assuré une liberté plus grande que celle que Will connaîtrait jamais, attaché comme il l'était au Temple et à Everard.

— Je travaille beaucoup et tu ne me récompenses guère, ajouta Elwen en voyant l'expression désabusée de Will. Continue à fermer les yeux.

Elle posa contre ses lèvres quelque chose de friable dont l'odeur était douce.

Le jeu dura ainsi un moment. Will reconnut le gâteau aux amandes, l'œuf et le fromage, et fit une grimace quand elle lui présenta le citron, ce qui fit rire Elwen aux éclats.

— Bon, ça suffit, dit-il finalement en recrachant une pincée de sel.

Il s'assit et ouvrit les yeux, qui clignotèrent un moment à cause de l'éblouissement.

— J'ai gagné, non?

— Non! s'exclama Elwen en le repoussant sur le dos. Un dernier.

— Elwen..., gémit-il.

— Allez, un de plus.

— Très bien, fit-il en lui jetant un regard suspicieux. Mais plus de citron ni de sel.

Elle sourit et il ferma les yeux.

— Et d'abord, où as-tu trouvé toute cette nourriture? Nous mangeons le souper du roi?

Elwen ne répondit pas. Will la sentit se pencher au-dessus de lui. Derrière ses paupières, l'obscurité s'intensifia tandis qu'elle s'approchait. Sa main frôla la sienne et son cœur commença à battre la chamade. Un instant après, quelque chose de soyeux touchait ses lèvres. Il les ouvrit, sachant que ce n'était ni une pâtisserie ni un fruit qu'elles s'apprêtaient à recevoir, mais quelque chose de bien plus délicieux. Will frissonna quand les lèvres d'Elwen se pressèrent contre les siennes, sa langue s'élançant contre la sienne. Depuis qu'il avait reçu le message lui demandant de la retrouver à la porte Saint-Denis, il savait ce qui allait se passer. La passion triompha de la raison et, levant le bras, Will attira Elwen contre lui et profita de la chaleur de son corps contre sa poitrine. Ses cheveux se répandaient comme de l'eau sur ses mains et son visage. Ses doigts se prenaient au piège dans les boucles de la jeune fille. Il se noyait en elle. Et si c'était un péché, il avait le goût et la couleur du miel.

Un faucon crécerelle, qui tournoyait au-dessus du champ à la recherche d'une proie, plongea vers l'herbe en poussant un cri. Le bruit ramena Will à la réalité. Il saisit le bras d'Elwen et la repoussa gentiment.

— Elwen.

— Qu'est-ce qu'il y a? demanda-t-elle en s'asseyant et en fronçant les sourcils.

Will s'assit à côté d'elle. Il évitait de croiser son regard.

— Tu sais bien ce qu'il y a. Nous nous sommes promis de ne plus refaire ça. Pour ne pas risquer de perdre notre amitié. C'est ce que nous avons décidé.

— C'est ce que *toi*, tu as décidé, le corrigea Elwen en se levant.

Elle regarda en direction de la ville en contrebas.

— Et je crois me souvenir que c'était pour ne pas risquer de perdre ton manteau, pas notre amitié.

— Quel manteau? répondit Will en se levant soudainement.

Elwen était habituée à son tempérament emporté mais ses sautes d'humeur réussissaient toujours à la faire sursauter. On eût dit un coup de tonnerre dans le ciel bleu.

Will attrapa sa tunique noire et la lui brandit.

— Est-ce que ça ressemble à un manteau de chevalier, d'après toi?

Elwen soupira.

— Will, murmura-t-elle en secouant la tête, je suis désolée. Je ne voulais pas dire ça.

Mais Will n'était pas décidé à se calmer. Il lui montra ses paumes.

— Est-ce que ces mains ont l'air de porter une épée ?

Le bout de ses doigts était noir. Il avait beau les frotter matin et soir depuis six ans avec toutes les décoctions possibles et imaginables d'herbes, ces récurages impitoyables ne parvenaient pas à faire disparaître l'encre, pas plus que les savons à l'odeur infecte qu'il avait demandé à Elwen d'acheter aux charlatans sur les marchés. Elwen lui avait dit une fois que ces taches d'encre le faisaient ressembler à un de ces professeurs de l'université. Pour lui, elles étaient une marque indélébile, le souvenir constant de ses ambitions contrecarrées.

— Hein ? Qu'est-ce que tu en dis ?

Elwen se mordit le coin de la lèvre inférieure.

— Peut-être pas, mais ça n'a aucune importance.

— Aucune importance ? Est-ce que tu peux t'imaginer à quel point ç'a été dur pour moi d'être mis de côté, de regarder mes amis prononcer leurs vœux et ressortir de la salle capitulaire en chevaliers ? En hommes ? J'ai menti à mon père, Elwen. Je lui ai écrit que j'avais été fait chevalier parce que je ne pouvais pas supporter de lui révéler ma disgrâce.

Will se détourna.

— Il pense assez de mal de moi comme ça, ce n'est pas la peine d'en rajouter.

Elwen s'approcha de lui, pieds nus dans l'herbe sèche.

— Ce n'est pas important que tu portes un manteau noir ou blanc, ou que tu utilises une épée plutôt qu'une plume. Ce qui compte, c'est ce qu'il y a à l'intérieur de toi, ton cœur et ton esprit.

Will renifla avec un air méprisant mais il la laissa prendre dans sa main son poing serré. Il la regarda déplier un à un ses doigts pleins d'encre et les embrasser. La colère s'apaisa.

— Pardonne-moi, dit-elle. Je sais que nous nous sommes

mis d'accord. Nous ne pouvons pas être ensemble de cette manière. Simplement, c'est difficile de revenir en arrière.

— Tu n'as rien fait que je doive te pardonner.

Will retira sa main avec délicatesse.

— C'est dur pour moi aussi, mais c'est mieux ainsi. Pour nous deux.

— Tu as raison, concéda Elwen de mauvaise grâce, c'est préférable.

— Nous devrions y aller.

Will noua sa ceinture autour de sa taille, où pendait le fauchon. En général, les sergents ne portaient d'arme que pour des tâches précises, mais Will avait commencé à se promener avec son fauchon depuis quelques mois. Ce faisant, il pensait montrer à Everard qu'il ne resterait pas à jamais le secrétaire d'un prêtre. Cette pointe de défi n'avait pas eu les effets escomptés : Everard n'avait même pas paru s'en apercevoir. Mais en dehors de deux ou trois lettres venues d'Orient, dans lesquelles James parlait essentiellement d'un camarade, Mattius, cette arme était le seul lien ténu qui le rattachait encore à son père. Il continuait désormais de la porter sans réelle nécessité.

Il se pencha pour ramasser le sac, lourd de toute la nourriture qu'ils n'avaient pas mangée.

— Je dois passer chez le parcheminier. Si je veux rentrer à la commanderie pour les vêpres, il faut que je me dépêche.

— Eh bien, je suppose que personne ne m'en voudra de rentrer plus tôt que prévu, répondit Elwen en se forçant à sourire. Le palais est en effervescence depuis que le roi a invité Pierre de Pont-Évêque à faire une représentation le jour de la Toussaint. Depuis l'annonce de sa venue, les domestiques passent plus de temps à cancaner qu'à travailler. Et la reine n'est pas dans de très bonnes dispositions.

— Pierre qui ?

Surprise, Elwen leva les sourcils.

— Franchement, Will, je sais que tu vis dans un

247

monastère mais ça ne te ferait pas de mal d'être un peu plus en contact avec le monde extérieur, de temps à autre.

Voyant son air perplexe, elle soupira.

— Pierre est un troubadour. Un des plus célèbres.

— Oh, fit Will sans enthousiasme.

Il ne partageait pas l'obsession d'Elwen pour les romans.

— Il a déjà eu un grand retentissement dans le Sud. Il évoque des choses, disons, peu conventionnelles.

Elwen brossa ses jupons pour ôter l'herbe qui s'y était accrochée.

— Je pense que ce sera une soirée intéressante.

Ils redescendirent le champ en silence. Comme ils s'approchaient de la ville, la route s'emplit de charrettes et de cavaliers dont les roues et les sabots soulevaient des nuages de poussière. La route filait au nord vers l'abbaye de Saint-Denis, la nécropole royale où les rois étaient inhumés depuis Dagobert Ier. Will et Elwen marchèrent sur le bas-côté pour éviter une charrette tirée par des bœufs qui cahotait en remontant face à eux. Ils la contournèrent, dépassèrent quelques fermes, des vignobles à l'odeur plaisante, un grand domaine, deux petites chapelles et un hôpital.

Les murs de la ville avaient été construits soixante-dix ans auparavant, pendant le règne de Philippe Auguste. Depuis cette époque, Paris s'était développé en dehors de l'enceinte, dans la campagne environnante. Devant la porte Saint-Denis, il y avait toujours une nuée de vagabonds. Les gardes observaient avec méfiance ces hommes en guenilles s'insinuant constamment entre les charrettes et les chevaux et tendant leur sébile aux gens qui faisaient la queue pour entrer ou sortir de la ville. Will et Elwen se mirent dans la file.

— Saleté de mendiants.

Will se retourna pour voir qui avait parlé. C'était un homme corpulent, en manteau pourpre, qui jetait des regards furieux aux gueux attroupés là. L'homme parlait la langue d'oïl, celle du nord du royaume de France. Will en avait assez appris pendant son séjour à Paris pour comprendre ce qu'il disait. L'homme continuait à jeter des invectives et il aurait préféré n'en rien connaître.

— On ne peut pas faire un pas de nos jours sans être harcelé par des crève-la-faim, des miséreux de cette espèce, pestait l'homme bedonnant aux bajoues bien pleines. Qu'ils soient maudits !

Plusieurs personnes dans la queue se retournèrent. Voyant qu'il captait l'attention de son auditoire, il se lança dans une diatribe effrénée contre les brigands, les prostituées et les paresseux qui selon lui ruinaient la ville autrefois prospère et rayonnante.

Will détourna le regard. S'il avait été chevalier, il n'aurait pas eu à attendre. Il aurait dépassé tous ces gens et serait passé sans encombre, on ne lui aurait pas posé une seule question. Il se mordit les lèvres et continua à ruminer cette pensée. Depuis quelque temps, tout semblait vouloir lui rappeler combien son statut était misérable.

Célébrant ses dix-huit ans, il avait eu alors le sentiment de n'avoir franchi que la première étape d'un très long chemin. Au mois de janvier qui avait suivi, un an et un jour plus tard, il avait cru que son attente allait prendre fin. Mais cela faisait maintenant six mois et il était toujours le secrétaire d'un vieux prêtre. Il endurait toujours la punition que lui avait value la violation du Sacrement des années plus tôt. Au fil du temps, il s'était de moins en moins plaint des corvées qu'Everard lui infligeait, aussi insignifiantes, pénibles ou ennuyeuses soient-elles. Il se contentait de les accomplir. Mais demander à Everard pourquoi il n'avait pas été mis sur la liste des candidats à l'initiation, voilà qui ressemblait à exiger d'un mur qu'il réponde à ses questions. Pour finir, il avait arrêté de quémander. Chaque journée qui passait augmentait sa frustration un peu plus : quand il allait se coucher avec les autres sergents tandis que ses camarades se retiraient dans le quartier des chevaliers ; quand il s'agenouillait sur le sol de la chapelle et qu'il voyait ses amis assis un peu plus loin sur les bancs ; quand il allait prendre ses repas et qu'il devait manger leurs restes.

Ils franchirent la porte et suivirent la foule dans la rue Saint-Denis. Celle-ci était encombrée de marchands et d'amuseurs publics se disputant l'attention des passants. C'était le jour de la foire aux bestiaux et l'odeur du fumier empuantissait l'atmosphère jusqu'à la nausée. Habitant à l'extérieur des murs dans l'isolement relatif de la commanderie, Will avait tendance à oublier à quel point la ville empestait. Chaque fois qu'il y revenait, il vivait cette odeur infecte comme une agression contre ses sens : la sueur, la pestilence âcre des tanneries, le fumier déversé sur les plantations de chanvre et de lin, les seaux d'ordures jetés par les fenêtres.

— Veux-tu prendre une brouette[1] ? demanda-t-il à Elwen.

Celle-ci jeta un coup d'œil au ciel en se protégeant les yeux du soleil.

— C'est une trop belle journée pour s'enfermer dans une brouette étouffante. Je vais marcher.

Elle avait remonté ses cheveux et enfilé son bonnet, mais quelques mèches indisciplinées tombaient sur ses joues. Will leva le bras pour les écarter mais il ne termina pas son geste. Ce qui avait été naturel entre eux semblait maintenant inapproprié. Sa main resta suspendue un moment, puis elle retomba.

— Je ferais mieux d'y aller.

— Nous pouvons marcher ensemble si tu veux, dit Elwen en faisant semblant de ne pas remarquer son embarras. Tu m'as bien dit que tu devais passer chez le parcheminier ? Je peux t'accompagner jusqu'à l'île de la Cité.

1. Brouette : véhicule à deux roues, sorte de chaise à porteurs. (*N.d.T.*)

— Je ne vais pas au Quartier latin, aujourd'hui. Le fournisseur habituel d'Everard est à court. Je me rends chez celui qui est près du Temple.

— Oh.

Elwen remit son bonnet en place pour masquer sa déception.

— Et quand nous reverrons-nous?

— La prochaine fois que je pourrai échapper au dragon.

— Everard ne peut pas être un homme si mauvais.

— Ce n'est pas toi qui travailles pour lui.

— Il finira par reconnaître que tu as droit au manteau, Will.

— Je n'en suis pas si certain, murmura-t-il pour lui-même tandis qu'Elwen se faufilait dans la cohue et disparaissait.

Au bout d'un moment, il s'engagea dans une rue parallèle pour éviter le tumulte. Everard lui avait donné de l'argent pour prendre une brouette mais il y avait tellement de gens et d'animaux dans les rues qu'il arriverait plus rapidement à pied au Quartier latin. Il se sentait coupable d'avoir menti à Elwen, et un peu idiot aussi car il marchait dans la même direction, à une rue d'intervalle. Mais il ne pouvait pas rester près d'elle après le baiser, c'était une torture trop cruelle. Contournant la foule de la foire aux bestiaux, Will descendit vers la Seine avec en tête des pensées aussi lourdes que la chaleur de l'après-midi.

Il n'y avait eu que peu de changement dans ses habitudes quotidiennes, ou dans celles d'Elwen, depuis leur arrivée à Paris. Son amie n'avait eu aucune difficulté à conserver sa place au palais. Quant à lui, il s'était soumis avec un peu moins de bonne volonté à son apprentissage. Physiquement, tous deux avaient changé : Will avait grandi, une barbe noire et douce adoucissait les angles saillants de sa mâchoire, et Elwen était devenue une jeune femme gracieuse qui frappait par sa beauté. Mais c'est entre eux qu'avaient eu lieu les changements les plus dramatiques.

L'évolution avait été graduelle, presque imperceptible, mais, les mois et les années passant, Will avait compris que ce qui avait commencé comme une amitié, née du chagrin partagé lors de la mort d'Owein, était devenu quelque chose d'autre. De plus excitant. De terrifiant, aussi. Il avait dissimulé ses sentiments pendant un moment, se contentant de jeter des regards furtifs à Elwen quand elle regardait ailleurs. Il faisait semblant de s'intéresser à ce qu'elle racontait alors qu'il buvait ses paroles, quoi qu'elle dise, comme un nectar divin. Bien entendu, Elwen avait été plus directe. Une fois, elle lui avait montré un livre qu'elle avait trouvé au palais. Will avait pensé qu'il s'agissait d'un de ces romans pour lesquels elle s'enthousiasmait. Puis elle avait soulevé la couverture en cuir : les pages étaient remplies d'illustrations montrant des hommes et des femmes nus dans diverses positions et dans un état d'abandon licencieux. Ils avaient ri un moment, mais Will avait vu le rouge monter aux joues d'Elwen et le regard complice qu'elle lui avait lancé. À ce moment précis, il avait su qu'elle partageait ses sentiments. Ensuite, ils avaient commencé à se donner des rendez-vous secrets, profitant de tous les instants d'intimité qui leur étaient offerts pour échanger des baisers qui laissaient Will complètement abasourdi.

Tout en dépassant les grandes maisons des marchands lombards et des juifs, qui donnaient sur la rivière, il lutta pour se souvenir de cette période lointaine où il pouvait regarder Elwen sans qu'un frisson lui parcoure l'échine. Cela lui paraissait impossible, il aurait aussi bien pu essayer d'oublier son propre nom. Mais il ne pouvait pas se laisser submerger par ses sentiments. Se laisser aller au péché en dehors des liens sacrés du mariage, c'était risquer de ne jamais être chevalier. Et s'ils se mariaient, comme elle l'avait déjà suggéré par le passé, il n'obtien·

drait jamais le manteau blanc, condamné à porter toute sa vie la noirceur de ses fautes.

Il traversa le grand pont de l'île de la Cité, siège du pouvoir royal, en se forçant à ignorer ses pensées, qui revenaient sans cesse à Elwen. Dans les rues autour de Notre-Dame, des empreintes de pas dans la poussière indiquaient le passage des maçons qui avaient abandonné leur travail sur la cathédrale pour se mettre à l'abri du soleil. Will suivit un moment les empreintes de pas avant d'emprunter un autre pont, plus petit, vers la rive gauche.

Comme d'habitude, le Quartier latin, qui accueillait nombre de collèges universitaires, grouillait de monde. Établis grâce aux largesses de pieux donateurs, les collèges s'étaient multipliés en un siècle et demi et les hommes venaient des royaumes de France, d'Angleterre, d'Allemagne ou des Pays-Bas pour étudier la médecine, le droit, les arts ou la théologie, autant de disciplines qu'enseignaient les plus éminents maîtres de l'Occident. Will se fraya un chemin parmi cette pléiade de professeurs, de prêtres et d'étudiants, et tourna rue Saint-Jacques, en direction du collège dominicain près duquel se trouvait le parcheminier. Plus haut, deux hommes lui bloquaient le passage. Il identifia l'un d'eux, qui allait pieds nus, vêtu d'un manteau noir en loques avec une croix en bois autour du cou, comme un dominicain. Le jeune homme trapu avec lequel il discutait semblait agité. Will fit un léger détour pour les éviter.

— Je ne voulais pas paraître grossier, sire, disait le jeune homme. Je veux me rendre à la commanderie. Le Temple, le…

Il agita la main, visiblement frustré, et prononça quelques mots rudimentaires en latin.

Le dominicain lui fit une réponse laconique, que le jeune homme ne parut pas comprendre, puis il s'éloigna.

— Par tous les diables ! murmura le jeune homme en jetant un regard furieux au prêtre. Pas moyen d'obtenir un renseignement précis d'un moine !

En passant, Will remarqua que l'homme portait la

tunique d'un sergent du Temple. Il continua a marcher en se demandant s'il allait lui indiquer la direction, et soudain il s'arrêta, stupéfait. Le jeune homme était plus grand que dans son souvenir, bien qu'il n'ait pas encore atteint sa taille, mais il possédait une poitrine large et puissante. Son visage s'était semble-t-il allongé, impression que sa barbe en pointe renforçait. Quant à ses yeux bruns, ils pétillaient par-dessous une tignasse emmêlée.

— Simon!

Le jeune homme se retourna. Il lui fallut quelques instants avant d'être certain qu'il avait bel et bien son ami en face de lui.

— Mon Dieu! *Will?*

Will rit et l'embrassa en ignorant le grognement mécontent d'un étudiant qu'ils empêchaient de passer.

— Qu'est-ce que tu fais ici? dit-il en reculant d'un pas et en détaillant son ami de bas en haut.

Simon remonta le sac qu'il portait sur ses épaules.

— Je viens de débarquer de Londres avec une troupe de chevaliers. Nous nous rendions à la commanderie mais je me suis arrêté pour regarder quelque chose dans une boutique. Et quand j'en suis ressorti, ils avaient disparu.

— Tu es définitivement perdu, dans ce cas. Pour aller à la commanderie, il faut traverser la rive droite. Tu es sur la gauche.

Simon se gratta la tête en ébouriffant encore plus ses cheveux.

— J'ai demandé à un tas de gens de m'indiquer la bonne direction, mais personne ne comprend rien à ce que je dis.

Will sourit.

— Tu aurais peut-être eu plus de chance si tu n'avais pas demandé à un inquisiteur. Tu es au courant qu'ils ne nous aiment pas trop, non?

— C'était un inquisiteur?

Simon fit une mine ennuyée et surprise à la fois, ce qui eut le don de provoquer l'hilarité de Will.

— Tu peux me croire.

Le jeune homme se retourna pour jeter un coup d'œil dans la rue, au cas où le dominicain aurait encore été là.

— En tout cas, ça fait plaisir de te voir, Will. Même si je suis surpris que tu ne sois pas en Terre sainte à lever l'épée contre les Sarrasins.

Et tout en disant cela, Simon regarda la tunique noire de Will, la même que la sienne.

— Quand il est revenu de Paris l'année dernière, Brocart m'a dit que tu n'avais pas reçu le manteau blanc. Mais il ne m'a pas dit pourquoi.

Alors qu'il exprimait un instant plus tôt la joie de revoir Simon, le visage de Will reprit soudain son air contrarié habituel. C'est à dessein qu'il avait évité Brocart lors de son passage à Paris. Ils s'étaient connus en tant que sergents au Nouveau Temple.

— C'est une longue histoire.

— Tu auras toute mon attention si tu me montres le chemin jusqu'à la commanderie.

— J'ai une meilleure idée, fit soudainement Will en portant la main à la bourse qui pendait à sa ceinture, à côté du fauchon. Il en sortit les pièces qu'Everard lui avait données pour la brouette.

— Trouvons une taverne.

— Je te suis, répondit Simon en souriant.

Will regarda alentour pour repérer une enseigne. Il ne lui fallut que quelques instants pour trouver ce qu'il cherchait. Les deux jeunes gens s'engouffrèrent dans un établissement douteux qui sentait la sueur et le mouton. Cette petite rébellion réjouissait Will.

Après avoir commandé au propriétaire, un homme bourru et maussade, le pot de vin le moins cher et deux quignons de pain, ils s'assirent sur un banc près des volets à demi ouverts. Des mouches s'entassaient par dizaines sur la surface poisseuse des tables autour desquelles des groupes de prêtres, serrés les uns contre les autres, buvaient de la bière en discutant de l'envergure des ailes des anges ou de la manière la plus correcte d'administrer l'Eucharistie. Will avait entendu dire que certains de ces établissements servaient de façade à la débauche, qu'on pouvait y trouver des femmes pour le prix d'une chope de bière.

— Commençons par toi, dit Simon en mordant avec appétit dans son morceau de pain. Qu'est-ce qui s'est passé depuis ton arrivée à Paris?

— Pas grand-chose.

Will but une gorgée de vin, le goût en était si détestable qu'il le fit grimacer.

— Presque tout ce que j'ai fait depuis six ans, c'est me servir d'une plume pour un prêtre au caractère orageux.

— Oui, Brocart m'a dit que tu travaillais pour un prêtre. Je suis désolé pour Owein, ajouta Simon avec solennité, c'était un homme bon.

— Oui, répondit calmement Will, il était bon.

Avec le temps, le sentiment de la perte s'était atténuée, même si le souvenir de son précédent maître continuait à le hanter. D'autant plus, d'ailleurs, que celui qui avait pris sa place s'était rendu si désagréable.

Simon lui tendit un bout de pain.

— Quand les chevaliers sont revenus à la commanderie, après avoir escorté les joyaux, je me souviens que le roi Henri nous a rendu une visite. Il était livide. Il est descendu de cheval et s'est incliné aussitôt devant maître Humbert, aussi rouge qu'une tomate, en se plaignant que nous n'aurions de toute façon jamais dû prendre les joyaux, que nous les avions mis en danger, et sa femme aussi.

Simon poussa un sifflement entre ses dents.

— Nous, on prenait les paris pour savoir qui allait frapper l'autre en premier, de maître Humbert ou du roi. Tu sais qu'ils ont fait une enquête sur lui, non?

Will acquiesça.

— Oui, mais personne n'a jamais pu prouver que Henri était impliqué d'une quelconque manière.

— Ils n'en ont pas vraiment eu l'occasion. Quand la

guerre civile a commencé, tout a été interrompu, dit Simon en secouant la tête. Les années suivantes ont été assez étranges. On était en sécurité dans la commanderie, personne n'aurait osé nous causer d'ennuis, mais c'était un beau désordre à Londres et dans tout le pays. La plupart du temps, on ne savait même plus qui était aux commandes. Un jour, c'était Henri ; le lendemain, Simon de Montfort et les barons. Il n'a pas fallu longtemps pour que les barons se rebellent. Ils disaient qu'ils voulaient donner plus de pouvoir au peuple. Ils se sont emparés de Gloucester, des Cinq-Ports et d'une partie du Kent, puis ils ont affronté le roi et son armée à Lewes.

— On a entendu parler de cette bataille.

— Rien d'étonnant. Les gens en ont parlé pendant des mois en Angleterre. Ils disaient que le prince Édouard s'était battu comme dans les légendes, qu'il avait chargé les rangs des rebelles à la tête de ses hommes.

— Je croyais que c'était justement ça qui leur avait fait perdre la bataille ? demanda Will en mastiquant. On m'a dit qu'Édouard avait mené la charge de manière imprudente.

Simon haussa les épaules.

— Je me contente de te répéter ce qui se raconte. Quoi qu'il en soit, après avoir été capturé à Lewes, Édouard s'est échappé des griffes de Simon de Montfort et a combattu les rebelles à Evesham. Il a tué Montfort de ses propres mains et a libéré son père. Après ça, la plupart des rebelles ont pris la fuite ou se sont rendus.

— La guerre est finie maintenant, non ?

— Il y a quelques partisans de Montfort qui lui sont restés loyaux, ils résistent à Kenilworth, mais l'armée de Henri les harcèle depuis des mois. Je suppose qu'ils ne vont pas tarder à tomber.

Simon finit son vin et s'en reversa une pleine coupe.

Un silence pesant s'installa quelques instants entre eux, ils n'y étaient pas habitués en présence l'un de l'autre.

— Alors, reprit Simon en riant, la nièce d'Owein est toujours ici? On a beaucoup entendu parler d'elle.

Will s'étrangla avec le vin qu'il était en train de boire.

— Comment ça?

— On a appris qu'elle s'était cachée à bord du bateau.

— Oh, fit Will en hochant la tête et s'éclaircissant la gorge.

— Elle est toujours à Paris?

— Oui.

Will sentit qu'il commençait à rougir lentement mais sûrement. Il se cala le dos contre le mur et se passa la main dans les cheveux d'un geste qu'il espérait nonchalant.

— Elwen travaille comme dame de compagnie pour la reine Marguerite. Nous nous voyons de temps à autre, quand nous pouvons nous le permettre. Mais au fait, tu ne m'as toujours pas dit pourquoi tu étais là!

— J'ai eu de l'avancement. Le maréchal de la commanderie de Paris m'a fait demander, dit Simon avec un air un peu gêné. Il était à Londres il y a quelques mois de cela et son cheval est tombé malade. J'ai réussi à le sauver. Ce n'était pas bien difficile, il fallait simplement lui donner les bonnes herbes pour faire retomber la fièvre, et le laisser debout pendant une nuit. Mais il faut croire que ça l'a impressionné, puisqu'il a écrit à maître Humbert en disant qu'il voulait faire de moi son palefrenier en chef.

— Toutes mes félicitations.

Mais Will devait se forcer à sourire : Simon, qui était le fils d'un tanneur de Cheapside, occupait maintenant une position plus élevée que la sienne.

— Merci, répondit modestement Simon.

Will finit son vin et se leva. La tête lui tournait un peu.

— Il faut que je te dise comment aller à la commanderie.

— Tu ne m'accompagnes pas?

— J'ai une course à faire. Il va me falloir un moment et tu dois te présenter au maréchal au plus vite. Tu m'as bien dit que tu étais venu avec une troupe de chevaliers ? Je suppose qu'ils sont déjà arrivés.

— Oui, le... Mais je ne t'ai pas dit, au fait, il y avait une autre de tes connaissances sur le bateau. Garin de Lyons.

— Garin ?

— Oui, dit Simon en s'appuyant à la table pour se redresser. Sainte Mère de Dieu, mais je suis saoul ! Et bien entendu, il est trop fier de son manteau pour attendre les gens comme moi. J'imagine que j'aurais pu tourner en rond pendant des jours si je ne t'avais pas croisé.

— Garin est chevalier ? demanda Will, mais il connaissait déjà la réponse.

Simon hocha la tête.

— Bon, fit-il en lui donnant une tape vigoureuse sur l'épaule, demain nous soignerons nos têtes ensemble et tu me raconteras comment il se fait que tu es encore sergent. Non que ça me déçoive, crois-le bien. Qui a envie d'être chevalier, de toute façon ?

— Effectivement, répondit Will en se forçant à paraître amusé.

Ils sortirent de la taverne et Will indiqua a Simon le chemin à suivre. Ensuite, il descendit lentement la rue Saint-Jacques. Le vin lui restait sur l'estomac et ce que venait de lui apprendre Simon lui avait encore un peu plus gâté l'humeur. Certes, il était content d'avoir revu son ami, de savoir deux de ses anciens camarades en ville, et chacun d'eux dans une position appropriée pour des hommes de leur âge et de leur condition, mais cela ne faisait qu'aggraver sa frustration. Il essaya d'imaginer Garin en chevalier, mais il ne pouvait voir que son visage couvert de bleus, les cheveux blonds lui tombant dans les yeux. Les paroles d'Elwen lui revinrent en mémoire : *il finira par reconnaître que tu as droit au manteau.* Environ un mois plus tôt, la dernière fois qu'Everard avait refusé d'évoquer son initiation, Will s'était promis une chose : avant que l'année s'achève, il partirait pour la Terre sainte. Il savait que son père se trouvait à Safed. Si seulement il était initié dans les mois qui venaient, il pourrait demander un transfert. Will caressa le pommeau arrondi de son fauchon. Cela faisait bien trop longtemps qu'il était calme.

Près du collège dominicain, il entra dans une ruelle étroite où se trouvait la boutique du parcheminier. Un homme surgit soudainement d'une auberge sur le côté et vint percuter Will. Dans la collision, sa chope de bière lui échappa des mains et son contenu se déversa sur son torse.

— Nom d'un chien ! s'exclama-t-il.

— Désolé, dit Will en reculant d'un pas et en s'apercevant, à la croix blanche brodée sur son surcot, que l'homme était un chevalier de Saint-Jean, un Hospitalier. Je ne vous avais pas vu.

— Pas vu ? répéta le chevalier d'une voix rogue en essayant sans y parvenir d'essuyer son surcot dégoulinant de bière. Tu es aveugle ?

— Je viens de vous le dire, je suis désolé.

Will voulut reprendre son chemin mais le chevalier le retint par le bras.

— Et tu crois t'en tirer comme ça ?

Il ricana en remarquant la tunique de Will.

— Un Templier, hein ?

À son haleine fétide et à son regard tombant, Will comprit qu'il n'en était pas à sa première bière de la journée.

— Et qu'est-ce que tu comptes faire à ce sujet ? demanda-t-il en brandissant sa cruche vide.

Will fit un mouvement pour se débarrasser de la main du chevalier.

— Je me suis excusé, je ne vois aucune raison de faire davantage.

— Qu'est-ce qui se passe, Rasequin ?

Will se retourna et vit quatre chevaliers sortir de la taverne et s'approcher, une cruche à la main. Ils avaient l'air encore plus saouls que leur compagnon. L'Hospitalier tourna la tête et leur désigna Will d'un geste.

— Cet avorton du Temple renverse ma bière et il croit pouvoir partir sans la rembourser.

— Excuse-toi! exigea l'un des chevaliers, un jeune homme boutonneux qui avait peut-être un an de plus que Will.

— C'est déjà fait, dit Will, la mâchoire contractée. Et si votre camarade n'était pas un tel âne, il aurait accepté mes excuses.

— Espèce de petit…, bredouilla Rasequin, lâchant sa cruche et empoignant son épée.

Ses compagnons s'avancèrent tandis qu'il essayait tant bien que mal de sortir sa lame de son fourreau.

— Laisse ce gamin tranquille, Rasequin, dit l'un d'eux, qui avait l'air d'être le plus âgé de la bande. Ce n'est qu'un sergent.

Will rougit et posa la main sur la poignée de son fauchon.

— Allez, ne fais pas d'histoires, Rasequin, reprit le chevalier le plus vieux. Je t'en paierai une autre.

— Très bien, dit Rasequin qui avait finalement réussi à libérer son arme.

Il vacillait d'un pied sur l'autre.

— Mais d'abord, je donne une leçon à ce nabot!

Il tituba en direction de Will, qui tira son fauchon.

— Un instant, dit l'aîné à l'intention de Will, laisse-moi m'en occuper.

Puis il posa avec autorité sa main sur l'épaule de Rasequin.

— C'est fini, frère! lui ordonna-t-il.

Le chevalier boutonneux pointa du doigt l'epée de Will.

— Regardez-moi cette épée! dit-il en ricanant. Ça doit être une antiquité!

Mais il cessa de ricaner quand Will leva l'épée et allongea le bras. Trois d'entre eux reculèrent. La pointe du fauchon était orientée en direction de la gorge de leur camarade. Will ne voyait plus rien que le visage de l'homme en face de lui. Toute la frustration qu'il avait accumulée semblait jaillir d'un coup et l'aveugler.

— Allez, hurla-t-il à Rasequin, les lèvres à demi retroussées en une grimace qui lui déformait le visage, viens te battre !

Trop saoul pour être impressionné par la fureur qui se lisait dans le regard de Will, Rasequin leva son épée.

— Arrêtez ! Que Dieu te damne, lança l'aîné des chevaliers à Will qui s'avançait toujours, prêt à frapper.

Une main ferme agrippa soudain Will par l'épaule. Il se retourna pour affronter son assaillant mais il constata que c'était un Templier qui le retenait.

— Dans un instant, sergent, dit le chevalier avec calme, je vais te lâcher et tu vas gentiment rengainer ton épée.

Will hésita un moment, tremblant d'excitation, puis il acquiesça.

Le Templier enleva sa main de son épaule et le regarda glisser son fauchon dans la boucle de sa ceinture. Puis il leva les yeux vers les cinq Hospitaliers.

— Quelle est la cause de tout ce remue-ménage ?

Rasequin avait baissé son arme à l'arrivée du Templier, mais ses yeux fixaient toujours Will. Le chevalier le plus âgé s'inclina poliment.

— C'est un malentendu. Ce garçon a renversé la bière de notre camarade, dit-il en désignant Will.

Le Templier posa ses yeux bleu clair sur Will. Ils semblaient bien pâles comparés à sa barbe et à ses longs cheveux noirs. Il devait avoir plus de quarante ans, mais il avait encore fière allure, et sa peau arborait un teint hâlé qui suggérait qu'il avait passé quelque temps sous des climats plus chauds.

— Eh bien ? fit le chevalier en levant le menton.

Ils échangèrent un regard. Will avait déjà vu le chevalier dans la commanderie mais ils n'avaient jamais été présentés. Son nom lui était inconnu.

— C'était un accident, sire.

— Plutôt que de te battre en duel, tu n'aurais pas pu présenter tes excuses ?

Will voulut se défendre, mais il se ravisa.

— Oui, sire.

Le Templier mit la main dans une bourse en cuir accrochée à sa ceinture et en tira une pièce en or. Il s'approcha de Rasequin et la lui tendit.

— Je crois que cela vous indemnisera pour tous les désagréments que vous avez subis.

Rasequin grommela quelque chose d'inaudible mais il accepta la pièce.

— Bon, ça suffit maintenant, frère, dit le chevalier plus âgé.

Il hocha la tête et fit un signe à la petite troupe.

— Allons-y.

Puis ils sortirent de l'allée, Rasequin titubant entre deux camarades.

Will les regarda partir. Rétrospectivement, il s'émerveillait de la façon dont les choses s'étaient arrangées. Les Hospitaliers auraient pu déposer une plainte formelle contre lui, ou demander un duel officiel pour régler l'histoire. Cela n'aurait rien eu de surprenant. Les Hospitaliers faisaient rarement preuve de clémence quand un conflit les opposait aux Templiers. Ils saisissaient toutes les occasions qui se présentaient pour gêner les affaires du Temple ou protester contre l'Ordre : ils étaient capables de se plaindre auprès des administrateurs de la ville qu'un moulin à eau appartenant au Temple avait inondé un de leurs champs ; que les étals du Temple occupaient plus de place que les leurs sur le marché ; que le Temple corrompait des membres du clergé et prenait possession d'églises abandonnées d'où ils quêtaient des aumônes qui leur revenaient. Pourtant, malgré leurs récriminations, ils adoptaient exactement les mêmes pratiques que le Temple. L'Ordre de Saint-Jean avait été établi avant la première croisade, vingt ans avant le Temple lui-même.

Lors de sa création, son objectif était de fournir des soins aux pèlerins qui tombaient malades en Orient. Mais, après la fondation du Temple, ils avaient commencé à rivaliser avec lui en termes de puissance militaire, de construction de châteaux et de conduite économique. Leur initiation était calquée sur le rite du Temple et même leurs manteaux, avec la croix blanche évasée, était, à en croire les Templiers, une simple imitation.

— Qu'est-ce que tu faisais au juste, sergent?

Will regardait le chevalier.

— Je suis désolé, sire. J'avais tort, j'ai été imprudent et...

Il baissa les yeux, tapa du pied contre une pierre, et releva les yeux.

— Je mens. Je ne suis pas désolé. Je me suis excusé mais il n'a rien voulu savoir. Et c'est l'Hospitalier qui a tiré son épée en premier.

— Donc tu étais en train de te défendre?

— Non plus, admit Will après quelques instants. J'étais en colère. Je n'allais pas le blesser, je voulais juste...

Mais il s'arrêta au beau milieu de sa phrase. Il se rappela comme cela lui avait fait du bien de tirer son épée. S'entraîner tout seul n'avait rien à voir avec le fait de se retrouver face à quelqu'un dans un combat. L'excitation qui naissait en lui dans ces moments-là lui manquait, mais maintenant que c'était terminé, il se sentait un peu idiot.

— De toute façon, ce n'aurait pas été un beau combat, dit le chevalier. Ton adversaire était à peine capable de tenir sur ses jambes.

— Je sais. Je suppose que je voulais l'humilier.

— *Aquila non captat muscas.*

— Un aigle n'attrape pas des mouches?

— Eh oui, fit le chevalier en lui tendant la main. Mon nom est Nicolas de Navarre.

— William Campbell, dit Will en serrant la main du chevalier, calleuse à force de manier l'épée.

Nicolas hocha la tête.

— Je t'ai déjà vu à la commanderie. Tu es le sergent du prêtre Everard de Troyes, c'est ça ?

— Vous connaissez le frère Everard ?

— Je connais son travail. Je collectionne les livres rares, du moins je les collectionnais avant de rejoindre le Temple. J'ai essayé de parler quelquefois avec frère Everard, mais il a l'air plutôt…

— Agressif ? proposa Will.

— Solitaire, dit Nicolas en souriant.

Il regarda autour de lui, dans l'allée.

— Qu'est-ce que tu fais ici ?

— Je suis venu chercher des parchemins. Nous travaillons à de nouvelles traductions.

— Quelque chose d'intéressant ?

— Seulement si vous êtes fasciné par les propriétés médicinales des oliviers.

Nicolas partit d'un rire aux éclats.

— Bien, je ne vais pas t'empêcher de te remettre au travail dans ce cas. Bonne journée à toi.

Il fit quelques pas, puis se retourna.

— Un petit conseil cependant, sergent Campbell. Regarde bien sur qui tu pointes ton épée. Peut-être que ta prochaine cible ne se laissera pas aussi facilement convaincre de ne pas verser de sang.

Avant qu'il parte, Will voulait s'assurer d'une dernière chose.

— Puis-je vous demander, messire, si vous pensez parler de cet incident à mon maître ?

— Quel incident ?

Nicolas lui sourit puis traversa l'allée avant de disparaître.

18

À l'extérieur de Safed, royaume de Jérusalem

19 juillet 1266 après J.-C.

Omar regardait la forteresse blanche et grise qui les surplombait, menaçante, depuis son promontoire rocheux. De là où il était, les soldats qui protégeaient Safed ne lui paraissaient pas plus grands que des fourmis. Mais ces fourmis étaient armées, et en une seule attaque, elles avaient percé de flèches plus de cinquante Mamelouks. Scrutant l'imprenable muraille qui se dressait devant eux, il pensa que s'il n'y avait qu'une chose à dire en faveur des Francs, c'est qu'ils savaient construire des châteaux forts. Leur architecture n'était ni aussi belle, ni aussi élaborée que celle des Mamelouks, mais elle était aussi robuste et résistante que les Francs eux-mêmes. Puis il quitta son poste d'observation et se dirigea vers le pavillon au centre du camp.

Quand il entra, Baybars leva les yeux. Deux eunuques ajustaient la cotte de mailles polie du sultan et un troisième, debout à leurs côtés, tenait son ceinturon et ses sabres. En dehors des serviteurs, le pavillon semblait désert. Derrière Baybars, le trône était vide. Les têtes de lion qui ornaient l'extrémité de ses bras scintillaient à la lumière de la lanterne. Omar entendit un grognement provenant du fond de la tente, plongé dans l'obscurité. Il finit par distinguer Khadir enroulé dans une couverture. Le devin marmonna dans son sommeil, roula sur le côté et se mit à ronfler.

— Seigneur, dit Omar en s'approchant de Baybars et en le saluant.

Baybars renvoya ses serviteurs et attacha le fermoir de la cotte autour de son cou.

— Omar, dit-il en fronçant les sourcils. Je suis content que tu arrives. Pour finir.

De nouveau, Omar inclina respectueusement la tête.

— Je dormais, seigneur. Je suis désolé.

Baybars éclata de rire, ses yeux bleus pétillaient. Il embrassa Omar.

— C'est toujours aussi facile de te faire mordre à l'hameçon.

Il recula, laissant flotter autour d'Omar l'odeur d'huile qui parfumait sa peau, et alla prendre sur une patère sa cape d'or brodée d'inscriptions du Coran.

Omar le regarda la passer sur son corps musculeux. L'apparence de Baybars n'avait pratiquement pas changé depuis six ans qu'il avait pris le trône du sultan d'Égypte. Mis à part ses cheveux et sa barbe qui grisonnaient par endroits, ou les rides qui étaient un peu plus marquées qu'avant, il était le même homme. C'est dans sa personnalité, Omar le savait, qu'avaient eu lieu la plupart des changements.

Omar avait espéré qu'une fois assouvie sa soif de pouvoir, le poids des responsabilités qui incombaient à un sultan assouplirait quelque peu son caractère. C'était exactement l'inverse qui s'était produit : Baybars était plus déterminé, violent et imprévisible que jamais. Même la naissance de son fils ne l'avait pas le moins du monde adouci. Baraka Khan, l'héritier du trône, était né l'année qui avait suivi l'accession de Baybars au pouvoir. Cela faisait maintenant cinq ans que son père l'ignorait totalement. Pour lui, il appartenait à sa mère de l'éduquer, jusqu'à ce qu'il fût en âge d'apprendre à combattre les Francs.

Omar savait que son ami était encore là, mais il avait l'impression que Baybars avait été découpé en deux. Une moitié était encore capable de bonnes actions : appréciant la beauté et adorant Allah avec ferveur, Baybars avait fait restaurer Le Caire et avait rétabli le califat en désignant un chef de l'Islam d'origine bédouine. Mais cette partie de lui était de plus en plus éclipsée par l'autre, impitoyable et cruelle.

Après son intronisation, Baybars avait exécuté Aqtai et tous ceux qu'il considérait comme des partisans de Qutuz. Puis il avait nommé un nouveau gouverneur pour Alep, prétendant que celui mis en place par son prédécesseur fomentait une rébellion. Il avait ensuite fait de même à Damas, à Kerak et à Homs, avant de conclure une alliance avec l'un des généraux mongols. Toutes ces opérations n'avaient d'autre but que de consolider sa position et de préparer la guerre contre les chrétiens. Depuis, cela faisait trois fois qu'il quittait Le Caire à la tête de son armée pour attaquer les Francs.

Omar n'aimait pas les Francs. Comme tout un chacun, il souhaitait qu'ils partent. Et il était bien placé pour savoir que la guerre engendre inévitablement la mort. Mais ce qui le troublait, c'était le plaisir que Baybars semblait éprouver à faire souffrir ses victimes. Que de fois déjà il avait craint pour l'âme de son ami.

— Tu as l'air d'un homme accablé par les soucis, Omar, dit Baybars en bouclant son ceinturon autour de la taille.

— Non, je suis juste fatigué.

— Si tout se passe bien, tu dormiras mieux ce soir. J'ai vu les généraux, les régiments sont en position. Nous allons concentrer nos forces sur le pont, il a été abîmé lors de notre dernier assaut, et sur les murs extérieurs de l'autre côté de la forteresse. Ces deux assauts simultanés les obligeront à diviser leurs forces. Ce qui devrait nous permettre de nous approcher assez pour lancer une troisième vague sur la section centrale. Si nous parvenons à percer une brèche, un régiment se tiendra prêt à pénétrer l'enceinte. Ils en tueront autant qu'ils pourront avant que les chevaliers n'aient le temps de leur tomber dessus. Et j'ai encore une autre surprise en réserve pour eux. Elle ne les tuera pas, mais elle les démoralisera.

Baybars s'interrompit en étudiant le visage d'Omar.

— Tu as l'air de douter de ma capacité à les surprendre?

Omar évita le regard de Baybars.

— Ils nous ont déjà repoussés deux fois. Pouvons-nous exécuter ce plan sans y perdre trop d'hommes? Je me demande si nous ne devrions pas nous attaquer à une cible plus facile. Nous pourrions attendre que les forces de l'émir Kalawun reviennent de Cilicie pour concentrer notre attention sur Safed. Ce serait...

— La campagne de Kalawun contre les chrétiens d'Arménie prendra trop de temps, nous ne pouvons attendre. En prenant le pouvoir, nous avons promis de détruire le siège du pouvoir des Francs, en Acre. Nous avons échoué, les hommes ont besoin d'une victoire. J'ai justement choisi Safed parce que ce sera une victoire grandiose. Même si nous avons triomphé des Francs à plusieurs reprises ces dernières années, ils nous regardent toujours avec arrogance. Nous les inquiétons, mais ils ne nous craignent pas encore véritablement.

— Ah bon? interrogea Omar en se souvenant de la terreur qu'exprimaient les visages de tous les chrétiens qu'il avait aidé à massacrer.

— Te rappelles-tu, Omar, quand j'ai accepté un échange de prisonniers avec les barons d'Occident? Les Templiers et ceux qu'ils appellent les Hospitaliers ont refusé, au prétexte que les musulmans qu'ils tenaient captifs avaient trop de valeur comme esclaves pour qu'ils les relâchent.

Baybars faisait les cent pas dans le pavillon, son humeur belliqueuse empirant à chaque seconde.

— Pour le moment, ils ne me prennent pas au sérieux. Mais il y viendront. Nous leur avons mis un coup en pillant leurs villes et leurs villages, mais il faut faire chuter une de leurs principales forteresses si nous voulons vraiment leur faire mal.

Il serra le poing d'un air exalté.

— Je leur prouverai qu'aucune forteresse n'est imprenable et qu'aucun chevalier n'est intouchable.

Omar s'approcha de lui et posa la main sur son épaule.

— Je sais que tu y parviendras, seigneur.

Il y eut quelques instants de silence, après quoi Baybars posa sa main sur celle d'Omar.

— Viens, il est l'heure.

Le jour se levait sur la vallée du Jourdain quand ils quittèrent le pavillon. Ils rejoignirent le régiment bahrite, grimpèrent sur leurs chevaux et cavalèrent jusqu'aux troupes déjà en ordre de bataille. En les voyant arriver, tous les soldats se tournèrent vers Baybars, l'Arbalète. Debout sur ses étriers, il dressa son sabre vers le ciel, sa cape dorée claquant au vent.

Safed, royaume de Jérusalem, 19 juillet 1266 après J.-C.

James se trouvait sur les murs extérieurs avec une compagnie quand il vit le sultan arriver vers son armée en rangs serrés.

— Tenez-vous prêts! hurla-t-il à l'intention des hommes autour de lui.

Les archers tendirent leurs arcs et commencèrent à viser les troupes en contrebas. Les soldats syriens à qui on avait confié le maniement d'un mangonneau resserrèrent leur prise sur les cordes qui actionnaient le madrier. Quand les premiers rayons du soleil apparurent à l'est, la chaleur les submergea immédiatement. James regarda vers le sud pour observer les montagnes prendre une teinte rose, puis ocre. D'ordinaire, ces levers de soleil le remplissaient d'une joie intense : il éprouvait réellement le sentiment de se trouver sur les terres de Dieu et de voir un miracle se déployer devant lui. Mais aujourd'hui, on aurait dit que les montagnes au loin formaient un mauvais présage. Là-bas, soixante-dix ans plus tôt, sous deux immenses pitons rocailleux qu'on appelait les Cornes de Hattin, les forces musulmanes avaient défait l'armée chrétienne. Un peu plus au sud avait eu lieu la bataille de la Forbie, une autre défaite des chrétiens. De chaque côté s'étendaient des champs, des villes, des rivières et des gués où leurs régiments avaient été réduits en miettes par les défenseurs de l'Islam.

James croisa le regard de Mattius, qui se tenait à quelque distance de là sur le chemin de ronde, avec une autre compagnie. Mattius leva son épée. James lui retourna son salut puis se força à se concentrer de nouveau sur l'armée qui leur faisait face.

— Que Dieu soit avec nous, murmura-t-il.

Mais ses mots furent noyés par le rugissement apocalyptique des soldats mamelouks répondant au cri de ralliement de leur sultan. Puis le premier assaut vint s'écraser comme une tempête contre Safed.

Les Mamelouks approchèrent les mandjaniks en protégeant leurs positions par des rafales de tirs d'archers, auxquelles répondaient les flèches chrétiennes. Des deux côtés, les pointes fendaient les airs et pleuvaient partout avec une densité effrayante. James se pencha pour en éviter une, qui franchit le parapet et alla se fracasser sur le mur juste derrière lui. Après les flèches, ce fut au tour des boulets. Les madriers des mandjaniks s'élevaient à toute vitesse et venaient frapper les poutres, envoyant dans les airs des projectiles qui retombaient lourdement à travers la forteresse. Plusieurs missiles percutèrent les murs de plein fouet et explosèrent sur le coup, ou bien se brisèrent plus bas sur les rochers. L'un d'eux percuta cependant une tourelle d'angle à une hauteur et à une vitesse vertigineuses et James, bien qu'il fût hors de portée, sentit la muraille trembler sous ses pieds. Dans sa chute, la pierre emporta avec elle une petite partie de la tourelle. James vit alors certains des soldats qui se trouvaient à l'intérieur, dans l'escalier, tomber par l'ouverture. Le bois de la charpente et les hommes s'écrasèrent quelques dizaines de mètres plus bas. James serra les poings en voyant un sergent qui n'était encore qu'un enfant tomber dans le vide en criant et, au moment de l'impact, il ferma les yeux. Il aurait voulu hurler par-dessus les remparts et dire à tout le monde de s'arrêter. Mais tout espoir de négocier était vain en cet instant. Ils étaient lancés dans la bataille et chacun luttait pour sa survie.

Les Mamelouks tiraient sur les cordes pour déplacer le chat, dont les roues grinçaient en montant le chemin vers le pont. Une flèche se planta dans la nuque d'un de ceux qui le tractaient. Il tomba à la renverse en poussant un bref hurlement et son cadavre dévala la pente abrupte de la colline, mais un autre le remplaçait déjà. Le chat s'approchait de la muraille et disparut bientôt du champ de vision de James. Quelques instants plus tard, il entendit un bruit sourd en provenance de la barbacane. On aurait dit qu'un géant martelait le pont.

— Maître !

L'un des Syriens montrait quelque chose par-dessus le parapet. James suivit la direction qu'il lui indiquait et s'aperçut que les Mamelouks déplaçaient plusieurs mandjaniks vers la partie centrale, dont il avait la charge. Outre celle de James, il n'y avait que deux autres compagnies à proximité. Leurs forces étaient pour l'essentiel concentrées sur le pont et sur l'autre extrémité de la muraille. Il poussa un juron puis se tourna vers ses soldats, qui attendaient ses ordres.

— Archers, en place! dit-il d'une voix ferme mais calme.

Il se tourna vers Mattius pour l'avertir mais son camarade avait lui aussi vu le danger. Sa compagnie était prête. James regarda de nouveau les engins en approche et il leva les mains.

— Attendez, souffla-t-il à ses hommes tandis que les Mamelouks installaient les mandjaniks et prenaient leurs postes. Attendez encore.

Les Mamelouks saisirent les cordes et James baissa la main.

— *Feu!*

Les trois mangonneaux alignés sur les remparts se déclenchèrent au même instant. Les flèches filèrent dans le sillage des trois énormes projectiles qui venaient de passer le parapet. Certains Mamelouks virent le danger arriver et tentèrent de fuir, mais il était trop tard. L'un des projectiles manqua sa cible, mais les autres frappèrent durement l'ennemi. Il y eut un éclair lumineux et un début d'incendie se déclara au milieu des mandjaniks et des soldats qui les manœuvraient, à cause des charges utilisées : des pots d'argile remplis de feu grégeois, un mélange inflammable de naphte, de poix et de soufre noir. Les pots explosèrent sous le choc et répandirent leur contenu, propageant les flammes à tous les engins. Sur la muraille, les soldats syriens jubilaient tandis que les Mamelouks tombaient les uns après les autres, torches vivantes hurlant leur effroi en se tortillant sur le sol.

— *Deus vult!* crièrent avec exaltation les hommes sur la muraille.

Dieu le veut.

— Dieu bien-aimé, murmura James en apercevant les hommes de Mattius qui se congratulaient pour cette victoire.

Son ami scandait lui aussi leur cri de guerre à pleins poumons. James comprenait ce qu'ils ressentaient, il était impossible d'avoir le triomphe modeste et discret quand votre vie avait été épargnée, fût-ce au prix de celle de quelqu'un d'autre. Mais il avait beau être heureux d'avoir sauvé sa vie, il ne parvenait pas à se réjouir pleinement. Mattius grimaçait dans sa direction, la bouche ouverte, comme pour l'appeler. James vit que l'expression sur le visage de son ami se modifiait. Ses yeux et sa bouche s'agrandirent. Au même moment, il entendit un bruit sifflant. Pendant le très court laps de temps qu'il lui fallut pour se retourner, le sifflement lui rappela les soudaines bourrasques de vent qui se levaient parfois sur les landes autour de sa maison, en Écosse. Puis il vit la forme sombre qui volait dans sa direction. Ils n'avaient pas détruit tous les mandjaniks, l'un d'eux était toujours opérationnel. Tout en se retournant pour courir, James hurla à ses hommes, toujours occupés aux célébrations, le poing en l'air, d'en faire autant. La lenteur de ses mouvements lui donnait l'impression d'être en plein cauchemar. Quand l'impact eut lieu, il n'avait eu le temps de s'éloigner que de quelques foulées. Une vague de pierre et de sang le frappa dans le dos et le terrassa. Il s'effondra sans crier, face contre terre, le souffle coupé. Après le tonnerre de la maçonnerie qui s'écroulait, une pluie macabre crépita autour de lui. Des membres arrachés entourés de lambeaux de vêtements, des fragments d'os et de tendons dénudés, c'était tout ce qui restait des soldats syriens décimés par cette attaque. James tourna la tête de côté, il sentait le contact rugueux de la pierre contre sa joue. Il essaya de se soulever mais sans y parvenir. Puis il s'évanouit.

Il n'avait aucune idée du temps qu'il avait pu passer étendu là. Plus tard, quelqu'un lui dit que cela n'avait duré que quelques instants, mais il avait l'impression qu'il avait fallu une éternité avant que des mains puissantes ne le saisissent sous les aisselles pour le remettre sur pied.

— Suis-je mort? demanda-t-il à l'homme au visage recouvert de poussière blanche qui l'aidait.

— Pas encore, Dieu soit loué!

Le brouillard dans lequel sa tête était encore plongée se dissipa peu à peu. Il se tourna vers l'homme qui le serrait dans ses bras, le tirant et le soutenant le long du chemin de ronde. Il avala sa salive avec difficulté. Sa bouche et sa gorge étaient tapissées de poussière.

— Mattius, grogna-t-il, que s'est-il passé?

— Pas maintenant, il faut d'abord t'emmener à l'infirmerie, répondit son ami en continuant à progresser.

— Non, fit James en arrêtant de marcher, ce qui faillit les faire tomber.

Puis il enleva le bras de Mattius de ses épaules et s'appuya au parapet.

— Non, répéta-t-il d'une voix plus ferme. Je vais bien.

En contrebas, les flèches et les pierres continuaient à voler depuis le champ vers l'autre extrémité de la forteresse. Mais sur la section centrale où ils se trouvaient, avec six mandjaniks sur sept réduits en miettes, les Mamelouks étaient désormais incapables de lancer une attaque efficace.

— Je ne suis pas médecin, dit Mattius en posant une main sur son épaule, mais je ne suis pas sûr pour autant qu'un homme qui perd son sang puisse dire qu'il va bien.

James vit qu'en effet son manteau avait perdu sa blancheur, qu'il était rouge et complètement déchiré.

— Ce n'est pas mon sang, dit-il en se tournant vers l'endroit où il se trouvait avec les autres soldats au bord de l'évanouissement.

Il murmura une prière tout en songeant à la chance qu'il avait d'être encore en vie. Il y avait un énorme trou dans le parapet. Les pierres autour de l'impact étaient à moitié arrachées. On aurait dit qu'une sorte de monstre gigantesque avait mordu dans le mur. Pierres et cadavres étaient éparpillés un peu partout sur le chemin de ronde. Certains hommes étaient tombés dans le champ, tout en bas. Les Mamelouks avaient ouvert une brèche dans les remparts, mais elle ne leur serait d'aucun usage là où elle était située. Il tressaillit, Mattius venait de lui lever le bras droit, puis il vit à travers un trou dans son manteau qu'un fragment de pierre s'était incrusté sous sa peau.

— C'est assez moche, James. Allez, viens, je t'emmène à l'infirmerie.

À ce moment, ils entendirent un cri venant des murs au-dessus du pont. Mattius se pencha par-dessus le parapet.

— Nous avons pris le chat!

Ils virent alors une compagnie de Mamelouks redescendre le chemin du piton rocheux. Un groupe d'hommes avait réussi à attacher des grappins au bélier. Ils allaient tirer dessus pour l'arracher ou le rendre inutilisable, mais ils avaient aperçu un écran de fumée noire, ce qui signifiait que leurs camarades étaient parvenus à enfumer les Mamelouks cachés sous le toit du chat en y jetant des ballots d'étoupe enduits de soufre préalablement enflammés. Mattius et James observaient la scène : en quelques instants, la plupart des Mamelouks en fuite furent transpercées par les flèches franques.

On entendit un autre cri, provenant du côté mamelouk cette fois, et les lignes de front commencèrent à reculer.

— Ils font retraite! s'exclama Mattius. C'est ça, fuyez, bâtards d'infidèles!

— Attends, fit James en posant une main sur le bras de son ami. Regarde un peu.

On rechargeait les mandjaniks à l'extrémité de la forteresse. James et Mattius regardèrent, médusés, les Mamelouks lancer leurs derniers projectiles de la matinée. Cette fois, il ne s'agissait plus de pierres mais de cadavres. Les corps des trente chrétiens qu'ils avaient capturés dans les villages environnants pleuvaient maintenant à l'intérieur de l'enceinte. Du rempart extérieur où ils se trouvaient, les deux hommes entendirent les cris d'effroi poussés par les paysans barricadés à l'intérieur de la citadelle, qui se croyaient à l'abri. Sur le torse de chacun des cadavres, les Mamelouks avaient pris soin de peindre une croix rouge.

À l'extérieur de Safed, royaume de Jérusalem, 19 juillet 1266 après J.-C.

Furieux, Baybars arracha son ceinturon en entrant dans le pavillon. Son regard tomba sur les eunuques qui s'approchaient pour le débarrasser de sa cape.

— *Sortez de là!* grogna-t-il, menaçant.

— Seigneur, dit Omar en regardant Baybars grimper d'un bond sur l'estrade et s'asseoir sur le trône en posant les mains sur les têtes de lion en or. Tout n'est pas perdu, seigneur. C'est seulement notre troisième assaut.

— Je voulais en avoir fini aujourd'hui.

— Leurs murailles sont épaisses.

— Si nos engins n'avaient pas été touchés, Safed serait tombé.

Baybars tapotait du bout des doigts les têtes de lion.

— Ils ont bien exploité leurs forces, reprit-il en secouant la tête. Comme un porc utilise les moyens de défense qui sont les siens.

— La colline est connue pour être criblée de tunnels. Peut-être y aurait-il moyen de les tuer de l'intérieur.

— Non, cela prendra trop de temps de creuser des galeries pour passer sous les murailles. Nous devons contourner ce porc, plutôt que de nous faire malmener une fois de plus. Nous allons trouver son point faible et frapper.

Il se leva et redescendit de l'estrade.

— Et j'ai une petite idée de ce qu'est leur point faible.

Baybars se dirigea vers l'entrée du pavillon.

— Convoque les généraux, ordonna-t-il à l'un des Bahrites qui montait la garde. Et fais venir les hérauts.

James sursauta quand le médecin syrien retira le fragment de pierre fiché dans son bras. La blessure avait déjà commencé à se refermer et un sang épais coula de la plaie. Le médecin lui tendit un tampon en lin et l'abandonna à son sort. La cour sur laquelle donnait l'infirmerie était pleine de soldats qui parlaient avec animation. La plupart de leurs blessures étaient mineures : abrasions, brûlures, égratignures diverses. Les plus sévèrement touchés se trouvaient déjà dans l'infirmerie. James attacha le tissu à son bras pour juguler l'hémorragie. Puis il s'assit contre le mur et prit entre ses doigts le fragment de pierre que le médecin lui avait ôté.

— Tu devrais le garder, dit Mattius en lui tendant une cruche de vin. Rapporte-le chez toi, tu pourras le montrer à tes petits-enfants.

James sourit et le fourra dans la bourse à sa ceinture.

— Je le donnerai à mon fils.

Il s'allongea, la tête reposée en arrière, et regarda le ciel d'un bleu profond, presque parfait. L'après-midi avait été occupé à déblayer les gravats, à transporter les blessés dans l'enceinte intérieure, à évaluer les dégâts et à superviser les réparations. Il serait volontiers resté sur les remparts, mais Mattius l'avait menacé de le porter sur ses épaules jusqu'à l'infirmerie s'il n'y allait pas de son plein gré. Depuis la bataille, le seul signe de vie provenant du camp Mamelouk était la scansion lancinante des prières.

Le manteau de James était couvert de sang. Il n'avait qu'une seule envie : se retirer dans ses quartiers. Mais il restait encore beaucoup à faire. Après les vêpres, Mattius et lui prendraient le premier tour de garde sur les murs.

— Vous croyez qu'ils nous attaqueront ce soir ?

James vit que les yeux du soldat syrien qui venait de poser cette question étaient remplis d'effroi.

— Non, répondit-il à l'homme, il va leur falloir

quelques jours pour se regrouper et organiser leur prochain assaut.

Puis il leva les yeux en entendant qu'on l'interpellait. Le commandeur marchait dans sa direction, accompagné par six chevaliers. En voyant le visage décomposé du commandeur, James se mit sur ses pieds.

— Nous avons des problèmes, murmura celui-ci en arrivant à côté d'eux.

— Que se passe-t-il, maître? demanda Mattius, qui se tenait derrière James.

Le commandeur regarda autour de lui. Des soldats syriens discutaient entre eux. Quand il reprit la parole, sa voix n'était plus qu'un filet à peine audible.

— Baybars a envoyé un héraut. Il offre une amnistie sans condition à tous les soldats nés sur ces terres qui se rendraient à lui Il leur a donné deux nuits pour décider de partir en toute liberté. Sinon, il leur promet qu'ils nous accompagneront dans la mort.

— Par le Christ et tous les saints! marmonna Mattius.

— Dans l'heure qui vient, continua le commandeur, tout le monde aura entendu parler de sa proposition. Si nous ne parvenons pas à maintenir l'ordre, il se pourrait que demain matin nous ayons une insurrection sur les bras.

19

Le Temple, Paris

20 juillet 1266 après J.-C.

Dans la cellule, l'air était étouffant. Assis en petit comité, les chevaliers étaient en sueur dans leur cape en laine mais ils essayaient de ne pas s'agiter sans cesse pour chercher une fraîcheur de toute façon inexistante. Seul Everard, juché sur son tabouret comme un busard sur sa branche, ne semblait pas affecté par la chaleur. Il n'avait même pas ôté sa capuche. En revanche, il était impatient de savoir pour quelle raison le visiteur les avait réunis. Quand il avait reçu la convocation, il s'apprêtait à traduire un passage très complexe d'un texte grec qui lui résistait depuis des semaines.

On discutait des affaires du quotidien avec tous les frères durant le chapitre hebdomadaire. Une réunion privée, avec seulement quelques chevaliers qui semblaient avoir été choisis avec soin, le tout sans explication ni préambule, c'était pour le moins inhabituel. Aussi loin que remontait sa mémoire, Everard ne se souvenait pas avoir jamais vu quelque chose de semblable. Il avait essayé d'en deviner le sujet par rapport aux gens présents dans la pièce, mais bien qu'ils fussent de haut rang, les chevaliers qui se trouvaient dans la pièce n'avaient rien de particulièrement extraordinaire. S'il avait dû désigner un intrus dans cette assemblée, il n'aurait pu désigner que lui-même.

La porte s'ouvrit et tous les visages se tournèrent. Un domestique entra, porteur d'un plateau chargé de boissons. Dans son sillage arriva le visiteur, avec sa démarche majestueuse et sa barbe en trident qui grisonnait par endroits. Avec lui se trouvait un jeune homme qui ne devait pas avoir plus de vingt ans. En l'apercevant, Everard se tassa sur son tabouret et fronça les sourcils. Le visage du jeune homme était maigre et il exprimait une détermination sans faille. Sa robe blanche était tachée et raccommodée, ses pieds nus couverts de poussière. À son cou pendait une grande croix en bois. Malgré son allure de mendiant, il semblait se croire le détenteur d'une autorité supérieure. C'était un dominicain. Un inquisiteur.

— Bon après-midi, frères, les salua le visiteur en fermant la porte dès que le domestique fut parti.

Il désigna au dominicain un tabouret vide près de la table.

— Je vous en prie, asseyez-vous, frère Gilles.

Le jeune homme eut un sourire sobre.

— Je préfère rester debout.

— Comme vous voudrez, répondit le visiteur sans paraître s'en troubler.

Il fit le tour de la table et s'assit dans son fauteuil, laissant le dominicain seul debout au milieu de l'assemblée des chevaliers.

— Je vous prie de m'excuser pour ne pas vous avoir prévenus à l'avance de ce conseil, dit en préambule le visiteur, mais le frère Gilles ne peut pas rester longtemps. Il est venu m'informer de quelque chose en privé, mais il a accepté de continuer cette discussion en votre présence car nous pourrions avoir besoin de vos services.

Le visiteur se tourna vers Everard.

— J'ai souhaité que vous veniez pour nous conseiller

dans cette histoire, frère Everard. Nous connaissons tous l'étendue de vos compétences.

Everard ne dit rien mais son inquiétude ne faisait que grandir.

— Quand vous voulez, frère Gilles, dit le visiteur en faisant un geste à l'attention du dominicain.

Gilles se déplaça légèrement afin que tous les chevaliers puissent bien le voir et il balaya l'assistance d'un regard intense. Everard se renfrogna un peu plus. De toute évidence, Gilles maîtrisait l'art oratoire. Il devait être frais émoulu des classes de théologie de l'Université de Paris, pensa le prêtre. Avec leur rhétorique et leur agressivité, les frères dominicains étaient davantage des avocats que des religieux.

— Ces derniers mois, commença Gilles, mon Ordre a enquêté sur un troubadour ayant voyagé dans le sud du royaume. Il s'est fait un nom en interprétant un prétendu roman du Graal inspiré de l'histoire de Perceval.

— Vous parlez de Pierre de Pont-Évêque?

C'est Nicolas de Navarre qui avait parlé.

— Vous avez entendu parler de lui, frère? s'enquit le visiteur.

— Un peu. Je m'intéresse aux romans, expliqua-t-il.

Gilles observa un instant le chevalier aux cheveux noirs.

— Alors vous serez sans doute intéressé d'apprendre que nous voulons l'arrêter pour hérésie.

— Pour hérésie?

— Les frères d'un de nos couvents dans le Sud ont entendu les blasphèmes prononcés par le troubadour au cours de son tour de chant. Ils ont contacté la direction de notre Ordre à Paris. Nous avons adressé une requête à la cour d'Aquitaine, qui avait invité le troubadour à faire une représentation, et ils ont fini par le faire interdire. Certains de mes frères espéraient l'appréhender là-bas, mais quelqu'un a dû le prévenir car il n'est jamais arrivé.

Nous avons récemment appris que le roi Louis l'avait invité à la cour royale à la Toussaint prochaine.

Les yeux de Gilles se plissèrent.

— Un jour saint, rien de moins. Nous lui avons également adressé une requête pour qu'il retire son invitation, mais il a refusé de tenir compte de notre conseil. Nous avons fait passer le message à nos frères dans tout le royaume. Ordre leur a été donné de capturer Pont-Évêque. Mais le pays est grand et nous sommes bien peu nombreux pour accomplir cette mission. Si nous ne parvenons pas à l'arrêter d'ici là, nous le ferons quand il arrivera au palais. Et c'est là que nous aurons recours à vos services. Si le Temple nous soutient dans cette affaire, le roi sera obligé de plier devant nous.

Everard s'agitait sur son tabouret.

— À une oreille sensible, avança-t-il prudemment, les romans autour du Graal peuvent sembler paillards. Mais le code de bonne conduite interdit aux troubadours de dépasser les limites de la décence. Franchement, je suis surpris de voir que les inquisiteurs se préoccupent de cela. Leur haute vocation ne les destine-t-elle pas à de plus belles proies qu'un vulgaire comédien ?

— Frère Everard, dit le visiteur sur un ton de reproche.

Gilles leva sa main pour signifier qu'il entendait répondre à cette question.

— Non, frère Everard a raison. En temps normal, nous ne nous inquiéterions pas d'un personnage aussi insignifiant. Mais ce cas rentre complètement dans nos attributions. Les chansons de Pierre de Pont-Évêque ne sont pas simplement paillardes : comme je l'ai dit, elles sont hérétiques. Il y parle d'hommes qui frappent le Christ, crachent et urinent sur la Croix, et qui boivent leur propre sang dans le calice de la Communion. Des pans entiers de son spectacle décrivent des rites païens : sorcellerie, idolâtrie, sacrifice d'hommes ou d'animaux, et toute une flopée de pratiques trop répugnantes et impies pour qu'on puisse même les évoquer.

Ses yeux balayèrent de nouveau l'assemblée.

— Nous vous rappelons que des milliers de cathares ont été jugés coupables de dépravations similaires quand nous avons purifié leur secte. Pierre de Pont-Évêque attire une foule nombreuse dans les régions du Sud, régions où l'hérésie cathare fut particulièrement vivace. Il n'observe pas le code de bonne conduite. Il bafoue autant qu'il peut les règles et pourtant sa popularité ne baisse pas. Au contraire, c'est pour son irrespect qu'il est célèbre, qu'on l'admire. Les paysans, notre expérience le prouve, se laissent facilement tirer vers le bas, la vulgarité les attire comme le miel les abeilles. Aussi est-il de notre devoir, en tant que serviteurs de Dieu, de sauver leurs âmes. Nous ne pouvons permettre à quelqu'un d'aussi nuisible de les influencer. Je ne devrais pas avoir à vous rappeler qu'avant que nous supprimions leur secte, la popularité des cathares rivalisait avec celle de l'Église. Si nous n'avions pas agi avec détermination, Dieu seul sait combien d'entre eux se seraient écartés du troupeau, livrés à un gnosticisme abject. Saint Dominique a fondé notre Ordre pour éradiquer la menace cathare. Depuis sa mort, nous sommes de plus en plus nombreux et notre mandat s'est élargi. Notre Ordre est désormais en première ligne dans la guerre contre l'hérésie. Nous avons pour responsabilité de garder la Chrétienté des pratiques et des idées nocives, aussi inoffensives qu'elles puissent sembler aux autres.

Gilles appuya sur ces dernières paroles en jetant à Everard un regard glacial.

— Il est dans l'intérêt du Temple que cet homme soit arrêté, conclut-il après quelques instants.

Un chevalier prit la parole.

— Je suis sûr que personne dans cette pièce ne doute que ce troubadour soit un danger, si ce que vous dites est vrai. Mais en quoi est-ce l'intérêt du Temple de participer à sa capture ?

— La réponse est simple, répondit Gilles en regardant le chevalier. Son spectacle décrit la manière dont un ordre de chevaliers dirige Perceval à travers toute une série d'initiations de plus en plus iniques. Et il dépeint ces chevaliers vêtus d'un manteau blanc orné d'une croix rouge.

Quelques chevaliers remuèrent, mal à l'aise. Everard se passa la main sur les sourcils. Il transpirait.

— Donc vous avez prévu de l'arrêter à son arrivée à Paris ? demanda Nicolas.

— Oui.

— Quelles sont les preuves qui vous permettront de l'accuser ?

Gilles leva le sourcil droit.

— En dehors des milliers de personnes qui ont entendu ses déclarations profanatoires ? Ce n'est pas que nous ayons besoin d'une autre charge, mais pourtant nous avons découvert quelque chose d'intrigant. Nous pensons que Pierre de Pont-Évêque n'a pas écrit lui-même ce roman. Il y a dix ans, il avait une position à la cour royale, mais il n'était pas très populaire et le roi l'a renvoyé. Certaines sources nous ont informés qu'il a sans aucun doute le talent requis pour écrire… disons… cette pièce. Mais ce que nous savons, en revanche, c'est qu'il est en possession d'un livre dont il lit des passages durant son spectacle. Il prétend que c'est un ange qui le lui a donné, et que cet ange l'a pris dans un caveau scellé à l'intérieur de l'église du Saint-Sépulcre à Jérusalem. C'est un blasphème, bien sûr, mais nous le soupçonnons d'avoir glané dans ce livre l'essentiel de son sujet. C'est avec ce livre que nous le traduirons en justice. Il se peut d'ailleurs que ce soit un vestige des cathares.

— Êtes-vous en mesure de nous décrire ce livre ? demanda le visiteur.

— Sa reliure en vélin est de bonne facture. Il est écrit en rouge à l'intérieur, mais son titre a été réalisé avec des feuilles d'or.

— Vous connaissez son titre ? s'enquit Everard d'une voix nauséeuse.

Gilles le regarda.

— Oui. Il s'intitule *Le Livre du Graal*.

— En avez-vous déjà entendu parler ? demanda le visiteur en se tournant vers Everard.

Everard s'éclaircit la gorge avant de reprendre la parole.

— Non. Non, pas du tout.

— Eh bien, voilà qui est vraiment perturbant, dit le visiteur en s'enfonçant dans son fauteuil. Les finances du Temple reposent sur les donations de rois et de nobles de nombreux pays. Nous ne voudrions pas perdre leur soutien en ternissant notre réputation, en particulier avec la situation actuelle en Orient.

Il se tourna vers Gilles.

— Les frères dominicains peuvent compter sur notre soutien dans cette affaire.

Deux heures plus tard, Everard, qui s'était réfugié dans sa chambre mais avait abandonné sa tentative de traduction, poussa un profond soupir de soulagement en entendant frapper à sa porte. Un instant plus tard, un homme vêtu d'une cape grise pénétra dans la pièce.

— Je commençais à croire que tu ne viendrais plus, dit Everard avec irritation.

Il se dirigea vers une petite table près de la fenêtre, s'empara d'une coupe et en essuya le rebord avec sa robe.

— Je suis venu aussi vite que possible, dit Hasan en fermant la porte. Que se passe-t-il, frère ?

En se servant, Everard renversa un peu de vin sur la table. Hasan vit que la main du prêtre tremblait.

— On dirait que tu avais raison, dit abruptement Everard.

Le visage de son interlocuteur exprimait la perplexité.

— À propos du troubadour, expliqua Everard en

s'asseyant lourdement. Assieds-toi, Hasan. Nous nous connaissons depuis longtemps, pas de cérémonie entre nous.

— Depuis longtemps, en effet, dit Hasan en souriant légèrement et en prenant place au côté du prêtre. Dis-moi de quoi il s'agit.

Everard raconta à Hasan la réunion avec le dominicain.

— J'aurais dû t'envoyer chercher ce troubadour il y a des semaines, dès que tu m'as parlé de lui.

— À ce moment-là, nous n'avions pas la certitude que son roman était en rapport avec ton code. D'après ce que m'avaient dit mes sources, on ne pouvait conclure qu'à des similitudes. Il était assez logique d'attendre plus ample confirmation.

— Et maintenant, maugréa Everard, les inquisiteurs sont après lui.

— D'après ce que tu dis, on dirait qu'ils tenteront de capturer Pont-Évêque quand il arrivera à Paris, et pas avant.

Everard acquiesça en grognant, mais le rappel de cette information sembla le détendre un peu.

— D'après toi, comment le troubadour est-il entré en possession du *Livre du Graal*? demanda Hasan.

— Je dois supposer que c'est lui qui a contraint le clerc à le voler dans nos coffres.

Hasan n'avait pas l'air convaincu.

— Rappelle-toi qu'à l'époque, nous pensions que celui qui l'avait volé devait être au courant de l'Anima Templi et de nos objectifs. Ce que nous craignions par-dessus tout, c'était que cet homme s'en serve comme d'une preuve pour nous détruire. Si les inquisiteurs ont raison, le troubadour n'a fait qu'adapter ton code pour en tirer un roman autour d'une quête du Graal. Ce n'est sans doute pas ce que ferait quelqu'un qui voudrait nous dénoncer et nous nuire, en particulier s'il n'essaie pas de le relier au

Temple. Qui sait, peut-être est-ce véritablement un ange qui le lui a donné?

— Je n'y comprends rien non plus, Hasan. Mais si ce troubadour est responsable du vol et qu'il est au courant de nos activités, il pourrait livrer aux dominicains des informations cruciales. Ils utilisent des méthodes très persuasives pour forcer leurs prisonniers à se confesser.

Everard se leva et fit les cent pas avec animation.

— Il aurait fallu que tu entendes ce Gilles, s'exclama-t-il, le visage tordu par la colère. Dès qu'ils ne sont pas d'accord avec quelqu'un, ils le taxent d'hérésie! On finirait par croire que ce sont les dominicains eux-mêmes qui ont écrit la Bible, et non Dieu. Quand je pense à tous ceux qui meurent brûlés vifs parce que leur opinion diffère de celle de l'Église... C'est eux qu'on devrait brûler!

Les joues d'Everard avaient pris des couleurs et sa cicatrice semblait palpiter tandis que sa voix continuait à s'élever.

— Combien de pères et de fils devront encore batailler pour satisfaire leur arrogance? Combien de femmes doit-on transformer en veuves, combien d'enfants en orphelins, au nom de Dieu? Ils sont au service de leurs *propres intérêts*, conclut-il en secouant la tête.

— Frère, tenta de le calmer Hasan.

Everard se tournait vers lui.

— Qui d'autre aurait pu accomplir ce que l'Anima Templi a accompli, Hasan? Personne, je te l'assure. Ils sont tous bien trop entichés de leurs propres désirs, de leurs politiques et de leurs certitudes. Même l'Ordre auquel nous appartenons.

Sa colère s'estompait quelque peu.

— Si les dominicains mettent la main sur notre livre et découvrent nos plans, ils nous détruiront. Ce que nous voulons réaliser va à l'encontre de tout ce que professe l'Église. Ils ne comprendraient pas, Hasan. D'ailleurs, tu le sais bien.

— Nous avons quelques mois avant que Pont-Évêque n'arrive en ville. C'est un délai suffisant.

— Il faut que nous capturions ce troubadour. Malgré sa puissance, je ne suis pas sûr que le Temple pourrait se dresser contre les inquisiteurs sans subir leurs foudres. Même si le pape est le seul à pouvoir faire plier l'Ordre, il se trouve qu'il écoute les dominicains.

Everard ouvrit un grand coffre et en sortit une bourse pleine de pièces d'or.

— Si ce Pont-Évêque est en possession du *Livre du Graal*, je veux que tu le lui reprennes, dit-il en tendant l'argent à Hasan. Et s'il est responsable du vol...

— Je comprends, frère, le coupa Hasan. Le troubadour n'atteindra pas Paris.

Puis il réfléchit quelques instants.

— Je voulais te parler d'autre chose. J'attendais le bon moment, il est peut-être venu.

Hasan hésitait à continuer, ce qui impatienta Everard.

— Si tu veux dire quelque chose, dis-le.

— Ton sergent. Je me disais que tu devrais peut-être l'impliquer. Nous pourrions avoir besoin d'aide. Maintenant que je suis à Paris, nos chemins vont se croiser régulièrement et il me traite toujours avec une grande méfiance.

Everard agita la main.

— Il est simplement curieux. Je suis certain qu'il ne se doute de rien. Je lui ai répondu ce que je réponds à tous ceux qui me posent des questions. Tu t'es converti au christianisme et tu m'aides à dénicher des manuscrits arabes pour mes traductions. En quoi cela devrait-il soulever des interrogations? C'est quelque chose de très ordinaire en Acre. Là-bas, la commanderie emploie des secrétaires arabes.

— Pardonne-moi si je me mêle de ce qui ne me regarde pas, mais Campbell te sert loyalement depuis six ans, alors même que tu lui as refusé l'initiation sans raison.

— Il n'y a pas de raison de hâter l'initiation, contrairement à ce que semblent penser tous les jeunes gens d'aujourd'hui.

— Tu m'as dit à quel point il t'est devenu une aide précieuse.

— Campbell n'est pas prêt, trancha sèchement Everard. Et tant que je n'aurai pas décidé du contraire, il ne jouera aucun rôle dans nos affaires.

— Il ne pourra jamais faire ses preuves si tu ne lui en donnes pas l'occasion. Tu le brides. Il pourrait t'être utile. Il pourrait *nous* être utile. Je sais à quel point James aimerait qu'il fasse partie de notre Cercle.

Hasan attendit quelques secondes avant de poursuivre, d'une voix aussi douce que possible.

— Mon frère, tu n'es plus aussi jeune que tu le crois. Qui continuera ton travail ici quand tu seras parti ? Pas moi. Pas ici, en Occident. Notre travail – la collecte et la diffusion du savoir – est important, mais tu devras bientôt retourner en Orient. Les autres ont besoin de leur maître, surtout maintenant que le conflit prend de l'ampleur. Il y a des décisions importantes à prendre.

— Ce n'est pas la peine de me le rappeler, Hasan, dit Everard avec lassitude. Si le livre n'avait pas été volé, je serais retourné en Acre il y a des années. Je sais qu'on a besoin de moi là-bas et que nous devons recruter pour remplacer ceux qui sont tombés, mais c'est pour le bien de mon sergent que je ne lui ai rien dit jusqu'ici. Quand un homme entre dans le Cercle, il ne peut plus jamais vivre complètement dans ce monde. Il se sent toujours à part.

— Peut-être, mais n'est-ce pas plutôt que tu as tellement l'habitude de garder nos secrets que tu crains de les divulguer ? Prends garde qu'ils ne dépérissent pas faute de sang neuf.

Hasan rabattit la capuche sur sa tête.

— Tu as été échaudé par le grand maître Armand. Je comprends cela, frère. Mais il est temps d'oublier le passé et de se tourner vers l'avenir. Notre Cercle ne pourra atteindre ses objectifs que s'il y a des hommes pour y veiller. Si nous n'accueillons pas de nouveaux membres, l'Anima Templi mourra avec cette génération.

Le soleil était presque tombé lorsque Will acheva la traduction. Il avait été enfermé dans le dortoir toute la journée et sa main était pleine de crampes et de courbatures. Il reposa sa plume et rassembla les deux liasses de parchemins, dont l'une était couverte d'une écriture soignée et l'autre, de sa propre main, remplie de lignes tortueuses. Puis il quitta le dortoir.

Will travaillait sur ce traité en langue arabe depuis des semaines. C'était une tache laborieuse à laquelle il avait consacré une partie de ses nuits, à la lumière d'une simple bougie, le bruit de la plume semblant étrangement déplacé au milieu des ronflements de ses camarades. Aujourd'hui, à cause de sa précipitation, l'encre avait bavé sur les dernières pages et les lignes étaient un peu de guingois. Il avait envisagé de décorer le manuscrit avec l'un de ces cadres compliqués qu'affectionnait Everard, mais après avoir vu Simon hier, un sentiment d'urgence l'avait envahi. Achever le traité lui fournissait une bonne raison d'aller voir le prêtre.

Will quitta les quartiers des sergents. Le ciel était d'un rouge sanglant et l'air était chargé d'humidité. En approchant de la cour principale, il vit une ombre grise marcher en direction du donjon. Will ralentit le pas et suivit Hasan des yeux. Celui-ci s'engagea à vive allure dans le passage qui contournait le donjon et menait à l'entrée de la commanderie. Quelques instants plus tard, il était hors de vue. Will fronça les sourcils et continua son chemin. Il atteignit bientôt les quartiers des chevaliers. Il allait en pousser la porte quand celle-ci s'ouvrit devant lui. Un chevalier sortit et faillit le heurter. C'était Garin de Lyons.

— William! s'exclama Garin en reculant de quelques pas, surpris.

Il ne dit rien de plus. Tous deux s'étudièrent un instant en silence.

Garin faisait plus vieux que ses dix-neuf ans. Il était beau garçon, désormais. Sa barbe était d'un blond plus foncé que ses cheveux, plus dorés que jamais. Will vit sa propre image réfléchie dans les yeux bleus de Garin : la tunique noire sale et chiffonnée, les bottes abîmées, les cheveux qui lui tombaient sur les yeux. Quand le silence devint intolérable, il se força à sourire et à tendre la main.

— Simon m'a dit que tu venais d'arriver. Ça remonte à loin, notre dernière rencontre.

Garin hésita un instant avant de lui serrer la main.

— Comme tu dis. Comment vas-tu ?

— Bien. Et toi ?

— Bien.

Il y eut un autre silence.

— Comment va Londres ? demanda Will, sans rien trouver d'autre à dire.

— Sale et bondé, dit Garin en lui adressant un sourire forcé. Comme toujours.

— Qu'est-ce que tu fais ici ?

Will réalisa qu'il avait prononcé ces mots avec plus de vigueur qu'il ne l'avait voulu, comme s'ils recelaient quelque reproche secret.

— J'ai demandé un transfert. Il y a peu d'opportunités d'avancement à Londres. Avec le visiteur, j'ai plus de chances de devenir commandant ici.

Les yeux de Garin se portèrent brièvement sur la tunique de Will.

— Maintenant que je suis chevalier... J'ai entendu dire que tu travaillais comme secrétaire ?

Will s'efforça de dissimuler la honte qu'il ressentait.

— Oui. Mon maître, Everard, est prêtre.

— Everard ? fit Garin en fronçant les sourcils.

Il avait l'air de le connaître, et peut-être même de lui en vouloir.

— Tu as entendu parler de lui ?

Garin secoua la tête et l'expression étrange disparut de son visage.

— Non, je pensais à autre chose. Bien, dit-il en faisant

mine de partir, j'ai rendez-vous avec le visiteur. Je ferais mieux d'y aller.

— Écoute, Garin, dit vivement Will. Je sais que c'était il y a des années, mais je n'ai jamais pu te dire que j'étais désolé de t'avoir frappé ce jour-là. Tu sais, près de la tombe.

— C'est du passé, répondit Garin. Nous avons tous les deux fait ou dit des choses à cette époque que nous regrettons.

Il hocha la tête et reprit son chemin, l'ourlet de son manteau blanc balayant le sol.

Will le regarda partir. Il fit rouler ses epaules, surpris de voir à quel point il se sentait tendu. C'était un choc de voir comme son ancien ami avait l'air mature. Il lui semblait qu'hier encore ils grimpaient aux arbres du Nouveau Temple pour y voler des fruits.

Quand il arriva devant la chambre d'Everard, Will toqua trois fois à la porte et attendit que celui-ci lui dise d'entrer. Des années plus tôt, le prêtre lui avait donné son propre signal pour s'annoncer. Pour Will, il était clair que cette méthode, parmi d'autres, n'avait pour but que de lui faire comprendre la place qui était la sienne.

Au bout d'un moment, une voix croassa à l'intérieur.

— Entrez.

Everard était l'un des rares frères – ils étaient une petite poignée – à disposer de leur propre cellule. Will n'avait jamais su pour quelle raison ce luxe lui avait été accordé. Sur le mur du fond, au-dessus d'un lit étroit, une carte représentait la Terre sainte avec Jérusalem en son centre et, plus au nord, les cités d'Acre et d'Antioche. Chaque fois que Will contemplait cette peinture, il se rappelait d'un chevalier du Nouveau Temple qui lui avait parlé d'Antioche, l'un des cinq sièges épiscopaux les plus sacrés de la Chrétienté : c'était là que les premiers chrétiens avaient suivi dans le plus grand secret les premiers services dirigés par saint Pierre lui-même. Le chevalier avait décrit une vaste ville débordant de richesses et protégée par une muraille s'étendant sur plis de cent arpents[1], avec une citadelle qui s'élevait si haut sur les cimes des montagnes qu'elle touchait les nuages. Bien entendu, Will n'en avait pas cru un mot. Rien ne pouvait être haut au point de toucher les nuages. Mais quand il avait vu pour la première fois la peinture, avec le château s'élevant au-dessus de la montagne, il s'était dit qu'après tout c'était peut-être vrai.

Comme d'habitude, Everard était assis à sa table. Il travaillait à une traduction, penché sur un livre, ses mèches de cheveux blancs agglutinés sur le crâne comme des toiles d'araignées. La flamme de l'unique bougie vacillait à cause du léger courant d'air passant sous la tapisserie qui couvrait la fenêtre. Quand Will ferma la porte, le prêtre leva un instant la tête, puis il se remit à étudier ses pages d'un air maussade.

— Que veux-tu, sergent?

Will montra les parchemins.

— Ma traduction du traité d'Ibn Ismail. Je l'ai terminée.

Everard continua à lire un bon moment, puis il posa le livre et se tourna vers Will.

— Fais-moi voir ça.

— Que fait Hasan ici, maître?

— Je lui ai demandé de faire une course pour moi. Allez, donne-moi ça! lui ordonna Everard en claquant des doigts.

Will s'interrogeait sur la présence de Hasan à Paris : il ne l'avait pas vu depuis plus d'un an, mais il se rendait bien compte qu'il n'obtiendrait pas de réponse d'Everard. Le prêtre semblait encore plus mal disposé que de coutume. Will s'attarda un instant près de la porte en pensant que ce n'était peut-être pas le meilleur moment pour le relancer à propos de son initiation, mais Everard attendait. Will s'avança et lui tendit les parchemins.

Le prêtre déroula précautionneusement l'original sur

1. Arpent : unité de longueur valant environ 71,5 m.

la table et étala avec moins de précaution la traduction de Will, puis il commença à lire en passant de l'un à l'autre.

— Je voulais aborder un sujet avec vous, maître, se risqua Will.

— Dis-moi ce que signifie le mot arabe *asal*, sergent.

— Comment?

Everard leva les yeux vers lui.

— Miel, répondit Will après un bref silence.

— Alors comment se fait-il qu'au lieu de *miel* mélangé à de l'huile d'olive et de l'huile de girofle, ton travail établit qu'il faut tremper une aile de busard dans l'huile d'olive pour obtenir un remède contre les fièvres? Je ne suis certes pas expert dans ce genre de traitement, mais je reste tout de même très sceptique sur les effets d'un tel brouet contre les fièvres.

— Je vous avais prévenu que le texte est à peine lisible par endroits.

— Peut-être aurait-il été plus clair à la lumière du jour. Il ne fait aucun doute que ta traduction est criblée d'erreurs. Nous savons tous deux que tu t'es dépêché d'en venir à bout. Tu étais tellement pressé que tu as travaillé à la nuit tombée, quand tu ne voyais pas plus loin que le bout de ton nez.

Everard jeta le parchemin aux pieds de Will.

— Recommence.

Will éprouva soudain l'envie de cogner le prêtre.

— J'ai passé des heures sur cette tra...

— Es-tu allé dans une taverne hier, sergent? le coupa Everard.

— Comment? Non.

— Comme c'est bizarre. Je parlais avec le visiteur hier quand un garçon, un palefrenier, est venu s'annoncer. Il arrivait de Londres. J'ai entendu ce qu'il disait au maréchal. Il était tout excité, il venait de rencontrer son vieux camarade Will Campbell en ville. Et pour tout dire, il avait l'air plutôt ivre. Or, nous savons, toi et moi, que tu goûtes fort les libations.

Everard fit un geste dédaigneux en lui montrant la porte.

— Pars. Laisse-moi.

— Pourquoi ne pouvez-vous *jamais* finir une conversation ?

Everard parut sidéré que Will eût osé crier sur lui. Le poing serré, il frappa un grand coup sur la table.

— Tu sembles oublier qui est le maître et qui est l'apprenti !

Il se leva et marcha en boitant vers Will.

— Je t'ai déjà donné le fouet une fois, mon garçon. Je n'aurais pas de remords à le refaire.

Will ne bougea pas d'un centimètre.

— Pensez-vous que je crains une douleur momentanée alors que je travaille depuis six ans pour vous ?

Les yeux d'Everard s'arrondirent, puis il eut un rire discordant qui se conclut en quinte de toux.

— Eh bien, cracha-t-il au milieu des spasmes, si le fouet... te semble encore trop bon... peut-être une punition plus appropriée... serait de t'envoyer... dans une garnison perdue... au milieu du désert... sur la ligne de front !

— Vous pensez à la ligne de front sur laquelle mon père se bat ? Si c'est le cas, n'hésitez pas à m'y envoyer. Ce ne serait pas une punition, mais une bénédiction.

Everard s'agrippa au coin de la table. Avec la sueur qui perlait à son front, sa peau ressemblait à du suif fondu.

— Idiot ! soupira-t-il. Tu ne connais rien à la guerre. Tu n'as jamais été sur un champ de bataille, avec le bras en feu à cause du poids de ton épée, couvert du sang de tes camarades, ignorant quand viendra le coup fatal qui t'expédiera au royaume de Dieu.

— J'ai tué un homme quand j'avais treize ans, murmura Will.

— Rien de ce que tu as vu ou fait dans ta courte vie ne peut t'avoir préparé.

Everard s'affala soudain sur sa chaise.

— Alors apprenez-moi, dit Will en s'approchant du prêtre et en posant ses deux mains à plat sur la table. Préparez-moi. Je *veux* apprendre.

— Non, marmonna Everard en tournant la page de son livre. Tu n'es pas encore prêt pour ça.

— Qu'ai-je donc bien pu faire pour mériter votre mépris ? Vous ai-je jamais trompé ? Si c'est le cas, dites-le-moi et je m'amenderai. Tout ce que j'ai jamais voulu, c'est être un chevalier du Temple pour pouvoir combattre près de mon père. Pourquoi voulez-vous m'en empêcher ? Je ne comprends pas. Qu'avez-vous à y gagner ?

Everard observait Will en silence.

— J'ai toujours fait tout ce que vous m'avez demandé, continua Will d'une voix rauque, en sentant des larmes perler au coin de ses yeux. J'ai balayé le sol de votre chambre alors que vous auriez pu demander à des domestiques de le faire. J'ai délivré des messages et je suis allé en chercher pour vous. J'ai traduit Dieu sait combien de traités tous plus mal écrits, indéchiffrables et ennuyeux les uns que les autres et...

Will retourna la couverture du livre qu'Everard lisait à son arrivée.

— *Comprendre la curieuse nature de la pluie.* Seigneur ! s'exclama-t-il en rejetant le livre avec mépris.

— Et comment as-tu accompli ces tâches ? cracha Everard. De bonne grâce ? Sans te plaindre ?

— Si je me suis plaint, c'est parce qu'on devait m'apprendre à devenir chevalier. Vous ne m'avez pas laissé d'autre choix que de devenir votre secrétaire. C'était ça ou quitter le Temple. Pour autant, est-ce que je suis obligé d'aimer ça ?

— Ah ! fit Everard lui enfonçant le doigt dans la poitrine. Donc, ce n'est dû qu'à ta position d'infériorité par rapport à moi ? Et alors, comment ça se passait avec ton ancien maître ? As-tu toujours obéi au chevalier Owein ? L'as-tu respecté ? N'as-tu jamais rien objecté à ses exigences ?

Will détourna le regard.

— J'étais jeune. J'ai changé.

Puis il regarda Everard dans les yeux.

— Vous savez que c'est vrai, insista-t-il.

— Ton problème, c'est que tu te crois meilleur que les autres. Tu penses que tu es trop bon pour balayer une chambre. Je l'ai su dès que j'ai posé les yeux sur toi. C'est un petit coq hautain habitué à n'en faire qu'à sa tête, voilà ce que je me suis dit !

— Ce n'est pas vrai ! Ma mère était la fille d'un marchand et mon père a dû tout sacrifier pour être admis au Temple. J'en suis fier. Quand je vivais avec ma famille, je faisais tout ce qu'on me demandait sans rechigner.

— Mais tu es fier, pourtant ! s'écria Everard. Tu es en colère parce que je te prive d'initiation, c'est de l'amour-propre blessé.

— Non, ce n'est pas...

— Tu veux être chevalier pour t'élever. Tu détestes te sentir inférieur à tes amis.

— C'est dur, oui, mais j'ai d'autres raisons de vouloir prononcer mes vœux. Je vous l'ai dit, mon père...

— Ton père ! *Ton père !* s'exclama Everard en agitant les mains. Il n'est pas là, mon garçon. Pourquoi souhaites-tu devenir chevalier ? Si ce n'est pas pour ton père, et si ce n'est pas pour occuper la même position que tes amis ? Pourquoi souhaites-tu, *toi, Will Campbell,* devenir chevalier ?

Will ne trouva rien à répondre et secoua la tête, dépité.

— Dans ce cas, reprit Everard en retrouvant son calme, pourquoi devrais-je te présenter à l'initiation ?

Dans le silence pesant qui s'ensuivit, Will scruta la peau desséchée du visage d'Everard. Il voulait voir son père, implorer son pardon et être de nouveau son fils. Depuis la mort de sa sœur, il avait eu l'impression d'être coupé de sa famille. Ces sept dernières années, la seule chose qui l'avait aidé à tenir le coup était la pensée de rétablir ce lien tranché. S'il y parvenait, il croyait sincèrement que tout reviendrait dans l'ordre. Il serait chevalier, comme son père le désirait, et surtout il pourrait laisser le passé derrière lui, recommencer à zéro, débarrassé de tous les péchés qu'il avait commis. Et le seul obstacle sur sa route, c'était ce vieillard frêle et implacable en face de lui.

Lentement, Will se pencha pour ramasser la traduction qui traînait au sol. En se relevant, il croisa le regard d'Everard.

— Si vous ne me présentez pas, j'irai voir le visiteur et je lui demanderai de m'envoyer à Safed.

Will était lui-même surpris de la détermination avec laquelle il avait prononcé ces mots.

— Je lui dirai que je veux combattre les Sarrasins, que je veux prendre la Croix, pour Dieu et pour la Chrétienté. Il y a toujours besoin d'hommes là-bas. Si vous refusez que j'y aille en chevalier, alors j'irai en sergent.

— Ne sois pas ridicule! dit Everard avec une pointe de dédain.

Mais Will partait déjà. Il quitta la chambre en claquant la porte si fort que le chambranle se fendilla.

20

Safed, royaume de Jérusalem

21 juillet 1266 après J.-C.

James observait les soldats entrer à la file dans la Grande Salle. Ses yeux se posèrent sur le capitaine syrien à la tête du groupe et il comprit qu'ils allaient avoir des problèmes. Le visage du capitaine exprimait gravité et résolution. Sans regarder aucun des trente chevaliers assis sur l'estrade, il prit l'un des sièges disposés en face, suivi par ses officiers. Quinze sergents du Temple et quatre prêtres étaient assis en rang sur un côté de la chambre. Les soldats syriens prirent les places vides autour d'eux. James se tourna vers Mattius, qui se trouvait à côté de lui. Le chevalier leva un sourcil comme pour souligner l'intérêt de ce qui allait suivre. James entendit le commandeur soupirer et il tourna la tête de l'autre côté.

Comme le commandeur l'avait prédit, la promesse de Baybars d'amnistier les soldats syriens avait provoqué des remous parmi les troupes. Quand la nouvelle s'était répandue dans tout le camp, la veille au matin, le commandeur avait décidé de convoquer un conseil pour apaiser la situation. Mais la réunion s'était mal déroulée et ils avaient dû l'ajourner : la discussion s'était peu à peu envenimée et menaçait de tourner à l'échauffourée. James savait qu'il leur fallait davantage de temps. Les soldats étaient encore sous le coup du dernier assaut des Mamelouks, et il ne fallait pas leur demander de réfléchir calmement, mais dès le lendemain, à l'aube, Baybars exigerait qu'on réponde à son offre. Cette deuxième réunion était leur dernière chance, les chevaliers devaient absolument convaincre les Syriens de rester et de combattre avec eux.

Quand tout le monde fut installé, le commandeur se leva. Son visage était rongé par l'inquiétude, ses yeux étaient enfoncés dans leurs orbites et son bronzage ne parvenait pas à dissimuler la pâleur de ses joues. Néanmoins, il lança un regard inflexible quand il s'adressa au capitaine syrien.

— Capitaine, espérons que le sommeil nous aura permis de reprendre nos esprits et que nous saurons modérer nos propos.

Il balaya le reste de la compagnie d'un regard austère.

— Je suggère que nous parlions avec nos têtes plutôt qu'avec nos cœurs.

— Personne ne cherche querelle, commandeur, répondit le capitaine. Je désire seulement prendre la meilleure décision pour mes hommes.

— Et moi pour les miens.

Le silence tomba, épais et lourd comme un linceul. Le commandeur se rassit.

— Capitaine, peut-être devriez-vous commencer par nous expliquer pourquoi vous pensez qu'il est préférable pour vous d'accepter la proposition de Baybars.

— Très bien, dit le capitaine après avoir réfléchi quelques instants. Comme je l'ai dit hier, accepter les termes de la reddition que nous propose Baybars est le meilleur moyen pour nous de survivre. Si Safed tombe, nous risquons la mort ou la captivité. J'ai seize cents hommes ici. Je ne veux pas les voir se faire massacrer alors que j'ai l'opportunité de les sauver.

Le commandeur leva la main pour faire taire les murmures qui commençaient à s'élever dans les rangs des chevaliers et des troupes syriennes.

— Qu'est-ce qui vous fait croire que Baybars tiendra parole? Vous l'avez dit vous-même, il n'a pas un sens de l'honneur aussi développé que celui de Saladin. Comment pouvez-vous être certain qu'il ne vous tuera pas tous dès que vous aurez quitté la forteresse?

— Je vous ai également dit, commandeur, que j'avais étudié les stratégies habituelles du sultan. Il n'extermine que ceux qui le menacent ou qui le défient. Une fois sortis de la forteresse, nous ne constituerons plus un danger pour lui. Et il est déjà arrivé que des troupes se rendent à lui, il a toujours tenu parole. Si nous n'acceptons pas son offre, notre méfiance le rendra fou de rage. Je ne pense pas que nous aurons une seconde chance.

— Ça ne s'est pas passé de cette manière à Arsouf, plaida le commandeur. Baybars a rompu sa promesse. Il a massacré deux cents Hospitaliers qui croyaient, tout comme vous, se sauver en se rendant.

Le capitaine baissa les yeux un instant, puis fixa de nouveau le commandeur.

— Les Hospitaliers sont des Francs, répondit-il calmement. Baybars avait davantage de raisons de les tuer qu'il n'en a pour nous.

Sur l'estrade, l'un des chevaliers se leva.

— Vous révélez enfin votre vrai visage, *capitaine*! Vos hommes et vous combattez pour le même Dieu que nous, mais j'ai l'impression que quand Il a attribué le courage, Il avait déjà épuisé ses réserves en arrivant aux Syriens!

— Paix, frère! ordonna le commandeur.

Le visage du capitaine s'était empourpré et plusieurs de ses officiers avaient bondi sur leurs pieds.

— Asseyez-vous! hurla-t-il au chevalier qui venait de s'épancher avec tant d'acrimonie. Les insultes ne nous avancent à rien, elles nous font perdre du temps. Nous chamailler comme des enfants ne mènera à rien !

Il attendit que le calme soit revenu avant de se tourner de nouveau vers le capitaine.

— Sans vos forces, tout espoir est fini : nous ne pourrons pas repousser un nouvel assaut. Safed est trop grand pour être protégé efficacement par une poignée d'hommes, aussi vaillants soient-ils. Ensemble, nous sommes forts. Mais si Baybars réussit à nous diviser, la ville tombera. Il nous reste beaucoup de vivres, nous pouvons encore tenir le siège pendant des mois. Il nous suffit d'avoir la foi et Dieu nous donnera la victoire.

Il planta ses yeux dans ceux du capitaine.

— Je vous parle en soldat du Christ, capitaine, parce que vous en êtes un aussi, et je vous implore de rester à nos côtés contre les infidèles.

Le capitaine syrien jeta un regard à ses hommes. Leurs yeux exprimaient tous la même peur, le même doute qu'il ressentait lui-même. C'étaient de bons soldats, mais ils ne possédaient pas le zèle des chevaliers francs. Et lui non plus. Aveuglés par leur croisade, ces derniers étaient prêts à piétiner la Terre sainte pour exterminer les infidèles. Et pourtant, ils se croyaient vertueux. Ils étaient venus, tels des géants écrasant tout sur leur passage sans même le remarquer. Leur cause leur paraissait si noble qu'ils ne voyaient pas les décombres qu'ils laissaient derrière eux. Ils voyaient cette contrée comme la terre de Dieu, mais pour lui c'était la terre de ses hommes, leur seule terre. Chaque village ruiné, chaque homme, chaque femme et chaque enfant qui se faisait tuer pour cette cause était une perte pour eux. Ils n'étaient pas des paysans arriérés et sans volonté, ils n'avaient pas besoin que ces chevaliers étrangers leur enseignent le meilleur moyen de servir Dieu, ni même leurs propres intérêts. La décision leur appartenait.

Le capitaine leva la tête.

— Je ne peux accepter votre requête, commandeur. C'est trop risqué.

Le commandeur secoua la tête de tous côtés tandis que l'agitation s'emparait de la salle.

— Depuis le début, vous vous battez à reculons! cria un des chevaliers aux Syriens. Même avant l'offre de Baybars, vous deveniez blêmes rien qu'à la perspective d'une bataille.

— Le capitaine a pris sa décision, répondit un des officiers syriens. Vous n'avez pas le droit de la remettre en cause! Nous avez-vous convoqués ici pour parlementer ou pour nous obliger à nous soumettre à votre volonté?

— Baybars n'est pas invincible, ne soyez pas lâches!

— Nous n'avons pas à rester ici et à écouter ces insultes, capitaine.

— C'est ça, partez, hurla un sergent du Temple en oubliant sa position. Nous n'avons pas besoin de bâtards dans votre genre!

Quelques officiers syriens se levèrent en tirant leur épée. Un prêtre du Temple essaya de se faire entendre par-dessus le vacarme qui ne faisait que s'accroître. Des sergents s'étaient levés à leur tour en dégainant leurs propres armes et en s'avançant vers les soldats indigènes. Le commandant leur hurlait de se rasseoir, mais plus personne ne l'écoutait. Une bagarre éclata au fond de la salle. Un sergent venait de frapper au visage un Syrien qui essayait de s'éloigner des jeunes gens brandissant leur épée. Le soldat s'écroula au sol, le nez ensanglanté. Trois de ses camarades bondirent et maîtrisèrent le sergent qui lui avait assené le coup de poing.

James se leva.

— Voilà très exactement ce que Baybars espérait! Il n'aurait pu espérer meilleure...

Mais il ne finit pas sa phrase. Ses mots se perdaient au milieu de la clameur générale.

— *Silence!*

Mattius avait poussé un véritable rugissement. Sa voix

se répercuta d'un bout à l'autre de la salle et interrompit immédiatement les cris et les bagarres en cours. Tous les yeux se tournèrent vers lui. Son visage était écarlate et ses yeux semblaient lancer des flammes. Il se tourna vers James.

— Je t'en prie, continue, dit-il posément dans le calme revenu.

James eut un léger sourire.

— Merci, Mattius.

Puis il se tourna vers le capitaine syrien.

— Si Baybars a fait cette offre, c'est parce qu'il sait très bien qu'il ne peut pas prendre Safed par les armes. Capitaine, je comprends les obligations que vous avez vis-à-vis de vos hommes. Mais si vous acceptez, vous jouez le jeu de Baybars. Le sultan cherche le chemin le plus rapide, le plus facile et le moins cher vers la victoire. Nous sommes dans la saison chaude et ses hommes sont las. Plus le siège dure, plus il lui est difficile de maintenir l'ordre dans son armée. Si nous parvenons à repousser les prochains assauts, ses ressources diminueront et il n'aura d'autre choix que de trouver une cible plus faible.

Il jeta un coup d'œil au commandeur.

— Avec la permission du commandeur, je propose que nous terminions ce conseil.

Le commandeur hocha la tête avec une lassitude évidente et James s'approcha du capitaine.

— Je suggère que vous vous retiriez avec vos hommes pour discuter de cette perspective, capitaine. Ensuite, vous reviendrez tout seul voir le commandeur pour finir la discussion. Prenez votre décision et nous la respecterons. Seulement, ne la prenez pas à la hâte, quand toutes les têtes sont échauffées.

Quelques Syriens exclamèrent leur désaccord mais le capitaine inclina la tête.

— Je vous rencontrerai seul à seul, commandeur, comme le demande votre chevalier. Mais je ne crois pas qu'un délai supplémentaire nous fera changer d'avis.

Tandis que les soldats syriens quittaient l'assemblée, les sergents leur jetaient des regards noirs en murmurant entre eux. James se rassit.

— J'espère que je ne vous ai pas paru présomptueux, dit-il au commandeur.

Celui-ci lui sourit brièvement.

— Tu as parlé comme il fallait, frère. Il nous reste peut-être une opportunité de retourner la situation. Si je vois le capitaine en privé, je pense avoir une chance de le convaincre.

Il se leva.

— Je veux que tous ceux qui ont participé à la bagarre soient sanctionnés. Je ne tolérerai pas un tel comportement, quelles que soient les circonstances. Nous sommes des hommes de Dieu, pas de vulgaires mercenaires, ajouta-t-il d'une voix glaciale en regardant les sergents qui avaient provoqué les Syriens.

James était si fatigué que c'est avec soulagement qu'il défit son manteau et sa cotte de mailles ce soir-là avant de s'écrouler sur sa paillasse. Il s'était baigné et ses cheveux encore humides lui rafraîchissaient la tête. Un rayon de lumière orange filtra par la fente qui faisait office de fenêtre, nimbant le dortoir d'une douce clarté. Dehors, le soleil était une mandarine dorée. Du camp Mamelouk lui parvenait, évanescente et diffuse, la scansion des prières. Il repoussa sa couverture en remerciant la légère brise qui venait caresser sa poitrine dénudée. D'ordinaire, la chaleur était si sèche qu'elle en paraissait presque solide. Mais ce soir, il y avait un peu d'humidité. C'était une température idéale pour s'affaler et se délasser. James se demanda s'il allait pleuvoir. Cela faisait longtemps qu'il n'avait pas vu la pluie. Il ferma les yeux et repensa à l'eau vive des rivières d'Écosse, à leurs flots bouillonnants sur les rochers bruns et sur l'herbe si douce, aux lochs sombres et couverts de brume. Il revit Isabel patauger dans le courant en relevant ses jupons, son petit visage hilare qui s'éclairait tandis qu'elle regardait l'eau courir autour de ses jambes nues. La lumière du soleil jouait sa partition de reflets sur les cheveux de sa femme quand celle-ci se tourna vers lui en lui faisant signe.

— James!

James se réveilla et vit que le dortoir était maintenant plongé dans une semi-pénombre. La lune avait remplacé le soleil. Mattius était penché au-dessus de lui. En voyant le visage inquiet du chevalier, il reprit immédiatement ses esprits.

— Qu'est-ce qui se passe? demanda-t-il en s'asseyant au bord de sa paillasse.

— Ils partent, grogna Mattius en tendant à James son maillot de corps.

— Qui donc? fit James en enfilant le vêtement.

Mattius faisait les cent pas tandis que James attrapait sa cotte de mailles à un crochet.

— Les Syriens. Ils désertent.

— Mais je croyais que le capitaine avait accepté de demander un délai de réflexion supplémentaire à Baybars? On a envoyé des hérauts. Nous étions d'accord pour attendre quelques jours de plus avant de donner notre réponse.

— On dirait que le capitaine n'a eu besoin que de quelques heures. Il préfère prendre les devants, semble-t-il. Les Syriens ont commencé à partir à la nuit tombée, quand la plupart d'entre nous étaient dans leurs quartiers ou de garde sur l'enceinte extérieure. Ils sortent par une des poternes de la muraille sud, avec des drapeaux blancs.

— A-t-on essayé de parler avec eux?

James enveloppa son manteau autour de ses épaules.

— Le commandeur a eu quelques minutes pour discuter avec le capitaine, mais il s'est montré inflexible. Il a vu que ses premiers hommes étaient bien traités par Baybars, et ça n'a fait que renforcer sa décision. Les Mamelouks désarment les Syriens à leur arrivée dans le camp, mais ils les laissent libres d'aller à leur guise. On murmure même que certains se sont ralliés à la cause des Sarrasins.

— Combien d'hommes avons-nous perdu?

— D'après les estimations du commandeur, à ce rythme nous serons mille de moins à l'aube.

— Mon Dieu! Et le capitaine?

Mattius souffla avec mépris.

— Il a pris ses jambes à son cou avec le reste de la compagnie.

Il fit un signe en direction de la porte.

— Viens, dit-il, l'air soudain accablé, le commandeur nous appelle.

Quand ils atteignirent les remparts extérieurs, James et Mattius trouvèrent le commandeur en train de jurer et de maudire les soldats syriens qui descendaient la colline escarpée à la lumière de la lune.

— *Bâtards!* sifflait-t-il entre ses dents.

Il se tourna en voyant James apparaître sur le chemin de ronde.

— Commandeur, le salua ce dernier avec gravité.

— Regardez-les! cria le commandeur en tapant du poing sur le parapet. Bande de lâches sans foi ni loi!

Autour du commandeur se trouvait un groupe conséquent de chevaliers et de sergents. Certains parlaient entre eux, les autres observaient avec angoisse l'exode des Syriens. La lumière argentée de la lune donnait un aspect lugubre à leurs visages. James sentit le désespoir s'insinuer en lui. Ils n'avaient pas une chance contre l'armée de Baybars. Ils étaient trop peu nombreux et la citadelle était grande.

— Commandeur, dit Mattius, ne pourrions-nous pas demander aux fermiers et à leurs familles de nous prêter main-forte? Entraîner un novice à manier un mangonneau n'est pas très long.

Le commandeur s'arrêta au beau milieu d'un juron pour le regarder, puis il soupira.

— Ce ne sont pas des guerriers, frère. Cela nous obligerait à constamment veiller sur eux pendant la bataille.

En outre, murmura-t-il, une bonne partie d'entre eux est partie avec les soldats. Heureusement pour nous, l'évacuation n'a pas été trop massive : ils se sont rendu compte que les Mamelouks gardaient femmes et enfants en captivité. Baybars n'est pas aussi magnanime qu'ils commençaient à le penser. Les idiots ! Les froussards !

— Commandeur, intervint timidement un jeune homme.

C'était l'un des plus jeunes sergents, il avait assisté bouche bée à l'accès de fureur du commandeur.

— Qu'y a-t-il, sergent ?

— Eh bien, nous pourrions... je pensais que peut-être, si bien sûr vous...

— Dis ce que tu as à dire !

Le sergent prit une profonde inspiration.

— Ne pourrions-nous pas nous déguiser en Syriens et partir avec eux ? Je veux dire, puisque nous ne pouvons pas défendre la forteresse ?

Quelques sergents se tournèrent vers lui, leur visage exprimant un espoir soudain retrouvé.

— Partir ? beugla le commandeur. Livrer Safed à notre ennemi ? *Jamais !*

Le sergent cligna plusieurs fois des yeux, comme un animal apeuré, puis il inclina la tête. Le commandeur le fixait d'un air enragé, mais il fit un effort pour contenir sa colère.

— Les Mamelouks ne s'y laisseraient pas prendre. Nous ne parlons pas la langue des infidèles.

— Certains d'entre nous en sont capables, dit un chevalier en s'avançant. James parle leur langue aussi bien qu'eux.

— Je ne permettrai pas que quiconque abandonne la ville ! répéta le commandeur en jetant un regard noir au chevalier.

— Mais si un ou deux d'entre nous réussissaient à passer sans se faire remarquer, poursuivit le chevalier, ils pourraient se rendre en Acre et transmettre un message au grand maître Bérard, pour qu'il nous envoie des renforts.

— Il lui faudrait plusieurs semaines pour rassembler ne serait-ce qu'un millier d'hommes, répondit le commandeur. Et même s'il le pouvait, ils devraient franchir l'armée sarrasine avant d'arriver jusqu'à nous.

Le silence tomba soudain. Chacun était perdu dans ses propres pensées.

— Il me semble, dit finalement James d'une voix grave qui parut flotter dans la nuit, que nous n'avons que deux options.

Le commandeur, les chevaliers et les sergents se tournèrent tous vers lui.

— Soit nous restons ici pour livrer une bataille que nous savons perdue, soit nous négocions notre reddition.

James regarda le camp mamelouk qui s'étendait aux pieds de Safed, illuminé par des centaines de torches et de feux.

— Je n'ai pas peur de la mort, commandeur, mais je ne me sens pas prêt non plus à me languir au Paradis alors qu'il y a tant à faire en ce bas monde.

Safed, royaume de Jérusalem, 22 juillet 1266 après J.-C.

Le commandeur refusa pendant un bon moment d'envisager la capitulation. La trahison des Syriens l'avait profondément affecté et avait encore accru son obstination à défendre Safed, mais la majorité des chevaliers était d'accord avec James. Et quand l'aube fut venue et qu'ils déplorèrent le départ de plus de mille deux cents Syriens, il se laissa fléchir. James se porta volontaire pour aller au camp négocier les termes de la reddition des Templiers. Cette idée déplaisait fortement au commandeur, mais comme il était dans l'incapacité de trouver un autre moyen de parlementer avec les Mamelouks, il dut plier.

Après les primes, James s'engagea dans le large passage menant à la poterne à flanc de colline. Son cheval était sellé et le palefrenier le guidait à travers le terrain obscur et accidenté du tunnel. Le commandeur et deux chevaliers l'accompagnaient.

— Es-tu bien certain de vouloir y aller, frère ? demanda une fois de plus le commandeur. Ils pourraient très bien t'abattre en te voyant approcher.

— J'espère simplement que je me souviendrai du mot arabe pour reddition, répondit James avec légèreté en choisissant d'ignorer la pointe d'appréhension perceptible dans sa voix.

— Tu n'en auras pas besoin, lança une voix derrière eux.

James et le commandeur se tournèrent. Mattius arrivait en courant à toute hâte. Avec lui se trouvait un Syrien petit et squelettique, avec un nez crochu, une petite moustache et une barbe.

— Voici Léo, haleta Mattius en présentant le Syrien. Il ira à ta place.

James secoua la tête en étudiant le soldat. Il se demanda si Mattius l'avait payé pour accomplir cette mission ou s'il s'était porté volontaire.

— J'ai pris ma décision, Mattius.

— Et moi la mienne. Je ne veux pas passer les prochains jours à regarder ta tête rôtir au soleil au bout d'une pique. C'est beaucoup plus sûr comme ça. Léo est peut-être un indigène, mais sa loyauté ne peut être remise en question. N'est-ce pas, Léo ? dit-il en assenant une tape sonore dans le dos du soldat.

— Oui, maître, affirma le Syrien d'une voix étonnamment profonde pour un homme d'allure aussi chétive. Je désapprouve la décision qu'ont prise mes camarades et je suis reconnaissant pour cette opportunité qui m'est donnée de les racheter.

James ouvrit la bouche pour protester mais le commandeur l'en empêcha.

— Ainsi soit-il. Je ne veux pas perdre un de mes meilleurs hommes si je peux l'éviter.

L'arrangement était conclu. Léo monta le cheval de

311

James et quitta Safed avec le rouleau détaillant l'offre des chevaliers. James, Mattius et le commandeur sortirent du passage. Ils se dirigèrent vers les remparts pour observer son entrée dans le camp, mais le temps qu'ils arrivent en haut, les chevaliers de garde leur apprirent que Léo était arrivé et qu'on l'avait déjà mené au pavillon du sultan. Il n'y avait plus rien d'autre à faire qu'attendre.

James contempla la colline pendant que les minutes s'égrenaient. Le commandeur faisait les cent pas le long du chemin de ronde et Mattius tambourinait avec ses doigts sur le parapet. Presque une heure était passée depuis qu'on avait introduit Léo dans le pavillon du sultan. James regarda en bas, dans l'enceinte extérieure, le campement d'hommes et de femmes d'où s'élevaient des nuages de fumée.

— Tu crois qu'il acceptera de les laisser partir? murmura-t-il à l'intention de Mattius.

— Les femmes et les enfants sont ce que Safed a de plus précieux à offrir. Je serais vraiment surpris.

— Moi aussi, admit James.

— Là! cria l'un des chevaliers en pointant du doigt vers la colline.

James et Mattius regardèrent par-dessus le parapet et virent Léo gravir l'abrupte pente rocheuse menant à la forteresse.

— Au moins, il est encore en vie, dit un autre chevalier. C'est plutôt bon signe, non?

Quelques minutes plus tard, Léo arriva sur les remparts.

— Alors? demanda le commandeur sans attendre que le Syrien soit arrivé jusqu'à eux. James remarqua que le soldat semblait assez secoué : son visage était livide.

— C'est fait, commandeur, dit Léo en s'inclinant. Le sultan Baybars a accepté vos conditions. Si vous abandonnez Safed sans résistance, il vous laissera la liberté. Vous pourrez vous rendre en Acre sans encombre. Il autorise les soldats et les paysans qui sont encore ici à rentrer chez eux. Vous avez jusqu'à la fin de la journée pour préparer votre évacuation. Il faut quitter la ville ce soir. Les soldats et les fermiers attendront à l'intérieur que les troupes de Baybars leur donne la permission de partir.

Le commandeur fronça les sourcils.

— Je ne m'attendais pas à ce que ce soit aussi simple, commenta-t-il.

— C'est de la folie, s'exclama un des chevaliers. Allons-nous croire aussi facilement la parole de notre ennemi?

— Bien sûr que non, intervint Mattius. Mais comme l'a dit James, mieux vaut un prisonnier qu'un cadavre. Dehors, nous aurons une chance. Si nous restons ici, nous ne ferons que différer l'inévitable.

— Le sultan veut la victoire le plus rapidement possible, les informa Léo. Il dit qu'il ne se soucie pas d'une poignée de sauvages venus d'Occident.

Le soldat syrien toussa pour s'excuser des propos qu'il venait de répéter.

— Tout ce qu'il veut, selon ses propres mots, c'est débarrasser la forteresse de leur présence pour pouvoir la raser et mettre un terme à la souillure de cette terre.

Les sourcils du commandeur se levèrent un peu plus.

— Des sauvages? dit-il en passant la main sur les pierres lisses du parapet. Il faut des années pour construire une forteresse comme celle-là. La détruire ne lui prendra que quelques semaines. J'ai peine à croire qu'elle va tomber.

— Voulez-vous que j'apporte votre réponse au sultan? demanda Léo.

Le commandeur leva les yeux au ciel, puis il posa les yeux sur James et Mattius. Enfin, il prit une profonde inspiration.

— Très bien, laissa-t-il tomber. Donnez-lui mon accord, qu'on en termine.

Les prêtres passaient devant les rangs de la compagnie, murmurant des prières et bénissant chacun des chevaliers. Au-dessus de la barbacane à côté de laquelle ils étaient tous regroupés se dressait Safed. Ses murailles et ses tours prenaient une teinte rosée dans la lumière déclinante du soir. L'érection de la citadelle avait été un hommage à la puissance de Dieu et de Ses serviteurs. Le flot féroce de la guerre n'avait pu être arrêté par les remparts. Saint Georges avait échoué. La forteresse appartenait désormais à Baybars et les chevaliers avaient fait en sorte qu'il n'y reste pratiquement plus rien. Les cadavres des chrétiens que les Mamelouks avaient expédiés par-dessus les remparts au cours de la bataille avaient été plongés dans les citernes pour empoisonner l'eau. On avait jeté au feu les réserves de nourriture et de grain, et les flammes avaient brûlé toute la journée. On avait aussi ordonné aux maréchaux-ferrants et aux maçons de détruire les armes : ils avaient démoli les mangonneaux, martelé les épées jusqu'à ce que leurs lames se brisent, détruit les arcs et les flèches. Il ne restait plus que de la pierre. De la pierre et une foule apeurée de soldats et de fermiers.

James se tourna pour voir d'où venaient les voix qui murmuraient derrière lui. Les cinq sergents les plus jeunes de la garnison observaient avec nervosité les hommes de Dieu.

James devina la raison de leur anxiété.

— Ne vous inquiétez pas, les rassura-t-il d'une voix calme. On ne fait les prières que par précaution.

— Maître, souffla l'un d'entre eux, mes camarades et moi, nous nous demandions comment nous irions en Acre sans chevaux ni provisions.

— Ça ne doit pas faire plus de dix lieues et nous avons de l'eau, répondit le chevalier en tapotant la gourde accrochée à sa ceinture et en leur souriant. Le reste, nous pouvons nous en passer.

Les sergents hochèrent la tête et se détendirent un peu. Les prêtres venaient d'achever leurs prières.

— Amen, fit James avec le reste des hommes.

Le commandeur vint se placer face aux rangées de chevaliers et de sergents.

— Soyez forts et gardez la tête haute quand nous rejoindrons l'ennemi. Montrez-lui que les guerriers du Christ ne s'inclinent que devant Dieu lui-même. Regardez-les, observez ces chiens qui veulent détruire notre propriété et gardez espoir. Car nous reviendrons un jour, et cette fois nous aurons derrière nous toute la puissance de notre Ordre : nous vengerons notre défaite. Vous avez la foi pour vous consoler et vous saurez trouver en vous le courage.

Ses yeux s'attardèrent un moment sur la forteresse.

— Allons-y !

Les gardes syriens se levèrent. Chevaliers, sergents et prêtres passèrent à la file sous l'arche de la barbacane avant de traverser le pont. James et Mattius marchaient immédiatement derrière le commandeur. Au pied de la colline, une armée les attendait.

Pendant qu'ils descendaient vers le camp ennemi, les soldats mamelouks ne les quittaient pas des yeux. Certains les huaient, d'autres les observaient en silence, bras croisés. James avait l'impression de sentir le poids de leur regard sur sa peau, l'excitation de toutes ces paires d'yeux était palpable. Ils furent conduits à travers un dédale de tentes et de chariots, puis le cortège s'arrêta au milieu d'un terrain dégagé. Des soldats en manteaux dorés les encerclaient. James reconnut la garde royale mamelouke, les fameux guerriers bahrites. Parmi eux se trouvait un homme de grande taille, les épaules carrées, avec des cheveux bruns grisonnants sur les tempes et les yeux les plus glaçants que James eût jamais vus. Il croisa le regard de Baybars et il lui sembla qu'un serpent froid s'enroulait autour de son cœur. Accroupi aux pieds du sultan, un vieillard en robe miteuse scrutait les chevaliers avec un air de convoitise.

Baybars murmura quelques mots à un soldat qui se tenait à ses côtés, et celui-ci s'avança d'un pas.

— Armes à terre ! hurla-t-il dans un latin impeccable.

Le commandeur fronça les sourcils avec surprise.

— Il n'était pas stipulé que nous serions désarmés.

Mais le soldat répéta son ordre. James jeta un coup d'œil au commandeur.

— Nous devrions peut-être obéir. Mieux vaut que nous soyons relâchés au plus vite.

Le commandeur donna l'impression de vouloir discuter cet argument, mais il se ravisa et acquiesça d'un mouvement sec.

— Très bien.

Il dégaina son épée et la déposa lentement sur le sol. Les chevaliers et les sergents suivirent son exemple. Plusieurs gardes mamelouks s'approchèrent et se mirent à collecter les armes. Baybars attendit que l'opération soit finie puis il fit signe à un autre de ses soldats. Cette fois, il prononça son ordre d'une voix assez forte pour que James puisse l'entendre.

— Envoyez les hommes dans la forteresse. Je suppose que les chevaliers auront détruit tout ce qui a de la valeur, mais fouillez quand même. Quand vous en aurez pris le contrôle, tuez les Syriens qui ont refusé la main que je leur tendais. Emmenez les femmes et les enfants.

James était consterné par ce qu'il venait d'entendre.

— Vous avez donné votre parole! cria-t-il en arabe.

Baybars se retourna. Ses yeux se posèrent sur James tandis que les soldats se pressaient d'aller exécuter ses ordres.

— La langue de mon peuple ne ressemble à rien quand tu l'utilises, chrétien, dit-il au bout d'un moment. Tu n'es pas fait pour parler.

Le commandeur regardait Baybars puis James à tour de rôle.

— Que dit-il?

— Il nous a roulés, commandeur, lui répondit James.

Derrière les guerriers bahrites surgirent des soldats portant des chaînes et des menottes. Plusieurs chevaliers crièrent en les apercevant et portèrent instinctivement leur main à leur ceinture, mais ils n'avaient plus aucun moyen de se défendre. L'un des jeunes sergents commença même à courir.

— Reste où tu es! lui lança James.

Dans sa terreur, le garçon ne tint pas compte de l'avertissement, mais il eut à peine le temps de faire quelques foulées que les Mamelouks le rattrapaient. Ses hurlements durèrent un bon moment, le temps pour les soldats de le jeter au sol et de le massacrer avec leurs épées. Puis les cris cessèrent. Quand les soldats s'écartèrent, la mâchoire de James se contracta en voyant le spectacle du corps ensanglanté. Comme il avait tenté de se protéger en les levant devant lui, les bras du sergent étaient proprement déchiquetés. Des estafilades rouges lacéraient horriblement son visage et son corps était transpercé en plusieurs endroits. Les soldats marchèrent ensuite en direction de la compagnie. Un silence absolu régnait. James entonna une prière en son for intérieur.

On leur fit enlever leurs manteaux, de même que leurs cottes de mailles et leurs maillots de corps. Ainsi dévêtus, on les força à se mettre à genoux. James vit que son manteau blanc était jeté au feu tandis qu'on donnait son armure à un soldat mamelouk en guise de trophée. Enfin, on les attacha tour à tour avec de lourdes chaînes.

Quand tout cela fut terminé, Baybars s'avança. Puis il baissa les yeux pour regarder James.

— Je n'ai peut-être pas tenu parole, chrétien, mais je suis un homme raisonnable.

Il s'interrompit un instant puis hocha la tête en voyant à l'expression de James que celui-ci avait compris ses paroles.

— Je vous offre le choix. Traduis ce que je vais te dire à ton commandeur.

Pendant que Baybars lui expliquait de quoi il retournait, James sentit la nausée envahir son être tout entier.

Quand il eut fini ses explications, la tête de James était inclinée, comme sous le poids d'un fardeau trop lourd.

— James? le pressa le commandeur, qui avait attentivement suivi l'échange. Que se passe-t-il? Ce que je crains est-il en train d'arriver? Veut-il nous emmener au Caire pour faire de nous des esclaves?

Pendant un moment, James fut incapable de répondre. Puis il se força à relever la tête.

— Non, nous ne serons pas faits prisonniers, dit-il en s'adressant au commandeur mais en gardant les yeux rivés sur Baybars. Le sultan nous donne le choix.

James s'exprimait d'une voix assez forte pour être entendue de toute la compagnie.

— Ou bien nous renions le Christ et nous nous convertissons à l'Islam, ou bien nous choisissons de mourir en martyrs comme des chrétiens. Nous avons la nuit pour décider de ce que nous allons faire, nous sauver ou être exécutés par décapitation.

À l'extérieur de Safed, royaume de Jérusalem, 23 juillet 1266 après J.-C.

Chaude et suffocante, la nuit n'en finissait pas. Les chevaliers et les sergents étaient toujours agenouillés à même le sol. Les premières heures, la plupart d'entre eux étaient restés silencieux. Chacun était perdu dans ses pensées. Ils avaient écouté les bruits du campement, les murmures des gardes qui les surveillaient, et les cris qui leur arrivaient depuis Safed, où l'on massacrait les hommes tout en rassemblant les femmes et les enfants. Il était minuit passé lorsque le commandeur sortit du mutisme.

— C'est l'heure.

Les hommes semblèrent revenir à la vie et tous les yeux se tournèrent vers lui. La fureur du commandeur avait maintenant disparu. Il semblait avoir recouvré son calme.

— Nous devons faire un choix. À titre personnel, ma décision est prise. Mais nous sommes frères, et en tant que tels, nous devons parler d'une seule voix.

Personne ne lui répondit. Les sergents les plus jeunes le regardaient attentivement, mais les plus âgés et les chevaliers, ceux qui servaient le Temple depuis des années, préféraient détourner les yeux. Ils savaient très bien quelle était la décision à prendre.

— Il y a vingt ans, je me suis agenouillé devant le chapitre à Paris et on m'a fait chevalier du Temple. Si depuis ces lointaines années, ma chair s'est affaiblie, ma foi ne l'est pas. Les vœux que j'ai prononcés ce jour-là me sont toujours aussi chers. Je sais ce qu'on attend de moi. Nous le savons tous, mes frères, même ceux qui n'ont jamais porté le manteau. Nous nous sommes engagés à sacrifier nos vies au service du Temple.

Certains chevaliers hochaient la tête, comme si le commandeur trouvait en cette occasion les mots qu'eux-mêmes auraient souhaité prononcer.

— Je ne trahirai pas cet engagement! poursuivit-il d'une voix que l'émotion faisait trembler. Quand bien même le diable lui-même et toutes les hordes de l'enfer me l'ordonneraient, je ne renierai pas le Christ!

Entendant plusieurs hommes murmurer leur approbation, il s'interrompit.

— Nous sommes avec vous, commandeur, dit l'un des prêtres.

Puis il regarda avec compassion les jeunes sergents.

— Dans la mort, nous naîtrons à une nouvelle vie. Notre sacrifice est un faible prix à payer, car nous serons récompensés au Paradis.

L'un des sergents, parcouru de tics nerveux, prit la parole.

— Ne pourrions-nous pas faire semblant, maître? dit-il d'une voix timide.

Il regarda autour de lui à la recherche du soutien de

ses camarades, mais il ne trouva que des paires d'yeux braqués sur le sol.

— Ne pourrions-nous pas faire semblant de nous convertir à la foi des Sarrasins, et nous en détourner quand nous serons parvenus en Acre ? Si nous disions que nous renions le Christ, mais que nous ne le pensions pas au fond de notre cœur ?

— Même si c'est un mensonge, dire que tu renies le Christ relève du blasphème, lui expliqua le commandeur en gardant son sang-froid. C'est même l'un des pires. Si nous faisions ce que tu proposes, les portes du Paradis nous seraient fermées à jamais. Nous ne nous effondrerons pas devant notre ennemi. Soyons fiers et acceptons notre destin. Montrons aux infidèles le pouvoir du seul véritable Dieu. La chair est éphémère, mais l'esprit vit pour toujours.

Tête basse, le sergent fixait le sol.

Quand l'attitude à adopter fut arrêtée, ceux qu'elle terrifiait étaient assommés, incapables de s'opposer à la résolution farouche des autres. La compagnie passa le reste de la nuit dans le calme à évoquer des souvenirs et à réciter des prières. Entendre les hommes parler de leurs familles rendait James inconsolable. Il regarda le ciel qui commençait à s'illuminer.

— Je suis tellement désolé.

— Désolé pour quoi, frère ? demanda Mattius en lui touchant l'épaule.

James ne s'était pas rendu compte qu'il avait parlé à voix haute. Il posa sa main sur celle de Mattius.

— Est-ce que tu peux t'imaginer ce que c'est de haïr ton enfant ? J'ai haï mon fils pour ce qui est arrivé à ma fille, et je me suis haï de le lui reprocher. J'étais déchiré, d'un côté j'avais le cœur brisé, de l'autre j'étais tourmenté par le ressentiment. C'est comme si j'avais perdu deux enfants ce jour-là.

James serra la main de Mattius.

— Pourtant, ce n'était pas le cas, ajouta-t-il.

— Je ne comprends pas, James. Tu m'as bien dit que ta fille s'était noyée?

— J'ai été tellement égoïste. Je me suis convaincu que je venais ici pour remplir mon devoir, que c'était pour lui que je le faisais et qu'à la fin il me remercierait. Mais je me trompais, n'est-ce pas? Je suis venu ici pour échapper à mon devoir. Je n'aurais jamais dû l'abandonner.

Une larme apparut au coin de son œil et il l'essuya d'un revers de main.

— Mon Dieu! Qui prendra soin de ma famille?

Voyant que James avait davantage besoin de réconfort que de paroles, Mattius passa son bras sur ses épaules.

— Le Temple prendra soin d'eux.

Il secoua légèrement son ami pour le rasséréner.

— N'aie pas peur pour ça.

James se laissa aller contre le torse puissant de son ami, il avait l'impression d'être un enfant qu'on berçait. Il tomba bientôt dans un demi-sommeil bienvenu, rêvant que son père le prenait par la main et l'emmenait pêcher au lac. Quand il se réveilla, ses larmes avaient séché.

Juste avant l'aube, frère Joseph, le prêtre le plus âgé, fit le tour du groupe. Voir ce vieillard se traîner à genoux de l'un à l'autre était un spectacle horrible. Il passait devant chaque homme et délivrait les derniers sacrements. Comme il n'avait pas d'huile à sa disposition, il utilisait les dernières gouttes d'eau au fond d'une gourde.

Lorsque les premiers rayons de soleil frappèrent les cimes des lointaines montagnes, Baybars vint les trouver. James crut voir de la surprise et peut-être une lueur de respect dans ses yeux quand il lui annonça qu'ils avaient choisi la mort. Un par un, les quatre-vingt-quatre chevaliers, prêtres et sergents se levèrent et sortirent du camp à la file. Les soldats les poussaient à accélérer la cadence en leur enfonçant dans les reins la pointe de l'épée. Ils grimpèrent sur un terre-plein dénué de la moindre végétation et furent contraints de se remettre à genoux.

James s'installa à côté de Mattius. Il scruta les hommes

en manteaux dorés qui se tenaient près de Baybars. Il n'avait jamais rencontré son contact chez les Mamelouks mais il savait, à la couleur de leurs habits, que celui qui aurait peut-être été capable de le sauver n'était pas de leur nombre. Pour autant, il n'avait pas échoué. Il était venu en Terre sainte pour accomplir une mission en laquelle il croyait et il l'avait accomplie. Il devait maintenant en payer le prix. Il ne verrait jamais la fin de ce qu'il avait entrepris mais il espérait que d'autres en verraient le résultat. Un jour, le sang qu'il allait verser sur cette terre désolée sècherait. Des fleurs y pousseraient et les générations futures se souviendraient, elles n'oublieraient rien. Il était dit qu'il ne vivrait pas dans le monde qu'il avait essayé de construire. Ce monde-là appartenait à l'avenir. À son fils. En songeant à cela, il fut envahi par une étrange sensation de sérénité. Mais cette sérénité fut bousculée par Mattius.

— Par tous les saints, tu es un Judas! criait le chevalier en essayant de se relever.

James leva les yeux pour comprendre ce qui rendait furieux son camarade. À côté de Baybars, un petit homme regardait les Mamelouks tirer leurs épées. C'était Léo, le soldat syrien qu'ils avaient envoyé négocier leur reddition.

Mattius fut plaqué au sol par trois soldats.

— Je ne vous ai pas trahis, répliqua Léo. Je vous ai répété mot pour mot les paroles du sultan. Je ne savais pas qu'il trahirait sa promesse.

— Penses-tu que nous allons te croire alors que tu vas regarder librement notre exécution?

— Je me suis converti à la foi de l'Islam, admit Léo. Mais vous auriez pu en faire autant. Vous avez préféré choisir la mort.

Mattius rugit comme un lion en cage, mais les trois soldats le maintenant au sol, il était dans l'incapacité de faire le moindre mouvement. Il vit Léo s'incliner devant Baybars avant de quitter les lieux.

— Arrête, frère! supplia James, davantage troublé par les vociférations de son ami que par les soldats qui s'étaient mis en ligne derrière eux, l'épée à la main.

Il se pencha et attrapa le poignet de Mattius.

— S'il te plaît, Mattius! Tu ne peux pas mourir en portant une telle rage en toi. Tu dois préparer ton âme au voyage. Garde des forces!

La fureur de Mattius s'atténua et ses muscles se détendirent. Les soldats le relâchèrent et reculèrent, mais ils pointaient toujours leur épée dans sa direction. Il se remit à genoux et se passa la main sur la joue pour en enlever la poussière.

En entendant Baybars donner l'ordre de commencer l'exécution, James et Mattius échangèrent un regard.

— Je regrette que nous ne soyons jamais allés à Jérusalem, comme nous en avions envie, frère.

Mattius éclata de rire.

— Qu'est-ce que la Ville sainte en comparaison du Paradis?

— Que Dieu soit avec toi, mon ami.

— Et avec toi aussi.

Les épées commencèrent à tomber. James tourna la tête et regarda droit devant lui. Plus bas, le Jourdain déroulait son ruban doré au milieu de la vallée. Les montagnes au sud rougeoyaient dans le soleil matinal. Il dévorait le paysage des yeux comme un homme buvant sa dernière goutte d'eau avant la traversée du désert. Il entendait, au milieu des ahanements de leurs bourreaux, les bruits sourds et les craquements des os et de la chair frappés par l'acier. L'odeur du sang et de l'urine emplit l'air de sa puanteur saumâtre. Quand vint le tour du commandeur, James ferma les yeux. Il pensa à Isabel et à ses trois filles en Écosse, essayant de convoquer des images dans son esprit pour les emmener avec lui, si cela était possible. *Que Dieu les garde!* Deux autres chevaliers s'écroulèrent, puis ce fut Mattius. Sa dernière pensée alla vers son fils à

Paris, vêtu de son manteau blanc. Une rafale de vent lui ébouriffa les cheveux et le rafraîchit, amenant avec elle l'odeur des fleurs d'hibiscus. Il ouvrit les yeux et sourit.

— Je suis fier de toi, William, murmura-t-il quand l'ombre de l'épée s'abattit sur lui.

21

Les Sept Étoiles, Paris

20 octobre 1266 après J.-C.

Garin regardait les longs doigts fins de la femme dénouer les lacets de son maillot de corps. La lumière des bougies jouait sur le corps gracile d'Adela, faisant resplendir sa peau d'albâtre. Il l'observa tandis qu'elle lui ôtait son maillot et que ses mains froides caressaient son torse. À travers les lattes du plancher leur parvenaient le bruit de conversations animées et la mélodie mal assurée d'un violon. Un grognement d'homme, basse profonde et rauque, se fit entendre dans la chambre mitoyenne, suivi par un rire de fille. Une entêtante odeur d'encens régnait autour du lit mais son parfum doux-amer ne dissimulait pas complètement les remugles de la taverne, faits de sueur et de plats brûlés, qui se répandaient dans tout le bâtiment. Adela se coula contre lui avec une langueur de serpent et l'embrassa dans le cou. Ses épais cheveux noirs lui tombaient sur les épaules. De la pointe de la langue, elle fit de petits va-et-vient dans le creux de son oreille.

— Pourquoi gardes-tu les yeux ouverts ? susurra-t-elle,

son haleine chaude envoyant une décharge dans l'échine de Garin.

Il avait remarqué qu'elle parlait toujours à voix basse quand elle était dans la chambre, peut-être pour faire oublier son timbre grave presque masculin. Il ne répondit pas. Elle se rassit lentement et étudia son visage impassible.

— Tu es étrange.

— Je ne te paie pas pour parler, dit Garin en relevant les cheveux qui lui tombaient sur le visage.

Ses yeux l'envoûtaient complètement. Ils étaient larges, brillants et d'un bleu-gris si sombre qu'on aurait pu les croire violets.

— Et pourquoi me payes-tu, alors? murmura Adela en écrasant ses seins contre sa poitrine.

— Tu le sais bien.

— Oui, répondit Adela en descendant le long de son estomac et en lui défaisant les lacets de ses hauts-de-chausses. C'est vrai, je le sais.

Comme Adela se penchait, ses cheveux s'épanchant sur l'estomac de Garin, celui-ci vit le coin de la pièce derrière elle. C'était la plus grande chambre qu'il y avait dans la maison. Un paravent en osier cachait en partie la table et le tabouret – l'atelier d'Adela. Sur les étagères qui garnissaient le mur, il pouvait distinguer les formes arrondies des bocaux et des pots à côté des grandes cruches en argile. Pour les avoir étudiés la première fois qu'il était venu, deux mois plus tôt, il savait que tous ces récipients étaient remplis d'herbes diverses. Entre autres talents, Adela était guérisseuse. Une onde de plaisir le traversa quand elle accéléra ses mouvements, et il agrippa le matelas déchiré d'où sortaient par endroits des brins de paille.

À dix-neuf ans, Adela était la propriétaire de l'une des maisons les plus réputées du Quartier latin. C'était aussi la première femme que connaissait Garin, et il n'en revenait pas de constater à quel point tout semblait toujours simple quand il était dans son lit. Il était à Paris depuis trois mois et il n'avait fait que deux choses : passer un entretien avec le visiteur, entretien durant lequel celui-ci lui avait expliqué que le seul moyen de devenir commandeur consistait à se rendre en Terre sainte ; et rompre son vœu de chasteté. En partant de Londres, il pensait pouvoir commencer une nouvelle vie, loin du souvenir de son oncle, qui ne cessait de le hanter, et des liens qui l'entravaient de toutes parts.

Après la mort de Jacques, Garin avait été confié à un vieux chevalier qui quittait rarement la commanderie. Il s'était jeté à corps perdu dans l'entraînement et avait gagné tous les tournois du Nouveau Temple. Mais rien ne le satisfaisait jamais. Il ne connaissait plus le repos. Tout ce qui l'avait contrarié jusque-là, la vie que son oncle et sa mère voulaient qu'il ait à la place de son père et de ses frères, tout cela avait fait son chemin en lui et il avait fini par s'apercevoir que désormais il ne désirait plus rien d'autre. Puis la guerre civile avait éclaté. Au début, il l'avait vécue comme une bénédiction ; il ne doutait pas un instant que sans cet événement, il aurait été obligé de remplir des missions beaucoup plus importantes que les menues tâches pour lesquelles Édouard l'employait, et qui consistaient généralement à porter des messages. L'incarcération du prince l'empêcha d'utiliser Garin à sa guise, ce qui le soulageait. Mais elle l'empêchait également de lui verser les récompenses promises. Garin voulait être anobli. Même quand la culpabilité pour la mort de Jacques avait été à son comble, Garin avait continué à rêver de noblesse. Il s'imaginait dans un grand domaine, avec des serviteurs, une écurie et une tour entière pour sa mère, mais le prince avait des soucis plus urgents et Garin réalisa finalement que s'il souhaitait toutes ces choses, il devrait les obtenir sans l'aide de personne.

S'installer à Paris n'avait en rien résolu ses problèmes comme il l'avait espéré. Quand le visiteur lui expliqua qu'il devrait prouver à la guerre qu'il était digne d'une charge de commandeur, Garin passa plusieurs semaines à rêvasser sur les croisades. Il avait entendu des histoires à propos de chevaliers anoblis en Palestine, qui possédaient des villes entières, avec des esclaves et des harems. Mais l'Outremer semblait bien loin et il avait peur de s'y rendre seul.

Sentant les spasmes du désir monter grâce aux mouvements experts d'Adela, Garin saisit une poignée de ses cheveux parfumés au jasmin et l'attira à lui. Puis il l'embrassa à pleine bouche, sentant son propre goût sur ses lèvres. Il aimait la toucher : la façon dont elle cambrait le dos pour rencontrer ses mains, bouche ouverte et paupières closes, l'excitait plus que tout. Il adorait aussi la voir se pâmer quand il ralentissait ses mouvements. Ce soir, Garin se plaça au-dessus d'elle et lui releva les jambes pour y prendre appui. Tandis qu'il la pénétrait en cherchant l'oubli, ses craintes et ses soucis le quittèrent. Le monde extérieur s'évanouit et le temps se concentra sur cet instant unique de légèreté et de bonheur.

Enfin, Garin s'écroula sur elle, haletant, l'esprit vide pendant quelques secondes, jusqu'à ce qu'Adela lui pousse l'épaule et se dégage. Elle s'assit en grimaçant.

Garin vit son expression et posa sa main sur son épaule.

— Je t'ai fait mal? demanda-t-il en sachant que c'était le cas.

Maintenant que le plaisir s'en était allé, il se sentait plein de remords et voulait se faire pardonner.

Adela lui jeta un regard par-dessus l'épaule.

— Un peu.

— Je suis désolé.

— Ce n'est rien.

— Je sais bien que tu ne le penses pas, dit-il avec une moue. Pardonne-moi.

— Je vais bien, Garin. Ne t'en fais pas. J'ai connu pire, crois-moi.

Elle se leva mais Garin lui attrapa le poignet.

— Reste avec moi.

— J'en ai d'autres à voir ce soir.

Il ne voulait pas la lâcher.

— Juste un moment, s'il te plaît.

Adela hésita, puis elle se rallongea. Garin posa sa tête sur ses seins. À chaque respiration, il pouvait sentir sa poitrine monter et descendre. La régularité du mouvement l'apaisa. Dehors, il commençait à faire nuit. Il devrait bientôt retourner à la commanderie.

Adela caressa doucement la main posée sur son épaule. Elle plongea le nez dans la chaleur de ses cheveux.

— J'aimerais que tu n'aies pas à faire ça.

— Quoi?

— Le faire avec d'autres hommes.

Adela ne répondit pas.

La Tour, Londres, 21 octobre 1266 après J.-C.

— Vous ne l'avez vu qu'une fois?

— Oui, prince. À Carcassonne, il y a huit mois. Il y avait une telle foule qu'on aurait pu croire qu'un couronnement royal avait lieu.

Philippe, un jeune homme de la noblesse provençale, regardait le prince Édouard caresser du poignet la gorge d'un faucon à la robe fauve. Le prince était appuyé contre une table, dans le seul coin de la pièce éclairé par la lumière du soleil couchant qui filtrait à travers une étroite fenêtre. Assis sur un tabouret, Philippe se sentait mal à l'aise. Il avait l'impression d'être minuscule en présence de ce prince à la taille imposante. Édouard avait maintenant vingt-sept ans et son gabarit était d'autant plus respectable qu'il avait un physique sec et musculeux, acquis grâce à des années d'entraînement, de joute, de chasse et plus récemment de bataille.

— C'est un rapace magnifique, dit nerveusement l'aristocrate que le silence effrayait.

Édouard le regarda.

— Il appartient à mon oncle, Simon de Montfort. Je l'ai récupéré après sa mort à Evesham.

Il leva sa main, protégée par un gant en cuir renforcé. Le faucon poussa un cri strident et battit des ailes en tirant sur le jet de soie attaché à sa patte. Puis il poussa un second cri et agita son plumage avant de se calmer. Ses yeux fixes étaient inquiétants, il ne clignait presque jamais des paupières.

— Il est encore un peu espiègle, ajouta le prince.

Le regard de Philippe se dirigea vers la porte à double battant. L'homme qui l'avait fait venir dans cette chambre sombre et confinée en haut de la Tour s'y trouvait encore. Son visage hideux à la peau grêlée était totalement dépourvu de la moindre émotion.

— Prince, puis-je me permettre de vous demander en quoi le spectacle de Pierre de Pont-Évêque vous intéresse ? osa prudemment Philippe.

— Je vous ai entendu en parler l'autre soir à la table du roi. Simple curiosité.

Philippe hocha la tête et se détendit un peu.

— On dirait que la réputation de ce troubadour déborde nos frontières. Plusieurs personnes m'ont déjà posé des questions à son sujet depuis que je suis ici. Mais j'ai bien peur que mes réponses ne les satisfassent pas entièrement. Je leur dis qu'il faut voir ce spectacle de ses propres yeux, même s'il peut ne pas plaire à tout le monde. Il est prévu qu'il fasse une représentation à la cour à Paris, pour le roi Louis, et j'espérais le revoir à cette occasion. Mais hélas, il semble que ma présence ici m'en empêchera.

— Parlez-moi de ce livre, insista Édouard. Vous avez dit qu'il s'intitule *Le Livre du Graal* ?

— Oui, répondit Philippe, il en lit des passages durant son spectacle. C'est de là que provient le contenu le plus irrévérencieux.

Le jeune aristocrate leva les épaules pour signifier son indifférence.

— Pour ma part, je n'y vois pas grand mal. Il ne pense pas tout ce qu'il dit, j'en suis sûr.

— Et le livre mentionne les Templiers?

— Pas directement. Mais tout le monde sait à qui il fait référence quand il parle d'hommes en manteaux blancs avec des croix rouges armoriées sur le cœur. Certains prétendent qu'il a lui-même été un Templier par le passé et que l'Ordre l'a renvoyé. Ce qui expliquerait comment il connaît le secret de leur initiation. Non pas qu'ils soient nombreux à s'offusquer du portrait qu'il fait d'eux durant sa lecture. Beaucoup de gens pensent qu'il est plus que temps de leur donner une leçon, pour qu'ils apprennent l'humilité. Ils sont d'une fierté incroyable, ils se croient meilleurs que tout le monde. Pourtant, j'ai bien souvent entendu des ivrognes s'exclamer, après quelques verres de trop, qu'ils étaient saouls comme des Templiers. Et leur vœu de chasteté? La rumeur dit qu'ils fréquentent autant et aussi souvent que le reste d'entre nous. Ils s'appellent eux-mêmes les Pauvres Chevaliers du Christ, mais chacun sait qu'ils sont riches. On dit même qu'ils possèdent autant de fortune que les rois, mais qu'ils l'enterrent sous leurs églises.

En entendant ce dernier commentaire, une expression maussade traversa fugacement le visage d'Édouard. Philippe s'en aperçut et préféra arrêter là ses explications. Il était de plus en plus déconcerté. À son arrivée à Londres, Philippe avait trouvé le roi Henri plus vieilli et plus affaibli que dans les souvenirs qu'il avait gardés de lui lors de ses précédentes visites. Il était usé par la maladie et les privations endurées au cours de son long emprisonnement. La rébellion de Simon de Montfort et la bataille de Kenilworth n'avaient pris fin que récemment. Les têtes des rebelles décoraient encore actuellement le London Bridge. Philippe avait entendu certaines personnes au palais murmurer qu'en fait c'était Édouard, et non Henri, qui dirigeait le pays, et qu'il n'avait contribué à le libérer de la mainmise des dissidents que dans ce but. Maintenant qu'il avait l'occasion de discuter en tête à tête avec le prince, il comprenait pourquoi ces rumeurs circulaient.

— Savez-vous précisément à quelle date le troubadour est censé faire sa représentation à la cour du roi Louis? lui demanda Édouard.

— Dans tout juste deux semaines. Auriez-vous l'intention d'y assister?

Édouard jeta un regard à Rook, qui se tenait près de la porte, et un léger sourire passa sur son visage.

— Un de mes amis sera probablement présent.

Puis il se retourna vers l'aristocrate.

— Je ne vous retiens pas plus longtemps, Philippe. Merci de m'avoir consacré un peu de votre temps.

Philippe se leva sans perdre un instant et salua Édouard.

— Tout le plaisir était pour moi.

Il fit une nouvelle révérence et se hâta de sortir de la chambre.

— Pensez-vous qu'il s'agisse du livre que nous cherchons? demanda Rook quand les portes se refermèrent sur le jeune homme.

— Il porte le même titre. Et d'après lui, il y a des références flagrantes aux Templiers. Quoi qu'il en soit, nous ne pouvons l'ignorer.

Édouard alla près de la fenêtre. Il ferma les yeux pour mieux apprécier la lumière du soleil sur son visage. Alors qu'il avait eu les cheveux clairs pendant toute sa jeunesse, ils s'étaient considérablement assombris ces dernières années. Certaines mèches étaient maintenant d'un noir de jais.

Six ans plus tôt, quand il avait appris, d'abord par Rook, puis par Garin, le visage en larmes, complètement terrorisé, l'existence d'un groupe secret au sein du Temple, Édouard avait immédiatement ordonné à son homme de main de mener une enquête. D'après ce que Jacques de Lyons avait dit à son neveu, quelqu'un avait volé un livre à ce groupe, l'Anima Templi, un livre qui détaillait ses objectifs et pourrait se révéler fatal pour lui comme pour le Temple s'il était dévoilé au grand jour. Rook n'avait rien pu apprendre de plus, ni sur l'origine du livre ni sur ce qu'il contenait. Mais il avait au moins pu vérifier qu'il existait bel et bien un homme du nom d'Everard au Temple de Paris. S'il fallait en croire Garin, ce prêtre était à la tête du Cercle. Le prince avait également pu confirmer l'implication de son grand-oncle, Richard Cœur de Lion, grâce à une obscure référence dans un document qu'il avait trouvé en fouillant les archives de Westminster. *J'ai juré sur ma vie de protéger l'Âme du Temple*, avait-il pu lire. L'écriture, cela ne faisait aucun doute, était bien celle du roi. Il avait alors pensé recruter des hommes pour aider Rook à enquêter plus à fond sur l'Anima Templi, mais la guerre civile et son emprisonnement avaient éloigné ces considérations pour un temps.

— Quand dois-je partir pour Paris?

— Dans les prochains jours, répondit Édouard en se tournant vers lui.

Rook afficha une moue sceptique.

— Qu'y a-t-il?

— Sauf votre respect, je pense que nous plaçons beaucoup trop d'espoir dans un petit livre qui évoquerait, croit-on, un groupe dont l'existence est plus ou moins hypothétique, le tout sur la base d'informations données par un petit morveux.

— Les quelques éléments que nous avons pu regrouper confirment ses dires. Il est impossible qu'il ait menti sur toute la ligne.

Voyant que Rook souhaitait développer son argument, Édouard leva le bras pour l'arrêter.

— Que puis-je faire d'autre? Monter une opération pour pénétrer dans la commanderie de Paris et récupérer mes joyaux? Si les mercenaires que j'ai envoyés ont été incapables de les reprendre quand ils étaient sur un quai, je ne vois pas comment ils y arriveraient alors qu'ils sont dans un coffre-fort enfoui à dix mètres de profondeur.

Édouard parlait d'une voix calme, mais une rage froide faisait briller ses yeux d'un éclat fiévreux.

— Mon père est de plus en plus faible. Il ne faudra pas longtemps avant que je sois couronné. Je dois exercer mon autorité dès maintenant si je ne veux pas que mes ennemis m'en empêchent à l'avenir. Alors que je l'aimais et que je l'ai admiré pendant des années, je n'ai pas laissé mon oncle m'enlever ne serait-ce qu'une once de pouvoir. Avant qu'il ne soit en état de me nuire, je l'ai fait tuer. Ses membres et sa tête ont été arrachés, et ce qui restait a été jeté aux chiens après la bataille d'Evesham. Qu'est-ce qui te fait croire que je vais laisser aux Templiers un moyen de me contrôler? Je veux mes joyaux, Rook, et si le seul moyen d'y parvenir consiste à leur dérober quelque chose de précieux pour proposer un échange, alors c'est ce que je ferai.

Rook hocha la tête en signe d'acquiescement.

— Comment voulez-vous que je procède?

— Je pense que le moment est venu de rendre visite à notre jeune ami.

— Garin? s'étonna Rook. Il est parti à Paris cet été.

— Alors il est dans une position idéale pour t'aider à accomplir ta mission. Tu auras besoin de lui, Rook. De plus, cet oiseau vole depuis trop longtemps hors de sa cage.

Édouard caressa la gorge du faucon.

— Il ne faudrait pas qu'il oublie qui est son maître.

Le Temple, Paris, 21 octobre 1266 après J.-C.

— Tu bloques encore ton poignet.

Simon fronça les sourcils et relâcha ses muscles. Il décrivit de grands cercles avec son épée tout en essayant de conserver un mouvement fluide de la main, comme Will venait de le lui montrer, mais l'épée lui glissa des mains et son ami eut juste le temps d'esquiver l'arme qui vint tourbillonner dans sa direction.

— Sainte Marie! s'exclama Simon en prenant sa tête entre ses mains. Je suis désolé, Will!

— Il n'y a pas de mal, dit celui-ci en se redressant.

Puis il alla récupérer son fauchon, enfoncé à quelques mètres de là dans une botte de foin.

— Ça ne sert à rien, je n'y arrive pas.

— Tu as juste besoin d'entraînement.

Will lui tendit une nouvelle fois le fauchon et Simon dissimula son épouvante.

— Maître! le héla timidement un jeune palefrenier depuis l'écurie. Je ne trouve pas la brosse pour le toilettage.

— Dans la réserve, dit Simon. Deuxième étagère, là où tu l'as laissée la dernière fois.

— Merci, maître, dit le garçon en rougissant.

— Maître? fit Will en souriant à Simon quand le garçon eut disparu. On dirait que tu t'adaptes bien à ton nouveau rôle.

— Oui, répondit son ami en désignant d'un ample geste les écuries, je suis seigneur de tout ce que je récure.

Il se dirigea vers les bottes de foin entassées dans un coin.

— Faisons une pause, veux-tu? proposa-t-il en étudiant longuement son poignet. Je crois bien que je me suis foulé quelque chose.

Will éclata de rire.

— J'ai plutôt l'impression que tu n'apprécies pas plus que ça l'entraînement au maniement de l'épée, non?

Simon se laissa tomber sur l'une des bottes de foin et posa l'épée de Will entre ses jambes.

— Ce n'est pas ça, mais je ne m'améliorerai jamais assez pour que tu puisses me transformer en un partenaire décent.

Will s'assit aux côtés de Simon.

— Je ne peux pas demander à Robert ou à Hugues de

s'entraîner avec moi. Ils sont chevaliers maintenant, ils n'ont plus le temps. Et Everard ne me laisse pas participer aux séances d'entraînement. D'ailleurs, ajouta-t-il avec irritation, je n'en ai pas vraiment envie. Tous les sergents du groupe sont plus jeunes que moi. Je suis tellement vieux que je pourrais être leur instructeur!

Will mit ses mains en coupe et souffla dedans. Elles étaient couvertes de gerçures douloureuses à cause du vent glacial.

Ces derniers mois, tout le monde à la commanderie avait été occupé par les moissons et les préparatifs pour l'hiver. On avait nettoyé les abris et les granges pour qu'elles puissent accueillir les colombes, les poules et les chèvres. Les vignes et les arbres du verger semblaient nus depuis qu'on avait ramassé les fruits pour en tirer du vin et des confitures. On avait vidé les étangs de leurs poissons, qui étaient maintenant séchés et salés, et il n'y avait plus une goutte de miel dans les ruches. Un vent général de satisfaction avait soufflé sur la commanderie quand tous les différents entrepôts avaient été remplis. C'était la fin de l'automne.

Will avait été occupé par une série de nouveaux traités qu'Everard lui avait confiés pour la commanderie. Le prêtre lui avait également demandé de réparer les reliures d'une vieille pile de livres. Will avait exécuté ce travail assis dans le verger, les livres posés en équilibre sur ses genoux, conduisant avec minutie l'aiguille le long de la tranche. Simon s'asseyait souvent avec lui et Robert avait réussi de temps à autre à trouver un moment, entre les prières et les réunions, pour venir lui parler. Il savait que Will était frustré de ne toujours pas être chevalier et il essayait de le faire rire en lui décrivant par le menu la dernière réunion du chapitre à laquelle il avait assisté, se lamentant sur la manière dont tel frère ou tel autre avait discuté pendant trois heures du point de couture que devrait utiliser le drapier pour repriser le fond de leurs chausses. En revanche, Will n'avait pratiquement pas vu

Garin. Entre eux, l'embarras était toujours perceptible. Il se sentait mal à l'aise et avait tendance à éviter le chevalier. Ce n'était d'ailleurs pas bien difficile : Garin n'était presque jamais à la commanderie.

— Ne te tourmente pas pour l'entraînement, lui dit Simon. Je deviendrai aussi bon qu'il faudra, même si je dois mourir pour ça.

Il se gratta la tête.

— Ou te tuer, dit-il en souriant.

Tous deux tournèrent la tête en voyant quelqu'un entrer dans l'écurie. Will se leva avec émotion en reconnaissant Elwen. Tout sourire, celle-ci portait une cape noire fermée autour du cou par une broche en forme de rose. Ses cheveux défaits lui tombaient sur les épaules.

— Qu'est-ce que tu fais ici ?

Le sourire d'Elwen disparut en entendant le ton abrupt sur lequel Will l'interpellait.

— Je voulais te voir.

Le regard de Simon passait de l'un à l'autre en exprimant sa perplexité.

Will prit Elwen par le bras et l'emmena à l'abri des regards de tous ceux qui se trouvaient dans la cour.

— Comment es-tu entrée ?

Son sourire revint.

— Je suis passée par l'entrée des domestiques. Ne t'inquiète pas, ajouta-t-elle en voyant l'inquiétude se peindre sur son visage, personne ne m'a vue entrer.

Elle tira la capuche de sa cape pour dissimuler ses cheveux et son visage.

— J'ai demandé à un sergent où je pourrais te trouver, dit-elle en prenant une voix grave et virile.

Puis elle rit en rabattant d'une pichenette la capuche en arrière. Elle jeta ensuite un regard alentour et tordit le nez en une grimace de dégoût.

— Comment peux-tu supporter l'odeur qui règne là-dedans ?

— C'est ce que sentent tous les chevaux, dit Simon en se levant.

Will sentit à sa voix qu'il était contrarié par le commentaire de la jeune fille, mais celle-ci ne remarqua rien et lui adressa un sourire.

— Tu es Simon, n'est-ce pas? Je t'ai vu, une fois, à Londres, quand j'étais au Nouveau Temple. Will m'a dit que tu étais à Paris maintenant.

— Ah oui? dit Simon en jetant un coup d'œil à son ami.

— Je m'appelle Elwen.

Simon reporta ses yeux sur elle.

— Je me rappelle de toi.

Le regard scrutateur du garçon mit Elwen mal à l'aise. Elle avait l'impression qu'il la jaugeait et que son évaluation n'était pas favorable.

— Alors, ça ne te fait pas plaisir de me voir? demanda-t-elle à Will pour briser le silence.

Elle coula un long regard en biais dans sa direction et le sergent sentit les muscles de son estomac se contracter. Il n'arrivait pas à comprendre comment d'un seul regard elle pouvait faire tout fondre à l'intérieur de lui.

— Bien sûr que ça me fait plaisir, murmura-t-il. Mais si tu te faisais attraper, ce serait moi qu'on blâmerait, et pas toi.

Il vit que Simon s'était emparé d'un balai et se mettait à nettoyer l'écurie.

— Tu ne peux pas venir ici quand tu veux. C'est trop risqué.

Elwen soupira.

— Je ne serais pas venue si tu ne m'évitais pas tout le temps. Tu ne réponds presque jamais à mes messages. Quant à venir me voir au palais, je n'y compte même pas.

Elle avait maintenant une expression de gravité qui la rendait encore plus charmante.

— Je pensais que nous étions amis, Will.

— Nous le sommes.

Ses yeux se froncèrent en constatant l'indolence avec laquelle Will lui avait répondu.

— De toute façon, si quelqu'un me demandait ce que je fais ici, je n'aurais qu'à lui répondre que je viens me recueillir sur la tombe de mon oncle.

— Dans l'écurie ?

— Je te demande la direction du cimetière, voilà tout, répliqua-t-elle en levant les yeux au ciel.

— Je ne peux pas constamment donner de fausses excuses à Everard pour m'éclipser. Tu sais très bien que je le voudrais, mais que je ne le peux pas. Pas maintenant. Donne-moi du temps pour trouver une solution.

— Du temps ? Ça fait des années. Tu m'avais dit que tu comptais discuter de ton initiation avec le visiteur. En tout cas, la dernière fois que nous nous sommes vus. Will, je ne pourrai pas supporter de te voir abandonner comme ça.

Elwen rabattit impatiemment une mèche de cheveux en arrière.

— Tu dois bien pouvoir y faire quelque chose, non ?

Will traça du bout du pied un cercle dans la poussière.

— Il ne veut pas me recevoir, laissa-t-il tomber.

C'était un mensonge. Après sa dispute avec Everard, et l'ultimatum qu'il lui avait adressé, Will n'était jamais allé voir le visiteur. Son père pensait qu'il était chevalier. De quoi aurait-il l'air s'il débarquait en Terre sainte dans la peau d'un sergent ? Il devrait confesser qu'il avait menti. Comment son père l'accueillerait-il ? Les bras ouverts, en le pardonnant d'emblée ?

— Écoute, dit Elwen en se plantant devant lui. J'ai gardé presque tout l'argent que je gagne en travaillant pour la reine. Moi aussi, je veux aller en Terre sainte, tu le sais. D'ici l'année prochaine, j'aurai de quoi nous payer *à tous les deux* le voyage. Si Everard ne veut pas te faire chevalier, nous pouvons y aller ensemble.

Simon, qui balayait toujours l'écurie, s'arrêta net et tourna la tête dans leur direction.

Will regarda de son côté. C'était une proposition touchante, mais rien que l'idée l'indisposait. Il ne voulait pas débarquer en Terre sainte comme un paysan qui part en pèlerinage. Il devait y aller en chevalier et le seul endroit qu'il voulait voir était la ville où son père était en garnison.

— Merci, répondit-il, mais je dois me débrouiller seul. Il faut que je trouve le moyen d'obliger Everard à demander mon initiation. Je n'ai pas encore réussi, mais ça viendra.

Il se força à sourire, mais il n'en était pas si sûr lui-même.

Le Temple, Paris, 24 octobre 1266 après J.-C.

— Cela ne nous laisse pas beaucoup de temps.

— Je sais, frère. J'ai failli à ma tâche. Pardonne-moi.

— Je ne te blâme pas, Hasan, dit Everard en cessant de faire les cent pas dans la chambre. Ce n'était pas facile.

— J'ai mené à bien des missions plus difficiles et plus périlleuses que celle-ci, et je n'avais pas toujours trois mois, dit Hasan en passant la main dans ses cheveux noirs. Le troubadour donne son vrai nom dans certaines auberges, mais le plus souvent il signe sous des pseudonymes. Il passe par les chemins à travers les forêts plutôt que par les routes. Je ne comprends pas. Il ne pouvait pourtant pas savoir que j'étais à ses trousses. J'ai fait preuve de prudence.

— Je n'en doute pas.

— J'aurais bien cherché plus longtemps, mais j'avais peur qu'il n'arrive ici avant moi si je m'attardais encore.

— Tu as eu raison de revenir. Tu as simplement manqué de chance, je suppose. Pierre de Pont-Évêque a sans doute des raisons de prendre ses précautions.

Everard s'assit à côté de Hasan sur le banc près de la fenêtre.

— Frère Gilles était ici il y a quelques jours, il s'assurait que tout était en ordre. Nicolas de Navarre dirigera le groupe qui ira au palais. Ils ont prévu d'arrêter le troubadour juste avant la lecture afin d'être certain qu'il aura *Le Livre du Graal* avec lui. Nous devons intervenir avant ou nous le perdrons pour de bon.

Everard secoua la tête.

— J'ai demandé au visiteur si je pourrais être autorisé à l'étudier, mais Pont-Évêque et le livre seront sous la juridiction des dominicains. Nos chevaliers ne seront là que pour dissuader le roi d'interférer.

— Je pourrais monter la garde près des portes sud pour piéger Pont-Évêque à son arrivée à Paris.

— Le troubadour arrivera probablement dans les cinq prochains jours, mais nous ne savons pas quand. En outre, un homme tel que toi rôdant près des murs éveillerait les soupçons des gardes. D'ailleurs, les portes sont fermées à la nuit tombée. Il devra entrer de jour dans la ville et les rues sont trop bondées pour lui tendre une embuscade. Non. Nous devons agir vite et discrètement.

— Je pourrais demander une audience avec lui quand il sera au palais.

— Le roi n'a jamais trop aimé les étrangers, Hasan.

Everard garda le silence quelques instants avant de poursuivre.

— En revanche, je serais peut-être reçu plus gracieusement. Louis serait très heureux de mettre la main sur certains de mes travaux. Je pourrais entrer dans le palais en prétextant vouloir offrir au roi un de mes manuscrits. Et une fois sur place, je…

— Non.

Everard leva la tête avec surprise.

— Non?

— Je ne permettrai pas que tu te mettes en danger à cause de mon échec.

Everard voulut répondre mais Hasan ne lui en laissa pas le temps.

— Comment prendrais-tu le livre au troubadour? En cachette? Un prêtre du Temple, que tout le monde connaît, ne saurait s'esquiver à travers les corridors du palais sans être remarqué. Par la force, alors? Cela fait plus de vingt ans que tu n'as pas levé une épée.

— Ne te fie pas à mon allure, j'ai encore de la force, répliqua sèchement Everard. Aussi fragile que je puisse te sembler, cher soldat khorezmien plein de jeunesse et de fougue.

Hasan resta silencieux un moment.

— J'ai abandonné ce titre quand je t'ai rencontré, Everard. Je ne suis plus un soldat.

— Non, dit Everard avec rudesse. Tu es mon limier, et un limier devrait lever les yeux pour obéir à son maître au lieu de lui parler de haut.

Hasan détourna le regard. Ses yeux sombres étincelaient.

Everard inspira profondément et alla vers la table où se trouvait un pot de vin, qu'il vida dans un gobelet.

— Ta vie et la mienne ne comptent pas. Quoi qu'il arrive, nous mourrons un jour. Mais notre cause, elle, doit vivre. Nous devons faire tout ce qui est en notre pouvoir pour nous en assurer.

Une bourrasque de vent entra dans la chambre, faisant trembler la flamme de la bougie et frissonner Everard.

— Et ton sergent? proposa Hasan d'une petite voix. Si nous envoyions Campbell au palais en prétextant une course quelconque, peut-être que...

— Je n'ai pas parlé à Campbell de tout cela, l'interrompit Everard en posant le gobelet sur la table.

— Tu étais d'accord, frère.

— Non, le corrigea Everard, j'ai accepté d'y réfléchir. Mais j'y ai repensé et je ne crois pas qu'il soit prêt.

— Comme tu voudras, murmura Hasan d'un air résigné.

— Il me faut du vin.

— Je vais t'en chercher.

— Laisse, dit Everard en se dirigeant vers la porte. J'ai besoin de prendre l'air.

La porte se ferma derrière le prêtre. Hasan se leva et s'approcha lentement de l'armoire. Il pianota légèrement sur le bois des portes, la pièce lui semblait plus sombre maintenant qu'Everard était parti. Il s'y sentait comme un intrus. La cellule, avec tout ce qu'elle contenait, faisait partie intégrante du vieillard. Chaque rouleau de parchemin était couvert de son écriture délicate, chaque meuble de traces de ses doigts. Il avait même imprimé la marque de ses pieds sur les dalles du sol, depuis le temps qu'il l'occupait. Hasan n'avait jamais eu de foyer. L'année d'avant sa naissance, les forces de Gengis Khan avaient détruit le royaume de Khorezm, terre natale de sa famille, à l'époque le plus puissant État musulman d'Orient. Les Mongols avaient annexé le Khorezm à leur empire et les survivants avaient dû s'exiler. Enfant, Hasan avait vécu une existence de nomade avec ce qui restait de l'armée khorezmienne, sur les territoires désolés du nord de la Syrie. Son père, qui était commandant, l'avait élevé en guerrier. Ils étaient parvenus à se construire une vie en cultivant les terres et en devenant mercenaires. La génération de ses parents préparait toujours sa vengeance. Mais Hasan, qui ne connaissait pas sa terre d'origine, n'éprouvait pas d'amertume envers les Mongols. Ce n'était pas une perte pour lui, et il n'avait jamais été un soldat très convaincu.

Vingt-deux ans plus tôt, Ayyoub, sultan d'Égypte, avait demandé aux Khorezmiens de l'aider à combattre les Francs en Palestine. Hasan avait vingt-trois ans quand il marcha sur Jérusalem parmi une armée de dix mille hommes. Sur le chemin, l'ambition de son père et des autres soldats avait pris des proportions de plus en plus délirantes. Leur convoitise ne connaissait plus de limites, ils pensaient que leur aide leur vaudrait une récompense assez importante pour pouvoir soutenir une nouvelle campagne. Si elle ne suffisait pas à s'attaquer aux Mongols, ils prendraient d'assaut l'Égypte elle-même.

L'armée khorezmienne s'abattit sur Jérusalem comme une tempête de sable, laissant derrière elle des nuées de cadavres. Les chrétiens évacuant la ville par milliers pour gagner la côte, le père de Hasan avait ordonné qu'on hisse les gonfanons des chevaliers francs sur les remparts. La plupart des chrétiens en fuite firent demi-tour, trompés par ce subterfuge. En les voyant revenir, Hasan avait eu l'impression d'observer des troupeaux de moutons complètement déboussolés. Ils furent tous égorgés, du premier au dernier. Y compris les femmes et les enfants. Pour célébrer leur victoire et la libération de la ville, les Khorezmiens pillèrent l'église du Saint-Sépulcre et massacrèrent les prêtres qui s'y trouvaient encore. Tous sauf un, qui s'était caché sous des cadavres après avoir tué deux des envahisseurs.

Ce jour-là, Hasan avait fait des choses que toute une vie de vertu ne pourrait suffire à racheter. Pas une journée ne passait, depuis, sans qu'il prie pour demander à Allah de le pardonner. Abandonnant la cité en feu, les guerriers victorieux partirent pour la Forbie. Ils devaient y retrouver Baybars, le général mamelouk, pour combattre l'armée des Francs qui s'était dressée contre lui. Caché sur les remparts, Hasan les avait regardés partir. À l'avant-garde, son père criait, ivre de sang. Ce soir-là, alors qu'il errait, hébété, à travers la ville, il était tombé sur Everard. Et le déserteur avait décidé de se livrer au prêtre.

Quand Everard était reparti vers l'Ouest, Hasan l'avait accompagné. Le prêtre l'avait rempli de l'espoir qu'il pouvait encore faire quelque chose sur cette terre qui changerait la face du monde. En terre chrétienne, il avait passé son temps sur la route à amasser des informations, des documents et des secrets. Toujours en mouvement, marchant comme une ombre, dormant une nuit dans une grange, une autre en plein champ, Hasan croyait de tout son être au rêve de l'Anima Templi. Ces derniers temps, toutefois, il avait commencé à rêver d'avoir un endroit à lui, même une simple chambre, qui serait remplie de ses souvenirs et de ses silences. Il avait eu une femme, en Syrie. Il se demandait parfois à quoi ressemblerait sa vie s'il ne l'avait pas abandonnée. À quoi ressemblait son enfant.

La porte s'ouvrit et Everard entra, une cruche pleine à la main.

— Ces fichus domestiques, qui essaient de faire passer une piquette locale pour un vin de Gascogne.

Hasan remarqua que le prêtre avait l'air plus fringant qu'avant de partir. Ses mouvements semblaient plus légers.

— Que se passe-t-il?

Everard se tourna vers lui, le sourire aux lèvres.

— Je viens d'avoir une idée.

22

Le palais royal, Paris

27 octobre 1266 après J.-C.

Elwen traversa la chambre et s'assit au bord du lit qu'elle partageait avec une autre dame de compagnie. Elle regarda autour d'elle pour vérifier que la pièce était vide, puis elle glissa une main dans la poche de son tablier pour y récupérer sa prise. Elle leva la main à hauteur de ses yeux en tenant la perle entre le pouce et l'index. Sur sa surface lisse venait jouer un rayon de lumière. Elle avait découvert la perle le matin même, tandis qu'elle attendait la reine. Elle s'était logée entre deux dalles sur le sol de la chambre. Sans doute était-elle tombée d'une des robes de sa maîtresse. La reine examinait dans son miroir d'argent les tresses et le chignon compliqués qu'elle venait de réaliser, et Elwen en avait profité pour la ramasser discrètement. Elle n'avait pas pensé qu'elle commettait un vol. Elle croyait savoir de quelle robe venait la perle, et il y en avait bien une centaine d'autres qui ornaient les plis de la riche étoffe comme autant de petits yeux. Personne ne s'apercevrait qu'il en manquait une.

Elwen se pencha et tira de sous le lit un long coffre en bois peint en noir et décoré de fleurs d'argent. Elle l'avait repéré un an plus tôt sur le marché, et il lui avait fallu économiser pendant deux mois pour se l'offrir. Quand elle était retournée à l'étal du marchand, elle avait eu peur que quelqu'un d'autre l'ait acheté entre-temps. C'était le seul luxe qu'elle se fût jamais permis. Tout le reste de ce qu'elle gagnait allait directement dans son pécule, elle n'en dépensait pas un sou, thésaurisant pour pouvoir un jour se rendre en Terre sainte. Elle était transportée par les histoires que racontaient les nobles de passage à la cour, des histoires qu'elle entendait par hasard pendant qu'elle brodait une des robes de la reine, ou qu'elle changeait les plumes d'oie des coussins en soie du boudoir. Parmi les dames de compagnie et les domestiques, elle était la seule à désirer se rendre en Terre sainte et personne ne comprenait vraiment pourquoi elle le voulait tant. Si ce n'était pas pour le pèlerinage, lui demandait-on, alors pourquoi y aller? Elwen était incapable de l'expliquer par de simples mots. Elle en ressentait le désir irrépressible, c'était une pulsion. Quelqu'un lui avait noué une corde aux entrailles et l'attirait inexorablement vers l'Orient. Cette pulsion était toujours plus forte en cette période de l'année, avec le brouillard et le froid qui s'enroulaient sur les tours du palais comme des linceuls.

Elle s'accroupit devant le coffre et ôta la chaîne qu'elle portait autour du cou et à laquelle pendait une petite clé. Le verrou s'ouvrit avec un léger déclic et elle souleva le couvercle. À l'intérieur, le coffre était divisé en plusieurs compartiments. Le marchand lui avait dit qu'il s'agissait d'une boîte à épices, mais ce n'était pas l'usage qu'Elwen en faisait. Dans chacun des compartiments se trouvaient des trésors : un ruban pourpre que lui avait offert une suivante partie se marier; une plume de colombe provenant des jardins du palais; une pièce en or cabossée trouvée sur les berges du fleuve et à moitié recouverte par la boue. Dans une autre case, il y avait une bande de lin bleu pliée en carré qui contenait une tête de jasmin séchée. C'était une fleur délicate et fragile; elle l'avait gardée en souvenir de Will. Elwen ne prenait jamais quoi que ce soit qui eût vraiment de la valeur ou qui pourrait manquer à quelqu'un d'autre. La perle était l'exception, mais c'était une prise trop précieuse pour qu'elle l'abandonne.

Quand elle était encore une enfant à Powys, elle avait déjà une collection similaire, mais ses trésors de l'époque venaient pour la plupart de la nature. Elle avait inventé à chacun de ses fétiches une histoire unique : une pierre avec des taches bleues était le cadeau d'une fille de sultan à un chevalier ; une ramille biscornue venait d'un bateau naufragé au large de l'Afrique. Tous ces objets lui avaient servi de talismans pour traverser les longues nuits où le seul bruit qu'elle entendait était celui de sa mère parlant dans son sommeil et du vent qui hurlait dans la vallée en faisant craquer leur chaumière branlante. Cela faisait des années qu'Elwen avait quitté Powys, et sa vie avait beaucoup changé, mais elle avait toujours besoin d'amasser des trésors.

Elwen plaça la perle dans le compartiment de la pièce en or et referma le couvercle. Puis, après avoir tourné le verrou, elle poussa le coffre sous le lit. Elle était en train d'attacher la chaîne à son cou quand la porte s'ouvrit et qu'entra, telle une tornade, une des dames de compagnie avec laquelle elle partageait la chambre.

— Que se passe-t-il, Maria ? demanda Elwen en faisant glisser la chaîne sous sa robe.

— Il y a quelqu'un pour toi à l'entrée des domestiques.

Maria, jeune fille d'environ seize ans aux cheveux clairs, lui lança un sourire tout en fermant la porte.

— Il vient du Temple, d'après ce que m'a dit le messager.

— Du Temple ? demanda Elwen en dénouant son tablier. Tu es sûre ?

— Oui.

Maria gloussa en voyant le sourire cachottier d'Elwen. Elle lui prit le tablier des mains et l'étala consciencieusement sur le lit.

— Cet homme que tu vois, quand me diras-tu de qui il s'agit ?

Elwen lissa sa robe couleur ivoire.

— Pas aujourd'hui, en tout cas.

— Mais nous sommes aussi proches que des sœurs ! Tu ne peux pas me cacher des choses comme ça !

Maria étreignit la main d'Elwen avec empressement.

— Tu veux te marier ? Parce que si c'est ce que tu désires, tu dois le faire avant qu'il devienne chevalier, non ? Une fois qu'il aura prononcé ses vœux, ce ne sera plus possible.

— Je ne te dirai rien, s'obstina Elwen.

Maria lui lâcha la main et fit semblant de bouder.

— Alors je ne te confierai pas mon secret.

Elwen sourit mais garda le silence. Maria soupira en s'asseyant sur le lit.

— Bon, je te le dis quand même. Mais tu ne le mérites pas.

Ses yeux brillaient d'excitation.

— Le troubadour est arrivé.

— Tu l'as vu ?

Elwen était intriguée. Comme la plupart des domestiques de la cour – et des habitants de Paris –, elle attendait l'arrivée du célèbre Pierre de Pont-Évêque avec une grande curiosité.

— Oui, je l'ai vu, répondit Maria d'un air important. Et il n'a pas des allures de démon, contrairement à ce que certains prétendent. Je l'ai trouvé plutôt charmant.

— Tu trouves tous les hommes charmants.

— C'est vrai, admit Maria avec candeur. Mais bien que mes yeux apprécient la variété, mon cœur ne désire qu'un seul homme.

Elwen lui sourit gentiment. Elle savait de qui parlait sa camarade. Il s'agissait de Ramon, un aide de cuisine venu de Galice, un beau brun au regard ténébreux que Maria aimait en secret.

— J'ai tellement hâte de voir son spectacle, dit Maria en s'allongeant sur le lit. Nous avons de la chance.

Elwen acquiesça. La reine avait permis à quatre de ses dames de compagnie d'assister à la représentation qui aurait lieu dans cinq jours. Elwen et Maria faisaient partie des heureuses élues. Elles y assisteraient cachées derrière un lourd rideau dissimulant l'entrée des domestiques, sur le côté de la Grande Salle.

— De quoi ai-je l'air? demanda Elwen en ajustant son bonnet.

— Tu es aussi belle qu'une colombe.

— Une colombe? s'étonna Elwen en faisant la grimace.

— Désolée, dit Maria en levant les yeux au ciel, j'ai oublié que tu détestes tout ce qui est mignon et doux.

— Ce n'est pas que je déteste ce qui est mignon, rectifia Elwen. Mais je préférerais qu'on me compare à... disons, un corbeau, ou un hibou, quelque chose de plus...

— Viril? tenta Maria en penchant la tête.

Elwen lui lança un regard de reproche.

— Courageux, plutôt.

— Je plaisantais, fit Maria en riant.

Elle se redressa en s'appuyant sur les coudes.

— Tu ressembles à une de ces femmes dans les romans que tu lis. Belle, courageuse, absolument rien d'une colombe.

Elwen sourit tout en se dirigeant vers la porte.

— On se verra tout à l'heure.

— Embrasse ton amoureux pour moi, entendit-elle Maria crier.

À peine sortie de la chambre, Elwen croisa un cuisinier chargé d'un panier de légumes et deux gardes du palais en livrée écarlate. Elle les salua, prit l'entrée des domestiques et déboucha sur l'allée pavée qui entourait les murs du palais. Elle se divisait en deux chemins : l'un menant vers les rues principales, l'autre vers la Seine. Elle prit le deuxième en se demandant pourquoi Will ne l'avait pas prévenue de sa visite. Elle espérait qu'il avait finalement repris ses esprits et qu'il était prêt à admettre qu'il l'aimait. Au bout du chemin, elle passa sous une arche et arriva sur la berge. Une rangée de chênes bordait le fleuve. Boueuse, la rive était tapissée d'un manteau de feuilles rousses que le vent avait fait tomber des arbres ces derniers jours. Elwen s'arrêta. Au pied d'un des chênes, il y avait un vieil homme habillé en noir qui regardait l'eau couler d'un air contemplatif. Transie de froid, Elwen se frictionna les épaules tout en cherchant Will du regard. Mais il n'était pas là.

— Elwen.

La voix enrouée et faible qui l'avait interpellée était celle du vieillard. Il s'approchait d'elle. En reconnaissant l'homme, elle sentit son cœur s'emballer. C'était le maître de Will, Everard de Troyes.

Les Sept Étoiles, Paris, 27 octobre 1266 après J.-C.

Adela souleva avec d'immenses précautions la reliure en cuir toute craquelée de son herbier, trouva rapidement la page qu'elle cherchait et son index courut sur la liste des ingrédients. Dans l'âtre, le feu était presque éteint, mais quelque chose devait bloquer la cheminée car la fumée revenait dans la pièce, de sorte que celle-ci semblait plongée dans un brouillard gris et malsain. Un peu de lumière filtrait par un interstice entre la fenêtre et les tissus censés la calfeutrer. De la rue provenait un concert de bruits divers : charrettes, chevaux, hommes se criant les uns sur les autres, aboiements de chien, cris de bébé. Adela sentit Garin bouger dans son dos mais elle resta concentrée sur son ouvrage.

— Reviens dans le lit, murmura-t-il en se pressant contre elle et en caressant ses seins ronds et son ventre.

Adela lui attrapa les mains.

— Je dois finir des potions pour le marché de demain, ou je n'aurai rien à vendre.

Par-dessus son épaule, le regard de Garin plongea dans l'herbier. La page à laquelle il était ouvert décrivait comment faire tomber les dents cariées en les frottant avec une grenouille, mais aussi comment inciter un bébé à accepter le sein de sa mère en l'enduisant de miel.

— Pourquoi fais-tu ça ? demanda-t-il, agacé.

— Quoi donc ? répondit-elle d'une voix absente, tout en levant les yeux vers ses étagères remplies de bocaux d'herbes.

— Tes remèdes.

Il pencha la tête pour l'embrasser dans le cou et enfouit son visage dans ses cheveux.

— Je ne te paye pas assez ?

— Il faut croire que non, répliqua-t-elle en se dégageant.

Elle alla vers une des étagères et s'empara de deux grandes bouteilles en argile. Puis elle s'aperçut de l'air renfrogné de Garin.

— Entre ce que mes filles me rapportent et ce que je gagne, nous avons juste ce qu'il faut pour manger. Regarde où je vis. Tu vois bien dans quel état est la maison. Si je ne peux pas payer des réparations, bientôt je n'aurai même plus d'endroit où travailler, sans parler d'un foyer. Au début, quand j'ai ouvert, c'était la maison la plus populaire du quartier, mais il y a de plus en plus de nouvelles maisons qui ouvrent, et elles commencent à me prendre ma clientèle.

Avec un profond soupir, Adela posa les bouteilles sur la table, près du pilon et du mortier.

Elle pensait à son père, à sa déception s'il avait vu ce qu'elle avait fait de cet endroit. Quand il la dirigeait, la pension était bien tenue. La plupart de ses clients étaient des prêtres ou des élèves en visite à la Sorbonne ou fréquentant les collèges mais, quand elle avait repris l'affaire, le nombre de clients avait rapidement chuté. Sans doute, pensait-elle, parce que les prêtres et les élèves trouvaient inconvenant de dormir dans une pension tenue par une femme. Après quelque temps, elle n'avait plus été capable de payer les impôts aux prévôts, et elle n'avait plus que deux solutions : vendre ou changer d'activité. Ne voulant pas se séparer de la maison de son enfance, la deuxième option s'était imposée d'elle-même. Et comme elle ne connaissait aucun autre métier et qu'elle n'avait pas le temps d'en apprendre un, à seize ans elle avait décidé de vendre la seule marchandise qu'elle possédait.

— Je n'ai pas le choix, il faut que je vende des remèdes. Si je pouvais choisir, je préférerais continuer à vendre des remèdes et arrêter le reste.

— Le reste? Tu parles de moi?

— Non, répondit-elle d'une voix douce en lui caressant la joue. Tous les autres, mais pas toi.

Elle s'assit sur le banc et Garin chercha son maillot au milieu d'une pile de vêtements froissés sur le matelas. En le récupérant, il fit glisser la petite bourse en velours posée dessus. Elle tomba au sol avec un bruit de pièces s'entrechoquant. Garin l'attrapa par la cordelette et la ramassa. Son niveau baissait de manière inquiétante. Au début, il ne dépensait pas un sou de l'argent que lui avait donné le prince Édouard. Mais, aujourd'hui, sa fortune était presque intégralement dilapidée. L'une après l'autre, les pièces lui avaient permis d'entrer dans la chambre d'Adela. Il regarda la jeune femme écraser des graines de pavot dans le mortier, et son estomac se noua une fois de plus en effleurant des yeux sa peau blanche et duveteuse, la cambrure de ses reins, la courbe de ses hanches et le creux de ses cuisses. Ses seins pressés contre le bord de la table quand elle se penchait en avant pour s'emparer du pilon. La pierre frottant contre la pierre tandis qu'elle pulvérisait la mixture. Elle avait l'air si studieuse, si absorbée par sa tâche. Garin se rendit compte qu'elle prenait un plaisir évident à ce qu'elle faisait. Quand elle était au lit avec lui, ou avec des clients dans la pièce en

353

bas, elle avait pourtant l'air heureuse, mais en la voyant manipuler son pilon, il comprit qu'elle faisait semblant, qu'elle jouait un rôle. Il sourit intérieurement en se disant qu'il était le seul à qui elle montrait cette facette d'elle-même. Puis il se demanda si c'était à ça que ressemblait la vie des couples mariés. Son père avait-il jamais observé sa mère de cette manière, tandis qu'elle était occupée à tel ou tel ouvrage, heureux simplement de la regarder? Il n'en savait rien, mais pendant un instant il imagina un avenir où deux personnes pourraient s'asseoir et se sentir bien, sans avoir besoin de parler.

Adela se leva pour prendre une autre bouteille sur l'étagère. Garin jeta son maillot et la bourse par terre et se mit en travers de son chemin.

— Garin..., s'impatienta Adela tandis qu'il la faisait pivoter.

Elle tenait dans sa main des fleurs de lavande à l'odeur entêtante.

— Je n'y peux rien si je te désire, fit Garin en se penchant pour l'embrasser dans le cou avec voracité. Ce n'est pas ma faute.

— Arrête, dit-elle.

— Non, lui glissa-t-il à l'oreille en souriant.

Soudain, la porte s'ouvrit avec fracas.

Garin se retourna, nu comme un vers, et tressaillit en voyant l'homme qui se tenait dans l'entrée de la chambre.

Rook s'avança, observant la scène d'un air moqueur.

— Ainsi, voilà à quoi les chevaliers passent leurs journées? Moi qui me demandais comment il était possible que les Sarrasins tiennent encore Jérusalem.

Garin marcha vers lui et le poussa vers la porte.

— *Dehors!*

Le sourire de Rook disparut. Il esquiva le coup de poing de Garin et attrapa le chevalier à la gorge d'une poigne terrible.

— Je te l'ai déjà dit, espèce de petit merdeux. N'essaie *jamais* de te battre avec moi.

— Lâchez-le.

La voix d'Adela était froide et autoritaire. Rook se tourna vers elle. Elle était toujours nue et ne cherchait absolument pas à se couvrir.

— Toi, la putain, pousse-toi de là, grogna-t-il en lui indiquant la porte d'un signe de tête.

Garin étouffait à cause de la pression sur sa trachée. Il attrapa la main de Rook et essaya de lui faire lâcher prise. Adela s'approcha calmement de Rook, mais dans ses yeux violets brillait une détermination sans faille.

— Je n'irai nulle part, je suis ici chez moi. Quant à vous, vous n'avez rien à faire dans cette chambre.

— Ce taudis est à toi? s'amusa Rook.

Adela ne lui répondit pas. Elle se mit sur la pointe des pieds et tendit le cou pour voir par-dessus son épaule.

— Fabien! appela-t-elle.

— Laisse, Adela, parvint à articuler Garin.

Quelques instants plus tard, ils entendirent quelqu'un monter lourdement les escaliers et traverser le couloir. Sur le seuil apparut un colosse aux épais sourcils noirs et au visage menaçant. Rook parut légèrement surpris. Le regard du colosse passa de Rook à Garin avant de se poser, interrogateur, sur Adela.

— Tu es sûr? demanda Adela à Garin.

Rook relâcha lentement la gorge de Garin sans quitter des yeux l'homme à la stature herculéenne. Garin reprit sa respiration avant d'acquiescer.

— Peux-tu nous laisser seuls un moment?

Adela hésita un instant puis fit signe à Fabien qu'il pouvait s'en aller. Celui-ci partit sans un mot. Sans se presser, Adela alla prendre sur le paravent en osier une robe en soie rouge, puis l'enfila sans prêter attention aux regards vicieux que lui jetait Rook. Des hommes comme lui, la profession qu'elle exerçait lui avait donné l'occasion d'en croiser d'autres. Des sournois, des bestiaux qui ne savaient communiquer qu'avec des insultes à la bouche et les poings serrés.

— Je ne serai pas loin, dit-elle à Garin en traversant la pièce pour sortir.

Quand elle fut partie, Rook se tourna vers Garin, qui profitait du calme revenu pour se rhabiller.

— Cette roulure a la langue bien pendue. Mais je suppose que tu es bien placé pour le savoir, non ?

Garin préféra ne pas répondre.

— De toute façon, tu n'as pas respecté non plus les autres vœux que tu as prononcés au Temple. Ça fait déjà un moment que tu en as fini avec la pauvreté et l'obéissance, n'est-ce pas ? Ta chasteté ne pouvait durer éternellement, il faut croire. Et, en plus, tu es tombé sur un morceau de choix. Enfin, quand elle ne parle pas.

Il jeta un coup d'œil en direction de la porte.

— Je devrais bien l'essayer aussi, d'ailleurs.

— Tu n'as pas le droit ! s'écria Garin.

Les yeux de Rook se rétrécirent tandis qu'il scrutait le jeune homme. Au bout d'un moment, il éclata de rire. C'était un rire ignoble, sans pitié.

— Oh, mais tu en pinces pour elle, on dirait. Non ? Toi, un fier et puissant Templier, amoureux d'une putain ? Un guerrier du Christ qui en pince pour une petite pute à deux sous ! C'est une bonne blague, une très bonne blague. Me voilà de bonne humeur pour les prochains jours !

Chaque parole qu'il prononçait meurtrissait Garin un peu plus.

— Comment m'as-tu trouvé ? demanda-t-il, les dents serrées.

Rook n'arrêtait pas de rire.

— Ta prudence est stupéfiante. Je n'ai eu qu'à te suivre depuis la commanderie. J'imagine qu'ils ne savent pas à quoi tu passes tes journées ?

— Qu'est-ce que tu fais ici ? demanda Garin avant que Rook ne continue à le couvrir de sarcasmes.

Rook s'assit sur le matelas et enleva une de ses bottes, qui était maculée de boue, puis il entreprit de masser son pied osseux et noir de crasse. Le temps ne l'avait pas épargné. Bien qu'il n'ait que dix ans de plus que Garin, il paraissait beaucoup plus vieux. Il inspecta la corne jaune sur son talon et se mit à la gratter avec l'ongle de son majeur.

— Toi et moi, nous avons du travail. Les affaires de notre maître nous appellent.

Il leva les yeux vers le chevalier et lui jeta un sourire grimaçant. Il avait encore perdu des dents depuis la dernière fois où Garin l'avait vu. Des rangées de chicots bruns et jaunâtres parsemaient ses gencives ravagées.

— Tu ne pensais tout de même pas qu'on t'avait oublié?

Garin ne répondit pas. Le simple fait d'avoir Rook en face de lui le rendait malade.

— Tu te rappelles du livre dont tu as parlé a notre maître? Celui qui a été volé?

Mieux valait jouer le jeu, décida Garin. Résister ne lui servirait à rien. Plus vite il répondrait, plus vite sa torture prendrait fin.

— Oui, et alors?

— Nous pensons savoir où il se trouve, l'informa Rook tout en délogeant une petite saleté noirâtre d'entre ses orteils. Il y a un troubadour qui doit chanter à la cour du roi. D'après ce que nous savons, il serait en sa possession. Je me suis déjà renseigné. Il doit donner son spectacle à la Toussaint et apparemment, il serait déjà là.

Rook relâchait les saletés qu'il s'enlevait directement sur le matelas.

— Qu'est-ce que tu sais sur Everard de Troyes?

— Il est prêtre à la commanderie. D'après ce que mon oncle m'a dit, il pourrait être à la tête du cercle secret. Un de mes anciens camarades de Londres, Will Campbell, est son apprenti.

Rook fronça les sourcils.

— Est-ce que ce Will Campbell est au courant pour l'Anima Templi, d'après toi?

Garin haussa les épaules avec indifférence.

— Comment le saurais-je?

Rook lui jeta un regard de travers.

— Tu ferais mieux de rester agréable avec moi, mon garçon, ou je ferai en sorte que ta putain ne prenne aucun plaisir quand je la prendrai. J'ai entendu dire que les dominicains essayent d'empêcher le troubadour de faire son spectacle. D'après ma source, ils ont obtenu l'appui du Temple. Est-ce que tu as remarqué des visiteurs inhabituels à la commanderie, ces dernières semaines ?

Garin garda le silence quelques instants.

— Oui, répondit-il finalement. J'ai vu un dominicain et un ancien camarade de mon oncle, Hasan.

Rook eut l'air ravi.

— On dirait que ça correspond à ce que nous soupçonnions. Hasan était en rapport à la fois avec ton oncle et avec le prêtre. Nous pensons qu'il est plus ou moins le mercenaire du groupe.

Rook remit sa botte et se leva.

— Notre maître pense que le prêtre essaiera de récupérer le livre d'une manière ou d'une autre. Nous allons le laisser faire le sale travail, et nous le lui reprendrons.

— Comment pouvez-vous être sûrs que le prêtre tentera de le voler ?

— Eh bien, j'imagine que ça dépend si tu nous as dit ou non la vérité, fit Rook en s'approchant de Garin. Si ce livre est précieux, il ne fait aucun doute qu'il voudra remettre la main dessus. C'est d'ailleurs pour cette raison que nous devons le voler.

— Je n'ai fait que répéter ce que mon oncle m'avait dit. Si c'était un mensonge, je n'y peux rien. Et que se passera-t-il si ce sont les dominicains qui le récupèrent ?

— Ce ne serait pas forcément un mal, grogna Rook. Dérober quelque chose dans le couvent des dominicains présenterait moins de difficultés que dans les coffres du Temple. Nous verrons le moment venu. D'ici à la représentation, sois attentif à ce qui se passe à la commanderie. Surveille le prêtre et son ami le Sarrasin dans les jours qui viennent. S'ils prennent le livre au troubadour, ce sera à toi de le leur voler.

— Et vous, que faites-vous pendant ce temps-là? protesta Garin.

— Je veillerai sur l'élue de ton cœur, répondit Rook avec un sourire vicieux. Comme ça, je suis sûr que tu travailleras bien. Si tu y arrives, tu seras anobli. Notre maître l'a promis. Et tu auras une autre récompense.

Il glissa la main sous sa cape en toile grossière et en tira une bourse. Il la leva afin que Garin puisse bien la voir.

— Trouve le livre et tu t'enverras en l'air avec la pute pendant toute une année.

Il remit la bourse sous sa cape et se dirigea vers la porte.

— Habille-toi. Je vais demander à une de ces jolies filles en bas de me préparer quelque chose à manger. Après, on reparlera plus en détail de notre plan.

Rook sortit et se cogna contre Adela, qui attendait juste dehors. Dès qu'il fut parti, elle entra dans la chambre.

— Qui était-ce?

L'embarras fit monter le rouge aux joues de Garin. Il se rongea nerveusement les ongles, puis récupéra le reste de ses vêtements sur le paravent. Il avait envie de lacérer ses affaires en imaginant le cou de Rook à leur place. Il poussa un juron de frustration et de rage.

— Chut…, tenta de l'apaiser Adela en s'approchant et en lui prenant le manteau des mains.

Elle laissa tomber le vêtement au sol et enlaça son amant. Dressée sur la pointe des pieds, elle lui déposa un baiser sur la bouche.

D'abord, Garin fut incapable de répondre à cette attention. Puis, lentement, il serra dans ses bras la jeune femme et enfouit sa tête dans son cou en inspirant profondément. Les cheveux d'Adela dégageaient une senteur d'orange mais aussi d'épices, sans qu'il puisse identifier laquelle. C'était une odeur exotique et chaude, qui lui rappelait sa mère.

À la mort de son père, après avoir revendu le domaine de Lyons, Cecilia était devenue très protectrice des quelques biens qu'elle était parvenue à emmener jusqu'à Rochester. L'un d'entre eux était une boîte d'épices qu'elle conservait près de son lit. Quand il était gentil, qu'il avait bien appris ses leçons, elle lui faisait jouer à un jeu. Elle l'asseyait sur le lit, à côté d'elle, et lui fermait les yeux. Alors, elle mettait dans le creux de sa main de petites pincées d'épices. Il devait deviner, à l'odeur, de laquelle il s'agissait. S'il trouvait la bonne réponse, il gagnait le droit de goûter, du bout de la langue, les quelques résidus qui s'accrochaient dans sa paume. Le fait que la plupart des épices aient perdu l'essentiel de leurs saveurs à force d'être si souvent exposées ne le dérangeait pas. Ce qu'il adorait par-dessus tout dans ce jeu, c'était la voix douce et enjouée de sa mère. Il n'avait vraiment senti son amour que dans ces rares moments d'intimité.

Garin relâcha soudain son étreinte.

— Il faut que je m'habille.

Il alla prendre sur la table son sac en cuir.

— Qui est-ce, Garin? insista Adela dans son dos.

Il ne répondit toujours pas.

— Dis-le-moi.

— Occupe-toi de tes affaires, pour l'amour de Dieu!

Les yeux d'Adela lui lancèrent des éclairs.

— Je pourrais faire en sorte de vous faire jeter *tous les deux* de cette maison.

— Je suis désolé. C'est simplement que… Est-ce que tu peux me laisser seul un moment?

Garin se retourna.

— S'il te plaît, Adela.

Elle le regarda silencieusement pendant quelques secondes, puis finit par acquiescer. Après quoi elle partit en fermant doucement la porte derrière elle.

Garin récupéra son manteau qui traînait à terre, plein de taches et tout fripé. Il passa la main sur le tissu blanc, symbole de la pureté des chevaliers. Les mots de Rook n'arrêtaient pas de tourner dans sa tête, l'empêchant de penser : *Toi, un fier et puissant Templier, amoureux d'une putain ?* Ce n'était pas bien loin des reproches qu'il s'adressait parfois à lui-même. Mais quand il arrivait ici et qu'il se jetait dans le lit avec Adela, plus rien n'avait d'importance, à part son odeur, sa saveur et tout ce qu'il éprouvait en sa compagnie. Parfois, il se demandait si elle ne l'avait pas drogué avec une de ses potions afin qu'il ne puisse s'empêcher de revenir avec un appétit insatiable, toujours renouvelé. En époussetant son manteau, quelque chose tomba au sol. C'était le bandeau qui avait recouvert l'œil de son oncle. Il le ramassa et caressa du bout du doigt le morceau de cuir craquelé par le temps. Il le mit devant son œil et regarda de quoi il avait l'air dans le miroir poussiéreux qui pendait au mur de la chambre.

23

Le palais royal, Paris

1er novembre 1266 après J.-C.

Elwen leva ses jupons et sauta d'un pied sur l'autre pour éviter les flaques de boue. Il avait commencé à pleuvoir dans la nuit et le terrain autour de la chapelle était complètement détrempé. En ce matin humide, avec la pluie qui assombrissait sa façade en pierre, la structure majestueuse donnait une impression de grisaille et de mélancolie. En face du porche se trouvait un vieil if. Elwen s'arrêta sous ses branches basses et touffues pour attendre à l'abri. Elle ne quittait pas des yeux les portes de la chapelle, fermées pour l'instant.

Au service de la reine, Elwen avait eu plusieurs fois l'occasion de pénétrer la Sainte-Chapelle, mais la plus mémorable avait été la première. Malgré son mur d'enceinte et les arbres qui la dissimulaient, elle avait découvert la structure à deux étages à peine arrivée à Paris. Elle était entrée sous le porche et avait collé son œil sur l'interstice entre les deux portes pour essayer de voir à l'intérieur. C'est dans cette position que le roi Louis l'avait surprise. Terrifié à l'idée qu'il la réprimande, Elwen avait eu du mal à croire que le roi lui souriait et l'emmenait avec lui à l'intérieur. Tandis qu'il la faisait traverser l'immensité de la chapelle basse, Elwen regardait de tous les côtés à la fois. Ses yeux saturaient face à la magnificence du décor : les vitraux monumentaux, les murs peints de couleurs vives, les statues qu'on aurait cru vivantes s'inclinant sur leur passage. Au premier étage, qui accueillait les quartiers privés du roi, un bloc de marbre se dressait devant un autel où était posé un petit morceau de bois circulaire. Elwen avait été sidérée d'apprendre que c'était pour servir d'écrin à cet objet apparemment insignifiant, acheminé depuis Constantinople, que le roi avait fait édifier la chapelle. Mais quand Louis lui expliqua, sur un ton de profonde adoration, qu'il s'agissait de la couronne d'épines du Christ, Elwen comprit soudain. C'était comme les trésors qu'elle collectionnait : cette espèce de couronne en bois n'était pas seulement ce qu'elle semblait être, elle incarnait ici-bas tout ce en quoi le roi croyait – sa foi, ses rêves. Pendant une heure, tous deux étaient restés à genoux devant cette relique antique. Elwen ne s'était jamais sentie autant en sécurité, elle n'avait jamais ressenti autant de chaleur que ce jour-là, agenouillée sur les dalles froides aux côtés du roi de France. Elle, vêtue d'un simple tablier blanc et d'une robe, osant à peine respirer de peur de troubler leur tranquillité ; lui, enveloppé dans une cape vermillon doublée d'hermine, priant les yeux fermés. Depuis ce jour, le roi avait rarement remarqué sa présence au palais, mais pour Elwen ce moment avait suffi.

Elle serra ses bras autour d'elle pour se réchauffer, inquiète à l'idée que les charmes de la Sainte-Chapelle ne retiennent le troubadour trop longtemps. Cela faisait quatre jours qu'elle attendait l'opportunité de rencontrer Pierre de Pont-Évêque, mais il était toujours entouré d'une nuée de dames gazouillant autour de lui et de messieurs au regard inquisiteur. Everard lui avait ordonné de voler *Le Livre du Graal* avant la représentation.

En ce moment même, les serviteurs s'activaient dans la Grande Salle où devait se dérouler le spectacle : on dressait des tables sur des tréteaux avant d'y déposer cruches et coupes, on couvrait les murs de bannières et on allumait des torches un peu partout. Le fait que ce soit la Toussaint ne faisait qu'ajouter au caractère peu ordinaire de ces festivités. Ce soir, la cour royale et les nobles en visite se joindraient au roi pour un service des vêpres à la Sainte-Chapelle, après quoi auraient lieu le spectacle et le banquet.

En ville, le sentiment soulevé par l'arrivée du troubadour était assez confus. Une partie de la population, qui espérait pouvoir assister au spectacle, avait été déçue d'apprendre que Pierre ne jouerait que pour le roi. D'autres, c'est-à-dire les prêtres des différents collèges, menés par les dominicains, soutenaient qu'il fallait le chasser. Ayant dépensé des sommes considérables pour les célébrations de cette soirée, Louis n'était pas disposé à abandonner la représentation du spectacle, d'autant qu'il aurait déçu tous ses invités, mais Elwen avait entendu la reine dire qu'il ne s'était pas attendu à de telles complications quand il avait songé à inviter le troubadour à sa cour. Néanmoins, il avait rassuré certains collèges en leur promettant qu'il n'hésiterait pas à faire arrêter la représentation immédiatement s'il avait le sentiment que le code de bonne conduite était enfreint.

Va dans sa chambre quand il est absent et prends-le.

Elwen ne bougeait pas d'un pouce. Outre la nervosité que la simple idée du vol provoquait en elle, il y avait une autre raison pour laquelle elle retardait le moment d'agir. Everard ne lui avait pas tout dit, et elle était très intriguée par les détails qui manquaient, ainsi que par la situation désespérée dans laquelle le prêtre semblait se trouver. En échange de ce service, Elwen lui avait fait promettre d'initier Will. Everard n'avait eu d'autre choix que d'accéder à sa demande. Dans le cas contraire, elle aurait refusé. Elle avait donc quelque chose à gagner si elle menait à bien cette mission dangereuse, à savoir la gratitude de Will pour avoir réalisé son rêve, et il y avait aussi une part d'elle-même qui se sentait tout excitée à l'idée de ce qu'elle était sur le point de faire. Elle avait l'impression de ressembler aux héroïnes des histoires qu'elle lisait. De toute façon, le troubadour l'avait probablement sur lui, se dit-elle en tapant du pied contre le sol pour se débarrasser du frisson qui lui remontait le dos.

Peu après, les portes de la chapelle s'ouvrirent et deux hommes en sortirent. Elwen les regarda discuter à l'entrée du porche. Elle avait tout à fait conscience du caractère ridicule de sa situation, petite silhouette dégoulinant de pluie à moitié cachée par les branches de l'if. Comme Maria le lui avait dit, Pierre de Pont-Évêque était un homme plein de charme. Certes, il n'était ni très grand ni très fort, mais ce qui lui manquait de carrure, il le compensait par un port de tête altier digne d'un homme de haut rang. Il avait des cheveux bruns et des yeux bleu clair qui brillaient d'un intense éclat.

— J'espère que mon spectacle de ce soir saura vous divertir, monseigneur, entendit-elle Pierre dire à l'autre homme.

La voix du troubadour était sonore et mélodieuse.

— Je vous prie de remercier pour moi Sa Majesté de m'avoir permis de visiter sa chapelle privée. On m'avait parlé d'elle comme d'une merveille du monde, et elle est à la hauteur de sa réputation.

Son compagnon prit congé et quitta le porche en maudissant la pluie qui s'abattait sur lui tel un déluge. La respiration coupée, Elwen regarda Pierre s'approcher d'elle avec aisance, éclaboussant à chaque pas les bottes qui lui montaient aux genoux. La pluie semblait glisser sur sa culotte bleue et sa tunique pourpre.

— Enfin, je la vois, dans cet océan de brume. Sous la tonnelle, la reine Guenièvre attend le seigneur Lancelot.

Pierre sourit en écartant les branches de l'if.

— Dites-moi, madame, est-on un peu plus à l'abri de la pluie sous cet arbre? Et si c'est le cas, puis-je vous y rejoindre?

— Non, fit Elwen en éclatant de rire et en sortant de sous les branches. La pluie y est tout aussi forte.

Pierre l'étudia un moment. Il était un peu plus petit qu'elle mais Elwen se sentit intimidée par son regard scrutateur.

— Alors pourquoi restez-vous là, à moitié gelée? Un vrai toit de pierre n'aurait-il pas mieux convenu?

Elwen ne répondit pas.

— Vous êtes une des dames de compagnie de la reine?

Elwen fut surprise. Après tout, s'il connaissait sa position, il pouvait aussi savoir pourquoi elle voulait lui parler. Peut-être qu'il était sorcier?

— Comment le savez-vous?

— Je me suis renseigné pour savoir qui était cette ombre charmante toujours derrière moi depuis que je suis ici. Chaque fois que je me retourne, vous êtes là.

Elwen se sentit penaude. Elle avait pourtant fait preuve d'une grande prudence, lui semblait-il.

— Quel est votre nom?

— Grace.

— Comme c'est approprié, commenta Pierre avec dans les yeux un air charmeur. Et vous, Grace, souhaitez-vous savoir si les histoires qu'on raconte à mon sujet sont vraies? Si c'est bien le diable qui a écrit mon roman? Si je suis un enchanteur démoniaque venu ensorceler le roi grâce à ma magie noire?

— Non, répondit Elwen en se redressant et en s'obligeant à le regarder droit dans les yeux. Je suis venue demander à un poète de m'éclairer sur son art.

C'était au tour de Pierre d'être surpris.

— Est-ce bien vrai? sourit-il en ayant l'air de réfléchir. Eh bien, il me reste un peu de temps avant de me préparer pour ce soir. Vous pourrez poser vos questions, dame Grace, mais seulement une fois que nous serons à l'abri. Peut-être devrions-nous attendre d'être dans ma chambre. Nous y serons à l'aise pour discuter de poésie. En traversant le palais, Elwen fit attention à garder la tête baissée en espérant que personne ne la reconnaîtrait et ne viendrait à l'interpeller. Dans les couloirs circulait une foule de domestiques, de clercs et de courtisans. Certains aidaient aux préparatifs pour la soirée, d'autres vaquaient à leurs occupations habituelles. Pendant tout le chemin, elle entendit les pas du troubadour derrière elle et ses yeux braqués sur sa nuque. Ils arrivèrent à la chambre où Pont-Évêque était logé, avec vue sur la Seine. Son cœur battait si fort qu'elle avait l'impression qu'il allait lui sortir de la poitrine et s'envoler, tel un oiseau. Pierre jeta un rapide coup d'œil de gauche à droite dans le couloir désert, puis il ouvrit la porte et fit entrer Elwen. Tandis qu'il fermait derrière eux, Elwen inspecta la petite chambre. Quelques coffres étaient entreposés le long des murs, et un sac en tissu était à moitié caché par la couverture du lit.

— La vue compense l'absence de confort.

Elwen se tourna, Pierre s'approchait d'elle en désignant un siège.

— S'il vous plaît, l'enjoignit-il.

En s'asseyant, Elwen regarda par la fenêtre. En bas coulait la Seine, aussi grise que le ciel. Au-delà des berges, la ville était presque dissimulée par le brouillard.

— Vous avez froid, murmura-t-il en prenant ses mains dans les siennes et en les frictionnant doucement.

— J'ai été ravie d'apprendre que vous alliez vous produire ici, dit Elwen en regardant ses mains former lentement des cercles sur les siennes. J'ai toujours adoré les romans. J'ai lu certaines œuvres de Chrétien de Troyes et les poèmes d'Arnaud de Mareuil, mais je n'ai jamais eu l'occasion de demander à un poète d'où il tire son inspiration.

— C'est là votre question, madame ? l'interrogea Pierre

en portant sa main droite à ses lèvres et en soufflant dessus. D'où je tire mon inspiration?

Elle acquiesça. La chaleur de son souffle sur sa main glacée la troublait.

— Mon inspiration prend de nombreuses formes.

Pierre prenait maintenant sa main gauche.

— Les soupirs d'une conversation, l'odeur de la forêt après qu'il a plu.

Il souffla de nouveau sur sa peau.

— Et les œuvres des autres, alors? dit Elwen en retirant délicatement sa main et en la posant sur ses genoux. J'ai entendu dire que de nombreux poètes puisent l'inspiration chez les Anciens.

— C'est le cas parfois, oui.

Pierre s'adossa à la fenêtre, les yeux mi-clos.

— Par exemple, dans les vieux contes qui dépeignent la vie des grands hommes et des femmes célèbres de l'histoire. Nous vénérons ces œuvres, bien entendu, parce qu'elles nous ont été léguées, qu'elles ont traversé le temps, mais je n'ai pas besoin des mots d'un autre homme pour peindre l'amour.

Il sourit.

— C'est pourquoi l'essentiel de mon œuvre vient uniquement de mon cœur et de mon esprit.

Elwen insista.

— Si je vous demande cela, c'est que j'ai entendu une rumeur selon laquelle le roman n'est pas de votre plume.

— Comment?

Les yeux de Pierre fixèrent la jeune femme.

— D'où tenez-vous de pareilles sottises? s'exclama-t-il brusquement.

— Quelqu'un au palais, répondit Elwen, surprise par ce changement de ton soudain.

L'indolence qu'il affectait semblait bel et bien partie. Il était aussi alerte qu'un cerf à l'approche du chasseur.

— Un domestique, ajouta Elwen.

— Et qu'a dit ce domestique, exactement?

— Que vous auriez volé le livre que vous lisez, répondit-elle timidement.

Pierre la saisit par le bras avec une telle violence qu'Elwen en eut le souffle coupé.

— Je ne suis pas un *voleur*!

— Ce n'est pas ce que je disais, dit-elle rapidement en secouant la tête. Je suis certaine du contraire. Je ne faisais que vous répéter ce que j'ai entendu.

Il la relâcha lentement, comme s'il craignait qu'elle ne se sauve.

— Je ne suis pas un voleur, répéta-t-il. Pas plus que je ne suis un sorcier, ou un adorateur du diable.

Pierre se baissa et ses épaules s'affaissèrent. Il avait soudain l'air plus petit, comme flétri, on aurait dit qu'il s'était vidé de toute substance. Le feu dans ses yeux était éteint, il regardait Elwen d'un air morne.

— Quand on atteint une certaine position, on fait des jaloux. Et les jaloux cherchent toujours à nuire, à détruire. La jalousie est un poison très puissant. J'ai passé la moitié de ma vie à rechercher la célébrité. Et maintenant que je l'ai obtenue, je ne suis plus sûr d'en vouloir.

Il baissa les yeux.

— Je le confesse, ce n'est pas moi qui ai écrit *Le Livre du Graal*, avoua-t-il d'une voix dure. Mais je ne l'ai pas volé non plus. La rumeur que vous avez entendue est fausse, comme toutes les rumeurs. Ne le répétez pas, s'il vous plaît.

— Je vous le promets, dit Elwen.

Les brusques changements d'attitude de Pierre la déconcertaient. Elle ne ressentait plus aucune excitation.

— Je suis désolée, dit-elle en se levant. J'abuse de votre temps. Je vais vous laisser vous préparer pour le spectacle.

— Attendez! lui lança Pierre au moment où elle allait ouvrir la porte.

Elwen se retourna avec impatience.

— Ne partez pas.

Pierre lui adressa un sourire plein de tristesse.

— Nombreux au palais sont ceux qui ont recherché ma compagnie depuis mon arrivée : des dames désirant qu'une poésie les immortalisât, des seigneurs voulant m'attirer dans leur maison comme un signe d'opulence. Une nervosité inhabituelle s'est emparée de moi à l'idée de divertir une telle foule de rapaces dans un endroit où, il n'y a pas si longtemps, on me méprisait et on me rejetait. Votre présence et votre intérêt pour mon art sont donc tous deux bienvenus. Je vous prie de m'excuser pour la manière dont je vous ai répondu à propos de ma paternité sur ce roman, mais depuis que je voyage, je suis entouré de rumeurs et d'accusations malveillantes. Et même, je suis pratiquement certain qu'on me pourchasse.

— Qu'on vous pourchasse? fit semblant de s'étonner Elwen.

Everard l'avait informée qu'il avait envoyé quelqu'un aux trousses du troubadour.

— Plusieurs aubergistes chez qui j'ai fait halte durant mon séjour dans le Sud m'ont appris qu'un homme posait des questions à mon sujet. Où j'avais dormi, quand j'étais parti, ce genre-là. Un étranger, m'a-t-on dit.

— Peut-être voulait-il simplement voir votre spectacle?

— Peut-être, concéda Pierre, apparemment peu convaincu par cette explication. Je l'ai semé en restant quelques semaines chez un ami à Blois.

D'une main, il désigna à Elwen le banc près de la fenêtre.

— Voulez-vous vous asseoir, madame?

Elwen hésita, puis s'approcha de la fenêtre avec un regain d'assurance. Elle venait d'avoir une idée.

— Auriez-vous la gentillesse de me prêter une de vos couvertures? Je suis trempée.

— Bien entendu, répondit galamment Pierre.

Il tira du lit la couverture et l'enroula délicatement autour de ses épaules.

Elwen s'en enveloppa du mieux possible et ôta son

bonnet trempé. Elle secoua ses cheveux et remarqua la manière dont Pierre observait ses boucles se répandre sur ses épaules. Elle avait souvent vu des hommes la regarder de cette manière : des marchands, sur les marchés ; des gardes, dans les couloirs du palais ; Will, avant qu'il ne se sente obligé de réprimer ses sentiments. Tous avaient ce même air concupiscent. Elle aimait sentir ces regards sur elle. Ils lui donnaient le sentiment d'être inaccessible, et en même temps elle désirait être conquise. Quand elle voyait ce regard, elle savait que pour une fois dans ce monde dominé par les hommes, c'était elle qui détenait le pouvoir.

Elle sourit et s'assit plus près de Pierre cette fois, le corps tourné dans sa direction.

— Vous me racontiez tout à l'heure comment vous cherchez l'inspiration pour votre œuvre. J'aimerais que vous m'en disiez davantage.

— Oui, fit Pierre, mon œuvre...

Dans son regard éteint s'alluma une nouvelle lueur. Il alla vers le lit et s'empara du sac en tissu qui s'y trouvait. Il en sortit un livre relié en vélin et un rouleau de parchemin. Elwen reconnut le livre qu'il tenait entre ses mains, il correspondait à la description que lui en avait faite Everard.

— Voici mon œuvre, dit Pierre en s'asseyant à côté d'elle et en posant *Le Livre du Graal* entre eux.

Mais c'est le rouleau de parchemin qu'il lui tendait.

— Celle-là est de moi.

Elwen se força à détourner les yeux du livre et à prendre le rouleau. Elle lut les premiers mots, écrits d'une main délicate. Il s'agissait d'un poème dédié à une femme, une certaine Catherine. Une sensualité profonde émanait des quelques vers qu'elle lut.

— Votre travail est très... passionné, dit-elle en lui rendant le parchemin.

Elle se sentit rougir.

— Je veux rendre sa voix à la passion, dit Pierre d'un

air abattu. Fut un temps où les poètes, par exemple ceux dont vous avez lu les œuvres, écrivaient avec passion. Ils parlaient de l'amour, de ses progrès lents et délicieusement douloureux, de l'angoisse de l'attente, des plaisirs du cœur et des jouissances de la chair. Mais l'amour courtois n'a rien à voir avec cela. Aujourd'hui, les poètes ne parlent que de nier ces plaisirs et de s'abstenir du désir. Il est devenu une chose précieuse et noble. Au lieu d'exalter l'homme qui rejetterait toute idée de péché pour l'amour d'une dame! Mais on ne peut pas mettre l'amour en cage. Il ne connaît ni raison ni péché. L'amour est une créature sauvage et affamée qui exige tout de celui qu'elle possède.

Elwen ne répondit rien, se contentant d'acquiescer. Pierre prit le livre et le passa d'une main à l'autre, perdu dans ses pensées. Les mots écrits en feuilles d'or sur la couverture scintillaient dans la lumière terne de la chambre.

— Ce livre appartenait à mon frère. Quand il est mort, il y a deux hivers, je l'ai récupéré. Et je l'ai utilisé pour recréer l'histoire de Perceval : un nouveau roman pour une nouvelle époque. Il fallait que je parvienne à me faire un nom pour livrer mes poèmes au monde. Ce livre m'a permis d'établir ma réputation. Il m'a donné du pouvoir.

Il ouvrit l'ouvrage et en fit tourner les pages.

— Maintenant, les gens se pressent pour m'entendre.

— Est-ce votre frère qui l'a écrit?

— Non, fit Pierre en riant avec lassitude. Antoine était bien incapable d'écrire quoi que ce soit. Il était dans le négoce du vin.

— Comment est-il entré en possession du livre, dans ce cas?

Pierre lui jeta un coup d'œil.

— Vous devez me promettre la plus grande discrétion.

— Comptez sur moi, murmura Elwen.

Elle vit que Pierre hésitait malgré tout.

— Je vous le jure, ajouta-t-elle en posant une main amicale sur sa cuisse.

Pierre l'étudia un moment, puis un sourire éclaira son visage.

— Il l'a trouvé sur le seuil de sa maison.

En voyant l'incrédulité se peindre sur le visage d'Elwen, il hocha la tête et eut un petit rire.

— J'ai l'impression que la version selon laquelle un ange me l'aurait apporté semble presque moins absurde, n'est-ce pas? Ne me demandez pas comment il est arrivé là, je n'en ai pas la moindre idée. Un matin, il y a de cela des années, mon frère a ouvert sa porte et l'a découvert, caché derrière des barriques. Il me l'a montré un jour où je lui rendais visite. J'y ai jeté un œil, mais à l'époque je n'écrivais rien du tout. Quand on m'a renvoyé de la cour, je suis retourné à Pont-Évêque, dans ma famille. Mon père a tenté de me convaincre d'accepter ce qu'il considérait comme un véritable travail. Il ne comprenait rien à la poésie, il disait que c'était une occupation niaise. J'étais tellement découragé par la décision du roi que, je le confesse, j'ai commencé à le croire. Mais quand Antoine est mort, la muse a recommencé à me visiter. Et le jour où mon père et moi sommes venus à Paris pour nous occuper de ses affaires, j'ai pris le livre et m'en suis inspiré.

Pierre baissa les yeux.

— Je me disais que je n'aurais jamais de meilleure opportunité. Et j'avais raison. Je n'aurais jamais soupçonné avoir autant raison.

— Mais n'êtes-vous pas inquiet? J'ai entendu dire que vous avez été banni de la cour d'Aquitaine. Et les collèges de Paris, n'ont-ils pas tout fait pour interdire votre spectacle? N'êtes-vous pas menacé d'excommunication?

— Je reconnais que mon spectacle était un peu épicé pour les palais délicats. Mais j'ai eu le temps de modifier le dosage des ingrédients.

Soudain, Pierre se leva et ramassa le rouleau de parchemin, ainsi que *Le Livre du Graal*.

— D'ailleurs, les courtisans attendent la représentation avec impatience, d'après ce qu'on m'a dit. Les dominicains ne réussiront pas à rallier le roi à leur cause.

Elwen le vit ranger le livre et les poèmes dans le sac et jura en son for intérieur. Elle l'avait eu à portée de main.

— Ce n'est pas aussi vilain que certains le prétendent. Du moins, le diable n'est jamais apparu jusqu'ici.

On frappa.

Pierre regarda un moment la porte sans rien dire, puis il traversa la pièce et l'entrouvrit.

— Oui ? Qu'est-ce que c'est ?

— Vous avez demandé qu'on vous informe quand la Grande Salle serait prête, messire.

Elwen supposa que c'était un domestique. Pierre lui jeta un coup d'œil par-dessus son épaule.

— Excusez-moi, madame, lui dit-il avant de sortir dans le couloir en laissant la porte ouverte derrière lui. Tout a-t-il été préparé selon mes instructions ?

— Oui, messire, vous ferez face au roi.

Tout en écoutant la conversation, Elwen se leva et se dirigea droit vers le lit. Elle tendit l'oreille, attentive au moindre bruit venant de la porte.

— Et le reste de la salle ?

— Nous avons suivi vos ordres.

— Vous comprenez, une fois, à Cluny, tous les bancs avaient été installés n'importe comment. Résultat, je chantais en tournant le dos à la moitié du public !

— Nous les avons placés comme vous nous l'avez expliqué, messire.

— Très bien. J'y serai dans une minute.

Pierre ouvrit la porte. Il parut légèrement surpris de voir Elwen debout au milieu de la pièce, mais il lui sourit.

— Hélas, je dois quitter votre si charmante compagnie, madame. Je suis attendu.

— J'ai également à faire, dit Elwen en lui retournant son sourire. Si je n'ai pas fini à temps certaines tâches, je ne pourrai pas assister à votre spectacle. Je suis honorée que vous vous soyez confié à moi.

Elwen sentait toute l'amoralité de sa position.

— Dans ce cas, Grace, me feriez-vous l'honneur d'une seconde entrevue après le spectacle ?

— Si mes devoirs me le permettent.

Pierre prit son sac, le jeta sur son épaule et lui ouvrit la porte.

— J'espère que ce sera le cas.

Il s'engagea dans le couloir.

— Oh ! Un moment ! fit-il en pivotant. Vous avez quelque chose qui m'appartient.

Le visage d'Elwen s'immobilisa.

— Comment cela ?

— Ma couverture, dit Pierre en marchant vers elle. Je serai frigorifié sans elle. Cette chambre est un vrai tombeau.

— Elle... elle est trempée ! bafouilla-t-elle. Et si je l'enlève, je vais geler sur place. Je dirai à un domestique de vous en apporter une. Deux, même.

Pierre lui fit une révérence.

— Alors gardez-la. Avec ma bénédiction.

Elwen attendit un moment, le temps qu'il s'éloigne, puis elle partit dans la direction opposée. Maintenant que ses nerfs se relâchaient, elle était étonnée du sentiment de triomphe qui l'envahissait. Sous la couverture, elle pouvait sentir la forme compacte du *Livre du Graal* contre sa poitrine.

Quand elle arriva dans sa chambre, Maria était en pleine agitation.

— Où étais-tu ? s'exclama-t-elle en bondissant de sa couche. La reine est mécontente. Tu étais censée l'habiller après son bain !

Le visage d'Elwen se décomposa.

— Je pensais avoir un moment.

Exaspérée, Maria leva les bras au ciel.

— Comment peux-tu oublier des choses pareilles ?

— A-t-elle l'intention de me punir?

Maria lança à Elwen un regard sévère.

— J'ai dit à la reine que tu étais au lit à cause d'une douleur à l'estomac et je t'ai remplacée. Ne t'inquiète pas, tu ne rateras pas le spectacle. Je lui ai dit que tu serais sûrement remise, que ce n'était qu'une légère indisposition sans doute due à quelque chose que tu as mangé ce matin.

— Quelle chance j'ai d'avoir une amie comme toi.

— Tu peux le dire, pesta Maria.

Puis elle aperçut la couverture.

— Qu'est-ce que tu fais avec cette vieillerie? demanda-t-elle en fronçant les sourcils. Et qu'as-tu fait de ton bonnet? Tu es toute trempée, Elwen!

— Je dois te demander quelque chose.

Maria leva les sourcils d'un air interrogateur.

— C'est ton amoureux que tu es allée rencontrer sous la pluie pendant que je te remplaçais? demanda-t-elle en souriant. Maintenant, tu es obligée de me dire de qui il s'agit.

— Maria, c'est important.

Le sourire de Maria s'évanouit.

— Qu'est-ce qu'il y a?

— Je n'ai pas envie de t'impliquer dans toute cette histoire, mais je n'ai pas le choix. Tu m'as déjà aidée aujourd'hui, et je te jure que je te revaudrai ça, mais j'ai besoin que tu fasses quelque chose pour moi et je ne peux pas te dire pourquoi.

Maria hocha lentement la tête.

— C'est-à-dire?

— Je dois envoyer un message au Temple le plus vite possible. Il faut que tu ailles voir Ramon. Je pense qu'on peut lui faire confiance. Il pourra quitter le palais sans trop de problème, et il acceptera de porter le message si c'est toi qui le lui demandes.

Maria fit semblant de rougir.

— Je n'en suis pas si certaine. Je ne suis même pas sûre qu'il m'ait remarquée.

— Mais il est quand même ton ami.

— Peut-être, oui.

— Je ne veux pas écrire ce message. Ramon doit rapporter mes paroles en personne.

— À quelle intention ?

— Un prêtre. Everard de Troyes.

— Un prêtre ! Ne me dis pas que tu es amoureuse d'un homme de Dieu !

— Non, lui répondit Elwen, ça n'a rien à voir.

Maria soupira de soulagement.

— Que dois-je dire à Ramon ?

— Dis-lui d'informer le prêtre que j'ai ce qu'il veut. Il doit envoyer un homme à ma rencontre une demi-heure avant les vêpres. Il saura où.

— C'est le message ?

— Oui.

Maria resta silencieuse un instant, à scruter Elwen.

— Est-ce que tu as des soucis ?

Le rire d'Elwen trahit son embarras.

— Tu m'as déjà vue sans souci ?

Mais elle redevint immédiatement sérieuse.

— Tu peux faire ça pour moi ?

— Oui, ne t'inquiète pas.

— Alors je te suis encore plus redevable.

— Voilà une chose de sûre, dit Maria en plaisantant à demi.

Elle était à la fois inquiète pour son amie, et excitée d'avoir une excuse pour aller voir Ramon. Quand Maria fut partie, Elwen tira son coffre noir de dessous le lit. Il y avait juste assez de place pour glisser le livre entre les compartiments et le couvercle. Elle verrouilla le coffre et le repoussa du pied sous le lit, avant d'aller chercher une robe sèche.

Pierre se versa un autre gobelet de vin et déambula sur l'estrade qui occupait toute l'extrémité de la Grande Salle. Il s'assit sur les planches et s'appuya sur ses coudes en inspectant la pièce. En venant, il avait été retardé par un seigneur qui avait insisté pour boire un verre en sa compagnie, et il ne lui restait que peu de temps pour se préparer. Mais dans la Grande Salle, tout semblait prêt pour la soirée.

Sur l'estrade se trouvaient les trônes du roi et de la reine, avec des coussins en soie rembourrés de plume. La bannière bleue de Louis pendait au mur, la fleur de lys dorée brillant de mille éclats à la lumière des bougies. Les étendards des maisons des différents ducs et princes présents au spectacle étaient accrochés un peu partout autour de la salle. Devant l'estrade, là où Pierre chanterait et lirait, le sol était couvert de pétales de roses séchés aux fragrances voluptueuses. Sur les tables alignées le long d'un mur latéral avaient été jetés des tapis de feuilles d'automne – ambre, pourpre et or –, et des pichets richement décorés et remplis de vin avaient été disposés à intervalles réguliers. Après le spectacle, le banquet de la Toussaint serait servi en l'honneur de Pierre. Ou plutôt en l'honneur du roi, mais Pierre se voyait déjà loué de toutes parts.

Il termina son vin et se remit lestement sur ses pieds. Le sac en tissu qui contenait *Le Livre du Graal* et son poème était posé près d'une table. Il s'adressa aux domestiques qui s'affairaient.

— Mesdames et messieurs, lança-t-il avec grandiloquence, aurai-je la hardiesse de vous déclamer un couplet de la Chanson de Roland ?

Il se racla la gorge, enchanté par la sonorité de la salle, et ferma les yeux.

La plupart des domestiques interrompirent ce qu'ils étaient en train de faire pour écouter Pierre chanter. Clairs et sonores, les mots qui sortaient de sa bouche emplissaient l'immense salle.

— « Le jour s'enfuit, et l'obscurité recouvre tout. L'empereur dort, le puissant Charlemagne... »

— Pierre de Pont-Évêque !

Pierre ouvrit les yeux et regarda les intrus qui l'avaient dérangé d'un air contrarié. Deux hommes en robe blanche loqueteuse traversaient la salle en direction de l'estrade. Ils marchaient pieds nus et de grandes croix en bois pendaient à leur cou. Pierre les reconnut immédiatement à leur apparence. Derrière les deux dominicains se trouvaient cinq autres hommes à l'accoutrement encore plus légendaire. Les yeux de Pierre se focalisèrent sur les épées aux mains des chevaliers du Temple et la terreur l'envahit. Les domestiques reculèrent pour laisser passer le groupe tout en marmonnant des prières.

— C'est moi. Que voulez-vous, mes chers frères ?

Le groupe s'arrêta et l'un des dominicains s'avança.

— Nous ne sommes pas vos frères, lui répondit le jeune homme d'un ton solennel.

Pierre avait l'impression d'être littéralement transpercé par les yeux noirs qui le fixaient. Il essaya de se grandir en se tenant droit, espérant que la hauteur conférée par l'estrade constituerait un avantage psychologique.

— Quel que soit l'objet de votre visite, vous feriez mieux d'y venir rapidement. J'ai peur de ne pas avoir beaucoup de temps à vous accorder.

— Pierre de Pont-Évêque, dit le dominicain en ignorant complètement les propos du troubadour, sur ordre de la Maison des Jacobins de Paris, disciples de l'ordre des Dominicains et autorisés à éliminer l'hérésie par le pape Grégoire IX, lui-même instrument du Divin, je vous arrête.

— Vous m'arrêtez ? Et quelle accusation portez-vous contre moi ?

— L'accusation d'hérésie.

— Écoutez, répondit vivement Pierre, je ne sais pas ce

que vous avez entendu mais je peux vous assurer que c'est entièrement faux. Je ne suis pas hérétique !

— Remettez-nous immédiatement le livre dont vous êtes en possession et qui est l'œuvre du Malin, et suivez-nous !

— Vous ne pouvez pas faire ça ! cria Pierre, incapable de contrôler sa peur. Je suis l'invité de Sa Majesté ! Il m'a invité à me produire ici ce soir !

— Où est *Le Livre du Graal* ?

— Ne touchez pas à ça !

Un grand Templier aux cheveux bruns avait intercepté le regard de Pierre à la mention du livre, et venait de se saisir du sac posé sur l'estrade.

Le dominicain se tourna.

— Frère Nicolas ! aboya-t-il. Reculez. Je m'en occupe.

Nicolas de Navarre, qui s'apprêtait à fouiller le contenu du sac, s'arrêta net.

— Je vous en prie, frère Gilles, dit-il au bout d'un moment en s'écartant.

Gilles ôta sa croix en bois et la suspendit au-dessus du sac en entonnant des prières, mais Pierre sauta soudain de l'estrade.

— Arrêtez-le ! cria le deuxième dominicain.

— Faites venir le roi ! hurla Pierre aux domestiques qui regardaient la scène bouche bée.

Pour le faire taire, l'un des chevaliers le frappa à l'arrière du crâne de son poing recouvert d'une cotte de mailles.

— Ça t'apprendra à répandre des horreurs sur notre compte ! lui glissa le Templier dans le creux de l'oreille.

Pierre, sonné, fut fermement maintenu tandis que Gilles terminait sa prière et glissait délicatement sa main dans le sac.

— Vous n'avez pas le droit de faire ça, grogna le troubadour.

— Vous avez offensé Notre-Seigneur et pollué la Chrétienté, dit le deuxième dominicain, d'un ton aussi impitoyable que le regard qu'il lui jetait. Mais notre maison fera tout pour que vous puissiez obtenir votre salut. Nous nous efforcerons de vous écarter des ténèbres dans lesquelles vous croupissez, nous servirons Dieu en exorcisant le démon qu'il y a en vous. Ceux qui s'écartent du chemin de Dieu doivent subir un juste châtiment. Quand on s'allie à Satan...

— Je ne le trouve pas.

Le dominicain se tourna.

Toujours hébété, Pierre pencha la tête en regardant Gilles secouer le sac vide au-dessus de l'estrade. Ses poèmes s'éparpillèrent sur la planche mais *Le Livre du Graal* n'était pas là. Nicolas de Navarre se mit en devoir de vérifier tous les parchemins, mais Gilles se dirigea droit sur Pierre.

— Où est-il?

— Comment? répondit Pierre, ahuri.

Gilles saisit Pierre par le cou et lui releva la tête sans ménagement.

— Où est le livre? répéta-t-il.

Pierre émit quelques gargouillis, sa pomme d'Adam faisant des allers-retours désespérés dans sa gorge.

— Frère Gilles.

Le dominicain regarda derrière lui d'un air distrait. Nicolas de Navarre avait fini d'examiner les parchemins et il s'était approché de la scène.

— Peut-être devrais-je prendre la relève à ce stade, proposa le chevalier.

Gilles donna l'impression de vouloir discuter, puis il se ravisa et recula.

En voyant Nicolas avancer vers lui, la respiration de Pierre devint encore plus hachée. À la ceinture du Templier pendaient, outre son épée, une arbalète et une dague.

— Il est dans mon sac! lâcha Pierre avant même que Nicolas n'ait prononcé un mot.

— J'ai bien peur que non, dit doucement Nicolas.

Des larmes commençaient à venir au troubadour.

— S'il vous plaît! Ce n'est même pas moi qui l'ai écrit! Je le jure!

— Je te crois, répondit Nicolas en parlant à voix basse à Pierre, sur le ton de la confidence. Si tu coopères avec les dominicains, tu as une chance de t'en tirer. Mais tu dois d'abord leur dire où se trouve le livre. Sinon, ils seront forcés de te condamner pour hérésie et ils continueront à chercher ce livre sans ton assistance. Il ne fait aucun doute qu'ils commenceront par rendre visite à ta famille à Pont-Évêque.

— Ma famille? murmura Pierre.

Nicolas baissa encore un peu plus la voix, ce n'était plus qu'un souffle sur les joues de Pierre.

— S'ils ne trouvent pas le livre là-bas, ils les dévêtiront et les attacheront à un pieu sur la place principale. Ton père Jean, ta mère Éléonore et tes sœurs, Aude et Catherine. Ils les badigeonneront d'huile et les feront brûler vifs, avec une lenteur telle qu'ils verront leur chair calciner et leurs os noircir, et...

— *Non! Mon Dieu!* Je l'ai mis dans mon sac tout à l'heure! J'étais dans ma chambre, je l'ai mis dans mon sac. *Je le jure!*

Gilles, qui n'avait pas entendu ce que Nicolas avait dit, parut impressionné par l'expression d'épouvante sur le visage de Pierre.

— Alors où est-il? demanda le moine tandis que Nicolas se redressait.

— Je ne sais pas! Il ne m'a pas quitté! Il devrait être ici, je ne comprends pas ce qui a pu...

Pierre n'acheva pas sa phrase.

— Quoi? le pressa Nicolas.

Pierre leva la tête.

— Il y avait une fille, une domestique. Elle est venue dans ma chambre, elle voulait parler de poésie.

— C'est elle qui l'aurait pris? C'est ce que tu penses?

— J'ai quitté la chambre un moment. Elle n'a été seule que quelques secondes, mais…

Pierre hocha la tête.

— Oui, c'est elle qui doit l'avoir pris, affirma-t-il.

— Qui est-ce ? continua Gilles.

— Grace.

— Un instant, frère, lança Nicolas à Gilles, qui partait déjà. À quoi ressemble-t-elle ? demanda-t-il à Pierre.

— Grande. Fine. Blonde, avec de longs cheveux. Jolie.

Nicolas s'approcha de Gilles.

— Il doit y avoir des centaines de domestiques, frère, fit-il calmement. Je vais trouver l'intendant en chef et l'interroger à propos de cette fille. Je suggère que vous emmeniez le troubadour dans sa chambre et que vous la fouilliez pour être sûr qu'il n'a pas oublié le livre par mégarde. D'ailleurs, il ment peut-être, il se peut qu'il l'ait simplement caché. En outre, je suppose que le roi est maintenant au courant que nous sommes ici. Il voudra des explications.

Gilles appréciait modérément le ton directif de Nicolas, mais il hocha la tête avec raideur en signe d'acceptation.

— Très bien. Mais si vous trouvez la fille, amenez-la-moi. Je veux l'interroger moi-même.

— Comme vous voudrez.

Nicolas attendit que les chevaliers et les deux dominicains aient quitté la salle en traînant Pierre derrière eux, puis il alla demander aux domestiques qui se trouvaient encore là où étaient situés les quartiers de l'intendant. Ensuite, il traversa un dédale de couloirs remplis de courtisans et de personnages à l'allure officielle, ignorant les regards de curiosité que son manteau lui attirait. Mais quand il arriva à la chambre de l'intendant – une pièce exiguë mais bien aménagée au rez-de-chaussée –, celui-ci n'y était pas. Nicolas s'arrêta un instant, se demandant s'il valait mieux chercher son homme dans le palais ou l'attendre ici. Une légère brise passait à travers les fenêtres flanquant le long couloir sinistre. Le crépuscule approchait et le ciel était chargé de lourds nuages. Les fenêtres donnaient sur un passage étroit entre deux murs, qui séparait le palais de la Seine d'un côté, et des rues de la Cité de l'autre. L'enceinte comportait quelques ouvertures, et l'une d'entre elles menait vers les berges. Nicolas, que le mur n'empêchait pas de voir jusque-là, vit une silhouette en cape grise quitter le palais à grandes enjambées en longeant une rangée de chênes près du fleuve. L'homme jeta un bref coup d'œil par-dessus son épaule, puis il disparut derrière les arbres. Malgré la lumière déclinante de cette fin de journée, Nicolas avait parfaitement aperçu sa peau bronzée.

24

Dans les rues, Paris

1er novembre 1266 après J.-C.

Après avoir pris un raccourci par les berges de la Seine pour couper vers le pont, Hasan traversa le fleuve et pénétra dans les venelles tortueuses de la capitale. Dans l'obscurité qui s'épaississait, il se fraya un chemin à travers la foule de gens rentrant chez eux après leur journée de travail. Le vent, qui n'avait cessé d'enfler durant l'après-midi, faisait claquer sa cape derrière lui. Le sol boueux était labouré par les traces de pas et de sabots, ainsi que par les profonds sillons qu'y avaient laissés les roues des charrettes. Dans le ciel, de lourds nuages cuivrés menaçaient de crever. Se dirigeant vers la muraille au nord, Hasan pénétra les allées labyrinthiques qui coupaient de part en part le quartier des marchands. *Le Livre du Graal* était attaché dans son dos grâce à sa ceinture, sous sa cape. Ayant vu les chevaux des Templiers attachés à l'extérieur du palais, il préférait éviter les rues principales.

La plupart des ateliers du quartier étaient fermés, leurs propriétaires s'étant retirés à l'étage, dans les pièces à vivre, afin de se préparer au service de la Toussaint.

Néanmoins, quelques boutiques montraient encore des signes d'activités. En passant tour à tour devant les ateliers d'un forgeron, d'un cordier et d'un tanneur, Hasan aperçut les lueurs des feux derrière les volets fermés et il entendit le bruit du marteau sur l'enclume, d'un balai frottant le sol et du raclement du métal contre le cuir. Il s'arrêta à un croisement. Le chemin le plus rapide empruntait une ruelle longeant une église, mais son entrée était presque entièrement bloquée par un tas de pierres et un échafaudage installé sur la façade de l'édifice religieux. Après un bref moment de réflexion, Hasan contourna les pierres et pénétra dans la ruelle, puis il continua à progresser en sinuant entre les obstacles et en se frottant les yeux à cause de la poussière tombant des pierres taillées dans la journée. Les rafales de vent qui s'engouffraient dans le passage rendaient l'échafaudage branlant. À son sommet, les flammes des torches couvraient les murs d'immenses ombres mouvantes. Hasan entendit des voix, des rires, puis le cri d'un oiseau. Après avoir passé l'échafaudage, il s'aperçut qu'un groupe de jeunes gens lui barrait le chemin. Certains étaient debout, d'autres accroupis en cercle sur le seuil d'une maison de maçon. Ils portaient tous des tabliers blancs. Les cris venaient de deux coqs. En s'approchant, Hasan vit qu'on jetait les volatiles au centre du cercle. Les cris devinrent encore plus aigus et les coqs commencèrent à tourner l'un autour de l'autre en se donnant des coups de bec et en se griffant au sang. Derrière l'attroupement, la ruelle débouchait sur une place, d'où il arriverait rapidement au pont du Temple.

Hasan longea le mur à pas de velours pour dépasser le groupe tandis qu'un des volatiles hurlait à la mort. Il y eut des cris d'acclamation et d'autres de déception quand il finit par mourir. L'un des jeunes hommes s'empara des pièces posées sur une barrique. Un autre, qui avait perdu, un garçon qui n'avait sans doute même pas dix-huit ans, poussa un juron et s'appuya le dos au mur. Il était maigre et avait un visage émacié couvert d'une barbe de plusieurs jours et de longs cheveux noirs encadraient son visage.

Hasan sentit des gouttes de pluie.

— Excusez-moi, murmura-t-il en se faufilant entre le jeune homme aux cheveux noirs et le reste du groupe.

Certains d'entre eux levèrent les yeux dans sa direction.

— Hé!

Hasan regarda derrière lui. Le jeune homme le fixait avec un regard mauvais, suspicieux.

— Vous n'auriez pas dû passer par là. Vous auriez pu faire tomber l'échafaudage.

— La prochaine fois, je prendrai un autre chemin.

Il y eut un silence.

— D'où venez-vous? demanda le jeune homme.

Sans répondre, Hasan continua sa progression au milieu des apprentis maçons qui se distribuaient les mises.

— Hé! lança de nouveau le jeune homme.

Hasan regarda derrière lui et vit que le jeune homme s'était redressé. Le reste du groupe avait maintenant les yeux tournés dans sa direction.

— Je vous ai demandé d'où vous venez.

— De Lisbonne, répondit Hasan en hochant poliment la tête. Bonne soirée à vous.

— Si vous venez de Lisbonne, moi je viens directement du Paradis.

Hasan ne s'arrêtait toujours pas. Il entendit un murmure de voix incohérent dans son dos et quelques ricanements.

— J'ai déjà vu des hommes comme toi.

Le jeune homme avait parlé plus fort, avec l'envie évidente d'en découdre. Hasan l'entendit piétiner dans la boue.

— Ils ne venaient pas de ce côté de la mer, insinua le garçon.

Juste avant d'arriver au bout de la ruelle, Hasan jeta un bref coup d'œil par-dessus son épaule. Le jeune homme le suivait encore, sans se presser, mais avec détermination. Plusieurs de ses compagnons lui avaient emboîté le pas. Le groupe accaparé par le combat de coqs avait singulièrement diminué. Hasan accéléra mais trois jeunes gens portant des tabliers de maçon apparurent à l'extrémité de la ruelle, juste devant lui. Ils semblaient légèrement essoufflés. Hasan comprit qu'ils faisaient partie du groupe. Ils avaient dû traverser la maison et passer par une ruelle parallèle pour le prendre à revers. Son appréhension se mua lentement en crainte. L'un des jeunes hommes semblait nerveux, il reculait, mais les deux autres avaient l'air plus résolus.

Hasan s'arrêta.

— Qu'est-ce que vous me voulez? leur demanda-t-il calmement. Je suis pressé.

— On ne dirait pas un accent de Lisbonne, Gui, dit l'un des jeunes hommes en face de lui, s'adressant visiblement à celui qui l'avait provoqué en premier.

Gui s'avança avec le reste des apprentis et ils formèrent un cercle autour de Hasan. Au total, ils étaient neuf. Deux d'entre eux tenaient des torches. Il pleuvait de plus en plus. Au fond de la place, une gamine était assise sur une marche devant une petite maison délabrée. Elle tenait dans ses mains une poupée en bois qu'elle s'amusait à faire marcher entre ses genoux. À part elle, l'endroit était désert.

— Je connais des gens qui sont allés en Terre sainte, dit Gui d'une voix hostile et méprisante. On m'a raconté ce que tes semblables font aux femmes et aux enfants chrétiens là-bas. Et tu crois pouvoir venir ici et marcher dans nos rues, traverser nos chantiers et nos maisons? Le roi oblige les juifs à porter des signes distinctifs. Où est le tien, Sarrasin?

— Je suis chrétien, répondit Hasan.

Il parlait toujours avec calme, mais il sentait la menace fondre sur lui comme un vent glacial. Il frémit intérieurement.

— Tu crois que notre Dieu voudrait de quelqu'un comme toi? dit Gui en s'approchant de lui. Un mouton noir dans Son troupeau? Le mois dernier, la commanderie des Hospitaliers a fait porter un message à ma mère. Le message lui apprenait que son fils, *mon frère*, est mort le jour où les Sarrasins ont repris la forteresse d'Arsouf, au royaume de Jérusalem. Il était apprenti maçon là-bas.

Les yeux tombant de Gui brillaient à la lumière des torches.

— Je ne l'ai jamais vu aussi heureux qu'en montant à bord du navire. Quand ton sultan, celui que les chevaliers appellent l'Arbalète, en a eu fini avec les Hospitaliers, il a tué tous ceux qui se trouvaient là. Mon frère a été décapité et son corps a été brûlé. Il avait quatorze ans. Ma mère ne peut même plus parler tant le chagrin l'a dévastée. Et toi, un de ses assassins, tu te crois chez toi dans notre ville.

— Je suis désolé, dit Hasan d'une voix aussi posée que possible. Sincèrement. Moi aussi je connais des gens, de bonnes personnes qui sont mortes dans cette guerre. Mais je te promets que Baybars Bundukdari n'est pas mon sultan. Je n'ai jamais combattu pour lui et je ne lui ai jamais fait allégeance. Je suis ici depuis des années.

— Il ment, Gui, dit une voix derrière lui.

— Je le jure, répondit vivement Hasan en se tournant vers le jeune homme à l'air farouche qui avait parlé. Je suis…

Il n'acheva pas sa phrase car quelqu'un venait de le pousser dans le dos. Perdant l'équilibre, il tomba à genoux. Il voulut se relever mais il reçut un coup de pied dans le flanc et il s'effondra, le souffle coupé. Sans même lui laisser le temps de se recroqueviller, un déluge de coups sur sa tête, dans son dos et dans les côtes s'abattit sur lui. Dans les reins, la violence des chocs était amortie par la présence du livre coincé sous sa ceinture, mais il se tordit bientôt de douleur dans la vase putride. Les coups finirent par s'arrêter. Gui se pencha au-dessus de lui.

Hasan aperçut son visage déformé par la haine juste avant que son pied ne revienne le frapper en pleine tête. Il sentit son nez casser sous l'impact, sa gorge fut instantanément envahie par le sang. Il gargouilla, pris par la nausée. Quelqu'un criait.

— Gui, arrête! Tu disais que tu voulais juste lui faire peur!

Hasan essayait de s'éloigner en rampant. Ses yeux pleuraient de manière incontrôlable. La forme floue de Gui surgit de nouveau, menaçante. Il passa la main sous sa cape et saisit la poignée de sa dague. Il la libéra, essuya le sang qui lui brouillait la vue et tendit la lame vers les jambes de Gui.

— Attention, il a un couteau! cria l'un des maçons.

Gui sauta de côté juste à temps pour éviter le coup, puis il recula. Les autres avaient pris un peu de champ. Le front ruisselant de sang, peinant à respirer, Hasan réussit néanmoins à se mettre debout, dague tendue droit devant lui. Il ne voyait presque rien et des vagues de douleur traversaient son corps, mais il pivota en chancelant pour faire face au groupe d'apprentis qui lui barrait le chemin. Ils s'écartèrent, effrayés par la lame. Mais comme il essayait de passer par la brèche ainsi créée, son pied glissa dans la boue et il retomba en lâchant la dague. Un des maçons hurla quelque chose en se jetant sur lui et en l'attrapant par les épaules pour l'empêcher de la récupérer.

— Non! protesta un autre en voyant Gui se précipiter sur l'arme.

Celui-ci essuya la boue en passant la lame sur son tablier et courut vers Hasan, toujours cloué au sol.

Une douleur atroce transperça ses côtes. Gui venait de le poignarder. Il vit les yeux du jeune homme, remplis d'une rage démente, s'arrondir tandis que la peur se dessinait sur ses traits. Gui recula en titubant, abandonnant la dague enfoncée dans le corps de son adversaire.

— Seigneur, Gui! s'exclama l'un des jeunes hommes. Qu'as-tu fait?

— Viens! cria un autre en le tirant par le bras. Partons!

L'apprenti qui tenait Hasan le relâcha pour fuir avec ses compagnons. Luttant contre la douleur, celui-ci tenta de se relever mais il en était incapable et il rampa jusqu'à la place. Sa main agrippait la poignée de la dague mais il n'avait pas la force de l'ôter. Le sang jaillissait entre ses doigts tremblants. Le vent rabaissa la capuche de sa cape. La fillette assise devant la maison le regardait sans bouger.

— À l'aide! lança-t-il faiblement.

La bouche arrondie de la fillette laissa soudain passer un cri, puis elle courut à l'intérieur en tirant sa poupée par une jambe. Hasan grogna et allongea sa tête dans la boue tandis que la porte de la maison se refermait. Il pensa à Everard qui l'attendait à la commanderie. Dans son dos, *Le Livre du Graal* semblait peser autant qu'une pierre. Il sentit qu'il perdait conscience. Il se vidait de son sang et ses poumons cherchaient désespérément de l'air. La pluie dégoulinait le long de ses joues en se mélangeant au sang et aux larmes. Au loin, les cloches de Notre-Dame commencèrent à sonner l'appel pour les vêpres, bientôt suivies par les cloches de toutes les églises de la ville, convoquant les citoyens de Paris aux prières de ce jour de fête.

— D'après ce qu'on nous a dit, ça devrait être dans le coin.

L'homme qui venait de parler, un certain Baudoin, possédait une musculature imposante et un visage anguleux surmonté par des cheveux couleur paille. Il descendit de cheval et passa les rênes à l'un de ses deux compagnons. L'eau ruisselait sur sa cape écarlate de garde royal.

— Donne-moi ça, Lucas, dit-il en désignant la torche que tenait son camarade.

— Nous ferions mieux d'appeler le prévôt pour qu'ils s'occupent de cette affaire, répondit ce dernier en lui tendant la torche.

C'était le plus jeune des trois.

— Quelle maudite pluie! ajouta-t-il avec irritation.

— Ce n'est pas dans les attributions du prévôt d'enquêter sur les meurtres, répliqua Baudoin en parcourant du regard la place entièrement plongée dans le noir.

En dehors du vent et de la pluie torrentielle, le calme qui régnait sur la place était presque inquiétant. Il n'y avait aucune lumière aux fenêtres des immeubles bas et délabrés qui l'entouraient. La plupart des habitants étaient encore à l'église pour le service du soir. Baudoin s'avança en levant la torche devant lui, mais la lumière erratique qu'elle diffusait ne suffisait pas à percer les ténèbres. La pluie le faisait cligner des yeux.

— C'est à nous que revient ce triste privilège, dit-il en se tournant vers ses camarades et en leur adressant une moue de circonstance. Les hommes du bon vieux capitaine.

— J'aimerais bien le voir dehors par ce temps, celui-là, grogna le troisième homme. Je suis sûr qu'il est posé sur son cul, bien au chaud près du feu.

— Oh, je suis sûr qu'il a assez de soucis comme ça, Aimery, avec tout le remue-ménage causé par le troubadour. Ce soir, je pense qu'il mérite son salaire.

— D'ailleurs, rebondit immédiatement Lucas, qu'est-ce qui s'est passé au juste? J'ai vu une compagnie de chevaliers discuter avec le roi avant notre départ.

Baudoin haussa les épaules. Cette histoire ne l'intéressait pas plus que ça.

— C'est à propos du troubadour. Ce serait un hérétique, d'après ce que j'ai entendu. Les inquisiteurs l'ont emmené pour l'interroger.

Lucas tressaillit.

— Finalement, notre situation ne semble pas si mauvaise en comparaison.

— Qu'est-ce que c'est?

Baudoin se retourna et vit qu'Aimery pointait du doigt l'entrée d'une ruelle. Devinant une vague forme prostrée sur le sol, il s'approcha en faisant attention de ne pas se brûler avec les flammes de la torche que le vent agitait follement. Un homme gisait là. Baudoin se pencha et le secoua par l'épaule, mais il n'y eut aucun mouvement en réponse.

— Tiens-moi ça, dit-il en tendant la torche à Aimery, qui avait lui aussi posé pied à terre pour s'approcher.

Aimery prit la torche et Baudoin retourna le corps.

— Par le Christ! s'exclama Aimery en se signant. Un Sarrasin!

Baudoin remarqua la poignée de la dague qui sortait du flanc de l'homme. Ses yeux grands ouverts fixaient le ciel. Le gris dominait le visage livide et maculé de boue, malgré le bleu des ecchymoses et le sang brun coagulé dans la barbe.

— Le malheureux...

Baudoin dénoua la cape de l'homme et le fouilla en vitesse, mais il ne portait apparemment rien d'autre sur lui qu'un fourreau vide semblant correspondre à la dague.

— Tué par sa propre arme, on dirait. On devrait interroger les voisins. Quelqu'un sait peut-être qui est le responsable.

— Ils sont tous à l'église, répondit Aimery en se renfrognant. La femme qui nous a parlé de l'incident a simplement dit qu'elle avait entendu crier, puis qu'elle avait vu quelqu'un étendu dans la ruelle. Elle n'a pas vu les meurtriers. Parlons-en au capitaine, c'est à lui de décider si nous devons enquêter. Mais je doute qu'il veuille perdre du temps en mettant des hommes sur cette affaire.

Il haussa les épaules en regardant le cadavre.

— J'imagine qu'il ne manquera à personne.

Tout en soupirant, Baudoin l'approuva en hochant la tête. Il s'essuya le visage avec sa manche.

— Bon, aide-moi à le mettre sur mon cheval. On va l'emmener quelque part pour qu'il soit enterré.

— Oui, mais où ? demanda Aimery sans bouger d'un pouce.

— En tout cas, pas dans le cimetière d'une église, dit Lucas en arrivant à leurs côtés après avoir attaché les chevaux à un poteau, près d'une tannerie.

— Il faut bien qu'on le dépose quelque part, s'énerva Baudoin.

Ils réfléchirent un instant.

— Le cimetière pour lépreux, proposa finalement Aimery.

— Même les lazarets n'en voudront pas, dit Lucas en secouant la tête.

— Si nous disons qu'il avait la lèpre, ils seront bien obligés de le prendre.

Aimery et Lucas se tournèrent vers Baudoin. Incapable de trouver une meilleure solution, celui-ci acquiesça.

— Très bien. Aidez-moi à le hisser sur mon cheval.

Le Temple, Paris, 2 novembre 1266 après J.-C.

Quand l'office de prime fut terminé, Will sortit de la chapelle en poussant un profond bâillement. Le service avait été particulièrement long car c'était aujourd'hui la fête des Morts, et durant chaque office on récitait des prières spéciales pour les chers défunts. C'était une fête assez sinistre en comparaison de la joyeuse Toussaint, même si le temps contredisait ce sentiment. Après des jours de pluie et de vent, la journée s'annonçait extrêmement belle. À l'aube, le ciel avait viré au turquoise avant d'afficher un bleu radieux et éblouissant. Mais ils en payaient le prix par une soudaine chute de la température. Dès l'aurore, les garçons d'écurie avaient dû gratter la couche de glace qui s'était formée sur les auges des chevaux. Les flaques de boue avaient gelé et l'herbe était constellée de gouttes de rosée figées.

Les chevaliers sortaient de la chapelle à la file et se dirigeaient vers la Grande Salle. Will, avec les autres sergents, devrait attendre qu'ils aient fini de manger avant de pouvoir rompre le jeûne. Pour l'instant, il voulait se rendre à la draperie de la commanderie. Il devait y récupérer la robe d'Everard, déposée quelques jours plus tôt pour un petit ravaudage.

— Sergent Campbell.

Will se retourna et vit un domestique en tunique brune s'approcher de lui à la hâte. Il avait une attitude furtive et n'arrêtait pas d'épier les chevaliers.

— Oui?

— Quelqu'un vous demande à la porte, murmura l'homme.

— Qui donc?

Le domestique ne répondit pas. Après avoir regardé alentour, il tendit quelque chose à Will. Dans sa paume se trouvait un morceau de lin bleu plié en quatre.

Will fronça les sourcils en s'en emparant.

— Qu'est-ce que c'est? demanda-t-il en ouvrant le tissu.

En voyant qu'il contenait une tête séchée de jasmin, il resta bouche bée.

— Elle n'a pas voulu dire son nom, souffla l'homme. Elle m'a simplement dit de vous donner ceci. Elle attend dehors, près de la route.

Le domestique le salua avant de s'en aller.

Will ferma le poing sur le morceau de tissu et sentit son cœur battre la chamade. Mais son esprit n'était pas aussi échauffé que son corps et en constatant qu'Elwen ne tenait pas compte de ce qu'il lui avait dit la semaine précédente, à savoir qu'elle ne pouvait pas venir à la commanderie quand bon lui semblait, il éprouva un certain agacement. Au bout d'un moment, il traversa la cour en direction de l'allée qui contournait le donjon vers l'entrée principale. Mais il n'avait pas fait plus de quelques pas qu'un chevalier l'accostait. Garin. La plupart des hommes s'étaient dispersés et il était le dernier chevalier dans la cour.

Garin le salua en souriant, mais ses yeux semblaient démentir son expression affable, et quand il lui adressa la parole, le ton enjoué qu'il adopta parut forcé à Will.

— J'espérais bien te trouver là.

— Qu'y a-t-il? demanda Will en fourrant le morceau de lin dans la poche de sa tunique.

— Je ne suis pas sûr, mais il me semble avoir vu ici un vieux camarade de mon oncle l'autre jour. Un homme qui s'appelle Hasan?

— Oui, il est là en ce moment, acquiesça Will.

— Robert m'a dit qu'il était aussi un ami de ton maître?

— Je ne sais pas si on peut dire qu'ils sont amis. Mon maître utilise de temps à autre ses services pour trouver des textes qu'il recherche depuis longtemps. Pourquoi me demandes-tu ça?

— Pour rien, fit Garin en haussant les épaules et en riant bizarrement.

Will sentait une fois de plus une tension sous sa décontraction apparente.

— Je voulais juste le remercier d'avoir essayé de sauver la vie de mon oncle à Honfleur. Je n'en ai pas eu l'occasion après la bataille, mais je n'ai jamais oublié qu'il s'était battu à nos côtés ce jour-là. Tu sais où je peux le trouver? demanda-t-il d'une voix ingénue.

— Je l'ai vu rapidement hier soir, mais j'ignore où il peut être en ce moment. Je pense qu'il habite quelque part en ville. C'est à peu près tout ce que je peux t'en dire. Désolé, je dois vraiment y aller, dit-il en commençant à partir.

— Tu quittes la commanderie?

— Mon maître m'a donné une course à faire. Si je croise Hasan, je lui dirai que tu veux lui parler.

Will contourna le donjon, traversa l'entrée principale et descendit la rue du Temple, bordée par une rangée de châtaigniers dont les branches ballottaient au gré du vent. Elwen se tenait sous l'un des arbres, les pieds enfoncés dans un épais tapis de feuilles rousses. Elle portait une robe blanche et un châle en laine bleue enroulé sur les épaules. Will l'appela. Malgré la soudaine rafale de vent qui fit bruisser les feuilles au-dessus d'eux, Elwen l'entendit et tourna la tête dans sa direction. En l'apercevant, elle sembla soulagée. Elle courut vers lui et s'arrêta à quelques mètres d'un air hésitant. Will vit les larmes au bord de ses yeux et sa colère disparut.

— Qu'y a-t-il ? demanda-t-il en la rejoignant.

Elle se prit le visage entre les mains.

— Elwen, qu'est-ce qui se passe ? insista Will en la prenant doucement par les épaules. Parle-moi.

Au bout d'un moment, elle releva la tête. Ses joues étaient inondées par les larmes.

— Je ne sais pas par quoi commencer, Will, dit-elle en secouant la tête. J'ai fait quelque chose de terrible. Je ne pensais pas que ça tournerait comme ça, je ne pensais pas qu'il arriverait du mal à quelqu'un.

— De quoi parles-tu ?

Elwen prit une profonde inspiration, puis elle se dégagea de son étreinte.

— Le pire dans tout ça, c'est que j'ai l'impression de t'avoir trahi.

Will écouta sans dire un mot pendant qu'Elwen lui racontait qu'Everard était venu la trouver au palais, et qu'il lui avait demandé de voler le livre du troubadour, livre qui d'après le prêtre avait été volé à la commanderie six ans plus tôt. Puis elle lui expliqua l'accord qu'elle avait passé avec lui : en échange, Everard devait lui accorder l'initiation.

Quand elle eut terminé, Will resta silencieux un moment.

— Everard t'a demandé de voler ce livre ? demanda-t-il finalement.

— Je suis désolée d'avoir discuté avec ton maître sans t'en parler, Will, mais je sais à quel point tu veux devenir chevalier. Je pensais t'aider. En plus, ce n'est pas comme si le livre appartenait vraiment au troubadour.

Elle se mordit les lèvres en baissant les yeux.

— Et puis les dominicains sont arrivés, et j'ai eu tellement peur qu'ils découvrent ce que j'avais fait que je ne pouvais penser qu'à m'en débarrasser. Ils ont arrêté le troubadour hier soir, avant son spectacle.

— De quoi l'accusent-ils ?

— Ils disent que *Le Livre du Graal* et son spectacle sont hérétiques.

Le visage de Will se crispa tandis qu'il réfléchissait.

— Bon, le plus important, c'est que tu t'en sois sortie.

— C'est ma faute, n'est-ce pas ? Ce qui est arrivé au troubadour ? D'après ce que j'ai entendu, les dominicains pensent qu'il ment en leur parlant d'une jeune domestique qui aurait volé le livre. Mais c'est la vérité. Je lui ai donné un faux nom.

— Heureusement que tu as pris cette précaution, la rassura Will. Elwen, rien de tout ça n'est ta faute. Je n'arrive pas à croire qu'Everard ait fait ça.

— Pierre n'est pas un mauvais homme. Il a récupéré le livre quand son frère est mort. Il voulait simplement avoir l'occasion de lire sa poésie. Ils vont le tuer, non ?

— Son frère ?

Elwen raconta ce que Pierre lui avait dit à propos d'Antoine.

— Everard suppose que Pierre a volé lui-même le livre, mais ce n'est pas le cas. C'est son frère, Antoine, qui l'a trouvé sur le seuil de sa maison. Ni l'un ni l'autre ne savait d'où il venait.

— Et où est le livre, maintenant ?

— J'ai retrouvé l'homme d'Everard hier, comme convenu, et je le lui ai confié.

— L'homme d'Everard ?

— Hasan, dit-elle d'une petite voix. Il m'a dit que j'avais bien fait et qu'Everard serait ravi. Quand je lui ai demandé d'où il venait, il m'a répondu de Syrie. Je lui ai expliqué que je voulais me rendre en Terre sainte, il m'a encouragée en me disant que c'était magnifique.

— Et Hasan a apporté le livre ici, à Everard?

— C'est ce qu'il était censé faire, j'imagine. Mais écoute, Will : hier soir, en patrouillant, les gardes royaux ont découvert un cadavre juste après que Hasan m'a quittée. J'ai entendu Baudoin, l'un des gardes, faire son rapport au capitaine ce matin, pendant que j'allais chercher de l'eau pour le bain de la reine. Je lui ai demandé de m'en dire plus, il m'a expliqué qu'il s'agissait d'un Sarrasin, qu'on l'avait frappé et poignardé dans une ruelle.

Les larmes recommencèrent à couler sur ses joues.

— Il m'a dit qu'ils avaient laissé le corps à la léproserie près de la porte Saint-Denis, afin qu'il y soit enterré. C'est forcément lui, non?

— Pourquoi l'hôpital pour lépreux?

— Parce que c'est un Sarrasin.

— Everard m'a dit qu'il était converti.

Will se passa la main dans les cheveux d'un air perplexe. Par le passé, il s'était montré très méfiant avec Hasan et il avait fallu du temps à son maître pour dissiper ses soupçons. Mais si Everard lui avait dissimulé toute cette histoire et était allé dans son dos demander à Elwen de l'aider à remettre la main sur le livre, peut-être lui avait-il menti sur d'autres choses après tout. Du pouce, il essuya une larme qui roulait sur la joue d'Elwen.

— Je dois y aller, dit-il en lui glissant dans la paume le morceau de lin contenant le jasmin. Retourne au palais et ne raconte rien à personne.

— Est-ce que tu me hais?

— Bien sûr que non, souffla-t-il en l'attirant contre lui et en la serrant dans ses bras. Je te remercie d'avoir essayé de m'aider, Elwen. Je suis simplement énervé que tu te sois mise dans une situation délicate à cause de moi.

Will sentit son amie se détendre. Il lui caressa les cheveux, puis l'embrassa sur la joue.

— Je viendra te voir bientôt, je te le promets.

En voyant Will remonter la rue à grandes enjambées vers la commanderie, Garin retourna dans la cour du bâtiment.

La veille au soir, il avait vu Hasan partir. Comme il savait que le troubadour devait se produire le soir même, il avait supposé que le Sarrasin allait tenter de s'emparer du livre. Il était décidé à le suivre mais il s'était retrouvé pris au piège par le visiteur, qui l'avait engagé dans une conversation à propos d'une affectation possible à Chypre. C'était une belle proposition, il s'agissait ni plus ni moins d'être l'assistant du maréchal, et le visiteur voulait savoir si cette situation l'intéresserait. Mais Garin n'arrivait pas à détourner ses pensées de Rook, qui allait revenir aux Sept Étoiles pour récupérer le livre. Et, pendant ce temps-là, Hasan prenait de l'avance... Il avait accepté le poste avec précipitation et le visiteur, enchanté, l'avait informé qu'il devrait partir au plus vite pour Marseille afin de prendre un bateau avant les tempêtes hivernales. Quand le visiteur était enfin parti rédiger une lettre au maître de Chypre, il était trop tard : Hasan avait disparu. Garin avait réfléchi un instant. Il pouvait se rendre au palais sans perdre une minute, mais s'il ne retrouvait pas Hasan et que celui-ci réussissait à revenir à la commanderie, il n'aurait plus aucune chance. Pour finir, il avait choisi de rester sur place et d'attendre son retour.

Quand la troupe de chevaliers dirigée par Nicolas de Navarre était rentrée à la commanderie, Garin, qui les avait vus partir en début de soirée avec deux dominicains, avait coincé l'un d'entre eux aux écuries. C'était un jeune chevalier avec qui il partageait le dortoir.

— Qu'est-ce qui s'est passé au palais, Étienne? lui avait-il demandé.

— Je n'ai pas le droit d'en parler, lui avait répondu le jeune homme en tendant ses rênes à un palefrenier.

— Ce n'est pas facile de garder des secrets ici.

Après avoir jeté un coup d'œil à Nicolas de Navarre, qui discutait dans la cour avec le visiteur, Étienne s'était rapproché de Garin.

— Nous avons attrapé le troubadour et les dominicains l'ont arrêté.

— Bien, avait dit Garin en souriant. Content que vous ayez eu ce mécréant.

Etienne avait hoché la tête avec satisfaction.

— Je doute qu'il écrive encore sur nous à l'avenir.

— Et son livre? Celui que le diable aurait écrit, à ce qu'on raconte?

— Impossible de mettre la main dessus. Le troubadour a essayé de nous raconter des salades à propos d'une domestique qui le lui aurait pris, mais nous n'avons pas pu en avoir le cœur net.

— C'est-à-dire?

— Il a dit que la domestique s'appelait Grace, mais l'intendant affirme qu'il n'y a personne portant ce prénom au palais. Quant à la description que le troubadour nous en a faite, une jeune femme blonde et mignonne, elle ne nous avance pas vraiment.

— Frère Étienne.

C'était la voix de Nicolas de Navarre.

— Je dois y aller, avait lancé le jeune homme en se mettant à courir.

Garin n'avait pas dormi de la nuit. Il avait fini par redouter que Hasan ne rentre pas avec le livre. Peut-être le prêtre lui avait-il demandé de l'emmener ailleurs.

Après avoir parlé à Will, Garin l'avait suivi, intrigué de le voir s'arrêter un peu plus loin dans la rue. Il lui avait fallu un moment avant de reconnaître la femme qu'il avait retrouvée sous les arbres. La transformation d'Elwen l'avait impressionné. Elle n'était plus le petit brin de fille sans poitrine à qui il avait sauvé la vie à Honfleur, mais une belle jeune femme. Il n'était pas assez près pour entendre leur conversation, mais il avait senti qu'elle était bouleversée et Will plutôt agité. En les regardant, la description qu'Étienne lui avait faite de la domestique lui était revenue et Garin avait senti l'excitation monter en lui. Il se souvenait qu'Elwen était dame de compagnie au palais. Pendant presque toute leur conversation, Will lui tournait le dos et ils étaient assez loin pour qu'elle puisse lui avoir passé quelque chose d'aussi petit qu'un livre sans qu'il le voie. Et Garin avait de nouveau éprouvé un certain ressentiment à l'idée que Will occupait peut-être dans le Cercle secret d'Everard la place que son oncle lui avait destinée.

Quand Will passa avec une expression ombrageuse sur le visage, Garin se colla contre le mur. Il fallait qu'il prenne le livre. S'il n'y arrivait pas, Rook et Édouard feraient en sorte que sa vie soit un calvaire.

En arrivant à la cellule d'Everard, Will poussa la porte sans frapper et entra. Il tenait à la main la robe du prêtre. Après avoir rencontré Elwen, il s'était rendu comme prévu à la draperie pour y récupérer le vêtement rapiécé. Il voulait avoir quelques minutes pour réfléchir et se calmer avant de se trouver face à face avec le prêtre. Mais ça n'avait pas suffi, sa colère n'avait fait qu'augmenter à mesure qu'il s'approchait de la cellule. Un nœud inextricable et aussi dur qu'une pierre remplissait maintenant tout son estomac.

La porte heurta violemment le mur et Everard leva les yeux avec étonnement. Will ne l'avait vu ni aux matines, ni à prime. Juché sur le rebord de la fenêtre, les yeux perdus dans la tapisserie, le prêtre était pâle comme la mort. Il donnait l'impression de n'avoir pas fermé l'œil de la nuit.

Will jeta le manteau noir par terre, aux pieds de son maître.

— Comment un homme qui n'est au service que de lui-même peut-il porter ce vêtement?

— Qu'est-ce que ça signifie? demanda Everard d'une voix à la fois indignée et curieuse.

— À vous de me le dire.

— De quoi...

— Je viens de voir Elwen, le coupa Will. Vous savez ce qu'elle m'a raconté ?

— Elwen ? murmura le prêtre en se levant péniblement. Où est-elle ?

Will perçut l'angoisse d'Everard et en fut légèrement décontenancé. Mais il continua tout de même.

— Elle m'a expliqué ce que vous lui avez demandé de faire. Voler un livre à ce troubadour dont tout le monde parle.

— Est-ce qu'elle vous a dit si elle l'a pris ? A-t-elle parlé de Hasan ?

— Hasan est mort.

En voyant la douleur se peindre sur le visage du prêtre, Will regretta immédiatement d'avoir prononcé ces mots sans faire preuve d'aucune sensibilité.

— Comment ?

— Hasan est mort, répéta-t-il plus posément. En tout cas, c'est ce qu'elle pense. La garde royale a découvert le corps d'un Sarrasin assassiné hier soir en ville.

Everard resta pétrifié pendant quelques longues secondes, puis il marcha, hébété, jusqu'à sa paillasse où il s'écroula lourdement. Il avait du mal à respirer.

— Non, murmura-t-il. Mon Dieu, non !

Will sentit la rage en lui refluer tant le prêtre semblait en proie à l'horreur. Il alla vers la table où Everard avait toujours une cruche de vin et en remplit une coupe, qu'il tendit au prêtre. Celui-ci s'en saisit d'une main tremblante. Après avoir bu plusieurs gorgées, il appuya la tête contre le mur et essaya de calmer sa respiration. Chaque inspiration était accompagnée d'un sifflement désagréable.

— Assieds-toi, finit-il par dire en désignant un tabouret.

— Je préfère rester debout.

Ils demeurèrent un moment dans un silence complet, troublé uniquement par le bruit du vent qui passait par la fenêtre et soulevait de temps à autre la tapisserie.

403

Everard regarda Will.

— Et le livre ? demanda-t-il au bout d'une minute. L'a-t-elle donné à Hasan ?

— Qu'est-ce que ce livre a de si important, de toute façon ? rétorqua Will en sentant sa colère revenir. Pourquoi diable êtes-vous allé voir la femme que je...

Will s'arrêta.

— Pourquoi avez-vous ordonné à Elwen de le voler ? reprit-il.

— Je n'avais pas le choix.

— Rien ne vous y obligeait. Vous auriez pu me demander. J'aurais préféré ça plutôt que de la mettre en danger. Tout ça pour un de vos précieux textes ?

— Tu n'aurais pas pu t'en emparer, répondit Everard.

Malgré l'épuisement, son visage montrait des signes d'irritation.

— Elle était la seule à pouvoir s'approcher assez du troubadour sans éveiller les soupçons. Raconte-moi tout, sergent. Répète-moi tout ce qu'elle t'a dit.

— Je devrais aller vous dénoncer au visiteur. Vous n'aviez pas le droit de demander ça à Elwen.

Everard plissa les yeux.

— Souviens-toi que les menaces en l'air ne m'impressionnent guère.

— Ce n'est pas une menace en l'air.

— Tu n'as aucune idée de ce qui est en jeu ! vociféra le prêtre d'un ton glacial.

Will voulut répondre, mais il se contenta de secouer la tête.

— Je ne sais pas ce que je fais ici. Ce n'est pas comme si vous alliez me présenter des excuses ou m'expliquer de quoi il s'agit, n'est-ce pas ?

Il se dirigea vers la porte.

— William.

La main sur la poignée, Will se retourna. Everard semblait tourmenté, son front était plissé et une ride profonde s'était dessinée au-dessus de ses sourcils. Sa lèvre supérieure était légèrement retournée là où la cicatrice commençait. Will scruta le visage du prêtre, mais sans parvenir à déceler pourquoi, pour la première fois en six ans à son service, celui-ci l'avait appelé par son nom de baptême.

— Ne pars pas, dit Everard. Je vais tout te raconter.

25

Alep, Syrie

2 novembre 1266 après J.-C.

Baybars se tenait devant la grande fenêtre cintrée. Le vent du désert chauffait sa peau. Il venait de sortir du bain et ses cheveux encore humides pendaient sur ses épaules. La brise apportait avec elle la senteur de la fumée et des épices, ainsi que l'odeur âcre du fumier venant du marché aux chevaux. À ses pieds, jusqu'aux murs massifs entourant la citadelle, s'étendait la cité d'Alep, joyau de la couronne syrienne. Dans le soleil couchant, les dômes blancs des mosquées et des madrasas prenaient une teinte dorée et les sommets des minarets brillaient comme des phares. Dans un coin poussiéreux de la citadelle se déroulait un jeu de balle. De cette distance, les hommes à cheval paraissaient tout petits. Baybars adorait ce sport parce qu'il exigeait vitesse et férocité. Et aussi parce qu'il était l'un des meilleurs à ce jeu.

Il regarda un moment la partie, puis retourna dans ses quartiers où régnait une fraîcheur agréable. Les pièces spacieuses étaient agencées sans ostentation, leur grandeur se manifestait davantage par leur construction que par leur ameublement. Des colonnes de marbre rouge et noir s'élevaient vers les dorures du plafond et les murs étaient garnis de panneaux de bois marquetés de nacre. Des motifs sculptés dans le stuc ornaient les voûtes et des tapis jonchaient le sol en mosaïque.

Baybars s'approcha d'un guéridon en marbre sur lequel étaient posées une cruche et une coupe incrustées de joyaux. Il se versa du koumys et s'assit sur une couche matelassée. Mais à peine eut-il vidé la coupe qu'il se releva.

Depuis la victoire de Safed, il se sentait frustré par la lenteur de sa campagne contre les Francs. Les chrétiens n'étaient probablement pas du même avis, lui avait signalé Kalawun. Après Safed, il n'avait fallu que quelques jours à Baybars pour faire tomber une deuxième forteresse. Une semaine plus tard, il avait détruit un village dont les habitants chrétiens, lui avait-on appris, rapportaient les mouvements de son armée aux Francs basés en Acre. Après quoi il avait conduit ses troupes le long de la côte pour faire étalage de sa puissance. Ils avaient tué tous les chrétiens qu'ils croisaient en chemin. Et encore, ce n'était rien en comparaison de ce qu'ils avaient accompli en Cilicie. Pendant que Baybars attaquait les Templiers à Safed, Kalawun, qu'il avait nommé commandant des troupes syriennes, avait dirigé la moitié de l'armée vers le nord, contre les chrétiens d'Arménie. Ils avaient franchi les montagnes pour prendre l'ennemi à revers et avaient dévasté leur royaume. Laissant dans leur sillage des villes en ruine, ils étaient revenus à Alep un mois plus tôt avec des chariots remplis d'or et quarante mille esclaves.

Mais depuis lors, plus rien.

Baybars était rongé par l'impatience. Tandis que ses officiers et ses soldats goûtaient un peu de repos, il organisait des réunions avec les généraux des différents régiments, rencontrait ses alliés et passait des heures à dresser les plans de sa prochaine campagne contre les Francs. Ses généraux étaient si satisfaits de leurs victoires de l'été qu'ils n'étaient guère motivés pour se battre de nouveau. Cependant, Baybars demeurait insatiable. C'est pourquoi il avait convoqué un conseil le soir même.

Il se retourna en entendant des pas s'approcher. Par la porte au-dessus de laquelle était gravé *Il n'y a de Dieu que Dieu, et Mohamed est Son Prophète*, entra une poignée d'eunuques. Sur leurs plateaux étaient disposés des peignes, des couteaux et des huiles. L'un d'entre eux tenait la cape d'or jaune et le turban de Baybars.

— Seigneur, nous venons vous habiller.

— Je le vois bien.

Les yeux fermés, Baybars attendit pendant que les eunuques s'empressaient autour de lui. Au bout de six ans, il n'était toujours pas accoutumé à ces assauts d'attention déférente. Il aurait préféré s'habiller lui-même, mais en tant que sultan, il devait se soumettre à cette coutume. Les mains des domestiques s'agitaient en tous sens autour de son corps et de sa tête, aussi légères et rapides que des papillons. Ils le peignirent avec soin, lui taillèrent la barbe et le massèrent. Après l'avoir revêtu d'une tunique en soie blanche, de chausses et de bottes en cuir fraîchement cirées, ils lui passèrent la cape sur les épaules. On avait brodé sur deux rubans cousus à ses avant-bras son nom et son titre. L'un des eunuques lui tendit un miroir. Baybars s'étudia dans le métal poli. Le reflet lui présentait un homme grand et athlétique au visage brûlé par le soleil, avec des traits durs, un menton saillant, des yeux ayant connu autant de défaites que de triomphes, et des mains puissantes et calleuses aux veines apparentes. Malgré le raffinement de sa parure, il restait un guerrier. Rassuré, il se détendit quelque peu.

— Seigneur.

Baybars se détourna du miroir et vit s'approcher Omar, habillé d'une cape dorée, les cheveux et la barbe parfumés. Omar s'inclina.

— La salle du trône est prête. Dois-je faire venir les généraux?

— Non, dit Baybars après un instant de réflexion. Il posa la main sur l'épaule de son camarade.

— Marche un peu à mes côtés, veux-tu.

— Bien sûr, dit Omar, à la fois surpris et ravi.

Baybars guida son ami à travers de larges corridors, le fit passer devant les chambres des conseillers et des officiers et traverser des salles de réception où les généraux, les soldats et les esclaves présents délaissaient ce qu'ils étaient en train de faire pour s'incliner sur leur passage. Ils arrivèrent bientôt à une arcade débouchant sur une cour entourée de balcons ombragés. Depuis la fontaine dressée en son centre, l'eau courait à travers une série de canaux creusés dans le sol. Avec ses arbres élancés, ses plantes luxuriantes et ses fleurs aux fragrances enchanteresses, c'était un havre de verdure et de paix. Par-dessus le murmure de l'eau se faisait entendre le pépiement des oiseaux de la volière. Baybars s'arrêta près de celle-ci et saisit une poignée de graines dans la mangeoire, qu'il jeta à l'intérieur.

— Ne trouves-tu pas cette citadelle impressionnante, Omar ? dit-il en regardant les oiseaux décoller de leurs perchoirs.

— Je l'ai toujours pensé, seigneur.

Baybars sourit.

— Je préfère que tu ne m'appelles pas ainsi, du moins quand nous sommes seuls. Seigneur me paraît formel de la part de quelqu'un qui me connaît depuis si longtemps.

Omar lui rendit son sourire.

— Néanmoins, continua Baybars, elle est loin d'être aussi sublime que la citadelle que s'est fait construire Saladin au Caire. Il ne voulait pas seulement en faire le siège de son pouvoir, elle en était le symbole. Moi aussi, je veux construire quelque chose qui exprime ma puissance.

Omar remarqua que les yeux de Baybars semblaient perdus dans le lointain.

— Quelque chose qui accompagnera les hommes jusqu'à la fin des temps.

— Tu as déjà beaucoup construit. Tu as fortifié Le Caire, créé des hôpitaux et des écoles et...

— Ce n'est pas de ça que je parle, le coupa Baybars.

Il se détourna de la volière et gravit quelques marches menant, derrière les balcons, à une promenade qui offrait une vue sur tout Alep. Quand ils y furent, Baybars s'appuya des deux mains sur le parapet.

— Je suis allé en ville ce matin.

— Seul? Tu devrais être plus prudent.

— Sais-tu ce que j'ai vu? demanda Baybars en se tournant vers lui. J'ai vu des soldats ivres à cause du vin d'Occident, des marchands négociant de la laine et du vin, et des livres écrits en latin. Dans les rues, les femmes de l'Ouest se prostituent à nos hommes. Saladin était un dirigeant d'une habileté suprême, je ne peux le nier. Il savait gagner des batailles en unifiant le peuple derrière lui. Mais Saladin a échoué. Nos terres sont toujours infestées.

— La mort empêche tous les hommes de mener leur action à leur terme.

— Ce n'est pas la mort qui l'a empêché de nous débarrasser de nos ennemis. Saladin acceptait de parlementer, de négocier les redditions, et ne tuait que quand c'était absolument nécessaire. C'est parce qu'il était trop clément que nous ne sommes pas libres. Saladin était l'épée, Omar, mais je suis l'Arbalète. Je peux porter mes coups plus loin. Ce que je veux construire, c'est un avenir libéré de l'influence occidentale.

— Combattre les armées de la Chrétienté le prouve assez. Mais comment lutter contre son influence? Comment réduire à néant quelque chose d'aussi ténu?

— C'est tout simple. Demain, je donnerai l'ordre de fermer toutes les tavernes d'Alep. Puis je ferai bannir les prostituées. Qu'on les expulse en les laissant à la merci du désert, je ne m'en émouvrai pas.

Baybars redescendit les marches vers les balcons donnant sur la cour.

— Mais nos hommes se sont habitués à toutes ces choses, plaida Omar en se dépêchant de le suivre.

— Eh bien, ils s'habitueront à leur absence. Allah ne tolère pas qu'on boive.

— Et les femmes? Les hommes ont besoin de... se détendre. Mieux vaut que leurs désirs les plus vils soient satisfaits par les Occidentales que par nos femmes.

— Les hommes du peuple devraient se concentrer un peu plus sur leur travail et sur leur épouse. Quant aux soldats et aux officiers, ils disposent des esclaves.

— Beaucoup d'esclaves sont des femmes de l'Ouest. Est-ce que ça ne revient pas au même?

Baybars s'arrêta net.

— Les esclaves ne sont pas libres de se promener dans nos rues et d'exercer leur commerce, répondit Baybars d'une voix inflexible. Ils sont sous notre contrôle, c'est toute la différence. De plus, après le conseil de ce soir, nos soldats auront des choses plus importantes sur lesquelles porter leur attention.

— Tu veux toujours annoncer ton plan d'action aux généraux? Je te le déconseille fortement. En ami. Les hommes reviennent à peine de campagne. Il leur faut du temps pour se remettre et savourer leur victoire. Tu dois attendre.

— Nous n'avons pas de temps à perdre, Omar. Après Safed, les Francs vont vouloir se venger, ça ne fait aucun doute. Je propose de frapper avant, pour les empêcher de rassembler des forces suffisantes. Je veux les voir ramper au sol sans avoir l'occasion de se défendre. Nous devons les assommer.

— Mais ce que tu proposes d'attaquer, c'est... gigantesque, dit Omar d'une voix hésitante.

Avant que Baybars ait pu répondre, ils entendirent des bruits de pas dans le couloir. Une jeune femme arriva vers eux en courant, ses cheveux foncés volant sur ses épaules. Un petit garçon lui tenait la main et tentait désespérément de suivre le rythme. À leurs trousses étaient lancés deux guerriers bahrites. La femme s'arrêta devant Baybars et Omar. Le garçon respirait bruyamment et regardait derrière lui, les yeux remplis de crainte, les deux guerriers qui se tenaient à une distance respectueuse. Le garçon renifla et s'essuya le nez sur la manche de la tunique d'or jaune qu'il portait. Baybars fixait son vêtement. Il suspectait que le tissu était le même que celui de sa propre cape.

— Dis à tes chiens de se calmer, lança sèchement la femme. Je veux parler avec toi.

— Toutes mes excuses, seigneur, dit l'un des gardes. Nous savons que vous ne voulez pas être dérangé mais nous n'avons pas pu l'arrêter.

Baybars les renvoya d'un signe de la tête et se tourna vers sa femme.

— Que me veux-tu, Nizam ?

— Je veux que tu passes plus de temps avec ton fils.

Comme elle poussait l'enfant vers lui, Baybars recula. Baraka Khan, âgé de six ans, avait le nez morveux et des larmes perlaient au coin de ses yeux en amande, pareils à ceux de sa mère. Ses cheveux retombaient en boucles brunes et humides sur son front et il tordait sa lèvre inférieure en une moue têtue. Tout en lançant un regard noir à sa femme, Baybars lui sourit et lui passa la main dans les cheveux. Baraka Khan grimaça encore plus et s'accrocha à la jambe de sa mère. Baybars éclata d'un rire franc, prit le garçon dans ses bras et le fit tournoyer en l'air, dans tous les sens, comme il avait vu de nombreux soldats le faire avec leurs propres fils. D'ordinaire, les enfants criaient de ravissement et en demandaient toujours plus, mais son fils, à sa grande déception, se mit à hurler. Baybars remit le garçon à l'endroit, le posa et lui tapota le dos.

— Reste avec ta mère, puisque c'est comme ça.

Il se redressa et planta ses yeux dans ceux de Nizam.

— Qu'est-ce qu'il porte ? dit-il en désignant la tunique d'or jaune semblable à la sienne.

Il se sentait embarrassé sans vraiment savoir pourquoi.

— Je l'ai fait habiller comme toi, répondit Nizam en repoussant la main de Baybars et en prenant le garçon dans ses bras.

Elle le berça doucement en tentant de l'apaiser par des paroles rassurantes, puis elle toisa de nouveau Baybars, ses lèvres si sensuelles closes en une expression de rage froide.

— Comme il convient à l'héritier du trône, ajouta-t-elle.

Baybars sentit la colère l'envahir. Il lui reprit l'enfant et le posa par terre, où celui-ci se mit immédiatement à pousser des hurlements. Omar faisait semblant d'étudier attentivement l'une des tapisseries du couloir. Baybars attrapa Nizam par le bras et la poussa contre une grande fenêtre qui donnait sur la cour. Comme sa femme se tenait en pleine lumière, il s'aperçut que la robe blanche qu'elle portait était presque transparente. Il pouvait voir le dessin de ses hanches, de ses jambes brunes et graciles, ainsi que le galbe de ses seins. Il détourna le regard.

— Quand Baraka Khan sera assez grand, il se tiendra à mes côtés, en guerrier et en héritier. Mais tant que ce jour ne sera pas venu, occupe-t-en.

— Je veux un autre fils, Baybars, murmura Nizam. Tu n'es pas seulement un soldat et un sultan, tu es aussi un mari et un père. Ne néglige pas tes devoirs envers moi.

Baybars reporta ses yeux vers elle.

— Je t'accorde le temps que je peux t'accorder. Je pourrais avoir des centaines d'esclaves, mais je ne le désire pas.

— Et les traiterais-tu comme tu me traites ?

— Tu as des palais, des robes sublimes, des domestiques. Je te traite comme il faut, Nizam.

— N'importe quoi plutôt que l'indifférence. Un sultan devrait avoir plus d'un successeur, Baybars. Accomplis ton devoir envers moi et je te donnerai un autre héritier.

Le sultan s'appuya contre le mur et ferma à demi les yeux. Mener une guerre était bien plus facile que combler une femme : elles étaient aussi rusées que les serpents et aussi complexes que les étoiles. Il redoutait les rencontres avec sa femme à cause de l'inévitable fatigue qu'elles lui procuraient. Sa première femme, morte en donnant naissance à une fille, était tout aussi exigeante que celle-là, mais elle n'était pas aussi maligne. Sa troisième femme, Fatima, ne lui ayant donné aucun enfant pour le moment, Nizam était consciente d'être en position de force. Mais Baybars, bien qu'il lui fût reconnaissant pour le fils qu'elle lui avait donné, n'était jamais parvenu à l'aimer. Et cela ne le perturbait qu'en sa présence.

— Je viendrai te voir bientôt, murmura-t-il. Pars, maintenant. Laisse-moi.

Les yeux de Nizam se rétrécirent. Elle ouvrit la bouche comme pour ajouter quelque chose, mais elle se retint. Finalement, elle prit une profonde inspiration et hocha la tête.

— Bientôt, répéta-t-elle.

Puis elle se tourna, prit le garçon qui continuait à geindre par la main et s'engouffra dans le couloir.

Baybars les regarda partir et réalisa que ce n'était pas les vêtements de Baraka Khan qui l'embarrassaient, mais le garçon lui-même.

Les fils de ses généraux, et même certaines de leurs filles, jouaient à grimper aux arbres et à se battre à l'épée. Quand ils s'asseyaient à la madrasa, ils écoutaient attentivement les leçons et étaient capables de réciter des passages entiers du Coran. En comparaison, son fils semblait n'avoir aucune aptitude ni aucun intérêt pour les performances d'athlète, et encore moins pour les choses de l'art et de l'étude. Baybars se dit tristement que la faute lui en revenait. Il avait trop longtemps laissé ce garçon au harem. Nizam avait raison. Il avait besoin d'être entouré d'hommes, de guerriers. Lui n'avait pas le temps d'éduquer un enfant.

— Omar, je veux que tu trouves un précepteur pour Baraka.

26

Le Temple, Paris

2 novembre 1266 après J.-C.

— As-tu entendu parler de Gérard de Ridefort? demanda Everard.

Will poussa un profond soupir et se retourna, mais sans fermer la porte de la cellule.

— C'était un grand maître du Temple, il y a environ un siècle. Pourquoi me parlez-vous de lui?

— Assieds-toi, lui ordonna Everard en lui indiquant le tabouret.

Voyant que Will ne bougeait pas, il fronça les sourcils.

— Tu veux que je te raconte tout, oui ou non?

Will ferma la porte et s'assit.

— Si tu répètes ce que je vais te dire maintenant, dit Everard en vidant sa coupe et en fixant Will de ses yeux injectés de sang, je jure par Dieu, Jésus et tout ce qu'il y a de sacré en ce monde que je te tuerai de mes propres mains.

Sentant des frissons le parcourir, il remonta la couverture.

— Gérard de Ridefort fut admis dans le Temple après plusieurs années en Terre sainte en tant que chevalier de

Raymond III, comte de Tripoli. J'ai entendu parler de lui pour la première fois quand je suis entré dans l'Ordre, il y a plus de cinquante ans. D'après ceux qui l'avaient connu, Ridefort est arrivé au Temple plein de rancune contre le comte Raymond, qui n'avait pas tenu sa promesse de lui attribuer un domaine. Ridefort, d'après ce qu'on m'a dit, était un homme agressif et irascible avec une haute opinion de sa propre importance et pour le Temple, et pour le monde en général. C'est son arrogance, probablement, et l'autorité apparente dont s'affublent souvent de tels tempéraments, qui contribuèrent à son ascension dans la hiérarchie de l'Ordre. Quoi qu'il en soit, le chapitre général réuni à Jérusalem, alors aux mains des chrétiens, choisit de le nommer grand maître à la mort de son prédécesseur.

« Un an plus tard, le roi de Jérusalem mourut. Son neveu, qui devait lui succéder, n'était qu'un enfant. Il fallut désigner un régent pour protéger les intérêts du jeune roi, et ce fut Raymond III, comte de Tripoli et ancien seigneur de Ridefort. Quelque temps après, le pouvoir du comte sur le trône fut affaibli par la mort du jeune roi, qui ne laissait aucun héritier après lui, à l'exception de sa mère, Sybille, une princesse mariée à un chevalier français et dont le droit à la succession était douteux. Il se trouva néanmoins de nombreuses personnes pour soutenir ses prétentions et elle fut rapidement portée, avec son mari, Guy de Lusignan, sur le trône de Jérusalem, le plus puissant des quatre États chrétiens d'Outremer. Son plus ardent partisan n'était autre que Gérard de Ridefort, ravi d'aider à dépouiller Raymond de toute prise sur la couronne.

« À cette époque, nos forces avaient conclu une trêve avec le chef des musulmans, Saladin. Mais la trêve fut violée par un des partisans de la nouvelle reine qui attaqua une caravane arabe, et la paix fut remise en question.

Everard toussa bruyamment et tendit sa coupe vide. Will lui versa du vin. Quand il se fut éclairci la gorge, Everard continua.

— Le comte Raymond qui, à la différence de Ridefort, était un homme lettré, au fait des coutumes arabes, cherchait à maintenir la trêve avec Saladin. Furieux après l'attaque sur ses voies de commerce, Saladin accepta de négocier à condition que le comte autorise son fils à traverser avec un bataillon de soldats égyptiens le territoire qu'il possédait en Galilée. Raymond accéda à sa requête et ordonna à ses gens de ne pas attaquer la compagnie de musulmans. Mais une troupe qui voyageait dans la région, à la demande de Ridefort et du grand maître des Hospitaliers, attaqua par surprise les Égyptiens, au mépris des ordres donnés par Raymond.

« On dit que les Égyptiens étaient presque sept cents. Ridefort et le grand maître hospitalier disposaient de cent cinquante chevaliers à eux deux. D'après l'un des survivants, les Hospitaliers voulaient se retirer, mais Ridefort se moqua de leur maître, le faisant passer pour un couard, et il décida de l'issue de leurs palabres en lançant ses hommes à l'assaut des troupes égyptiennes. Ridefort fit partie des trois hommes qui s'en sortirent vivants. Le grand maître des chevaliers de Saint-Jean tomba. Ce jour-là, ce fut un coup dur pour nos deux Ordres.

— Nos deux Ordres ? interrogea Will quand Everard fit une pause pour boire une gorgée. Ce n'est pas pour parler comme un mercenaire, mais les Hospitaliers ne sont pas vraiment nos plus proches alliés.

— Alors, c'est que tu ne connais ni l'Histoire, ni la Règle. Quelle bannière dois-tu rallier si la nôtre vient à tomber au cours d'une bataille ?

Everard n'attendit pas la réponse.

— La bannière de Saint-Jean. Non, sergent, nous sommes alliés depuis de nombreuses années en dépit de nos différences, ou plus exactement en dépit de nos similitudes. Et nous aurions une relation bien…

Il s'arrêta et son visage se renfrogna.

— Tu veux entendre ce que j'ai à te dire ? Alors, ne m'interromps plus !

Will resta silencieux en attendant la suite.

— Après l'attaque, la paix fragile entre nos forces et celles des musulmans fut rompue. Le comte Raymond n'eut d'autre choix que de passer outre les accords qu'il avait conclus avec Saladin et celui-ci se prépara à la guerre. Guy, le roi de Jérusalem, fit lever les armées de l'empire d'Outremer pour affronter les troupes de Saladin postées à Tibériade, en Galilée, où Saladin tenait en captivité la femme et les enfants du comte Raymond. Bien qu'il sache que cela mettrait sa famille en danger, le comte Raymond conseilla au roi d'attendre la fin de l'été, pour que la chaleur soit moins forte. Ridefort, qui méprisait le comte, le traita de félon et conseilla au roi d'attaquer pour presser l'ennemi. Comme le roi Guy, homme sans grande volonté, avait été soutenu dans son accession au trône par le grand maître, il fut facile à manipuler. Il suivit donc les instructions de son protecteur.

« L'armée marcha le lendemain à travers des collines arides, dénuées du moindre point d'eau. Les archers musulmans attaquèrent sans cesse les lignes, qui constituaient des cibles faciles. Quand l'avant-garde approcha de Tibériade en fin d'après-midi, harcelée par les archers, brûlée par le soleil, déshydratée, elle fit halte sur un haut plateau entre les Cornes de Hattin, au-dessus de la mer de Galilée. Saladin attendait au bord du lac avec quarante mille hommes. Après une nuit sans eau, quand nos troupes se réveillèrent, l'herbe brûlait sur la plaine. Profitant de la confusion et de l'écran de fumée, les hommes de Saladin lancèrent plusieurs vagues d'assauts successives. Ils continuèrent ainsi toute la journée et le lendemain.

« Finalement, nous fûmes vaincus. Beaucoup d'hommes moururent de soif sans même combattre. Le comte Raymond et ses hommes parvinrent à fuir, mais tous les autres furent tués ou faits prisonniers. Il n'y avait aucune raison valable pour faire mourir tous ces soldats, dans les deux camps.

— Aucune raison valable? l'interrompit Will. Nous

défendions nos terres, notre peuple. Les Sarrasins tuent nos hommes, violent nos femmes et font de nos enfants des esclaves.

— Agissons-nous différemment? rétorqua Everard. Qui a commencé cette guerre? Les musulmans? Non. C'est nous qui avons abordé leurs rivages et pillé leurs villes, nous qui avons poussé leurs familles à l'exil et leur avons ôté tout moyen de subsister, nous qui avons égorgé hommes, femmes et enfants jusqu'à ce que les rues soient inondées du sang des innocents. Nous avons édifié des églises à la place de leurs mosquées parce que nous pensons avoir davantage qu'eux le droit d'adorer sur cette terre, parce que nous pensons que notre Dieu est le seul Dieu.

— De même que les musulmans, riposta Will. De même que les juifs aussi. Nous pensons tous que notre Dieu est le seul Dieu. Qui a raison?

— Peut-être avons-nous tous raison, abrégea Everard en soupirant. Je ne sais pas. Mais ce que je sais, c'est que nous sommes tous les mêmes quand vient la guerre. Nous tuons, nous pillons, nous violons et nous défilons. Peu importe quel Dieu nous invoquons, nous ne faisons que détruire. À Hattin, nous ne défendions ni nos terres, ni notre peuple. Nous soutenions la croisade personnelle de Gérard de Ridefort contre le comte Raymond. C'est lui qui a conduit nos troupes jusqu'à cette plaine. Elles n'auraient jamais dû y aller! Et elles n'y seraient jamais allées si notre grand maître n'avait pas été si belliqueux. Lui-même survécut et Saladin le fit prisonnier alors que plus de deux cents chevaliers moururent décapités. Après la mort de tous ces hommes ce jour-là, les musulmans furent en mesure de reprendre Jérusalem. La seule chose qui me réjouisse là-dedans, c'est que Ridefort ait vécu assez longtemps pour voir la Ville sainte arrachée de ses griffes.

Everard avait prononcé cette dernière phrase avec véhémence, et Will fut choqué d'entendre le prêtre parler de cette manière d'un ancien grand maître. Il n'avait jamais rencontré le chef suprême de l'Ordre, mais Thomas Bérard, l'actuel grand maître, qui se trouvait dans la ville d'Acre, lui avait toujours paru une figure lointaine, presque divine, que chacun évoquait en témoignant un profond respect. Pour Will, critiquer un homme qui avait occupé cette position, même s'il était mort, ressemblait d'assez près à un blasphème.

— Durant son règne sur le Temple, reprit Everard, Ridefort ne nous a amené que des carnages. Mais sa mort, quand elle survint, annonça la venue d'un événement extraordinaire.

« L'homme qui fut choisi pour succéder à Ridefort, quatre ans après la bataille de Hattin, à peu près quand je suis né, s'appelait Robert de Sablé. Il était l'ami du roi d'Angleterre Richard Cœur de Lion, avec qui il avait de nombreux points communs, et en particulier un authentique respect pour Saladin qui, après Hattin, avait repris Jérusalem en versant beaucoup moins de sang que nos propres forces un siècle plus tôt, quand elles y étaient entrées. La guerre ne profite qu'au vainqueur tandis que chacun profite de la paix. Robert de Sablé comprenait cela, comme il comprenait l'importance de sa position.

« À cette époque, le Temple était déjà la fraternité la plus puissante du monde. Depuis que Hugues de Payns, fondateur de notre Ordre, a pris pour la première fois le manteau il y a un siècle et demi, nous avons fait des rois et nous en avons déposé, nous avons remporté des campagnes et aidé à établir des royaumes en Outremer. Nous nous sommes construit un empire. Le Temple ne répond de ses actes qu'au pape et en tant que guerriers du Christ ordonnés par notre sainte mère l'Église, nous avons, dans les faits, contribué à ancrer sur cette Terre le pouvoir divin. Nous sommes l'Épée du Ciel et le grand maître est la main qui la dirige. C'est une grande responsabilité.

« Ridefort avait utilisé ce pouvoir pour diriger sa vengeance personnelle contre le comte Raymond, une vengeance qui avait conduit à la mort de milliers d'hommes et à la déstabilisation de l'Outremer. Sablé voulait s'assurer qu'il n'y aurait jamais d'autre Hattin, qu'aucun maître ne pourrait plus jamais tirer parti de son pouvoir à des fins personnelles ou politiques. Il voulait nous remettre dans la main de Dieu. Ainsi, pour protéger l'intégrité de notre Ordre, Sablé fonda en secret un Cercle de frères. Il l'appela l'Anima Templi : l'Âme du Temple. Il choisit personnellement ses membres dans les hauts rangs de l'Ordre, parmi les officiers et les érudits capables d'utiliser leur position et de réaliser son souhait sans se faire connaître des autres frères du Temple. Il recruta neuf chevaliers, deux prêtres et un sergent : douze hommes, comme les disciples du Christ, dont la responsabilité serait de préserver l'Ordre. Leur devoir consisterait à sauvegarder et à guider la foi du Temple. Il y avait encore une dernière fonction, remplie par un treizième membre : celle de Gardien. Ce devait être un homme de confiance, extérieur au Temple, qui pourrait servir de médiateur en cas de discorde entre les membres, mais également offrir ses conseils et son aide, que ce soit sur le plan financier ou militaire. Sablé choisit son ami Richard Cœur de Lion pour remplir cet office. Au départ, Sablé avait simplement l'intention de protéger le Temple de ceux qui abuseraient de leur pouvoir en son sein, mais par la suite, il commença à utiliser l'Anima Templi pour promouvoir la paix.

« Comme je l'ai dit, il comprenait que la guerre ne profite qu'au vainqueur tandis que chacun profite de la paix. Il voulait par-dessus tout développer le commerce entre l'Orient et l'Occident et partager les connaissances. Sur ce dernier plan, les Arabes étaient d'ailleurs bien plus avancés que nous dans beaucoup de domaines, comme la médecine, la géométrie et les mathématiques. Ainsi le Cercle noua-t-il des amitiés avec des hommes influents dans les différentes cultures, réunissant le plus de connaissances possibles pour augmenter notre propre éducation. Le Temple devint le masque sous lequel ses membres se dissimulèrent, utilisant ses coffres, ses ressources et son autorité pour faire avancer leur cause. Ils savaient à qui s'adresser quand une trêve devenait de plus en plus fragile, n'hésitant pas à puiser de l'argent dans les coffres du Temple pour rembourser à l'un les dégâts causés par les incartades de l'autre. Ils concluaient des accords, proposaient des compromis. Oui, on livrait toujours des batailles, mais nombre d'entre elles furent évitées grâce aux efforts conjugués des membres du Cercle. Ils permirent d'apporter un peu de stabilité à un royaume mis à mal par la vanité de Gérard de Ridefort. Trois ans plus tard, Sablé mourut, mais son héritage lui survécut. Par la suite, aucun grand maître ne fut au courant de notre existence jusqu'à l'arrivée d'Armand de Périgord au pouvoir, il y a trente-quatre ans.

— Pourquoi l'Anima Templi est-il resté secret? demanda Will, incapable de retenir sa question bien qu'il souhaitât que le prêtre continue. Ses ambitions semblent louables, donc pourquoi le cacher?

— Le secret nous garantit de ne pas être la proie de la corruption. Même à l'intérieur du Temple, des hommes assoiffés de pouvoir, des hommes comme Ridefort, n'hésiteraient pas à menacer notre souveraineté. Pour ne pas livrer notre œuvre à des mains ennemies, qu'elles soient internes ou externes au Temple, il nous faut nous cacher. De plus, nos objectifs ont évolué avec le temps et le secret s'est révélé d'autant plus nécessaire pour nous préserver. Nous savions que nombreux seraient ceux, dans le Temple et dans le reste du monde, qui ne comprendraient pas ce que nous essayons d'accomplir. Ils l'auraient vu comme un anathème. Si notre but ultime était dévoilé, nous serions détruits. Et il est probable que le Temple aussi, puisque nous en faisons partie. Or, notre Cercle ne peut pas exister sans le Temple, sans le pouvoir qu'il nous confère.

— Anathème? dit Will. Je ne comprends pas. De quoi parlez-vous? Quel est votre but?

— Sois patient, lui répondit Everard en finissant

son vin. Quand Armand arriva au pouvoir, il était déjà membre de l'Anima Templi. Et il le resta en tant que grand maître. Le Cercle fut enchanté de son élection. Avec le grand maître travaillant main dans la main avec eux, nous pensions pouvoir accomplir des choses encore plus grandes. Armand était un meneur d'hommes, son enthousiasme et son énergie étaient communicatifs, me semblait-il. Mais j'avais le double de ton âge et je n'aurais pas dû me laisser prendre. C'était mon premier séjour en Outremer et j'étais complètement envoûté. J'avais l'impression d'arriver au Paradis. Acre, où j'avais débarqué, était une ville remplie de merveilles, dévoilant à chaque coin de rue, à chaque carrefour, une nouvelle splendeur. Le bleu de la mer... Quand Dieu a créé la Terre, Il a commencé par la Palestine et toutes les couleurs de Sa palette étaient chaudes et radieuses, alors qu'elles étaient ternes et diluées quand il lui a fallu peindre l'Occident.

« Je m'étais rendu en Acre pour y chercher un traité extrêmement rare sur l'astrologie écrit par un Arabe remarquable d'érudition. Pendant mes études à l'Université de Paris, j'avais développé de l'intérêt pour la compilation de connaissances dans un certain nombre de domaines, et j'avais le bonheur de poursuivre mon travail après avoir été ordonné et admis au sein du Temple. J'avais dans l'idée de composer un livre qui recenserait toutes les connaissances sur tous les sujets connus par l'homme à travers le monde. Bien entendu, je voulais qu'il soit plus exhaustif que celui de Celsus.

— Qui ça? dit Will.

— Exactement, fit Everard pour lui-même. Mais ce projet de jeunesse était follement ambitieux et sans espoir. Je découvris rapidement l'impossibilité de la tâche et me mis donc à collecter, à préserver et à traduire des manuscrits au seul bénéfice de l'Ordre. C'est à cette époque que j'entendis pour la première fois parler de l'Anima Templi. Malgré leurs efforts pour maintenir le secret, ses membres n'avaient pas été capables de dissimuler complètement leurs activités, ni à l'intérieur du Temple ni à l'extérieur. Au fil du temps, des rumeurs avaient commencé à circuler. On parlait d'un groupe de chevaliers lié au Temple et contrôlant les croisades. Des hommes qui, d'un mot, pouvaient arrêter une guerre ou en démarrer une. Cette conjuration, c'est ce qui se disait, n'avait de loyauté envers personne et ses membres travaillaient à un but ultime inconnu de tous. La hiérarchie du Temple niait vigoureusement ces rumeurs, assurant qu'aucun groupe de ce genre n'existait et que tous ses chevaliers étaient fidèles à Dieu et l'Ordre. Une enquête fut même diligentée mais on ne put rien prouver, et Armand y mit un terme en affirmant que c'était une folie pure et simple.

« Mon travail avait impressionné Armand de Périgord et, après six mois en Outremer, à la mort d'un des membres, il me fit entrer dans l'Anima Templi. Il était à la tête du Cercle et avait décidé de se passer de Gardien, estimant préférable de conserver nos activités dans les limites du Temple. Plusieurs membres, dont un prêtre qui était plus vieux que je ne le suis aujourd'hui, étaient déjà présents parmi les douze qui avaient fait allégeance à Sablé, à l'origine du Cercle. Ils n'avaient oublié ni Hattin ni Ridefort. Armand les inquiétait. Il trouvait qu'il mélangeait les rôles entre le Temple et l'Anima Templi, alors qu'il s'était agi jusque-là de deux organisations bien distinctes. Pour moi, néanmoins, cet homme avait l'ambition et l'énergie nécessaires pour nous conduire vers une ère plus éclairée. Il partageait mon intérêt pour les connaissances et encourageait mon travail en m'autorisant une liberté et en m'octroyant des faveurs qui dépassaient de loin celles accordées aux autres membres. Je ne m'en rendais pas compte à l'époque, mais il me préparait pour une tâche qu'il avait prévue de longue date.

« Armand avait une obsession qui n'est pas rare chez les hommes d'un tempérament aussi extraordinaire, la légende arthurienne. Il réfléchissait à l'idée d'un royaume créé exclusivement pour le Temple, où l'Ordre aurait régné en toute autonomie. Il voulait construire Camelot en Palestine. Lui-même aurait joué le rôle d'Arthur et l'Anima Templi aurait en quelque sorte fait office de Table Ronde gardienne des idéaux du Temple à travers les âges à venir de l'humanité. Jusqu'alors, les recrues potentielles étaient repérées et évaluées par les membres du Cercle, puis on les approchait discrètement avant de les faire entrer. Armand voulait qu'il y eût une initiation plus formelle.

« Quelques années après mes propres débuts dans le Cercle, il me chargea d'écrire un code qui fixerait nos idéaux et servirait de guide aux générations futures. Je devais aussi y décrire l'initiation des nouveaux membres en me basant sur l'histoire de Perceval. Tout cela devait être traité sur le mode de l'allégorie, à la manière d'une quête du Graal, afin de ne pas dévoiler les objectifs de l'Anima Templi. Un postulant, pour être initié, devrait maintenant subir un rituel d'allégeance, sans le savoir et en s'appuyant sur sa foi. Comme Perceval à la recherche du Graal, il serait soumis à un certain nombre d'épreuves, toutes en rapport avec l'œuvre que nous tentions d'accomplir en tant que groupe.

Everard soupira en voyant l'expression déconcertée de Will.

— Par exemple, on lui donnait le calice de la Communion en lui disant qu'il était rempli du sang de ses frères et qu'il devait le boire s'il voulait pouvoir leur parler en égal.

— Et il buvait le sang?

— C'était du vin, évidemment, répondit Everard en levant les yeux au ciel. Comme je te l'ai dit, l'initiation décrite dans *Le Livre du Graal* était une allégorie. Il ne fallait pas prendre tout ce qu'il contenait au pied de la lettre. Mais le postulant l'ignorait. Il devait croire en ce que nous lui demandions de faire.

Everard secoua la tête.

— Je n'étais pas d'accord avec Armand. Je trouvais que c'était, au mieux, une absurdité digne de la Kabbale, et au pire une menace pour notre secret. Mais je ne pouvais pas refuser et j'entrepris sa rédaction.

Il sourit légèrement.

— *Le Livre du Graal* est mon plus bel ouvrage. J'ai poncé le cuir jusqu'à le rendre presque translucide et j'ai coupé toutes les peaux avec une précision que je n'ai jamais égalée pour aucun autre livre. J'ai utilisé de l'encre rouge pour le texte et inscrit les titres des chapitres en or et en argent. Les marges étaient remplies à chaque page d'illustrations enchevêtrées. Il m'a fallu quatre ans pour en venir à bout.

« Entre-temps, Armand avait changé. Le changement avait été progressif, si bien que peu d'entre nous s'en étaient aperçus au début. Cependant, au bout d'un moment, il fut impossible de ne pas voir ce qui était en train de se passer. L'ambition d'Armand de préserver la grandeur de nos idéaux se muait peu à peu en une volonté farouche de suprématie sur notre Cercle, sur le Temple et sur tout l'Outremer. Il commença à désirer davantage la victoire que la paix et à privilégier le pouvoir sur l'amitié. Il finit par attaquer nos anciens alliés, les chevaliers de Saint-Jean.

« Une dispute avait éclaté au sein du gouvernement d'Acre formé de nobles, de marchands et de chevaliers-maîtres des différents royaumes d'Occident qui contrôlaient collectivement la ville. En effet, l'empereur germain Frédéric II avait réclamé que celle-ci soit soumise à son autorité. Les Hospitaliers, conduits par leur grand maître Guillaume de Châteauneuf, soutenaient la position de Frédéric. Le Temple, en la personne d'Armand, s'y opposait. La querelle prit une mauvaise tournure : afin de démontrer sa puissance, Armand ordonna qu'on assiège les Hospitaliers d'Acre. Pendant les six mois que dura le siège, aucune nourriture ni aucun médicament n'entrèrent dans la ville où les chevaliers étaient pris au piège.

Everard, l'air morose, semblait plongé dans ses souvenirs.

— Je me rappelle que nos chevaliers riaient en racontant comment les hommes assiégés se présentaient aux portes, suppliant, implorant même qu'on leur donne quelque chose à manger, et comment ils leur jetaient des fruits pourris. La faim et la maladie faisaient des ravages mais nous refusions de leur venir en aide. Ils ne nous l'ont jamais pardonné.

Il se tourna vers Will.

— Certains d'entre nous protestèrent, mais Armand pouvait compter sur le soutien d'une partie des membres de notre Cercle. Il révoqua deux frères qui le critiquaient ouvertement et contraignit ainsi les autres à se taire. Sans Gardien pour arbitrer le conflit, le schisme entre nous ne fit que s'aggraver, même quand le siège des Hospitaliers fut terminé. Et en 1244 eut lieu la bataille qui faillit nous détruire.

« Elle aurait pu être empêchée si notre Cercle avait été autorisé à négocier avec le chef égyptien de cette époque, le sultan Ayyoub. Mais Armand avait déjà contracté une alliance avec le prince de Damas, ennemi d'Ayyoub, en échange de la restitution de plusieurs de nos forteresses, et il nous interdit tout contact. Je n'étais pas en Acre à ce moment-là. Si j'y avais été, je pense que je lui aurais désobéi. Mais je me trouvais à Jérusalem, reprise quelques années plus tôt aux musulmans, et l'armée khorezmienne, sur ordre du sultan Ayyoub, prit d'assaut la Ville sainte. Dieu, comme j'aurais aimé ne pas voir ça.

En prononçant ces mots, les yeux d'Everard se portèrent involontairement sur ses doigts manquants.

— Si je suis resté en vie, c'est surtout par chance. Cette nuit-là, j'ai rencontré Hasan. Il venait de déserter l'armée khorezmienne et il accepta de m'escorter jusqu'en Acre.

Une lueur de regret traversa le regard d'Everard, qui garda le silence quelques instants. Puis il reprit la parole d'une voix gutturale.

— Quand je suis arrivé là-bas, j'ai découvert qu'Armand était parti avec le reste de l'armée à la Forbie. Sur la terre sableuse à l'extérieur du village était réunie la plus grande armée chrétienne depuis Hattin, et elle connut la même catastrophique défaite. Plus de cinq mille soldats périrent. Armand n'en revint pas. Il fut capturé par un général mamelouk, Baybars. Après la Forbie, nous avons essayé de restaurer l'Anima Templi. Mais le fossé creusé par Armand ne pouvait être comblé. C'était la fin, nous nous séparâmes. Quant à moi, je ne voulais pas laisser mourir l'utopie de Robert de Sablé. Je savais pouvoir faire confiance à cinq des douze membres du Cercle, j'étais sûr de leur fidélité. Il y en a un que tu as connu. Jacques de Lyons.

Will fut stupéfait.

— Jacques ? L'oncle de Garin ?

— Les cinq acceptèrent de continuer notre travail. Je fus élu à la tête du Cercle et je revins ici accompagné de Hasan avec l'objectif de me concentrer sur la collecte de manuscrits. Jacques me suivit quelques années plus tard. Les autres restèrent en Acre.

« Hasan me permettait de rester en contact avec eux, d'échanger des messages. Mais avec la mort de Jacques, je me suis retrouvé isolé. Nous sommes trop peu nombreux pour faire la différence, alors que nous en étions capables par le passé. Ces dernières années, j'ai vu les ponts que nous avions construits pierre après pierre être détruits par la guerre que mène Baybars et par l'égoïsme de nos propres chefs, qui refusent de négocier avec lui. J'aurais dû repartir depuis longtemps en Acre pour reconstruire, recruter de nouveaux membres et désigner un nouveau Gardien, mais on nous a volé *Le Livre du Graal*.

« Je ne sais pas pourquoi je l'avais gardé. Je ne l'ai jamais utilisé. Je suppose que c'est l'orgueil qui me faisait songer qu'en le détruisant, je détruirais l'Anima Templi. Je l'avais mis dans les coffres. Je pensais qu'il y serait en sécurité. Mais quelqu'un, j'ignore qui, a forcé un clerc à le dérober et il n'est jamais réapparu. Du moins, jusqu'à ce que le troubadour commence à le lire sur scène.

Everard secoua la tête, visiblement épuisé.

— La nuit dernière, le visiteur m'a dit que les dominicains avaient arrêté Pierre de Pont-Évêque. Si le troubadour avait quelque chose à voir avec le vol, le Cercle pourrait être en grand danger maintenant qu'il est entre leurs mains.

— C'est son frère qui l'a trouvé.

Everard sembla se réveiller.

— Comment? Le frère de qui?

Will répéta à Everard ce qu'Elwen lui avait expliqué.

— Il a croupi dans une boutique de vin pendant six ans? s'exclama Everard avec incrédulité. Et Pont-Évêque n'avait rien à voir avec le vol? Et le livre, Hasan l'avait-il sur lui quand il est mort? Est-ce que tu sais où il est?

— Elwen l'a donné à Hasan. Si c'est lui qui a été assassiné hier soir...

— C'est lui, le coupa Everard. Sinon, il serait déjà revenu ici.

— Les gardes royaux l'ont emmené à la léproserie derrière la porte Saint-Denis. S'il avait encore le livre sur lui, je suppose qu'ils l'auront enterré avec, ou que ça ne devrait pas tarder. À moins que les gardes l'aient trouvé.

— Dans ce cas, nous ferions mieux de nous dépêcher, dit Everard après un long silence.

Will avait l'impression de retenir sa respiration depuis que le prêtre avait commencé à parler. Il était encore incapable de comprendre tout ce que cela signifiait et il préféra repousser toutes ses questions à plus tard, pour ne se concentrer que sur une seule.

— Si le livre n'est qu'une extension de l'Anima Templi, le code étant caché dans l'allégorie, pourquoi quelqu'un d'autre le voudrait-il? Pourquoi quelqu'un aurait-il demandé au clerc de le voler?

— Comme je te l'ai dit, il décrit les idéaux et les objectifs de l'Anima Templi. S'il venait appuyer le témoignage de quelqu'un, il fournirait une preuve tangible de notre existence et de ce à quoi nous travaillons.

— Et à quoi travaillez-vous précisément?

Everard rejeta la couverture sur le lit et se leva. Il repoussa la main de Will, qui voulait l'aider, et marcha en traînant les pieds jusqu'au seau à l'autre bout de la pièce. Il défit ses chausses et ne tarda pas à déverser un filet d'urine jaune sombre.

— Vas-tu m'aider, sergent? demanda-t-il abruptement.

— Comment pouvez-vous me demander de m'impliquer là-dedans? rétorqua Will en se levant. Après avoir utilisé Elwen comme vous l'avez fait, sans vous soucier un seul instant de savoir si elle se mettrait en danger? Vous m'en avez dit trop ou pas assez. Vous m'avez dit que le monde entier prononcerait le mot d'anathème s'il connaissait le but ultime de l'Anima Templi. Pourquoi voudrais-je vous aider à sauver quelque chose d'aussi abominable?

Everard se retourna en remontant ses chausses.

— Parce que c'est le choix qu'avait fait ton père.

Will le fixa, les yeux écarquillés.

— Quoi?

— J'ai dit que je n'avais jamais utilisé *Le Livre du Graal* et c'est vrai. Néanmoins, j'ai initié un nouveau membre.

Will sentit que sa tête commençait à tourner, mais Everard continua avant qu'il ait eu le temps de l'interrompre.

— C'est la raison pour laquelle James est parti en Terre sainte. Il y est allé pour moi, pour l'Anima Templi. Et c'est aussi pour ça que je t'ai pris comme apprenti. Cela fait déjà six ans que tu m'aides dans mon travail au service du Cercle. Toutes ces traductions que tu as faites, c'était pour nous.

— Je ne vous crois pas, murmura Will.

Il avait l'impression que les mots ne sortaient de sa bouche que pour se précipiter dans un abîme vertigineux. Il avait envie de crier à Everard que son père lui aurait parlé d'une chose pareille, qu'il n'aurait jamais gardé pour lui un tel secret. Mais il se souvint comme son père était proche de Jacques de Lyons au Nouveau Temple, et il se rappela aussi de ses voyages en France et de son soudain départ pour la Palestine.

— Je l'ai envoyé remplir une mission, reprit Everard en regardant le visage bouleversé de Will passer d'une émotion à l'autre. Il s'est rendu là-bas pour aider à arrêter cette guerre. Il a obtenu de grandes avancées dans nos négociations avec les Mamelouks et a noué un contact important dans l'entourage de Baybars. Un contact qui nous permettra peut-être de mettre un terme à la crise qui menace tout le monde en Outremer. Nous devons faire la paix avec les Mamelouks ou nous sommes perdus.

— Mon Dieu...

Will se rassit lourdement sur le tabouret, repensant soudain à la lettre qu'il avait trouvée dans la cellule du Nouveau Temple, il y avait des années de cela. Tout lui revenait : *le Cercle, le contact dans le camp mamelouk.*

— C'était lui ? chuchota-t-il.

— Si nous ne récupérons pas le livre et qu'il tombe entre les mains de n'importe qui, tout ce pour quoi ton père a lutté, tout ce qu'il a essayé d'accomplir pourrait être anéanti. Sans le Cercle, la guerre continuera. C'est tout ce que tu as besoin de savoir pour le moment. Je te dirai le reste le moment venu, mais en attendant je te prie de me faire confiance. Nous ne pouvons pas laisser le livre s'égarer une nouvelle fois.

Will leva soudain les yeux vers Everard.

— Lui avez-vous dit que je n'avais pas été fait chevalier ? Est-ce que vous lui avez écrit pour le lui annoncer ?

— Je n'en voyais pas l'intérêt. Nous nous contactons le moins possible pour éviter qu'on nous découvre.

Will se pencha en avant, les coudes appuyés sur les cuisses, et se prit la tête entre les mains. Il avait l'impression d'avoir vécu jusque-là dans une représentation faussée du monde et qu'on venait de la détruire pour le mettre face à la réalité. Rien de ce qu'il pensait n'était vrai. Everard n'avait été qu'un reflet trompeur de lui-même, pas ce qu'il était réellement. Mais au milieu de la confusion, du choc et de la colère qu'il éprouvait, s'élevait une lueur d'espoir. Si tout ça était bien vrai et que son père était parti en mission pour l'Anima Templi, alors ce n'était pas à cause de lui. La lueur se transforma en un rayon illuminant tout son esprit. Si son père n'était pas parti à cause de lui, il lui restait donc une chance, une *vraie* chance de s'amender et de redevenir le fils de James Campbell. Will releva la tête et regarda Everard.

— Je vais vous aider. Mais en retour, vous m'initierez. Et ensuite, j'irai en Outremer voir mon père.

— Nous irons ensemble, William, répondit Everard. Tu as ma parole.

Garin était dans la cour, posté en face des quartiers des chevaliers, quand il aperçut Will et Everard partir. Il attendait ici, impatient et tourmenté, depuis qu'il avait vu Will y entrer. Son cœur s'emballa. Il les regarda se diriger vers l'écurie, le prêtre s'appuyant sur Will pour marcher le plus vite possible. Quand ils y disparurent, il les suivit et longea le bâtiment en bois. Il entendait des voix à l'intérieur, celle de Will et une autre qu'il reconnut comme appartenant à Simon. À travers un interstice entre les planches, il vit les trois hommes s'enfoncer plus avant dans l'écurie. Il alla jusqu'à l'entrée et se faufila discrètement. Simon dirigeait Will et Everard vers les stalles du fond, celles des palefrois. Tous trois lui tournaient le dos. Soudain, il entendit des bruits de pas à l'extérieur qui s'approchaient. Il se glissa dans une stalle vide et se colla contre le mur. L'endroit étant plongé dans la pénombre, il était bien caché. Il entendit sans le voir un homme entrer dans l'écurie. Près de lui, la porte d'une stalle s'ouvrit en craquant.

Quelques minutes passèrent, puis il entendit le bruit de sabots de chevaux au pas, et de nouveau les voix de

Will et Simon. Il risqua un regard sur le côté de la porte de la stalle. Simon emmenait deux palefrois sellés dans la cour. Tout ça devait avoir un rapport avec le livre, pensa Garin avec excitation. Peut-être Elwen l'avait-elle donné à Will, et maintenant le vieux prêtre et Will l'apportaient à quelqu'un. Everard paraissait bien trop frêle pour quitter la commanderie sans une raison suffisante. Ce serait peut-être sa seule opportunité de prendre ce fichu manuscrit. Will ne portait pas d'arme et le vieillard ne représentait pas une véritable menace.

Tandis que Will montait un des palefrois, Garin sortit de la stalle en faisant attention de rester hors de vue puis, s'emparant d'une selle posée sur un banc, il ouvrit la porte d'une autre stalle où se trouvait un immense destrier à la robe noire. Garin lui susurra des mots rassurants tout en fixant la selle sur son dos. Il jeta ensuite un coup d'œil par-dessus la porte de la stalle : Simon était accroupi, les mains en coupe, pour aider Everard à monter son palefroi. Garin se pencha pour nouer la sangle autour de l'estomac du cheval.

Soudain, il entendit un bruit de paille dans son dos, bientôt suivi par celui d'une respiration. Mais il n'eut pas le temps de se retourner, quelque chose de dur vint le frapper à l'arrière du crâne et un voile noir lui tomba devant les yeux avant qu'il ne s'écroule au sol.

27

Le lazaret, Paris

2 novembre 1266 après J.-C.

Dans la lumière éblouissante de la matinée, Will et Everard prirent le chemin qui partait de la commanderie vers le nord-ouest. Un vent cinglant fouettait leurs visages. Les champs étaient nus et les silhouettes étiques des arbres, dépouillés de leur feuillage, se découpaient sur fond de ciel bleu. Ils chevauchaient silencieusement, accompagnés seulement par le bruit des sabots sur le sol gelé. Les pensées de Will tournaient autour de son père et des révélations d'Everard. Quant au prêtre, le visage sombre, il semblait perdu dans ses réflexions.

Après à peine une demi-lieue, ils entendirent les cloches de la commanderie et de la ville derrière eux sonner l'appel pour tierce. Everard immobilisa son palefroi. Will tira les rênes de sa monture tandis que le prêtre mettait avec difficulté pied à terre.

— Pourquoi vous arrêtez-vous ?

— Pour prier, dit Everard en lui jetant un regard de biais, comme pour lui signifier que sa question était ridicule.

Will ne comprenait pas, c'est pourtant bien Everard qui

avait insisté sur l'urgence de la situation. Il descendit à son tour de cheval et noua les rênes autour d'un buisson d'aubépines. Il prit celles de l'autre palefroi qu'Everard avait abandonnées au sol, et les attacha pendant que le prêtre s'agenouillait sur le bas-côté, mains jointes. Même quand ils étaient loin de la commanderie et qu'aucune cloche ne leur rappelait leurs devoirs, les chevaliers, les prêtres et les sergents étaient censés honorer Dieu. Mais au lieu d'entendre l'office, ils devaient réciter sept *Pater Noster*.

En s'agenouillant, Will aperçut un autre cavalier un peu plus loin sur la route, en haut de la butte qu'ils venaient de descendre. Il montait un cheval noir. Un destrier, jugea Will d'après sa taille. Le cavalier ralentit, s'arrêta puis descendit lui aussi de cheval. Il était hors de vue. Will s'inclina et murmura le *Pater Noster*, mais son esprit perturbé semblait incapable de trouver le moindre sens aux mots qu'il prononçait.

— Voilà, dit Everard quand ils eurent fini.

Puis il se leva et enleva la poussière sur sa robe. Il semblait plus léger, comme si les prières l'avaient rajeuni.

— Tu es bien calme, sergent, dit-il après que Will l'eut aidé à se remettre en selle.

Will se contenta de remonter sur son palefroi sans rien répondre. Le commentaire du prêtre le décontenançait. À quoi s'attendait Everard, au juste?

— Vous m'avez menti, dit-il après plusieurs minutes de silence. Pendant toutes ces années, vous saviez pourquoi mon père était parti et vous ne me l'avez jamais expliqué. Et moi, je me tourmentais parce que je le croyais parti pour...

Will hésita. Pour ce qu'il en savait, Everard n'était pas au courant de ce qui était arrivé à sa sœur. Même s'il ne pouvait plus être certain de rien, il ne voulait pas lui divulguer un tel secret sans nécessité.

— Vous savez à quel point il me manque, conclut-il.

— Si je t'en avais parlé, répliqua brusquement Everard,

j'aurais dû te dire tout le reste et tu n'étais pas prêt à l'entendre.

— Et maintenant? Si Hasan vous avait apporté le livre et qu'Elwen ne m'avait pas dit ce que vous faisiez, je ne l'aurais jamais su. Vous ne me l'avez raconté que parce que vous avez besoin de moi. Peut-être que c'est vous qui n'étiez pas prêt.

Everard le regarda sans dire un mot.

— Et mon initiation? demanda Will.

Sa voix était toujours calme, mais il sentait la colère monter au milieu de sa confusion et il devait se contenir pour ne pas la laisser éclater. Il aurait voulu jeter à la figure du prêtre toutes ces années d'humiliation, de critique et de déception, mais une grande partie de sa colère était en fait dirigée contre son père, qui lui avait fait croire que son départ pour la Terre sainte était de sa faute. Pour autant, il n'était pas encore prêt à se confronter à ce sentiment. Il préférait le réprimer.

— Quand m'auriez-vous fait chevalier si Elwen n'avait pas accepté votre offre? D'ailleurs, vous n'allez pas m'initier parce que vous pensez que je suis prêt mais uniquement parce que vous y êtes obligé.

Will regarda le prêtre.

— Enfin, si vous avez l'intention de tenir votre promesse...

— Je ne reviendrai pas sur ce que j'ai dit, répondit brièvement Everard.

Will le fixait d'un regard sévère.

— J'ai vu beaucoup de jeunes hommes partir à la guerre à peine le manteau enfilé, mais je n'en ai pas vu beaucoup revenir. Ne sois pas si pressé de faire ce voyage. Il mène plus souvent qu'à son tour à la mort. C'est pour ça que j'ai refusé ton initiation jusque-là. Parce que je savais que tu partirais dès que tu serais chevalier.

— Évidemment, répondit Will sur un ton ironique. Je ne pensais pas que vous vous inquiétiez autant pour moi.

— Ce n'est pas ça, William. Je ne voulais pas perdre un secrétaire de ta qualité.

Will scruta le visage d'Everard pour voir s'il mentait, mais il paraissait sincère.

— Tu dois comprendre, reprit Everard avec plus de sérénité, que j'ai gardé ces secrets pendant des années. Il est difficile de dévoiler quelque chose qu'on a caché si longtemps. J'ai du mal à accorder ma confiance. J'ai fait confiance à Armand et nous avons presque tout perdu.

— Est-ce que cela signifie que vous me faites confiance ?

D'un coup de talon, Everard ordonna à son cheval de passer au trot.

— Nous ferions mieux d'accélérer.

Ils arrivèrent au lazaret après avoir croisé la rue Saint-Denis. Il était partiellement dissimulé par un alignement de larges chênes et ils faillirent rater le petit chemin menant à l'entrée des trois grands bâtiments en pierre entourés par un muret, avec une chapelle sur leur droite au milieu d'élégants jardins. L'hôpital ressemblait à la commanderie, mais en plus petit et en plus ordinaire. Néanmoins, il était bien entretenu et semblait accueillant, ce qui surprit Will. Les lépreux qu'il avait vus mendier aux portes de la ville lui avaient toujours paru hideux, avec leurs vêtements et leurs gants en lambeaux, leurs cheveux dénoués, emmêlés, et leurs visages grotesques déformés par les pustules et les cicatrices. Il ne les aurait jamais imaginés vivant dans une communauté aussi tranquille et organisée.

Tandis qu'ils mettaient pied à terre, Will vit un homme sortir d'un des bâtiments et venir à leur rencontre. Les gants qu'il portait étaient ceux des lépreux, mais aucun signe de maladie n'était visible sur son visage.

— Puis-je vous aider ? s'enquit l'homme d'un air méfiant, tout en s'approchant.

Son regard passa sur les croix rouges de leurs vêtements

— Je suis le concierge de l'établissement.

Everard tendit à Will les rênes de son palefroi.

— Je cherche un de mes amis. Il est mort la nuit dernière et je crois savoir qu'il a été amené ici pour y être enterré. Je viens lui rendre un dernier hommage.

Le concierge jeta un coup d'œil à Will.

— C'est mon escorte, précisa Everard en faisant un geste dans sa direction.

Will retint sa langue et se retourna pour attacher les chevaux.

— Eh bien, on nous a amené quelqu'un hier soir, répondit le concierge. Je dois vous dire que ce n'est pas la maladie qui l'a tué, mais plutôt la dague qu'il a reçue dans le ventre. Les gardes royaux nous ont dit qu'il souffrait de la lèpre, mais je n'en ai pas trouvé la moindre preuve.

— Il en était aux premiers stades, mentit Everard.

— Suivez-moi, fit le concierge.

Will et Everard s'apprêtaient à le suivre, mais il ne bougea pas d'un millimètre.

— Souvenez-vous que vous entrez dans notre domaine. Si vous croisez quelqu'un dans un couloir trop étroit pour passer de front, c'est à vous de vous mettre de côté pour éviter tout contact. Nous ne sommes pas régis par les mêmes lois qu'à l'extérieur de ces murs.

— Très bien, fit Everard avec indifférence.

En entrant, Will résista à l'envie de se couvrir la bouche. On attrapait la lèpre, d'après ce qu'on disait, en se livrant au péché, et en particulier à la luxure, mais certains prétendaient que le simple contact avec une personne infectée pouvait suffire, par exemple en partageant de la nourriture ou de l'eau avec un malade, ou alors en respirant le même air que lui. Pour toutes ces raisons, les lépreux n'avaient pas le droit de toucher quiconque. Quand ils allaient dans des endroits tels que les églises, ils devaient se mettre la main sur la bouche. Mais comme le concierge s'abstint de toute précaution, Will respira aussi peu que possible, par petites goulées qu'il espaçait autant que ses poumons le lui permettaient. Et il veilla à ne jamais avoir l'homme devant lui dans le sens du vent.

Quelques hommes s'occupaient d'une rangée de pommiers, à côté de ce qui semblait être des jardins de légumes récemment récoltés. Nombre d'entre eux portaient des bandes en lin sur les parties les plus infectées de leur corps et de leur visage, et tous portaient les mêmes gants. Certains, remarqua Will, semblaient à peine touchés : ils n'avaient qu'une petite lésion ici et là, ou une légère torsion des mains. D'autres, en revanche, en étaient à un stade plus avancé de la maladie, après des années d'infection. Il était difficile de ne pas détourner les yeux. Les bandages couvraient la majeure partie de leur corps, les bubons ayant creusé des cratères et des plaies béantes partout sur leur peau. Le bout de leur nez avait pourri et était tombé, et ce qui en restait semblait écrasé, difforme. Leurs dents s'étaient déchaussées et leur mâchoire s'affaissait, ce qui leur tordait le visage en une grimace cauchemardesque. Il manquait des doigts à certains et d'autres, au vu de leur claudication, avaient perdu leurs orteils. Par-dessus l'odeur puissante et aigre des pommes, Will pouvait sentir la puanteur écœurante de la chair en décomposition.

Quand la maladie était diagnostiquée, on forçait le lépreux à s'allonger dans une tombe ouverte et on faisait célébrer un requiem. Will lisait maintenant sur le visage de ces hommes le témoignage de cette mort vécue. Il n'y avait pas de femmes parmi eux car l'hospitalisation était refusée aux personnes du beau sexe. Elles étaient réduites à la mendicité sur les routes à l'extérieur de la ville.

— Par chance, nous avions une tombe déjà prête, dit le concierge en les dirigeant vers la chapelle. Nous nous attendons à ce que Bertrand, l'un de nos pensionnaires, nous quitte d'un instant à l'autre. Mais comme il a tenu bon la nuit dernière, nous avons utilisé sa tombe pour votre ami. Il était de Gênes, c'est ça ?

Everard le regarda d'un air circonspect.

— De Gênes ?

— Votre ami, insista le concierge en passant par une ouverture dans le muret en tuffeau entourant la chapelle et le cimetière. Les gardes nous ont dit qu'il venait de Gênes.

Will pensait que le prêtre s'abstiendrait de mentir. Pourtant, après un silence étrange, c'est ce que fit Everard.

— Oui, murmura-t-il. De Gênes.

À l'autre extrémité du cimetière, sous un chêne vert à l'ombre de la chapelle, se trouvait une tombe fraîchement retournée.

— C'est là que nous l'avons enterré, dit le concierge en arrivant à proximité. Il n'a pas vraiment eu droit à une cérémonie. Un fossoyeur m'a aidé à le déposer dans la tombe et nous avons prononcé une prière rapide. Il faisait nuit et il pleuvait...

Il avait ajouté cette dernière précision en lisant l'étonnement sur le visage de Will.

— Je dirai une prière, répondit Everard en s'accroupissant.

Puis il leva les yeux vers le concierge.

— Puis-je avoir un moment ?

— Prenez tout le temps qu'il vous faudra, dit le concierge. Vous trouverez le chemin pour sortir ?

Everard acquiesça, puis le concierge partit et il attendit de le voir passer l'angle de la chapelle, après quoi il se retourna vers la tombe. Il prit la petite croix en bois plantée dans le monticule, la jeta au sol et se releva.

— J'ai vu une pelle en passant là-bas, sergent.

Will détourna les yeux de la croix, qui avait atterri dans un fourré d'orties, et se dirigea vers l'endroit qu'Everard lui avait indiqué. La pelle était appuyée contre une pierre tombale effondrée et couverte de mousse. En revenant, il nettoya le manche de la boue qui le maculait. Everard recula de quelques pas et regarda Will commencer à creuser le sol humide et lourd. Malgré le froid, il fut bientôt en sueur et son dos le faisait de plus en plus souffrir à mesure que le tas de terre à côté de lui augmentait. Au bout de quelques minutes, la pelle heurta quelque chose de mou. Will se pencha et enleva à mains nues la fine couche de terre qui recouvrait le linceul enroulé autour du corps. Quand ce fut terminé, Will s'accroupit sur ses talons. L'odeur de la terre lui emplissait les narines.

Everard eut un instant d'hésitation, puis il s'approcha et se mit à genoux. Il avança lentement les mains et dégagea délicatement la tête du linceul. Will détourna les yeux tandis qu'était dévoilé le visage de Hasan, raide et parcouru de contusions. Sur ses traits se lisait encore son agonie. Everard, de son côté, observait sans ciller le cadavre de son ami. Il s'inclina, plaça la main sur son front et se mit à marmonner une prière.

— *Ashhadu an lâ ilâha illa-llâh. Wa ashhadu anna Muhammadan rasûlu-llâh.*

Will se retourna en entendant la scansion mélodieuse du prêtre. C'était de l'arabe. Il savait ce que ces mots signifiaient. Au fil des ans, il les avait croisés dans certaines des traductions sur lesquelles il avait travaillé.

Il n'y a de Dieu que Dieu. Mohammed est Son Prophète.

C'était la *chahâda* – la profession de foi que devait entendre tout musulman sur son lit de mort, l'équivalent des derniers sacrements pour un chrétien. Cela confirmait les soupçons de Will, selon lesquels Everard lui avait menti quant à la conversion de Hasan. Mais face au visage tuméfié et ensanglanté de Hasan, il ne ressentait ni colère ni épouvante, simplement la honte d'être le compatriote de ceux qui avaient mis dans un tel état cet homme qui lui avait sauvé la vie à Honfleur.

— Qui a fait ça, d'après vous ?

— Des hommes dénués d'âme, lui répondit Everard, la main toujours posée sur le front de Hasan. Des hommes consumés par la haine et par la peur, qui voient toujours les démons autour d'eux, et jamais en eux.

— C'est tellement absurde, murmura Will.

Everard regarda dans sa direction. Ses yeux pâles avaient rougi, il semblait près de pleurer.

— Hasan est mort au service d'une cause en laquelle il croyait. Combien d'hommes peuvent en dire autant ?

Will ne chercha pas à discuter. Le regard que lui jetait Everard exigeait des paroles de réconfort et de soutien.

— Bien peu, convint-il.

Finalement, Everard se frotta les yeux.

— Aide-moi, dit-il en défaisant le reste du linceul.

Will alla se placer de l'autre côté de la tombe. Le linceul était retenu par quelque chose qui dépassait du corps. Quand ils l'eurent décoincé, Will vit la poignée de la dague toujours enfoncée entre les côtes de Hasan. Ulcéré, il se baissa pour l'enlever mais Everard posa la main sur son bras.

— Laisse ça. Là où il est maintenant, ça n'a plus aucune importance.

Ils ouvrirent la cape grise de Hasan et Everard entreprit de fouiller le corps. L'inquiétude commençait à se lire sur ses traits quand il passa sa main dans le dos du cadavre. Alors s'épanouit sur son visage une expression de triomphe.

— Il est là !

Will retourna Hasan tandis que le prêtre plongeait les bras dans la fosse pour en tirer un livre relié en vélin et couvert de saletés. Le parchemin était humide et la couverture maculée de boue, mais Will pouvait voir malgré cela quelques feuilles d'or scintiller à la lumière du soleil. Tenant l'ouvrage entre ses mains, Everard ferma les yeux et marmonna quelque chose. Une prière, devina Will en constatant le profond soulagement du prêtre.

— C'est fini, dit Everard en rouvrant les yeux. Je peux enfin retourner en Acre et achever l'œuvre de ma vie.

Il contempla Hasan avec tristesse.

— Puis je le rejoindrai.

— Donnez-moi le livre, Everard, fit soudain une voix

glaciale dans leur dos. Ou vous le rejoindrez plus vite que vous ne le pensez.

Tous deux se retournèrent avec stupéfaction. Nicolas de Navarre se tenait derrière eux, une arbalète chargée pointée sur Everard. Il portait une cape noire par-dessus son manteau blanc et ses longs cheveux foncés étaient attachés en queue-de-cheval.

— Frère Nicolas? dit faiblement le prêtre en serrant le livre contre sa poitrine.

Il regardait derrière le chevalier, s'attendant à voir Gilles et les dominicains, mais il n'y avait personne d'autre dans le cimetière.

— Je savais que vous enverriez votre homme de main voler le livre au troubadour, mais je dois dire que je ne m'attendais pas à ce que vous vous serviez d'une domestique. Vous deviez vraiment être désespéré.

Nicolas jeta un œil au cadavre de Hasan.

— J'ai entendu dire qu'on avait retrouvé un Sarrasin assassiné la nuit dernière. Et comme votre larbin n'est pas revenu à la commanderie, je me suis douté qu'il s'agissait de lui. C'est bien dommage, je voulais l'utiliser comme une preuve de votre corruption. Il n'est pas chrétien, n'est-ce pas, Everard?

— Qu'est-ce que ça veut dire, frère? demanda Everard.

Le prêtre essayait de paraître outragé mais la crainte transpirait dans sa voix.

— Je ne suis pas votre frère. Donnez-moi le livre.

Nicolas visait toujours la gorge d'Everard avec le carreau de son arbalète.

— Je ne vous le redemanderai pas.

Les yeux d'Everard se portèrent lentement sur l'arme.

— Mon Dieu, c'était vous, n'est-ce pas? demanda-t-il, le souffle court. Vous avez forcé Rulli à dérober le livre dans les coffres, puis vous l'avez tué? C'est pour cela que vous êtes seul. Vous n'êtes là ni pour le visiteur ni pour les dominicains. Vous n'êtes ici que pour vous-même.

Baissant les yeux, Will aperçut soudain la poignée de

la dague plantée dans le corps de Hasan. Profitant de ce que les deux hommes se regardaient fixement, il s'approcha discrètement de la tombe.

— Le clerc serait resté en vie, dit Nicolas, si Hasan n'était pas intervenu. Mais je ne pouvais pas le laisser révéler mon identité.

— Comment connaissez-vous l'existence du livre? demanda Everard.

— J'ai parlé à certains des hommes qui sont partis de votre groupe après la disparition d'Armand. Je sais tout de vous, Everard. Vos secrets, ce que vous avez fait, tout.

— Vous étiez là depuis tout ce temps? Comme un serpent près du nid...

La voix d'Everard était basse, mais ses yeux fixaient toujours l'arbalète.

— J'attends ce moment depuis plus de sept ans. Depuis que j'ai quitté mon foyer et que je suis venu ici prendre cet ignoble manteau.

Les yeux de Nicolas étaient pleins d'une hargne vengeresse.

— Il aura fallu du temps pour que justice soit faite, mais plus rien ne s'y oppose désormais. Cela fait trop longtemps que le Temple et ses chefs se cachent derrière le pape. Quand il verra ce que vous faites pendant vos initiations, quand il verra de quelles hérésies votre code secret est rempli, il sera bien obligé de vous détruire. Jusqu'au dernier.

Le triomphe et la rage empourpraient le visage au teint hâlé du chevalier.

— Vous êtes un homme de lettres, Everard. Je suis sûr que vous connaissez l'histoire de David et Goliath?

Everard ne répondit pas.

— Vous savez qu'avec une seule petite pierre, David abat la bête en face de lui. Grâce à ce simple livre, j'imiterai son exemple et je détruirai le Temple. Toute sa puissance n'y pourra rien.

Will continuait à s'approcher de la tombe, centimètre après centimètre.

— Pourquoi faites-vous ça? Qui êtes-vous?

— Je suis l'un des hommes que votre Ordre a trahi en Acre. L'un de ceux que vous et les vôtres, sous le commandement de ce bâtard d'Armand, avez assiégé dans la citadelle en refusant de laisser entrer quoi que ce soit, ni eau ni nourriture, de même que vous n'avez laissé sortir personne, même les malades et les mourants. Je suis chevalier de l'ordre de Saint-Jean. Et je vais précipiter votre chute.

Will regardait le chevalier. Il se souvenait comment celui-ci avait si facilement retourné la situation dans laquelle il s'était fourré avec l'Hospitalier ivre, quelques mois plus tôt.

— Avec d'autres, j'ai demandé à Armand d'arrêter cette folie, plaida Everard. Nous avons essayé, croyez-moi. Ce qu'Armand a fait est inexcusable, oui, mais nous n'y sommes pour rien.

— Vous avez essayé? Pendant que vous essayiez, Everard, je regardais mes amis et mes frères mourir à cause de blessures ou de maladies qui auraient pu être soignées. Nous avons supplié les Templiers de laisser la nourriture et les médicaments entrer dans la citadelle. Ils ont refusé. Ils n'ont même pas voulu ouvrir leurs lignes pour nous permettre d'enterrer les morts. Pendant des mois, nous avons senti la puanteur des cadavres en décomposition de nos amis. Inexcusable, dites-vous? Ça me semble encore trop faible. Je ne trouve pas de mot assez fort pour décrire ce que vous avez fait.

Il n'y avait rien à répliquer.

— Et pensez-vous que détruire nos vies compensera ces pertes?

— C'est toujours un début, dit Nicolas en tendant la main.

— Vous ne savez pas ce que vous faites! s'écria désespérément Everard en s'agrippant au *Livre du Graal*. Si vous le saviez, vous ne chercheriez pas à détruire mon Cercle. Nous ne vous avons causé aucun tort, je vous le jure! Armand est mort et enterré. Il a subi son châtiment dans une prison du Caire.

— Vous, les commandants du Temple, votre groupe, tout le monde a soutenu sa trahison. Vous paierez pour ce que vous avez fait. Si les lois des cours et des rois ne punissent pas vos péchés, nous le ferons nous-mêmes.

— Si vous détruisez le Temple, vous nous condamnez tous!

En même temps que le prêtre prononçait ces paroles, Will plongea sur le corps de Hasan et se saisit de la dague. Elle coinça pendant une seconde terrible, puis se libéra avec un bruit de succion. Il tourna la lame vers Nicolas.

Celui-ci pivota pour pointer l'arbalète sur Will. Les deux hommes se fixèrent un instant. Le regard de Nicolas n'avait plus rien d'avenant ou d'amical, comme c'était le cas ce jour-là devant la boutique du parcheminier. On aurait dit un homme complètement différent.

— Je t'ai déjà averti une fois de ne pas utiliser tes armes avec autant de précipitation, Campbell.

Voyant que Will ne bougeait pas, Nicolas s'adressa à Everard.

— Everard, dites à votre sergent de se tenir tranquille ou je le tue.

Will sentit une main sur son épaule.

— Fais ce qu'il te dit, murmura Everard d'une voix résignée.

Will hésitait, mais le prêtre lui serra l'épaule un peu plus fort et il baissa la dague.

Tandis qu'il s'exécutait, Everard jeta *Le Livre du Graal* aux pieds de Nicolas.

— Vous ne savez pas ce que vous faites, répéta-t-il.

Nicolas se baissa et ramassa le livre.

— Je n'en ai jamais été aussi certain, au contraire.

Il recula, pointant toujours son arme sur Will. En

arrivant au coin de la chapelle, il se retourna et se mit à courir. Quelques instants plus tard, il disparaissait.

Will se leva pour lui courir après.

— Attends, sergent, le rappela Everard.

Will regarda derrière lui.

— Il va s'échapper!

— Et nous allons le laisser faire. Pour le moment.

Everard prit la dague des mains de Will et la déposa sur la poitrine de Hasan.

— Je suis désolé, mon ami, souffla-t-il en le recouvrant du linceul. Nous allons retourner à la commanderie. Nous avons besoin d'aide.

Mais quand ils arrivèrent à l'entrée du lazaret, leurs palefrois avaient disparu.

Les Sept Étoiles, Paris, 2 novembre 1266 après J.-C.

Garin grimpa l'escalier branlant quatre à quatre. Sa tête était traversée par une douleur lancinante et sur son crâne s'était formé un énorme hématome qu'il pouvait à peine toucher. Sept portes donnaient sur le côté du couloir plongé dans l'obscurité, plus une huitième à l'extrémité. De la lumière filtrait sous certaines d'entre elles, et il pouvait entendre des bruits assourdis : râles ou grognements de plaisir, ou de douleur, voire des deux. Les lattes du plancher étaient disjointes par endroits et craquaient lugubrement sous les bottes de Garin tandis qu'il avançait, les yeux fixés sur la porte du fond. Il s'arrêta un instant avant de l'ouvrir, craignant de voir ce qui se déroulait derrière. Puis, s'armant de courage, il entra. Assis à la table de travail d'Adela, Rook dévorait une cuisse de poulet. De la graisse lui dégoulinait le long du menton et des morceaux de viande étaient collés à sa barbe. Il était seul.

Garin ferma la porte.

— Où est Adela? demanda-t-il nerveusement en inspectant la chambre.

— Dans la cour, articula Rook tout en mâchant. C'est bon, tu l'as?

Garin resta silencieux un moment. De la fenêtre lui parvenaient des bruits. On aurait dit qu'on traînait quelque chose, puis il entendit la voix d'Adela. Il supposa qu'elle se faisait livrer des barriques pour la soirée. Le son de sa voix le rassura.

— Non, dit-il à Rook, je ne l'ai pas.

Rook jeta la cuisse dans le plat.

— Alors où est-il? grogna-t-il en se levant et en s'essuyant la bouche du revers de la main. D'après ce que mon informateur m'a dit, le troubadour a été arrêté hier soir, mais le livre était introuvable. Donc, si ce n'est pas toi qui l'as, tu as intérêt à savoir qui s'en est emparé.

— J'ai vu Will Campbell, le sergent d'Everard, répondit Garin sans s'avancer dans la chambre remplie de fumée. Il parlait avec Elwen à l'extérieur de la commanderie ce matin.

— Qui ça?

— Ils se sont connus au Nouveau Temple. Elle est dame de compagnie au palais.

Garin s'interrompit un instant.

— Je ne pense pas que ce soit Hasan qui ait pris le livre. Je crois que c'est elle.

Garin lui raconta ce qu'Étienne avait dit à propos d'une domestique qui s'était présentée sous un faux nom et dont la description correspondait à celle d'Elwen, celle que Pont-Évêque accusait d'avoir volé le Livre du Graal.

— Je pense qu'elle l'a donné à Will, conclut-il.

— Et? demanda Rook avec impatience.

— J'ai vu Will et Everard quitter la commanderie il y a deux heures environ. J'allais les suivre, mais...

Lèvres serrées, Garin hésita.

— Mais quelqu'un m'a assommé... Je n'ai pas vu qui c'était, ajouta-t-il face au silence oppressant de Rook.

— Je vois.

Rook se leva, fit le tour de la table et se planta devant Garin.

— Donc tu as gâché notre seule chance d'obtenir ce livre, c'est ça? Tout ça parce que tu es trop bête pour filer quelqu'un sans qu'on te voie.

Il se jeta sur Garin et le plaqua contre la porte.

La tête contusionnée du jeune homme heurta la porte et il hurla.

— Rook, non! Ma *tête*!

— Oh, tu as mal à la tête, c'est ça?

Il attrapa Garin par les cheveux et lui frappa à plusieurs reprises la tête contre la porte.

— *C'est ça? c'est ça?* hurlait-il.

La douleur était si intense qu'elle aveuglait presque Garin.

— Ils n'ont pas dû aller bien loin! Ils n'avaient pas de provisions et Will ne portait pas d'arme. Ils sont forcément restés en ville, je peux les retrouver!

— Comment?

— Je vais trouver un moyen!

— Tu as plutôt intérêt, ou je te jure que tu auras des raisons d'être désolé. Et ta pute en bas aussi.

Luttant contre la douleur qui revenait par vagues, Garin fixait Rook avec des yeux mauvais. La haine montait en lui, c'était une bile amère et brûlante qui l'enflammait tout entier.

Il était un chevalier du Temple, un aristocrate dont la lignée, lui avait dit son oncle, remontait à Charlemagne. Rook n'était qu'un bandit, un bâtard né dans les rues de Cheapside. Son seul titre de gloire était d'avoir fait partie d'un gang célèbre ayant terrorisé Londres durant des années, avant que la propre mère de l'un d'entre eux ne les dénonce et qu'ils soient condamnés à la pendaison. Si Édouard ne l'avait pas tiré du ruisseau, il aurait fini au gibet. Ce n'était qu'un chien.

Garin se força à se concentrer sur les récompenses qui

l'attendaient s'il accomplissait cette tâche. La première d'entre elles, c'était que Rook quitterait immédiatement la ville.

— Quoi que nous décidions, nous devrons prendre des précautions, dit-il en effleurant son crâne du bout des doigts.

Quand il baissa la main, son doigt était couvert de sang.

— Je ne sais pas qui m'a attaqué dans l'écurie, continua-t-il en secouant la tête. Est-ce qu'ils étaient aussi à la recherche du livre, ou bien ont-ils voulu m'empêcher de suivre le prêtre ? Peut-être que c'était Hasan ? Je ne l'ai pas vu depuis hier soir.

Soudain, il comprit ce qu'il devait faire. Mais il hésita un moment à en faire part à Rook. S'il prenait ce chemin, il serait difficile de revenir en arrière.

— Nous devrions nous concentrer sur Will, lâcha-t-il finalement, incapable de penser à une meilleure solution ni de supporter davantage de douleur. Je suis certain qu'il sait où se trouve le livre.

Garin prit une profonde inspiration. Il pensa au domaine de ses rêves, aux titres et aux richesses qui l'accompagneraient. Sa mère serait fière et heureuse. Et Adela n'aurait plus besoin de partager son lit avec d'autres que lui, il pourrait l'avoir toutes les nuits s'il le désirait. Il semblait plus déterminé que jamais.

— Nous allons le faire venir ici et vous pourrez lui demander où il est.

— Et comment allons-nous l'attirer aux Sept Étoiles ? demanda Rook après un court silence de réflexion.

Garin le regarda droit dans les yeux.

— Utilisons Elwen.

28

Dans les rues, Paris

2 novembre 1266 après J.-C.

— Est-ce que tu vas me dire précisément de quoi il s'agit ? demanda Simon d'une voix haletante tout en luttant pour suivre Will.

La rue était bondée et ils devaient sans cesse contourner les groupes de gens agglutinés devant les étals. C'était jour de marché et la ville entière semblait livrée aux marchands et aux négociants de tous acabits.

— Tu ne m'as pas tout dit, c'est évident.

— Je ne peux pas t'en dire plus, répondit Will en lui jetant un coup d'œil.

Il se sentait coupable de mêler Simon à tout ça sans même lui fournir d'explication, mais Everard avait insisté pour qu'il emmène quelqu'un qui puisse surveiller ses arrières. Simon était le seul à qui il pouvait confier cette responsabilité les yeux fermés. Avoir son ami à ses côtés en ces circonstances lui donnait un peu plus d'assurance.

— N'affronte pas Navarre seul, l'avait averti le prêtre pendant que Will attachait le fauchon à sa hanche, quand ils étaient revenus à la commanderie.

Il avait posé sa main noueuse sur l'épaule de Will.

— Je compte sur toi. Rapporte-moi le livre et je jure de te faire chevalier.

— Nicolas de Navarre, un traître ? fit Simon, le souffle court.

La course le mettait en sueur.

— J'ai du mal à y croire, reprit-il. Ce livre qu'il a volé, qu'est-ce que c'est au juste ?

— C'est un texte d'une extrême importance qui appartient à Everard. On pense qu'il veut le vendre, comme je t'ai dit, c'est pour ça que nous devons nous dépêcher.

— Et c'est nous qu'il envoie pour le récupérer ? dit Simon, incrédule. Je ne comprends pas. Pourquoi est-ce qu'il n'envoie pas des chevaliers armés ? Est-ce qu'il va poser des problèmes, Will ? Tu sais bien que je ne sais pas me battre.

— Ce n'est pas pour ça que j'ai besoin de toi. Si nous sommes deux, Nicolas cherchera moins la confrontation.

Will espérait que ce serait vrai. Il pensait être bon à l'épée mais il n'avait aucune idée des capacités de Nicolas, et surtout, il ne se faisait aucune illusion sur ses chances face à une arbalète. D'ailleurs, il n'aurait l'occasion de le savoir que si celui-ci s'était rendu à la commanderie des Hospitaliers. S'il n'était pas là, Will n'avait aucune idée de l'endroit où il pourrait le trouver.

— On serait arrivés plus vite en cheval, dit Simon.

Will préféra ne pas répondre. Simon n'était pas dans les écuries quand Everard et lui étaient revenus du lazaret sans les deux palefrois avec lesquels ils étaient partis. Everard avait dû expliquer au maître d'écurie que leurs montures avaient été volées, et celui-ci avait refusé de leur donner de nouveaux chevaux avant d'avoir rempli un rapport pour le visiteur. C'est pour cette raison que Simon et lui couraient maintenant vers la commanderie de Saint-Jean.

Will se détestait de mettre son ami en danger. Mais au-delà de sa culpabilité, il avait l'esprit clair et déterminé. Il avait l'initiation en ligne de mire et, pour la première fois depuis des années, pour la première fois tout court peut-être, il avait un but. La promesse qu'il s'était faite d'aller en Terre sainte et d'y retrouver son père n'était plus un rêve, désormais. C'était réel. Encore plus important à ses yeux, il faisait enfin quelque chose dont son père serait fier. L'absolution n'était pas seulement accessible : elle lui paraissait inévitable. Quel meilleur moyen de réparer ses fautes qu'en sauvant l'Anima Templi et qu'en amenant la paix en Outremer ? Quoi qu'il arrive, il mettrait la main sur ce livre. Il ne laisserait pas Nicolas tout gâcher, aussi compréhensible et justifiée que puisse sembler sa colère. Lui aussi attendait ce moment depuis des années.

Ils sortirent enfin de la foule du marché et accélérèrent leur course. Devant eux, Will voyait les tours grises de la commanderie se dresser par-dessus les toits des maisons et le mur d'enceinte. Il s'enveloppa de sa cape noire pour cacher la croix rouge de sa tunique, puis s'engagea dans un passage débouchant sur une rue qui longeait la commanderie. Simon luttait pour rester à sa hauteur. Au bout de l'allée étroite, Will aperçut les grilles. Elles étaient ouvertes. Il s'arrêta de courir, ne voulant pas attirer l'attention des gardes. Au moment où ils arrivaient au bout de l'allée, quatre chevaliers montés sur de puissants destriers sortirent de l'enceinte. Ils étaient vêtus de simples capes, mais Will aperçut par-dessous les longs surcots noirs sur lesquels était brodée la croix blanche des Hospitaliers. Il reconnut deux d'entre eux. L'un était Rasequin, l'homme qui l'avait défié devant la boutique du parcheminier. Cette fois, il n'avait pas l'air saoul. Au contraire, il semblait très attentif. Il franchit les grilles la main posée sur la garde de son épée, les sabots de son cheval projetant derrière lui de grandes mottes de terre. À ses côtés se trouvait Nicolas de Navarre. Lui aussi portait l'uniforme des chevaliers de Saint-Jean.

Will cria quand ils passèrent devant lui, mais le bruit des chevaux lancés au galop les empêchèrent de l'entendre. À l'arrière de leurs selles étaient attachées des sacoches et des couvertures. L'équipement pour un long trajet. Will jura en les voyant disparaître au coin de la rue. Les grilles de la commanderie se refermèrent avec un bruit métallique.

Simon se pencha en avant pour appuyer les mains sur ses genoux et reprendre son souffle.

— C'était Nicolas, non? Pourquoi était-il habillé comme un Hospitalier?

— Il a été infiltré par l'Ordre de Saint-Jean pour s'emparer du livre, l'informa Will après un instant de réflexion.

Avant que Simon n'ait pu poser de nouvelles questions, il désigna une ruelle sur le côté qui longeait les murs de la commanderie.

— Nous allons entrer. Nous devons découvrir ce qu'ils fabriquent.

— Ce n'est pas dans le mauvais sens? questionna Simon tandis que Will pénétrait dans la ruelle. Les grilles sont de l'autre côté.

— J'ignore qui est au courant de la mission confiée à Nicolas à l'intérieur de leur Ordre, mais je ne veux prendre aucun risque.

Will s'arrêta pour observer le mur en tuffeau. Il pouvait voir au-dessus des branches d'arbres et la flèche de la chapelle de la commanderie.

— On ne peut pas entrer simplement comme ça, sans raison.

— Je ne peux pas grimper là-haut, dit Simon d'une voix inflexible tandis que Will commençait à escalader le mur, agrippant du bout des doigts les aspérités.

Il parvint en haut et passa la tête en se hissant à la force des bras, muscles tendus, pour s'accouder au rebord. Il regarda de l'autre côté. Derrière les arbres, il y avait un grand terrain à découvert parsemé de croix en pierre – le cimetière des chevaliers. Au-delà, Will aperçut une cour et plusieurs bâtiments importants derrière la chapelle. Des hommes s'affairaient dans la cour, mais le mur qu'il avait gravi était dissimulé par les arbres, pratiquement invisible de là-bas. Simon et lui n'avaient presque aucune chance d'être repérés, il faudrait vraiment que quelqu'un regarde dans cette direction.

— Allez, pressa-t-il Simon, qui le regardait avec anxiété.

— Seigneur, murmura le palefrenier en s'attaquant maladroitement au mur après quelques instants d'hésitation, tu finiras par avoir ma peau.

Crispé par l'effort, il s'égratignait les genoux et les cuisses contre les pierres. En arrivant au sommet, il coinça le pied dans une anfractuosité mais celle-ci était trop petite pour sa botte et il glissa. Will l'attrapa par le poignet et l'empêcha de dégringoler. Serrant le mur entre ses cuisses et ahanant sous son poids, il tira Simon sur quelques centimètres jusqu'à ce que celui-ci puisse rétablir l'équilibre et s'asseoir. Il fallut quelques secondes à Simon pour se remettre de ses émotions. Il était trop secoué pour bouger. Will parvint finalement à le rasséréner et les deux garçons sautèrent à l'intérieur du cimetière. Profitant de la couverture que leur fournissaient les arbres, ils longèrent le mur.

— Je ne sais pas ce que tu cherches, murmura Simon en frottant ses genoux écorchés. Personne ne va te dire où est parti Nicolas. Si les Hospitaliers sont impliqués dans le vol de ce livre, je doute qu'ils te confient quoi que ce soit.

Il leva les yeux vers les tours du bâtiment principal.

— À mon avis, tu as plus de chance de finir enfermé au donjon.

— Je ne vais pas demander à un chevalier, lui répondit Will tout en se dirigeant vers un long bâtiment en bois qui bordait la cour et à l'extérieur duquel étaient entreposées des bottes de foin – les écuries.

En sortant du cimetière, ils virent un groupe de chevaliers devant le bâtiment en face de l'écurie. Will vérifia que les croix sur sa tunique et sur celle de Simon étaient bien cachées, puis il pénétra dans la cour.

455

— Agis normalement, souffla-t-il à Simon, qui jetait des regards furtifs aux hommes.

Les chevaliers ne prêtèrent aucune attention aux deux jeunes gens qui traversaient la cour. Ils entrèrent dans l'écurie.

Will scruta à l'intérieur, tout en plissant les yeux le temps de s'accoutumer à l'obscurité. Un garçon d'environ douze ans, assis sur un banc un peu plus loin, était occupé à polir une rangée de selles.

— Vérifie le reste de l'écurie, murmura Will à Simon en s'approchant du garçon.

— Vérifier? demanda Simon d'un air perplexe. C'est-à-dire?

— Pour être sûr qu'il n'y a personne d'autre, répondit Will en souriant.

Le garçon s'arrêta de polir les selles et leva les yeux dans leur direction.

— Puis-je vous aider, messire? demanda-t-il d'une voix d'enfant, haut perchée.

— J'espère bien, répondit Will en continuant à sourire. Tu viens de seller quatre destriers pour des chevaliers, n'est-ce pas?

— Oui, messire, répondit le garçon en hochant la tête.

— Peux-tu me dire où ils se rendaient?

Le garçon regardait Simon, qui avançait dans l'écurie en inspectant les stalles.

— Qui êtes-vous? demanda-t-il en fronçant les sourcils. Je ne vous ai jamais vus avant.

— Nous sommes nouveaux, dit Will. Ces chevaliers. Dis-moi où ils allaient.

Le garçon posa son chiffon, visiblement perplexe.

— Je pense que vous feriez mieux de demander au maréchal.

Il se leva et fit mine de sortir.

— Je vais aller le chercher, annonça-t-il.

D'une poigne solide, Will l'attrapa par le bras.

— Pas la peine de le déranger.

— Lâchez-moi! paniqua le garçon. Vous me faites mal!

— Seigneur, Will! protesta Simon tandis que son ami tirait le garçon et le plaquait contre la porte d'une stalle. Malgré son jeune âge, il se débattait.

— Je ne vais pas te faire de mal, le rassura Will, mais j'ai besoin de savoir où vont ces chevaliers. Tu dois me le dire, c'est très important.

— Lâchez-moi, s'il vous plaît, fit le garçon d'une petite voix.

Ses lèvres commençaient à trembler.

— Will..., commença Simon, qui observait la scène, éberlué.

Mais Will lui jeta un regard noir et il se tut, effrayé par ce qu'il y lisait.

— Dis-le-moi, insista Will en ouvrant légèrement sa cape pour que le garçon puisse voir son fauchon.

— La... La Rochelle, balbutia le garçon, effrayé. Ils vont à La Rochelle. Je les ai entendus parler d'Acre et du grand maître.

— Acre?

— C'est tout ce que je sais, pleurnicha le garçon.

Will l'étudia un moment, puis il hocha la tête.

— Entre là-dedans, lui ordonna-t-il en déverrouillant la porte d'une stalle et en poussant le garçon à l'intérieur.

Le garçon fit ce qu'on lui demandait. En quittant l'écurie, ils l'entendirent se mettre à pleurer.

— Je n'arrive pas à croire que tu aies fait ça, marmonna Simon tandis qu'ils traversaient le cimetière en sens inverse.

— Il n'a rien, répondit Will d'un air distrait.

Simon s'arrêta.

— Tu n'avais pas besoin de lui faire peur à ce point!

Will se retourna, regardant son ami d'un air impatient.

— Allez, Simon. Nous devons rentrer à la commanderie.

Il prit son ami par les épaules.

— Je n'ai pas fait ça par plaisir. J'y étais obligé, sinon il aurait fui et serait allé chercher le maréchal, et où en serait-on maintenant? Probablement dans une geôle, comme tu disais.

Simon ne dit rien, se contentant de le suivre en silence.

Quand ils passèrent la porte du Temple pour remonter la rue du même nom, la matinée était finie. En ce début d'après-midi, le vent se faisait plus fort et des nuages venus de l'est avançaient dans le ciel à toute vitesse, projetant leurs ombres démesurées sur la colline. Ils arrivaient à proximité de la commanderie quand la cloche de la chapelle se mit à sonner.

Mais ce n'était pas le lent et retentissant appel à la prière, c'était une alarme frénétique. Will eut un mauvais pressentiment.

Quand Simon et lui pénétrèrent dans la cour principale, ils virent un groupe de chevaliers entrer à la file dans la maison du chapitre. D'autres traversaient la cour en se dépêchant d'aller les rejoindre. La cloche continuait à sonner.

— William!

Will se retourna et vit Robert de Paris arriver au pas de course.

Robert rabattit ses longs cheveux en arrière et fit un signe de tête en direction de la maison du chapitre.

— Tu sais ce qui se passe?

Will secoua la tête.

— Non, j'étais en ville.

Survint un groupe avec à sa tête le visiteur, Everard et Hugues de Pairaud. Derrière eux se trouvaient des chevaliers dont le manteau était sale, comme s'ils revenaient de voyage. Will s'avança, il avait envie d'appeler Everard, mais quelque chose dans le visage des hommes le retint. Le groupe le dépassa et entra à son tour dans la maison du chapitre, à part Hugues qui s'arrêta sur un signal de Robert.

— Qu'est-ce qui se passe? lui demanda celui-ci en s'approchant.

À travers les portes ouvertes leur parvenaient le chahut des voix s'interpellant. Par-dessus la clameur, Will entendit Hugues dire quelque chose à Robert et il oublia instantanément Nicolas de Navarre et *Le Livre du Graal*. Il les rejoignit.

Le visage de Robert reflétait le trouble et l'inquiétude.

— Will... commença-t-il.

— Vous parlez de Safed, c'est ça? le coupa Will.

— Oui, répondit Hugues à la place de Robert.

Des années d'entraînement avaient réduit à rien l'embonpoint d'Hugues, mais il y avait toujours quelque chose dans ses petits yeux sombres et son nez épaté qui lui donnait un air porcin.

— Safed est tombé, annonça-t-il sans ménagements.

Will ouvrit la bouche mais ne put rien dire. Puis il secoua la tête et regarda Hugues comme s'il ne l'avait pas bien entendu.

— Frère Marcel vient d'arriver de notre commanderie à La Rochelle, poursuivit Hugues en désignant un homme au teint hâlé qui se tenait sous le porche de la maison capitulaire. Il est capitaine d'un de nos navires de guerre. Il est revenu il y a une semaine. Le grand maître Thomas Bérard l'a envoyé d'Acre dès qu'il l'a appris. Baybars, le sultan mamelouk, a pris Safed en juillet. Il n'y a aucun survivant.

— Comment sait-on que la ville est tombée, dans ce cas? demanda Simon.

— Baybars a envoyé un message au grand maître pour lui détailler le sort réservé à nos frères. Il a décapité toute la garnison, ensuite il a fait planter leurs têtes au bout de piques et les a alignées tout autour de la forteresse.

Hugues avala péniblement sa salive.

— Pour que nous sachions à quoi nous attendre, apparemment. Le capitaine Marcel n'a ramené qu'une petite troupe d'Acre. Le reste de nos forces en Outremer a été redéployé pour renforcer les garnisons des villes du royaume de Jérusalem. Tous les hommes que nous pourrons réunir seront envoyés en Orient.

— Hugues…, murmura Robert en posant la main sur son épaule.

Celui-ci lui jeta un coup d'œil, mais il continua à d'adresser avec gravité à Will et Simon.

— Baybars et son armée se sont retirés à Alep, mais il est évident qu'ils préparent une nouvelle attaque. Baybars a déclaré le Jihad. Nous sommes en guerre.

— Hugues, répéta Robert d'un ton plus ferme.

— Quoi? demanda Hugues.

— Tais-toi.

Will se retourna et fit quelques pas en titubant avant de vomir, plié en deux, dans la boue.

29

Alep, Syrie

2 novembre 1266 après J.-C.

Pensif, Baybars s'assit pour observer les hommes qui s'agitaient dans la salle du trône. Certains généraux se prélassaient sur des coussins, d'autres passaient de groupe en groupe, attrapant au vol les boissons que leur tendaient les domestiques. Par-dessus les rires et le murmure des conversations planaient les mélodies plaintives des musiciens. Des femmes vêtues de robes flottantes dansaient au centre de la pièce. Les hommes contemplaient avec fascination leurs corps frémissants se délier en arabesques subtiles. Soudain, un homme bossu en robe grise loqueteuse s'élança au milieu du groupe et les danseuses s'éparpillèrent. Les plus jeunes officiers rirent de bon cœur en voyant Khadir imiter leurs cris d'effroi tandis qu'elles se réfugiaient derrière les piliers. Les restes du banquet – miettes de gâteaux au miel, morceaux de chevreuil figés dans leur graisse, tiges d'asperges, dragées – gisaient en désordre sur les tables.

Non loin de là, Omar discutait avec Kalawun et plusieurs généraux. Baybars croisa son regard et lui fit un signe de tête.

Omar quitta le groupe et gravit les marches menant au trône.

— Seigneur?

— Qu'on en finisse avec les festivités.

— Ne pourrions-nous pas attendre encore un peu? suggéra Omar. Les hommes ont besoin de...

— Maintenant, Omar.

— Oui, seigneur.

Les généraux et les commandants de régiment firent silence en entendant un domestique sonner la cloche dorée, ce qui signalait le début de la réunion. Les musiciens arrêtèrent de jouer et les danseuses s'éclipsèrent en un clin d'œil. Tous les yeux se tournèrent vers Baybars, qui s'était levé du trône.

— J'espère que vous avez apprécié cette soirée.

Tous applaudirent poliment cette entrée en matière.

— Nous en aurons beaucoup d'autres comme celle-ci dans l'année qui vient.

Cette fois, les applaudissements furent plus nourris.

— Car nous aurons des victoires encore plus belles à célébrer, reprit-il en faisant un signe à Kalawun. Ces dernières semaines, j'ai évoqué avec certains d'entre vous les prochaines étapes de notre campagne. En conséquence, j'ai décidé de notre nouvel objectif.

Il fit une pause pour observer les visages attentifs tournés vers lui.

— Nous allons prendre la ville d'Antioche.

Il y eut des murmures de surprise, mais aussi d'inquiétude.

— Seigneur, intervint l'un des généraux, un fat toujours prêt à prendre la parole en premier. Antioche est la ville la plus fortifiée de Syrie, il faudrait un assaut massif pour en venir à bout.

— L'étendue de ces fortifications en fait aussi l'une des plus dures à défendre, répondit Baybars. J'ai étudié les plans de la ville dont nous disposons. Je pense qu'une petite force pourrait prendre la ville en moins d'une semaine. Trois régiments au plus.

— Quand pensez-vous mettre ce plan à exécution, seigneur? demanda prudemment un autre général.

— Les moissons sont terminées. Les troupes pourraient partir avec des provisions suffisantes d'ici la fin de la semaine. Les prédictions de Khadir sont favorables sur cette période.

Quelques-uns des généraux jetèrent un regard empreint de doute sur le devin, qui rongeait un os, assis sous une table.

Les visages inexpressifs de tous ces hommes eurent le don d'agacer Baybars.

— Ne vous ai-je pas promis des victoires?

— Personne ne doute de votre capacité à nous y mener, seigneur, dit Kalawun d'une voix puissante pour étouffer les murmures naissants, mais une bonne partie des hommes revient à peine de Cilicie. Peut-être pourrions-nous nous concentrer cet hiver sur des citadelles militaires moins puissantes, avant de s'attaquer à une cible comme Antioche?

Baybars jeta à Kalawun un regard noir, puis il se rassit sur le trône en scrutant le reste de l'assemblée. La plupart des généraux choisirent de baisser les yeux.

— Vous ne comprenez pas ce que je vous propose? lança-t-il d'une voix tranchante, sans réplique. Alors, laissez-moi vous l'expliquer. Si nous soumettons Antioche, ce n'est pas simplement une ville que perdront les chrétiens, c'est toute la principauté.

Il resta silencieux quelques secondes, le temps qu'ils intègrent ses propos.

— Sans Antioche, les quelques colonies et forteresses éparpillées dont les Francs disposent encore dans la région ne seront que des îlots perdus dans une mer que nous contrôlerons entièrement. Ils pourront à peine les défendre. Je doute même qu'ils combattent.

— C'est vrai, admit l'un des généraux, ce serait un

coup très dur pour les Francs. La principauté d'Antioche est le premier État qu'ils ont établi sur notre territoire.

— Et c'est la ville la plus riche après Acre, renchérit un autre.

— C'est aussi une ville sainte, leur rappela Baybars. Le comté d'Édesse a disparu. Si nous prenons Antioche, les Francs n'auront plus que deux États : le comté de Tripoli et le royaume de Jérusalem. Ils ont déjà perdu beaucoup des villes et des forteresses de ces deux États. En temps voulu, nous les repousserons sur les mers par lesquelles ils sont arrivés.

Certains des généraux s'étaient animés à l'évocation des trésors à piller, mais Baybars ne ressentait toujours pas l'enthousiasme qu'il recherchait. À la fin du conseil, il avait néanmoins validé leur accord, même de mauvais gré, et désigné les trois régiments qui attaqueraient. Une fois la réunion achevée, il quitta la salle du trône en évitant les secrétaires porteurs de divers papiers à signer, ainsi qu'Omar, malgré l'insistance de celui-ci.

Vêtu d'une robe et d'un turban noirs, Baybars quitta la citadelle par une petite sortie latérale et s'enfonça dans la ville. La tension accumulée dans son corps se dissipait à mesure qu'il marchait. L'air lui était un baume apaisant. Au bout d'un moment, il entra dans une rue poussiéreuse bordée de maisons en brique. À son extrémité se trouvait une maison blanchie à la chaux, plus large et plus haute que les autres. À travers une fenêtre lui parvint la lumière d'une bougie et le rire d'un enfant. Silhouette indistincte se mouvant dans l'ombre, Baybars fit le tour de la maison. À l'arrière se trouvait une vieille grange prête à s'effondrer. Elle n'avait pas de propriétaire et personne ne voulait en assumer les réparations. La moitié du toit était tombée et le sol était jonché de planches et de chevrons. Baybars se demandait souvent pourquoi personne ne récupérait tout ce bois comme combustible. Chaque fois qu'il venait ici, il s'attendait plus ou moins à ce que la grange ait disparu. Il prit une fleur d'hibiscus dans le buisson qui poussait près de l'entrée et pénétra dans cet endroit que personne, ni ses femmes ni ses généraux, pas même Omar et Kalawun, ne connaissait. Dans l'obscurité, il se mit à genoux, porta la fleur à ses lèvres, et inspira son odeur délicate en essayant de se souvenir de l'odeur de ses cheveux. À la lumière des étoiles, les pétales roses des fleurs d'hibiscus s'illuminèrent.

30

Le Temple, Paris

2 novembre 1266 après J.-C.

Will regardait l'araignée agrandir la toile qu'elle avait commencé à construire dans une fissure du mur. De temps à autre, un vent frais venait de la fenêtre, faisant trembler la fine architecture à laquelle elle travaillait. À chaque bourrasque, l'araignée remontait le long de son fil et se réfugiait quelques instants dans la fissure avant d'en ressortir et de reprendre son activité. Will était absorbé par sa perpétuelle besogne. Vers le haut, vers le bas, de gauche à droite. Tout avait l'air si simple. À la différence de la lettre posée sur le rebord de la fenêtre, qu'il avait juste entamée.

En commençant à rédiger les premières lignes pour sa mère, Will était encore dans un tel état d'hébétude que cela avait été relativement facile. Mais à mesure qu'il avançait lui étaient revenues des images de ses parents. Des souvenirs si insignifiants en apparence qu'il pensait les avoir oubliés avaient refait surface, et ils avaient fini par le submerger entièrement. La plupart d'entre eux dataient d'avant la mort de Mary. L'un, en particulier, semblait doué d'une vie propre : une image de sa mère assise sur le bord de la table dans la cuisine du domaine, lèvres pincées. Elle se rendait dans le jardin pour y cueillir des herbes afin de préparer le dîner et elle marchait sur une guêpe. Assis sur un tabouret, son père prenait doucement son petit pied tout blanc entre ses mains et Will le regardait retirer le dard, le visage concentré. Ensuite, James posait ses lèvres sur la piqûre et en suçait le poison. Heureuse, Isabel enroulait ses bras autour de son cou et sa chevelure rousse se répandait sur ses épaules.

— Qu'est-ce que je deviendrais sans toi? l'entendait encore susurrer Will.

Ce souvenir avait été abruptement remplacé par l'image de la tête tranchée de son père au bout d'une pique, les yeux dévorés par les rapaces, la bouche remplie par les vers, et la plume s'était brisée entre ses doigts. Mais il ne s'était pas préoccupé d'aller en chercher une autre. La lettre était restée en l'état, inachevée, agitée occasionnellement par le vent.

Après avoir quitté la cour, Will s'était rendu tout droit dans le dortoir désert où il s'était assis sur le rebord de la fenêtre, genoux remontés contre la poitrine, tentant désespérément de reprendre sa respiration. Il avait laissé passer plusieurs minutes avant d'aller prendre une plume et un parchemin dans le coffre près de sa paillasse. Puis il avait une fois de plus tiré son tabouret et s'était installé à la table qu'il connaissait si bien depuis six ans, depuis les funérailles d'Owein.

L'araignée redescendit et commença à tisser une nouvelle partie de sa toile. Will tendit le bras et toucha le fil. Depuis environ une heure, il était importuné par une sensation infime mais continuelle de brûlure quand il avalait sa salive. Il appuya son visage contre la pierre et regarda par la fenêtre. Les nuages arrivés en début d'après-midi emplissaient le ciel de leur blancheur parsemée de taches grisâtres. Will pouvait entendre les cris des mouettes au bord de la rivière. Elles tournaient autour des pêcheurs ramenant à la surface leurs filets et leurs pièges à anguilles. Il les entendait tous les jours. Mais aujourd'hui, ce son familier prenait une signification toute nouvelle. Will pressa ses mains sur ses yeux.

Il était assis sur les rochers chauffés par le soleil avec son père, les jambes ballottant au-dessus de l'eau. La ligne de son père coulait régulièrement et il devait chaque fois tirer pour vérifier s'il avait ou non une prise. La lumière du soleil se réfléchissait sur l'eau comme dans un miroir, elle jouait sous les rochers et faisait briller les yeux de James. À leurs côtés, trois poissons argentés se débattaient dans un seau. Les mouettes volant en cercle au-dessus d'eux poussaient des cris perçants et fondaient sur eux en s'approchant de plus en plus, projetant leur ombre sur les rochers.

Le visage de James était bronzé et il avait du sable dans la barbe. Will avait envie de l'enlever mais il ne voulait pas déranger son père, qui contemplait sa ligne avec un sourire placide.

— Nous devrions construire un bateau, dit James au bout d'un moment.

— Un bateau?

James jeta un regard circulaire au-dessus du loch. Il avait toujours ce même sourire lointain aux lèvres.

— William, est-ce que tu crois que nous pêcherions de plus gros poissons si nous jetions nos lignes là où il y a plus de fond?

Will y réfléchit sérieusement, puis il hocha la tête.

— Avec le bébé qui est en route, il va nous falloir du plus gros poisson, non?

— Maman va avoir un bébé?

— Elle pense que ce sera une fille.

— Elle s'appellera comment? demanda Will en essayant d'avoir l'air nonchalant, mais la nouvelle ne le rendait pas particulièrement heureux.

Une autre sœur? Il en avait déjà assez avec trois.

— Ysenda.

James étudia Will un moment.

— J'aurai besoin de ton aide, William. Je ne pense pas être capable de le construire tout seul.

— Bien entendu !

Will se rassit. Sa déception initiale avait cédé la place à un sentiment de lourde responsabilité nouveau pour lui. Il se tut, perdu dans ses réflexions. Il ne savait pas encore comment il s'y prendrait, mais il y avait une chose de sûre, c'est que ce serait le plus beau bateau que son père ait jamais vu.

Après la mort de Mary, Will n'était retourné qu'une seule fois au loch avant de quitter l'Écosse. Le bateau gisait là où il l'avait laissé, sur la petite jetée au bord de l'eau. Il n'avait pas fabriqué les rames, pas plus qu'il ne l'avait rendu étanche en l'enduisant d'étoupe. L'herbe commençait à pousser entre les planches disjointes. Ce jour-là, Will avait songé à le pousser pour qu'il sombre au fond du loch, mais il gardait cependant l'espoir de revenir un jour avec son père pour le mettre à l'eau. La grossesse de sa mère arrivait à son terme et il était certain, même si son père le haïssait, qu'ils auraient besoin de plus gros poissons.

Toutes les fois où il avait repensé au bateau ces dernières années, c'était comme à une épave pourrie remplie de mauvaises herbes et de bernard-l'ermite. Mais qui sait, songeait-il, si quelqu'un ne l'a pas sauvé de la décomposition. Grâce aux quelques lettres que sa mère lui avait envoyées, il savait que ses sœurs aînées, Alycie et Ede, avaient quitté le couvent plusieurs années plus tôt pour vivre avec leurs maris à Édimbourg, où elles avaient fondé leurs propres familles. Mais peut-être Ysenda, qui avait huit ans maintenant, retournerait-elle un jour au domaine. Elle y retrouverait le bateau. Elle ne serait peut-être pas capable de le réparer, mais Will imaginait qu'elle pourrait l'utiliser comme un endroit pour jouer et rêver au père et au frère qu'elle n'avait jamais connus.

Will releva la tête. En dehors du bruit des sabots qui

lui parvenait depuis la cour et des cris des mouettes, tout était calme et silencieux. La plupart des chevaliers, des prêtres et des sergents s'étaient rendus à la chapelle pour discuter des nouvelles en provenance de Safed. Ils avaient passé tout le début d'après-midi à se lamenter et à déplorer la chute de la citadelle. Bientôt, le silence serait rompu par l'appel aux armes.

Will ne se retourna pas quand la porte s'ouvrit. Il entendit quelqu'un s'approcher de lui. Il finit par jeter un coup d'œil par-dessus son épaule : Everard l'observait sans dire un mot. La bulle dans laquelle il s'était enfermé éclata et il détourna les yeux.

— Je t'ai cherché partout, sergent.

Will ne répondit pas.

— Tu comptais te cacher ici longtemps?

— Je dois finir ma lettre.

Everard fronça les sourcils. Ses yeux tombèrent sur le parchemin.

— C'est de ça que tu parles? demanda-t-il.

Il prit la lettre et la parcourut rapidement.

— Ça peut attendre, dit-il en la reposant. Nous devons discuter de certaines choses.

— Il faut que j'écrive à ma mère. Mieux vaut que je lui annonce moi-même que son mari, le père de ses enfants, est mort.

— Le Temple s'occupera de ta mère et de tes sœurs, répliqua Everard d'un ton brusque. Elles ne manqueront de rien, je te le promets.

Il soupira en voyant le mutisme de Will.

— Je comprends que tu sois bouleversé.

— Vous comprenez? fit Will en se retournant. Vous comprenez? Alors peut-être que vous pouvez m'expliquer, que vous pouvez expliquer à ma mère. Peut-être que vous devriez lui écrire pour lui expliquer pourquoi il est mort. C'est vous qui l'avez envoyé là-bas, après tout.

— Ton accusation est injuste, répondit Everard. James n'est pas mort en servant l'Anima Templi, mais le

Temple. Il est mort en faisant quelque chose qu'il n'avait pas choisi.

Le visage d'Everard s'adoucit.

— Ton père est parti pour la Terre sainte de son plein gré. Il voulait y aller parce qu'il avait la foi, parce qu'il pensait pouvoir changer les choses. Il voulait un monde différent pour ses enfants. Pour toi, William. C'est ce qu'il m'a dit.

Will scrutait les yeux du prêtre en gardant le silence.

— Il faut que je sache ce qui s'est passé à la commanderie des Hospitaliers, lui demanda Everard.

— Nicolas est parti à La Rochelle avec trois chevaliers, finit par répondre Will. Un garçon d'écurie m'a dit qu'ils parlaient d'Acre et du grand maître.

— Acre? répéta Everard, visiblement inquiet. Donc, c'est Hugues de Revel qui est derrière tout ça?

— Revel? fit Will sans s'intéresser vraiment à ce que disait le prêtre.

— Le grand maître des Hospitaliers. Je ne l'ai jamais rencontré, mais j'ai connu son prédécesseur, Guillaume de Châteauneuf – celui qui dirigeait l'Ordre quand Armand a assiégé leur forteresse.

Everard se gratta le menton.

— Je suppose que Nicolas lui apporte le livre. Si le grand maître croit qu'il constitue une preuve de l'existence de l'Anima Templi et, comme le suppose à tort Nicolas, de notre corruption, il va sans doute impliquer le pape à Rome.

Il inspira avec difficulté.

— Nous ne pouvons les laisser quitter la France avec le livre. Nous partons dès l'aube pour La Rochelle.

Will leva les yeux vers lui.

— Nous?

— Je ne peux pas faire ça tout seul.

— Et je ne peux pas faire ça du tout, rétorqua Will en sautant sur ses jambes pour faire face au prêtre. Même si j'en avais la force, je ne pourrais pas. Je suis un simple sergent. Je n'ai aucune autorité sur un chevalier, qu'il soit Templier, Hospitalier, Teutonique ou même qu'il appartienne à l'armée du roi !

— Il va y avoir du changement, dit Everard au bout d'un moment. J'ai parlé au visiteur et il a accepté que tu prennes le manteau.

— Quoi ?

— Il a jugé que c'était le mieux. Nous perdons le père, nous gagnons le fils. C'est le signe que nous ne baisserons pas la garde, que nous ne nous laisserons pas intimider par notre ennemi. Le visiteur veut que ce soit fait rapidement, avant le conseil qu'il a convoqué pour décider des prochains événements. J'ai bien peur que ton initiation n'ait lieu dans un climat de guerre, mais nous ne pouvons rien y faire.

— C'est une plaisanterie ? Vous avez choisi le pire jour possible !

Everard prit une expression conciliante.

— La douleur est l'une des émotions les plus pures dont nous soyons coupables. En expérimentant un chagrin authentique, tout le…

Il fit un grand geste de la main en cherchant le mot le plus approprié.

— … tout le *bruit* en nous fait silence. Et c'est dans ce silence que nous nous trouvons. Ce sont des moments comme celui-là qui nous façonnent. Contrairement à toi, je pense qu'il ne saurait y avoir de meilleur jour.

Will posa les mains sur le rebord de la fenêtre, la tête penchée en avant.

— Je ne suis plus si sûr de vouloir devenir chevalier.

— Je croyais que c'était le souhait de ton père ? dit Everard d'un ton suggestif.

— Mon père est mort.

— Et tout ce qu'il a fait, tout ce pour quoi il s'est battu n'a donc plus aucun sens ? Est-ce que les choses en lesquelles il croyait, celles pour lesquelles il a sacrifié sa vie, n'ont soudain plus d'importance ?

Everard secouait la tête.

— James Campbell a commencé quelque chose, poursuivit-il. Tu peux le finir pour lui. Mais si tu refuses, alors sa vie, et sa *mort*, n'auront vraiment eu aucun sens.

Will leva la tête et regarda par la fenêtre. Des larmes coulaient sur ses joues glacées. Le monde entier était devenu terne à ses yeux. Pendant des années, il n'avait désiré qu'une seule chose : une place aux côtés de son père. Maintenant que c'était impossible, qu'allait-il faire ? Bien qu'il fût au courant des dangers qu'encouraient les hommes se battant en Outremer, l'idée n'avait jamais traversé son esprit qu'il pourrait ne pas revoir son père.

— Ma vie n'a aucun sens, soupira-t-il sans se rendre compte qu'il parlait à voix haute.

— Elle a du sens pour moi.

Everard s'approcha et posa sa main noueuse sur l'épaule de Will.

— J'ai de grands desseins pour toi.

Dans la maison du chapitre, deux brasiers en acier remplis de charbon avaient brûlé toute la matinée pour lutter contre le froid de ce mois de novembre, mais personne n'avait songé à les recharger pour la cérémonie, si bien qu'il n'y restait quasiment plus que des cendres. De lourdes tapisseries étaient tendues devant les fenêtres, dissimulant la grisaille du ciel de cet après-midi.

En enlevant sa tunique noire et en la tendant au clerc qui attendait à côté de lui, Will eut la chair de poule. Il ôta ses bottes, dénoua sa ceinture et déposa son épée. Tandis qu'il se dépêtrait de son maillot de corps, il ressentit très nettement la présence de tous les chevaliers dans son dos. La salle voûtée était faiblement éclairée mais il sentait qu'ils pouvaient voir distinctement les longues cicatrices blanches qui zébraient son dos, souvenir des coups de fouet qu'Everard lui avaient infligés dans un passé lointain. Will regarda le prêtre debout sur l'estrade, occupé à ranger les vases sacrés dans le tabernacle. Avec son visage émacié et ses épaules courbées par l'âge, il n'avait plus le même aspect sévère et acariâtre que six ans plus tôt. Derrière lui, assis dans un siège en marbre blanc semblable à un trône, se trouvait le visiteur. Il avait l'air épuisé. Deux autres chevaliers se tenaient sur l'estrade.

Will donna son maillot au clerc. Il ne lui restait plus que ses culottes. Debout dans l'espace libre entre les rangs des chevaliers et l'autel, baignant dans la faible lumière des cierges, il se sentit plus seul qu'il ne l'avait jamais été.

Le clerc s'éloignait avec ses anciens vêtements et Will regarda autour de lui, à la recherche d'un visage amical dans cette foule. Il aperçut Robert. Assis à côté d'Hugues sur un des premiers bancs, le chevalier croisa son regard et lui adressa un sourire. Will se retourna vers l'autel, l'isolement qu'il ressentait s'estompant partiellement. Everard alluma l'encensoir et exigea le silence. Bien que chacun des chevaliers présents fût impatient de commencer le conseil de guerre, le murmure des conversations s'arrêta net. Enveloppé d'un nuage de fumée, Everard fit signe à Will de s'agenouiller. Celui-ci obéit, conscient qu'à la différence des autres initiés, il n'avait pas eu de veillée pour apprendre ce qu'il était censé dire ou faire. Mais il n'était plus temps de s'en inquiéter : le visiteur se levait déjà et s'adressait à lui.

— Tu as veillé la nuit dernière afin de réfléchir à la mission sacrée qui t'est offerte.

La voix profonde du visiteur emplissait toute la salle.

— William Campbell, fils de James, souhaites-tu maintenant accepter le manteau, en t'engageant à renoncer aux plaisirs de ce monde afin de devenir un humble serviteur de Dieu Tout-Puissant?

— Je le souhaite, répondit Will.

Ainsi commencèrent ses vœux.

Will parlait quand c'était son tour, Everard le lui indiquant au besoin. Il se souvint avec une clarté surprenante des mots prononcés par le postulant lors de l'initiation qu'il avait épiée avec Simon depuis l'arrière-cuisine du Nouveau Temple. Il dit qu'il croyait en la foi catholique et qu'il était né d'une union légitime. Il nia avoir acheté son initiation, être endetté ou appartenir à un autre Ordre. Et, malgré sa gorge en feu et le poids oppressant qu'il sentait sur sa poitrine, il déclara être sain de corps.

L'un des deux chevaliers descendit vers lui et lui tendit la Règle du Temple, ouverte à la première page.

— Lis ce qui est écrit ici. Si tu n'en es pas capable, dis-le et on te les traduira.

À cause de la pénombre, Will discernait à peine le texte en latin. Mais en se concentrant, il parvint à réciter les lignes en question.

— Seigneur Dieu, je me présente devant Toi et devant les frères ici présents pour entrer dans l'Ordre et participer à sa vie spirituelle et séculière. Que toute ma vie, je serve en esclave l'Ordre du Temple et que mon désir soit le Tien.

Will jura d'être fidèle aux lois du Temple, chaste, pauvre et obéissant. Quand il se fut prosterné devant l'autel pour demander la bénédiction de Dieu, de la Vierge et de tous les saints, le second chevalier descendit à son tour de l'estrade, l'épée à la main. La lame scintilla faiblement lorsqu'il en dirigea la pointe sur Will.

— Embrasse cette lame. La protéger sera ton fardeau. Tu devras défendre contre tous ses ennemis la seule foi véritable et sacrifier ta vie pour sa défense s'il le faut.

Will se pencha pour poser ses lèvres sur l'acier, et sa respiration laissa un peu de buée dessus. Le serment qu'il faisait lui semblait presque irréel. Tandis que le chevalier rengainait l'épée et remontait sur l'estrade, Everard s'avança de sa démarche claudicante vers l'un des deux clercs, qui portait une épée et un manteau blanc. Durant cette brève interruption, Will se dit qu'il ne comprenait pas pourquoi son père et son ami avaient choisi de mourir en martyrs à Safed. Leur mort lui paraissait insensée. Les vœux qu'ils avaient prononcés étaient-ils plus importants pour eux que leurs propres familles? Combien d'enfants abandonnaient-ils derrière eux pour s'assurer une place au Paradis? James n'avait écrit à Will que deux fois durant ces six dernières années. Et même si ses lettres n'évoquaient à aucun moment la mort de Mary, elles ne contenaient pas non plus les moindres mots d'affection. Elles permettaient à Will de mieux connaître la situation en Outremer, mais pas le cœur de son père. Pourtant, ce qu'il aurait vraiment désiré, c'était comprendre pourquoi son père avait choisi la mort. Si cela avait été possible, il se serait rendu au Paradis et y aurait exigé une réponse.

C'est alors que la colère qu'il retenait en lui depuis le matin finit par le submerger.

Il en voulait au Temple, qui avait demandé à son père de sacrifier sa vie, à Everard, qui l'avait tant déçu, aux Sarrasins qui avaient tué son père et à leur sultan, Baybars, qui était à leur tête. Mais, par-dessus tout, il en voulait à son père de l'avoir laissé seul, de ne pas lui avoir pardonné, d'être mort. Maintenant qu'il était parti, Will ne connaîtrait jamais l'absolution. Les pensées se bousculaient dans sa tête tandis qu'Everard avançait vers lui et que les mots de son père envahissaient son esprit : *Un jour, William, tu deviendras un chevalier du Temple et, je le jure devant Dieu, ce jour-là je serai à tes côtés.*

Je le jure devant Dieu. En trahissant un serment pour respecter l'autre, à quoi avait-il obéi : à la volonté divine ou à la sienne? Était-il mort pour défendre l'Ordre, ou l'Anima Templi, ou pour punir son fils d'avoir tué sa fille?

— Puisses-tu, grâce à cette épée, défendre la Chrétienté contre les ennemis de Dieu.

Hébété, Will se mit debout et tendit les mains pour saisir l'épée qu'Everard lui présentait. Ses yeux s'arrêtèrent sur la lame en fer poli qui ne portait aucune marque. Ses mains retombèrent le long de son corps. Everard leva les sourcils d'un air étonné, puis son visage s'éclaira. Il claqua des doigts à l'intention du clerc qui attendait avec le manteau. Celui-ci, ne sachant trop que faire, jeta un regard au visiteur puis s'approcha d'Everard qui lui glissa un mot dans l'oreille. Will entendit des murmures de curiosité dans les rangs derrière lui tandis que le clerc sortait par une petite porte latérale. Quand il revint, il portait le fauchon de Will. Everard lui rendit l'épée neuve et s'empara de la courte lame dont les bandes argentées pendillaient autour de la poignée. Will retint les larmes qui l'assaillaient, touché par l'empathie inhabituelle dont venait de faire preuve le prêtre. Il saisit le fauchon et attacha le fourreau à sa taille.

Enfin, Everard lui tendit le manteau.

— Grâce à ce manteau, puisses-tu renaître.

Will déplia le vêtement. La croix armoriée sur le dos et sur le cœur était aussi rouge que le vin, le sang ou les lèvres d'Elwen. Le nez envahi par l'odeur astringente du feutre neuf, Will enroula le manteau à même ses épaules nues. Il constata que celui-ci était un peu court. D'ordinaire, le drapier prenait les mensurations du postulant avant la cérémonie mais, bien sûr, il n'en avait pas eu le temps cette fois. Ce n'était pas grave, se dit Will, il le ferait rallonger plus tard. De toute façon, le manteau ne lui donnait pas l'impression de posséder une paire d'ailes, comme il se l'était parfois imaginé par le passé. Il pendait lourdement sur ses épaules et, de plus, il le démangeait.

Everard l'attacha autour de son cou avec une simple épingle en argent.

— Je t'absous de tous tes péchés, murmura le prêtre en faisant le signe de croix. Au nom du Père, du Fils et du Saint-Esprit. Amen.

Le visiteur se leva du trône.

— *Ecce quam bonum et quam jocundum habitare fratres in unum.*

Quand le visiteur eut fini de psalmodier, Everard posa ses mains sur les épaules de Will.

— Selon les mots de Bernard de Clairvaux, béni soit-il, sache qu'un homme du Temple est un chevalier sans crainte, que rien ne peut l'atteindre. De même que son corps est protégé par l'acier, son âme l'est parce qu'il défend la foi. Grâce à ses deux soutiens, il n'a peur ni des démons ni des hommes. Pas plus que ne l'effraie la mort. William Campbell, nous te faisons chevalier du Temple. Dieu veuille que tu en sois digne.

Puis il se dressa sur la pointe des pieds et embrassa Will sur la bouche. Tous les hommes présents dans la maison du chapitre se levèrent et, un à un, s'avancèrent pour faire de même.

Le palais du roi, Paris, 2 novembre 1266 après J.-C.

— Comment est-ce que ç'a pu arriver?

Louis IX, roi de France, était assis sur son trône. Ces paroles s'adressaient à une compagnie de six chevaliers qu'il avait convoqués dans la Grande Salle. Celle-ci était vide et les voix résonnaient contre les murs. Les tables et les décorations installées pour le spectacle du troubadour la veille au soir avaient été dégagées à la hâte. Les domestiques avaient oublié des pétales de roses séchés à l'endroit où se tenaient les chevaliers.

— Comment se fait-il que Safed soit tombé aussi facilement?

C'est le visiteur qui répondit au roi.

— D'après les rapports dont nous disposons, Baybars a promis une amnistie sans condition aux Syriens s'ils se rendaient, sire. Notre forteresse est solide, certes, mais faute de garnison suffisante, ses remparts sont devenus indéfendables.

À l'arrière de la compagnie qui avait escorté le visiteur jusqu'au palais, Will regarda Louis pencher sa tête léonine encadrée par des cheveux noirs et des mèches blanches aux tempes. Sa cape vermillon doublée d'hermine enveloppait le corps qu'il avait eu athlétique dans sa jeunesse, mais qui s'était enrobé au fil des ans. Il avait sur le visage de petites cicatrices, souvenir des maladies contractées en Orient, et ses mains épaisses étaient constellées de taches dues au soleil féroce d'Outremer. Seize ans plus tôt, le roi avait pris la tête de la septième croisade en Terre sainte, menant trente-cinq mille hommes à la victoire, puis finalement à la défaite en Égypte. Après la bataille de Mansourah, les musulmans avaient encerclé Louis, ainsi que les derniers hommes en vie qu'ils avaient faits prisonniers. La rançon pour sa libération avait été payée par sa femme, la reine Marguerite.

La vue de Will se brouilla et il secoua la tête pour faire disparaître l'apathie qui l'avait envahi depuis le conseil de guerre, juste après son initiation. Quand le visiteur lui avait annoncé d'un ton solennel qu'il accompagnerait la compagnie mandée au palais, il s'était efforcé de cacher sa réticence. Il se sentait confus, comme engourdi.

Après quelques instants durant lesquels il sembla marmonner des prières, Louis releva la tête.

— C'est un jour sombre. Un jour très sombre.

— J'ai envoyé des messagers informer nos principales commanderies d'Occident de ce qui est arrivé à nos frères, dit le visiteur.

Le roi resta muet une longue minute, plongé dans ses réflexions.

— Baybars réduit peu à peu nos forces. Le mois dernier, les Hospitaliers m'ont dit qu'il s'était emparé d'Arsouf, et avant cela de Césarée et de Haïfa. Il a étendu son empire au-delà de tout ce que nous aurions pu imaginer.

— Oui, sire. Si nous ne réagissons pas rapidement, je crains qu'il ne reste bientôt plus rien de nos territoires. Les fortifications que vous avez fait construire quand vous étiez en Palestine ne dureront pas longtemps sans hommes pour les défendre. Safed était l'une de nos forteresses les mieux conçues et pourtant Baybars a pu s'en rendre maître.

Le visiteur semblait éprouver du regret, mais il parlait d'une voix determinée.

— Nous n'avons rien fait pour mettre un terme à cette guerre. Nous avons abandonné à nos frères en Orient la défense de notre rêve. Maintenant, nous payons le prix de notre inaction.

— Que proposez-vous ?

Le visiteur garda le silence quelques secondes. Quand il reprit la parole, Will sentit la résolution et la fermeté de ses paroles.

— Le Temple est prêt à mettre à contribution ses finances et ses hommes pour agir en Orient, afin de contrer la menace de Baybars. Mais il faudra de nombreux mois pour construire les bateaux nécessaires au voyage, et encore d'autres pour l'accomplir. Il faut agir maintenant et nous avons besoin de votre soutien, comme nous avons besoin du soutien de tous les hommes de bonne volonté, qu'ils soient paysans ou monarques, de ce côté de la mer. Prenez la tête d'une nouvelle croisade en Palestine, sire. Voilà ce que je propose.

Louis croisa les mains sous son menton.

— Ce n'est pas une proposition inattendue. J'étais récemment en contact avec mon frère Charles, le comte d'Anjou. Il a déjà évoqué cette possibilité, qui provoque en lui une grande exaltation.

Le visiteur croisa le regard pensif du roi.

— Le ferez-vous, sire ?

Louis se renfonça dans son trône, sa cape vermillon enroulée autour de lui.

— Oui, sire Visiteur, je lancerai une nouvelle croisade. Et les Sarrasins paieront chèrement les vies qu'ils ont prises. Dès que ce sera possible, je prendrai la Croix.

Alors que le roi prononçait ces mots, Will sentit un vertige l'envahir. Un voile noir tomba devant ses yeux et il vacilla. Il dut s'agripper au bras du chevalier près de lui pour éviter de défaillir.

— Qu'y a-t-il? murmura le chevalier en le regardant. Tu es blanc comme un linge.

— Je... J'ai besoin d'air, parvint à articuler Will en titubant vers les portes de l'autre côté de la salle.

— Votre homme se trouve-t-il mal? demanda le roi.

— Son père fait partie des hommes massacrés à Safed, sire, répondit le visiteur tandis que Will poussait les portes en chancelant et sortait dans le couloir.

Les torches, récemment allumées, brûlaient haut le long du corridor et la lumière lui fit mal aux yeux. Will passa devant deux sergents, qui le dévisagèrent avec curiosité, et se dirigea vers le bout du couloir, où une grande fenêtre cintrée surplombait la Seine. Il s'agrippa au rebord, la respiration coupée, luttant contre le vertige qui déferlait sur lui par vagues successives. Depuis ce matin, le monde entier avait basculé et il ressentait maintenant cette révolution dans les moindres fibres de son être. Quelques heures plus tôt, il avait déterré le cadavre d'un étranger assassiné par des hommes comme lui et il avait éprouvé de la honte pour la vilenie et la brutalité de leur acte. Cependant que, dans le même temps, le corps de son père pourrissait en Palestine, à cause d'hommes comme Hasan. Pourtant, Hasan n'avait pas mérité de se retrouver dans une tombe, pas plus que son père n'avait mérité cette mort solitaire, loin de tous ceux qu'il aimait, alors qu'il luttait pour la paix dans un pays mis à feu et à sang par les chrétiens et les musulmans, qui se vouaient une haine réciproque. Will ne voulait pas qu'on envoie ses amis brandir leur épée là-bas. Le roi et le visiteur souhaitaient châtier les responsables, mais il ne voyait pas en quoi le fait de tuer encore plus d'hommes pourrait arranger la situation.

Will serra le col de son manteau. Malgré le froid, il sentait la sueur dégouliner dans son dos. Était-ce donc cela, être un chevalier? Combattre et mourir pour la cause d'un autre? Pour la cause d'un roi? Ou celle de Dieu? Will ne pouvait l'admettre. Leurs paroles lui paraissaient irréelles, désincarnées. Son père n'y croyait pas, il l'aurait su quand bien même personne ne lui eût dit pourquoi il s'était rendu en Terre sainte. Pour lui, James était grand et digne, c'était un esprit noble, un combattant plein d'honneur, un cœur généreux. Mais ce n'était pas le manteau qui lui avait conféré ces qualités, ni les vœux qu'il avait prononcés. Elles faisaient partie de lui, elles avaient toujours fait partie de lui. D'autres hommes abandonnaient leur famille pour faire la guerre au nom de Dieu, ou au nom de leur pays. Si son père l'avait abandonné, lui ainsi que sa mère et ses sœurs, c'était pour la paix. Sa vision se brouilla tandis que les larmes envahissaient ses yeux. La colère qu'il avait ressentie contre son père disparut et fit place à un amour rayonnant, auquel se mélangeait le sentiment absolu de sa perte.

— Will ? fit une voix de femme.

Il se tourna et reconnut Elwen à travers ses larmes. Les flammes des torches donnaient à ses cheveux des reflets cuivrés et argentés, et ses grands yeux verts irradiaient dans la lumière tremblotante. Sa robe et son manteau étaient d'un jaune éclatant et elle portait une chaîne en argent. On aurait dit une reine.

Elwen fixait son manteau avec stupeur.

— Quand est-ce arrivé ?

— Elwen, dit-il d'une voix étranglée.

Mais il fut incapable de trouver les mots qu'il aurait voulu prononcer et, au lieu de parler, il s'approcha d'elle et la serra dans ses bras comme un homme se noyant et s'agrippant à la seule planche à sa portée après un naufrage.

— On m'a dit que des chevaliers étaient venus voir le roi, dit-elle contre sa poitrine. Mais je n'aurais pas cru que tu étais avec eux. Que se passe-t-il ? La reine m'a appris que le roi avait convoqué un conseil de toute urgence.

— Safed est tombé, répondit-il, le visage plongé dans ses cheveux. Mon père est mort.

Elwen recula et releva la tête pour le regarder.

— Will, murmura-t-elle en essuyant une larme qui roulait sur sa joue. Mon Dieu...

Ses yeux se remplirent de pleurs en constatant la détresse de Will.

— Le roi va lancer une nouvelle croisade.

Elwen passa ses doigts sur la croix du manteau.

— Alors tu vas...

Sa voix tremblait.

— Tu vas partir faire la guerre?

— Non, dit Will d'une voix résolue. Je ne te quitterai pas.

Il baissa les yeux sur le visage inquiet de la jeune fille et comprit quel idiot il avait été jusque-là. Pendant tout ce temps, il avait pourchassé des fantômes. Obtenir le pardon lui était maintenant impossible, et il ne retrouverait plus jamais l'affection de son père. Mais Elwen, elle, était là. Solide, tangible. Elle le désirait, elle l'aimait, et il l'avait repoussée pour un manteau qui, à peine l'avait-il revêtu, ne signifiait pas plus pour lui que la tunique noire qu'il avait portée pendant des années. Il hésita, juste une seconde, avant de parler.

— Je t'aime.

Les yeux d'Elwen scrutèrent son visage.

— Et je veux t'épouser, reprit Will.

— Tu ne penses pas ce que tu dis, dit-elle en poussant un bref rire de surprise et de nervosité.

— Au contraire, je n'ai jamais autant pensé ce que je disais.

— Mais c'est impossible, tu es chevalier! Tu es lié par tes vœux, fit-elle en se mettant à pleurer à chaudes larmes. Maintenant, nous ne serons jamais...

Les mots qu'elle allait prononcer s'évanouirent quand il se pencha pour l'embrasser. Lentement, elle lui rendit son baiser. Will l'étreignit encore plus fort et elle ouvrit la bouche pour explorer la sienne du bout de la langue. Elle sentit le désir lui empourprer les joues. Elle se dégagea, prit ses mains dans les siennes et les posa, tentatrice, sur sa poitrine. Elle le sentit se raidir, mais au bout de quelques secondes ses muscles se relâchèrent.

Will n'était même pas conscient de rompre son premier vœu tandis qu'il caressait Elwen et entendait un soupir de pâmoison franchir ses lèvres.

Soudain, ils entendirent quelqu'un ricaner derrière eux.

Ils se séparèrent à la hâte et virent un domestique passer avec un plateau chargé de boissons. Il sortit bientôt du couloir en continuant à pouffer.

Will prit les mains d'Elwen.

— Nous pouvons nous marier en secret. Nous ne sommes pas obligés de mettre au courant qui que ce soit.

Néanmoins, les mots d'Everard résonnaient dans son esprit : *James Campbell a commencé quelque chose, tu peux le finir pour lui.*

— Mais d'abord, je dois faire quelque chose.

31

Les Sept Étoiles, Paris

2 novembre 1266 après J.-C.

Adela attacha le collier jaune et vermillon autour de son cou et regarda son reflet dans le miroir en argent. Le contact des perles en verre sur sa peau était froid. Elle toucha le collier et se rappela que Garin lui avait dit qu'il lui allait bien. Cela faisait presque trois heures qu'il était parti et Rook était toujours au rez-de-chaussée, à boire de la bière qu'il ne comptait pas payer.

Plus tôt dans l'après-midi, Garin était venu la voir. Il était pâle et agité.

— Je dois aller à la commanderie, lui avait-il dit, mais je reviens dès que je peux. Si tout va bien, Rook sera parti d'ici demain. Quoi qu'il arrive, ne te mets pas en travers de son chemin.

— Pourquoi ne veux-tu pas me dire ce qu'il fait ici ? avait-elle demandé. Pourquoi a-t-il autant d'emprise sur toi ? Je peux dire à Fabien de le faire partir. Demande-le-moi et je le ferai.

— Surtout pas ! Ne fais rien qui puisse l'énerver. Laisse-moi l'aider à obtenir ce qu'il est venu chercher à Paris. Il partira dès qu'il aura ce qu'il veut.

— Tu es un Templier, Garin. Pourquoi laisses-tu un serpent comme lui te traiter de cette façon?

Il n'avait rien répondu.

Adela s'approcha de son atelier et attrapa un flacon d'essence de jasmin dont elle se parfuma les cheveux. Un groupe de marchands venu de Flandre était arrivé juste après les vêpres, la nuit serait agitée. Ses yeux tombèrent sur son herbier, ouvert sur une page donnant la recette d'une potion contraceptive. Dans les marges, elle avait rédigé quelques annotations sur la meilleure méthode d'avortement pour les cas où la potion ne fonctionnait pas. Un médecin voyageur qui avait passé une nuit dans son établissement lui en avait fait la démonstration sur une de ses filles tombée enceinte. Mais Adela ne voulait pas pratiquer d'avortements : elle aimait les bébés. Elle imaginait une maison avec assez de terrain pour y faire pousser des herbes, et des enfants heureux, de petits chérubins riant dans la cuisine tandis qu'elle préparerait des gâteaux à la lavande ou des potions pour les genoux écorchés et les piqûres d'orties. Elle ferma le livre. Garin pouvait-il vraiment lui offrir ce dont elle rêvait? Depuis des mois qu'il venait la voir, il lui arrivait parfois de penser que oui, puis quelque chose l'énervait et il adoptait un comportement immature, ou distant. Adela n'avait jamais rencontré d'homme capable d'être si égoïste par moments et si tendre à d'autres. Elle n'aurait pas pensé à construire quoi que ce fût avec lui si elle n'avait compris que derrière cet aspect irascible se cachait un enfant accablé et terrifié, qui ne savait ni qui il était vraiment, ni où était sa place en ce monde. Certaines nuits, il restait contre elle sans rien dire à verser des torrents de larmes chaudes sur sa poitrine. Dans ces cas-là, elle avait envie de le materner et de l'aimer. Et elle avait cru les promesses qu'il lui avait faites dans ses moments d'euphorie – quand il serait riche et qu'il aurait un domaine, il l'emmènerait loin des Sept Étoiles, elle viendrait avec lui et ils vivraient ensemble. Elle passait son temps à répéter à ses filles qu'il ne fallait surtout pas s'attacher. Mais sa faiblesse pour le beau chevalier insaisissable la faisait douter d'elle-même, et de la vie qu'elle avait choisie.

Soudain, la porte s'ouvrit et Rook entra dans la chambre. Son visage était échauffé par l'alcool et ses paupières tombaient lourdement sur ses yeux.

Adela se leva pour attraper sa robe et la serra contre elle afin de couvrir sa nudité.

— Garin est revenu ?

— Non, répondit Rook d'un air maussade.

Son expression changea quand il la vit nouer la robe autour de ses hanches, et un sourire mauvais se dessina sur ses lèvres.

— Ne t'inquiète pas, il sera bientôt de retour. Il sait ce qui arrivera s'il ne revient pas.

Adela tressaillit en sentant la menace à peine voilée et le regard vicieux qu'il lui jetait, mais elle parvint à ne pas montrer sa peur et ne broncha pas quand il pénétra dans la pièce en fermant la porte derrière lui.

— Qu'est-ce que vous faites ?

Sans répondre, Rook passa à côté d'elle et s'approcha du tabouret posé près du miroir. Il s'en saisit et le souleva comme pour le soupeser, puis il fronça les sourcils et le jeta au sol sans ménagement. Ses yeux firent le tour de la pièce et quand son regard se posa sur le lit, son air mauvais s'éclaira d'un sourire qui ne valait rien de bon.

— Tu as une corde ?

— Une corde ?

— C'est ça, une corde, répéta-t-il d'une voix bourrue. Avec un peu de chance, nous aurons un invité ce soir. Et il faut lui procurer tout le confort dont nous disposons, n'est-ce pas ? J'ai besoin d'une corde, ou de bandes de tissu, ou...

Rook s'arrêta en apercevant la ceinture de sa robe.

— Voilà exactement ce qu'il nous faut.

Adela eut le souffle coupé quand il tira la corde nouée à sa taille.

— Lâchez-moi! s'écria-t-elle en essayant de le repousser.

Rook lui envoya une gifle en plein visage. La puissance du coup la fit tituber en arrière et elle s'étala sur le sol, sa robe en soie remontant jusqu'à ses cuisses. Elle cria mais Rook se penchait déjà sur elle et arrachait d'un coup sec la ceinture des boucles qui la retenaient.

— Allongée sur le dos, c'est ta position préférée, non? grogna-t-il en se relevant. Alors, apprécie au lieu de te plaindre.

Adela se rassit et porta la main à sa joue, qui était cuisante. Elle sentit du sang sur ses doigts et comprit que la gifle lui avait fendu la lèvre.

— Sortez de là, dit-elle en se remettant sur ses pieds et en tenant sa robe fermée. Je ne veux pas savoir pour qui vous vous prenez, ou ce que vous êtes en train de faire avec Garin. C'est fini, sortez!

Rook jeta la ceinture sur le lit et se tourna vers elle.

— Garin aurait dû te prévenir de ce qui allait se passer si tu t'interposais. Tu vas m'obéir ou bien ça va mal finir pour toi.

— Je vais dire à Fabien de vous casser les deux jambes, sombre bâtard! répliqua-t-elle en se dirigeant vers la porte.

En deux enjambées, Rook la rattrapa. Il la saisit par l'épaule et la fit pivoter avant de la plaquer contre la porte, l'écrasant de tout son poids pour qu'elle ne puisse pas s'échapper. Adela se débattit comme un chat, enfonçant ses ongles partout sur son corps et son visage, mais bien qu'il ne fût pas d'une large carrure, Rook était nerveux et étonnamment puissant. Il tira sa tête en arrière et comprima sa gorge avec son avant-bras afin de l'empêcher de crier à l'aide. De sa main restée libre, il tira sa dague et la fit miroiter devant ses yeux.

Adela cessa immédiatement de lutter. Elle avait du mal à respirer à cause de la pression sur son cou et de la terreur qui l'avait envahie. La pointe de la dague étincelait à quelques centimètres de son visage.

— Maintenant, murmura Rook d'une voix douce, presque apaisante, est-ce que tu vas te tenir tranquille et me trouver une autre corde pour notre invité, ou vas-tu m'obliger à sortir un de ces jolis yeux de son orbite?

— Oui, répondit-elle en haletant.

— Oui, quoi? demanda-t-il en effleurant de la pointe de la dague le coin de ses yeux.

Elle n'osait plus rien, pas même cligner des yeux.

— Je vais vous aider.

— Bien, laissa-t-il tomber en hochant la tête avec satisfaction. Parce que si tu cherches encore une fois les ennuis, je ferai en sorte qu'il ne te reste même pas assez de sang pour remplir une coupe.

Il la retint encore quelques instants, légèrement excité par ses petits gémissements plaintifs et la sensation de son corps contre le sien, puis il relâcha lentement sa prise, au cas où elle essaierait de se sauver.

Mais elle n'en fit rien. Tenant sa robe fermée d'une main tremblante, Adela fouilla dans ses vêtements pour trouver une autre ceinture.

Rook sourit quand elle lui en passa une sans dire un mot.

— Ce n'était pas si difficile, non? dit-il en nouant avec un art consommé les longues cordes tressées aux pieds trapus et courts du lit.

Il tira sur chacune d'elles pour vérifier qu'elles étaient bien fixées, puis il se redressa.

— Maintenant, il ne nous reste plus qu'à nous occuper jusqu'au retour de ce misérable, reprit-il en se tournant vers elle. Allonge-toi sur le lit.

— Quoi? s'exclama-t-elle, sidérée par l'absence totale d'émotion avec laquelle il avait prononcé ces mots.

— Tu es là pour satisfaire les besoins des hommes, n'est-ce pas?

Rook désigna le lit d'un mouvement du menton.

— Alors satisfais mes besoins.

— Vous devrez payer.

Elle avait mis dans sa voix une pointe de défi mais elle se sentait prête à éclater en sanglots.

— Garin réglera l'addition.

Rook la regarda détourner la tête, son air de détresse le ravissait.

— Je ne pensais qu'il en faudrait aussi peu pour te briser le cœur.

Il s'approcha d'elle et écarta ses bras. La robe s'ouvrit. Il recula d'un pas, l'évalua un moment puis, quand il se sentit de nouveau excité, il l'attrapa par le poignet et la conduisit sur la paillasse.

Adela essaya de se dire que ce n'était qu'un client de plus, qu'il n'était pas pire que certaines des brutes qu'elle avait connues, mais elle ne put s'empêcher de pleurer quand Rook monta sur elle et qu'elle reçut son haleine fétide en plein visage.

Le Temple, Paris, 2 novembre 1266 après J.-C.

— Combien de temps seras-tu parti? demanda Simon en fixant une deuxième selle sur le banc.

— Je ne sais pas, répondit Will. Peut-être quelques semaines.

Un frisson le parcourut et il essuya son front glacé et moite. Sa main se couvrit de sueur.

— Je n'aime pas ça, dit Simon d'une voix ferme. Qu'est-ce que tu feras si tu retrouves Nicolas? Ils sont quatre. Je ne veux pas être méchant, mais Everard est incapable de se battre et toi...

Simon passa sa langue sur sa lèvre inférieure tout en regardant Will.

— Et toi, poursuivit-il, on pourrait croire que tu ne peux même pas tenir une épée en ce moment, alors en manier une...

Il s'approcha de Will et posa la main sur l'épaule de son ami avec embarras.

— Tu n'as pas dit un mot à propos de ton père, Will, depuis que nous avons appris pour Safed.

— Nous ne nous battrons pas avec Nicolas, dit Will en se dégageant de l'étreinte de son ami.

Il alla chercher deux rênes sur l'un des crochets fixés au mur de l'écurie et les tendit à Simon.

— S'il a prévu de se rendre en Acre, il devra attendre un bateau. Everard s'assurera du concours des chevaliers de notre commanderie à La Rochelle. Nous arrêterons Nicolas et ses frères là-bas, puis nous les tiendrons sous bonne garde.

— Mais pourquoi faut-il que tu y ailles ? Everard pourrait demander au visiteur d'envoyer des chevaliers à leurs trousses, non ?

— Cela soulèverait trop de questions auxquelles Everard ne souhaite pas répondre pour le moment. Les chevaliers de La Rochelle ne connaissent pas Nicolas.

— En tout cas, je suis surpris que le maître d'écurie vous laisse prendre ces chevaux, dit Simon, agacé du peu de cas que faisait Will de ses inquiétudes. Il m'a dit que vous aviez perdu les autres.

— Nous les avons récupérés, dit Will en attrapant les sacs qu'Everard lui avait donnés et qu'il devait remplir de victuailles.

Dans l'après-midi, un chevalier revenant d'une métairie appartenant à la commanderie avait croisé les deux palefrois perdus au milieu d'un champ. Voyant qu'ils portaient l'emblème du Temple, il les avait ramenés, si bien que le maître d'écurie n'avait eu d'autre choix que d'accepter quand Everard était venu une heure plus tôt à l'écurie lui demander de ferrer deux montures et de les tenir prêtes pour un départ à l'aube.

— Maître Campbell ?

Un sergent était apparu à l'entrée de l'écurie et saluait Will.

— J'ai un message pour vous. On me l'a donné il y a un petit moment, mais je n'arrivais pas à vous trouver.

— J'étais parti. De quoi s'agit-il?

— Un garçon me l'a transmis aux grilles, où j'étais de corvée. C'est de la part d'une femme, une certaine Elwen. Elle voudrait vous rencontrer dans une auberge du Quartier latin, les Sept Étoiles, qui se trouve dans la rue menant à la montagne Sainte-Geneviève.

— A-t-il dit autre chose?

— Non, maître, répondit le sergent. C'est tout.

Il s'inclina de nouveau et disparut. Perplexe, Will lança les sacs sur un banc.

— Qu'est-ce que tu fais? demanda Simon en le voyant prendre son manteau, posé sur une botte de foin. Tu ne vas pas y aller, quand même?

Will ne répondit pas.

— Tu dois prendre des provisions et te préparer pour le voyage, lui rappela Simon. Et que diable fait-elle dans une auberge, de toute façon?

— Je n'en sais rien, répondit Will en enroulant son manteau sur ses épaules. Mais j'ai demandé à Elwen de devenir ma femme. Il faut que j'y aille.

— Quoi? s'exclama Simon tandis que Will sortait un hongre fougueux de l'écurie. Comment as-tu pu faire ça? Tu es chevalier, Will! Tu n'as pas le droit!

— Je ne serai pas long, dit Will. Passe-moi une de ces selles, s'il te plaît.

Les Sept Étoiles, Paris, 2 novembre 1266

Garin entra par la porte de derrière, traversa un couloir donnant sur des chambres visiblement occupées, puis il se hâta de grimper l'escalier. Quand il poussa la porte de la chambre d'Adela, Rook était debout et remontait ses chausses. Adela était allongée sur le lit, roulée en boule. Sa joue portait une empreinte rouge de la forme d'une main et elle avait la lèvre fendue. Elle était nue.

Garin regarda Rook pendant qu'Adela se hâtait de ramasser sa robe en détournant le regard.

— Qu'est-ce que tu as fait?

— Tu en as mis, du temps, le coupa Rook.

Il observa l'expression sur le visage de Garin et sourit d'un air mauvais.

— Tu as peut-être flâné sur le chemin? Alors, c'est fait? Est-ce que tu lui as fait passer le message?

Garin regarda une dernière fois Adela, puis il fit demi-tour et partit en courant, ignorant Rook qui lui criait de s'arrêter. Parvenu en bas, le cœur battant à tout rompre, il poussa la porte de la taverne et s'enfuit dans la fraîcheur de la nuit, des larmes de rage au coin des yeux.

32

Les Sept Étoiles, Paris

2 novembre 1266 après J.-C.

La porte de l'auberge était barrée. Will la poussa de l'épaule mais elle ne céda pas et il martela le bois de son poing fermé. Il continuait à entendre des voix et des rires à l'intérieur. Sur la place, devant l'auberge, il y avait plusieurs chevaux et des charrettes, ainsi que quelques hommes qui discutaient paisiblement autour d'un petit feu. Il faisait complètement nuit maintenant et une demi-lune brillait dans le ciel en dardant ses rayons argentés sur les toits de Paris. Will allait frapper de nouveau quand il entendit le verrou tourner. La porte s'ouvrit et le vacarme déferla immédiatement sur lui, de même que l'air confiné et l'odeur des bières et des huiles parfumées. Une espèce de géant aux épais cheveux noirs, sourcils froncés, vint se placer dans l'embrasure de la porte.

— Oui?

— Je dois rencontrer quelqu'un ici, dit Will.

Sans paraître le moins du monde surpris, l'homme recula d'un pas pour le laisser entrer.

Quand il fut à l'intérieur, le colosse referma la porte derrière lui. Will jeta un regard alentour et il ne lui fallut pas longtemps pour comprendre que c'était un établissement bien particulier, le genre d'auberge sur laquelle Robert et lui échangeaient parfois des allusions qui les faisaient rire. Il devait y avoir vingt ou trente hommes dans des états divers de nudité et d'ébriété, assis sur des bancs au milieu des restes du dîner ou debout à danser sur la musique enjouée dispensée par un joueur de violon, et tous parlaient avec de grands éclats de rire. Mais ce qui attira l'attention de Will, c'étaient les autres occupants de la pièce. Il y avait environ une femme pour deux hommes, et elles étaient couvertes de bijoux et de maquillage. La plupart d'entre elles portaient des robes en soie suggestives, voire transparentes, d'autres n'avaient plus que leurs jupes et certaines étaient même complètement dénudées. Will ne parvint pas à détourner les yeux quand son regard se posa sur l'une d'entre elles, assise face à lui sur les genoux d'un homme, un marchand à en juger par ses vêtements bien taillés. Celui-ci avait une main posée sur ses seins et léchait avidement l'un de ses tétons bruns pendant que la femme discutait par-dessus son épaule avec une brunette potelée. Will finit par la quitter des yeux et par se tourner vers le colosse.

— J'ai dû me tromper d'endroit.

— C'est avec Elwen que vous avez rendez-vous ? demanda l'homme, les yeux posés sur le manteau blanc de Will.

Will était incapable de répondre. Son esprit, déjà confus, refusait de faire le moindre lien entre la scène orgiaque qui se déroulait devant lui et sa future femme.

— On m'a dit de surveiller l'arrivée d'un Templier, expliqua l'homme face au mutisme de Will. Elle vous attend en haut. La porte au fond du couloir.

Puis il s'éloigna en laissant Will seul.

Voyant une blonde aux lèvres écarlates avec pour tout ornement un collier en or se diriger vers lui en prenant un air aguicheur, Will prit la direction qu'on lui avait indiquée. Il monta lentement les marches. Il avait du mal à respirer et son esprit battait la campagne. Il essaya de penser aux raisons qu'Elwen aurait pu avoir de le faire venir en un tel endroit, mais parvenu en haut de l'escalier, il n'y en avait qu'une seule qui se présentait à son esprit. Debout dans l'entrée du couloir, il se rappela le livre obscène qu'elle lui avait montré, la manière dont elle s'était pressée contre lui et l'avait embrassé dans le champ près de la porte Saint-Denis. Il se souvint comment elle avait placé sa main sur sa poitrine au palais et tous les gestes de nervosité pendant leurs rencontres. Il arriva devant la porte que lui avait indiquée le colosse et s'immobilisa. Il ne voulait pas ça, pas maintenant, pas dans cette auberge sordide où la tête lui tournait et où il n'arrivait même pas à avaler sa salive. Mais il ne voulait pas non plus la laisser seule ici et il ouvrit la porte en espérant qu'elle comprendrait. La chambre enfumée était faiblement éclairée. Près d'une étagère remplie de bocaux et de bouteilles, lui tournant le dos, se trouvait une femme. Elle portait une robe de soie rouge et un bonnet en dentelle.

— Elwen? lança timidement Will dans l'obscurité.

Il pénétra dans la chambre et fit quelques pas à l'intérieur. Soudain, la porte se referma derrière lui et une dague incurvée miroita contre son cou. L'homme qui la tenait s'était caché entre le mur et la porte.

— Pose ton épée, dit l'homme en se collant contre lui, dans son dos.

Will hésita, puis il sentit la lame entailler légèrement sa peau.

— Pose-la!

Will défit lentement la boucle de sa ceinture. L'homme à la dague lui prit son arme et la jeta sur le lit. La femme se tourna. Ce n'était pas Elwen. Elle semblait terrorisée et on aurait dit qu'elle avait été frappée.

— Tu peux t'en aller maintenant, dit l'homme.

Will comprit après quelques secondes qu'il s'adressait à la femme.

— Assure-toi qu'on ne nous dérange pas. Et si le pleutre refait surface, envoie-le-moi.

En passant à côté de Will pour sortir, la femme jeta sur lui des yeux pleins de remords.

— Je suis désolée, murmura-t-elle.

Quand elle fut partie, l'homme mit un grand coup de pied dans la porte qui se referma en claquant violemment.

— Assieds-toi par terre, contre le lit.

Will marcha lentement vers la grande paillasse. L'homme ne le lâchait pas d'un centimètre, avançant dans son dos, au point qu'il pouvait sentir son haleine putride. La dague était toujours contre sa gorge. Son cœur ne se calmait pas, mais d'une certaine manière la peur lui avait permis de reprendre ses esprits. Il était presque arrivé au lit. Soudain, il attrapa de la main gauche le poignet de l'homme et pivota pour dégager son cou et écarter le danger. Will aperçut le visage de son adversaire, dissimulé par une espèce de cagoule noire de sorte que seuls ses yeux, sombres et brillants, étaient visibles, et il lui envoya un coup de poing dans l'estomac. L'homme se plia en deux en exhalant tout l'air de ses poumons et Will lui lança le genou en plein visage. La dague échappa des mains de son adversaire, qui reprit sa respiration avec un sifflement rauque et bruyant. Will lui lâcha le poignet et voulut courir vers la porte mais l'homme réussit à lui bloquer le chemin de la sortie. Ce n'était pas un mouvement très orthodoxe, il avait toujours le souffle coupé et était à moitié au sol, mais il jeta son corps en travers et cela suffit à déséquilibrer Will et à le faire tomber. Il se redressa immédiatement sur ses genoux mais fut pris d'un vertige, et un voile noir lui passa devant les yeux. Il vacilla et dut poser les mains au sol pour ne pas s'étaler. Il ne lui fallut que quelques secondes pour que sa vision revienne mais son adversaire s'était déjà repris.

L'homme se jeta sur lui et le plaqua contre le sol en le bourrant de coups dans les reins, les côtes, le dos, proférant jurons et menaces à jet continu. Will essaya de se dégager mais l'homme était à califourchon sur lui et le maintenait fermement. Chaque coup diminuait les forces qui lui restaient et lui coupait un peu plus la respiration, jusqu'à ce que, pour finir, il abandonne la lutte. La pièce plongea dans l'obscurité. Il sentit l'homme se relever, puis des mains le saisirent par les épaules et le traînèrent sans ménagement. Il saisit vaguement qu'on lui enroulait quelque chose, une corde peut-être, autour des poignets.

Le Temple, Paris, 2 novembre 1266 après J.-C.

— Mais où peut-il être? demanda Everard avec agacement. Il devrait déjà avoir récupéré les provisions. Je voulais revoir avec lui les plans de notre voyage.

Simon continua à brosser les flancs du cheval.

— Il est parti, dit-il au bout d'un moment, embarrassé.

Les yeux d'Everard se posèrent sur les deux sacs en cuir qu'il avait confiés à Will. Posés sur une botte de foin près de l'entrée de l'écurie, ils étaient vides.

— Parti? Où ça?

Simon poussa un profond soupir en se tournant vers le prêtre.

— Il est parti voir Elwen. Elle lui a envoyé un message lui demandant de la retrouver.

Everard fronça les sourcils.

— De la retrouver où? Réponds-moi! ordonna le prêtre en voyant Simon tergiverser.

— Une auberge... en ville..., balbutia Simon.

Everard fulminait. Le palefrenier lui expliqua où se trouvait l'auberge.

— Bien, si tu sais où elle se trouve, prends ce cheval et va me le chercher immédiatement.

— Mais...

Everard n'était pas d'humeur à discuter et, une heure plus tard, Simon traversait au galop le pont de l'île de la Cité en direction du Quartier latin.

Sur une place de marché non loin du palais, un groupe de négociants avaient gardé leurs boutiques ouvertes pour les gens qui rentreraient tard des prières et des célébrations de ce jour de fête. Il restait moins de deux heures avant complies mais les étals ne désemplissaient pas. La place était bondée. Tandis qu'il manœuvrait son cheval à travers la foule qui avait envahi la route, l'odeur de grillade fit gargouiller l'estomac de Simon. Dans les échoppes, on vendait des pâtisseries, de la bière, des épices, ainsi que de longs rubans de soie qui virevoltaient au vent comme des papillons de nuit. Juste derrière le marché, une voiture était stationnée au beau milieu de la route. Sur le siège arrière était posée une couverture écarlate avec une fleur de lys brodée en fil d'or. Deux juments richement caparaçonnées y étaient attelées et un cocher en cape noire et chapeau était assis sur le banc à l'avant. Près des chevaux, piétinant d'un air las, se trouvait un garde royal. Le front de Simon se plissa en voyant une femme s'approcher de la voiture, les bras chargés de soie. Il arrêta sa course. C'était Elwen.

Il descendit de cheval et jeta les rênes sur un poteau auquel quelques montures étaient déjà attachées. Elwen leva les yeux en le voyant passer le coin de la voiture en courant.

— Simon? s'exclama-t-elle, surprise.

Avant d'avoir pu rejoindre Elwen, Simon sentit une main lui cramponner fermement l'épaule et l'obliger à s'arrêter.

— Qu'est-ce que vous faites? demanda le garde royal en lui jetant un regard suspicieux.

— Tout va bien, Baudoin, dit Elwen en s'approchant. Je le connais.

Baudoin lâcha l'épaule de Simon. Puis il retourna près de la voiture sans quitter des yeux le palefrenier.

Simon se tourna vers Elwen.

— Où est Will? Il est reparti?

— De quoi parles-tu? demanda-t-elle, déconcertée

499

par sa brusquerie. Il est rentré à la commanderie avec les autres.

— Les autres?

— Les chevaliers. Quand ils ont quitté le roi.

— Je ne te parle pas de ça, répondit nerveusement Simon.

Il jeta un coup d'œil au garde et baissa la voix.

— Je suis au courant pour les Sept Étoiles.

Scrutant le visage perplexe d'Elwen, Simon s'aperçut qu'elle ne savait pas de quoi il parlait. Son agacement fit place à la confusion, puis à l'inquiétude.

— Tu ne devais pas le retrouver là-bas?

— Non, répondit-elle, gagnée à son tour par l'agacement. J'ai passé la soirée au palais, puis je suis venue ici. La reine m'a envoyée acheter de quoi faire de nouvelles robes pour le conseil de demain soir.

— Le conseil?

— Le roi va annoncer à la cour sa décision de prendre la Croix. Simon, que se passe-t-il? Qui t'a dit que je devais rencontrer Will? Pour ce que j'en sais, il était censé partir quelques semaines avec Everard.

Elle jeta un regard méfiant par-dessus son épaule.

— C'est en rapport avec le livre, ajouta-t-elle à voix basse.

— Il t'en a parlé?

— Nous devrions rentrer, mademoiselle, lança Baudoin. La reine pourrait avoir besoin de son attelage.

— Elle n'ira nulle part à cette heure, répondit rapidement Elwen en tournant la tête dans sa direction.

Sans plus se préoccuper d'elle, Baudoin reprit sa discussion avec le cocher. Simon la regardait, hésitant sur la marche à suivre. Elle sentait qu'il avait besoin de partager ses interrogations avec quelqu'un.

— Dis-moi ce qui se passe, l'encouragea-t-elle.

Simon passa la langue sur ses lèvres, puis il secoua la tête.

— Rien, dit-il en s'en allant, il faut que j'y aille.

Elwen le suivit, elle voulait comprendre.

— Où vas-tu? insista-t-elle. Parle-moi, Simon! Qu'est-ce que c'est, les Sept Étoiles?

— Les Sept Étoiles, s'exclama Baudoin en se retournant. Pourquoi parlez-vous de cet endroit?

— Vous le connaissez? demanda Elwen en s'interposant entre Simon et le garde.

— J'en ai entendu parler, dit Baudoin d'un air embarrassé. C'est dans le Quartier latin, près de la Sorbonne.

Il se passa la main dans les cheveux, visiblement gêné.

— C'est, euh... pour être franc, mademoiselle, c'est un bordel.

— Et pourquoi crois-tu que Will voudrait m'y retrouver? demanda Elwen en se tournant vers Simon. Il est là-bas en ce moment?

Après une longue minute, Simon acquiesça finalement.

— Je pense, oui.

Elwen se tourna vers Baudoin.

— Est-ce que vous savez où ça se trouve?

— Oui, mais...

— Nous y allons, dit Elwen au cocher avant que Baudoin n'ait pu finir sa phrase. Et tu montes avec moi, ajouta-t-elle à l'intention de Simon, d'une voix ferme où perçait néanmoins son inquiétude. Tu m'expliqueras ce qui se passe.

Elwen voulut grimper dans la voiture mais le garde vint se placer devant elle pour l'en empêcher. Baudoin était un homme imposant qui remplissait sans problème son uniforme, et il sembla encore plus imposant quand il prit la parole.

— Je suis désolé, mademoiselle, mais je ne peux pas vous laisser aller là-bas. Nous rentrons au palais.

Elwen allait protester mais elle comprit que ça ne servirait à rien. Baudoin était en général aussi placide qu'un âne, mais il pouvait aussi se révéler têtu comme une mule, et, en cet instant, ce côté de sa personnalité transparaissait nettement. Elwen se tut, déconfite, puis

501

lui vint à l'esprit quelque chose que Maria lui avait confié quelques mois plus tôt.

— Si vous ne me laissez pas y aller, Baudoin, je serai obligé de dire au capitaine de la garde que vous fréquentez sa fille.

Le visage de Baudoin s'empourpra et il fixa la jeune fille quelques instants avant de se tourner vers le cocher.

— Obéissez à la dame.

Tandis qu'Elwen grimpait dans la voiture avec Simon et s'installait sur le siège capitonné, elle adressa une brève prière pour remercier Dieu de l'incapacité de Maria à garder un secret.

Les Sept Étoiles, Paris, 2 novembre 1266 après J.-C.

Adela surveillait la salle. Des hommes dansaient sur les tables et elle avait perdu le compte des cruches tombées au sol en répandant leur vin. Fabien avait mis à la porte un client qui avait violenté une fille et deux autres gisaient par terre, inconscients. Cependant, les autres avaient l'air de pouvoir tenir encore un moment. C'était la nuit la plus agitée depuis longtemps. Non loin d'elle, un homme regardait deux filles danser ensemble. Adela sentit la nausée l'envahir en voyant le regard concupiscent qu'il leur jetait. Elle s'éloigna, sans réussir à évacuer totalement le souvenir des mains de Rook sur son corps et de son haleine infecte sur son visage. Elle aurait voulu que Fabien aille là-haut, le traîne à l'extérieur et le batte à mort dans la cour, mais elle savait que Rook représentait une réelle menace.

— Adela.

Garin se tenait derrière elle. Il avait le visage tout rouge et malgré le froid qu'il faisait dehors, de la sueur perlait sur son front.

— Tu es revenu, dit-elle d'une petite voix qui se perdit dans le brouhaha de la pièce.

Garin caressa sa joue meurtrie.

— Je suis désolé. Je sais qu'il t'a forcée, que ce n'est pas de ta faute.

— En effet, dit-elle soudainement en retirant sa joue. Ce n'est pas moi qui l'ai amené ici, pour commencer.

— Ne dis pas ça, s'il te plaît, je n'y suis pour rien. Je ne lui ai pas demandé de venir ici. Je suis désolé.

Comme elle se détournait, il l'attrapa par l'épaule.

— Écoute-moi, Adela, fit-il en élevant la voix pour qu'elle l'entende par-dessus les rires qu'un marchand avait provoqués en chutant d'une table. Si Rook obtient ce qu'il veut, il me paiera et nous pourrons être ensemble. Je pensais tout ce que je t'ai dit, et je le pense encore.

— Et le Temple ? dit-elle d'un ton accusateur. Tu crois que ton Ordre te laissera épouser une pute ?

— Je quitterai le Temple, dit Garin sans se préoccuper davantage de cet aspect de la situation. On m'a promis un titre de noblesse, et si tout se passe bien ce soir, je l'obtiendrai. J'achèterai un domaine en Angleterre. Ou n'importe où, comme tu voudras. Je veux seulement que tu viennes avec moi.

— Et s'ils ne te laissent pas quitter l'Ordre ?

— Hier, j'ai dit au visiteur que j'acceptais une affectation à Chypre. Il s'attend à ce que je m'y rende le plus tôt possible. Si je ne reviens pas, il pensera que je suis parti. Avant que quelqu'un ne s'aperçoive de ma disparition, il faudra du temps.

— Pourquoi t'es-tu enfui ? Pourquoi m'as-tu laissée avec lui ?

— J'étais furieux, dit Garin en essayant une nouvelle fois de lui caresser la joue.

Mais Adela s'écarta de nouveau et il se renfrogna.

— Je suis revenu, non ? dit-il en pressant ses mains entre ses doigts. Je ne veux plus te partager, ni avec ce bâtard, ni avec personne ! Quitte cet endroit, je peux m'occuper de nous.

— Tu ferais mieux d'aller à l'étage, répondit calmement

Adela en retirant ses mains. Rook est avec le Templier dans ma chambre. La dernière chose dont j'ai besoin ce soir, c'est d'un meurtre.

Garin jeta un regard craintif vers l'escalier.

— Will est ici?

Il reporta son regard sur elle.

— D'abord, promets-moi que tu me suivras. Je ne pourrai rien faire tant que tu ne me l'auras pas promis.

— Je vais y réfléchir.

Au bout d'un moment, Garin hocha la tête en souriant faiblement, puis il se dirigea vers les escaliers.

En arrivant devant la chambre d'Adela, il entendit la voix assourdie de Rook de l'autre côté de la porte, puis des cris de douleur étouffés. Il prit une profonde inspiration et frappa. Quelques secondes plus tard, la porte s'ouvrait.

Les yeux de Rook se plissèrent en voyant Garin.

— Tu t'enfuis encore une fois comme ça et je te démolis, grogna-t-il à travers son masque noir.

Puis il ouvrit la porte en grand et Garin aperçut Will, assis sur le sol, le dos calé contre le lit et les poignets attachés aux pieds de celui-ci, bras écartés, les chevilles elles aussi entravées par une ceinture. On eût dit un crucifix brisé. Garin vit qu'il essayait de tourner la tête mais une violente quinte de toux le prit, un soubresaut plutôt, et du sang jaillit de sa bouche. Il vit avec stupéfaction que Will portait le manteau blanc des chevaliers.

— Le gamin ne veut pas parler. Il va falloir que tu m'aides.

— Je ne peux pas! protesta Garin. Il me connaît!

— Et tu le connais aussi, rétorqua Rook. Tu sais mieux que moi où appuyer pour le faire plier.

— Non, dit Garin, je ne veux pas participer à ça. Il est chevalier, pour l'amour de Dieu! Si on nous découvrait, vous seriez pendu et je finirais à Merlan!

— À l'aide, grogna faiblement Will.

— Ferme-la! lui lança Rook par-dessus son épaule.

Puis il attrapa Garin par le bras.

— Cesse de pleurnicher et entre dans la chambre. J'en ai plus qu'assez de ces histoires ! Soit tu fais parler ce bâtard, soit je vous tue tous les deux !

Rook claqua la porte dans son dos et Garin fit lentement le tour du lit. Les yeux à demi clos, Will avait le menton posé sur sa poitrine. Ses lèvres et son nez pissaient le sang et une grande plaie bleuissait sur son arcade sourcilière droite. Recouvert d'une fine pellicule de sueur, son visage était mortellement pâle.

— Pas étonnant qu'il ne parle pas, murmura Garin en se tournant vers Rook. Qu'est-ce que vous lui avez fait ?

— Garin ?

Celui-ci se retourna, Will avait les yeux ouverts et le fixait d'un air incertain.

— Garin ? répéta-t-il avec plus de force.

Il essaya de se redresser mais n'y parvint pas.

— Il est parti ? Fais-moi sortir d'ici…

Garin se sentait incapable de croiser son regard.

— Je ne peux pas. En tout cas, pas tant que tu ne lui auras pas dit ce qu'il veut savoir.

Will secoua vaguement la tête.

— Je ne comprends pas. Qu'est-ce que tu…

Il se tut en voyant Rook approcher.

— Qu'est-ce qui se passe ?

— Il veut seulement savoir où est *Le Livre du Graal*. Il faut que tu le lui dises.

Will regarda Garin sans répondre.

— *Dis-le-moi !* hurla Rook en s'avançant et en levant le poing.

Will essaya de détourner le visage mais il ne put éviter le coup et il sentit ses lèvres s'écraser contre ses dents. Sous la violence de l'impact, il roula sur le côté, la bouche pleine de sang. Rook l'attrapa par les cheveux et lui redressa la tête. La respiration de Will était bruyante, il peinait à trouver de l'air.

— Will, mais dis-lui! le pressa Garin. Et il te laissera partir!

Rook se redressa en attendant que Will reprenne sa respiration.

— Garin, grommela Will en le cherchant des yeux. Il m'a dit qu'il avait Elwen, mais je ne l'ai pas cru. Dis-moi que ce n'est pas vrai.

Garin adressa un regard à Rook, puis il se tourna vers Will.

— Malheureusement, c'est vrai.

— Et tu peux t'imaginer ce que je lui ferai si tu ne me donnes pas ce que je veux, le menaça Rook en s'accroupissant devant lui. Tu t'en seras plutôt bien tiré par rapport à ta chérie, tu peux me croire.

Will regarda Garin par-dessus son épaule.

— Comment est-ce que tu peux faire ça? Pourquoi le *laisses-tu* faire ça?

— Dis-moi où est le livre, lui murmura Rook à l'oreille, ou je l'amène ici et je lui tranche la gorge devant toi. Mais seulement après m'être amusé avec elle.

Comme Will gardait le silence, il se releva et se tourna vers Garin.

— Va la chercher! *Maintenant!* lui ordonna-t-il en voyant que Garin ne bougeait pas.

— *Non!* cria Will quand Garin se dirigea vers la porte. Attendez, je vais tout vous dire! Mais laissez-la partir!

— Je te le promets, dit Garin d'une voix apaisante.

Puis il se pencha sur Will.

— Si tu lui dis où est le livre, je te jure qu'il ne lui arrivera rien. Je te le *jure*. Même si tu n'as plus confiance en moi, crois-moi au moins là-dessus.

— C'est Nicolas de Navarre qui l'a, dit Will en avalant péniblement sa salive. Il nous l'a volé et est parti pour La Rochelle.

— Qui ça? demanda Rook.

— C'est un Hospitalier. Il apporte le livre à son maître, en Acre.

— Pourquoi un Hospitalier aurait-il volé le livre?

— Il veut faire tomber le Temple, dit Will en crachant du sang.

Il regarda Garin.

— Laissez-la partir, je vous ai dit tout ce que je sais.

Rook recula. Son masque se souleva légèrement au niveau de la bouche, il souriait.

— Eh bien, voilà qui est intéressant, fit-il à l'intention de Garin. Je vais nous chercher des chevaux. Nous partons dès ce soir. Nous devons essayer de rattraper ce chevalier sur la route.

Il prit la direction de la porte, puis se retourna.

— Tue-le.

Bouche bée, Garin le fixa quelques instants en silence.

— Quoi?

Rook ouvrit la porte.

— Tu m'as dit que vous vous connaissiez, donc il risque de te dénoncer. Mais il n'en aura pas le loisir si tu le tues, non?

33

Les Sept Étoiles, Paris

2 novembre 1266 après J.-C.

Will tirait sur ses liens mais ils étaient si serrés qu'il ne réussissait qu'à s'épuiser davantage. Garin avait quitté la chambre quelques minutes après l'homme à la dague, mais il supposait qu'il ne lui restait pas beaucoup de temps. Ses pensées étaient tout entières tournées vers deux choses : recouvrer la liberté et retrouver Elwen, où qu'elle soit. Il n'était pas encore en mesure de réfléchir à la trahison de Garin et aux raisons qui l'y avaient poussé, cela viendrait plus tard. Essayant d'ignorer la douleur qui parcourait son corps, Will arrêta de se débattre et tendit le cou pour regarder le lit derrière lui. C'était une grande paillasse d'apparence assez massive, mais s'il pouvait réunir assez de forces, il devrait être capable de la traîner jusqu'au mur ou même jusqu'à la porte. Ensuite, il pourrait taper du pied et il y aurait bien quelqu'un dans les chambres contiguës qui l'entendrait. C'était un plan désespéré, mais il n'arrivait pas à en imaginer d'autre. Après avoir pris une profonde inspiration, il porta tout le poids de son corps vers l'avant en ahanant sous l'effort. Le lit glissa et vint se caler dans son dos. Will avança de quelques centimètres et recommença à tirer. Sous la pression, les cordes lui lacéraient de plus en plus les poignets. Le lit racla le sol mais avança de quelques centimètres en plus. Il refit la même opération plusieurs fois, mais il avait à peine réussi à franchir un mètre quand la porte s'ouvrit.

— Il faut que tu m'aides, entendit-il.

C'était Garin qui avait parlé. Il était accompagné de la femme que Will avait prise pour Elwen. La porte se referma en claquant. La femme porta la main à son visage en le voyant.

— Où est Rook?

— Parti chercher les chevaux, répondit Garin en se dirigeant vers la table.

Il prit un des bocaux et inspecta son contenu.

— Les chevaux? demanda la femme. Où allez-vous?

— Elwen, dit faiblement Will.

Tous deux se tournèrent. Will luttait pour relever la tête et regarder Garin.

— Fais ce que tu veux de moi, mais laisse-la partir.

— Nous ne l'avons pas, lui dit Garin. Il mentait.

— Elle n'est pas ici? dit Will en sanglotant de soulagement.

— Non, fit calmement Garin.

Il voulut ajouter quelque chose, mais il se ravisa et tourna vers la table. Il s'empara d'un autre bocal.

— Tu pars?

Garin releva la tête en entendant le ton accusateur qu'avait pris la femme.

— Pas longtemps. Je t'ai fait une promesse, Adela. Aide-moi une dernière fois et je ferai tout ce que j'ai dit.

— C'est de la jusquiame, murmura Adela en voyant Garin retourner le bocal. C'est toxique.

— J'ai besoin que tu me fasses une potion.

Adela s'avança.

— Pose ça, Garin. Je ne vais pas t'aider à le tuer.

Will les regardait en silence, l'esprit embrumé.

— Bien sûr que non, répondit vivement Garin.

— Alors quoi ? dit-elle en désignant le bocal qu'il tenait dans ses mains.

— Je voudrais une drogue qui le fasse dormir. La jusquiame sert à ça, non ? Ma mère en utilisait.

— Un sédatif ? Eh bien, on peut faire ça avec certaines parties de la plante. Mais si tu te trompes dans le dosage, tu ne te réveilles jamais.

— Tu peux me faire ça ? Je vais essayer de tenir Rook à l'écart jusqu'à ce que nous partions. Mais j'ai besoin que Will ait l'air mort, au cas où.

— Et qu'est-ce que je ferai quand il se réveillera et qu'il m'accusera de l'avoir enlevé et drogué ? s'emporta Adela.

— Il ne fera pas ça, dit Garin en regardant Will.

— Comment le sais-tu ?

— Parce qu'il n'aura qu'une chose en tête : me pourchasser.

Le regard d'Adela passa de l'un à l'autre. Finalement, elle prit le bocal que tenait Garin et le posa sur la table.

— Pas la peine que je fasse une potion, dit-elle en allant vers l'étagère et en attrapant une grande bouteille noire. Ça fera l'affaire.

Elle la tendit à Garin, qui retira le bouchon en liège et renifla son contenu.

— Combien en faut-il ? fit-il en grimaçant.

— Un quart de la bouteille le tiendra endormi pendant environ dix heures.

— Bon, au moins, ça ralentira sa poursuite.

Garin se dirigea vers Will.

— Ouvre la bouche.

— Tu as raison, marmonna Will, je vais te poursuivre.

Le visage de Garin se durcit.

— Je te sauve la vie, Will. Souviens-toi de ça.

Il attrapa le menton de Will et lui tint la tête en arrière, fermement mais sans violence.

Will essaya de détourner la tête mais Garin ne le laissa pas faire et il plaça le goulot de la bouteille entre ses lèvres. Will sentit un liquide épais et grumeleux emplir sa bouche. Il ne voulait pas avaler mais le liquide ne cessait de couler et Garin lui pinçait le nez pour l'empêcher de respirer. Pour finir, il n'eut d'autre choix que d'ingurgiter la mélasse au goût ignoble.

Quand il lui eut fait boire la quantité appropriée, Garin se redressa et alla reposer la bouteille sur l'étagère.

— Combien de temps avant qu'il s'endorme? demanda-t-il à Adela.

Will toussa et recracha une partie de la potion, qui dégoulina sur son manteau.

— Pas longtemps.

Will regarda Garin faire les cent pas dans la chambre pendant quelques minutes.

— Pourquoi fais-tu ça? lui demanda-t-il au bout d'un moment. Pourquoi veux-tu le livre?

— Ce n'est pas moi, répondit Garin, c'est lui qui le veut.

— Qui est-ce?

Garin ne répondit pas.

Quelques instants plus tard, Will se sentit nauséeux. Il voulut dire quelque chose, mais son estomac se souleva avec violence et il se plia en deux en vomissant sur le sol, après quoi il s'effondra contre le lit. Des frissons lui parcouraient le dos de bas en haut. Le picotement sur sa langue se répandit sur ses joues, puis sur son crâne et sa nuque. Il eut une envie irrépressible de rire et il se laissa aller. Son rire était aussi violent que les vomissements qui l'avaient précédé et il se mit à pleurer en même temps. Il s'affaissa sur le côté, essaya de se redresser mais ses membres ne répondaient plus. Il s'étalait toujours plus et son euphorie avait disparu. Il avait l'impression que ses bras et ses jambes appartenaient à quelqu'un d'autre, à quelqu'un qui aurait décidé de ne plus bouger. Garin parlait mais les mots n'avaient aucun sens et lui écorchaient les tympans. Il essaya de les repousser du bras mais tout ce qu'il réussit à faire fut de remuer la main de quelques centimètres. La chambre tanguait. Le visage de Garin était déformé et la femme avait une balafre rouge à la place de la bouche. Toutes les couleurs et les formes se mélangeaient les unes aux autres.

— Pourquoi? essaya-t-il de dire à Garin.

Will entendit le chevalier répondre et les mots résonnaient comme s'ils revenaient en écho depuis un trou d'une profondeur inouïe.

— Pour ce que ça vaut, Will, je suis désolé. Mais tu ne sais pas ce que j'ai traversé.

Will sentit qu'il sombrait. Quelques secondes plus tard, Adela marcha jusqu'au corps prostré au pied du lit. Elle souleva une de ses paupières et hocha la tête.

— Ça y est.

— Bien. Je vais dire à Rook que nous l'avons empoisonné.

— Aide-moi à le détacher, d'abord.

— Pourquoi?

— Je ne veux pas que quelqu'un entre ici et le découvre attaché comme ça, avec tous les coups qu'il a pris. Au moins, s'il est sur le lit, on pensera qu'il est saoul.

Garin aida Adela à défaire les nœuds.

— Il va dire aux responsables de ton Ordre que c'est toi qui lui as fait ça, non? demanda Adela tandis qu'ils hissaient Will sur le lit. Si c'est le cas, ils t'arrêteront?

Déjà sur les nerfs, Garin crut défaillir en pensant à Merlan. Il y avait des fosses là-bas spécialement réservées aux traîtres. D'après ce qu'on lui avait dit, c'était à peine assez grand pour qu'un homme s'y tînt accroupi. On le jetterait et il y vivrait plié en deux, dans une obscurité et une solitude totales, sans nourriture ni eau, jusqu'à ce que mort s'ensuive.

— Je te l'ai dit, je ne retournerai pas au Temple.

Il ramassa son sac, qui contenait ses quelques biens, dont la lettre d'introduction du visiteur, et prit son manteau roulé en boule.

— Quand je reviendrai, nous irons quelque part où ils

ne pourront pas nous trouver. Je viendrai te chercher. Tu peux vendre ton auberge, ou l'abandonner. Peu importe, nous partirons quoi qu'il en soit.

Garin s'interrompit le temps de mettre son manteau dans le sac.

Alors, c'est ça? lui disait une petite voix intérieure en se moquant de lui. Peut-être était-ce celle de son oncle. *Tu vas tout quitter, ta place au Temple, tes devoirs en tant que fils, en tant que Lyons, pour une pute?* Garin repoussa ce que la voix lui disait.

— Alors, c'est fait? demanda Rook quand Garin, quelques instants plus tard, arriva dans la cour à l'arrière de l'auberge, son sac balancé par-dessus l'épaule.

Des nuages épars dissimulaient la lune et l'endroit était plongé dans le noir, les barriques projetant leurs ombres trapues sur les murs.

— Oui, répondit Garin.

Entendant un hennissement, il se retourna. Deux chevaux étaient attachés dans l'allée partant de la cour. Rook s'approcha des montures et fixa son sac à la selle de la première.

— Où les as-tu trouvés? l'interrogea Garin.

— Qu'est-ce qui t'a pris si longtemps? le questionna Rook en retour, ses yeux brillant dans la lumière pâle provenant de l'auberge, avec le son des chants et des rires.

— Je l'ai empoisonné. J'ai attendu d'être sûr que la potion fasse effet.

Rook le scruta attentivement, puis il saisit un paquet posé sur une barrique et le lui jeta.

— Empoisonné, tu dis?

— C'est ça, dit Garin en réceptionnant le paquet.

— C'est toujours délicat. Parfois, ça ne marche pas. Je ferais mieux de vérifier par moi-même.

— Pas la peine! répondit ardemment Garin.

Mais Rook franchissait déjà la porte.

Dans la salle bondée, Adela s'était enveloppée de ses bras. Elle n'arrivait pas à imaginer comment elle avait pu se croire heureuse ici. C'était comme si on lui avait enlevé un voile qui l'empêchait de voir la réalité. Tout ce qui la préoccupait auparavant : les fissures dans les murs, les moisissures au plafond, les trous dans les robes des filles, le sol dont elle ne parvenait pas à enlever les taches de sang et de vomi ; tout cela lui paraissait encore bien pire désormais.

— Tu m'as demandé de te prévenir quand Dalmau serait à l'étage, Adela.

Adela se retourna. C'était une de ses filles, une rousse aux formes avantageuses qui s'appelait Blanche.

— Envoie Jacqueline, lui dit Adela d'une voix plus dure qu'elle n'avait voulu.

Elle soupira et désigna du menton les marchands lancés en pleine fête.

— Il faut que je m'occupe d'eux.

C'était un mensonge : Fabien était tout à fait capable de gérer la situation. Mais Garin n'était pas encore parti et elle voulait lui dire au revoir. En outre, elle ne supporterait pas qu'un autre homme la touche ce soir, et surtout pas le boucher au cou de taureau.

— Jacqueline ? fit Blanche, dubitative. Je croyais que Dalmau aimait les femmes d'expérience ?

— De toute façon, il est trop saoul pour faire la différence, trancha Adela. Dis-lui que c'est gratuit. Je paierai Jacqueline moi-même. Le double.

— Comme tu veux.

Adela traversa la pièce vers le couloir qui menait à l'arrière-salle. Mais elle s'arrêta sur le seuil en voyant une silhouette arriver dans l'autre sens.

— Où est Garin ? demanda-t-elle en reconnaissant Rook malgré l'obscurité.

Blanche s'était dressée sur la pointe des pieds pour repérer Jacqueline. Celle-ci était assise dans un coin plus calme, avec un petit groupe. Elle alla la chercher.

— Tu prends le client de la maîtresse, ce soir.

Jacqueline, une fille aux grands yeux ronds de quatorze ans, le visage pâle et de grandes boucles dorées qui descendaient en cascade sur son dos, leva des yeux craintifs.

— Le client de la maîtresse ?

— Ne t'inquiète pas, tenta de la rassurer Blanche. Il est fin saoul. Fais comme je t'ai montré, ça ne durera pas bien longtemps.

Un des marchands du groupe l'attrapa par-derrière en la faisant pivoter et elle poussa un cri.

— Il est dans sa chambre ! lança-t-elle à Jacqueline tandis que l'homme la faisait tourbillonner.

Jacqueline rassembla tout son courage pour se lever et grimper les escaliers. En haut, le couloir était plongé dans l'obscurité. Les cris et les rires diminuèrent à mesure qu'elle avançait.

Après avoir dépassé la Sorbonne, l'illustre collège de théologie fondé par le chapelain du roi Louis, la voiture tourna dans la rue menant à l'auberge des Sept Étoiles.

— C'est ici, dit Baudoin depuis le siège avant, où il s'était assis à côté du cocher.

La voiture n'était pas encore arrêtée qu'Elwen se levait déjà en tirant le rideau. Elle sauta à terre et regarda l'imposant établissement. Des torches étaient allumées derrière les fenêtres calfeutrées. Elle pouvait entendre les voix haut perchées des femmes par-dessus celles, plus graves, des hommes. À l'extérieur de l'auberge, des hommes qui se tenaient près d'un groupe de chevaux et de voitures la dévisagèrent. Le cœur d'Elwen accéléra quelque peu, mais elle les ignora et se dirigea vers la porte.

— Hé ! cria Baudoin en sautant à son tour de la voiture royale et en venant se placer devant elle. Où croyez-vous aller ?

— Je vais chercher mon futur mari, répondit Elwen en le contournant.

Mais Baudoin la saisit par le bras.

— Non, c'est moi qui vais voir s'il est là. Il n'y a qu'une raison pour une femme de se trouver dans un endroit comme celui-ci. Vous pourrez dire tout ce que vous voudrez au capitaine à propos de sa fille. Le roi lui-même me ferait jeter au cachot si je vous laissais vous égarer dans… Pardonnez-moi, mademoiselle, mais tous les hommes ont des désirs.

Il jeta un coup d'œil aux cochers près des voitures.

— Quand un homme voit une jolie fille comme vous, il n'a plus qu'une chose en tête. C'est le diable en lui.

Il se tourna vers Simon qui les avait rejoints en courant.

— N'êtes-vous pas d'accord, jeune homme ?

Sans laisser à Simon l'opportunité de répondre, Elwen dégagea son bras.

— Dans ce cas, vous feriez mieux de m'accompagner.

Simon parut impressionné par la détermination d'Elwen, mais Baudoin ne trouvait pas du tout la situation à son goût. Néanmoins, ne souhaitant pas l'arrêter de force, il n'eut d'autre choix que de la suivre. Simon se posta derrière eux, abandonnant la voiture royale au beau milieu de la rue. En approchant, la musique et les chants se firent entendre plus fortement. À la porte, Elwen marqua un temps d'arrêt, légèrement intimidée à l'idée qu'il y eût tant de gens à l'intérieur. Puis elle tourna la poignée mais la porte ne bougea pas. Alors elle frappa de petits coups.

— Je serais étonné qu'ils t'entendent, dit Simon en passant devant elle pour donner de grands coups de poing.

Pourtant, il n'y eut pas plus de réponse, bien qu'Elwen fût persuadée d'avoir vu le rideau bouger à une des fenêtres. Simon tapa de nouveau du poing et Baudoin maugréa pour montrer son mécontentement. Elwen se mordait les lèvres : la porte ne s'ouvrait toujours pas.

— Tu as empoisonné le chevalier? demanda Rook en arrivant près d'Adela.

— Oui, dit-elle en essayant de parler d'une voix ferme. J'ai aidé Garin à le faire.

Elle regarda la porte au fond du couloir, qui était fermée.

— Il est dehors? Je voulais lui dire au revoir.

— Tu pourras lui dire au revoir quand j'aurai constaté de mes propres yeux que le chevalier est mort, répondit Rook. En attendant, dégage de mon chemin.

Adela hésita, puis elle s'arma de courage.

— Je dois faire disparaître son corps avant que quelqu'un ne le découvre. Il est temps que vous partiez.

— Je ne te le répéterai pas.

Tandis qu'elle observait Rook – son visage à la peau grêlée qui respirait la cruauté, la sournoiserie et le mépris –, la colère et le dégoût s'emparèrent d'elle et lui firent dépasser toutes ses craintes.

— Allez-vous-en, lui souffla-t-elle d'une voix rauque. Ou je fais venir les gardes royaux pour leur montrer ce que vous avez fait.

— Est-ce que tu me menaces? lui rétorqua-t-il d'une voix grondante.

— C'est fini. Vous avez ce que vous vouliez. Maintenant, partez d'ici et je ne dirai rien à personne.

Le visage de Rook, en cet instant, était inexpressif. Il se tut pendant un laps de temps qui parut interminable à Adela, mais qui ne dura probablement que quelques secondes. Dans le couloir étroit, on n'entendait que la musique et les rires provenant de la salle, ainsi que le bruit des respirations. Finalement, Rook recula d'un pas.

— Tu ferais mieux de t'en occuper, dans ce cas. Ce ne serait bon pour aucun de nous deux si quelqu'un le retrouvait.

— Je sais, répondit-elle au bout d'un moment.

Surprise par sa réaction, elle dut réprimer le sourire

qui lui venait. Pour finir, Rook se retourna et rebroussa chemin.

Tremblante d'émotion, Adela le regarda traverser le couloir avant de repartir en sens inverse pour regagner la salle, chaque pas la rapprochant davantage de la clameur festive. Soudain, une main l'attrapa par l'épaule et elle fut plaquée contre le mur près de la porte des cuisines.

— Tu crois pouvoir me menacer? lui souffla Rook à l'oreille. Tu crois pouvoir me dire ce que je dois faire?

Adela se tordit comme une anguille mais rien n'y fit, il n'avait aucune difficulté à la retenir.

— Tu veux me dénoncer, n'est-ce pas? Tu veux dire aux gardes ce que j'ai fait, espèce de petite pute?

De sa main droite, restée libre, il tira la dague de son fourreau.

— Tu ne leur diras rien!

Il lui couvrit la bouche avec sa main gauche et lui releva la tête pour dégager son long cou blanc. Puis, d'un mouvement sec du poignet, il lui trancha la gorge. Du sang gicla sur le mur et le corps d'Adela se convulsa contre lui. Des larmes roulèrent le long de ses joues tandis qu'elle s'affaissait lentement, le sang souillant sans fin sa robe rouge.

Poussant du pied la porte des cuisines et voyant que celles-ci étaient vides, Rook traîna son corps inerte à l'intérieur. Il y avait des traces de sang partout sur le sol. Il rengaina la dague ensanglantée dans son fourreau, ferma la porte et sortit du couloir. Il traversait la salle bondée pour rejoindre l'escalier quand il vit Fabien se frayer un chemin vers lui à travers la foule.

— Où est Adela? lui demanda le colosse en le regardant avec une hostilité tangible.

— Je ne sais pas. Je la cherche aussi.

Du coin de l'œil, il s'aperçut qu'il avait du sang sur la main et il la mit derrière son dos.

— Il y a un garde royal et un sergent du Temple dehors. Elle doit leur parler.

— Du Temple ? s'inquiéta Rook.

— Oui, répondit sèchement Fabien. Ils sont sans doute là pour leur ami.

Il avança d'un pas.

— Ma maîtresse m'a demandé de vous traiter avec courtoisie tant que vous serez ici, dit-il en baissant la voix, mais si vous causez des problèmes, je serai forcé de lui désobéir.

— Eh bien, fais-les patienter un moment. Pendant ce temps, je vais faire le tour pour trouver Adela.

Fabien dévisagea Rook, hésitant visiblement sur le parti à prendre.

— Faites vite, finit-il par répondre. Je ne pourrai pas bloquer longtemps le passage à la garde royale.

Tandis que le colosse retournait vers la porte d'entrée, Rook se pressa de reprendre le couloir qu'il avait emprunté une minute plus tôt et de sortir par l'arrière.

Garin leva les yeux en le voyant surgir en trombe.

— Nous partons, dit Rook en attrapant les rênes de l'un des chevaux.

— Mais Adela…, commença à dire Garin, qui se demandait si sa ruse avait pu tromper Rook.

— Ça peut attendre, répliqua Rook. Nous partons immédiatement.

Il se mit en selle.

— Ou tu peux rester ici et expliquer à un Templier et à un garde royal pourquoi il y a un chevalier mort à l'étage.

Garin regarda la porte avec un mélange de crainte et de regret, puis il enfourcha sa monture. Les deux hommes partirent au petit galop dans l'allée, accompagnés par le fracas des sabots sur le sol.

— Ça ne sert à rien, dit Simon en reculant et en levant la tête pour observer les fenêtres de l'étage. Ils ne nous ouvriront pas.

— Laissez-moi essayer encore, insista Elwen.

Elle serra le poing et frappa le bois à s'en faire mal.

— Laissez-nous entrer! cria-t-elle, ce qui embarrassait Baudoin qui jetait des regards inquiets alentour.

Alors qu'elle s'apprêtait à frapper de nouveau, ils entendirent le verrou tourner. La porte s'ouvrit sur un homme immense, qui leur jeta un regard soupçonneux.

— Oui?

— Nous cherchons un ami à nous, dit Elwen.

— Vous devrez l'attendre à l'extérieur. C'est un établissement privé.

— Laissez la dame trouver son ami et nous partirons, intervint Baudoin en venant se placer devant la porte.

— Vous n'êtes pas ici pour raisons officielles?

— Non, répondit vivement Baudoin. Rien d'officiel.

— Alors, comme je vous l'ai dit, vous devrez attendre dehors.

— S'il vous plaît! supplia Elwen en voyant l'homme refermer la porte.

Simon passa devant elle et coinça son pied dans l'embrasure, après quoi il poussa la porte de l'épaule et assena au colosse un coup de poing dans l'estomac. Celui-ci tomba à genoux en poussant un grognement et Simon en profita pour entrer dans l'auberge. Son cœur battait à tout rompre. Ignorant les femmes nues, il scruta la pièce à la recherche de Will mais il n'était pas là. Apercevant un petit escalier menant à l'étage, il s'y engouffra sans attendre Elwen ni Baudoin, qui contournaient l'homme à terre pour entrer.

En découvrant la scène bachique qui se déroulait dans la pièce, Elwen s'arrêta net, stupéfaite, mais Baudoin l'attira vers les escaliers.

— Venez. Plus vite nous partirons, mieux cela vaudra.

Simon grimpa les marches quatre à quatre en prenant appui sur les murs. En haut, il déboucha sur un long couloir étroit, éclairé par une simple torche, et sur lequel donnaient huit portes. Une lumière ténue filtrait sous certaines d'entre elles. En ouvrant la première porte,

Simon tomba sur des amants enlacés qui se retournèrent d'un coup, surpris par l'intrusion. Ignorant leurs cris d'indignation, il ressortit et s'approcha de la suivante. Entendant des bruits de pas dans son dos, il fit volte-face mais se détendit en reconnaissant Baudoin et Elwen.

— Vérifions les chambres, dit-il au garde royal.

Baudoin s'avança pour l'aider dans ses recherches. Elwen vit le garde royal disparaître dans une chambre d'où lui parvirent immédiatement des cris, et elle se cala contre le mur pour laisser passer la fille nue qui en sortit en courant.

— Fabien! hurla la fille en dévalant les escaliers.

Parvenu presque au bout du couloir, Simon allait ouvrir une nouvelle porte quand un homme à demi nu, costaud comme un bœuf, le chargea. Tous deux allèrent s'écraser contre la porte d'en face, qui s'ouvrit sous le choc, et ils disparurent à l'intérieur d'une chambre.

— Baudoin! cria Elwen.

Le garde royal apparut dans le couloir et, en entendant les bruits de lutte féroce, il se précipita pour aider Simon. De plus en plus de gens sortaient des chambres et descendaient l'escalier en courant. Elwen entendit des grognements, puis le bruit de quelque chose qui se cassait, dans la chambre où Simon et Baudoin se battaient avec l'homme. Debout dans le couloir, elle ne savait pas quoi faire pour se rendre utile. Ses yeux se posèrent sur la porte du fond, la seule qui était encore fermée. Elle s'en approcha en passant devant les autres chambres, anticipant l'éventuelle sortie de leurs occupants, puis elle ouvrit la porte. Elle resta sur le seuil de la chambre enfumée. Dans l'âtre, les braises avaient blanchi.

Ses yeux se posèrent d'abord sur le miroir en argent contre le mur opposé, où elle vit son reflet : le rouge aux joues, les cheveux attachés en queue-de-cheval. Puis ses yeux volèrent rapidement sur le paravent en osier, la table et les étagères garnies de bocaux, pour se poser sur le lit contre le mur latéral. Une fille était assise à califourchon sur un homme, les jupons relevés sur ses hanches. Elwen crut que le monde basculait quand son regard se posa sur l'homme. Elle ne pouvait pas voir son visage, mais elle reconnaissait ses cheveux noirs ébouriffés, sa nuque et la forme de sa mâchoire. Des mains se posèrent sur ses épaules et la tirèrent sur le côté.

Jacqueline, qui s'était figée en entendant l'agitation alentour, roula sur le côté et se recroquevilla contre le mur, la peur au ventre, quand Simon se précipita dans la chambre. Lui aussi s'arrêta un instant. Puis il s'approcha du lit et tira le maillot de Will.

Ensuite, il entreprit de lui remettre ses chausses, les mains tremblantes. Soudain, il entendit Elwen crier derrière lui. Will, le teint blême, avait le visage couvert de contusions. Simon releva doucement une de ses paupières et vit que les yeux de son ami étaient révulsés, il n'en voyait plus que le blanc. Will poussa un râle et Simon crut entendre un nom : Garin.

— Will!

Les cris d'Elwen se transformèrent en sanglots et elle essaya de s'approcher du lit mais Baudoin, qui avait réussi à se débarrasser de l'homme dans la chambre à côté, la retint.

— Qu'est-ce qu'il a? Pourquoi ne se réveille-t-il pas? *Will!*

Simon se retourna. Il avait déjà vu des yeux révulsés comme ceux-là. Les chevaux avaient les mêmes quand on les bourrait d'opiacés pour les opérer. Il sentit la colère l'envahir.

— Qu'est-ce qu'il a, Simon? *Dis-moi!*

Simon planta ses yeux dans ceux d'Elwen en haussant légèrement les épaules.

— Il doit avoir bu ou quelque chose dans ce goût-là, je suppose.

— Non! Il ne ferait jamais une chose pareille! Pas ça!

Elwen s'effondra contre Baudoin, qui ouvrit les bras pour l'empêcher de s'écrouler par terre.

— En voilà assez, je vous ramène au palais.

Elwen pleurait trop pour protester quand Baudoin l'attira hors de la pièce, laissant Simon au chevet de Will.

Quand ils furent partis, Simon, bien qu'il ne se sentît pas très bien lui non plus, lui enfila avec précaution ses chaussures. La fille, toujours recroquevillée contre le mur, se précipita soudain vers la porte. Simon la laissa partir sans même lui accorder un regard. Une fois qu'il eut habillé son ami, il boucla sa ceinture et son fauchon autour de sa taille et l'emporta, toujours inconscient, sur ses épaules. Il se demandait pourquoi l'homme à qui il avait donné un coup de poing dans l'estomac ne les avait pas poursuivis et pourquoi il entendait tous ces cris tandis qu'il descendait l'escalier. La pièce en bas s'était presque vidée et il n'y avait plus de musique. Un attroupement s'était formé à l'entrée d'un couloir au fond de la pièce. Plusieurs femmes pleuraient. Simon profita de ce que l'attention des occupants était distraite pour sortir discrètement par la porte de devant.

34

Le Temple, Paris

3 novembre 1266 après J.-C.

Will rêvait qu'il était sur un bateau, à pêcher avec son père dans le loch. Le mouvement de l'eau était apaisant. Son père n'arrêtait pas d'attraper d'énormes poissons argentés, mais il les relâchait tous.

— Il est magnifique ! s'exclamait-il chaque fois en décrochant le poisson et en le remettant à l'eau.

Quant à Will, il n'en attrapait aucun. Il voyait les bancs scintillants de poissons affleurer sous l'eau, juste autour du bateau, mais aucun ne voulait mordre à sa ligne.

— C'est ton appât qui n'est pas bon, lui dit son père.

Will commença à se sentir mal. Le bateau tanguait de plus en plus. Les bancs de poissons nageaient en cercles de plus en plus rapides autour d'eux et ils le faisaient tournoyer sur lui-même. Son père riait et pêchait à mains nues, remontant de pleines brassées de poissons.

Will se réveilla, les mains agrippées à la paillasse pour s'empêcher de tomber. Il resta un long moment étendu là, immobile, se sentant prêt à vomir et clignant des yeux en regardant le plafond. Peu à peu, la nausée disparut. Il avait la langue pâteuse et un goût affreux dans la bouche.

Il essaya d'avaler sa salive, mais sa gorge était complètement desséchée. Tout paraissait faux : la lumière, les formes bizarres des meubles autour de lui, la douceur de la couverture dans laquelle il était enroulé. Même l'odeur de sa propre sueur lui semblait étrange. Will se redressa lentement. La lumière qui passait à travers la tapisserie lui faisait mal aux yeux. Claquant des dents, il repoussa la couverture et posa ses jambes par terre. En regardant la chambre dans laquelle il se trouvait, il s'aperçut qu'il savait où il était. C'était la cellule d'Everard.

La porte s'ouvrit soudain.

— Bien, dit Everard en voyant Will assis. Tu es réveillé.

Il ferma la porte et alla jusqu'au banc près de la fenêtre, où il déposa deux sacs en cuir. L'un était vide mais l'autre semblait rempli d'affaires. L'odeur du pain frais emplit la pièce. Everard s'approcha de sa table d'écriture et saisit une coupe. Puis, changeant d'idée, il prit un vêtement blanc sur le tabouret à côté de lui et le jeta sur la paillasse. C'était un surcot, une tunique dépourvue de manches qui se portait sous le manteau.

— Je l'ai récupéré chez le drapier ce matin, dit Everard en lui tendant la coupe. Il devrait t'aller. Bois ça et habille-toi.

En même temps qu'il s'emparait de la coupe remplie d'un liquide sombre, des souvenirs confus de la nuit surgirent dans son esprit.

— Qu'est-ce qui m'est arrivé ?

— De quoi te rappelles-tu ?

— Garin, s'écria soudain Will.

Il essaya de se lever mais ses jambes ne voulaient pas le porter et il retomba sur la paillasse.

— Simon dit que tu as mentionné son nom plusieurs fois. Il était à la taverne ?

— J'y suis allé pour voir Elwen, dit lentement Will en essayant d'organiser en un récit cohérent les images qui l'assaillaient.

Il leva les yeux vers le prêtre, mais Everard ne fit aucun commentaire.

— Elle m'a envoyé un message. Enfin, c'est ce qu'on m'a dit. Mais quand je suis arrivé là-bas, je... j'ai été attaqué par quelqu'un... un homme avec un masque. Il était au courant pour *Le Livre du Graal.*

Le front plissé, Will porta doucement la main à son visage, qu'il sentait tuméfié. Sa lèvre avait doublé de volume et il avait une énorme bosse au-dessus de l'œil, qu'il tâta en grimaçant.

— Il m'a frappé. J'ai dû lui dire ce que je savais à propos de Nicolas de Navarre parce que je ne l'ai pas revu. Et puis Garin est arrivé avec une femme.

Will hocha la tête, le voile sur sa mémoire se soulevant peu à peu.

— Ils étaient ensemble... Garin et l'homme, je veux dire... Comment se fait-il qu'il soit au courant? Est-il possible que Jacques lui ait parlé de l'Anima Templi?

Everard soupira.

— J'ai du mal à le croire, mais je ne vois pas comment il le saurait autrement. Cet homme dont tu parles, est-ce que tu te rappelles autre chose sur lui?

— Non. Il portait un masque.

Will garda le silence un instant.

— Rook, dit-il finalement. Je crois que la femme a dit qu'il s'appelait Rook. Garin m'a forcé à boire quelque chose et je ne me rappelle pratiquement plus rien après ça, simplement que la porte s'est ouverte et qu'il y a eu de la lumière.

Le visage de Will se crispa sous l'effort qu'il faisait pour se souvenir.

— Une voix de femme.

L'image d'une fille aux cheveux bouclés, blonde, la lumière des torches jouant sur son visage, lui revint en mémoire. La coupe lui échappa des mains et tomba sur le sol avec un bruit métallique.

— La femme, souffla-t-il. Elle...

Mais il se sentait trop mal et ne put achever sa phrase. Cependant, Everard sembla comprendre. Il se pencha et ramassa la coupe.

— Ne t'inquiète pas pour ton vœu de chasteté. Je t'absoudrai. Et je ne le raconterai à personne.

— Elwen! s'exclama soudain Will, le visage décomposé. Elle était là! J'ai entendu sa voix!

— C'est ce que Simon m'a dit, oui.

Will se leva. Vacillant, il chercha ses vêtements et aperçut son maillot sur un tabouret et ses bottes posées à côté.

— Qu'est-ce que tu fais? demanda Everard en le regardant d'un œil inquiet.

Will passa la tête dans son maillot.

— Où est mon épée?

— William...

— *Où est cette fichue épée?*

Will se tourna vers lui, les yeux étincelants, et Everard recula d'un pas.

— Juste là, fit-il en désignant un coffre.

Will l'attrapa puis, après avoir revêtu son nouveau surcot, il ajusta sa ceinture et son épée à sa taille.

— Qu'est-ce que tu comptes faire, William?

— Il faut que je voie Elwen.

Il prit sa mâchoire entre ses mains pour empêcher ses dents de claquer.

— Il faut que je lui explique.

— Nous n'avons pas le temps, dit Everard d'une voix à la fois calme et inflexible. Nicolas a déjà un jour d'avance sur nous et si ce que tu dis est vrai, on dirait que Lyons et l'homme qui t'a torturé sont à ses trousses. Simon t'a ramené de l'auberge. Il nous a sellé deux chevaux et nous attend dehors. Il vient avec nous. Je l'ai réquisitionné pour qu'il nous escorte.

— Vous avez parlé à Simon de l'Anima Templi?

— Non, mais il a prouvé qu'il savait se rendre utile et il est déjà au courant pour Nicolas de Navarre. Le visiteur pense que nous allons à Blois pour voir un traité original sur la navigation maritime. Je lui ai dit que Nicolas de Navarre avait dû partir de toute urgence pour des raisons personnelles. Une enquête sur les causes de sa disparition est la dernière chose dont nous avons besoin.

— Je ne peux pas partir.

Will cherchait des yeux son manteau. Il le trouva roulé en boule au pied de la paillasse et l'enfila, puis il se dirigea vers la porte.

Everard se mit en travers de son chemin.

— Si Elwen éprouve autant de sentiments pour toi que tu en as pour elle, elle te pardonnera. Que tu lui fournisses des explications aujourd'hui, demain ou la semaine prochaine.

— Laissez-moi passer! menaça Will d'une voix sourde. Ne me donnez plus d'ordre!

Everard l'agrippa par le bras.

— Lyons t'a drogué et mis au lit avec une fille de bas étage probablement infectée par quelque mauvaise maladie! Tu vas le laisser s'en tirer comme ça?

Will essaya de repousser Everard mais il n'en avait pas la force. De plus, les mots d'Everard avaient ébranlé le tréfonds de son être.

— Arrêtez! gémit-il. Ne dites pas ça! Je ne veux rien entendre!

— C'est lui qui a dit à la fille de te violer! insista Everard, les yeux plissés. Cette fille t'a *violé*!

— Taisez-vous!

— Il t'a fait briser ton vœu de chasteté, le vœu auquel tu t'es engagé auprès du Temple en l'honneur de ton père!

Il saisit l'autre bras de Will et le secoua.

— Vas-tu rester sans réagir? Qu'est-ce que tu vas faire?

— *Je vais le tuer!*

Will s'effondra contre le prêtre, pris de tremblements. Tout se mélangeait en un tumulte vertigineux, son désarroi était complet.

Everard l'accueillit contre lui, les bras grands ouverts.

— Nous le trouverons, murmura-t-il à l'oreille de Will. J'aurai mon livre et tu verras Lyons pendu. Je te le promets.

Route de César, à proximité d'Orléans, 5 novembre 1266 après J.-C.

Cela faisait deux jours qu'ils pourchassaient Rook et Garin, progressant vers l'ouest sur la route de César, en direction de La Rochelle. Le jour de leur départ, ils avaient bien avancé et s'étaient vus récompensés de leurs efforts en arrivant le soir à Étampes, ville prospérant autour de quelques fabriques d'étoffes, où on les informa qu'un Templier et un autre homme étaient passés dans l'après-midi. Selon le plan qu'il avait mis au point, Everard espérait empêcher Garin et Rook de poursuivre Nicolas de Navarre avant de voler jusqu'à La Rochelle pour y faire arrêter les Hospitaliers.

À Étampes, Will, Everard et Simon avaient partagé une chambre dans une auberge dont le propriétaire, en voyant leurs manteaux, les avait conviés à dîner avec sa femme et son fils. Ils avaient mangé du sanglier, mais ce repas avait cependant mis à mal l'estomac de Will et l'avait gêné pour chevaucher le lendemain, au grand dam d'Everard. La douleur qu'il ressentait à la gorge n'avait cessé d'empirer dans la matinée, au point qu'il lui était devenu difficile de déglutir. De plus, ses yeux et son nez coulant sans discontinuer, il cavalait pour ainsi dire à l'aveugle. Malgré le froid mordant, il transpirait à grosses gouttes et la nuit précédente, qu'ils avaient passée dans une grange, il avait tenu les autres éveillés par les quintes de toux et les cris qu'il poussait dans son sommeil. Simon l'avait veillé avec inquiétude. Quant à Everard, il était trop préoccupé par le livre pour prendre garde au fait que la santé de Will déclinait rapidement.

— Il ira mieux dans un jour ou deux, répondit-il avec une pointe d'agacement à Simon, qui lui faisait remarquer l'aspect fiévreux de son ami quand ils mirent pied à terre à l'heure des nones.

Ils s'étaient arrêtés à proximité de la route, près d'un taillis d'arbres chétifs le long duquel coulait une petite rivière agitée par les pluies récentes. Les berges en étaient boueuses, mais ils pourraient approcher leurs chevaux assez près pour les faire boire. Une légère brume humidifiait l'atmosphère et les nuages étaient bas dans le ciel. Autour d'eux, l'hiver gris et morne dominait le paysage.

Will s'était avancé au bord du ruisseau pour y remplir leurs gourdes. Simon prit les rênes d'Everard pendant que celui-ci déballait du pain et du fromage et les posait sur une souche d'arbre. Le palefrenier regarda Will plonger les gourdes dans le courant, mourant d'envie de le rejoindre. Depuis qu'ils étaient partis de Paris, il avait plusieurs fois tenté de lui parler, mais ses lèvres restaient scellées et aucun mot n'en sortait. Il essayait d'éloigner l'image d'Elwen aux Sept Étoiles, avec son visage désemparé quand il lui avait dit que Will devait avoir bu, mais il n'y parvenait pas. Le mensonge lui était venu spontanément, sans réfléchir, et ensuite il n'avait plus été capable de revenir dessus. Maintenant qu'il avait Will en face de lui, il ne réussissait pas à sortir de son esprit l'idée qu'il l'avait trahi.

— Fais boire les chevaux, lui ordonna Everard, ce qui le fit sortir de sa léthargie.

Tandis que le prêtre cherchait un buisson derrière lequel faire sa toilette, Simon emmena les chevaux sur une berge descendant en pente douce vers la rivière, et ils plongèrent la tête dans l'eau pour se désaltérer. Tout en flattant l'échine de son cheval de trait, une jeune jument qui portait leurs provisions, il jeta un coup d'œil à son ami. Stupéfait, il poussa un petit cri de surprise. Will avait enlevé son manteau et son surcot, les avait jetés négligemment sur la rive boueuse, et il retirait maintenant son maillot de corps. Il ne sembla pas entendre le cri de Simon. Délaissant les chevaux, celui-ci courut le long de la berge. Will était maintenant déchaussé et il s'enfonçait pieds nus dans la vase. Il n'était immergé que jusqu'à la taille mais le courant était fort et Simon savait que l'eau était glaciale.

— Will! Sors de là!

Au lieu de se retourner, celui-ci commença à se balancer de l'eau sur les bras et le torse en se frictionnant.

Simon enleva lui aussi ses bottes, puis il s'enfonça dans la rivière en poussant des jurons.

Contrastant avec l'eau brunâtre de la rivière, la peau de Will semblait plus blanche qu'un linge, sauf ses joues couvertes de plaques rouges. Simon l'attrapa par l'épaule et il finit par tourner la tête. Ses yeux grands ouverts étaient inexpressifs.

— Il faut que je me nettoie.

— Reviens, je vais te trouver de quoi te laver, haleta Simon, que l'onde glaciale frigorifiait.

Mais Will, sans l'écouter, fit un pas en avant et Simon fut obligé de le retenir. En dépit de la faiblesse de sa constitution, il conservait une force étonnante et Simon dut bander ses muscles pour l'empêcher d'avancer.

— S'il te plaît, Will! On va attraper la mort!

— Quand je ferme les yeux, je ne vois qu'elle!

— Elwen? demanda Simon en s'agrippant à Will.

Le regard de Will sembla revenir à la réalité.

— Je croyais que c'était elle, Simon. La fille... je croyais que c'était elle. C'était comme un rêve. Je l'ai désirée. Je... je l'ai *touchée*... et...

Il secouait la tête, en proie au délire.

— Et quand j'ai vu son visage, son vrai visage, j'ai voulu lui dire d'arrêter. J'ai essayé, Simon, tu dois me croire. Mais je ne pouvais pas parler. Je ne pouvais pas bouger! Je peux encore sentir son odeur. C'est insupportable!

— Tout va bien aller, lui dit Simon d'une voix si faible qu'elle fut couverte par le bruit du courant.

— Elwen m'a vu.

— Quand nous aurons le livre, nous retournerons à Paris et tu lui expliqueras tout. Tu lui diras ce que tu viens de me raconter.

— Je lui dirai quoi, Simon ? Que j'ai couché avec une pute en la prenant pour elle ?

Les larmes de Will le submergèrent.

— Pourquoi est-elle partie ? Je ne comprends pas. Elle sait très bien que je n'aurais jamais pu faire ça ! Je ne comprends pas.

— Elwen te pardonnera, balbutia Simon, bouleversé par des émotions contradictoires.

Il espérait avoir raison et, en même temps, il aurait fallu qu'il se confesse pour alléger sa propre culpabilité. Mais les mots restaient coincés dans sa gorge, ils l'étouffaient.

— Et si elle ne te pardonne pas... peut-être... peut-être que c'est mieux ainsi, bafouilla-t-il.

— Comment cela pourrait-il être mieux ? cria Will d'une voix rendue presque inaudible par les sanglots.

— Parfois, il y a des raisons pour que les malheurs arrivent. Peut-être que tu lui as demandé trop tôt de devenir ta femme ? Peut-être devriez-vous attendre un peu pour être certains que c'est ce que vous voulez ?

— Je ne veux pas attendre !

Will pataugea pour rejoindre la berge mais il glissa et s'effondra dans l'eau. Simon l'attrapa par les épaules et le remit debout.

— Tu ne vois donc pas ? hurla Will, parcouru par des tremblements. J'ai attendu toutes ces années pour rien. J'ai attendu que mon père me pardonne et il est mort ! Je ne peux pas attendre qu'elle me pardonne !

Will vacilla et Simon lutta pour qu'il reste d'aplomb.

— Laisse-moi ! soupira Will d'une voix désespérée.

— Jamais de la vie, lui répondit Simon.

Maintenant qu'il n'opposait plus de résistance, Simon parvint à le tirer sur la berge.

— Qu'est-ce que vous avez fait ? s'exclama soudain

Everard en sortant du buisson et en découvrant Will et Simon affalés dans la boue, trempés et tremblants. Tandis qu'ils faisaient un petit feu pour réchauffer Will, Simon supporta en silence la colère d'Everard. Le prêtre pestait contre eux à cause du retard que cette histoire allait encore accentuer. Pris par la fièvre, Will entendait à peine sa colère. Pendant qu'Everard fulminait en rangeant les provisions, Simon essaya de le persuader de manger un morceau de pain, mais sans succès. Depuis qu'ils étaient sortis de l'eau, Will n'ouvrait la bouche que pour tousser.

Pour finir, Everard piétina le petit foyer et ils se remirent en route, espérant atteindre Orléans avant la tombée de la nuit. Comme Will était trop faible pour monter seul, Simon s'assit derrière lui et le ceintura tout au long du chemin pour l'empêcher de tomber de selle. Everard tirait sa jument en maugréant. Malgré la lenteur épouvantable de leur progression, ils arrivèrent en vue de la ville le soir même, comme prévu.

Mais ils n'auraient pas à entrer dans Orléans, dont les portes allaient bientôt être fermées pour la nuit. Avant d'atteindre l'enceinte, ils bifurquèrent vers la Loire pour contourner un petit bois derrière lequel se trouvait la vieille église Saint-Marc, sanctuaire autour duquel s'était organisée la commanderie. Le ciel de cette fin de journée était grisâtre et il commençait à pleuvoir quand ils arrivèrent finalement. C'était un domaine aux dimensions modestes surplombant la Loire, mais il y avait, outre l'église, des écuries, et les bâtiments étaient bien entretenus. Le commandeur vint en personne leur souhaiter la bienvenue et Will fut immédiatement emmené à l'infirmerie. Everard l'accompagna tandis qu'on montrait à Simon ses quartiers.

Il attendit anxieusement dans la petite chambre, regardant à travers la meurtrière qui laissait entrer un vent froid portant l'odeur saumâtre du fleuve. En plus du tabouret, il y avait une paillasse étroite et un seau pour la toilette. Simon se rendit compte qu'il devrait passer la nuit à même le sol.

Quand Everard arriva un peu plus tard, Simon se leva pour l'accueillir.

— Comment va Will? demanda-t-il timidement.

— Comment? répéta Everard en s'asseyant lourdement sur le tabouret. Oh! Pas bien...

— Est-ce... est-ce que c'est à cause de la prostituée? parvint à articuler Simon.

— Non, je ne crois pas. Il a une mauvaise fièvre. L'infirmier pense qu'il sera remis dans quelques jours. La lune est dans une phase appropriée, ils vont lui faire une saignée.

Simon hocha la tête en sentant ses craintes s'atténuer.

— Tu vas devoir poursuivre le livre tout seul.

— Quoi? s'écria Simon, sidéré.

— Nous ne pouvons pas le laisser aux Hospitaliers, poursuivit Everard en s'approchant de lui. Si Nicolas de Navarre quitte ces rivages en l'emportant avec lui, je ne le reverrai jamais!

Il ouvrit l'un des sacs en cuir qu'il avait rapportés dans la chambre et en sortit une grosse bourse et un long couteau de chasse.

— Prends ça, dit-il en fourrant bourse et couteau dans les mains de Simon. Elle contient assez d'argent pour faire au moins cinq fois l'aller-retour d'ici à La Rochelle. Va directement à notre commanderie et dis aux chevaliers que les Hospitaliers ont volé un livre important au Temple de Paris. Explique-leur que tu as dû devancer tes compagnons et qu'ils doivent arrêter à tout prix Nicolas de Navarre et ses frères, ainsi que Lyons et l'homme avec qui il voyage, s'ils sont là. Will et moi, nous te suivrons dans quelques jours.

Le palefrenier fixa un moment la bourse et le couteau, puis il reporta son regard sur le prêtre. Il ne parlait pas le français et son latin n'était pas fameux. Il pouvait à peine écrire son propre nom ou compter jusqu'à dix, et la seule fois où il avait utilisé une arme, c'était quand Will avait essayé de lui apprendre son maniement pour pouvoir s'entraîner avec lui. Et voilà que ce prêtre effrayant voulait qu'il prenne plus d'argent qu'il n'en avait vu de toute sa vie et qu'il se mette aux trousses de deux groupes d'hommes armés ? Il pensa à la distance qui le séparait encore de La Rochelle. Bien qu'il ne sût pas combien de lieues cela pouvait faire exactement, la perspective de parcourir tout ce chemin seul était aussi terrifiante que si on lui avait demandé de marcher jusqu'à Jérusalem.

— Je... je ne suis pas sûr d'en être capable, bafouilla-t-il. Ne pourriez-vous pas y aller ? Je resterais avec Will et nous vous rejoindrions quand...

— Ne sois pas ridicule, l'interrompit Everard. Tu iras bien plus vite que moi. Nous avons déjà pris du retard. Tu dois arriver à La Rochelle avant que Nicolas n'embarque. Will et moi ne seront pas loin derrière toi.

Il baissa la voix, adoptant soudain le ton de la confidence.

— Il n'y a personne d'autre, Simon. Si tu n'agis pas, Lyons ne sera jamais puni pour ce qu'il a fait et Will ne sera jamais en paix.

35

Le Temple, Orléans

2 février 1267 après J.-C.

Will regardait la file de femmes descendre la colline en direction de la cathédrale. De leurs mains en coupe, elles protégeaient les flammes des bougies du vent menaçant qui soufflait en rafales au-dessus des eaux profondes de la Loire. C'était la procession de la Purification de la Vierge, et toutes celles qui avaient accouché dans l'année apportaient un cierge à l'église pour demander à la Sainte Mère d'accorder la santé à leur bébé. Prêtres, moines et clercs de toute la Chrétienté purifieraient ce soir tous les cierges pour les messes de l'année à venir.

Se détournant de la fenêtre, Will aperçut son reflet dans la bassine d'eau posée sur la table à côté de sa paillasse. Il avait le visage émacié et les joues creuses, ses yeux étaient enfoncés dans leurs orbites et ses côtes saillaient au-dessus de la cavité de son estomac. Ces trois derniers mois, il avait perdu presque un tiers de son poids. Sa fièvre s'était rapidement transformée en maladie respiratoire qui avait bien failli l'emporter. En plus des cicatrices dues aux coups de fouet qu'Everard lui avait infligés, une série de coupures plus récentes avaient été faites par les infirmiers pour libérer les mauvaises humeurs de sa poitrine. La petite chambre empestait l'huile de rue et de laurier qu'on lui appliquait pour l'aider à cicatriser. Cela faisait des semaines que Will était dans un état de stupeur constante, le corps toujours plus ou moins trempé de sueur. On lui faisait régulièrement des saignées, et il avait l'impression qu'avec le liquide vital, c'était toute sa rage, sa douleur et sa culpabilité qu'on purgeait, ne laissant de lui qu'une cosse de peau cendrée incapable de se nourrir, de s'habiller, et encore moins de sentir quoi que ce soit.

Cependant, au cours de la dernière quinzaine, sa toux avait peu à peu commencé à diminuer. Les saignées avaient pris fin avec la nouvelle lune et ses joues avaient repris un peu de couleur. Dans le même temps lui était revenue la mémoire. Et la colère. C'était une colère plus glacée, plus souterraine que celle qu'il avait connue, mais elle n'en était que plus puissante. Elle l'avait tenu éveillé ces dernières nuits, surpassant même en intensité les regrets qui l'avaient assailli en repensant à Elwen.

La porte s'ouvrit.

— As-tu vu la procession ?

— Oui, répondit Will en continuant à observer son reflet.

Sans prêter attention au ton indifférent de Will, Simon continua de sourire. Il portait une gamelle pleine d'un brouet fumant et une coupe remplie d'une boisson à base de pommes rôties, de bière, de sucre et de noix de muscade.

— Voilà, dit-il en refermant la porte avec son pied. Assieds-toi donc, je vais t'aider à manger.

Le seul signe extérieur par lequel Will manifesta son irritation fut un tic nerveux de la joue.

— J'y arriverai bien tout seul.

Les attentions dont faisait constamment preuve le

palefrenier à son égard avaient le don de l'agacer et, pour ne rien arranger, la chambre dans laquelle il était confiné finissait par le rendre claustrophobe. Il n'en pouvait plus de sentir sa propre odeur saturer les couvertures dans lesquelles il dormait et l'air qu'il respirait. Il n'en pouvait plus de ce coin de ciel gris qu'il apercevait par la fenêtre. Attrapant la gamelle, Will s'assit sur sa paillasse et commença à avaler la mixture. La chaleur du plat soulagea sa gorge et sa poitrine douloureuses.

— Frère Jean pense que tu iras assez bien d'ici la fin du mois pour pouvoir voyager, dit Simon après un long silence rempli par le chant des femmes approchant de la ville.

Will hocha la tête. Frère Jean, l'infirmier, lui en avait dit autant le matin même. Everard, qui était venu entendre le diagnostic, avait été ravi. D'après ce que Simon lui avait dit, le prêtre était comme possédé, il avait passé les dernières semaines dans sa chambre, comme un tigre en cage, à faire les cent pas et à consulter toutes les cartes qu'il pouvait trouver indiquant les différentes routes possibles pour aller en Terre sainte – par voie de mer ou de terre.

Quand Simon était revenu de La Rochelle, au beau milieu de l'hiver, Will était toujours plongé dans une fièvre tenace. Le voyage du palefrenier vers le port avait bien commencé, il était allé à bonne vitesse en suivant la Loire jusqu'à Blois. Mais, un soir, juste avant d'atteindre Tours, son cheval avait chuté sur une pierre. Il avait marché jusqu'à la ville suivante en traînant la bête éclopée derrière lui et avait dû dépenser une partie de l'argent d'Everard pour acheter une autre monture. Les jours suivants, le temps particulièrement mauvais l'avait encore retardé, si bien qu'il était arrivé à La Rochelle bien plus tard qu'ils ne l'avaient prévu. Sur place, il n'avait pas eu de difficulté à localiser Nicolas mais Garin était resté introuvable.

Quand Simon annonça aux Templiers qu'un Hospitalier avait volé un livre de valeur à la commanderie de Paris, le maréchal envoya deux chevaliers chez les Hospitaliers pour exiger qu'on leur livre Nicolas. Niant avoir connaissance d'un tel livre, les Hospitaliers répondirent sèchement que quatre chevaliers étaient récemment arrivés de Paris, mais qu'ils ne se trouvaient plus à La Rochelle. Trois d'entre eux étaient retournés à Paris et le quatrième, un homme du nom de Nicolas de Navarre, avait embarqué six jours plus tôt sur un de leurs navires en partance pour Acre. Le maréchal du Temple, ne voulant pas assombrir ses relations avec les Hospitaliers, avait informé Simon qu'il ne pouvait rien faire de plus et qu'il revenait au visiteur de Paris de décider de la suite des événements.

De retour à Orléans, à peine avait-il appris à Everard ce qui s'était passé que ce dernier voulut se rendre lui-même au port. Mais Will était bien trop malade pour supporter le voyage et Simon lui avait fait savoir qu'aucun vaisseau ne rejoindrait l'Orient avant le printemps. Le premier navire de la flotte de guerre à faire route vers l'Orient serait le *Faucon*; son appareillage était prévu depuis qu'on était au courant que Safed était tombé aux mains de Baybars. Everard avait alors envoyé un message au visiteur de Paris pour l'informer qu'ils partiraient tous trois pour Acre avant l'été, lui en pèlerinage, Simon et Will pour renforcer les garnisons de la ville.

Simon regardait Will avaler son breuvage.

— J'ai réfléchi à quelque chose. Peut-être qu'on ne devrait pas aller en Acre. La guerre, ce n'est pas pour moi. Tu sais bien que je sais à peine tenir une épée.

— Ma décision est prise, répondit Will en s'essuyant la bouche du revers de la main. Mais tu n'es pas obligé de venir.

— Si, je suis bien obligé. Ce n'est pas Everard qui prendra soin de toi.

— Je n'ai pas besoin qu'on s'occupe de moi.

Simon poussa un profond soupir.

— Tu tiens à peine debout. Il faudra des semaines pour aller à La Rochelle, et ensuite des mois et des mois de navigation. Et même si nous arrivons en Terre sainte, comment retrouverons-nous Garin et Nicolas, à supposer qu'ils y soient vraiment?

Will se leva et s'approcha de la fenêtre. Il posa ses mains à plat sur le rebord et ferma les yeux en inspirant de petites goulées d'air glacial. Cela faisait plusieurs jours que tout son esprit était tourné vers l'Outremer, là où son père était enterré. Sa peau pâle et crevassée par les morsures du froid exigeait la chaleur du soleil d'Orient. Dans le fond de son cœur, il voulait sa revanche. Les Sarrasins avaient tué son père et Nicolas de Navarre lui avait enlevé la seule opportunité qu'il avait eue de se libérer de ses fautes, d'accomplir la seule chose que son père souhaitait. Si Nicolas de Navarre parvenait à abattre l'Anima Templi et à entraîner le Temple dans sa chute, la mort de son père n'aurait vraiment eu aucun sens et la guerre continuerait sans fin. Et Garin, son vieil ami? Celui qui avait fait disparaître l'ombre quand il était arrivé au Nouveau Temple? Il avait anéanti la seule chose qu'il lui restait, Elwen.

Il ouvrit les yeux.

— Je les trouverai, dit-il.

Il prononça ces mots autant pour lui-même que pour Simon.

TROISIÈME PARTIE

36

L'hôpital de l'Ordre de Saint-Jean, Acre

18 janvier 1268 après J.-C.

La journée était fraîche sur Acre, même si bien entendu il faisait incomparablement plus chaud qu'un jour du même mois en France ou en Angleterre. Un peu plus loin, au sud de la ville, les contreforts du mont Carmel étaient couronnés de nuages indigo et paraissaient bien sombres en regard du jaune et du blanc éblouissant qui dominaient la plaine côtière. Une pluie compacte tombait sur eux comme un voile éthéré pendant du ciel. À l'hôpital de l'Ordre de Saint-Jean, depuis une chambre baignée d'une douce lumière, Nicolas d'Acre regardait la pluie dériver rapidement vers l'ouest. Par la fenêtre lui arrivaient le vacarme et la puanteur du marché aux bestiaux se déroulant à l'extérieur du complexe. L'hôpital lui-même n'était pas non plus totalement désert. Nicolas aperçut deux hommes, deux pèlerins supposa-t-il, qui traversaient la cour vers l'hospice. L'un soutenait l'autre. Ayant grandi en Acre, il se souvenait que l'hospice, fondé, comme l'Ordre, pour aider les chrétiens durant leur pèlerinage, avait toujours fourmillé de malades. Mais, aujourd'hui, la plupart des lits étaient vides. Une bénédiction en un sens, pensa

Nicolas, mais également le signe que de moins en moins de chrétiens venaient se faire traiter ici.

Reprenant pied dans la réalité, Nicolas se retourna vers le bureau en acajou où se trouvait le résultat de dix ans de sa vie. Le livre relié en vélin avait été mis de côté afin de faire de la place aux rouleaux de parchemin et à l'encrier dont avait besoin le secrétaire pour écrire la lettre dictée par le grand maître de l'Ordre de Saint-Jean, Hugues de Revel. C'était un homme grand et mince, dans la quarantaine, portant élégamment barbe et moustache. Il était assis, raide, dans une chaire. Le clerc, quant à lui, était installé au bord d'un divan matelassé, presque du bout des fesses eût-on dit, comme s'il ne voulait pas donner l'impression de s'asseoir trop confortablement. Dissimulant son impatience derrière une expression calme et concentrée, Nicolas regarda de nouveau par la fenêtre.

Il attendait cette rencontre depuis cinq mois, c'est-à-dire depuis son arrivée en Acre l'été précédent. À peine débarqué, il s'était rendu à l'hôpital pour remettre *Le Livre du Graal* au grand maître, lequel, quand Nicolas avait pris pour nom de Navarre et était parti pour Paris, était un simple chevalier, comme lui. Mais quelques semaines après son arrivée, la rivalité entre les marchands génois et vénitiens pour le contrôle du port avait occasionné une dispute, et celle-ci avait dégénéré en une guerre civile qui avait duré tout l'automne. Les souverains d'Acre étaient nombreux, entre ceux qui étaient nommés par des pouvoirs extérieurs et ceux qui se déclaraient tels. Revel, qui faisait partie du nombre, avait dès lors passé le plus clair de son temps en négociations et en pourparlers, si bien qu'il n'avait pas pu le voir jusqu'à ce jour.

— En conclusion, je vous envoie vingt chevaliers pour renforcer la garnison de la commanderie de la noble cité d'Antioche.

Le grand maître s'interrompit et réfléchit un instant tout en caressant sa barbe entre son pouce et son index.

— J'aimerais pouvoir vous envoyer plus d'hommes, cher frère, mais les événements de ces dernières années nous ont considérablement diminués.

Le clerc leva la tête puis il glissa la plume sur le parchemin et écrivit les mots du grand maître, accompagné par le grattement que faisait la pointe taillée sur le document.

— Terminez en l'assurant de mon estime et donnez le tout à la compagnie qui part là-bas, conclut Revel.

— Oui, maître, dit le clerc.

Il ramassa ses parchemins, sa plume et son encrier, et quand il partit, ne fit pas un bruit en marchant sur les tapis de soie vert jade et rose qui recouvraient les dalles blanches du sol.

Se dirigeant vers le divan, Revel posa les yeux sur Nicolas.

— Asseyez-vous, frère d'Acre.

Nicolas s'exécuta avec plus de naturel que le clerc, mais il se sentait tendu. Il croisa le regard du grand maître. Bien que de constitution fluette, Hugues de Revel était un homme d'une grande fermeté. Un roseau avec une tige d'acier. Cinq mois plus tôt, quand il l'avait rencontré une première fois, Nicolas avait lu dans ses yeux la résolution et la détermination dont cet homme était capable. Aujourd'hui, il pouvait encore les discerner.

— Je n'ai pas pu m'empêcher d'entendre, maître. Nous envoyons des troupes à Antioche?

Le grand maître se pencha vers lui en posant sur ses genoux des mains aux longs doigts effilés. Le manteau noir orné d'une croix blanche flottait de part et d'autre de son corps.

— Nous envoyons des troupes partout. J'ai reçu un message de l'un de nos espions au Caire. Nous savons que Baybars prévoit de lancer une nouvelle campagne ce mois-ci, seulement il masque son jeu et nous n'arrivons pas à dénicher d'informations certaines sur la ville qu'il se propose d'attaquer en premier. Acre est sa cible depuis le début, mais chaque fois que nous repoussons ses assauts, il tourne ailleurs sa colère et nous inflige des revers sanglants dans les commanderies les moins bien défendues. Avec le temps, cependant, ce genre de commanderie se fait de plus en plus rare. Antioche m'inquiète tout particulièrement, car c'est l'une de nos places fortes les plus précieuses et je doute que le prince Bohémond, si Baybars l'attaquait de nouveau, aurait de quoi payer une deuxième fois pour assurer sa survie.

Nicolas opina de la tête. Un chevalier lui avait parlé de la tentative des Mamelouks pour prendre Antioche, quatorze mois plus tôt. Quand les généraux de Baybars s'étaient présentés devant les fortifications, le prince Bohémond avait sacrifié dix chariots remplis d'or pour sauver la ville. Apaisés par cette offre, les généraux s'étaient retirés à Alep, laissant Antioche inviolé. Les rumeurs qui avaient circulé par la suite disaient que l'attitude de ses généraux avait rendu Baybars furieux.

— Plus vite la croisade du roi Louis arrivera, mieux cela vaudra, murmura le grand maître. Malheureusement, nous n'avons pas encore de promesse précise quant au temps qu'il nous faudra attendre. Il a pris la Croix l'année dernière mais d'après les nouvelles que je reçois d'Occident, le roi est en discussion avec son frère Charles, le comte d'Anjou, récemment devenu roi de Sicile. Anjou essaie apparemment de persuader le roi qu'il faut d'abord prendre Tunis, sans quoi aucune avancée en Égypte ne saurait être efficace.

— Tunis? dit Nicolas en faisant une moue dubitative. C'est ici, en Palestine, que nous avons besoin de Louis et de ses hommes.

— Je suis d'accord sur ce point, frère. Certains en Acre pensent qu'Anjou cherche simplement à étendre le tout nouveau royaume sur lequel il vient de s'établir. Mais son ambition personnelle de bâtir un empire en Orient pourrait affecter les plans de Louis. Il se pourrait que nous ayons à nous défendre seuls et que le roi n'arrive jamais.

Faute d'éléments nous permettant de nous en assurer, il ne faut pas compter sur son aide.

En prononçant cette dernière phrase, le grand maître s'était penché et avait pris dans ses mains *Le Livre du Graal.*

— Mais laissons là ces problèmes, nous aurons bien le temps de nous inquiéter à l'avenir et votre présence est motivée par tout autre chose.

Il ouvrit le livre et papillonna du regard sur les premières pages.

— Je l'ai lu il y a quelques semaines, poursuivit-il en le reposant sur la table. Vous avez bien fait, mon frère. La recherche de ce livre vous aura beaucoup coûté. Cette action entreprise dans l'intérêt de notre Ordre vous honore.

Nicolas inclina respectueusement la tête.

— Je n'ai fait que mon devoir, maître. J'ai été heureux d'accomplir cette tâche. J'avoue m'être inquiété un temps que ma quête ne porte pas ses fruits. Après tout, nous ne savions pas si ce livre pouvait réellement porter un coup irréparable au Temple, comme le grand maître de Châteauneuf l'avait espéré quand il en avait entendu parler pour la première fois. Mais, après l'avoir lu, je vois que cet espoir n'était pas infondé.

Le visage de maître de Revel exprimait une extrême gravité.

— Oui. C'est sans nul doute l'œuvre d'hérétiques et de blasphémateurs. Le lire m'a mis à la torture. S'il découvrait dans quoi les Templiers sont impliqués, le pape serait outré. Mais je ne pense pas que seul, le Livre soit suffisant pour le convaincre de dissoudre l'Ordre.

Ces mots portèrent un coup à Nicolas, mais il retrouva rapidement son aplomb.

— Si je peux me permettre, maître, ce n'est pas simplement sa nature hérétique qui pourrait être reprochée à l'Ordre. Mes informateurs m'ont dit que l'allégorie contenue dans le livre recèle également les objectifs et les plans de l'Anima Templi. Des objectifs, m'ont-ils assuré, qui pourraient mettre à terre le Temple s'ils étaient dévoilés. En m'envoyant le chercher, c'est très exactement ce qu'espérait le grand maître de Châteauneuf.

— Même si c'est le cas, mon frère, les stratégies dissimulées au sein de la narration ne peuvent être claires que pour ceux qui savent explicitement de quoi il s'agit. Le Temple a d'ailleurs lancé une enquête sur ce groupe il y a des années, sans rien découvrir. Si nous voulons porter des accusations, il nous faut des preuves supplémentaires. Avez-vous une idée précise de la nature des objectifs de l'Anima Templi ?

— J'ai des soupçons, répondit Nicolas en se penchant vers son interlocuteur et en posant sur lui son regard intense. Je sais que l'Anima Templi existe, maître. Après l'attaque du Temple contre notre Ordre, le Cercle s'est séparé. Mais le prêtre, Everard de Troyes, poursuit toujours les buts qu'Armand et les autres s'étaient fixés à l'origine. C'est un fait absolument certain.

— Je ne discute pas ce que vous dites, mais nous n'aurons pas de seconde chance et nous devons être certains de viser exactement au bon endroit. Notre inimitié à l'égard du Temple est connue. Nous pourrions être châtiés si nous semions sans raison le trouble en un moment où l'Outremer est si instable. Le pape compte sur le Temple autant que sur nous pour contenir les Sarrasins. J'estime que nous devrions réunir davantage d'informations sur ce groupe et ses objectifs avant d'agir. Les témoignages de ceux qui y ont été impliqués, vos informateurs, renforceraient singulièrement nos arguments.

— L'homme qui m'a parlé du livre est mort il y a plusieurs années. Il était le seul à être prêt à témoigner contre l'Anima Templi, et encore, à condition que nous entrions en possession du livre. Tous les autres avec lesquels j'ai été en contact avaient trop peur des représailles qu'auraient pu leur valoir une trahison, je le crains.

— Ne pourriez-vous en persuader certains ?

Nicolas garda le silence quelques instants.

— C'est possible, tout dépend des moyens qu'on y met.

— Bien, fit Revel en se redressant. Cela pourrait être d'une grande utilité pour nous à l'avenir.

— À l'avenir, maître ? Nous devrions-nous pas agir le plus vite possible ? Plus vite nous procéderons, plus vite le Temple tombera.

Revel réfléchit quelques instants avant de répondre.

— Quand le grand maître de Châteauneuf m'a parlé de cette histoire, je confesse avoir pensé que c'était une cause désespérée. Pour moi, il chassait des fantômes. Après sa mort, lorsque vous m'avez écrit pour m'informer de la disparition du livre, mon propre intérêt pour votre infiltration au cœur du Temple résidait essentiellement dans la possibilité d'en savoir plus sur leurs possessions : les fonds qu'ils possèdent, leurs propriétés, les saintes reliques. En venant me voir il y a quelques mois, vous m'avez donné une liste assez exhaustive de leurs domaines au royaume de France mais j'avais espéré pouvoir en tirer une estimation raisonnable de l'ensemble de leur valeur financière.

— Je n'en vois toujours pas la raison, maître. Puis-je me permettre de vous demander en quoi cela vous intéresse ?

Le grand maître caressa sa barbe entre ses doigts effilés, comme s'il hésitait à répondre à la question.

— Mon intérêt est dû à la proposition à laquelle certains d'entre nous, à l'intérieur de l'Ordre, réfléchissent depuis quelque temps.

— Une proposition, messire ?

— Nous débattons pour décider si nous devons ou non essayer de nous allier au Temple.

Stupéfait, Nicolas fixait le grand maître.

— Vous ne l'envisagez sûrement pas sérieusement, maître ?

— Je n'ai aucune tendresse pour le Temple, frère. Ce qu'Armand et ses chevaliers nous ont infligé était impardonnable. Mais le Jihad de Baybars ne nous laisse guère le choix. En mettant nos ressources en commun, nous serions peut-être capables de résister à son armée assez longtemps pour reconquérir certains de nos territoires. Dans le cas contraire, nos deux Ordres sont menacés, nous risquons *tous* de tout perdre.

— Avec tout le respect que je vous dois, messire, vous n'étiez pas là quand Armand et ses chevaliers ont assiégé Acre. Vous n'avez aucune idée de ce que nous avons traversé au cours de ces mois.

— Restez courtois quand vous vous adressez à moi, frère.

Nicolas suivit ce conseil. Voir ses efforts rabaissés par cet homme était déjà insupportable, mais les voir pervertis était pire que tout.

— Si le Temple tombe maintenant, frère, reprit Revel, nous tomberons avec lui. Nous ne pourrons mener à terme notre rêve d'une Terre sainte chrétienne qu'en nous alliant à eux. Comme je l'ai dit, vous avez fait beaucoup de sacrifices, mais nous devons maintenant nous résoudre à une abnégation encore plus grande et travailler avec notre ennemi pour œuvrer au bien, ou nous devrons faire face à la possibilité bien réelle de ne pas vivre un autre hiver sur ces terres.

Nicolas voulut protester mais Revel poursuivit sans lui en laisser le temps.

— Il me faut prendre une décision dans l'intérêt supérieur de notre Ordre. Pour le moment, toute tentative pour saper ou détruire le Temple irait à son encontre. Si nous survivons à cette guerre et que nous parvenons à reconquérir assez de territoire, nous retrouverons peut-être une position assez stable pour attaquer les Templiers sans nuire à notre cause. Mais en attendant que de telles conditions surviennent, je ne mettrai pas en danger notre

Ordre en poursuivant le plan de mon prédécesseur, aussi démoniaque que soit effectivement ce livre. Pour l'heure, nous devons nous concentrer sur cette guerre. Nous devons la gagner. Alors seulement, quand nous serons en situation de le faire, nous frapperons.

Revel prit le livre et se leva.

— Sauf contrordre, vous en avez fini avec cette affaire.

Il s'approcha d'un coffre en acier encastré dans le mur, derrière le divan. Tirant une clé du trousseau qui pendait à sa ceinture, il le déverrouilla et déposa le livre sur une étagère.

— Dans les mois qui viennent, les citoyens d'Outremer auront grandement besoin de nous, ajouta Revel en hochant la tête à l'intention de Nicolas. Vous pouvez disposer, frère.

Nicolas se leva et salua le grand maître. Puis il pivota et quitta la pièce. Dans le couloir qu'il emprunta pour sortir, de grandes fenêtres cintrées offraient un point de vue somptueux sur la ville. Les yeux de Nicolas survolèrent les tours, les églises et les places de marché, avant de se poser sur la baie. Six navires de guerre du Temple, environnés par une multitude de vaisseaux plus petits, étaient sur le point d'entrer au port.

Le Faucon, la baie d'Acre, 18 janvier 1268 après J.-C.

La foule se pressait sur les ponts des bateaux : sergents, chevaliers, pèlerins, marchands, chacun essayait d'apercevoir la ville qui prenait progressivement forme à l'horizon. Au nord et au sud se trouvaient des montagnes surplombées par un ciel noir et nuageux. À l'arrière-plan s'étirait, depuis les hautes murailles de la ville jusqu'aux lointaines collines, une étendue vide de terre jaune sablonneuse. À mesure que la flotte approchait, la foule attroupée sur le pont discernait de plus en plus nettement la plaine aride, ses champs, ses quelques vergers et les collines traversées de rivières aux reflets bleus. Quelques-uns tombèrent à genoux devant cette vision. Ils arrivaient enfin en Palestine, en Terre sainte, là où le Christ était né.

À bord du *Faucon*, qui avec ses quarante mètres était le plus long des navires, Will se tenait sur la hune, accoudé au bastingage. En contrebas, le bateau s'enfonçait vertigineusement dans l'eau tandis que devant lui, l'éperon en bronze prolongé par le beaupré se dressait comme un poing. Le pont à deux niveaux de la proue abritait aussi le trébuchet du navire : une arme semblable aux mangonneaux, sauf qu'elle était plus précise et que les pierres étaient projetées par une fronde au lieu d'un madrier. Comme ils étaient maintenant dans des eaux sans danger, le trébuchet n'était pas chargé et sa fronde pendait, oscillant au gré du roulis. Ils ne l'avaient armé qu'en franchissant le détroit de Gibraltar. Sa présence les avait réconfortés quand ils avaient vu apparaître au large de Grenade les premiers bateaux sarrasins. Mais les six navires de guerre templiers, reconnaissables à la croix rouge sur leur grand-voile, avaient eu un effet suffisamment dissuasif.

Une cloche sonna, convoquant les rameurs à leur banc, et Will se détourna des bandes de terre à l'horizon pour observer la foule s'agiter sur le bateau, sa maison depuis huit mois.

Le Faucon – avec ses cinq vaisseaux frères – était parti de La Rochelle début juin, l'année précédente. Aux côtés des lourds navires de guerre voguaient quatre huissiers – des vaisseaux difficiles à manœuvrer car chargés de chevaux, de charrettes et d'engins de siège –, ainsi qu'une barge du Temple transportant bottes de foin et tissus destinés au commerce en Outremer. Le ciel et la mer s'étaient peu à peu assombris tandis qu'ils traversaient le golfe de Gascogne et les bateaux avaient tangué comme des hommes ivres sur les énormes vagues vertes, tant et si bien qu'un des huissiers, pris en étau entre deux tempêtes, avait fini par sombrer. Bringuebalé sur sa paillasse, Will avait été réveillé par le fracas du bois se brisant. Avec Simon et une poignée d'hommes à moitié endormis, il avait grimpé à la hâte jusqu'au pont, où il avait constaté que le grand mât s'était cassé en deux et avait défoncé le pont de l'huissier en s'écrasant. Agrippés au bord du navire de guerre que le roulis agitait et faisait craquer, le visage fouetté par la pluie et le sel, ils avaient assisté, impuissants, au naufrage des hommes et des chevaux plongeant, pour n'en jamais revenir, dans les montagnes écumantes.

Ces violentes tempêtes n'avaient laissé aucun répit à la flotte jusqu'au royaume du Portugal. En arrivant à Lisbonne, quatre bateaux sur les dix étaient endommagés, dont deux sévèrement. Là, il leur fallut rester près de trois mois pour mener à bien les réparations. Durant ce temps, la plupart des chevaliers et des sergents avaient remonté le fleuve Nabão pour se rendre à Tomar, qui abritait une forteresse du Temple.

Pour Will, c'était la meilleure chose qui puisse arriver.

Quelques mois plus tôt, tandis qu'il était malade à Orléans, Robert de Paris s'était rendu dans l'une des commanderies du Temple au royaume de Castille pour remplir une mission que lui avait confiée le visiteur. En apprenant que la flotte mouillait à Lisbonne pour effectuer des réparations, il demanda au maître l'autorisation, avec quelques autres, de rejoindre ses camarades. Leur requête fut accordée et ils chevauchèrent à travers tout le pays pour rallier Tomar. Ainsi, Robert avait retrouvé Will au château.

Le matin, ils s'entraînaient ensemble sur le champ à l'extérieur de l'enceinte dominant la ville. Les muscles de Will s'étaient considérablement ramollis et ses poumons le brûlaient dès qu'il grimpait quelques marches. Il était à peine capable de monter un cheval, et encore moins de porter une lance. Néanmoins, l'exercice et le soleil portugais avaient progressivement insufflé une vie nouvelle en lui, et à mesure que ses muscles durcissaient et que sa peau se hâlait, son esprit s'affermissait lui aussi. Un soir, Robert et lui s'étaient assis sur les remparts du château pour contempler les collines inondées de lumière et observer les lézards se faufilant entre les pierres, et Will lui avait raconté l'épisode de la prostituée. Il lui avait également expliqué le rôle de Garin, mais sans s'appesantir sur les raisons de sa trahison, faisant simplement mention d'un manuscrit volé à Everard. Robert avait écouté en silence, puis il lui avait passé une gourde de vin de Bourgogne confisquée à un sergent.

Après cette confession, les choses avaient changé pour Will. Son désir de revanche envers Garin ne l'avait pas quitté, mais il était parvenu à l'ensevelir assez profondément en lui pour ne pas être harcelé en permanence.

Comme il avait enfoui Elwen dans un autre coin de sa tête.

Le jour, lorsqu'il s'entraînait avec Robert, qu'il pêchait dans la rivière ou qu'il discutait avec Everard et Simon, il réussissait à maintenir son fantôme à distance. Mais la nuit, quand rien ne lui occupait plus l'esprit, elle s'immisçait souvent dans ses pensées. Dans ces moments, il s'imaginait souvent revenir sur ses pas, mais la crainte qu'elle ne lui pardonne pas le retenait, ainsi qu'un appel pressant vers l'Orient et le désir sans cesse accru de voir la tombe de son père.

Quand ils avaient levé l'ancre à Lisbonne, deux galères marchandes et un bateau de pèlerins les avaient accompagnés. Leurs capitaines payaient une taxe pour l'escorte armée jusqu'en Acre. En progressant vers le sud, la couleur de l'eau avait changé : du gris ardoise des côtes françaises au bleu marine profond des mers espagnoles, ils avaient ensuite transité par les eaux émeraude du Portugal avant d'aboutir, enfin, dans l'azur méditerranéen.

— Ça ressemble à ce que tu imaginais ? demanda Robert en tendant à Will une gourde. Tiens, c'est notre dernier bourgogne.

— Ce que j'imaginais?

— Acre... fit Robert en désignant la ville, dont ils se rapprochaient de plus en plus.

Les rameurs avaient ralenti le rythme. Le bateau longeait une digue menant au port, le plus grand et le plus animé que Will ait jamais vu.

Will but une lampée de vin et rendit la gourde à Robert.

— Ça ressemble à Paris. En plus jaune.

— Je pense qu'ils seront nombreux à être déçus, dit Robert en avalant les dernières gouttes de vin et en se tournant vers un groupe de sergents attroupés sur la dunette.

Les jeunes gens polissaient des épées en regardant la ville d'un air sinistre.

— Un des membres d'équipage me disait tout à l'heure qu'il y a quelques années, des chevaliers ont refusé de quitter le bateau. Ils pensaient que c'étaient des Sarrasins qui les attendaient sur la plage. Ils se sont mis à discuter pour savoir s'ils pourraient se rapprocher suffisamment et actionner le trébuchet contre l'ennemi sans être à portée de tir.

— C'étaient des Sarrasins? demanda Will avec un demi-sourire.

— Non. Un groupe de sergents du Temple venus les aider à descendre la cargaison du bateau. Il dit que ça ne rate pas, chaque fois c'est la même chose. La moitié des hommes croient qu'ils débarquent en pleine guerre.

Une heure plus tard, Will et Robert étaient à bord d'une des deux chaloupes du *Faucon* qui emmenaient les chevaliers à terre. Simon et Everard étaient dans l'autre. Les navires de guerre, les huissiers et la barge avaient jeté l'ancre avant de passer la digue, au milieu des autres bateaux trop grands pour entrer dans le port. Les bateaux marchands s'y entassaient déjà tellement qu'il n'y avait plus de place pour de gros bâtiments. Assis à côté de Robert à l'arrière de la chaloupe, Will regarda l'une des plus vieilles cités du monde se révéler lentement à lui.

L'après-midi touchait à sa fin et les murs d'Acre, avec ses tours qui s'élevaient à intervalles réguliers, semblaient baigner dans une lumière mordorée et resplendissante. Des immeubles en bois, en pierre ou en argile bordaient le port. Au-delà des portes de la ville, derrière une place de marché bondée dont Will percevait le brouhaha, se dressaient des dômes d'églises, des tours imposantes et d'élégantes flèches. Il ne pouvait voir le reste de la ville à cause des murs qui l'entouraient, mais elle lui semblait opulente et puissante.

— Qu'est-ce que c'est? demanda-t-il à l'un des officiers du *Faucon*, un vieux vétéran né dans la ville.

Il pointait du doigt une enceinte énorme qui longeait le rivage de la mer avant de prendre un virage serré vers l'intérieur de la ville. De grandes tours s'élevaient au-dessus. L'une d'elles, du côté de la ville, était couronnée de quatre tourelles dont le pinacle semblait être en or. À l'intérieur de cette vaste enceinte, il pouvait voir aussi la flèche d'une église et les toits de plusieurs structures en pierre.

— Ça, répondit le vétéran en se tournant dans la direction qu'il lui indiquait, c'est notre commanderie.

Will resta muet de stupeur. La commanderie ressemblait à une version miniature de la ville elle-même : immaculée, impérieuse, magnifique.

La chaloupe aborda le rivage et les rameurs sautèrent dans l'eau pour tirer le bateau sur le sable. Le marché que Will avait aperçu depuis la baie accueillait une foule bruyante. Il était tenu par les Pisans, lui expliqua le vétéran. Il y en avait d'autres, appartenant aux Vénitiens, aux Lombards et aux Germains, chacun possédant en ville ses propres quartiers qui étaient comme des États séparés avec leurs propres lois, leurs propres églises et leurs propres souverains. Comme s'ils avaient découpé un morceau de leur patrie pour le coller sur cette bande de terre, avait un jour dit le roi. Il y avait vingt-sept quartiers au total : Montmusard, au-delà des murs nord, là où le gros de la population habitait et travaillait; Saint-André, où la noblesse franque locale vivait, nombre d'entre eux s'étant réfugiés en Acre après la chute de Jérusalem; le quartier juif; le quartier du Patriarche, et d'autres encore.

Will essaya de prêter attention à ce que lui expliquait le vétéran pendant qu'ils remontaient la plage derrière le capitaine, mais ses yeux lui racontaient une autre histoire, plus intime, et il avait du mal à se concentrer.

— Will!

Simon pressait le pas malgré le sable, les joues rougies par l'effort. Il était suivi par des sergents et des hommes d'équipage de la seconde chaloupe.

— Tu les as vus? Regarde!

Will suivit la direction indiquée par Simon. Sur le marché se trouvaient les animaux les plus bizarres qu'il eût jamais vus. Ils étaient plus grands que des chevaux, de couleur beige, avec de longs cous et des espèces de bosses sur le dos. Un petit attroupement s'était formé sur le mur, les gens délaissant leur occupation au marché pour observer les chevaliers qui débarquaient. D'autres venaient flâner là quelques instants, jetaient un coup d'œil rapide aux chevaliers, puis s'en retournaient, davantage intéressés par les affaires.

La première chose qui captiva Will, ce fut les vêtements de la foule. Non seulement ils étaient beaucoup plus élégants que les vêtements qu'il avait l'habitude de voir en Occident – robes étincelantes richement brodées pour les femmes, chausses serrées et surcots de brocart pour les hommes –, mais les étoffes en étaient extraordinairement luxueuses. Pas de pèlerine en laine ni de sabots en bois, uniquement de la soie, du damas, le lin le plus doux et du samit. Les enfants eux-mêmes ressemblaient à des rois et à des reines parés pour un couronnement.

Will était incapable de détacher les yeux de cette foule, car plus il les observait, plus il était étonné. D'emblée, il avait pensé qu'ils étaient tous étrangers, en raison de leurs visages bronzés, des coupes étranges de leurs habits, des turbans qu'ils portaient sur la tête et de leurs accents bizarres. Mais il s'apercevait maintenant que certains d'entre eux parlaient latin, d'autres anglais ou français. C'étaient des Occidentaux. Pourtant, ils se mélangeaient librement, discutaient et riaient avec de grands hommes graciles au teint d'ébène, qui dévoilaient en souriant des dents d'une incroyable blancheur, et avec d'autres à la peau olivâtre, qui avaient des yeux en amande et des visages arrondis, ou encore avec des hommes qui ressemblaient à Hasan.

— Des Sarrasins ! siffla un chevalier entre ses dents.

Quelques-uns portèrent la main à leur épée en cherchant des yeux le capitaine, mais celui-ci se glissait dans la foule sans se préoccuper d'eux. Will aperçut Everard boitiller un petit peu plus loin derrière lui. Le prêtre souriait.

Les chevaliers suivirent leur capitaine dans la confusion, ils dépassèrent les étals où des Vénitiens aux yeux noirs troquaient avec des commerçants musulmans du bois et de l'acier tandis que des Bédouins coiffés de keffiehs négociaient des barils de lait de jument pour quelques poignées de besants. Des charrettes remplies d'énormes piles de citrons et de dattes côtoyaient des étals chargés de rubis, de teinture, de soie, de porcelaine et de soupe. Un Juif portant des lunettes riait avec un marchand grec pesant une montagne de saphirs sur une balance. Fumier, sueur, épices et parfums divers imprégnaient l'atmosphère. La foule se bousculait de tous côtés et les exclamations retentissaient dans une si grande variété de langues que le latin devenait indiscernable de l'hébreu, le français de l'arabe. Même quand les chevaliers eurent quitté le marché pour emprunter les rues étroites et venteuses menant à la commanderie, les mêmes impressions se succédèrent à chaque coin de rue. Les vitres des fenêtres circulaires d'une église leur renvoyèrent le reflet éblouissant du soleil de l'après-midi. Alanguies dans les allées, des femmes portant des robes presque transparentes leur faisaient signe quand ils passaient. Des vieillards étaient assis sur le seuil des maisons, enveloppés dans un nuage de fumée d'encens, tandis que d'autres, autour d'une table, jouaient aux échecs sur des jeux en ivoire et en verre égyptien.

Jusqu'à ce qu'ils arrivent à la commanderie, toutes ces sensations nouvelles pour eux avaient si bien submergé les chevaliers qu'ils remarquèrent à peine les quatre lions d'or montant la garde en haut des tourelles qui enjambaient les portes massives du Temple. Les chevaliers en faction les saluèrent et les firent entrer par une petite porte pratiquée à l'intérieur des énormes vantaux. Ils débouchèrent sur une cour formant un quart de cercle, bordée de grands bâtiments en pierre. À l'intérieur, le regard de Will se posa sur les hommes qui se trouvaient là. Il cherchait à savoir lesquels étaient des chevaliers, mais aucun n'avait les cheveux blonds.

Robert posa la main sur l'épaule de Will.

— L'un des officiers m'a demandé de dresser la liste de nos noms pour l'intendant. Je viendrai te trouver quand j'aurai fini.

Robert fut conduit vers un haut bâtiment sur le toit duquel flottait la bannière du Temple. Derrière Will, les hommes qui avaient fait le voyage sur les autres navires exprimaient la même expression de stupéfaction. Alors que des clercs surgissaient du bâtiment où Robert était entré pour regrouper les arrivants qui ne cessaient d'affluer, Simon vint à ses côtés.

— Mon père ne me croira jamais. D'ailleurs, je ne suis pas certain d'y croire moi-même. Était-ce vraiment des Sarrasins que nous avons vus au marché ?

Avant que Will n'ait eu le temps de répondre, Everard s'approcha d'eux.

— William, je veux que tu découvres si Nicolas de Navarre est logé à la citadelle des Hospitaliers qui se trouve en ville.

La voix d'Everard était plus rauque que jamais. Sa toux persistante, qui avait empiré après la mort de Hasan, avait encore été aggravée par le long périple. Certains jours, il devait faire des efforts pour se faire comprendre.

— Maintenant?

Même Will, qui savait pourtant à quel point le prêtre était obsédé par ce moment depuis qu'ils avaient quitté La Rochelle, fut déconcerté par la résolution dont il faisait preuve.

Everard jeta un coup d'œil par-dessus son épaule, un clerc approchait.

— Je dois voir des gens. Je compte sur toi, William.

— Par ici, frères, dit le clerc en passant la main dans le dos du prêtre.

— Je connais le chemin, fit Everard en jetant un regard noir au clerc et en passant devant lui.

— Qu'est-ce que tu feras quand tu auras trouvé Nicolas? murmura Simon quand ils entrèrent dans le rang.

Will secoua la tête, absorbé qu'il était à contempler l'imposante masse des remparts criblés de fentes étroites. On y avait hissé des mangonneaux et des trébuchets, et des chevaliers en arme patrouillaient sur le chemin de ronde. Cette commanderie n'avait rien à voir avec celles de Londres, de Paris ou de La Rochelle. Il comprit soudain pourquoi. Ce n'était pas une commanderie, mais une forteresse.

— Je ne sais pas, répondit-il finalement tandis qu'ils dépassaient une armurerie où des hommes, assis sur des bancs, affûtaient des épées.

Par-dessus son épaule, Simon jeta des regards inquiets à Will lorsqu'on l'emmena avec les sergents vers un ensemble de bâtiments derrière la cour. Will, avec les autres chevaliers, longea les écuries, les ateliers, une église si magnifique qu'elle aurait fait passer la Sainte-Chapelle de Paris pour une grange, et une sorte de palais dont les clercs expliquèrent qu'il abritait les quartiers du grand maître. Ils finirent par atteindre leurs propres quartiers, autour d'une cour pourvue en son centre d'une citerne. On montra à

Will la chambre qu'il partagerait avec sept autres chevaliers. Des paillasses confortables étaient alignées le long des murs et chacun disposait d'un coffre en bois pour ranger ses affaires. Il y avait une patère pour les manteaux et des supports pour les épées. Les couvertures posées sur les paillasses étaient en laine d'agneau et les oreillers placés en tête de lit n'étaient pas faits de toile et de paille, mais de lin et de plume. Le sol pavé était propre et recouvert d'une natte tressée. Après des mois à bord du *Faucon*, la chambre ressemblait à un palais. Mais au lieu de saisir l'opportunité de se détendre dans cet environnement princier, Will posa son sac sur sa paillasse et ressortit.

Les sergents et les domestiques inclinaient respectueusement la tête sur son passage, cependant que, plus âgés que lui, avec leurs visages tannés et leurs yeux durs, les chevaliers l'ignoraient. Will pensa qu'ils connaissaient certainement Garin si celui-ci avait suivi Nicolas jusqu'ici, mais quelque chose l'empêcha de le leur demander. Maintenant que le moment était venu, il n'avait aucune envie de voir l'homme qui l'avait trahi et déshonoré. Pas plus qu'il n'avait envie de sortir seul dans cette ville inconnue pour y chercher Nicolas.

Néanmoins, il se retrouva sur les remparts à regarder la ville. La vue était saisissante. Au-delà des fortifications d'Acre se trouvait un campement bordé d'une autre muraille et d'une douve. Et, plus loin encore, des vergers, des jardins et des oliveraies s'étendaient sous une brume d'or et d'ambre.

— Magnifique, n'est-ce pas ?

Will se retourna et vit un chevalier aux cheveux blancs qui se tenait sur les remparts, à côté de lui.

— Je viens ici tous les soirs après les vêpres, ça ne manque jamais de m'émouvoir, dit-il en souriant. Tu arrives de France, frère ?

Will hocha la tête. Il pensa que le chevalier serait peut-être capable de répondre à la question qu'il se posait.

— Où est Safed, d'ici?

Le chevalier pointa le doigt vers l'est.

— À environ une bonne dizaine de lieues, sur la plaine.

— Je pourrai trouver facilement?

La surprise se peignit sur le visage du chevalier.

— Il y a une route qui y mène depuis Acre, mais les hommes de Baybars la contrôlent presque entièrement à l'heure actuelle. Tu es au courant que Safed est aux mains des Sarrasins?

— Oui. Mon père y est mort.

— Je suis navré. Mais je te déconseille d'aller voir sa tombe, car tu pourrais aussi bien y trouver la tienne. L'année dernière, les barons d'Acre ont envoyé des émissaires pour traiter avec le sultan. En arrivant, ils ont découvert que la forteresse était entourée des têtes des chrétiens assassinés.

Will imagina le corps de son père, pilier de sa force et de sa dignité, souillé et pourrissant sans même être enterré. Il voulait rassembler sa dépouille et lui offrir une sépulture dans un endroit paisible. Penser que l'âme de son père se dispersait au gré des vents sur cette plaine étrangère l'angoissa. Ce n'était pas l'Écosse. Ce n'était pas chez lui.

— Je te laisse, dit avec douceur le chevalier.

— Connaissez-vous un chevalier du nom de Garin de Lyons?

Le chevalier aux cheveux blancs secoua lentement la tête.

— Je ne pense pas.

— Il a dû arriver l'année dernière. Il a mon âge.

Will décrivit Garin. Le chevalier écarta les bras en signe d'impuissance.

— Ils sont nombreux à passer ici.

— Il était peut-être seul. Il est possible qu'il ne soit pas venu à bord d'un bateau du Temple.

— Seul? Un jeune homme est arrivé seul juste avant Noël. Lyons? fit le chevalier avec un grognement d'excuse.

Il s'appelait peut-être comme ça, je ne pourrais pas le certifier. Il est venu par la terre, depuis Tyr. Le port était fermé, donc quel que soit le bateau avec lequel il est arrivé, il a dû être renvoyé ailleurs. Les États marchands étaient en guerre à ce moment-là.

— Il n'est plus ici?

— Si ma mémoire ne me fait pas défaut, il a été envoyé avec une compagnie de chevaliers à Jaffa.

— Jaffa?

— Une ville sur la côte, près de Jérusalem, à environ une vingtaine de lieues d'ici, expliqua le chevalier en désignant les montagnes au sud. Nous avons une garnison là-bas.

— Merci.

Abandonnant le chevalier à son coucher de soleil, Will retourna vers la cour de l'entrée et se retrouva aux portes du Temple. Il était sur le point de se diriger vers ses quartiers quand il entendit quelqu'un crier son nom. Simon courait dans sa direction.

— Je t'ai cherché partout! lança le palefrenier en pantelant. Il faut que tu trouves Everard.

— Pourquoi?

— Nous avons reçu notre affectation, dit Simon d'une voix angoissée. Tous les deux.

— Notre affectation? Mais nous ne sommes pas ici pour...

— Un chevalier est venu dans notre dortoir avec une liste, l'interrompit Simon. Nous étions à peine installés. Il m'a dit que j'étais affecté à une compagnie. Robert et toi en faites également partie, d'après ce qu'il m'a dit.

— Et où sommes-nous affectés?

— Une ville qui s'appelle Antioche, dit Simon au désespoir.

37

Le Temple, Antioche

1er mai 1268 après J.-C.

La cité d'Antioche, même si son rôle dans le négoce était moins important que par le passé, était toujours considérée comme l'une des merveilles du monde. Les gens qui la voyaient pour la première fois restaient confondus par son étendue, incapables de croire qu'elle avait été construite par l'homme et non par Dieu. Les murailles qui la protégeaient, érigées par l'empereur romain Justinien, couraient sur environ cent quarante arpents[1] et étaient hérissées de quatre cent cinquante tours. D'un côté, elles longeaient l'Oronte, rivière que les Arabes appelaient la Rebelle, et, de l'autre, elles grimpaient les pentes abruptes du mont Silpios, en haut duquel culminait, trois cents mètres au-dessus de la ville, une citadelle. À l'intérieur de cette enceinte majestueuse, la ville était tout aussi impressionnante. S'y trouvaient des marchés, de luxuriantes plantations, d'innombrables églises et monastères, ainsi que des villas et des palais dont les cours en carreaux de faïence abritaient des palmiers et

1. Soit environ 10 km, un arpent valant 71,5 m.

des arcades romaines tombant en ruine. D'après les chrétiens indigènes, qui formaient l'essentiel de sa population, c'était une ville à nulle autre pareille.

Debout sur les remparts de la commanderie du Temple, Will avait une vue dégagée sur la vallée, où la rivière se faufilait entre des crevasses calcaires avant de s'écouler dans une plaine fertile. Au nord se dressaient les monts Amanus, dont les plus hauts sommets étaient enneigés. Le Temple possédait deux forteresses sur ces hauteurs rocheuses, dont l'une protégeait les Portes Syriennes – le col menant au royaume de Cilicie. Au sud, par-delà les plaines, s'étendaient les montagnes de Jabal Ansariyya. C'est dans ces reliefs qu'étaient cachées les places fortes de l'Ordre des Assassins.

— Tu vois quelque chose?

Will se retourna. Robert l'avait rejoint en haut des remparts.

— Des moutons, des rochers, de l'herbe, et encore des moutons.

Robert leva les sourcils et passa à Will une gourde d'eau.

— Tu sais de quoi je parle.

— Merci, dit Will en prenant la gourde.

La matinée était déjà chaude, mais, bien sûr, ce n'était rien en comparaison de ce qui les attendrait au cœur de l'été, la fournaise suffocante dont Will, Robert et tous les hommes arrivés en Outremer depuis le début de l'année n'avaient pas encore fait l'expérience.

— Non, aucun signe des éclaireurs pour le moment.

Il but avec avidité, puis rendit la gourde à Robert.

— Il pourrait bien leur falloir plus d'une semaine pour récolter des informations utiles.

Will s'accouda sur le parapet. Sur le mont Silpios, qui lui bouchait la vue, des bergers redescendaient leur troupeau des pâturages. Deux jours plus tôt, Will, Robert et quelques chevaliers avaient grimpé à cheval ces pentes, avec pour ordre de s'assurer que les tunnels destinés à une éventuelle fuite étaient toujours praticables. Ils avaient découvert que la montagne était percée de passages et de cavités dont certains, d'après ce que leur avait dit le guide arménien, avaient été utilisés par les premiers chrétiens. Aujourd'hui, il semblait que les seuls à y venir étaient les enfants qui s'en servaient de cachettes pour jouer.

— Un chevalier que je connaissais à Londres parlait souvent d'Antioche, dit Will avec un sourire. Nous nous moquions de lui dans son dos parce qu'il disait que la citadelle touchait les nuages. Nous pensions qu'il était fou.

Robert leva sa main pour se protéger de l'éclat du soleil.

— Tout semble trop grand, ici, n'est-ce pas ? Enfin, tant que les Mamelouks ne sont pas des géants...

— Et encore, ça dépend des histoires qu'on nous raconte.

Will se pencha pour ajuster sa cotte de mailles dont les anneaux se prenaient dans le fourreau de son épée. On lui avait donné sa cotte en Acre, en même temps qu'un manteau neuf qui lui allait mieux.

— À moins que tu les croies capables de cracher le feu ou de figer le sang d'un homme rien qu'en le regardant dans les yeux, je pense qu'ils sont d'une taille normale.

— Tant mieux. J'avais des visions, je m'imaginais debout sur une caisse pour les combattre.

— Combattre qui ?

Simon venait d'apparaître derrière eux et ce qu'il avait entendu l'inquiétait.

— Personne, répondit Will.

Simon s'approcha prudemment du parapet en évitant de regarder la cour tout en bas, à une distance vertigineuse.

— Les éclaireurs ne sont toujours pas revenus ?

— Non, répliquèrent Will et Robert en chœur, ce qui les fit rire.

Simon parut se froisser.

— Nous ne savons rien pour le moment, ajouta Will

pour le rassurer. Il n'y a que des rumeurs. C'est pour ça que nous avons envoyé des éclaireurs.

— Et si c'était vrai? Si l'armée de Baybars se dirigeait vers nous?

Will soupira. Qu'était-il censé répondre? Il en savait autant que les autres, c'est-à-dire presque rien. Ces derniers jours, Antioche avait reçu plusieurs rapports évoquant des combats plus au sud, mais les récits différaient grandement de l'un à l'autre. Un marchand de Damas disait avoir entendu que l'armée de Baybars marchait sur Acre; un fermier, que les Mamelouks s'approchaient d'Antioche; trois prêtres coptes, qu'ils avaient été repoussés par les Francs. Après avoir écouté ces rumeurs, le connétable de la cité, Simon Mansel, avait organisé un conseil réunissant les chefs militaires. Bohémond, prince d'Antioche, étant en visite à Tripoli, Simon Mansel remplissait ses fonctions. Il avait ordonné qu'on envoie une patrouille pour vérifier ces assertions et le commandeur de la province d'Antioche avait mis cinq chevaliers à disposition pour cette mission. Cela faisait quatre jours qu'ils étaient partis.

— Si l'armée de Baybars vient, nous nous en occuperons le moment venu.

— Comment peux-tu être aussi calme?

— Parce que je ne sais rien pour le moment. Je sais que c'est difficile, mais la seule chose que chacun de nous peut faire, c'est attendre sans s'agiter inutilement.

Simon regarda Robert, et celui-ci montra son approbation en hochant la tête.

— Il a raison.

— C'est bien joli pour vous deux, maugréa le palefrenier. Vous avez des épées et vous savez vous en servir.

— Il a fallu sept mois aux premiers croisés pour prendre Antioche aux Turcs.

Dès qu'il eut fini de prononcer cette phrase, Will comprit que ce n'était pas la chose à dire.

— Mais ils ont bel et bien fini par s'en emparer! s'exclama Simon. En plus, je vous ai entendus parler tous les deux après le conseil. Vous disiez que nous ne voyiez pas comment défendre correctement la ville avec aussi peu d'hommes.

Robert et Will échangèrent un regard.

— On ne faisait que discuter, dit Will.

— Ne me parlez pas comme à un enfant, répondit Simon, vexé.

Exaspéré, Will leva les bras en l'air.

— Alors ne fais pas l'enfant !

Will jeta un coup d'œil à Robert, puis il prit Simon par le bras et l'emmena un peu plus loin sur les remparts.

— Qu'est-ce qu'il y a ? murmura-t-il.

— Comme tout le monde. Je m'inquiète à l'idée qu'une épée me traverse le ventre.

— Il n'y a pas que ça. Tu es soucieux depuis que nous avons quitté Acre.

— Qu'est-ce que tu espères, Will ? Je pensais que nous trouverions Nicolas et que tu ferais ce que tu avais à faire. Everard aurait eu son livre et nous serions tous rentrés chez nous.

— Everard a essayé de faire changer nos affectations.

— Il aurait dû réussir, s'obstina Simon.

— Il a fait tout ce qu'il a pu, dit Will qui repensait à la frustration d'Everard face à l'inflexibilité du maréchal.

Lorsqu'ils avaient appris leur affectation, Will était allé trouver le prêtre et celui-ci avait immédiatement demandé au maréchal de modifier leur ordre de mission.

— J'ai besoin de lui ici, avait insisté le prêtre. Il était mon sergent à Paris.

— C'est un chevalier maintenant, lui avait répondu le maréchal en regardant Will. Et nous ne sommes pas en guerre à Paris. La croisade du roi Louis ne sera certainement pas ici avant longtemps. Nous ne devons compter que sur nous-mêmes pour défendre le peu que les forces de Baybars ne nous ont pas encore pris.

— Je suis venu ici pour mettre la main sur un ouvrage de médecine rare et extrêmement important. Je dois l'étudier. Mais pour ça, je dois d'abord retrouver sa trace. Le visiteur du royaume de France m'a envoyé ici pour accomplir cette tâche. William me sert d'escorte et le palefrenier d'écuyer.

Le maréchal n'avait pas paru impressionné par ces explications.

— Quand cette guerre sera gagnée, frère, vous aurez un bataillon pour vous aider dans votre recherche de ce précieux livre, mais d'ici là j'utiliserai tous les hommes à ma disposition comme je l'entends. Ce ne sont pas des manuscrits qui nous sauveront.

Le maréchal avait traversé la pièce et ouvert la porte.

— Je ferai appel contre cette décision, maréchal, avait lancé Everard d'une voix contenue.

— Vous pourrez le faire lors de la prochaine réunion du chapitre.

Bouillonnant d'une colère stérile, Everard avait quitté le bâtiment avec dignité.

— Qu'allez-vous faire pour le livre ? lui avait demandé Will lorsqu'ils étaient arrivés dans la cour.

— Laisse-moi m'en occuper. Nous ne sommes peut-être plus que trois ici, mais nous avons des ressources.

Ralentissant le pas, Everard s'était tourné vers Will.

— Je vous ferai partir d'Antioche, Simon et toi, dès que possible.

Pour le moment, Will n'avait reçu aucun message d'Acre.

— Est-ce que tu as vraiment fait tout ce que tu pouvais pour convaincre Everard ?

Will regarda Simon avec surprise.

— Qu'est-ce que tu veux dire par là ?

— Juste que tu n'as pas l'air plus inquiet que ça à l'idée que l'armée de Baybars est peut-être derrière cette colline, répondit Simon en levant les sourcils. On dirait que tu veux qu'ils viennent. Comme si tu voulais te battre, non ?

Will se tourna vers la vallée pour éviter le regard

inquisiteur de Simon. Ce n'était pas vrai, il ne *voulait* pas que les Mamelouks viennent, mais il n'aurait pas pu prétendre non plus que cette perspective l'effrayait. Il n'avait pas souhaité venir à Antioche, défendre une ville étrangère ni combattre les Sarrasins. Mais maintenant qu'il était ici, son point de vue avait changé. Il était toujours un Templier, un guerrier. Cela faisait dix-huit mois qu'il connaissait les idéaux de l'Anima Templi. Quant aux idéaux du Temple il avait baigné dedans toute sa vie. Il avait essayé de se rappeler les mots d'Everard à propos de la paix qui bénéficiait à tout le monde. Mais en songeant à l'agonie qu'avait dû vivre son père au moment où l'épée mamelouke lui avait tranché la gorge, Will ne parvenait pas à faire la paix avec lui-même. Il n'avait plus qu'une pensée : verser le sang, et tenir l'acier froid dans ses mains.

— Des cavaliers ! cria Robert.

Laissant Simon derrière lui, Will le rejoignit contre le parapet.

— Où ça ?

— En contrebas.

Robert fixait intensément un coin de la vallée.

— Ils sont trop loin encore pour que je puisse les identifier.

Will suivit le doigt qu'il tendait et vit une colonne de poussière : des hommes à cheval galopaient le long de la route menant à la porte Saint-Georges, l'entrée nord-ouest de la ville. Une pente rocailleuse qui grimpait à droite projetait régulièrement son ombre démesurée sur eux, mais quand ils atteignirent des champs en plein soleil, leurs manteaux blancs resplendirent à la lumière. Will aperçut quelque chose de rouge sur le dos d'un des cavaliers qui avait ralenti momentanément et s'était penché en avant.

— Des Templiers.

— Ça doit être les éclaireurs.

Will secoua la tête.

— Nous n'en avons envoyé que cinq. J'en compte neuf.

Garin se laissa distancer un moment par les autres cavaliers afin de resserrer les sangles de ses étriers, puis il frappa des talons les flancs de sa monture et remonta à leur hauteur. Depuis quelques lieues, Antioche ne cessait de grossir, et plus ils approchaient de ces vastes murailles en à-pic, plus il se sentait devenir petit. Antioche était comme la main de Dieu posée sur la plaine, paume ouverte, ordonnant à tous ceux qui passaient devant elle de s'arrêter. L'espace d'un instant, Garin eut de la peine à imaginer comment une armée pouvait espérer s'en emparer. Puis il pensa à Baybars et sa certitude s'ébranla quelque peu.

Baybars.

Garin avait souvent entendu ce nom ces derniers mois, mais il avait fini par comprendre que peu de gens savaient de quoi ils parlaient quand on en venait au sultan mamelouk. Certains disaient que Baybars était Satan et que Dieu l'avait envoyé pour punir les chrétiens d'Outremer de leur amour pour les beaux vêtements et les harems, et parce qu'ils avaient oublié le chemin de l'humilité et de la pauvreté exalté par le Christ. Ceux-là pensaient que la seule manière de battre Baybars passait par la prière et la pénitence. D'autres le prenaient pour un sauvage dont les facultés reposaient davantage sur la puissance brute que sur l'intelligence et la bravoure, ils étaient donc partisans de l'apaiser avec de l'or pour acheter sa soumission. Mais Garin avait vu Baybars combattre et il savait que le sultan ne manquait ni de courage ni de ruse. Le sultan était une force de la nature : une énergie pure, enragée, terrible, extraordinaire. Il avait changé sa vie.

Garin avait embarqué sur un bateau vénitien à La Rochelle avec l'intention de suivre les Hospitaliers, comme Rook, reparti en Angleterre pour informer Édouard des derniers événements, le lui avait ordonné. Mais après avoir débarqué du bateau à Tyr, il avait senti presque immédiatement la chaîne invisible qu'il portait se briser net. Pour la première fois de sa vie, il s'était senti libre. C'est avec un cœur étonnamment léger qu'il avait abandonné toute idée de chercher la trace du livre, bien que Rook l'eût menacé de mort s'il ne le récupérait pas. Puis il avait reçu l'ordre de se rendre à Jaffa. Là, il avait rencontré pour la première fois le sultan aux yeux bleus.

À Jaffa, les seules choses qu'on demandait à Garin était de combattre et de rester en vie. Il n'avait plus à mentir, à se faufiler, ni à vivre dans la peur de déplaire à Rook et de provoquer sa colère. C'était simple, brutalement simple. Et rafraîchissant. C'était contre Baybars qu'il avait goûté à ses premières louanges et à ses premiers honneurs. Contre Baybars, il était devenu un héros.

Tandis que les gardes ouvraient les portes à son groupe, Garin, qui ne savait que trop bien qui arrivait derrière lui, ne put réprimer un sourire à l'idée qu'il serait peut-être l'homme capable de sauver cette ville divine.

Will et Robert restèrent sur les remparts quand les neuf cavaliers entrèrent. Ils n'apprirent leur identité qu'une fois convoqués à un chapitre extraordinaire, peu de temps après.

— Ça n'augure rien de bon, murmura Robert à Will tandis qu'ils entraient à la file avec les cinquante autres chevaliers de la garnison dans la salle du chapitre.

Il lui montrait discrètement du menton un officier au visage sombre qui parlait avec un chevalier sous le porche du bâtiment.

— Non, concéda Will, mais au moins nous aurons peut-être des nouvelles.

Ils s'assirent sur un banc au fond de la salle, les premiers rangs étant déjà tous occupés. Sur l'estrade, le commandeur d'Antioche et deux officiers formaient un petit cercle avec cinq chevaliers. Quand tout le monde fut installé, ils mirent fin à leur conciliabule. Le commandeur ordonna d'un geste qu'on ferme les portes et les chevaliers derrière lui brisèrent le cercle. Will eut la respiration coupée en voyant Garin se retourner pour faire face à l'assemblée. Il voulut se lever, mais quelque chose le retint. Tournant la tête, il sentit que Robert lui avait empoigné l'avant-bras. Le chevalier secouait la tête en lui jetant un regard dissuasif. Tremblant de tout son corps, Will se rassit sur le bord du banc tandis que le commandeur prenait la parole.

— Pardonnez-moi pour la brusquerie avec laquelle ce conseil a été décidé, mais il est impératif que nous nous hâtions. Les éclaireurs que nous avons envoyés ont rencontré quatre de nos frères, qui arrivent avec de graves nouvelles de notre forteresse de Beaufort. J'invite l'un d'eux, le chevalier Garin de Lyons, à s'exprimer devant vous.

Le commandeur fit quelques pas sur le côté.

Les yeux de Will étaient braqués sur Garin, qui s'avança sur l'estrade. Il avait l'air fatigué, son visage était tanné par le soleil et ses cheveux emmêlés étaient plus blonds que jamais. Ses habits étaient sales et il y avait des traces de sang sur son manteau. Mal à l'aise, il serrait et desserrait les poings comme s'il ne savait pas quoi faire de ses mains.

— Comme le commandeur vous l'a dit, nous arrivons de Beaufort, qui a été assiégé par l'armée de Baybars.

Quelques murmures s'élevèrent dans les rangs des chevaliers.

— La forteresse subissait de lourds assauts depuis presque huit jours quand nous en sommes partis. Je suppose qu'elle est tombée depuis. Les Mamelouks sont en route pour Antioche, et sur leur chemin ils prennent toutes les citadelles qui pourraient menacer leurs arrières.

Des exclamations et des questions fusèrent immédiatement.

— En êtes-vous certain? demanda un chevalier.

— Quand seront-ils ici? s'inquiéta un autre.

Garin se tourna vers le commandeur, ne sachant trop comment réagir, et celui-ci s'approcha en levant les mains pour réclamer le silence.

— S'il vous plaît. Laissez frère Lyons finir. Peut-être pourriez-vous reprendre depuis le début, frère.

— Bien sûr, fit Garin.

Lorsqu'il se tourna vers l'assemblée, ses yeux croisèrent ceux de Will. Il ouvrit la bouche mais aucun son n'en sortit. Il lui fallut un long moment pour se reprendre, après quoi il déglutit et détourna son regard.

— J'étais à Jaffa en mars. Les Mamelouks nous ont attaqués et se sont emparés de la ville en une journée.

Garin continua malgré les murmures qui reprenaient. Il évitait le regard de Will et ses poings étaient si serrés que ses phalanges blanchissaient.

— Il est impossible de deviner les plans du sultan pour chaque bataille, pas plus que l'organisation générale de sa campagne. Il est imprévisible. Certaines fois, il promet la liberté si la garnison se rend, puis il revient sur sa parole, comme il l'a fait à Arsouf et à Safed.

Garin avait subrepticement regardé Will en prononçant ces derniers mots.

— D'autres fois, il laisse partir femmes et enfants et prend les hommes comme esclaves, ou l'inverse en certaines occasions. À Jaffa, il a tué la plupart des citoyens mais il a relâché la garnison. En partant, nous avons vu des esclaves démonter pierre par picrre le château. Une rumeur circule à propos d'une nouvelle mosquée que le sultan ferait construire au Caire. On dit qu'il veut la bâtir avec toutes les pierres des citadelles franques qui restent en Palestine. Quant à nous, nous avons fait retraite vers Acre.

« Quelques semaines plus tard, j'étais dans une compagnie envoyée en renfort à Beaufort. Nous avions reçu des rapports indiquant que Baybars se rendait dans cette direction. Les Mamelouks sont arrivés au pied de nos murailles en avril. La septième nuit, j'étais de garde quand j'ai vu un homme nager dans la douve vers la poterne située juste en contrebas. Je suis descendu et je l'ai capturé, je voulais découvrir dans quel but il avait été envoyé. C'était un déserteur. Il s'était fait prendre en essayant d'abandonner son poste et on l'avait condamné à mort. Mais il était parvenu à s'échapper et à rejoindre notre forteresse. Il espérait qu'on le laisserait se faire passer pour un de nos serviteurs en échange d'informations. Grâce à lui, nous avons appris que la principale cible de cette campagne, pour Baybars, est Antioche.

Garin fit un geste pour désigner les trois chevaliers derrière lui.

— Le commandant de Beaufort nous a aidés à nous échapper pour vous prévenir.

Il regarda le commandeur, signalant par là qu'il en avait terminé.

— Merci, frère Lyons, dit le commandeur en s'avançant de nouveau au bord de l'estrade. Votre vivacité d'esprit et vos actions intrépides ont sans nul doute grandement amélioré nos chances de survie.

Quelques hommes exprimèrent à voix haute leur gratitude et d'autres hochèrent la tête, bien qu'ils fussent étourdis par la gravité des nouvelles. Robert bâilla bruyamment et Will agrippait le banc avec une telle force que ses articulations lui faisaient mal.

— Puis-je vous demander, frère, lança un chevalier, si le grand maître Bérard est informé de tout ceci?

Le commandeur se tourna vers Garin, qui secoua la tête.

— Nous n'en avons pas eu le temps. Nous sommes venus directement ici.

— Alors nous devrions envoyer un message en Acre le plus rapidement possible.

— Ce n'est pas la peine, il arriverait trop tard de toute façon, répondit le commandeur. Baybars sera ici avant les éventuels renforts qui se porteraient à notre secours. Nous ne devons pas espérer d'aide extérieure, il nous faut réunir toutes les ressources dont nous disposons ici pour notre défense. Une ville préparée au combat est une cible bien plus délicate qu'une ville qui attend en espérant qu'il n'ait pas lieu. Je vais en informer le connétable Mansel immédiatement. Il est certain qu'il voudra lui aussi convoquer un conseil.

Plusieurs chevaliers prirent la parole, posant des questions générales sur les préparatifs et proposant leurs suggestions. Mais ce fut tout, à l'exception d'une prière pour les chevaliers de Beaufort. Le chapitre était terminé. Le commandeur réunit ses officiers autour de lui et le clerc chargé de porter le message au connétable entra dans la salle.

Quand Garin descendit de l'estrade, Will se leva. Le chevalier lui jeta un bref regard, puis il se dirigea à la hâte vers les portes. Will se rua à sa poursuite.

— Will! cria Robert en s'élançant à son tour dans la cour ensoleillée.

Garin avait déjà traversé la moitié de la cour, mais il se retourna en entendant crier. Même s'il paraissait quelque peu effrayé par Will, il ne bougea pas. Will continua sa course et poussa Garin contre le mur de l'armurerie. En heurtant la pierre nue, celui-ci eut la respiration coupée. Will le maintint fermement par les épaules.

— Will!

— Reste en dehors de ça, Robert! cria-t-il en tournant la tête dans sa direction.

— Très bien, dit Robert en levant les mains en l'air et en s'arrêtant.

Deux chevaliers sortaient de la maison du chapitre. Ils arrêtèrent leur conversation en voyant Will bloquer Garin contre le mur. Robert leur sourit.

— Ils sont frères…, expliqua-t-il avec une mimique d'indulgence. Ils ne se sont pas vus depuis longtemps. Une effusion bien compréhensible…

Les chevaliers reprirent leur route.

— Je n'ai pas le livre, si c'est ce que tu cherches, dit rapidement Garin. Je n'ai pas essayé de le reprendre aux Hospitaliers. Je ne sais pas où il est.

— Le livre?

Will parlait d'une voix basse, à peine plus qu'un soupir, mais ses yeux étincelaient.

— Tu penses que cela m'intéresse?

Will lui envoya plusieurs coups de poing dans l'estomac et Garin cria.

— La putain, dit Will en crachant les mots entre ses dents. Et le poison que tu m'as fait boire.

— Je suis désolé! s'exclama Garin en essayant de repousser Will. Mais il fallait que je fasse quelque chose. Rook voulait te tuer! Et c'est ce qu'il aurait fait si je ne t'avais pas drogué.

Will empoigna à deux mains le manteau de Garin.

— La fille, grogna-t-il. Hein? Qu'est-ce que tu en dis? Tu vas me dire que tu es désolé de m'avoir laissé au lit avec une pute?

Garin cessa de lutter.

— Quoi?

— N'essaie pas de le nier!

— Je ne sais pas de quoi tu parles!

Voyant Will porter la main à son épée, Robert jaillit et l'attrapa par le bras. Will se retourna brusquement, mais Robert le retenait.

— *Je vais te tuer!* hurla Will.

Garin réussit à se dégager et à reculer de quelques pas.

— Je ne t'ai laissé au lit avec personne, je le jure!

— Tu crois que je vais gober ça alors que tu m'as fait venir dans un bordel?

Garin hésita.

— Adela, dit-il au bout de quelques secondes. C'est pour ça qu'on t'a fait venir là. J'allais chez elle depuis plusieurs mois. Rook voulait juste te faire sortir de la commanderie.

— Tu couchais avec elle?

Garin était calme.

— Je l'aimais.

Will commença à rire. C'était un rire dur qui fit tressaillir Garin. Puis le rire se mua en plainte étouffée.

— Dire que tu oses me parler d'amour!

Robert devait employer toute sa force pour empêcher Will de tirer son fauchon.

— Elwen m'a vu avec cette fille. Je l'ai perdue à cause de toi, espèce de bâtard !

— Je ne suis pas au courant pour cette fille, je te le jure, fit Garin en levant les bras en l'air en signe d'impuissance. Will, rien de tout ça n'était ma faute. Je n'ai jamais voulu qu'il t'arrive quoi que ce soit. Rook m'y obligeait. C'est lui qui voulait le livre, pas moi. Je ne sais pas comment il était au courant, mais il avait appris, et j'ignore comment que mon oncle était en rapport avec Everard. Il m'a fait venir à Paris et m'a forcé à lui raconter tout ce que je savais, tout ce que mon oncle m'avait dit. Il a dit qu'il voulait utiliser le livre contre le Temple. Il a menacé de violer ma mère et de la tuer, Will, si je ne lui obéissais pas.

Le visage de Garin se décomposa et des larmes remplirent ses yeux.

— Tu ne sais pas de quoi il est capable. Mais je suis loin de tout ça maintenant. Il ne peut plus me menacer. Je ferai tout ce que tu voudras pour me racheter ! Dis-moi ce que tu veux et je le ferai !

Will observait Garin en silence : les traces de sang sur son manteau, ses yeux remplis de larmes. Il dévisagea l'homme qui avait fait naître en lui une telle haine, maintenant il ne voyait plus que le garçon apeuré qui mentait à propos des bleus qu'il avait au visage. Son corps évacua en un instant toute la tension accumulée et il se retrouva faible et tremblant.

— Je n'espère rien de toi, laissa-t-il tomber.

Will fit signe à Robert qu'il était maintenant calmé et qu'il pouvait le lâcher, puis il s'en alla.

38

Les remparts, Antioche

14 mai 1268 après J.-C.

Ils la regardaient arriver depuis deux heures, incapables de se soustraire à la fascination qu'elle exerçait. C'était une image incroyable, terrible, comme une vague d'une envergure telle que les gens sur le rivage ne pourraient qu'attendre, impuissants, de la voir inonder les maisons, submerger les champs, noyer les enfants. Leur espoir reposait derrière eux, dans les châteaux et les armureries où les hommes enfilaient leur heaume, nouaient leur cotte de mailles et attachaient leur épée. Mais leur destin s'avançait au-devant d'eux, il marchait à travers la vallée en une large ligne miroitante et dorée qui creusait une deuxième rivière d'acier à côté de l'Oronte. Pour les citoyens d'Antioche, l'une des cinq villes les plus saintes de la Chrétienté, l'approche de l'armée mamelouke était de loin la vision la plus effroyable qu'ils eussent jamais vue.

— Qu'est-ce qu'ils fichent ici?

Will, qui aidait à mettre en place un mangonneau, se tourna et vit Lambert, le jeune officier en charge de sa compagnie, désigner un groupe de badauds sur une tour derrière eux. À leurs robes, Will devina que ce n'étaient pas des soldats. Des évêques ou des nobles, pensa-t-il en observant la coupe de leurs vêtements en soie.

— Ils prient probablement, dit-il en rejoignant Lambert pendant que les sergents mettaient l'engin de siège en position.

Lambert pivota pour lui faire face.

— J'ai vu des enfants sur les murailles ce matin, ils jetaient des pierres dans la vallée en visant nos ennemis. Ils vont finir par mourir, ou alors par se mettre en travers de notre chemin. Quelqu'un devrait les obliger à rentrer chez eux ou à se réfugier dans la citadelle.

— Je suis d'accord avec toi, répondit Will, mais il n'y a déjà pas assez de soldats sur les remparts, nous avons autre chose à faire que de maintenir l'ordre.

Il regarda en bas, dans la vallée où l'armée mamelouke approchait à marche soutenue. Puis il tourna son regard vers les nobles agglutinés sur la tour.

— En plus, ça pourrait nous servir. Les Mamelouks penseront que nous sommes plus nombreux qu'en réalité.

— Je pense plutôt que ça leur donnera plus de cibles à viser.

Lambert mit ses mains en coupe devant sa bouche.

— Hé! cria-t-il aux nobles.

Quelques-uns d'entre eux regardèrent dans leur direction.

— Descendez de là, bande d'idiots!

Il jura en voyant qu'ils ignoraient son conseil et lui tournaient le dos.

— Ne t'inquiète pas, ils partiront dès que les premières flèches commenceront à voler, dit Robert en arrivant à côté d'eux.

— Où est Simon? demanda Will.

— Il s'occupe des chevaux. Ils sont agités depuis qu'ils entendent le roulement des tambours.

— J'imagine très bien ce qu'ils doivent ressentir, murmura Lambert.

Ils étaient tous dans le même cas. Le bruit, qui avait

commencé comme une vague pulsation venue des entrailles de la terre, n'avait cessé d'enfler à mesure que les Mamelouks approchaient, et il s'était peu à peu transformé en un déferlement de rythmes assourdissants, en un vacarme viscéralement effrayant. L'armée mamelouke avait trente compagnies qui ne faisaient que cela, chacune d'entre elles étant dirigée par un officier qu'on appelait le Seigneur des Tambours. Sur les remparts, les chevaliers commençaient tout juste à discerner ces compagnies : des petits hommes qui frappaient de petits tambours en produisant un énorme tumulte.

— Comment va Simon ? demanda Will à Robert.

— Ne me le demande pas. À chaque fois que j'essaie de lui dire quelque chose pour le réconforter, il va pisser. S'il continue, nous pourrons ouvrir les vannes et noyer ces bâtards de Mamelouks. Mais je ne lui en veux pas.

Tous trois regardèrent la tête de l'armée franchir la gorge montagneuse et se répandre dans la vallée comme à la sortie d'un entonnoir. À l'avant-garde se trouvait la puissante cavalerie – des hommes et des chevaux en armure, portant lance et épée. Chaque régiment était distingué par une couleur de surcot différente : bleu, jade, pourpre, violet, et, tout devant, le jaune doré des Bahrites, dont les capes étincelaient dans la lumière matinale.

Des compagnies d'archers à cheval garnissaient les flancs de la cavalerie, et derrière eux avançait puissamment la masse solide de l'infanterie : des hommes portant leurs boucliers pendus à l'épaule ; des explosifs ; des fûts remplis de naphte inflammable. Au milieu des lignes d'infanterie, des chameaux ployant sous les fournitures médicales, les armes, la nourriture et l'eau marchaient à la file aux côtés des engins de siège que des compagnies s'échinaient à tirer en haut de la vallée. D'après ce qu'un chevalier plus âgé avait dit à Will et aux autres, les Mamelouks appelaient ces armes le Victorieux, le Niveleur et le Taureau. En entendant cela, la compagnie de dix chevaliers et sept sergents sous les ordres de

Lambert avaient baptisé leurs deux engins – un mangonneau et une espringale, une arme plus petite qui lançait des javelots au lieu de pierres : le premier avait reçu le nom de l'Imbattable, l'autre de Tueur de Sultan.

— J'imagine qu'ils vont installer le gros du camp juste en bas, dit Lambert en pointant du doigt une bande de terre plate vers laquelle se dirigeaient les impressionnants Bahrites, semblables à un défilé de lions avec leurs vêtements dorés.

Will jeta un coup d'œil alentour. Les nobles sur la tour d'en face commençaient à quitter les lieux en empruntant la promenade qui escaladait les contours escarpés du mont Silpios jusqu'à la citadelle. Depuis plusieurs heures que l'alarme avait été sonnée, peu de gens avaient fait le chemin montant tout là-haut. Nombreux étaient les citoyens, Lambert le déplorait, qui erraient dans la ville : ils se réunissaient au coin des rues pour échanger leurs angoisses avec leurs voisins; montaient sur les remparts pour regarder les soldats avancer; ou bien ils restaient chez eux à clouer des planches de bois à travers portes et fenêtres et à enterrer argent et titres de propriété au fond du jardin. Les seuls à conserver le sens des priorités dictées par l'urgence semblaient être les compagnies de soldats s'activant à leur poste.

Tout au long des remparts et en haut des tours, il y avait des petits groupes comme le leur : Hospitaliers, Teutons du royaume de Germanie, soldats syriens et arméniens, gardes de la ville sous le commandement de Simon Mansel. Mais seule la moitié des tours était occupée et les quelque cent quarante arpents de périmètre montraient des vides impossibles à combler. La plus grande partie des murailles était en bon état et on avait garni de troupes les sections les plus faibles.

Au dernier conseil de guerre, la veille, les maîtres du Temple et de l'Hôpital, dans une rare démonstration d'unité, avaient exprimé leur inquiétude à propos d'un segment près de la tour des Deux-Sœurs, là où les fortifications commençaient leur ascension des pentes montagneuses. Cependant, le connétable Mansel avait déjà affecté tous ses hommes et il refusa d'en détacher quelques-uns pour s'en occuper.

Mansel s'était montré confiant, il pensait que Baybars se laisserait persuader de revenir à la raison. Après tout, avait-il rappelé en constatant le scepticisme de l'ensemble des officiers, les Mamelouks étaient déjà repartis par le passé avec quelques simples chariots d'or. Pendant qu'il préparait ses négociations, le commandeur des Templiers s'était vu confier la charge de rediriger une compagnie sur la portion concernée. En découvrant la partie qui courait de la tour des Deux-Sœurs jusqu'à la crête du mont Silpios, Will avait été incapable de concevoir comment les Mamelouks pourraient réussir à démolir ces remparts depuis le terrain exposé en contrebas. Il est vrai qu'il n'avait encore jamais participé à un siège.

En voyant l'armée adverse apparaître, cela lui avait causé un choc de constater que toutes ses années d'entraînement comptaient apparemment pour rien. Il cassait le jeûne avec ses camarades dans l'une des pièces nues et couvertes de toiles d'araignées, assis au milieu des crottes de chauve-souris, quand l'alarme avait sonné. Ils s'étaient tous précipités dans les escaliers en colimaçon pour grimper sur les remparts, l'épée à la main. Et ils s'étaient arrêtés net en arrivant en haut. D'homme à homme, en face à face, ils pouvaient combattre, mais que faire du haut de cette tour sinon attendre et regarder les Mamelouks avancer ?

Les chevaliers expérimentés qui avaient livré des batailles en Outremer une bonne partie de leur vie gardaient leur calme et se contentaient de fourbir leurs armes. Mais les plus jeunes ne tenaient pas en place : ils riaient nerveusement, s'exaspéraient au moindre désagrément, aussi agités que les chevaux dans l'atelier de poterie réquisitionné par Lambert à deux pas de la tour, tour qui allait devenir leur maison pour les prochains jours, les prochaines semaines, voire les prochains mois.

Will but une gorgée d'eau et ajusta sa ceinture porte-épée. Il ressentait le besoin de sentir le contact de l'arme dans sa main, de frapper quelque chose de tangible. L'anticipation créait en lui un trouble auquel faisait écho le roulement des tambours, il était irrité. Quatre chevaliers surgirent sur les remparts, apportant des javelots pour l'espringale. Parmi eux se trouvait Garin. Leurs regards se croisèrent et Garin ralentit un instant sa marche, puis il repartit le long de la promenade vers la tour où était positionnée l'espringale.

Robert secoua la tête.

— Et il faut qu'ils le mettent là !

Agrippant la poignée de son fauchon, Will se tourna vers Lambert.

— Est-ce que je peux faire quelque chose pour me rendre utile ?

Lambert fit un signe de dénégation.

— La même chose que nous. Attendre.

Le camp mamelouk, Antioche, 14 mai 1268 après J.-C.

Le soleil déclinait à l'ouest lorsque les eunuques achevèrent de laver les pieds de Baybars et de les sécher avec des serviettes en lin fraîches. Quand ce fut terminé, celui-ci se leva et descendit de l'estrade érigée à l'intérieur du pavillon royal. Il avait fait ouvrir les battants du pavillon afin de voir ce qui se passait à l'extérieur. Ses généraux attendaient, pieds nus, sur un coin d'herbe printanière où avaient été disposés des tapis de prière.

Baybars se tourna vers La Mecque. Les Monts Silpios remplissaient tout son champ de vision, mais quand il s'installa avec ses hommes et commença à réciter la première sourate du Coran, ils semblèrent s'évanouir. Ce n'était plus qu'un tas de rochers et de sable.

Au nom d'Allah, le Tout Miséricordieux, le Très Miséricordieux. Louange à Allah, Seigneur de l'univers !

Une fois les prières terminées, les Mamelouks se relevèrent et reprirent leurs tâches : décharger les chameaux ; monter les tentes ; installer les engins ; allumer des feux ; préparer le banquet du soir. Demain serait le premier jour du mois sacré du Ramadan, et durant les quatre prochaines semaines ils devraient jeûner jusqu'aux derniers rayons du soleil.

— Seigneur.

Omar venait d'entrer dans le pavillon. Il se faufila entre les domestiques qui roulaient les tapis de prière.

— As-tu transmis mes ordres aux généraux ?

— Oui, seigneur, chacun connaît ses positions… sauf moi, ajouta-t-il après quelques instants d'hésitation.

— Je veux que tu ailles à l'arrière diriger les engins de siège.

— À l'arrière ?

— Tu m'as entendu, dit Baybars en ignorant son regard scandalisé.

Au fur et à mesure des campagnes, il n'avait cessé de faire reculer Omar loin des lignes de front. Alors qu'il craignait peu pour sa propre sécurité, il se préoccupait de plus en plus de celle de ses amis. Peut-être parce qu'il n'en avait pas beaucoup.

— Puis-je te parler en ami ? demanda Omar. Si tu persistes à vouloir diriger cette bataille, je veux être à tes côtés. N'as-tu pas écouté les prédictions de Khadir ?

Baybars leva les sourcils.

— Moi qui pensais que tu ne te souciais jamais de ce qu'il disait.

— Je l'écoute quand il dit que ta vie peut être en danger. Il prétend que quelque chose ou quelqu'un te menace à l'intérieur de la ville.

— Khadir n'a pas vraiment été précis sur la nature de cette menace, je suis donc enclin à croire qu'il faisait allusion à l'envie assez répandue parmi les Francs de se débarrasser de moi. D'ailleurs, il nous a assurés que les signes à propos de la bataille elle-même étaient encourageants. Je m'en remets à cette prédiction.

Le sultan se tut un instant, l'air pensif.

— Khadir est instable depuis notre passage près de chez lui, expliqua-t-il en faisant référence aux forteresses des Assassins à Masyaf, dans les montagnes de Jabal Ansariyya – l'endroit dont Khadir avait été expulsé.

— Faut-il vraiment que tu diriges la bataille, seigneur?

Le visage de Baybars se durcit.

— Quand j'ai laissé à d'autres le soin de conduire nos forces contre cette ville, ils sont repartis avec quelques chariots insignifiants. Nous n'acceptons pas de cadeaux des Francs, Omar.

— Oui, seigneur.

Baybars tourna la tête et vit Kalawun approcher. Un commandant de régiment l'accompagnait. Kalawun s'inclina devant Baybars.

— Puis-je parler avec vous?

— Oui, répondit le sultan. Nous avions terminé. N'est-ce pas, Omar?

— Nous avions terminé, seigneur, dit Omar d'une voix maussade.

Baybars attendit qu'il fût parti, puis il se tourna vers les deux hommes.

— Êtes-vous prêts?

— Oui, seigneur, répondit Kalawun.

— Bien. Vous devrez être en position dès l'aube.

— Dans ce cas, avec votre permission, nous allons partir maintenant, dit le commandant.

— Vous l'avez.

Alors qu'ils s'éloignaient, Baybars rappela Kalawun.

— Qu'Allah vous protège! dit-il sobrement.

Le visage taillé à la serpe de Kalawun se fendit d'un léger sourire.

— Je crains que vous n'ayez davantage besoin de Sa

protection, seigneur. Je pense que notre mission sera plus simple à accomplir que la vôtre.

— Tout dépendra de la résistance que vous rencontrerez. Et plus vous resterez longtemps, plus vous aurez de chance d'en rencontrer, qu'elle vienne des Templiers à Baghras et à La Roche Guillaume, ou en Cilicie.

— Nous avons durement frappé les Arméniens l'année dernière, répondit calmement Kalawun. Je doute qu'ils aient pu rassembler une force importante.

— Ne préjuge de rien, Kalawun. Comme nous avons laissé Tripoli indemne, le prince Bohémond a dû se douter que nous viendrions ici. Il pourrait rassembler une véritable armée avec les troupes qu'il reste aux quatre coins du royaume, même si je n'ai pas l'intention de perdre assez de temps ici pour lui en laisser l'opportunité.

On entendit de l'agitation à l'extérieur du pavillon et soudain une petite forme émergea de l'ombre en courant. Kalawun vint immédiatement se placer devant Baybars, mais ce n'était que le fils du sultan. Derrière Baraka Khan, pantelant, arriva son tuteur, un commandant en retraite du nom de Sinjar que Kalawun avait recommandé comme un mentor approprié pour le garçon. Il avait une grosse tache rouge sur sa tunique blanche. Baybars crut un instant qu'il était blessé, avant de comprendre que la tache était trop pâle pour qu'il s'agisse de sang. Baraka s'arrêta en dérapant sur le sable, le souffle court.

— Comment se fait-il que tu ne sois pas en train d'étudier? demanda Baybars au garçon, maintenant âgé de sept ans.

Il regarda Sinjar d'un air interrogatif et celui-ci s'inclina en essayant de reprendre sa respiration.

— Toutes mes excuses, seigneur. Nous avons commencé un simple exercice d'algèbre, mais Baraka n'arrivait pas à le résoudre et il s'est énervé. Il m'a jeté un pichet de cordial. J'allais le punir mais il s'est enfui.

Baraka jetait un regard furieux sur son tuteur.

— Sinjar allait me battre, père.

— C'est ce que tu mérites, dit Baybars en prenant sans ménagement son fils dans ses bras. Je ne veux plus entendre dire que tu poses problème, tu m'entends ?

Baraka fit la moue.

— Oui, père, marmonna-t-il.

Baybars hocha la tête.

— Laissez-le-moi, dit-il à Sinjar.

— Oui, seigneur.

— Si tu refuses de suivre les cours, dit Baybars à son fils quand Sinjar fut parti, alors peut-être que tu peux m'être utile.

Il lança un sourire en coin à l'intention de Kalawun.

— Peut-être pourrions-nous lui faire manœuvrer un des mandjaniks ?

Kalawun lui sourit à son tour.

— Peut-être, répondit-il en ébouriffant les cheveux de Baraka. Bien que je ne sois pas certain que ce travail convienne à l'héritier du trône, et à mon futur gendre.

Le visage de Baraka se ferma en une bouderie têtue. Baybars lui avait dit qu'il le marierait à la fille de Kalawun quand il en aurait l'âge, dans quelques années. Baraka espéra qu'il la mettrait, *elle*, à la manœuvre d'un mandjanik. Elle aurait un accident et finirait projetée par-dessus les remparts d'une ville. Cette idée le fit sourire.

Kalawun s'était incliné et il traversait déjà le camp pour rejoindre un bataillon qui l'attendait.

— Où va l'émir Kalawun, père ?

— Dans les montagnes, répondit Baybars en emmenant son fils à l'intérieur du pavillon. Depuis que Baraka avait quitté le harem et qu'il n'était plus couvé par ses femmes, il avait commencé à trouver en lui, de manière étrange, une distraction aux contraintes pesantes du commandement.

— Pourquoi ?

Ignorant les eunuques, les gardes du corps et les conseillers présents dans le pavillon, Baybars posa son fils sur un tapis et prit des figues disposées dans un plateau en argent.

— Je vais te montrer, dit-il à son fils en s'accroupissant et en lui donnant un des fruits.

Puis il disposa trois figues en triangle sur le tapis.

— Voilà Antioche, expliqua-t-il en indiquant la figue en bas à droite du triangle. Celle du dessus représente les Portes Syriennes, là où va Kalawun. Il va s'assurer que les chrétiens ne puissent pas recevoir de renforts par le nord.

Puis il montra la dernière figue, en bas à gauche.

— Ça, c'est le port de Saint-Symeon. J'ai envoyé un bataillon s'en emparer. Comme ça, les chrétiens ne pourront pas non plus recevoir de soutien par la côte.

— Qu'est-ce que vous allez faire, père ?

Baybars sourit. Il prit la figue symbolisant Antioche et la jeta dans sa bouche, ce qui fit rire Baraka.

— Seigneur !

Le sultan se leva quand un guerrier bahrite entra dans le pavillon.

— Un groupe arrive de la ville, dit-il tout en le saluant.

— Qui est-ce ? demanda Baybars en jetant un coup d'œil à son fils, qui écrasait les figues avec son poing.

— Une compagnie dirigée par le connétable. Ils sont sortis par la porte nord-ouest.

Baybars et ses conseillers suivirent le guerrier à l'extérieur du pavillon. Une petite troupe progressait au pied des remparts, où brûlaient de grands brasiers.

— Allez à leur rencontre, dit Baybars au guerrier. Désarmez-les et amenez-les-moi. J'imagine qu'ils pensent négocier.

— Je suis venu parlementer ! répétait Simon Mansel aux deux guerriers mamelouks qui le poussaient à l'intérieur du pavillon royal.

Ses gardes avaient été encerclés et désarmés.

— Vous me libérerez dès que vous aurez entendu mes termes! insista-t-il en arabe.

— Tes termes? l'interrogea Baybars, sa voix profonde interrompant Mansel qui leva des yeux circonspects vers le trône.

Baybars étudia le corpulent connétable au pied de l'estrade. L'homme était vêtu d'une somptueuse robe en soie et d'un turban. Toute sa personne dégoulinait de joyaux.

— Je ne crois pas que tu sois en position de proposer quoi que ce soit.

Dans les yeux de Mansel se lut l'hésitation. Baybars fit un geste à un des hommes de son équipe.

— Traduis mes paroles au connétable.

Le traducteur s'avança et dit quelques mots.

— Pour commencer, dis-lui de s'agenouiller.

Mansel parut offensé par cette requête, mais il n'eut d'autre choix que d'obtempérer : les deux guerriers mamelouks qui le tenaient par les épaules l'y obligèrent. Du coin de l'œil, il aperçut un enfant accroupi derrière un paravent grillagé dans un coin de la tente. L'enfant lui tira la langue et pouffa. Ignorant ses simagrées, Mansel se tourna vers le traducteur.

— Dites à votre sultan que je suis prêt à lui offrir des chariots d'or et de joyaux s'il consent à retirer son armée de nos murs. Il a jusqu'à demain pour accepter cette proposition. Ce sera ma seule offre.

Baybars ne cilla pas quand le traducteur lui transmit l'information.

— De l'or? Tu crois m'apaiser avec une offre aussi indigne?

— Indigne? s'étouffa Mansel, quand les paroles de Baybars lui furent transmises. Je peux vous assurer que...

— L'or ne représente rien pour moi, dit Baybars sans attendre qu'on lui traduise les récriminations du connétable. Il n'y a qu'une chose qui pourrait détourner mon armée et sauver ta vie, ainsi que celle des hommes, des femmes et des enfants d'Antioche. La capitulation. Ordonne aux chevaliers d'ouvrir les portes de la cité, cette cité que les Francs se sont appropriée il y a cent soixante-dix ans. Dis-leur de déposer les armes et de nous laisser entrer. Une fois que nous aurons pris la ville, vous partirez, tous autant que vous êtes, et sans retour. Vous ne pouvez pas gagner. Antioche est perdue pour les chrétiens.

— C'est inacceptable! s'écria Mansel d'une voix outragée. Il y a des milliers de gens ici. Où iraient-ils? Je ne peux pas simplement leur demander de quitter leur foyer, ou leur bétail! Et les malades? Les jeunes et les infirmes? Prenez ce que j'ai à offrir et...

Il se tut. Baybars s'était levé et avait fait un geste à l'intention d'un des Bahrites qui se tenait près de l'entrée. Mansel ne comprit pas ce qui se disait, mais il tressaillit en voyant le sultan tirer l'un de ses sabres et descendre les marches de l'estrade.

— Me faire du mal ne vous avancera à rien! À rien! *Dites-le-lui!* cria-t-il au traducteur.

Il entendit du bruit derrière lui. Mansel tourna la tête et vit sept guerriers bahrites guider sans ménagement ses gardes à l'intérieur de la tente.

— Faites sortir mon fils d'ici, ordonna Baybars à l'un des eunuques.

Baraka hurla et donna des coups de pied au serviteur, mais celui-ci parvint à s'en saisir et à l'emmener hors de la tente.

Alignés face à l'estrade, les six gardes de Mansel paraissaient effrayés. Ils regardaient le connétable sans comprendre. Les Bahrites les forcèrent à s'agenouiller.

— Qu'est-ce que vous faites? demanda Mansel à Baybars.

Le sultan aux yeux bleus ne répondit pas, il s'approcha du premier garde, un jeune homme aux grands yeux bruns et au visage couvert de taches de rousseur. Baybars l'attrapa par une poignée de cheveux, lui tira la tête en arrière, puis il lui trancha la gorge avec la pointe de sa lame. Une gerbe de sang vint s'écraser sur les marches de l'estrade.

— Mon Dieu! cria Mansel tandis que le jeune homme s'écroulait sur le côté, le sang continuant à jaillir de son cou en gros flots bouillonnants.

Le jeune homme n'avait même pas eu le temps de hurler. Les gardes restants criaient sur le sultan et sur les Bahrites. Terrorisés, deux d'entre eux voulurent prendre la fuite, mais les gardes royaux les remirent à leur place simplement en posant la main sur la garde de leur épée.

Baybars se tourna vers Mansel, le sang tombant goutte à goutte de son sabre. Quelques gouttes avaient éclaboussé sa cape dorée, rendant pratiquement illisibles les inscriptions du Coran.

— Acceptes-tu ma demande? Ou faudra-t-il que d'autres hommes meurent? C'est à toi de choisir. La vie de tes hommes contre la ville. Voilà ce que je t'offre.

Mansel n'avait pas besoin de traducteur pour comprendre ce qu'on lui disait.

— Espèce de bâtard sans cœur, dit-il d'une voix amère.

Le traducteur allait rapporter ces propos, mais il jeta un regard à Baybars et se ravisa.

Baybars s'approcha d'un autre garde, qui se mit à hurler. Le sultan le tira par les cheveux pour dégager son cou. Il lutta, essaya de se dégager, mais deux Bahrites aidèrent Baybars à le maintenir.

— Ton homme ou ta ville? demanda le sultan en regardant Mansel. Qu'est-ce qui est le plus important pour toi? Choisis!

L'interprète se dépêcha de traduire ses paroles.

— Je ne me laisserai pas intimider aussi facilement!

— *Capitaine!* hurla le garde.

Les yeux de Baybars se plissèrent quand le traducteur lui donna la réponse du connétable. Son menton se crispa et le sabre plongea dans le cou du garde. Il lui fallut davantage de temps qu'au premier pour mourir. Il se tordit sur le sol au milieu de ses camarades, pressant vainement ses mains contre sa gorge pour empêcher le sang de s'en échapper.

Mansel détourna le regard.

— Achevez-le, dit Baybars d'un ton bourru en désignant le garde à l'agonie.

L'un des Bahrites s'avança et le poignarda.

— Tu rôtiras en enfer pour ce que tu fais! lança Mansel d'une voix frémissante.

— Acceptes-tu ma proposition?

— *Non, je ne l'accepte pas!*

Sa réponse provoqua la mort d'un troisième garde.

— Ça suffit! cria soudain Baybars.

Il marcha jusqu'à Mansel en tenant son sabre dégoulinant de sang.

Celui-ci tenta de se remettre sur ses pieds mais les Bahrites furent sur lui dans la seconde.

— *Non!* cria-t-il en arabe tandis que le sultan se penchait sur lui et empoignait ses cheveux. Ma femme est une cousine de la fille du prince Bohémond! Ma rançon vous rapportera plus que ma mort!

— La seule chose qui a de la valeur à mes yeux, c'est ta ville. Livre-la-moi, ou je te décapiterai et ferai jeter ta tête par-dessus les murs d'Antioche pour montrer à tes citoyens le prix du refus.

Baybars appliqua son sabre contre la gorge de Mansel, qui se tortillait en rugissant.

— *Rends-toi!*

— J'accepte! hurla Mansel quand la lame commença à s'enfoncer.

Un filet de sang chaud coula le long de son cou.

— Je cède à vos exigences! Je vous livre la ville!

— Emmenez-le aux remparts, grogna Baybars en se détournant du connétable. Faites-lui donner ses ordres à la garnison et dites aux hommes de se tenir prêts. Nous entrerons ce soir.

Ainsi fut fait. Simon Mansel, connétable d'Antioche, fut traîné jusqu'à la porte Saint-Georges où, d'une voix tremblante, il ordonna à la garnison de la ville, et aux garnisons de tous les ordres militaires, de ne pas opposer de résistance.

Peu après, alors que Baybars se lavait les mains dans une bassine, l'un des guerriers bahrites qu'il avait envoyé escorter Mansel entra dans le pavillon. Les cadavres des gardes avaient été enlevés et les eunuques, agenouillés au sol, nettoyaient le sang sur les marches de l'estrade.

— Seigneur.

Baybars s'empara d'une serviette et se sécha les mains.

— C'est fait?

— Mansel a donné l'ordre, comme convenu.

— Les portes sont-elles ouvertes?

— Non, seigneur, répondit le guerrier bahrite. La garnison d'Antioche désobéit aux ordres. Les chevaliers refusent de se rendre.

39

Les remparts, Antioche

18 mai 1268 après J.-C.

Simon prit une orange brunie dans les vivres qui leur avaient été distribuées.

— Combien de temps ça va durer? demanda-t-il soudain en se tournant vers Will.

Le ton brusque qu'il avait employé surprit ce dernier.

— Si Mansel réussit à persuader les commandants de se rendre, ça pourrait se terminer rapidement.

Il s'assit sur une barrique. Sa garde venait de s'achever et il était épuisé. Dehors, l'aube naissait à peine. Une lumière pâle filtrait par l'entrebâillement de la porte, mais il savait que la pièce circulaire et sans fenêtre resterait sombre toute la journée.

— Ça m'étonnerait qu'il y parvienne, ajouta-t-il en bâillant.

À deux reprises, le connétable Mansel était venu aux portes de la ville, mais chaque fois la garnison avait refusé de se rendre. Hier, les hommes sur les remparts avaient attentivement regardé l'armée mamelouke se déployer autour de la ville, certains bataillons se postant au nord près de la rivière, d'autres au sud sur les pentes des montagnes. L'un des régiments avait installé ses engins de siège juste en face des deux tours occupées par la compagnie de Lambert.

Simon jeta l'orange sur la table.

— Je ne parle pas de la bataille, répondit-il abruptement. Je parle de toi et moi.

Will le regarda d'un air interrogatif.

— Qu'est-ce que tu veux dire?

— Rien, marmonna Simon. Fais comme si je n'avais rien dit.

— Non, dit Will en s'approchant de lui. Si tu as quelque chose à dire, dis-le.

Simon baissa les yeux.

— Non. Ce n'est rien.

— Je sais très bien de quoi tu parles, s'énerva Will, tu ne m'as pas parlé depuis des jours. Chaque fois que je viens vers toi, tu trouves une excuse pour m'éviter. Tu me blâmes toujours, n'est-ce pas? D'après toi, c'est à cause de moi si nous sommes ici?

— Arrête, gémit Simon, je n'ai pas envie de me battre.

— Je ne t'ai jamais demandé de venir, Simon.

— Non, j'ai été affecté, tu te souviens?

— Pas à Antioche, en Outremer. Quand nous étions à Orléans, je t'ai dit que j'avais pris ma décision, mais que rien ne t'obligeait à venir.

— Tu avais décidé de poursuivre Nicolas et de trouver le livre d'Everard, répondit Simon en secouant vigoureusement la tête. C'est ça que tu avais décidé, pas de faire la guerre!

— Eh bien, je me retrouve au beau milieu d'une guerre, et toi aussi. Ces hommes ont tué mon père. Peut-être même que celui qui l'a décapité se trouve ici.

— Tu es devenu si froid, dit Simon d'une voix soudainement calme. On ne parle plus, on ne rit plus comme avant.

— Je ne suis pas exactement d'humeur à rire.

— Tu ris avec Robert et les autres! J'ai l'impression de

me retrouver tout seul. Tu ne sais pas à quel point c'est effrayant de savoir que les Mamelouks sont juste là et que tu ne peux pas te battre contre eux. Tu ne sais pas ce que c'est d'être incapable de défendre les gens... les gens qu'on aime.

— Pourquoi m'éviter si tu te sens si seul?

Simon détourna le regard un instant, puis il le reporta sur Will.

— Je voudrais que les choses redeviennent comme avant, dit-il en lançant un sourire timide à son ami. Comme quand tu m'apprenais à me battre à l'épée, quand nous étions à Paris.

— Je ne peux pas revenir en arrière.

— Pourquoi?

— Parce que j'ai perdu beaucoup de choses entre-temps.

— Qu'est-ce que tu as perdu? demanda doucement Simon.

— J'avais mon père à l'époque, ou du moins j'espérais le revoir, et j'avais Elwen. Mon cœur n'était pas rempli de haine. Je ne haïssais pas un homme qui avait été mon meilleur ami avant, et je ne haïssais pas des hommes que je n'ai jamais rencontrés. Je ne savais rien de la guerre.

Les épaules de Will s'étaient affaissées pendant qu'il prononçait ces mots.

— Je ne savais rien de tout cela, conclut-il en levant les yeux vers Simon. J'avais de l'espoir.

— Tu peux encore avoir de l'espoir, répondit Simon en venant vers lui.

— De l'espoir en quoi? Je suis un mauvais frère et un mauvais fils. Je ne peux pas revenir en arrière, redevenir celui que j'étais avant. Il ne reste plus rien de moi.

— Et qu'est-ce que tu comptes faire? Rester ici, combattre et mourir?

Will n'eut pas le temps de répondre. Un long appel plaintif avait suivi la question de Simon. D'autres se mêlèrent bientôt au premier et un son déchirant leur vrilla les oreilles.

— Qu'est-ce qui se passe? demanda Simon en blêmissant.

— Je ne sais pas.

Will se précipita vers les escaliers en entendant courir et crier au-dessus, sur les remparts.

— Les trompettes des gardes?

Des vociférations incohérentes répondirent à sa question. Puis quelque chose heurta violemment les murailles. La tour vibra sous l'impact et un déluge de pierre s'abattit dans la rue, à l'extérieur. Will grimpa les escaliers à toute allure.

— Qu'est-ce que je dois faire? lui cria Simon.

— Va t'occuper des chevaux.

— Will!

Le chevalier s'arrêta au milieu des escaliers et regarda derrière lui.

— Quoi?

Simon le fixait. Il déglutit avec difficulté puis secoua la tête.

— Rien.

Il resta là encore un moment après que Will eut disparu, jusqu'à ce qu'une autre violente attaque contre les murailles le décide à courir dans la rue, où il se dirigea vers l'atelier de poterie au milieu d'une pluie de pierres et de poussière.

Will courut dans les escaliers.

— Qu'est-ce qui se passe? demanda-t-il à un sergent qui venait en sens inverse. Ils attaquent notre section?

— Toutes les sections, messire! balbutia le sergent en se dépêchant. Ils attaquent toutes les sections!

Will se hâta de rejoindre les remparts où Robert, qui n'avait pas eu le temps de finir de s'habiller, aidait Lambert et deux autres chevaliers à hisser le long de la tour une pierre énorme qui servirait de projectile pour le mangonneau. Ils y mettaient toutes leurs forces, muscles tendus. Will courut leur donner un coup de main, mais son regard vola par-dessus les remparts et il s'arrêta net. Les Mamelouks s'étaient mis en position de combat pendant la nuit, ils couvraient maintenant la plaine et les pentes des montagnes de leur masse écumante. Capes, turbans, chevaux, lances, échelles, béliers et catapultes se mélangeaient en un tumulte effrayant.

Pendant que Will observait l'armée ennemie, les trois mandjaniks les plus proches de sa section se mirent en action. Les madriers percutèrent les poutres centrales en projetant trois pierres immenses vers les murailles, entre les deux tours. En s'écrasant, elles firent trembler les tours sur leurs fondations et explosèrent une partie de la maçonnerie. Will entendit un cri en provenance de la tour adjacente, il se retourna et vit un chevalier au sol. Il avait reçu un éclat mortel. Juste à côté, Garin s'occupait de la manœuvre de l'espringale. Will sortit de son hébétude et se rua pour aider Robert et Lambert tandis que Garin déclenchait l'engin, tirant un javelot au cœur des forces mameloukes. Will n'attendit pas de voir s'il touchait une cible, il agrippa une des cordes du mangonneau et en libéra le madrier.

Tout autour des murailles, à l'exception du sommet escarpé de la montagne et des rives marécageuses de l'Oronte où le terrain était impraticable, l'assaut avait commencé. Le fracas des pierres était aussi régulier et sonore que le roulement des tambours, ils se faisaient écho les uns aux autres à travers la vallée tels de terrifiants coups de tonnerre. Des pots de naphte rougeoyants jetés sur les murs embrasaient hommes et engins de siège. Certaines compagnies mameloukes catapultaient avec leurs engins des barriques de poix qui décollaient du sol comme des comètes et explosaient sur les tours en provoquant des gerbes enflammées illuminant l'aurore. Des pointes de flèches évidées et remplies de naphte et de soufre noir prenaient feu dès qu'elles étaient tirées par les archers. Les hommes frappés par ces missiles tombaient à genoux, d'autres chutaient des remparts en hurlant, torches humaines en combustion, et sur une section, toute une compagnie d'Hospitaliers fut emportée par une pierre. Les hommes d'Antioche défendirent vaillamment la place. Ils abattirent les échelles que les Mamelouks appuyaient contre les murs, décochèrent des salves de flèches dans l'infanterie, qui répondait en leur envoyant à la fronde des balles d'argile, et catapultèrent des boulets dans la cavalerie pour écraser autant de chevaux et d'hommes que possible.

Mais les murs de Justinien, aussi résistants fussent-ils, ne suffirent pas à contenir la détermination de l'armée ennemie. Pendant des siècles, ils avaient cédé aux Perses, aux Arabes, aux Byzantins, aux Turcs et aux Francs. Qu'ils cèdent une fois de plus était inévitable. C'était une simple question de temps.

— Il nous faut des hommes là-haut, hurla Lambert en faisant un geste en direction des pentes montagneuses, à environ une demi-lieue d'ici, où toute une partie des murailles était vide de soldats.

Les Mamelouks y avaient concentré sept mandjaniks et un trou important apparaissait déjà au centre des remparts, bien qu'il fût situé trop en hauteur pour permettre aux soldats de l'infanterie de pénétrer. Voyant cette opportunité, d'autres mamelouks se pressaient dans cette direction, menés par un groupe de cavaliers vêtus de capes dorées.

— Les Bahrites! s'écria l'un des chevaliers sur la tour adjacente.

— Mon Dieu, c'est lui, murmura Lambert en regardant par-dessus le parapet.

Son regard était fixé sur un homme puissamment bâti qui portait une robe couverte d'or et une armure scintillante. Il montait un destrier noir à la tête de la garde royale.

— Qui? demanda Will, le souffle court.

Il plaça une nouvelle pierre dans la cavité du mangonneau et recula de deux pas pour laisser deux chevaliers tirer.

— L'Arbalète, répondit Lambert.

Puis il se pencha par-dessus les remparts intérieurs.

— Où sont nos fichues troupes? glapit-il en scrutant la ville.

Tout ce qu'il pouvait voir, c'était la population terrifiée qui regardait craintivement à travers les fenêtres. Le seul homme dans la rue, c'était Simon.

— Selle les chevaux! cria-t-il au palefrenier.

Celui-ci disparut immédiatement dans l'atelier de poterie.

Will observait Baybars gravir la pente en direction de la brèche. En regardant le sultan mamelouk, il ressentit un étrange frisson; mais il n'aurait pas su dire s'il s'agissait de peur ou d'excitation. Des citoyens qui se trouvaient sur les remparts menant aux citadelles avaient eux aussi vu le danger, et ils sautaient sur place en agitant les bras et en criant dans sa direction.

Une pierre vola par-dessus le mur, atterrissant dans les pâturages et laissant derrière elle un énorme cratère.

— Qu'est-ce qu'on fait? cria Will en se baissant pour éviter une pluie de flèches filant au-dessus de sa tête.

Lambert regardait alentour, l'air impuissant.

— Merde!

Will le saisit par les épaules.

— Lambert! Qu'est-ce qu'on fait?

— On va là-haut, dit une voix derrière lui.

Will se retourna. C'était Garin, les cheveux plaqués sur le front par la sueur, le visage et le manteau crasseux. Il tenait son épée à la main.

— Nous allons chercher les chevaux, reprit-il d'une voix résolue, nous allons là-haut et nous nous battons jusqu'à ce que d'autres hommes nous rejoignent.

— Trop tard! dit Robert. Regardez!

Ils se tournèrent et virent le mur s'écrouler dans un

grondement terrifiant, emportant avec lui deux tours dans un nuage de fumée et de poussière.

— Sainte Marie mère de Dieu ! dit Lambert d'une voix faible quand les Mamelouks, sous l'impulsion de Baybars Bundukdari, franchirent les murailles sans attendre que les volutes de poussière se dissipent.

— Ils sont passés ! Ils sont passés ! commença à hurler l'un des chevaliers sur les remparts.

Une compagnie d'Hospitaliers qui avait vu les tours s'écrouler fit retentir sa trompette. D'autres reprirent cet appel et l'annonce circula parmi les troupes disséminées sur les remparts. Les Mamelouks arrivaient. La ville était tombée.

Lambert revint à lui.

— Tous en bas ! hurla-t-il aux chevaliers et aux sergents. Allons chercher les chevaux !

Abandonnant les engins, la compagnie descendit à la hâte l'escalier de la tour, s'arrêta un instant pour prendre heaumes et boucliers dans l'une des pièces du bas, puis se précipita dans les rues pleines de gravats où Simon apportait trois chevaux déjà sellés. Il était pâle mais parlait avec douceur aux animaux qui s'ébrouaient. Quatre sergents pénétrèrent dans le vaste atelier pour l'aider à seller les autres. Le potier était présent, ainsi que sa femme et ses trois filles qui essayaient de se cacher derrière lui.

— Qu'est-ce qui se passe ? demanda-t-il.

Lambert pivota vers lui.

— Allez vous mettre à l'abri, espèce d'idiot !

— Ils arrivent ! lança l'un des chevaliers.

En suivant son regard, le groupe de Templiers, ainsi que le potier et sa famille, virent la cavalerie lourde des Mamelouks se déployer à flanc de montagne. Ils allaient frapper la ville en différents points. Avec leurs capes dorées, écarlates et pourpres, ils ressemblaient à une coulée de lave dévalant d'un cratère de volcan. Certains portaient des torches et des arcs, mais la plupart brandissaient une longue épée étincelante incrustée d'or et couverte d'inscriptions arabes.

Le potier empoigna sa femme et ses filles, pétrifiées par la peur, et les fit passer par une trappe à l'arrière de l'atelier, d'où un escalier menait au grenier. Quelques personnes, qui étaient sorties dans la rue, fuirent en courant. Des cris d'épouvante s'élevaient un peu partout depuis les maisons où la population, amassée derrière les fenêtres, contemplait les Mamelouks déferler sur la ville en dispersant les moutons et en coupant toute retraite aux familles qui essayaient de rejoindre la citadelle sur les hauteurs.

Will s'aperçut que des tremblements secouaient ses mains. Il serra de toutes ses forces la poignée de son fauchon pour les faire cesser.

— Allez! cria-t-il aux autres autant qu'à lui-même.

Puis il courut vers un cheval et grimpa d'un bond. Un chevalier lui tendit un bouclier. Garin et Lambert suivirent son exemple, ainsi que deux autres chevaliers.

— Où allons-nous? demanda l'un des chevaliers à Lambert. Où est la ligne de front?

Le jeune officier, pâle, le visage contracté, se tourna sur sa selle.

— Nous sommes la ligne de front!

Il leva l'épée au moment où les premiers Mamelouks apparaissaient déjà au bout de la rue.

— *Deus vult!*

Il enfonça les talons dans les flancs de son cheval et s'avança à leur rencontre en faisant tournoyer son épée.

Alors qu'il s'élançait avec à sa suite Garin et les autres chevaliers, Will entendit Simon l'appeler par son nom. Il se rendit compte qu'il ne portait pas de heaume, mais il était trop tard pour faire machine arrière. Il brandit son épée et un rayon de soleil vint se réfléchir dans la lame. C'était une lame écossaise, née dans les lochs, les landes et la brume, loin de ces montagnes de poussière et de leur

603

soleil aveuglant. C'était la lame d'un clan, son grand-père et son père l'avaient tenue avant lui. Des larmes jaillirent de ses yeux en même temps qu'il lançait son cheval au galop. Quand un des Bahrites, cape au vent, se porta à sa rencontre, il poussa un long hurlement.

— *Pour les Campbell! Pour les Campbell!*

Le choc fut brutal. Toutes les courses d'entraînement sur la lice n'étaient rien comparées à cet assaut. Un coup retenu pour désarçonner un adversaire ne ressemblerait jamais à celui destiné à tuer. Projeté vers l'arrière, Will se serait retrouvé au sol s'il n'avait serré de toutes ses forces les flancs du cheval entre ses cuisses. Le temps qu'il se remette en selle, étourdi et meurtri, le Mamelouk était parti. Son bouclier était cabossé et un autre Mamelouk se présentait déjà face à lui. Sans réfléchir, il allongea le bras et frappa. Le fauchon, avec son manche rouillé et ses bandes effilochées, toucha le Mamelouk au bras, entre le haubert et la cubitière. L'homme hurla et du sang jaillit de sa blessure. Perdant le contrôle de son cheval, le Mamelouk se noya dans le flot d'hommes qui galopaient autour de Will, de Garin et des autres Templiers, et qui menaçaient de submerger toute la ville.

Parmi eux se trouvait le sultan, sur son destrier noir. Will aperçut les yeux bleus et les dents de Baybars. Celui-ci ne passait qu'à quelques mètres à sa gauche mais une autre lame volait déjà dans sa direction. La lame ripa sur son bouclier et s'enfonça dans le cou de son cheval. En se cabrant, l'animal percuta un destrier mamelouk harnaché et le choc le fit tomber à la renverse. Will fut projeté de la selle mais son pied resta coincé dans l'étrier et il hurla de douleur quand sa monture retomba sur lui. Quelque part au-dessus de lui, Lambert criait à pleins poumons.

Au même moment, Simon se trouvait sur le seuil de l'atelier de poterie. Quand les premiers Mamelouks avaient surgi, Robert, ainsi que les chevaliers et les sergents qui n'avaient pas eu le temps de seller leurs chevaux, s'étaient rués vers l'abri que leur offrait le bâtiment. Ils avaient hurlé aux habitants affolés d'imiter leur exemple. Certains les avaient écoutés et s'étaient entassés dans les tours, ou bien s'étaient blottis contre les fortifications. D'autres, aveuglés par la panique, avaient continué à courir. Les premiers soldats sur place ne leur avaient laissé aucune chance et ils s'étaient retrouvés à terre avec le crâne ou le dos fracassé. Maintenant, ils se faisaient piétiner par les hordes de chevaux. Robert avait tiré son épée et se tenait à côté de Simon. Un cavalier mamelouk avait essayé de les frapper au passage, mais la plupart ne leur prêtaient aucune attention en se dirigeant vers le centre de la ville. Au-dessus du vacarme des sabots et des hurlements des habitants s'élevaient les cris de *Allahu Akbar*.

Simon, qui regardait avec stupeur la rue envahie de Mamelouks, laissa échapper un cri en voyant Will tomber de cheval. Il poussa Robert d'un coup d'épaule et se mit à courir. Apercevant deux cavaliers qui fondaient sur lui, Robert l'avertit du danger en criant. Simon se jeta à genoux et leva les mains sur sa tête. Les deux épées fendirent l'air juste au-dessus de lui, le ratant de peu. Dès qu'ils furent passés, Robert s'élança et le ramena à l'atelier. Simon se débattait et criait le nom de Will.

— Tu ne peux pas l'aider !

Robert était sidéré par la frénésie du palefrenier. Il plaqua Simon contre l'encadrement de la porte.

— Tu vas te faire tuer comme un idiot !

— Il ne peut pas mourir ! gémit Simon en essayant de repousser Robert.

Ses yeux bruns étaient grands ouverts et des larmes coulaient le long de ses joues.

— C'est de ma faute s'il est là ! *C'est de ma faute !*

Les Mamelouks continuaient à déferler à toute allure dans la rue. Partout autour d'eux, on entendait hurler, et ils pouvaient aussi sentir la fumée des toits que leurs ennemis commençaient à embraser.

— De quoi parles-tu, au nom de Dieu? l'admonesta Robert.

— Elwen ne serait pas partie si elle avait été au courant pour la drogue. J'ai menti pour qu'elle le quitte. J'ai menti pour qu'ils ne se voient plus. Il aurait perdu son manteau s'il s'était marié avec elle! Mais je ne pensais pas qu'on viendrait ici! Je savais qu'il ne... je...

Il frappait de ses poings contre le torse de Robert, mais il n'avait plus de forces.

— Je l'aime depuis plus longtemps qu'elle!

Robert fixait Simon avec ahurissement quand soudain un cri retentit derrière eux.

Simon leva la tête en reconnaissant la voix. À travers ses larmes, il vit l'image floue d'un cavalier vêtu de blanc s'approcher d'eux. Sa vision s'éclaircit et il s'aperçut qu'il y avait deux hommes sur la monture. À l'avant, Garin tenait les rênes d'une main couverte de sang, et Will se trouvait derrière lui. Robert poussa des vivats pour exprimer sa surprise et sa joie. Ils étaient accompagnés par l'un des deux chevaliers de la compagnie et par dix chevaliers Teutoniques, avec leurs tuniques blanches à la croix noire, dont certains étaient blessés. Il n'y avait maintenant plus aucun mamelouk dans la rue, en dehors de ceux qui gisaient morts au milieu des cadavres des habitants terrassés en pleine fuite.

— Lambert? demanda Robert en saisissant les rênes du cheval de Garin.

— Mort, se contenta de répondre ce dernier en mettant pied à terre.

Les Teutons descendirent de selle et aidèrent leurs camarades blessés à faire de même. Quelques-uns des membres de la compagnie restés à l'atelier avec Robert s'approchèrent pour les soutenir.

— Heureusement qu'ils sont venus à notre rescousse, dit Garin en désignant du menton les chevaliers germains.

— Où sont les Mamelouks? s'inquiéta Robert en voyant la rue vide.

— La cavalerie poursuit vers le cœur de la ville, expliqua l'un des Teutons. Nous n'avons pas beaucoup de temps. Ils auront bientôt pris les portes et le reste de l'armée entrera. Nous ne pouvons plus rien faire.

— Qu'est-ce que tu racontes? dit Will en glissant à terre. Que nous devons nous rendre?

— Je doute que les Sarrasins l'accepteraient, même si nous le voulions. Nous étions sur les collines un peu plus loin tout à l'heure. Ce n'est pas une bataille, c'est un massacre. Ils étripent tous ceux qu'ils trouvent.

Le Teuton essuya le sang qui coulait d'une entaille au front et lui tombait dans les yeux. Will remarqua que sa main tremblait.

— Nous devrions rejoindre la commanderie, suggéra Robert. Ou la citadelle.

— Il est trop tard, déclara le Teuton.

Tout en disant cela, il désigna les champs par lesquels les Mamelouks avaient pénétré et qui étaient le seul chemin encore possible vers la citadelle. Des centaines d'hommes de l'infanterie mamelouke passaient maintenant par la brèche ouverte dans les remparts. La colline était infranchissable.

— Nous n'y arriverons jamais.

— Qu'allons-nous faire? dit l'un des sergents, pris de panique.

— Fuir, répondit le Teuton.

— Il a raison, confirma Garin, nous n'avons aucune chance si nous restons. Nous devons prendre l'un des tunnels.

— C'est là que nous allions, reprit le Teuton. Il y en a un à côté d'ici. Il passe sous les murs et mène à une grotte en bas du mont Silpios. On peut y arriver en empruntant les remparts. Une fois là-bas, nous attendrons qu'il fasse nuit pour nous échapper par la plaine.

— Ou alors nous pourrions essayer par le nord, intervint un sergent, vers Baghras ou...

— Baybars a envoyé des troupes par là, le coupa Robert.

— Allons-y! lança l'un des Teutons en aiguillonnant son cheval du plat de l'épée.

— Vous devriez venir avec nous, leur lança l'un des Teutons avant de suivre ses frères.

— Si nous partons, il n'y aura plus personne pour aider les habitants, dit Will à Robert. Nous ne pouvons pas prendre la fuite.

— Qu'est-ce qu'on peut faire d'autre? répliqua durement Robert. Debout, tout le monde! On y va!

Tout en brandissant leur épée, chevaliers et sergents sortirent dans la rue et suivirent les Teutons qui s'étaient dirigés vers la tour d'en face.

— Est-ce que tu veux mourir, Will? cria Robert en désignant de la pointe de l'épée un groupe de soldats mamelouks qui arrivaient en courant. Décide-toi!

Will regarda Robert, puis l'épée ensanglantée qu'il tenait à la main. À Safed, son père et les chevaliers avaient choisi la mort, mais Will savait qu'une tombe ne lui apporterait pas le repos. Il sentait qu'il n'avait pas terminé ce qu'il avait à faire. Everard, Owein, son père, le Temple, l'Anima Templi – tous l'avaient poussé dans une direction ou une autre, comme ils l'entendaient. Il en avait assez qu'on lui dise pour quoi se battre et quelles règles suivre dans la vie, alors qu'il avait vu comment un homme ou un groupe d'hommes pouvaient changer ces règles ou trahir serments et promesses sans en subir aucune conséquence. La paix ou la guerre, le pardon ou la vengeance, quoi qu'il choisisse, cela ne vaudrait rien tant qu'il ne l'aurait pas choisi par lui-même. Et il voulait choisir. Il voulait vivre.

— Viens! lui hurla Robert.

Will le rejoignit en courant.

La ville que les premiers croisés avaient mis sept mois à prendre aux Turcs, Baybars la fit tomber en quatre jours. Les citoyens se barricadèrent dans leur maison, ils cachèrent leurs enfants dans les caves et sous les lits. D'autres, en voyant les volutes de fumée, fuirent leur maison pour rejoindre la citadelle, mais seule une poignée d'entre eux parvint à traverser les lignes ennemies. Quelques-uns réussirent à atteindre la grotte de Saint-Pierre, l'église creusée dans la montagne où les premiers chrétiens avaient célébré leur culte en secret, et où plus tard ils s'étaient réfugiés pour éviter les persécutions. À l'intérieur, ils se blottirent les uns contre les autres : prêtres, soldats, fermiers, marchands, prostituées et enfants, leur souffle et leur sueur emplissaient les ténèbres tandis que les portes de la ville tombaient les unes après les autres et que les Mamelouks envahissaient les rues. Baybars ordonna qu'on boucle la ville pour empêcher quiconque de s'évader.

Les chevaliers et les gardes de la ville désertèrent leur poste, le courage et l'espoir les abandonnant. Certains voulurent se rendre mais les Mamelouks avaient reçu des consignes et tous ceux qu'ils trouvèrent dehors furent passés par l'épée. Orphelins ou oubliés, des enfants se mirent à pleurer sur le seuil des maisons tandis que les cavaliers faisaient tonner leurs sabots dans les rues, le sang dégoulinant le long des épées. Les musulmans qui avaient vécu auprès de leurs voisins chrétiens pendant des générations supplièrent en arabe qu'on les épargne, mais les soldats restèrent sourds à leurs supplications. Aveuglés par le combat, couverts du sang de leurs amis comme de leurs ennemis, les oreilles bourdonnant de cris de guerre, les Mamelouks prirent possession d'Antioche. Et ils la dévastèrent.

Après le carnage, on vida les rues des quelques égarés encore en vie puis les soldats ravagèrent églises et palais, assassinant prêtres et domestiques, pillant les trésors, pissant sur les autels, arrachant les crucifix et brûlant les

Évangiles. Au milieu du feu et de la tuerie, ils se livrèrent au viol et à la torture. Dans la cathédrale Saint-Pierre, ils ouvrirent les tombes des patriarches et souillèrent les sépultures. Sur le sol, au milieu des os qui s'effritaient ou que les soldats réduisaient en poussière d'un coup de talon, s'éparpillaient de lourds anneaux en or, des bijoux. Un archidiacre abrité dans les catacombes fut envoyé au tapis d'une gifle parce qu'il voulait empêcher les Mamelouks d'approcher la tombe suivante. Il s'agrippa à la jambe d'un soldat en demandant qu'on ne profane pas la dépouille de son père. Les soldats rirent en sortant le cadavre pourri de sa tombe et le jetèrent à l'autre bout de la pièce, puis l'un d'entre eux entreprit de battre l'archidiacre à mort avec ce qui restait du crâne de son père.

Au centre de la ville agonisante, Baybars avait investi une grande villa pour en faire ses quartiers. Alors qu'il se penchait sur la fontaine de la cour intérieure, au milieu des cadavres que ses hommes empilaient à même le sol, un général s'approcha. Son bras droit était courbatu d'avoir tant manié l'épée et il ressentait une douleur à la cuisse, qu'un Templier lui avait entaillée. L'air était empli de fumée, il avait la gorge desséchée.

Le général attendit qu'il eût fini de se laver avant de prendre la parole.

— Les chrétiens de la citadelle veulent se rendre, seigneur.

— Dis-leur que nous acceptons. Ils doivent déposer les armes et nous laisser entrer.

Le général s'inclina.

— Est-ce que nous leur laissons la liberté, seigneur?

— Non, répondit Baybars en mettant ses mains en coupe pour boire à la fontaine. Capturez tous les survivants. Demain, les hommes pourront choisir ceux qui les intéressent pour en faire des esclaves et nous vendrons les autres.

Son pied avait buté sur quelque chose et il baissa les yeux. C'était une petite poupée en tissu. Baybars se pencha et la ramassa en se demandant si elle pourrait plaire à Baraka.

— Et le butin? demanda-t-il au général.

— Nous en avons tellement qu'il faudra le faire sortir par chariots entiers.

Baybars retourna la poupée dans ses mains gigantesques. C'était sans doute un jouet de fille, supposa-t-il. En même temps que cette pensée le traversait, il aperçut le corps d'une enfant au milieu des cadavres entassés. Ses cheveux noirs étaient poisseux de sang. Elle avait l'air un peu plus jeune que son fils. Baybars s'aperçut soudain que le général le fixait avec circonspection.

— Vous disiez?

— Je disais simplement, seigneur, qu'il y a tellement de richesses que nous aurons presque du mal à tout emporter. Mais je suis certain que nous y arriverons.

— Bien, dit Baybars et il sembla au général qu'il se réveillait soudain. Demain, nous distribuerons aux hommes leur part, en même temps que les esclaves.

Le général s'inclina respectueusement et partit au moment où Khadir arrivait en se précipitant. La robe grise du devin était tachée de sang.

— Seigneur, dit-il en plongeant dans la poussière et en posant la main sur le genou de Baybars. Je veux un esclave.

Baybars prit le devin par le menton et lui releva la tête.

— Eh bien, dit-il en désignant la ville en flamme, où est cette menace que tu prédisais? On dirait que tu avais tort.

Les yeux troubles de Khadir brillèrent malgré le peu de lumière qui passait à travers les nuages de fumée.

— L'avenir ne se laisse pas facilement deviner, seigneur, dit-il d'une voix étrangement solennelle.

Baybars garda le silence un instant, puis il lui jeta la poupée.

— Tiens, voilà ton esclave.

Khadir bondit sur le jouet comme un chat l'aurait fait avec une souris. Puis il s'assit en la berçant dans ses mains. Il poussait de petits couinements en la portant à son visage et en la reniflant.

Baybars fit signe à l'un des Bahrites qui se tenait près de la porte d'entrée principale de la villa.

— Amène-moi un secrétaire et fais venir Mansel. Le connétable livrera un message pour nous. Je pense que le prince Bohémond sera intéressé de savoir quel sort nous avons fait subir à sa ville.

Alors que le guerrier allait disparaître dans la villa, Baybars le rappela.

— Et brûlez-moi ces corps avant que les mouches ne viennent, ordonna-t-il en désignant d'un geste les monceaux de cadavres.

40

Le Temple, Acre

15 juin 1268 après J.-C.

Dans la cour de l'écurie, Simon était en train de remplir d'eau fraîche les auges des chevaux quand il aperçut Will. Le palefrenier posa son seau et s'essuya les mains sur sa tunique. Son cœur battait à tout rompre, il aurait voulu se faufiler dans l'écurie et y rester jusqu'à ce que Will fût parti. Mais ce n'était pas possible aujourd'hui.

Will se retourna en entendant Simon qui l'appelait. Il sourit et leva la main pour le saluer, mais avant cela Simon aperçut sur son visage une trace fugitive d'agacement. Il eut l'impression qu'on lui plantait un couteau dans le ventre. Cette sensation lui était familière ; il la ressentait chaque fois qu'il voyait Will depuis qu'ils étaient enfants au Nouveau Temple, mais elle n'était plus aussi agréable aujourd'hui car elle était mêlée de peur.

— Qu'est-ce qu'il y a ? demanda Will tandis que Simon traversait la cour dans sa direction.

— Comment vas-tu ? interrogea Simon en continuant à sourire. Je ne t'ai pas vu ces derniers jours. Depuis que nous sommes revenus, en fait.

— Bien.

Will regarda le soleil couchant à l'horizon. La journée qui venait de s'écouler, comme celles qui l'avaient précédée, avait été une vraie fournaise, l'air semblait presque immobile. L'odeur âcre de fumier et de foin qui se dégageait des écuries était irrespirable.

— Tu voulais quelque chose?

Son ton n'était pas inamical mais la manière formelle dont il s'était exprimé mit Simon mal à l'aise.

— Everard est passé tout à l'heure, il te cherchait. Il m'a demandé de t'envoyer vers lui si je te croisais.

— Très bien, fit Will en se tournant pour partir.

— Il a dit que c'était important, ajouta Simon dans son dos, d'une voix désespérée.

— Je suis sûr que ça peut attendre quelques heures.

Simon se pinça les lèvres.

— Pourquoi? Où vas-tu? C'est bientôt les vêpres.

— J'ai des choses à faire.

— Je peux t'aider?

— Non.

Simon regarda son ami s'éloigner.

Cela faisait un certain temps que les choses n'allaient pas très bien entre eux, mais leur relation s'était encore détériorée depuis Antioche. Il pensait savoir pourquoi, mais Robert l'avait assuré qu'il n'avait rien dit.

Ils avaient tous été affectés par la bataille et par le trajet qui avait suivi. Mais alors que la plupart des hommes ayant fui Antioche se sentaient de plus en plus soulagés à mesure qu'ils approchaient d'Acre, Will s'était renfermé. Décimée, leur compagnie s'était dirigée vers le sud à travers les plaines rocailleuses. Le jour, ils voyaient derrière eux le ciel chargé de fumée, puis le crépuscule tombait sur eux comme un voile épais. Plusieurs nuits, au milieu des gémissements des blessés et des murmures de leurs camarades qui les réconfortaient, Simon avait entendu Will parler en dormant. Il aurait juré l'avoir entendu prononcer le nom d'Elwen dans un soupir.

Elwen.

Ce prénom était une pierre attachée à son cou. El-wen, deux syllabes qui contenaient tout le poids de sa culpabilité, de sa peur, de son dépit.

Il se pencha pour ramasser le seau, puis se redressa brusquement.

— Tu sais ce qui te reste à faire, marmonna-t-il pour lui-même. Alors fais-le, qu'on en finisse une fois pour toutes !

Il demanda à l'un des sergents de terminer son travail à sa place, entra un moment dans les bâtiments administratifs, puis il chercha Robert. Celui-ci était dans ses quartiers, il se lavait les mains pour les vêpres. En voyant la porte s'ouvrir sur Simon, qui tenait à la main une plume et un parchemin, il leva les sourcils.

— Que se passe-t-il ?

— As-tu parlé à Will ? demanda le palefrenier en s'approchant de lui et en vérifiant qu'il n'y avait personne d'autre dans la chambre.

— Je l'ai vu tout à l'heure, dit Robert en fermant la porte.

— Non, fit Simon en se tournant vers lui. Je veux dire à propos de…

Il baissa la tête, puis se força à la relever. Ça ne servait plus à rien de faire semblant maintenant ; il avait avoué ce qu'il dissimulait depuis des années. Il espérait simplement que sa confession, faite en un moment où il s'attendait à mourir, ne se retournerait pas contre lui.

— À propos de ce que je t'ai dit à Antioche.

— Oh ! dit Robert, mal à l'aise. Je t'ai promis de ne pas le faire.

— Il est distant avec moi.

— Ce n'est pas étonnant. Will a connu beaucoup de malheurs en peu de temps. Son père, Elwen, puis la trahison de Garin. Il lui faudra du temps pour accepter tout ça.

— Je suppose, oui.

Simon hésita, puis il tendit à Robert la plume et le parchemin.

— C'est pour ça que j'ai besoin que tu fasses quelque chose pour moi.

Église Sainte-Marie, Acre, 15 juin 1268 après J.-C.

Will traversait le quartier pisan par la rue des Trois-Mages. Chassés de la flèche de l'église Saint-André par les cloches qui commençaient à sonner l'appel des vêpres, des oiseaux s'élancèrent dans le ciel rose en tournoyant. D'autres églises au loin joignirent leur carillon à celui de Saint-André, jusqu'à ce que toute la ville vibre d'un écho sonore. D'après ce que Will s'était laissé dire, les cloches s'entendaient à plus d'une demi-lieue en mer. Les immeubles bordant la rue étincelaient dans la lumière de cette fin de journée et les fenêtres renvoyaient toutes des reflets si brillants qu'elles l'éblouissaient. Il continua à marcher et les cloches finirent par s'arrêter. La place du marché, vide à cette heure, était couverte de fumier et de pelures de fruits ; un châle en soie voletait mollement au gré du vent chaud et salé du port.

On en était presque à la moitié de l'été. À Paris, la foire d'été commencerait bientôt. Les listes des joutes étaient déjà affichées à l'entrée de la lice où aurait lieu le tournoi. Les filles noueraient des rubans à leurs cheveux.

Will traversa un jardin, à l'ombre d'une tente en tissu bleu et vert, et il pénétra dans le quartier vénitien. Son état de Templier l'autorisait à franchir sans encombre les portes des différents faubourgs. Les gardes hochèrent nonchalamment la tête pour lui faire signe de passer et il se dépêcha de se rendre à l'église Sainte-Marie. Le temps qu'il arrive, le service était presque fini. On donnait l'Eucharistie. Il se glissa à l'intérieur, récita le Notre-Père avec la congrégation, puis il attendit calmement que les fidèles soient sortis. Quelques personnes s'attardèrent, priant à genoux, tandis que le prêtre vidait le tabernacle et ramenait le calice et le ciboire dans la sacristie. Le regard de Will se posa sur un homme assis sur un des premiers bancs, tête penchée dans une attitude dévote. Il remonta l'allée latérale de la nef et passa auprès d'un autel à la Sainte Mère devant lequel brûlaient des douzaines de cierges. Ces offrandes votives se multipliaient dans Acre depuis que le prince Bohémond avait fait annoncer la nouvelle de la chute d'Antioche. L'information avait précédé de peu son groupe de chevaliers et de sergents, si bien qu'à leur arrivée ils avaient trouvé une ville en deuil. Will prit un cierge neuf dans la pile posée au sol et l'alluma à la flamme d'un autre. Après l'avoir posé devant la statue en marbre de la Madone, qui baissait tendrement les yeux sur lui, il s'approcha du banc où se trouvait l'homme.

— Pour qui as-tu prié ? demanda Garin en levant la tête.

Will ignora la question.

— Tout est prêt ?

Garin resta muet un moment, puis il fit signe que oui.

— C'est dans le vestibule. Le prêtre nous laissera passer.

— Nous pouvons lui faire confiance ?

— Je l'ai rencontré ce soir pour la première fois, dit Garin à voix basse. C'est mon informateur qui m'a conseillé de voir avec lui, mais il a l'air de vouloir nous aider. Pendant la guerre civile, nous avons soutenu les Vénitiens contre les Génois auxquels s'étaient ralliés les Hospitaliers. Apparemment, nous avons sauvé l'un de ses frères lors d'un affrontement.

— Tu penses vraiment que ça va aller ?

— Tu ne vas pas reculer ? demanda Garin avec inquiétude.

— Non, j'ai trop perdu à cause de ce fichu livre. Il faut en finir. Je veux simplement être certain que tu sais ce que tu fais. Ce domestique, par exemple ? Comment sais-tu qu'il ne nous envoie pas dans un piège ?

— C'est lui qui est venu me trouver pour m'offrir

son aide. Il m'a expliqué qu'il a demandé à être accepté comme sergent chez les Hospitaliers, mais ils ont refusé alors qu'il travaille pour le grand maître depuis vingt ans. Il leur en veut. Il est vieux, amer et pauvre. Je lui ai juste proposé de libérer sa rancune et sa frustration.

Garin haussa les épaules avec indifférence.

— Et un peu d'or, bien sûr, reprit-il. Tout le monde a des désirs, Will. Il faut juste savoir sur quelle corde appuyer pour entendre la musique désirée.

— C'est un truc que Rook t'a appris quand tu travaillais pour lui?

Garin poussa un profond soupir.

— Ce que tu me demandes, c'est si tu peux me faire confiance, n'est-ce pas?

— Non, répondit Will en plantant son regard dans le sien. Je ne te ferai plus jamais confiance. Mais je m'assure que tout va se passer en douceur. Si le domestique a raison et que le livre est sur le point d'être déplacé dans un endroit plus sûr, c'est notre seule chance de le prendre.

Garin baissa les yeux et regarda ses mains.

— Tu ne crois pas que j'ai changé?

Will se redressa contre le banc avec un air impatient. Garin se pencha vers lui.

— Rappelle-toi que c'est moi qui suis venu te proposer cette opportunité.

— Everard a son propre plan pour mettre la main sur le livre.

— Oui? Eh bien, d'après ce que tu m'as dit, sa première tentative n'a pas vraiment bien fonctionné.

Garin avait raison. En revenant d'Antioche, Will avait appris qu'en son absence, l'Anima Templi avait envoyé deux mercenaires dérober *Le Livre du Graal* dans la citadelle des Hospitaliers. Mais ils n'étaient jamais revenus et, une semaine plus tard, lors d'une réunion entre les principaux dirigeants d'Acre, Hugues de Revel avait annoncé que des voleurs avaient essayé de dévaliser son coffre.

Il avait expliqué à l'assemblée que ces hommes avaient été appréhendés et interrogés, mais qu'ils étaient morts lors d'une tentative d'évasion. Aux abois, désirant plus que jamais prendre le livre mais sachant qu'il ne pouvait se permettre d'envoyer d'autres hommes à l'intérieur de l'Hôpital juste après cette débandade, Everard était bien forcé d'attendre.

— Mon plan a au moins une chance de pouvoir marcher, reprit Garin. Et de toute façon, si je voulais récupérer le livre pour mon propre compte, est-ce que tu crois que je t'en aurais parlé? Je me serais débrouillé tout seul, non?

— Et Rook? Ne sera-t-il pas furieux en apprenant que tu m'as aidé à rapporter le livre à Everard?

Garin évita le regard accusateur de Will.

— Je t'ai déjà dit que j'étais obligé de lui obéir.

— S'il te menaçait, tu aurais pu en parler à quelqu'un de l'Ordre. Ils auraient mis un terme à ces pressions.

— Peut-être, mais il aurait tué ma mère avant! s'exclama Garin. Écoute, Will, je t'ai déjà expliqué que j'en avais fini avec cette histoire. Je ne vois pas ce que je peux te dire d'autre.

— Tu pourrais commencer par me raconter la vérité. Je crois que tu sais qui est Rook, malgré ce que tu affirmes. Et pour commencer, comment a-t-il entendu parler du livre?

— Je ne sais pas!

Garin plongea la main dans la bourse qui pendait à sa ceinture.

— Regarde, dit-il en extirpant un petit disque en cuivre. Est-ce que ça te rappelle quelque chose?

Will s'en saisit avec mauvaise humeur. Puis il le regarda avec étonnement. C'était le sceau de l'Ordre : il représentait deux chevaliers sur un seul cheval.

— Tu m'as donné cette médaille après le tournoi. Tu as gagné et j'ai perdu, mais tu m'as donné la récompense.

Garin regardait Will avec nervosité, espérant que

celui-ci ne remarquerait pas qu'il s'agissait d'une médaille différente. Cela faisait des années qu'il avait jeté celle que Will lui avait offerte.

— Je voulais te la rendre. Pour te prouver que j'ai changé.

Will resta silencieux un bon moment, puis il lui rendit la médaille.

— Tu m'as sauvé la vie à Antioche et je t'en suis reconnaissant. Mais nous ne serons plus jamais amis, Garin, et je ne te pardonnerai jamais pour... pour ce qui est arrivé à Paris.

Le visage de Will s'était contracté, son regard semblait perdu dans le vague.

Garin hocha la tête en serrant les lèvres, puis il rangea la médaille dans la bourse.

— Je comprends, répondit-il doucement.

La porte de la sacristie s'ouvrit à cet instant et le prêtre leur adressa un signe de la main.

À l'intérieur de la pièce pleine de fumée d'encens, le prêtre leur montra une grande malle.

— Voilà, dit-il en les faisant entrer. Le domestique est venu ce matin, il les a laissés ici. Il a dit qu'il y avait tout ce qu'il vous fallait.

— Merci, dit Garin.

Le prêtre les salua.

— Je vais vous laisser vous changer. Vous pouvez poser vos vêtements ici. Je laisserai la porte ouverte cette nuit. Sortez par là et suivez la rue jusqu'à la prochaine intersection. De là, vous entrez dans le quartier juif. Longez les bains publics et vous verrez le mur de l'Hôpital.

Le prêtre les quitta et Garin ouvrit la malle. Il en sortit deux surcots noirs soigneusement pliés arborant une croix blanche sur le torse et dans le dos. Il en tendit une à Will et garda l'autre pour lui. Will ôta son manteau blanc tandis que Garin saisissait un bout de parchemin roulé dans le fond du coffre. Alors qu'il déroulait le document, un petit objet tomba en tintant sur le sol. Garin se pencha pour le ramasser. C'était une clé. Il la mit dans sa bourse et observa le croquis sommaire mais précis de l'Hôpital, avec les quartiers du maître Hughes de Revel et l'emplacement du coffre clairement indiqués.

Garin et Will cachèrent leurs manteaux dans la malle et sortirent dans les ruelles ténébreuses. Les explications du prêtre étaient très faciles à suivre et il ne leur fallut pas longtemps pour atteindre la citadelle de l'Hôpital. En arrivant aux portes, Will retint sa respiration. Les gardes les scrutèrent, mais en voyant à la lumière des lanternes les surcots noirs, ils ouvrirent les grilles.

Le souper venait de se terminer et il y avait de l'animation dans la citadelle. Will et Garin traversèrent d'un pas décidé la foule de domestiques, de messagers et de sergents. Ils saluaient poliment dès qu'ils croisaient un chevalier, et on les saluait en retour. L'Hôpital, tout comme le Temple, était un complexe immense, et avec le nombre de gens qui y allaient et venaient constamment, tous ne se connaissaient pas.

En entrant dans les bâtiments principaux, ils s'arrêtèrent un instant dans un passage éclairé pour vérifier le plan et trouvèrent rapidement l'escalier de la petite tour abritant les appartements du grand maître. En sortant de l'église, ils s'étaient mis d'accord sur ce qu'ils raconteraient si la chambre n'était pas vide à leur arrivée, à savoir qu'ils avaient rendez-vous avec le grand maître pour discuter d'affaires privées. Ils s'engouffrèrent sans hésiter dans l'escalier afin de ne pas éveiller les soupçons au cas où ils viendraient à croiser quelqu'un. Jusqu'ici, leur plan semblait s'accomplir sans difficulté. La seule chose qui inquiétait Will, c'était de croiser Nicolas de Navarre : il n'avait pas prévu ce qu'ils pourraient faire dans ce cas.

En haut de l'escalier, ils débouchèrent sur un couloir au plafond voûté avec, de chaque côté, des portes à double battant. Après avoir consulté le croquis, ils se dirigèrent à droite. Dans le mur incurvé, des fenêtres cintrées offraient une vue stupéfiante sur la ville, éclairée seulement par les lanternes et un pâle quartier de lune. Par-dessous la porte filtrait une lumière jaune de bougie. Garin fit signe à Will, qui frappa. Ils attendirent. N'obtenant aucune réponse, Will frappa de nouveau, puis poussa doucement l'un des battants, qui s'ouvrit en grinçant. La pièce était éclairée par deux bougies posées sur une large table au milieu de la pièce. Will identifia immédiatement le coffre encastré dans le mur du fond. Sur le côté, des piliers en marbre soutenaient la voûte et, derrière eux, se trouvaient des fenêtres semblables à celles du couloir. En dehors du cercle lumineux formé par les bougies, le reste de la pièce était plongé dans l'obscurité.

Garin suivit Will dans la pièce, mais celui-ci s'arrêta net et il buta contre lui.

— Qu'est-ce qu'il y a?

Will montra le bureau couvert de plumes et de feuilles en désordre. Il y en avait même sur le sol.

— Peut-être que c'est toujours comme ça, murmura Garin par-dessus son épaule. Ce sont des Hospitaliers. Viens.

Passant devant Will, il se dirigea à grandes enjambées vers le coffre et sortit la clé de sa bourse.

Will plissa les yeux pour s'accoutumer aux ténèbres. Examinant la pièce, il aperçut des caisses sur le sol. Elles étaient toutes ouvertes et leur contenu semblait avoir été fouillé. L'atmosphère confinée empestait la sueur aigre.

— Garin, fit Will en sentant que quelque chose clochait.

Celui-ci atteignait déjà le coffre et s'apprêtait à le déverrouiller, mais son bras resta suspendu en l'air.

— C'est ouvert, remarqua-t-il en fronçant les sourcils.

Remettant la clé dans la bourse attachée à sa ceinture, il souleva le couvercle.

— Sacrebleu! jura-t-il en se tournant vers Will. Il n'est plus là!

À sa droite, une ombre jaillit de derrière un pilier et

Garin hurla de terreur quand la silhouette recroquevillée se jeta sur lui, cape rousse déployée, ses dents pourries découvrant un rictus et la dague pointée sur lui.

Avant que Garin ait le temps de réagir, Rook l'empoigna, le fit pivoter et pressa sa dague incurvée contre sa gorge.

— C'est parce que c'est moi qui l'ai, petit merdeux !

Will aperçut un livre relié en vélin, avec un titre gaufré en feuilles d'or, coincé dans la ceinture de l'homme qui l'avait torturé dans la maison de passe. Il reconnaissait Rook à ses yeux et à sa voix. Il voulut tirer son épée.

— Pose ça, dit Rook en le regardant, à moins que tu veuilles que je lui tranche la gorge.

Will hésita un instant. Rook enfonça légèrement la lame dans la peau, juste de quoi faire couler un filet de sang, ce qui fit crier Garin.

— Tu sais que j'en suis capable.

— Très bien, fit Will.

— Pas ici, aboya Rook en le voyant poser l'épée au sol. Là-bas, sur les caisses. Je ne voudrais pas que tu puisses la récupérer trop rapidement.

Will s'exécuta.

— Reviens par ici, maintenant.

Will retourna à son emplacement initial en gardant les yeux braqués sur Rook, tandis que celui-ci dégainait l'épée de Garin et la jetait sur un tapis dans le coin de la pièce.

— Quel agréable tableau, dit Rook en pressant sa bouche contre l'oreille de Garin. Je savais que tu finirais par me trahir.

— Je ne vous ai pas trahi !

Garin avait du mal à respirer et ses yeux étaient agrandis par la peur.

— J'utilisais Campbell pour obtenir le livre, je comptais le rapporter à Londres comme convenu.

Les yeux de Will se rétrécirent et il s'avança d'un pas.

— Reste où tu es ! lui cria Rook en raffermissant sa

prise sur Garin. De toute façon, il ment. Tu sais que tu n'as jamais été très doué pour mentir, Lyons? Tu n'as pas assez de cran.

Will, qui gardait le silence, remarqua que la main de Garin progressait centimètre après centimètre vers sa bourse.

— Alors que moi, reprit gaiement Rook sans s'apercevoir des mouvements de Garin, je suis très fort pour mentir. C'est un de mes talents, pour ainsi dire. Avec crocheter les serrures.

— De quoi est-ce que vous parlez? demanda Garin d'une voix sourde.

— Oh, je sens que ça va me plaire! Disons que je te rends la monnaie de ta pièce. Tu n'aurais pas dû m'obliger à faire tout le chemin jusqu'ici pour réparer tes erreurs. Maintenant que nous en avons fini, ton ami et toi allez entrer dans ce coffre et je vais m'en aller.

Il éclata de rire.

— J'aimerais pouvoir être là quand le grand maître vous découvrira en train de vous câliner dans son coffre-fort. La tête qu'il fera! Je suppose que vous croupirez dans l'une de leurs geôles pendant longtemps. Estimez-vous heureux que je vous laisse en vie. Du moins, pour le moment... Où voulais-je en venir? Ah, oui. Tu te rappelles la nuit où nous avons quitté Paris? J'avais du sang sur moi. Quand tu m'as demandé d'où il venait, je t'ai dit que je m'étais coupé.

Dans son champ de vision, Will vit la main de Garin plonger dans la bourse.

Rook pressa sa joue râpeuse contre celle de Garin.

— J'ai menti. Ce n'était pas mon sang, mais celui de la putain, Adela.

— Quoi? fit Garin d'une voix presque inaudible.

— Je l'ai plantée comme une truie, ricana Rook. Mais cette fois, c'était avec ma lame.

— Je ne te crois pas, murmura Garin d'un air incertain.

— Et puisqu'on parle de galanteries, pense à ce que je vais faire subir à ta mère quand je retournerai en Angleterre.

Son haleine fétide inondait les narines de Garin.

— Je pense que je vais beaucoup m'amuser avec elle.

Garin sortit sa main de la bourse. En un mouvement d'une rapidité saisissante, il pivota et leva le bras, et Will aperçut le reflet du métal. C'était la médaille du tournoi, comprit-il au moment où Garin plongeait la broche dans l'œil de Rook.

Du sang gicla immédiatement et leur agresseur se mit à hurler.

Il lâcha la dague et recula en vacillant, les mains sur le visage. Laissant la médaille tomber sur le tapis, Garin se précipita sur l'arme et se jeta frénétiquement sur Rook, le poignardant sans regarder où il frappait, enfonçant aveuglément la lame dans toutes les parties de son corps. Rook s'écroula en hurlant et en se tordant de douleur, une main sur l'œil et l'autre essayant vainement de parer la pluie de coups mortels qui s'abattait sur lui. Garin s'assit à califourchon sur Rook, plongeant et retirant la dague encore et encore. Le sang forma bientôt une immense tache sur le tapis de soie, les murs blancs à proximité couverts d'éclaboussures.

— Espèce de *bâtard*!

Les cris des deux hommes emplissaient la pièce.

— Garin! lui cria Will en courant vers lui.

Celui-ci se retourna d'un coup, la lame volait dans l'air prête à fondre sur Will, puis son regard retrouva un semblant de normalité et ses épaules s'affaissèrent.

— Je dois en finir, dit-il, haletant.

Will hocha la tête en silence. Garin leva la dague et frappa un grand coup. Déjà au bord de l'inconscience, Rook sentit à peine la lame entrer dans son cœur. Will se pencha sur lui et s'empara du *Livre du Graal*, tout poisseux de sang, puis il releva Garin.

— Va chercher ton épée.

Il alla récupérer son fauchon et courut vers la porte. Mais il dut s'arrêter car Garin ne le suivait pas : le chevalier était planté devant le cadavre de Rook. Will retourna vers lui et le saisit par le bras pour le sortir de la pièce et le traîner dans le couloir. En arrivant en bas de l'escalier, ils entendirent des bruits de pas venir dans l'autre sens. Voyant une porte à côté, Will attira Garin dans une chambre vide. Quand les bruits diminuèrent, il l'entrouvrit. Le dos d'un chevalier disparaissait en haut de l'escalier.

— Allez, viens ! murmura-t-il à Garin, qui le suivit hébété dans la douceur de la nuit.

Nicolas d'Acre était dans la cour principale quand il entendit des cris assourdis en provenance de la tour. Il appela deux chevaliers en renfort et se dépêcha de grimper les escaliers menant aux quartiers du grand maître. Lorsqu'ils y pénétrèrent, l'un des chevaliers poussa un cri en voyant le corps étendu sur le sol, une dague enfoncée dans la poitrine. Il avait pensé un instant que ce cadavre était celui du grand maître.

Nicolas tira son épée et se mit en devoir de fouiller la pièce pendant que les deux autres inspectaient le corps, mais personne ne s'y cachait.

— Qui est-il ? dit-il en rengainant son arme et en s'approchant de ses frères.

— Pas l'un des nôtres, en tout cas, répondit l'un des chevaliers.

Le front de Nicolas se plissa et il se pencha sur l'homme. Horriblement mutilés, son visage et le haut de son torse étaient maculés de sang.

— Sonnez l'alarme, ordonna-t-il à l'un des chevaliers tout en se dirigeant vers le coffre. Celui qui l'a tué est peut-être encore ici.

Il ouvrit le coffre et poussa un juron en voyant qu'il était vide. Quand le grand maître arriva, il était en train de chercher sur l'homme des indices de son identité.

— Que s'est-il passé ? s'enquit Revel en entrant dans la pièce et en découvrant avec stupeur la présence du cadavre.

Nicolas se leva.

— Maître, on nous a volé *Le Livre du Graal*.

— Laissez-nous, dit le grand maître aux chevaliers présents.

Ceux-ci obéirent et quittèrent la pièce.

— Qui est-ce ? demanda Revel en désignant le corps, dès qu'ils furent partis.

Nicolas se tourna vers le grand maître.

— C'est sans doute un autre mercenaire envoyé par le Temple.

— Nous ne sommes pas absolument certains que c'est le Temple qui a envoyé les premiers, frère.

— Et qui d'autre pourrait être à l'origine de ces effractions, maître ? insista Nicolas. Everard est en ville. Je l'ai vu. Il sait que nous avons son livre. Il me semble logique de supposer que c'est lui qui essaie de le reprendre.

Puis il se dirigea vers la porte.

— Où allez-vous ?

— Si je pars maintenant, je pourrai peut-être attraper ceux qui ont fait ça. Ils n'ont pas pu aller bien loin.

— Non.

— Pardon, maître ?

— Je ne peux pas vous laisser continuer. Si ces intrus sont des Templiers, ou s'ils travaillent pour le Temple, c'est qu'ils sont venus reprendre quelque chose qui leur appartient de plein droit. C'est nous qui les avons volés.

Revel alla jusqu'à son bureau et se pencha pour ramasser quelques-uns des documents éparpillés sur le sol.

— Nous ne pouvons pas prendre le risque d'une querelle avec le Temple. Pas en ce moment. Notre situation est trop précaire depuis la chute d'Antioche. Baybars ne s'arrêtera pas tant qu'il sera en vie, ou tant que nous n'aurons pas quitté cette terre.

Il se releva et posa les papiers sur la table.

— J'ai honoré le serment fait à Châteauneuf. Nous avons échoué. La seule chose que nous pouvons faire désormais, c'est nous concentrer sur les événements à venir.

Revel se tourna vers Nicolas, qui le regardait en silence.

— Il faut mettre un terme aux différends entre nos deux ordres. Nous devons laisser le passé derrière nous si nous ne voulons pas compromettre l'avenir.

41

Le Temple, Acre

15 juin 1268 après J.-C.

— Nous devons continuer à avancer, répéta Will en s'arrêtant pour aider Garin, qui avait trébuché.

— Arrête, le supplia celui-ci en se pliant en deux, les mains sur les côtes. Je vais être malade.

Il eut des haut-le-cœur mais rien ne sortit et, au bout d'un moment, il se redressa. Son nez et ses yeux coulaient, il avait l'air vraiment mal en point.

— Ils doivent déjà avoir sonné l'alarme. Nous devons aller à l'église pour changer nos vêtements. Avec ceux-là, nous sommes trop repérables.

Will montrait leurs surcots volés. Le sang sur celui de Garin brillait au clair de lune.

Le chevalier se plia en deux dans un spasme et il se mit à sangloter. Plus que des sanglots, c'étaient des convulsions qui secouaient tout son corps.

Will regarda par-dessus son épaule et vit deux hommes sortir d'un bâtiment tout proche. Voyant qu'ils attiraient leur attention, Will se retourna vers Garin.

— Allez, dit-il en prenant le chevalier par les épaules.

Garin leva la tête. Son visage taché de sang était tendu par l'angoisse.

— C'est ma faute si Adela est morte! C'est ma faute!

— Ce n'est pas le moment.

— Pas le moment? Et alors? Nous n'avons pas le temps, peut-être? Mais Will, le temps ce n'est rien! Rien! Une succession d'instants vides, à moins d'en faire quelque chose qui ait un sens. Ma mère, mon oncle, tout le monde au Temple veut que je sois quelqu'un d'autre que moi. Adela est la seule qui m'ait accepté comme je suis!

— Tu la pleureras et ça passera, répondit Will avec rudesse tout en enlevant du pouce le sang sur la joue de Garin.

— Comme c'est passé pour toi? riposta brusquement Garin.

Puis sa colère reflua et il prit un air contrit.

— Je ne voulais pas dire ça. Je suis désolé, mon Dieu. Je suis désolé.

— Pas la peine d'être désolé. Nous devons surtout nous dépêcher.

Garin finit par se relever et tous deux détalèrent d'un quartier à l'autre, filant dans la nuit entre les maisons, les boutiques, les églises et les mosquées.

Après avoir déposé les surcots souillés et récupéré leurs manteaux dans l'église vénitienne, ils rentrèrent au Temple en empruntant un tunnel souterrain qui partait du port.

— Tu devrais te laver avant qu'on t'aperçoive dans cet état, dit Will.

Garin hocha la tête sans mot dire et ils se séparèrent dans la cour. Will regarda le chevalier s'éloigner, rempli d'émotions confuses, puis il alla trouver Everard. Comme à Paris, le prêtre avait sa propre chambre à la commanderie. Le sénéchal, qui était l'un des trois derniers membres de l'Anima Templi, la lui avait attribuée sans hésiter. Un rai de lumière filtrait sous sa porte. Will regarda le livre qu'il tenait entre ses mains. Les lettres d'or sur la couverture scintillaient. Pour une raison qu'il était incapable d'expliquer, il avait envie de pleurer. Il frappa à la porte et attendit d'entendre la voix rauque d'Everard pour entrer.

Le prêtre était assis à une table, une plume à la main, penché sur un document. Malgré la chaleur de la nuit et le brasero rempli de charbon qui fumait dans un coin, il avait enroulé une couverture autour de ses épaules. Un réseau de rides telle une toile d'araignée parcourait ses joues, et les quelques mèches de cheveux qui lui restaient tombaient sur ses tempes. Il semblait avoir pris dix ans en l'espace de quelques mois.

— William, dit-il avec lassitude. Tu daignes finalement me faire la grâce de ta présence.

Il reporta son attention sur ce qu'il était en train d'écrire.

— J'ai parlé à Simon il y a des heures. Je suppose qu'il t'a transmis mon message?

— Il a dit que vous vouliez me voir, oui.

— Alors pourquoi t'a-t-il fallu si longtemps pour...

Everard toussa en voyant le livre que tenait Will.

— Qu'est-ce que c'est?

Will s'approcha de lui et déposa cérémonieusement *Le Livre du Graal* sur la table.

Le prêtre le contempla pendant un long moment en silence. Ses mains commencèrent à trembler et il dut lâcher la plume, qui roula sur la table et alla tomber sur le sol. Puis il posa ses mains à plat sur le livre; elles frissonnaient comme des feuilles. Relevant les yeux vers Will, il ne prononça qu'un mot de sa voix enrouée.

— Comment?

Will s'assit et raconta au prêtre d'où il arrivait et ce qu'il y avait fait.

— Et Lyons t'a aidé? demanda Everard quand Will eut terminé son récit.

— Oui, il voulait s'amender.

— Il avait de quoi, en effet, répondit sévèrement Everard. Tu dis que l'homme qui voulait le livre, Rook, est mort?

Will acquiesça.

— Est-ce que tu crois qu'il travaillait seul?

— C'est ce que m'a dit Garin, mais ça ne veut pas forcément dire que c'est vrai. En plus, même s'il travaillait pour quelqu'un d'autre, Garin n'était peut-être pas au courant. Il m'a dit qu'il avait menacé de faire du mal à sa mère s'il n'obéissait pas, et d'après ce que j'ai pu voir ce soir, il ne mentait pas sur ce point.

Le prêtre soupira, puis se leva lentement en prenant le livre dans ses mains.

— Peut-être que tout ça fait partie du dessein indéchiffrable et grandiose de Dieu, songea-t-il à voix haute en se penchant sur le brasero. Mais au moins je suis ici maintenant, là où l'on a le plus besoin de moi.

— Que faites-vous? s'écria Will en voyant le prêtre tenir le livre juste au-dessus des braises rougeoyantes.

— Je n'aurais jamais dû écrire ce livre, répondit Everard sans le regarder. Je te l'ai déjà expliqué.

— Alors tout ça, c'était pour rien? fit Will en regardant les flammes lécher les pages épaisses, noircissant le vélin et les feuilles d'or.

— Pour rien?

Everard laissa tomber le livre dans le brasero et recula d'un pas tandis qu'il s'embrasait. Le parchemin sec brûlait en produisant des flammes intensément lumineuses.

— Nous avons protégé l'Âme du Temple de ceux qui cherchent à la détruire, je ne dirais pas que ce n'est rien, dit-il en tendant ses mains vers les flammes pour les réchauffer. *Le Livre du Graal* était l'obsession d'Armand. Notre ambition continuera à vivre sans lui.

Everard passait d'un pied sur l'autre en se frottant les mains.

— Alors, c'est terminé?

Le prêtre gloussa.

— Au contraire, William, ça ne fait que commencer.

Il s'assit à son tour et se pencha vers son ancien sergent en posant ses mains noueuses sur la table. Soudain, il avait l'air tout à fait éveillé ; éveillé et impatient, comme un homme qui croyait son dernier moment venu et découvre qu'en réalité la vie s'ouvre à lui.

— Maintenant je peux me concentrer sur la rénovation de l'Anima Templi. Ces derniers mois, j'avais beau essayer de lui redonner de l'allant, je m'attendais à chaque instant à ce qu'il s'écroule. Je n'y ai pas consacré toute mon énergie, comme je l'aurais dû. J'aurais aimé que Hasan puisse m'aider dans cette nouvelle page qui s'écrit...

— Nous débarrasser de Baybars sera notre première priorité, je suppose ?

— Baybars ? Certainement pas, répondit Everard en secouant la tête.

— Il faudra bien que quelqu'un le fasse.

— Nous devons au contraire nous assurer que personne n'y songera.

— Que voulez-vous dire par là ?

— Se débarrasser de Baybars, comme tu le dis avec tant d'éloquence, va à l'encontre de tout ce que l'Anima Templi a accompli depuis sa création.

Everard soupira en voyant l'incompréhension se dessiner sur le visage de Will.

— L'intention initiale de Robert de Sablé était de protéger le Temple de ceux qui auraient voulu utiliser sa puissance à des fins personnelles et de promouvoir la paix en encourageant le négoce et les échanges de connaissance entre les peuples. Notre second objectif, notre objectif ultime, est la conséquence du premier. Qu'est-ce que le Graal, William ?

— Le Graal ? maugréa Will. La coupe dans laquelle on a recueilli le sang du Christ lors de sa crucifixion, ou peut-être le calice utilisé pendant la Cène. Son origine varie en fonction des histoires.

— Une coupe ou un calice, c'est ça ?

— C'est ce qui est écrit. Mais quel est le rapport avec...

— Si l'on s'en tient aux premières versions de l'histoire, ce que tu dis est vrai. Mais par la suite, le Graal a été représenté sous la forme d'une épée, d'un livre, d'une pierre, et même d'un enfant. Dans mon livre, il apparaît sous trois formes différentes : une croix en or, un chandelier en argent et un croissant en plomb. À ton avis, quelle est sa forme authentique ?

Will secoua la tête.

— Je ne crois pas en l'existence du Graal. Je pense que c'est un symbole, pas un objet.

— Mais si l'histoire nous raconte la quête de Perceval, qu'est-ce au juste qu'il cherche sinon un objet ?

Will grogna.

— Le salut ! Ce que Perceval cherche, c'est le salut. Le Graal, l'objet de sa quête, n'est pas quelque chose qu'il peut tenir dans ses mains. On ne peut pas l'acheter ou le vendre, de même qu'on ne le trouvera pas en regardant autour de soi, mais seulement en ouvrant son propre cœur. Il n'existe que là.

Everard posa la main sur sa poitrine pour appuyer ce qu'il disait.

— En notre for intérieur. Ceux qui voient le Graal comme une épée croient qu'on ne trouve le salut que par la guerre. Ceux qui le voient comme un livre croient que la sagesse est le terme de leur quête.

Will n'avait jamais vu le prêtre aussi passionné, ses pupilles étaient dilatées et ses joues d'habitude si pâles avaient rosi.

— À la fin du rituel d'initiation, le postulant qui joue le rôle de Perceval est guidé par l'un des frères du Cercle vers un chaudron rempli d'huile bouillante, symbolisé dans l'histoire par un lac en feu. À ce moment-là, on lui donne trois trésors : les trois Graals. On lui explique que la croix contient l'âme de la Chrétienté, le croissant l'esprit de l'Islam, et le chandelier, la Menorah, l'essence du

Judaïsme. Son frère lui demande alors de jeter les trois trésors dans le chaudron pour qu'ils se mélangent et n'en forment plus qu'un. Ainsi, pour que Perceval trouve son salut, ou, dans le cas du postulant, pour que son initiation soit complète, il doit accomplir un rituel de réconciliation de ces trois croyances. Et en réalité, c'est ce que notre Ordre doit faire.

— Mon Dieu!

Will avait le menton qui tombait tant il était stupéfait.

— Comment est-il possible que ce soit là votre but? Vous êtes prêtre! Comment pouvez-vous, comment aucun chrétien pourrait-il approuver tout cela? Oubliez les hérésies de ce livre, c'est un sacrilège!

— Tu me déçois fortement, répondit Everard sur un ton de reproche. Je pensais que toi, plus que les autres, tu comprenais que nous ne sommes pas si différents des juifs et des musulmans. Tu as lu assez de leurs textes, après tout.

— Je sais que nos peuples ont des points communs, Everard, mais ce que vous proposez viole tout ce qui fonde notre société! Et pas seulement la nôtre, mais aussi la leur. Pensez-vous honnêtement que les juifs ou les musulmans sont intéressés par la réconciliation? Ni eux ni nous ne tolérerions cette initiative. De toute façon, est-ce que les choses iraient mieux si les juifs et les musulmans voyaient le Christ comme le Messie mais en niant sa divinité? J'imagine que Baybars s'amuserait s'il savait ce que vous proposez. C'est un fanatique.

— C'est vrai, concéda Everard, mais le roi Louis aussi.

Will faillit éclater de rire.

— Louis? Le plus pieux des rois qui aient jamais régné?

Everard pinça les lèvres.

— Pour nous, oui, il est pieux. Aucun doute que pour les musulmans, Baybars est un dévot et Louis un barbare fanatique. Cette haine réciproque ne cessera que quand l'une des parties prendra assez de recul pour dire cette vérité au reste du monde. Nos trois religions sont inextricablement liées par la foi, la tradition et leur lieu de naissance. Nous sommes de la même famille, chacun avec sa propre identité et sa propre personnalité, mais nous venons de la même matrice et nous avons grandi dans le même berceau.

Everard écarta les bras.

— Nous sommes comme des frères se disputant l'affection de leur père.

Sa voix s'adoucit.

— Cette conception n'est pas si étrange, William. Tu n'as qu'à marcher dans les rues d'Acre pour voir que nous pouvons vivre ensemble sans trop de problèmes quand on nous en donne l'opportunité. L'Anima Templi ne propose pas de modifier les religions pour les accorder les unes aux autres. Ce que nous voulons, c'est une trêve mutuelle qui permettrait aux enfants de Dieu de partager leur connaissance et leur expérience. Et c'est ici et maintenant que nous allons commencer. Acre sera notre Camelot.

— Je n'aurais jamais cru que vous étiez idéaliste à ce point.

Les yeux d'Everard se plissèrent.

— Ton père croyait en cette mission, et si nous avions réalisé notre rêve, il serait peut-être toujours en vie. Devrions-nous ignorer l'idéal parce qu'il est trop merveilleux et que nous ne saurions y prétendre? Ou est-ce parce que nous avons peur de ce qu'il nous faudra accomplir pour le réaliser?

— Everard, vous ne voyez pas le monde tel qu'il est en réalité, rétorqua Will, piqué au vif par la mention de son père. Vous êtes enfermé dans votre petite chambre et vous restez assis là, à imaginer des choses qui n'auront jamais lieu. Acre est peut-être paisible, mais regardez au-delà de ses murs et vous ne trouverez que la haine et la mort. Si le but de l'Anima Templi pouvait être atteint, les gens auraient arrêté de guerroyer il y a longtemps. Il est impossible de réconcilier nos religions. Elles sont trop différentes.

— La foi n'a en général rien à voir avec la guerre. Quand les hommes envahissent une contrée étrangère parce que la terre y est meilleure, qu'elle dispose de ressources ou simplement parce qu'ils veulent accroître leur puissance, ils se servent de leur croyance comme d'une excuse. En fait, elle ne leur sert qu'à dissimuler la vénalité de leurs intentions. Parler de volonté divine justifie leurs actes. Nous nous sentirions tous bien trop coupables si nous disions, *Je le veux*, n'est-ce pas ? On cesserait de nous considérer comme des hommes doués de raison, nous deviendrions aux yeux de tous des brutes cupides et insatiables. Il est rare que les hommes partent pour la guerre simplement à cause de leurs croyances. Des hommes comme Baybars et Louis ont la foi. C'est ce qui les rend dangereux.

— Alors vous êtes d'accord. Il faut arrêter Baybars.

— Tue l'homme, tu en feras un martyr. Baybars agit selon sa foi. Il protège son peuple de ceux qu'il voit comme des ennemis. Et il n'a pas tort.

Everard leva le bras pour empêcher Will de prendre la parole.

— Ce que nous souhaitons accomplir va bien au-delà de Baybars. Je doute que nous y parvenions de mon vivant. Peut-être n'y arriverons-nous jamais. Mais nous devons garder espoir, William, nous devons croire que chacun peut s'améliorer.

— Donc, vous voulez reconstruire l'Anima Templi et poursuivre votre plan ?

— Oui, j'ai prévu d'élire de nouveaux membres, ici et en Occident, et de désigner un Gardien.

Everard s'interrompit un instant, l'air pensif, avant de poursuivre.

— En fait, c'est pour cela que je voulais te voir ce soir. Je souhaite que tu passes le rituel d'initiation et que tu entres dans l'Anima Templi. C'est-à-dire, si tu penses que tout ça n'est pas que chimères.

— Moi?

— Et pourquoi pas? Tu sais tout et je crois que nous avons appris à travailler ensemble en bonne intelligence. Je ne t'ai pas fouetté depuis longtemps, non?

— Je ne sais pas, répondit Will d'un air réticent. Vraiment, je ne sais pas...

— Qu'est-ce que tu ne sais pas?

— Si je suis d'accord avec vous, pour commencer.

— Je suis heureux de l'entendre. Par le passé, si nous avions tous été d'accord au sein de l'Anima Templi, nous aurions suivi toutes les idées parfois stupides qui se sont présentées. La dissension n'est pas toujours une mauvaise chose. Hasan avait raison, je me cramponnais trop à mes idées. Nous avons besoin de jeunes gens comme toi pour redonner de la vigueur à notre mouvement.

Le chevalier garda le silence un moment, puis il finit par acquiescer.

— Ton père aurait été fier de toi, dit Everard en lui souriant.

Will se sentait floué. Il avait traversé toutes ces épreuves, perdu son père et Elwen, tout ça pour qu'Everard détruise ce qu'il avait désespérément cherché à sauver. Il n'éprouvait ni soulagement ni fierté d'avoir contribué à sauvegarder l'Anima Templi. Pour lui, l'objectif du Cercle était impossible à atteindre. Et songer qu'il y avait collaboré pendant huit ans, dont six sans le savoir... Vis-à-vis du sultan aux yeux bleus, le projet de réconciliation semblait ridicule. C'était même probablement une erreur. Quand il pensait à Baybars, la seule chose qui venait à son esprit, c'était le crâne en décomposition de son père planté au bout d'une pique, parmi une centaine d'autres au moins, autour des fortifications de Safed. Comment pourrait-on faire la paix?

Everard ne semblait pas s'apercevoir des pensées qui l'assaillaient. Il se leva.

— Je dois parler brièvement au sénéchal. Il me reste une chose à faire pour conclure notre accord.

Le prêtre boitilla jusqu'à la porte.

— Ensuite, nous pourrons boire un verre ensemble.

Garin était dans son dortoir, debout devant la table où était posée une bassine d'eau. Dans son dos, les chevaliers avec lesquels il partageait sa chambre ronflaient sur leur paillasse. Il plongea un doigt dans l'eau et observa à la lumière des bougies les cercles concentriques que ce geste engendrait. Les ondulations l'apaisaient mais elles ne nettoieraient pas le sang sur ses mains. Il n'avait aucune idée du temps qui s'était écoulé depuis qu'il était rentré dans sa chambre. Il avait l'impression que cela ne faisait que quelques minutes, mais c'était probablement depuis plus longtemps. Soudain, alors qu'il mettait ses mains en coupe et se penchait pour s'asperger le visage, la porte s'ouvrit. Garin se redressa en pivotant sur lui-même et certains de ses camarades de chambrée se retournèrent dans leur sommeil. Trois hommes entrèrent dans la pièce.

— Garin de Lyons? demanda l'un d'entre eux.

Garin hocha la tête. Il sentait l'eau goutter peu à peu de ses doigts.

— Sur ordre du sénéchal, vous êtes accusé du crime de désertion.

Désormais réveillés, les chevaliers se redressèrent sur les paillasses.

— Désertion? murmura Garin.

— Il a été porté à l'attention du Sénéchal que vous avez déserté le poste auquel vous étiez affecté à la commanderie de Paris et que vous êtes venu ici sans la permission du visiteur du royaume de France.

Garin voulut se défendre, mais les mots refusèrent de franchir ses lèvres. Il ne faisait aucun doute pour lui que cette affaire ne refaisait surface qu'en raison de son rôle dans la tentative de vol de Rook. Mais que pouvait-il dire ? L'accusation en elle-même était vraie.

— Nous vous emmenons immédiatement dans les geôles du sous-sol de la commanderie. Vous ne serez pas autorisé à faire appel de cette décision avant d'avoir purgé au moins cinq ans.

Le chevalier s'avança et Garin s'aperçut qu'il tenait une paire de menottes dans ses mains. Les deux autres avaient tiré leur épée et se tenaient prêts à intervenir au cas où il aurait essayé de résister, mais ils n'avaient aucune raison de s'inquiéter.

Garin regarda placidement le chevalier lui installer les fers autour des poignets. Il avait l'impression que c'était à quelqu'un d'autre que tout cela arrivait. On le tira vers la porte et il trébucha. Son gardien l'empêcha de tomber en le retenant par le bras.

— Merci, dit Garin.

42

Le quartier pisan, Acre

4 juin 1271 après J.-C.

Will tourna la tête en voyant la porte de la taverne s'ouvrir. Entra un homme en robe bleu ciel criarde. L'homme croisa un court instant son regard, sans marquer aucun signe de reconnaissance, puis il se dirigea vers une table où était réuni un groupe de marchands. Tirant un tabouret, l'homme dit quelque chose qui fit rire les autres et se servit du vin. Will plongea le nez dans sa propre coupe. Des rayons de lumière obliques passaient entre les contrevents et dessinaient de grandes traînées blanches sur sa table. Une guêpe bourdonnait autour de lui. Il faisait chaud et Will en avait assez d'attendre. Depuis quelques jours, il était envahi par l'impatience. L'humidité de l'atmosphère n'arrangeant rien, il dormait mal et, tout récemment, il s'était rendu compte qu'il ne pouvait jamais complètement remplir d'air ses poumons, aussi profondément qu'il inspirât.

La porte s'ouvrit de nouveau quelques minutes plus tard et un homme trapu au teint olivâtre, portant une culotte brune et une pèlerine de bure, entra dans la taverne. Il jeta un regard circulaire, aperçut Will assis tout seul et s'approcha de lui.

— Belle journée, remarqua-t-il.

Sa voix était marquée par un accent indéfinissable.

— Dieu nous comble de ses bienfaits, répondit Will en arabe.

— Oui, gloire au Seigneur, dit l'homme en gloussant. Will Campbell, je suppose?

Will acquiesça et tendit la main. L'homme le regarda un instant avec perplexité, puis il sembla comprendre ce que signifiait le geste. Il saisit la main de Will et la secoua vigoureusement. Sa poigne était si forte qu'elle lui fit presque mal.

— Puis-je vous offrir quelque chose à boire? proposa Will sans se troubler.

— De l'eau, dit l'homme en s'asseyant.

Il chassa la guêpe d'un brusque revers de main.

Will fit un signe à la serveuse assise à l'une des tables qui s'éventait le visage avec une grande feuille d'arbre desséchée.

— De l'eau, lui répéta-t-il quand elle se fut traînée jusqu'à eux.

Le visage de la serveuse se rembrunit.

— Je vais devoir vous faire payer.

— Très bien.

— Vous ne pouvez pas rester assis ici à boire gratuitement de l'eau toute la journée, dit-elle en maugréant.

— J'ai dit que je paierais, lui répondit sèchement Will.

— Ce n'est pas la peine de le prendre sur ce ton, répliqua-t-elle en partant vers la cuisine.

L'étranger se pencha sur la table.

— Un homme avisé vous déconseillerait de parler rudement à quelqu'un qui doit vous apporter à boire ou à manger.

Puis il se rejeta en arrière.

— Je vais m'assurer de ne pas prendre le broc qui vous est destiné. Je suis sûr qu'elle aura craché dedans.

— Je vais tenter ma chance.

Du regard, Will jaugea l'homme. Il n'avait rien de particulier. Avec son embonpoint et ses grosses mains, il ressemblait à un homme exerçant une activité manuelle, physique – un maréchal-ferrant, un tanneur ou peut-être un petit marchand, comme les trafiquants des mines de fer de Beyrouth. Il ne ressemblait pas du tout à ce que Will avait imaginé. Le marchand pisan qui avait organisé leur rencontre ne lui avait pas dit à quoi s'attendre.

La serveuse revint avec l'eau. Elle posa un broc devant l'homme et l'autre devant Will, mais en renversa un peu à cause de sa brusquerie. Will lui tendit négligemment quelques pièces. Pendant qu'elle s'éloignait, il scruta l'eau. L'homme gloussait.

— On peut passer aux choses sérieuses? dit Will avec irritation tout en mettant le broc de côté.

— Bien sûr, bien sûr. Vous avez l'argent?

Will montra à l'homme la pochette attachée à la ceinture qu'il portait par-dessus une simple chemise en lin.

L'homme se pencha pour regarder, puis il se rassit et but l'eau d'une traite.

— Bon, alors discutons de ce que mon Ordre peut faire pour vous.

Le Temple, Acre, 4 juin 1271

L'affaire conclue, Will retourna à la commanderie. L'ambiance dans la forteresse, comme dans le reste de la ville, était sombre, presque aussi sombre que l'automne précédent quand ils avaient appris la mort du roi Louis. Celui-ci avait suivi le conseil de son frère Charles d'Anjou et s'était rendu à Tunis, mais après la prise victorieuse de Carthage, la peste avait ravagé son armée. Louis avait fini par succomber à la fièvre et sa grande croisade, la huitième depuis que le pape Urbain II avait lancé un appel aux armes deux cents ans plus tôt environ, avait fini avant même de commencer. Son corps avait été ramené en France pour être enterré à la basilique de Saint-Denis.

Aujourd'hui, la morosité des citoyens d'Acre était provoquée par l'annonce de la chute du Krak des Chevaliers. Considérée comme la citadelle la plus inexpugnable de l'Orient chrétien, le Krak était la plus grande des places fortes tenues par les Hospitaliers. La garnison avait capitulé après cinq semaines d'intense combat. Avec sa destruction, la dernière possession des Francs dans l'arrière-pays syrien venait d'être balayée. En trois ans, Baybars les avait repoussés progressivement mais inexorablement, et ils ne contrôlaient plus désormais que quelques bastions et villes le long de la côte.

En traversant le Temple, Will étudia le visage des hommes. Il y lisait l'épuisement et la peur. Il y avait eu un temps où le Temple possédait près de quarante domaines majeurs en Outremer. Quand Baybars était arrivé au pouvoir, ce nombre s'était réduit à vingt-deux. Maintenant, il n'en restait plus que dix.

Durant les dernières semaines, des doutes à propos de ce qu'il préparait depuis si longtemps avaient commencé à tourmenter Will, mais voir la défaite dans les yeux de ses camarades le réconfortait. Cela lui confirmait qu'il faisait ce qu'il fallait. Que c'était la seule chose à faire. Plusieurs chevaliers le saluèrent tandis qu'il se dirigeait vers la tour du coin nord-ouest, près de la mer. Construite par Saladin, celle-ci constituait la partie la plus ancienne de la commanderie. Les pierres en grès de sa façade étaient fissurées et des touffes d'herbe poussaient dans les interstices. Deux sergents se tenaient de part et d'autre de l'entrée, tous deux munis d'une épée.

— Bonjour, maître, dit gaiement l'un quand Will arriva à proximité. On ne vous avait pas vu depuis longtemps.

— J'étais occupé, Thomas.

Will baissa la tête pour emprunter le couloir bas de plafond.

— Juste pour vous prévenir, lança Thomas, il n'est pas beau à voir.

Le chevalier s'arrêta.

— C'est la léonardie, expliqua Thomas, il en est atteint depuis la semaine dernière.

— La léonardie? C'est grave?

— Je ne saurais dire, maître. Mais ça n'a pas l'air bon.

Will pénétra dans la tour, passant en un instant de la chaleur de juin à une fraîcheur et une humidité dignes d'un mois de novembre en Occident. Un court passage voûté était suivi d'une volée de marches menant aux étages supérieurs de la tour, qui abritaient le trésor. Dans la cage d'escalier, trois sergents armés tenaient la garde. Will tourna à droite avant l'escalier et se retrouva dans une pièce circulaire traversée de courants d'air et occupée par deux chevaliers : l'un, assis à une table, étudiait un registre; l'autre faisait la sentinelle devant une trappe couverte d'une grille en acier.

Le chevalier sur le banc leva les yeux quand Will arriva.

— Frère Campbell, laissa-t-il tomber sans enthousiasme. Vous êtes ici pour voir le prisonnier, je pense?

— L'un des gardes m'a dit qu'il est malade. Est-il convenablement traité?

Le chevalier leva un sourcil.

— Notre travail n'inclut pas de traiter les prisonniers convenablement, répondit-il sèchement. Nous nous contentons de les détenir ici jusqu'à ce qu'ils aient purgé leur peine. Mais je suis sûr que votre visite lui fera plaisir.

Il fit un signe à son camarade, qui déverrouilla la grille et révéla un escalier s'engouffrant dans des abîmes ténébreux.

Les marches étaient inégales et Will prit appui contre les murs latéraux pour conserver l'équilibre. Les murs s'effritaient sous ses doigts comme des biscuits trempés. Plus Will descendait, plus augmentait le son de rafales régulières. La tour du trésor était si près de la mer que les vagues cinglaient ses fondations de leurs flots d'écume blanche. En arrivant en bas, Will aperçut la lumière d'une torche. Il se trouvait dans un couloir étroit taillé à même la roche souterraine. Au sol brillaient des flaques noires d'eau mêlée de sable. L'endroit était situé en dessous du niveau de la mer et de grosses gouttes dégoulinaient lentement le long des murs imprégnés d'humidité, avant de couler dans une rigole creusée au sol. Sur un côté du couloir se trouvaient une dizaine de portes renforcées par des barres d'acier et des poutrelles. De l'autre côté, trois sergents sur un banc jouaient aux dames sur une table à tréteaux.

— Bonjour, fit Will.

— Il fait déjà jour? demanda l'un des gardes.

Il secoua la tête en se levant.

— Je serais prêt à jurer que le temps s'écoule différemment ici.

Laissant ses camarades continuer la partie, le garde se dirigea vers l'une des portes au bout du couloir. Il dégagea la poutrelle des deux crochets fixés au chambranle et frappa deux fois du pied avant d'ouvrir.

— Prenez ma torche si vous voulez, maître.

Will s'empara du tison rouge qu'on lui tendait et pénétra dans la cellule, où il fut immédiatement pris à la gorge par l'odeur malsaine de pourriture qu'il avait déjà remarquée en descendant mais qui atteignait ici un tel degré que l'air en devenait irrespirable. Le garde ferma la porte derrière lui et Will entendit le bruit sourd de la poutrelle qu'il remettait en place. Bien qu'il vînt depuis trois ans ici, ce bruit le rendait toujours nerveux. Il était gagné par un sentiment de claustrophobie chaque fois qu'il l'entendait. Le courant d'air qu'avait provoqué la porte en se fermant fit jaillir une flamme de la torche mais celle-ci retomba en quelques secondes, le bout incandescent ne diffusant qu'un pâle halo incapable de repousser complètement les ténèbres. Au sol était posée une gamelle remplie d'un brouet sur lequel une mince pellicule de peau ridée s'était formée. Assis, le dos appuyé contre le mur, un bras devant le visage pour se protéger de la lumière, l'autre enchaîné par le poignet à un anneau rivé au mur, Garin leva les yeux.

Au début, Will ne vit rien de particulier dans son allure. Garin semblait dans le même état que d'habitude. Ses cheveux blonds avaient tourné au gris à cause de la poussière et du manque de lumière, et ils lui tombaient en écheveaux emmêlés sur la poitrine, où ils ne se distinguaient plus de la barbe, elle aussi longue et crasseuse. Sa chemise et ses chausses – les seuls vêtements qu'on lui avait laissés – ne ressemblaient plus à rien, l'humidité ayant depuis longtemps attaqué le tissu. Son torse était creux et ses os saillaient à travers sa peau blafarde. Il s'était presque entièrement rongé les ongles de sa main libre, mais ceux de la main entravée, attachée à une hauteur telle qu'il pouvait tout juste s'accroupir sur le baquet de toilette, ressemblaient à des griffes. Garin laissa retomber sa main et la lumière le fit cligner des yeux avec une grimace de douleur. Will comprit alors de quoi lui avait parlé le garde.

Il avait entendu parler de la léonardie – la maladie qui avait frappé Richard Cœur de Lion au cours de sa campagne – mais il n'avait jamais rencontré personne qui en souffrait. Outre qu'elle épuisait les hommes qui la contractaient, cette affection couvrait le corps de plaques couleur rouille. Le visage de Garin était ravagé. Ses joues et son front arboraient une teinte cuivrée et la peau en certains endroits se craquelait, s'effritait et pelait. De ses lèvres éclatées suintait un mélange de sang et de pus, et l'une de ses paupières crevées avait formé une croûte en obstruant l'œil. Ses mains et ses bras portaient également les marques de la maladie.

— Mon Dieu, murmura Will en plaçant la torche dans un support fixé au mur et en se penchant sur Garin.

Il essaya d'ignorer l'odeur putride émanant du baquet.

Garin lança un regard accusateur à Will à travers les fentes plissées de ses yeux.

— Cela fait des jours que tu n'es pas venu.

Will ne précisa pas au chevalier que la moitié d'un mois s'était déroulée depuis sa dernière visite.

— Je suis désolé.

— Tu es le seul qui me raconte ce qui se passe dehors.

La voix de Garin était aussi imperceptible qu'une brise et ses lèvres bougeaient à peine quand il s'exprimait, mais Will perçut clairement son agitation.

— La dernière fois, tu m'as dit que le prince Édouard était arrivé. Qu'est-ce qui se passe? Il faut que je sache, Will. Il faut...

Il poussa un cri perçant de frustration : en ouvrant trop la bouche pour parler, il s'était déchiré la lèvre et du sang commença à perler par la gerçure.

— Je suis là maintenant, répondit Will d'une voix apaisante. Je te dirai tout ce que tu veux savoir.

Il ramassa l'écuelle.

— Mais d'abord, tu dois manger.

— Je vais mourir, Will, articula doucement Garin.

— Ne dis pas de bêtises. Le roi Richard a eu la léonardie, il n'en est pas mort.

Will s'approcha de Garin en lui tendant la gamelle.

— Il faut juste que tu manges et que tu te reposes.

Garin repoussa le plat d'un geste de la main.

— Ça fait trop mal.

Will observa les plaies autour de sa bouche, puis le bord ébréché de la gamelle. Assis jambes croisées devant le chevalier, il enfonça ses doigts dans le ragoût et en extirpa un bout de viande nerveux. Puis, en faisant attention de ne pas les toucher, il poussa prudemment la viande entre les lèvres décharnées de Garin.

Dans les premiers temps de son emprisonnement, Will était rarement venu lui rendre visite dans sa geôle, et s'il l'avait fait, c'était uniquement parce que Garin avait supplié à plusieurs reprises les gardes de le lui demander. Bien qu'une partie de son esprit blâmât toujours Garin pour ce qui lui était arrivé dans la maison de passe, il avait fini par prendre en pitié le chevalier, qui payait le prix fort pour un crime dont il n'était pas l'unique responsable.

Au fil du temps, ses visites s'étaient faites plus fréquentes, jusqu'à ce qu'elles deviennent une de ses obligations routinières ; une obligation que malgré lui il attendait avec impatience. Il ne pouvait s'ouvrir ni à Everard ni à aucun autre membre de l'Anima Templi des sentiments et des pensées qui bouillonnaient en lui, pas plus qu'à des gens extérieurs au Cercle. Avec Garin, qui connaissait l'existence de l'Anima Templi mais n'en faisait pas partie, il pouvait partager certaines choses. Et ces derniers mois, son opinion avait pris de plus en plus de valeur à ses yeux.

Parfois, ils parlaient aussi des fantômes. Jacques, Owein, James, Adela, Elwen… Rarement d'Elwen, toutefois. Un jour, Garin avait suggéré à Will de la contacter, mais ce dernier s'y était opposé avec tant de véhémence qu'il n'en avait jamais plus été question. Will avait depuis longtemps relégué Elwen au rang de souvenir, imaginant qu'elle devait être mariée à quelque riche duc, et heureuse de l'être. Mais c'était une blessure qui n'avait jamais vraiment cicatrisé et dont il souffrait encore. De temps à autre, il lui arrivait d'envier les ténèbres de l'existence de Garin, où des semaines s'écoulaient comme des journées.

— Et voilà, dit-il d'un air bourru en poussant un autre bout de viande dans la bouche de Garin, conscient de ce que la situation avait d'humiliant pour le chevalier. Je ne vois pas de quoi tu te plains.

Le prisonnier mastiqua lentement la viande infecte, puis il déglutit avec effort. Il n'avait plus l'air d'un jeune homme de vingt-quatre ans, mais d'un vieillard de soixante.

— Parle-moi, insista-t-il d'une voix faible.

— Il n'y a pas grand-chose à raconter. Tout le monde est bouleversé par la chute du Krak. Le prince Édouard a envoyé des ambassadeurs demander de l'aide aux Mongols, mais le grand maître Bérard et la plupart des membres du gouvernement d'Acre s'attendent à une fin de non-recevoir. Le prince a tenu quelques conférences avec les nobles pour tenter de les rallier, mais pour le moment il ne fait que jeter de l'huile sur le feu.

— Qu'est-ce que tu veux dire par là? demanda Garin tout en mâchant difficilement un autre bout de viande.

— Édouard est comme tous ceux qui arrivent ici pour la première fois, soupira Will. Il ne comprend pas encore.

Il avait fait partie du groupe qui avait accueilli le prince, âgé de trente-deux ans, à son arrivée avec un millier de chevaliers. Le roi Henri avait fait valoir son mauvais état de santé pour être dispensé de prendre la Croix. Les souverains d'Acre s'étaient félicités de l'envoi de nouvelles troupes et de l'enthousiasme du prince. Du moins, pendant quelques jours.

— Il pensait que la guerre se résumait à nous contre eux. Il a été furieux d'apprendre que les Vénitiens vendent des armes à Baybars et que les Génois le fournissent en esclaves, le tout sous l'égide des nobles d'Acre qui se disputent le gâteau. Dire qu'en plus ils ont le culot de se plaindre quand Baybars pénètre sur nos terres et s'empare de nos propriétés avec ses armes toutes neuves et ses soldats...

Will pêcha un nouveau morceau de viande en poussant un soupir ulcéré.

— Quoi qu'il en soit, tout ça n'aura bientôt plus aucune importance.

— Tu as réglé les derniers détails? lui demanda Garin en faisant signe qu'il n'avait plus faim.

Will reposa la gamelle et lécha la sauce au bout de son doigt.

— Oui. Je l'ai rencontré aujourd'hui.

Garin scruta son visage.

— Eh bien, il ne fait aucun doute que tu t'es habitué au danger.

— Je croyais que tu étais d'accord avec mon plan ?

— Tu sais bien que je le suis. Je l'ai toujours été. Mais si le grand maître Bérard découvrait ce que tu fais au nom de l'Ordre, disons que nous serions amenés à nous voir beaucoup plus souvent. Sans parler de ce qu'Everard et l'Anima Templi te feraient s'ils l'apprenaient.

— J'ai essayé de faire les choses à leur manière, répondit Will en s'animant soudain. J'ai fait tout ce qu'Everard m'a demandé. J'ai noué des alliances avec des chevaliers des autres ordres, obtenu les faveurs des nobles de la haute cour, je me suis introduit auprès des intellectuels juifs les plus influents et j'ai trouvé des informateurs musulmans. J'admets que l'Anima Templi a fait des progrès substantiels en quelques années, mais j'ai l'impression que tout ça reste à la surface. D'accord, le grand maître des Hospitaliers commence à parler au grand maître Bérard quand ils ont l'occasion de se rencontrer, mais ça ne mène à rien. Les nobles sont trop engoncés dans leurs vieux arrangements et leur propre politique pour voir au-delà de leurs intérêts. Combien de citadelles allons-nous encore abandonner à Baybars ? L'Anima Templi ne pourra pas remplir sa mission si nous ne restons pas en Terre sainte. Comment se fait-il qu'Everard ne comprenne pas ça ?

— En as-tu parlé avec lui ?

— Je n'arrête pas de lui demander ce qu'il compte faire et comment nous allons survivre assez longtemps à cette guerre pour obtenir la paix. Mais il ne dit rien de ce qu'il a en tête. Il me dissimule toujours des choses. Je sais qu'il a un contact haut placé chez les Mamelouks, un contact que mon propre père a trouvé, mais il ne me dira pas qui c'est.

Frustré, Will secouait la tête.

— Il ne me laisse pas d'autre choix, conclut-il en s'emportant.

— C'est moi que tu essaies de convaincre ou c'est toi-même?

Will jeta un coup d'œil au chevalier. Il avait réfléchi à son plan depuis longtemps, mais il lui avait fallu dix-huit mois pour le mettre à exécution, le temps de trouver les contacts nécessaires et de détourner suffisamment d'argent des caisses secrètes de l'Anima Templi. Il avait plus d'une fois livré bataille avec sa conscience durant cet intervalle.

— Ma décision est prise, dit-il finalement. Je crois de tout mon cœur que c'est la seule solution. Je ne voulais pas venir ici et me retrouver dans cette guerre, mais maintenant que j'y suis impliqué, la seule chose à faire est ce que me dicte mon cœur.

— Pour ce que ça vaut, je crois que tu as raison. J'ai toujours pensé que le but de l'Anima Templi était impossible à atteindre. Depuis le premier jour où tu m'en as parlé.

— Quand ce sera fait, les choses changeront, j'en suis certain. Les nobles auront davantage d'enthousiasme à l'idée de se battre et le prince Édouard réussira peut-être à les rallier. Nous pourrons commencer à reconquérir nos terres et nos domaines.

Il faisait depuis des mois le même rêve où il croisait l'esprit de son père dans les rues désertes de Safed. Il voulait l'enterrer mais les corps décapités étaient dans un tel état de décomposition qu'il était incapable de reconnaître le sien. Ce rêve le hantait. Mais il allait bientôt cesser. Il enterrerait son père, et alors il pourrait peut-être vivre en paix.

— Il faut que j'y aille, fit Will en se levant. Je viendrai demain avec un cataplasme pour tes plaies.

— Ne fais confiance à personne pour t'aider à changer les choses, Will. Ne fais confiance ni à Édouard ni aux nobles. Ne crois qu'en toi-même.

Will hocha la tête. Enfin il frappa à la porte et, quelques instants plus tard, le garde le fit sortir. Puis il s'éloigna de la tour, à moitié aveuglé par le soleil brûlant de l'après-midi.

C'est là qu'Everard le retrouva. Will fut surpris de voir le vieux prêtre, qui ne quittait plus guère sa chambre, clopiner à travers la cour. Il commença à lever la main pour le saluer, mais son geste s'interrompit quand il s'aperçut de l'expression peinte sur le visage d'Everard. Will faillit reculer devant le regard fulminant que lui jetait le prêtre. Everard continua à avancer de sa démarche disgracieuse et, en arrivant près de Will, il l'attrapa par le manteau de ses mains flétries.

— Espèce d'idiot! cracha-t-il en envoyant de la salive dans le visage de son ancien sergent.

Will saisit les poignets du vieil homme et tenta de se défaire de sa prise.

— De quoi est-ce que vous parlez?

— Ne me raconte pas d'histoires! Un garde du sénéchal t'a vu dans la taverne!

— Vous me faites suivre?

— Depuis des semaines, répondit Everard d'une voix cassante. Tu es très occupé, dis-moi, avec tes rencontres secrètes et l'organisation de ton plan. Je suis au courant de tout!

— Comment? murmura Will.

— J'ai forcé le marchand pisan que tu es allé voir à tout me raconter. Il m'a expliqué qui tu rencontrais. Tu peux y retourner et lui dire que tu annules l'accord, quel qu'il soit.

— Non.

— Non?

— C'est trop tard, à moins que vous l'ayez arrêté.

Everard ne répondit pas et Will comprit qu'ils ne l'avaient pas fait.

— Il a déjà quitté la ville à l'heure qu'il est, expliqua-t-il.

— Alors, prends un cheval et rattrape-le!

— Non, répéta Will en se dégageant de la poigne

d'Everard. Même si je savais par où aller, je ne bougerais pas. Nous faisons comme vous l'entendez depuis trois ans, Everard. Ça ne marche pas. Baybars ne veut pas de la paix. Nous avons envoyé une douzaine d'hommes traiter avec lui. Combien d'entre eux sont revenus ?

Everard pinça les lèvres et sa bouche ne fut plus qu'un mince filet du même rose pâle que sa cicatrice.

— Nous devons continuer à essayer.

— Il est trop tard pour ça.

Will se détourna, prêt à s'en aller.

— Ils ne le feront pas, dit Everard en l'attrapant par l'épaule. Ils travaillent avec lui ! Il leur paye des impôts. Pourquoi mordraient-ils la main qui les nourrit ?

— Ils n'ont pas tous confiance en lui. Baybars commence à placer ses propres lieutenants aux postes les plus importants de l'Ordre. Ils craignent qu'il n'essaye de s'en emparer.

Respirant avec difficulté, Everard semblait sur le point de succomber à un vertige.

— Au nom de Dieu, où as-tu trouvé l'argent pour financer ce contrat ?

Quelques secondes passèrent durant lesquelles Will ne répondit rien, se contentant de planter ses yeux dans ceux d'Everard. Quand celui-ci comprit, son menton se mit à trembler.

— Dans mes caisses, c'est cela ? vociféra le prêtre, incrédule. *Vipère !*

— Vous vouliez mon aide, Everard, vous vouliez que je dise ce que je pensais et que je n'hésite pas à prendre des décisions. Vous êtes servi. Votre méthode n'a mené à rien. Maintenant, nous essayons la mienne.

43

Alep, Syrie

8 août 1271 après J.-C.

— N'est-elle pas rayonnante, seigneur? murmura Kalawun.

Il sourit en regardant sa fille attraper un chat aux yeux en amande entré par les portes grandes ouvertes de la salle du trône. L'air chaud et immobile était étouffant et les domestiques essayaient de rafraîchir l'assemblée de généraux, de commandants et de courtisans en leur proposant des sorbets. Des esclaves tiraient sur des cordes pour actionner de grands éventails suspendus au plafond.

— Parfaite pour un sultan, admit Baybars en regardant sa bru se faufiler à travers la foule et emmener le chat vers la table où des serviteurs nettoyaient les restes du festin.

Un groupe de femmes cancanait à propos de la jolie jeune fille tandis qu'elle mettait quelques morceaux de viande sur un plateau d'argent afin de nourrir l'animal. La femme de Baybars, Fatima, était du nombre. Elle portait dans ses bras un bébé qui pleurait – le second héritier, Nizam ne lui ayant pas donné d'autre descendance.

Baraka Khan flânait avec quelques camarades dans

un coin de la salle. En trois ans, le garçon avait grandi et son visage révélait maintenant l'homme qu'il serait. Il ne montrait aucun signe d'intérêt pour sa future femme, mais Baybars se disait qu'il avait encore bien le temps pour ça. Cette fête de fiançailles était avant tout l'occasion de se divertir. Les fruits de cette union viendraient plus tard, quand ils seraient mariés.

Dépassant les danseurs qui tourbillonnaient au son des cithares, des tambours et des qanouns, Omar monta sur l'estrade et salua Baybars.

— Les artistes sont là, seigneur. Voulez-vous qu'on les fasse entrer ?

— Oui. Mais reste un peu, Omar, lança Baybars en voyant que l'officier partait. Assieds-toi avec moi.

Omar sourit.

— Avec plaisir, seigneur.

Baybars fit signe à un domestique.

— Faites entrer les artistes, dégagez-leur un espace. Et apportez-moi du koumys.

Quand le domestique fut parti, Kalawun se tourna vers Baybars.

— Je vais dire aux fiancés de s'asseoir l'un à côté de l'autre pour le spectacle.

Il s'éloigna à son tour et Baybars guida Omar vers les coussins installés sur la plus haute marche de l'estrade – place réservée en principe aux plus hauts dignitaires. Omar s'assit et prit une poignée de figues dans l'un des plats disposés sur les tables alentour.

— Fais attention, mon ami, dit Baybars d'un air amusé. Tu vas finir par ne plus rentrer dans ton uniforme. J'ai peur que nous ne passions un peu trop de temps à manger au lieu de nous battre.

— Tu mérites de t'accorder un peu de répit, lui répondit Omar en adoptant le tutoiement de leurs entrevues privées. Les Francs ne peuvent plus vraiment nous attaquer et nous contrôlons les Mongols.

— Je me reposerai le temps venu.

Levant les yeux vers Baybars, Omar vit une expression de douleur traverser fugacement son visage. De la position où il le regardait, les traits de ses arcades sourcilières et de ses joues semblaient encore plus prononcés. La furie inébranlable avec laquelle il avait attaqué les Francs et les avait forcés à reculer vers la mer était un feu qui le consumait de l'intérieur, comme il avait brûlé l'ennemi. Baybars ne pourrait jamais vraiment prendre de plaisir à quoi que ce soit tant que ses objectifs ne seraient pas entièrement remplis. Son ambition le tourmentait nuit et jour. En ce cas, se demandait Omar, à quoi tout cela rimait-il donc?

— Les voilà, dit Baybars en se penchant pour prendre le koumys que le domestique lui rapportait.

Deux hommes étaient entrés dans la salle du trône, tirant une petite voiture à main couverte d'un tissu de velours noir, brodé d'étoiles et de lunes en argent. Les danseurs s'arrêtèrent et les domestiques dirigèrent la foule vers les coussins calés contre les murs. Baraka et sa jeune fiancée étaient assis sur un divan face à une portion de mur blanchie à la chaux, près de l'estrade, prêts pour le spectacle. On ferma les portes du jardin et de luxueuses tentures furent tendues devant les fenêtres pour plonger la salle dans une douce pénombre. Un serviteur tomba à la renverse en voyant un homme tatoué surgir soudainement de derrière l'une des tentures. Quelques femmes poussèrent des cris d'épouvante quand le devin, pantelant, les yeux à demi fous, se précipita aux pieds de Baybars. Il tenait serrée dans sa main la poupée de tissu que le sultan lui avait donnée à Antioche.

Omar recula de quelques centimètres, mais Baybars posa sa main sur la tête de Khadir, brûlée par le soleil et couverte de taches de vieillesse.

— Elle a perturbé tes rêves?

— Rêves perturbés, répondit le devin d'une voix plaintive.

Il frissonna soudain et tendit la poupée à Baybars. Celui-ci sourit et la posa sur sa cuisse.

Omar se rembrunit. Il aurait aimé que Baybars n'encourage pas le vieillard dans sa folie. Il lui semblait de plus en plus erratique depuis Antioche.

— Seigneur.

Baybars baissa les yeux. L'un des hommes entré avec la voiture le saluait, agenouillé devant l'estrade. Il avait la peau brune, des yeux bruns et des cheveux écarlates qu'il s'était teint – comme sa barbe et sa moustache – au henné.

— Nous sommes honorés de vous divertir, ainsi que vos invités, en cette joyeuse occasion, seigneur.

L'homme fit un grand geste en direction de son compagnon, un jeune homme maigre vêtu comme lui d'une cape faite d'un assemblage de soies de différentes teintes de bleu : azur, indigo, turquoise, aigue-marine. À chacun de leurs mouvements, ces vêtements chatoyaient comme de l'eau ondulant sous l'effet de courants invisibles.

— Vous pouvez commencer, dit Baybars en désignant l'espace dégagé devant le jeune couple.

Assis aussi loin que possible de la fille de Kalawun sur l'étroit divan, Baraka avait déjà l'air de s'ennuyer.

L'homme se releva gracieusement et retourna près de son compagnon, qui avait pris une lanterne dans la voiture. L'air était bleuté par les épaisses volutes de fumée d'encens auxquelles se mêlait les quelques rayons de lumière qui se frayaient un chemin entre les tentures. Tandis que les derniers domestiques se dépêchaient de rejoindre les côtés de la salle plongés dans l'obscurité, l'homme aux cheveux écarlates fit face à son auditoire silencieux.

— Voici une histoire d'amour et de trahison...

Il fit un geste vers son camarade qui alluma une lanterne fixée sur la voiture, projetant une vive lumière sur le mur blanchi à la chaux.

— ... et ce sont des ombres qui vont la raconter.

Un tonnerre d'applaudissements crépita. Le théâtre d'ombres des deux artistes était célèbre.

— En Arabie, commença l'homme aux cheveux écarlates, vivait une femme d'une telle beauté que même la lune pâlissait le soir quand elle allait se baigner à la rivière.

Le jeune homme plaça ses mains devant la lanterne pour projeter sur le mur l'ombre d'une femme sautillant et la fille de Kalawun se mit à rire en frappant dans ses mains. Les courtisans imitèrent l'engouement de la princesse et les artistes continuèrent à dérouler l'histoire, donnant vie avec leurs mains à des femmes passionnées, des hommes belliqueux et des bêtes menaçantes.

Au bout d'un moment, Baybars commença à remuer sur son trône. Le spectacle n'était pas aussi captivant qu'il s'y attendait. Les formes sur le mur devaient sans doute paraître plus convaincantes à un enfant de neuf ans qu'à un soldat de quarante-huit. Recroquevillé à ses pieds, Khadir jetait aux deux hommes un regard perçant. De temps à autre, les éclats de voix du narrateur le faisaient tressaillir, puis il retombait dans une quiétude trompeuse.

L'artiste aux cheveux écarlates prit dans la voiture de la paille et un pot, puis il s'approcha de l'estrade.

— Pour finir, murmura-t-il à l'assistance captive, cette beauté radieuse arriva à un palais, attirée là par le chant d'une vieille femme que le vent lui portait comme un parfum de fleur.

Il fourra la paille dans le pot, porta le tout à ses lèvres et souffla en répandant autour de lui une cascade de bulles. S'accroupissant, il posa le pot sur les marches en marbre tandis qu'une des bulles voletait au loin et atterrissait sur la main d'Omar. Celui-ci la tendit en souriant au sultan, mais la bulle éclata. Un cri haut perché déchira soudain le silence. Baybars se redressa vivement. Blotti contre ses jambes, les yeux fixés sur l'artiste, Khadir hurla de nouveau. La cape miroitante de l'artiste glissa de ses épaules dans un mouvement presque irréel, il tenait à la main une dague au manche doré et incrusté d'un rubis rouge scintillant.

— *Haschishin!* s'époumona Khadir. *Haschishin!*

L'Assassin aux cheveux écarlates sauta d'un bond sur l'estrade et courut vers Baybars. Le sultan n'avait aucune chance d'en réchapper. Il essaya de se lever mais l'Assassin était déjà devant lui, l'arme levée prête à frapper. Omar se jeta en avant. L'Assassin poussa un cri féroce en enfonçant la lame dans la poitrine d'Omar et l'officier s'écroula sur les genoux de Baybars. Des cris retentirent dans la salle. Voyant l'échec de son camarade, le jeune homme maigre avait lui aussi sorti une dague et il courait maintenant vers le trône, mais Kalawun, qui s'était précipité pour protéger Baraka, le tua avant qu'il ne l'atteigne.

— Capturez-le! rugit Baybars en étreignant Omar, qui luttait pour respirer. Je veux savoir qui les a envoyés!

L'Assassin encore en vie, dépourvu d'arme, était redescendu de l'estrade. Il n'opposa aucune résistance quand plusieurs guerriers bahrites l'entourèrent. On entendit un hurlement venu de derrière le trône. Le devin jaillit et s'élança sur l'Assassin.

— Non! cria Baybars en empoignant Omar qui commençait à glisser sur le sol, la dague toujours coincée dans la poitrine.

Mais Khadir ne tint pas compte de son ordre. L'ancien Assassin se jeta sur l'homme la dague en avant et celui-ci eut à peine le temps de prononcer une prière avant de tomber sous le déluge de coups. Tandis que les guerriers bahrites essayaient d'arrêter sa frénésie, Baybars déposa doucement Omar sur les coussins.

— De l'aide! cria-t-il en tapotant les joues livides d'Omar. *Où sont les médecins?*

Omar se passa la langue sur les lèvres, qu'il avait sèches, et leva les yeux vers Baybars, ses yeux bruns presque fermés. Il sourit faiblement.

— Tu as l'air fatigué, mon ami.

Il leva la main vers le visage de Baybars, mais son bras retomba sur son torse. Baybars poussa un hurlement terrifiant quand la tête d'Omar s'effondra contre sa poitrine pour ne plus en bouger. Il se pencha et le gifla.

— Pas pour moi, Omar, hurla-t-il. Tu n'aurais pas dû faire ça pour moi.

Au bout d'un moment, il se redressa et secoua Omar par les épaules.

— Debout! Je te l'ordonne!

Mais son pouvoir de sultan n'avait aucune prise sur la mort. Tout était fini.

Les médecins arrivèrent mais n'approchèrent pas, constatant qu'il était trop tard. Il ne restait plus qu'une chose à faire. Baybars s'agenouilla et mit sa bouche contre l'oreille d'Omar. Puis il y souffla quelques mots.

Ashhadu an lâ ilâha illa-llâh. Wa ashhadu anna Muhammadan rasûlu-llâh.

Il n'y a de Dieu que Dieu. Mohammed est Son Prophète.

44

Le Temple, Acre

19 septembre 1271 après J.-C.

— Tu as échoué.

Will détourna le regard. Everard se tenait sur les remparts, derrière lui. Le prêtre avait le visage en sueur et la respiration coupée à cause des marches qu'il venait de gravir.

— Je sais, dit Will en tournant le dos au panorama.

Au-delà des murs de la ville, la lumière du soir couvrait d'une teinte dorée les plateaux qui s'étiraient à l'est, vers la Galilée, en s'élevant jusqu'au ciel, dans un lointain presque indiscernable. Il n'avait jamais eu l'occasion d'aller au-delà de ces collines, bien qu'elles fussent souvent dans ses pensées.

— Baybars est toujours en vie, insista Everard.

— J'ai dit que je savais.

— Mais l'attentat a au moins fait un mort parmi ses officiers, continua le prêtre. Un ami à lui, à ce qu'on m'a dit. Le sultan a envoyé des troupes contre les Assassins.

Il s'approcha du parapet et mima un bruit d'explosion avec ses joues fines comme du papier.

— Je n'aimerais pas être à leur place. Sa vengeance va être terrible.

— Ils avaient le choix, rien ne les obligeait à accepter le contrat.

— Mais c'est toi qui le leur as proposé.

— Je sais que vous ne me le pardonnerez jamais, Everard, dit Will en se tournant vers le prêtre. Mais il fallait bien que quelqu'un tente quelque chose. Ce que vous faites pour la paix est tout à fait louable, mais l'autre camp n'y adhère pas. Je ne veux pas rêver à des chimères.

— Des chimères ? répondit sèchement Everard. Comme tu prends tes distances ! En tant que membre de l'Anima Templi, tu es la partie d'un tout. Oui, nous avons tous des opinions et des idées différentes, mais au final quand nous parlons, c'est d'une seule voix. Ton comportement récent est celui d'un potentat. N'as-tu pas écouté un traître mot de ce que je t'ai dit sur Ridefort et Armand ? C'est précisément pour empêcher ce genre d'acte que l'Âme du Temple a été fondée !

— Vous n'avez pas le droit de me comparer à eux.

— Ah, non ? Ils ont utilisé le pouvoir de l'Anima Templi pour leurs propres fins. Que croyais-tu faire quand tu as conclu un accord privé avec les Assassins en faisant main basse sur notre or ? Qui servais-tu ?

— Nous, répliqua Will d'un air de défi. Le Temple. La Chrétienté.

Everard enfonça son doigt dans la poitrine de Will.

— Tue l'homme et tu en feras un martyr, c'est ce que je t'ai dit le soir où tu m'as rapporté le livre. Pour nous ? Pour la Chrétienté ? Ne te berce pas d'illusions ! Tu n'agissais que pour toi. C'était ta revanche après la mort de ton père, n'est-ce pas ?

Le prêtre s'interrompit. Sa respiration était hachée, il ne pouvait plus parler. Il eut une intense quinte de toux, après quoi il se racla la gorge et cracha des mucosités par-dessus le parapet.

— Tu ne m'as pas laissé l'opportunité de t'expliquer

mon plan, William, reprit-il, toujours en colère mais d'une voix plus calme car cet accès l'avait éreinté. Mais peut-être suis-je aussi à blâmer. J'aurais dû venir te parler, je savais que tu étais déçu par la lenteur de nos progrès.

Will fut surpris que le prêtre évoquât sa propre culpabilité.

— Quel plan?

Everard renifla en observant les vergers. Des citrons pendaient aux branches.

— C'est très beau à cette époque de l'année, non?

Will garda le silence et le prêtre se tourna vers lui.

— Depuis un moment, je suis en contact avec l'homme que ton père avait approché quand il se trouvait ici. Un homme qui, contrairement à Baybars, est disposé à négocier.

— Le contact de mon père dans l'armée mamelouke?

— Oui.

Will attendit que le prêtre continue, ce qu'il fit au bout de quelques secondes.

— Le contact de ton père est l'émir Kalawun.

— Kalawun? fit Will, sous le choc. Mais n'est-ce pas le principal lieutenant de Baybars? Il a dirigé l'invasion de la Cilicie, tué des milliers d'Arméniens. Comment se peut-il qu'il travaille pour nous?

— Kalawun désire la paix. Il veut ce qui est le mieux pour son peuple, et il comprend que ce n'est pas forcément la guerre. Il a rapidement compris que Baybars deviendrait un homme puissant, et il a manœuvré pour entrer dans le cercle de ses hommes de confiance et obtenir de l'avancement. Mais au fil du temps, il s'est rendu compte que la principale motivation du sultan est la haine qu'il nous voue, une haine dont Kalawun estime qu'elle pourrait nuire à son peuple autant qu'au nôtre. Il ne porte pas particulièrement les Francs dans son cœur, mais il sympathise avec les objectifs de l'Anima Templi car il sait que son peuple bénéficierait comme nous de la poursuite du commerce entre nos nations. D'après ce qu'il m'a dit, ton père lui avait fait forte impression. Pour maintenir sa position d'influence auprès de Baybars, Kalawun a continué à exécuter les ordres qu'on lui donnait, même si ces ordres allaient à l'encontre de ses opinions personnelles. S'il s'était déclaré pour la paix, il aurait tout perdu. Il fallait qu'il prouve son engagement. Parfois, la paix se paie au prix du sang.

— Mais si tout ça est vrai, que peut faire Kalawun contre Baybars? Il a peut-être du pouvoir, mais il n'est pas sultan. Comment pourra-il changer quoi que ce soit?

— Lentement, répondit Everard. C'est comme cela qu'il faut agir. Kalawun n'attaquera pas directement Baybars, mais il se met en place pour affermir sa mainmise sur le trône à la mort de Baybars. L'héritier du sultan, Baraka Khan, est récemment devenu son gendre et Kalawun essaie d'accroître son influence sur le garçon. Si ton plan avait réussi et que Baybars avait été assassiné sur ordre d'un Franc, les Mamelouks auraient lancé toutes leurs forces pour assouvir leur vengeance. Nous aurions connu un deuxième Hattin. Vu notre état de faiblesse, la fureur des Mamelouks nous aurait probablement fait perdre le peu qu'il nous reste, ainsi que tout espoir de paix, voire d'amitié. Mon plan requiert davantage de temps, mais c'est le plus sûr moyen d'arriver à nos fins en évitant que trop de sang soit répandu. Si Baybars meurt, que ce soit au combat ou dans son lit, le prochain sultan pourrait devenir notre allié. Imagine ce que nous pourrions accomplir, William, si nous utilisions nos langues plutôt que nos épées.

Will regardait fixement le prêtre.

— Pourquoi ne pas m'avoir parlé de tout ça plus tôt? Si j'avais su, je n'aurais pas… Je ne savais pas.

Il secoua la tête, les épaules basses.

— Je ne voulais pas savoir.

— Je t'ai déjà vu ici, les yeux braqués au loin, fit Everard en désignant les plaines. Tu ne trouveras rien par là que la haine et la mort, c'est ce que tu m'as dit par le passé. Est-ce cela que tu vois ?

— Je ne vois rien, murmura Will. Ce que je cherche n'est pas là.

— Ton père, dit Everard en hochant la tête. Je ne suis pas aveugle, William. Tu te tournes vers Safed comme les musulmans vers La Mecque. Il faut que tu arrêtes, ou cette douleur te dévorera de l'intérieur.

— Il me manque, Everard, dit Will d'une voix étranglée par l'émotion. Il me manque tellement.

En prononçant ces mots, Will s'était pris la tête entre les mains. Everard ne répondit pas. Au bout d'un moment, il empoigna les épaules du jeune homme.

— Regarde-moi, William. Je ne peux pas te rendre ton père, personne ne le peut. Mais je peux te dire qu'il n'est pas mort en vain. Grâce à ce qu'il a accompli avec Kalawun, nous verrons peut-être les peuples de ce monde faire la paix.

— Je n'ai jamais eu l'occasion de lui demander pardon.

— Je ne sais pas ce qui s'est passé entre ton père et toi. Ce que je sais, c'est qu'il t'aimait. Je ne l'ai rencontré qu'une fois mais je l'ai remarqué tout de suite. C'était évident. Il n'est pas venu ici parce qu'il voulait te quitter, mais pour mener à bien une mission que peu d'hommes sur cette terre désolée ont jamais eu le cœur ou le courage d'entreprendre. Il n'est pas venu ici pour lui-même, ni pour l'argent ou le pouvoir, pas même pour Dieu. Il est venu parce qu'il croyait en un monde meilleur, un monde qu'il voulait contribuer à faire advenir, et pour cela j'honore sa mémoire. Comme tu devrais l'honorer.

— Il ne m'a jamais absous.

— As-tu jamais réfléchi au fait que la seule personne qui puisse te pardonner, c'est toi-même ? Quelle que soit la faute que tu as commise envers ton père, quels que soient les péchés dont tu te sens coupable, son absolution t'en aurait-elle libéré ? Je suis prêtre, William. Je peux absoudre un homme aux yeux de Dieu, mais s'il ne se pardonne pas lui-même, il vit avec ses fautes jusqu'à la fin de ses jours, quand bien même Dieu lui ouvrirait les bras à sa mort.

— Je n'arrive pas à me pardonner. Je ne peux pas changer qui je suis. Mes amis, les hommes avec qui je parle, ils savent tous ce qu'ils veulent. Et ils s'en contentent. Simon est heureux de travailler aux écuries. Robert fait peut-être l'idiot, mais au bout du compte, il suit les règles avec plaisir, comme tout le monde ici. Même Garin semble davantage en paix avec lui-même dans sa prison qu'il ne l'était avant. Vous aviez raison de me dire, il y a longtemps, que je ne désirais être chevalier que pour mon père. J'ai passé tellement d'années à espérer le manteau pour qu'il me voie le porter... Quand il est mort, j'ai compris que je ne savais même pas ce que moi je voulais. Et puis il y a eu Elwen et... Quand je me tourne vers l'avenir, Everard, je ne vois rien.

— Tu n'as pas besoin de savoir ce que te réserve l'avenir pour vivre le présent, répondit brusquement Everard. Et tu n'as pas besoin de voir l'avenir pour l'envisager avec confiance.

— Mais aujourd'hui, qu'est-ce que j'ai?

— Une chance de changer l'avenir.

Everard réfléchit un instant.

— Je ne peux pas te dire comment te pardonner à toi-même, comment en finir avec ta culpabilité. Mais je peux t'offrir un travail à accomplir. Je ne suis pas monté jusqu'ici uniquement pour te sermonner. Je suis venu te proposer un choix. L'Anima Templi va se réunir. Nous accueillons notre nouveau Gardien.

— Un Gardien? Vous en avez trouvé un?

— Oui, il m'aura fallu du temps mais j'y suis parvenu. Tu peux venir avec moi et te joindre à notre conseil, ou je peux te libérer de tes liens.

— Avec l'Anima Templi, vous voulez dire?

— Et même avec le Temple, si tu le souhaites, maugréa

667

Everard. Je sais que tu m'as aidé à récupérer *Le Livre du Graal* uniquement pour devenir chevalier, et comme tu viens de l'admettre, tu ne voulais devenir chevalier que pour faire plaisir à ton père.

— Ce n'est pas vrai, ce n'est pas que pour ça que je vous ai aidé.

Everard balaya ses paroles d'un geste de la main.

— Je ne te blâme pas d'avoir voulu en finir avec ton apprentissage. J'ai joué un grand rôle dans ta frustration. Mais il est grand temps que tu décides enfin quelque chose par toi-même. De préférence quelque chose qui ne nous fera pas mourir... Dans *Le Livre du Graal*, les chevaliers guident Perceval dans sa quête, mais à la fin lui seul doit décider du dénouement qui amènera ou la réconciliation des trois croyances, ou l'abandon de tout espoir de paix. Il choisit la réconciliation. Mais auparavant il fait quelques erreurs. C'est à toi de choisir, William. Viens travailler avec nous pour la paix, ou trouve une autre route qui te convienne. Mais quel que soit le chemin que tu prendras, il est temps de te mettre en marche.

Will regarda à l'est, vers les collines. Pendant leur conversation, le soleil s'était couché et les premières étoiles apparaissaient maintenant, brillant au loin dans le ciel septentrional. Une brise chaude apportait des senteurs mêlées d'olive, de sel, de foin et de cuir. En bas, dans la citadelle, il entendait des hommes parler et, de temps à autre, le hennissement d'un cheval. De la ville lui parvenaient, assourdis, le bruissement du bétail, le carillon des cloches et le rire d'un enfant. Autour de lui, la vie continuait avec son environnement familier et rassurant.

Everard avait raison : son père était venu ici par altruisme. Il le savait déjà à Paris, depuis le jour où Louis avait accepté de prendre la Croix. Entre-temps, la clarté et la pureté de l'amour qu'il portait toujours à son père s'étaient teintées d'amertume et de ressentiment. Les raisons pour lesquelles il était venu ici n'étaient pas aussi nobles que celles de son père, c'est l'égoïsme qui l'avait poussé à agir pendant tout ce temps. Il avait failli ruiner tout ce pour quoi James s'était battu. Mais on lui donnait une nouvelle chance. Il devait la saisir. D'autres hommes mourraient, d'autres fils perdraient leur père s'il ne la saisissait pas. Son appétit de vengeance, de guerre, de sang était issu de sa culpabilité. Il avait trahi les idéaux de l'Anima Templi non parce qu'il n'y croyait pas, mais parce qu'il ne *voulait* pas y croire, parce qu'il avait tout fait pour assouvir sa vengeance. Le chemin de l'absolution, il le comprenait maintenant, ne passait pas par là.

Il lui fallait aider Everard et l'Anima Templi à réaliser le souhait de son père, un souhait, il s'en apercevait en regardant la ville sereine à ses pieds, qui était aussi le sien.

— Je veux rester.

— Dans ce cas, nous avons du travail, dit Everard qui ne semblait absolument pas surpris par sa réponse. Viens.

Will laissa le prêtre passer devant lui pour descendre les remparts. Le temps qu'ils arrivent dans la cour, l'évidence qu'il avait ressentie s'était dissipée, mais la sensation restait, comme une perle de nacre au cœur de son être. C'était ici chez lui. En marchant aux côtés d'Everard, il sentit renaître en lui quelque chose d'indéfinissable, une résolution, une détermination sans objet précis. Il fallait vivre. C'était tout. Il fallait simplement vivre.

L'Anima Templi tenait rarement d'assemblée plénière et quand cela arrivait, le Cercle changeait chaque fois de lieu de réunion pour ne pas éveiller les soupçons de quiconque à la commanderie. Aujourd'hui, ils se retrouvaient dans les quartiers du sénéchal. Everard avait réussi à initier quatre nouveaux membres, mais comme l'un des membres était mort l'année précédente, ils n'étaient toujours que six. Ils étaient tous déjà présents quand Will et Everard arrivèrent.

Le sénéchal, homme au tempérament volcanique, puissamment bâti et prématurément chauve, leur ouvrit la porte. Il inclina respectueusement la tête devant Everard et jeta un regard noir à Will. Quand Everard avait informé les membres du Cercle de l'accord passé par Will avec les Assassins, le sénéchal avait plaidé pour son emprisonnement immédiat. De toute évidence, il n'était pas enchanté que la suspension de deux mois, sanction qu'il avait qualifiée de clémente et de sentimentale, eût pris fin.

Dans la pièce au confort spartiate, trois hommes étaient assis sur des tabourets. Il y avait là un jeune prêtre templier du royaume du Portugal, choisi par Everard après la lecture d'une étude brillante sur les points communs entre les religions musulmane, juive et chrétienne ; un chevalier tout jeune né en Acre et élevé au sein de ses diverses communautés ; et un chevalier plus âgé qui, à l'instar du sénéchal et d'Everard, avait connu l'époque peu glorieuse d'Armand de Périgord.

En entrant dans la chambre, Will aperçut un quatrième homme que la porte lui avait dissimulé. Grand, les cheveux foncés, il était vêtu d'un manteau noir avec un col en fourrure de lapin. Debout près de la cheminée, il étudiait une carte du monde affichée au mur, avec Jérusalem en son centre.

— William, dit Everard, je te présente le nouveau Gardien de l'Anima Templi. Un homme qui, j'en suis certain, soutiendra autant notre Cercle que son grand-oncle avant lui.

Puis il se tourna vers l'âtre.

— Monseigneur, voici le jeune chevalier dont je vous ai parlé.

L'homme se tourna. C'était le prince Édouard, fils du roi Henri III et héritier du trône d'Angleterre. Will reprit ses esprits assez rapidement pour saluer le prince.

— Monseigneur.

— C'est un honneur, dit Édouard en tendant la main à Will.

Ce dernier prit la main du prince. La poigne d'Édouard

était ferme, c'était celle d'un homme plein de confiance en soi.

— Monseigneur, c'est un honneur de vous revoir.

— De me revoir? Je ne me rappelle pas vous avoir déjà rencontré.

— C'était il y a onze ans, au Nouveau Temple. Vous êtes venu avec Sa Majesté, le roi Henri, rencontrer Humbert de Pairaud. Je portais le bouclier de mon maître Owein ap Gwyn.

— C'était vous? dit Édouard en souriant. Je crains de ne pas bien me rappeler votre visage... Je suppose que j'avais d'autres choses en tête ce jour-là.

Son sourire s'estompa quelque peu en prononçant ces derniers mots et Will aperçut même une expression irritée traverser fugitivement son visage. De près, le prince était très différent du souvenir que Will en avait conservé. Il avait un maintien gracieux à l'époque, mais le raffinement de la jeunesse avait cédé la place à la maturité et à l'assurance d'un homme à l'intelligence vive. Sa paupière tombait toujours comme celle de son père, mais il semblait compenser ce défaut en ouvrant l'œil concerné davantage que l'autre, le sourcil levé en permanence, ce qui lui donnait une sorte d'expression légèrement ironique. Debout, la tête haute, le regard placide et inébranlable, il ressemblait déjà au roi qu'il serait. Quand il prit la parole, il balaya des yeux tous les hommes présents dans la pièce.

— Ces dernières années, mon père n'a pas eu d'aussi bonnes relations qu'il l'aurait souhaité avec le Temple. Contrairement à son oncle Richard, il a eu des difficultés à s'accommoder de l'autonomie de l'Ordre sur ses terres. Je suis heureux qu'on me donne cette opportunité de suivre les pas du premier Gardien de ce conseil et j'espère que les relations entre l'Ordre et la couronne d'Angleterre redeviendront aussi courtoises qu'elles le furent durant son règne.

— Nous apprécions grandement votre dévouement à

notre cause, monseigneur, dit le sénéchal tandis que Will tirait un tabouret et s'asseyait à côté du prêtre portugais, qui l'accueillit avec un sourire discret.

Des yeux, le sénéchal fit le tour des hommes réunis dans la pièce.

— Si nous en venions au but de cette rencontre?

— En effet, intervint Everard, nous avons beaucoup de choses à discuter, mes frères. Mais je crois que notre Gardien aimerait faire une annonce avant que nous n'entrions dans les détails. Monseigneur?

Édouard hocha la tête.

— Quand le père Everard m'a expliqué les objectifs de votre Cercle, j'ai pensé que je pourrais contribuer à leur réalisation. Baybars ne semble pas vouloir arrêter sa campagne contre nos forces et si nous continuons à perdre du territoire à ce rythme, vous n'aurez bientôt même plus de base pour poursuivre votre travail. En conséquence, nous devons agir rapidement.

Le prince s'interrompit un instant pour que chacun s'imprègne de ses paroles.

— La paix, reprit-il avec ardeur, n'est pas simplement un idéal : c'est notre seul espoir de survie. Cette semaine, j'ai engagé des discussions avec un certain nombre de personnalités, ici en Acre, y compris votre grand maître et le maître des Hospitaliers, et je suis parvenu à les convaincre de soutenir mon projet. Bien entendu, ils ne sont pas au courant de mes relations avec vous. J'ai l'intention d'approcher Baybars pour lui proposer une trêve.

Il leva la main pour signifier qu'il n'avait pas terminé.

— Évidemment, même s'il l'accepte, je doute que cela mette un terme définitif aux combats, mais l'Anima Templi pourra s'appuyer sur ces fondations et continuer de travailler à la réconciliation. En outre, cela nous permettra de préserver les territoires encore sous notre contrôle.

— Une trêve? Avec Baybars? l'interrogea le sénéchal. J'ai du mal à imaginer qu'il nous l'accorde.

— Il n'y a qu'une chose qui pourrait le faire hésiter : l'Empire mongol. J'ai envoyé dès mon arrivée des ambassadeurs à Abaqa, l'Ilkhan de Perse, pour lui demander de nous aider face à la menace que fait peser Baybars. Mes ambassadeurs sont revenus de sa cour. Apparemment, une alliance entre nos deux nations intéresserait les Mongols. Ils ont suffisamment de forces pour soutenir les garnisons qui nous restent, ce qui dissuaderait sans doute Baybars d'attaquer en cas de front commun contre lui. Pour l'heure, j'ai l'intention de persuader l'Ilkhan d'envoyer une petite division d'Anatolie menacer les citadelles mameloukes au nord. Moi-même, je compte me déplacer dans le sud pour attaquer plusieurs de ses places fortes. Je sais que vous ne voulez pas la guerre, mais à court terme cette action pourrait être notre seul espoir. Il y aura peu de pertes, si même il y en a. Les attaques n'auront lieu que pour prouver à Baybars qu'en rassemblant nos forces, nous pouvons toujours lui poser problème. J'espère que cela l'incitera à accepter une trêve.

Will regardait le prince. Il ne pouvait s'empêcher d'être impressionné par son énergie. Il n'avait jamais rencontré quelqu'un d'aussi sûr de lui. Quand Édouard parlait, les hommes l'écoutaient. Il était d'un dynamisme contagieux. Will remarqua qu'Everard arborait un sourire satisfait. Le prêtre pensait à l'évidence avoir fait le bon choix. Les autres semblaient d'ailleurs partager son opinion, chacun murmurant son approbation. Alors pour quelle raison, se demanda Will, ne parvenait-il pas à faire confiance au prince ?

La réunion se poursuivit. Certains firent part de leurs observations, d'autres questionnèrent Édouard sur les détails de son plan d'action, et Will examina le prince en cherchant des détails susceptibles d'expliquer sa défiance. Il n'en trouva aucun : le prince était affable, attentif avec chacun, mais l'éclair d'irritation que Will avait aperçu plus tôt lui revenait sans cesse à l'esprit. Ce n'était pas tant l'expression elle-même, mais l'impression que le prince portait un masque et que ce masque avait glissé, certes un court instant, mais juste assez pour révéler son véritable visage sous ses dehors lisses.

La réunion terminée, les deux jeunes chevaliers et le prêtre furent invités à sortir. Le sénéchal et les chevaliers expérimentés restaient entre eux. Will s'attarda un instant et il vit Édouard s'approcher d'Everard.

— Je suis ravi que vous soyez venu me trouver pour occuper le poste de Gardien, père Everard.

— Moi aussi, répondit le prêtre. Je crois que nous pouvons nous rendre mutuellement service.

— Reste une dernière question, dont nous avions brièvement discutée l'autre jour. Je me demandais si vous aviez eu le temps d'aller au bout de votre réflexion.

— Ah, bien sûr. Ma réponse est oui.

Le visage d'Édouard s'éclaira d'un sourire.

— Je vous remercie, vous n'avez pas idée du plaisir que cela sera pour mon père quand je le lui annoncerai.

Il ouvrit son manteau, détacha une bourse de sa ceinture et la tendit à Everard.

— Voilà qui couvrira une partie de la dette. Comme je vous l'ai dit, je m'occuperai du solde à mon retour en Angleterre.

— Quant à moi, je vais écrire au visiteur à Paris. Il arrangera tout.

— Si je pouvais avoir un reçu pour cette transaction, je vous en serais reconnaissant.

— Certainement, répondit Everard. J'enverrai quelqu'un vous le porter.

— Ne vous donnez pas cette peine, frère, dit le sénéchal en se levant. Je dois inspecter les geôles cet après-midi. C'est sur mon chemin, je peux escorter le prince à la tour du trésor.

— Les geôles? fit Édouard. Y avez-vous beaucoup de prisonniers?

— Seulement trois, à l'heure actuelle, l'informa le sénéchal en ouvrant la porte. Il est malheureux de devoir punir nos propres frères, mais la discipline est la colonne vertébrale de notre Ordre. Sans elle, nous serions paralysés.

En quittant la pièce, le sénéchal jeta à Will un regard noir tandis que le prince enfilait une capuche pour dissimuler son visage.

— Tu as pris la bonne décision.

Will se tourna en entendant Everard.

— Comment?

— Tu as bien fait de rester. Je pense que nous avons une vraie chance de changer les choses.

Le prêtre sourit. Ses yeux brillaient d'excitation.

— Que penses-tu de son plan?

— Efficace, s'il marche. Ce qu'il vous a donné, qu'est-ce que c'était?

Will désigna du menton la bourse qu'Everard tenait dans la main.

— Une partie de la dette que Henri nous doit encore, répondit Everard. Une petite partie, je te l'accorde, mais c'est un début. J'aurais besoin que tu écrives de ma part au visiteur de Pairaud à Paris.

— Hugues? Que dois-je lui dire?

Will n'avait pas revu Hugues de Pairaud depuis qu'il avait quitté Paris, mais il savait que Robert correspondait un peu avec leur ancien camarade devenu visiteur du royaume de France à la mort du précédent.

— Je veux que tu délivres l'ordre de rendre les joyaux de la Couronne d'Angleterre au roi Henri, à Londres.

— Sous quelle autorité? demanda Will, étonné.

— Tu signeras la lettre « grand maître Bérard », répondit Everard en se dirigeant vers la porte.

Will secoua la tête.

— Et vous me parlez de discipline? murmura-t-il entre ses dents.

— Assure-toi de le faire aujourd'hui, William, dit le prêtre avant de disparaître. D'autres choses bien plus importantes requièrent notre attention.

Garin porta l'écuelle à ses lèvres et vida la soupe épaisse où surnageaient des grains de riz mal cuits, sans doute un ajout de dernière minute de la part du cuisinier.

— Merci, Thomas, dit-il en la tendant au garde.

Celui-ci hocha la tête et la prit.

— Je suis désolé que ce ne soit pas bon, maître, ceux d'en haut ne laissent descendre que des restes.

— J'étais sergent autrefois, j'ai l'habitude de manger des restes, fit Garin en haussant les épaules. Ce n'est pas si mauvais.

Il sourit au garde.

— Mais une autre gorgée de ce vin pourrait m'aider à les faire passer.

Thomas jeta un regard inquiet du côté de la porte de la geôle, ouverte sur le couloir.

— Je suis désolé, maître, répondit-il d'une voix incertaine. Je ne peux pas vous en donner aujourd'hui. Le sénéchal va venir, vous comprenez, pour une inspection. S'il apprenait que je vous ai donné mes rations, je...

— Ne t'en fais pas, le coupa Garin. Je ne dirai rien. Je vais boire en vitesse.

Thomas se leva en continuant à secouer la tête négativement.

— Pas aujourd'hui, maître.

Puis il quitta la petite pièce à la hâte et referma la porte.

Garin posa la tête en arrière, contre le mur, tandis que le garde remettait la poutrelle en place. Envahi par la lassitude, il poussa un juron. Sans vin, le temps passait encore plus lentement. Il se demanda s'il pourrait en obtenir un peu après l'inspection, mais tout dépendait de qui montait la garde. Certains, comme Thomas, éprouvaient de la compassion pour la situation dans laquelle il se trouvait, ils l'appelaient même maître, mais Garin détestait cet excès de civilité. D'une certaine manière, c'était plus dégradant encore que les insultes du type *salopard* ou *merdeux,* comme l'appelaient ceux qui jouissaient autant que possible de l'opportunité offerte d'humilier un supérieur déchu, eux-mêmes étant des sergents de basse naissance qui ne s'élèveraient jamais au rang de chevalier.

Garin avait rapidement appris à ravaler sa dignité et sa fierté, pour se protéger non seulement de ceux qui voulaient l'en dépouiller, mais aussi de lui-même. Si les gardes ouvraient la porte pendant qu'il faisait ses besoins, il ne bronchait pas ; au contraire, il se forçait à continuer. Quand ils renversaient sa nourriture en lui disant de la manger comme un chien, il disait merci et avalait tout. Il s'était tellement répété qu'il pouvait tout supporter qu'il avait presque fini par y croire. Mais quand il s'endormait, qu'il rêvait de ce qui se trouvait au-delà des murs et se réveillait plein de réminiscences des couleurs et des endroits qu'il croyait avoir oubliés, il chancelait au bord de l'abîme et tombait dans son néant.

Garin leva la tête en entendant des voix assourdies de l'autre côté de la porte. Il posa le menton sur sa poitrine et ferma les yeux. Le sénéchal aimait faire la morale, mieux valait faire semblant de dormir pendant ses visites. La porte s'ouvrit.

— Frappez quand vous aurez fini, maître.

Garin reconnut la voix de Thomas. Le garde semblait secoué.

La porte se referma et le cœur de Garin chavira : le sénéchal ne se laisserait pas abuser aujourd'hui. Il pouvait sentir sa présence dans la geôle, il entendait sa respiration, un souffle presque imperceptible, et il sentait aussi un parfum léger et agréable, peut-être le vin ou les fruits qu'il avait mangés plus tôt. Il s'attendait à ce que le sénéchal le réveille d'un coup de pied mais l'homme n'avait pas l'air de vouloir bouger. Garin entrouvrit les yeux et fut surpris en voyant l'ourlet d'une robe noire devant lui. Il pensa un moment qu'il devait s'agir d'un prêtre, puis il s'aperçut que le vêtement n'était pas fait de simple laine, mais de velours noir garni d'une délicate fourrure de lapin. Sans même faire semblant de se réveiller, Garin leva les yeux. Quand son regard croisa celui, tranquille, du prince Édouard, son cœur bondit dans sa poitrine.

— Dieu! lâcha-t-il involontairement.

— Pas exactement, dit Édouard en s'accroupissant devant le chevalier enchaîné et pouilleux.

Le visage couvert des plaies et des lésions héritées de la léonardie, Garin ouvrait de grands yeux terrifiés.

— Bien que je sois connu pour avoir envoyé en enfer des hommes qui me déplaisaient, comme tu t'en souviens peut-être, ajouta-t-il.

— Comment êtes-vous...

La voix de Garin se brisa et il ne put achever sa question, mais Édouard la comprit tout de même.

— Mes agents n'ont pas eu beaucoup de difficulté à découvrir où tu te trouvais. Tu sais à quel point les domestiques aiment bavarder. J'ai simplement attendu une occasion de te rendre visite.

— Qu'est-ce que vous voulez? demanda Garin d'une voix faible.

Il regardait la porte derrière Édouard en se demandant si crier ferait venir Thomas. Le prince suivit son regard.

— Nous ne serons pas interrompus. Le sénéchal est très heureux de me voir descendre parmi ses brebis égarées.

Il éclata d'un rire bref, nerveux.

— Peut-être espère-t-il que je leur offre quelques mots de réconfort, ou que j'évoque les bienfaits d'une repentance sincère, ce genre de choses. Mais venons-en à ce que je veux. Au départ, je voulais savoir ce qui était arrivé au livre que tu étais venu récupérer ici pour moi, mais comme j'ai appris entre-temps qu'il a été détruit, j'aimerais que tu me dises où se trouve mon homme de main, Rook.

Garin fut pris d'une bouffée de haine à la mention de ce nom : il l'avait enterré si loin dans les profondeurs de son âme qu'il l'avait presque oublié. Le pouvoir de ce vitriol surpassa ses craintes.

— *J'ai crevé ce bâtard!* cracha-t-il à la face d'Édouard. Je l'ai planté à tant de reprises que même sa propre mère ne l'aurait pas reconnu.

Les yeux d'Édouard exprimèrent un instant une colère froide, mais il se reprit aussitôt et recouvra son calme.

— Oui, en voyant qu'il ne revenait pas, j'ai pensé qu'il avait dû lui arriver quelque chose de fatal. C'était un homme très obéissant.

— C'était une raclure malfaisante, grogna Garin. Il menaçait de tuer ma mère. Il a tué ma...

Il s'interrompit brusquement et ferma les yeux.

— Je l'admets, les méthodes de Rook étaient parfois vulgaires, mais il s'arrangeait toujours pour accomplir les besognes que je lui donnais. C'est tout ce que je demande à ceux qui me servent. Tu le sais, Garin.

Le chevalier étouffa son amertume et sa peur et se força à croiser le regard d'Édouard.

— Oui, je vous ai trahi et j'ai tué votre laquais. Mais vous ne m'avez rien laissé quand j'ai eu fini de travailler pour vous. Que pourriez-vous bien m'enlever, maintenant?

— À mon service, tu étais bien récompensé. C'est toi qui as choisi de tout abandonner. Et pour quoi?

Édouard fit un grand mouvement circulaire de la main en désignant la geôle sombre.

— Pour ceci!

— Non. C'est parce que j'ai choisi de travailler pour vous qu'il ne me reste rien. Mon oncle, mes amis au Temple, Adela, ma liberté... J'ai tout perdu. Si vous êtes venu me tuer, faites-le. Sinon, allez-vous-en.

Édouard parut légèrement surpris de voir Garin si combatif.

— Si tu n'as plus rien à perdre, dit-il au bout d'un moment, alors je suis enclin à penser que tu as tout à gagner.

— Qu'est-ce que vous voulez dire? marmonna Garin.

— Je parle de l'Anima Templi, répondit Édouard en

adoptant soudain une voix directive, la voix d'un homme habitué à prendre des responsabilités dans de nombreux domaines. Le groupe dans lequel ton oncle était impliqué. Je viens d'en être nommé Gardien.

— Quoi ?

Déjà titubant depuis l'entrée d'Édouard dans la geôle, le petit monde de Garin vacilla encore plus sous ses pieds.

— Everard de Troyes est venu me trouver il y a quelques semaines pour me le proposer. Il pense que je peux être de quelque secours à sa cause.

Édouard se mit à rire.

— Les joyaux vont revenir à ma famille et je les porterai lors de mon couronnement. J'ai maintenant de l'emprise sur le Temple, une emprise que je compte bien exploiter pour m'assurer que l'Ordre n'essaiera jamais de me manipuler comme il l'a fait avec mon idiot de père, cet esprit faible.

Le regard d'Édouard était aussi dur que la pierre. Ses yeux brillaient de satisfaction et son visage exprimait une résolution inflexible. Édouard arborait de nombreuses facettes, mais il se montrait là dans toute sa vérité. Et il était terrifiant. L'ambition pure émanait de lui.

Garin avait déjà vu cette inflexibilité, cette opiniâtreté dans les yeux d'Édouard lorsqu'il avait brièvement travaillé pour lui à Londres. Mais aujourd'hui, il était encore plus ferme et plus ardent.

— Vous devez être satisfait dans ce cas ? Ils viennent de vous donner ce que vous désiriez depuis longtemps.

— Quand je prendrai le trône, il sera à moi et non au Temple, continua Édouard, qui avait à peine entendu Garin. J'ai des plans, je veux étendre mon royaume dans les années qui viennent. Grâce à ma position au sein de l'Anima Templi et au pouvoir qu'elle me confère, je pourrai utiliser les vastes ressources du Temple à mon avantage. Ce n'est pas eux qui m'utiliseront.

Ses yeux se posèrent sur Garin.

— Au demeurant, je n'ai aucune sympathie pour les objectifs de l'Anima Templi ni pour ses membres. Ce qu'ils visent est irréaliste et antichrétien. Ils vont à l'encontre de tout ce qui fonde notre société, à l'encontre de Dieu. En temps et en heure, quand je leur aurai pris ce dont j'ai besoin, je mettrai un terme à l'existence de cette espèce de secte hérétique. Mais pour l'instant, je vais les laisser poursuivre leurs fadaises, car de toute façon ils n'aboutiront à rien et ça les tiendra occupés. Une fois que le sultan Baybars aura accepté la trêve que je veux lui proposer, je laisserai Everard et ses sous-fifres inexpérimentés promouvoir leur utopie futile, et pendant ce temps j'utiliserai les hommes et l'argent à leur disposition pour mes propres desseins. Je doute qu'ils aillent se plaindre. Après tout, je connais maintenant tous leurs secrets. Des secrets, nous le savons tous les deux, qu'ils n'ont aucun intérêt à divulguer au reste du monde.

— Vous proposez une trêve à Baybars ? demanda Garin, sentant son estomac se retourner.

— Bien entendu. Ainsi, nos hommes auront la possibilité de se regrouper et de reprendre la guerre contre les infidèles. Je ne viens pas ici pour faire la paix, mais pour réaliser le rêve de la Chrétienté. La trêve ne sera que temporaire. Nous prendrons le temps de rassembler nos forces, puis nous frapperons les Sarrasins de toute notre puissance.

Le visage d'Édouard avait pris des couleurs à l'évocation de son futur triomphe.

— Nous reprendrons Jérusalem et nous nettoierons ses rues comme nous l'avons fait la première fois que nous avons foulé ces rivages. Nous redeviendrons les gardiens de la Ville sainte, sur une terre qui nous appartiendra de plein droit.

Garin ferma les yeux.

— Tout ce que vous aviez à faire, c'était d'attendre et vous auriez été aussi bien servi. Quand je pense à toute cette vaine agitation...

— Mais aucun d'entre nous n'en savait rien, répondit solennellement Édouard. Pas à l'époque.

Sa voix s'était adoucie.

— J'ai toujours besoin d'hommes comme toi, Garin.

— Non, murmura le chevalier en sentant ses dernières forces s'évanouir et l'abîme se creuser sous lui. S'il vous plaît, partez.

— Je peux te faire sortir d'ici, t'obtenir le pardon. Tu pourrais revenir en Angleterre et revoir ta mère.

Garin rouvrit soudain les yeux.

— Ma mère ?

— Elle ne va pas très bien depuis un moment.

— Vous... vous l'avez vue ?

Édouard hocha gravement la tête.

— Elle vit toujours dans ce petit taudis pourri par l'humidité à Rochester. Tu pourrais lui donner la vie qu'elle a toujours souhaitée.

— Pourquoi feriez-vous cela ?

— Parce que je te connais mieux que tu ne te connais toi-même.

Garin essaya de refouler les larmes qui lui venaient.

— Non, c'est faux. J'ai changé.

— Toi et moi, Garin, nous sommes pareils. Je l'ai senti dès notre première rencontre. Nous savons tous les deux ce que nous voulons : le pouvoir, la richesse, les terres, le rang. Mais à la différence des autres hommes, à la différence de tous ceux qui partagent ces envies, nous sommes prêts à nous battre et à nous en emparer plutôt que de nous laisser traîner dans la poussière et de nier nos désirs. En cela, je crois que nous sommes bien plus honnêtes.

Garin secouait la tête.

— Le Temple ne me reprendra jamais. Le sénéchal fait partie de l'Anima Templi. Il ne me laissera jamais reprendre le manteau, il préférerait me voir mort. Il sait que j'ai essayé de voler le Livre du Graal.

— Tu n'es pas obligé d'être au Temple pour me servir. Comme je te l'ai dit, je souhaite étendre mon royaume dès que je serai installé sur le trône. J'aurai besoin d'aide à l'avenir, il y aura des tas de choses à faire, et très franchement tes talents ne te servent à rien dans cette geôle.

Édouard se leva et sa taille en imposa encore davantage à Garin, qui était blotti contre le mur.

— Je vois que tu es fatigué. Je te laisse y réfléchir. Je resterai en Acre jusqu'à ce que la trêve avec Baybars soit officielle, puis je retournerai en Occident afin de trouver les soutiens nécessaires à une nouvelle croisade. Je suis sûr que tu arriveras à me faire passer un message quand tu te seras décidé.

Il alla jusqu'à la porte et frappa. Tandis qu'on levait la poutrelle de l'autre côté, il posa les yeux sur le baquet de toilette.

— Et tu devrais demander à ce qu'on te débarrasse de ça, l'odeur est vraiment épouvantable.

Garin parvint tout juste à attendre que la porte se referme avant de s'effondrer.

45

Alep, Syrie

10 février 1272 après J.-C.

Confortablement assis, Baybars regardait Baraka Khan étudier des documents posés sur la table. Le front de son fils était plissé et sa mâchoire contractée en une attitude concentrée. Une agréable brise soulevait légèrement les parchemins. Baybars prit sa coupe de koumys et la vida. Il la reposa, un domestique approcha et la remplit avant de reculer à sa place. À travers les fenêtres leur parvenait le bruit des hommes réparant les portes de la citadelle endommagées quatre mois plus tôt, lors de l'attaque de la ville par les Mongols.

En octobre, un tumen envoyé d'Anatolie par l'Ilkhan de Perse avait fondu sur la ville, infligeant une défaite à la garnison laissée sur place par Baybars alors qu'il se trouvait avec l'essentiel de son armée à Damas, dans le sud, pour y attaquer des forteresses franques. Les Mongols avaient pris la citadelle en y semant la panique, même si leurs cavaliers avaient finalement tué assez peu d'hommes et détruit peu de bâtiments. Mais quand la troupe de dix mille hommes à cheval avait poursuivi son raid vers le sud et que les craintes de la population musulmane s'étaient transformées en terreur pure et simple, Baybars avait tourné son armée vers le nord pour la contrer. Dépassé en nombre, le tumen s'était finalement retiré en Anatolie.

Au moment où les Mongols attaquaient dans le nord, une compagnie de Francs dirigée par un prince anglais du nom d'Édouard, un homme dont Baybars avait souvent entendu parler au cours des derniers mois, avait conduit une attaque dans les régions du sud, aux environs de la plaine de Sharon. L'attaque en elle-même n'avait abouti à rien, mais elle avait donné à Baybars l'impression très nette qu'il ne fallait pas sous-estimer le prince. La tentative du roi Louis avait peut-être échoué, mais le frère du roi, Charles d'Anjou, était l'oncle d'Édouard, et malgré la relative cordialité des rencontres qu'il avait eues par le passé avec le roi de Sicile, ces deux hommes incarnaient pour Baybars la menace potentielle d'une nouvelle croisade.

Khadir l'avait également ressenti et lui conseillait d'agir prudemment vis-à-vis du prince.

— Il est peut-être jeune, avait marmonné le devin, mais c'est un lion. Je le vois.

— Ou c'est ce que tu entends à la cour, avait sèchement répondu Baybars.

— Il est comme vous, maître, quand vous étiez jeune.

Baybars vida le reste de son koumys et leva les yeux vers Baraka, qui bâillait lourdement.

— As-tu fini?

— Je n'y arrive pas, s'énerva Baraka en jetant sa plume au sol et en barbouillant d'encre les carreaux de faïence. Sinjar me donne des problèmes trop difficiles, il le fait exprès. Il sait très bien que je ne peux pas les résoudre!

— Il les choisit pour que tu apprennes, dit Baybars d'une voix lasse.

— Est-ce que je pourrais finir demain, père? demanda Baraka en se retournant pour regarder Baybars. Je voudrais aller à la chasse cet après-midi. Kalawun a dit qu'il m'y emmènerait.

— Tu pourras y aller quand tu auras terminé tes leçons.

— Mais, père...

— Pas de discussion! le coupa Baybars en posant avec violence sa coupe sur la table.

Face à l'irascibilité de son père, Baraka tressaillit et préféra replonger dans ses problèmes d'algèbre en soupirant d'un air résigné.

— Est-ce que je vous dérange, seigneur?

Baraka et Baybars se tournèrent et virent Kalawun sur le seuil. Il était presque aussi grand que le sommet des fenêtres. Il avait attaché ses cheveux noirs luisants, qui commençaient à blanchir autour des tempes, en une queue-de-cheval qui durcissait encore ses traits acérés, et il portait une cape bleu royal – la couleur de son régiment.

— Émir Kalawun! s'exclama Baraka en sautant sur ses pieds.

Il traversa la pièce en courant et lui prit la main.

— Venez, asseyez-vous avec moi. Aidez-moi à finir mes leçons.

Kalawun sourit au garçon.

— Je suis sûr que vous vous débrouillez très bien tout seul.

— Pas du tout, dit Baraka en faisant la moue, mais c'est parce que les leçons de Sinjar sont stupides.

— C'est un bon professeur, répondit doucement Kalawun. Vous devriez le tenir en meilleure estime. C'est lui qui m'a appris l'arabe quand je me suis enrôlé dans l'armée mamelouke.

Baraka lâcha sa main et regarda le sol d'un air morose. Soudain, son visage s'éclaira.

— Vous m'emmenez à la chasse, comme vous me l'avez promis?

— Si votre père est d'accord, dit Kalawun en jetant un coup d'œil à Baybars.

— S'il vous plaît, père, supplia Baraka.

— Va voir Sinjar et demande-lui de t'aider à terminer ton travail. Je veux discuter avec Kalawun en privé.

Baraka voulut protester, mais il retint ce qu'il avait sur le cœur. À la place, il alla à grands pas vers la table, ramassa ses papiers et se dirigea vers la sortie.

— Votre plume! lui cria Kalawun avant qu'il ne disparaisse.

— Les domestiques iront m'en chercher une autre, répondit le garçon avec mauvaise humeur. C'est à ça qu'ils servent.

Kalawun le regarda partir, puis il se tourna vers Baybars.

— Vous m'avez fait demander, seigneur?

Le sultan se leva d'un air fatigué et se dirigea vers un grand coffre.

— On dirait bien que mon fils t'aime plus que moi, maintenant.

Il lança un bref regard à Kalawun, puis il souleva le couvercle du coffre et en sortit un rouleau de parchemin.

— Il est plus facile pour lui de m'aimer, seigneur. Ce n'est pas moi qui fais preuve d'autorité à son égard.

Baybars lui tendit le rouleau et se rassit. Kalawun le déroula et commença à le déchiffrer.

— Les Francs proposent une trêve..., murmura-t-il tout en lisant. Quand avez-vous reçu cette offre?

— Hier.

— En avez-vous déjà parlé à quelqu'un?

— Tu es le premier, répondit Baybars en secouant la tête.

— C'est signé par le roi de Sicile.

— Oui. Comme il l'explique dans la lettre, Charles d'Anjou veut servir d'intermédiaire entre les Francs et moi car il craint les répercussions des opérations menées par le prince Édouard. Il pense sans doute, je suppose, que nos bonnes relations antérieures aideront à me faire accepter cette proposition.

— Ils n'exigent rien d'excessif en contrepartie, dit

Kalawun en survolant les termes de l'offre. Ils demandent seulement à conserver leurs positions actuelles.

— Il est évident qu'ils voient cela comme une option temporaire. Si les Francs voulaient vraiment la paix, ils partiraient. Ils ne resteraient pas ici, à négocier avec moi.

— Les Mongols sont plus menaçants que les Francs, répondit Kalawun au bout d'un moment. Nous avons repris la plupart des terres qui appartenaient aux Francs et il leur sera impossible de réunir une force suffisante pour s'opposer à nous dans un futur proche. Même s'ils ne souhaitent pas faire durer la paix éternellement, ce pourrait être dans notre intérêt d'accepter.

— Je n'ai jamais eu l'intention de faire la paix avec les Francs, fit Baybars d'une voix grave. Je disais toujours à Omar que nous ne nous déferions jamais de l'influence de l'Occident en usant de clémence, comme le fit Saladin en son temps, c'est-à-dire en ouvrant des négociations avec eux.

Il se leva et alla se placer devant la fenêtre.

— Pour le bien de notre peuple, raisonna Kalawun, nous devons parfois trouver des compromis. Nous ne devrions pas diviser nos forces contre deux armées alliées, même si l'une est considérablement affaiblie. Surtout quand on nous offre un peu de répit.

— Le bien de notre peuple, tu dis? Je ne sais plus ce qu'est le bien. Pas depuis qu'Omar... depuis qu'il est mort.

Cela faisait six mois que Baybars avait enterré l'officier. Les deux Assassins avaient été brûlés sans cérémonie, ainsi que leur voiture. On avait retrouvé les deux artistes qui devaient à l'origine se produire durant la fête de fiançailles dans une pension en ville. À en juger par l'état de décomposition de leurs cadavres, ils étaient morts depuis un bon moment. Depuis assez longtemps en tout cas pour que les deux Assassins aient eu le temps de répéter leur spectacle. Baybars avait ensuite complètement anéanti la secte, mais bien que sa revanche eût été assouvie, personne ne pouvait prendre dans son cœur la place qu'y occupait Omar. Et ce vide n'avait fait que s'accentuer au fil des mois. Il lui arrivait encore de convoquer Omar; les domestiques lui rappelaient alors avec nervosité que son ami n'était plus là.

— Je ne saisissais pas à quel point j'avais besoin de lui, reprit-il. Je ne crois pas le lui avoir jamais dit. Ses conseils me manquent.

— S'il avait été là, que pensez-vous qu'Omar vous aurait suggéré, seigneur? lui demanda Kalawun.

Baybars sourit légèrement.

— Il m'aurait conseillé d'accepter. C'était un guerrier, mais au fond il ne supportait pas la guerre. Il essayait de ne pas me le montrer, mais c'était évident.

Le sourire de Baybars s'évanouit.

— Et toi, Kalawun? Ton conseil serait-il le même?

— Oui, seigneur.

Baybars garda le silence quelques instants. Puis, il se détourna de la fenêtre.

— Alors, qu'il en soit ainsi, dit-il abruptement. Envoie un messager en Acre annoncer aux Francs que j'accepte. Je vais leur donner la paix qu'ils réclament. Pour le moment.

À la nuit tombée, Baybars quitta la citadelle et marcha à travers la ville, vêtu d'une cape sombre et d'un turban. Deux guerriers bahrites le suivaient discrètement, à quelque distance, portant chacun une torche.

Quand il atteignit la grange, Baybars ordonna aux deux guerriers de l'attendre dehors et il y pénétra seul. Les dernières fois qu'il était venu, il avait découvert les signes d'une présence. Des enfants, avait-il supposé en voyant les dessins au charbon sur le sol. Les pétales d'hibiscus qu'il entassait à chacune de ses visites avaient été éparpillés. Il ne lui apportait pas de fleurs ce soir. Les mains vides, il s'agenouilla sur la terre sèche et ferma les yeux. Il la revit telle qu'elle était trente ans plus tôt. Le temps qui passait et la guerre avaient épargné son visage. Elle avait toujours seize ans, elle les aurait toujours, sa peau lisse ne porterait jamais de ride et ses cheveux seraient toujours d'un noir brillant. Elle riait, plongeait ses mains dans un seau et l'aspergeait tandis qu'il coupait du bois dans un coin de la grange. Sa poitrine était couverte de récentes marques de coups de fouet. Elle le fit rire, puis il finit par apercevoir une ombre derrière la porte. Il ne voulait pas savoir depuis combien de temps leur maître se tenait là, à les observer.

Baybars ouvrit les yeux mais l'image demeura : la croix rouge sur le manteau blanc du chevalier. Comme une marque au fer rouge sur sa rétine. Il toucha ses lèvres du bout des doigts, puis les posa sur le sol.

— Il faut que je me repose, mon amour, avant de terminer ce que j'ai commencé. Je suis fatigué. Si fatigué.

Baybars s'attarda encore un peu, puis il se leva et ressortit.

— Brûlez-moi tout ça, dit-il aux deux Bahrites qui l'attendaient.

Il s'arrêta pour prendre une fleur dans le buisson d'hibiscus à l'extérieur avant de partir.

Dans son dos, les flammes commencèrent à monter vers le ciel.

46

Le Temple, Acre

15 mai 1272 après J.-C.

Assis à sa table de travail, Everard taillait le bout d'une plume avec un petit couteau. À cause de ses yeux affaiblis, il devait se concentrer pour effectuer cette tâche délicate. Will entra mais il ne leva pas la tête.

— Tu les as ?

Everard donna un dernier coup de couteau à la plume et la laissa retomber sur la table au moment où Will y déposait une bourse en cuir. Le prêtre défit les cordons et étala le velours jusqu'à obtenir une surface plane. Les rayons du soleil entrant par la fenêtre firent scintiller la poignée de pierres : cinabres, agates, malachites et lapis-lazulis

— Magnifique. L'encre que je vais en tirer durera mille ans.

Everard leva les yeux sur Will en refermant la bourse.

— Je les réduirai en poudre demain. Merci. Je serais bien allé moi-même au marché, mais... j'ai à peine la force de sortir de mon lit en ce moment.

Il se leva avec difficulté et claudiqua vers son armoire.

— Je veux aller à Césarée, Everard.

— Quoi ? fit Everard en se retournant.

— Je veux y emmener le traité.

Le prêtre rangea la bourse sur une étagère et referma l'armoire.

— Comment en as-tu entendu parler ? Ça n'a même pas encore été annoncé.

— On a demandé à Robert de Paris d'y aller.

Everard secoua la tête.

— Eh bien, peu importe comment tu es au courant, c'est hors de question.

— Pourquoi ? demanda Will d'une voix calme, et même plate, car il ne voulait pas que son envie soit trop visible.

Everard fronça les sourcils.

— Tu sais très bien pourquoi, je pense. Tu as engagé des Assassins pour le tuer, par Dieu !

— C'est pour cette raison que je veux y aller.

— Parce que tu as échoué la première fois ?

Everard avait pris un ton ironique, mais son visage révélait son inquiétude. Il fit un petit geste de la main, comme pour écarter le problème d'une chiquenaude.

— Et de toute façon, reprit-il, la compagnie qui va emmener le traité de paix à Baybars a déjà été choisie.

— Je sais qu'Édouard vous écoute. Demandez-lui de m'affecter à cette mission. Dites-lui que vous voulez qu'un membre de l'Anima Templi fasse partie de l'expédition. En plus, je suis un des rares hommes de la garnison à savoir parler arabe.

Comme le prêtre continuait à secouer négativement la tête, Will poursuivit rapidement son argumentation.

— Je veux faire amende honorable, Everard. Je veux prouver que je pensais ce que j'ai dit le jour où nous avons discuté sur les remparts, quand vous m'avez parlé de Kalawun. Je veux participer au travail que mon père a commencé.

— Je sais, je sais, dit Everard comme si ça n'était pas la peine de raconter tout cela.

— Alors, pourquoi me faire courir un peu partout

depuis, comme si j'étais un garçon de course, au lieu de me faire collaborer aux travaux de l'Anima Templi?

Everard fixait Will sans dire un mot.

— Parce que vous n'avez pas confiance en moi, répondit Will à sa place.

— Ce n'est pas vrai.

— Si, affirma Will. Et je ne vous en veux pas. Mais ça fait six mois, Everard! Je veux aider, mais je reste ici à perdre mon temps. Si vous ne voulez pas de moi, dites-le. Mais si ce n'est pas le cas, laissez-moi faire mes preuves. Donnez-moi l'opportunité de me racheter pour ce que j'ai fait.

Au bout d'un moment, Everard hocha légèrement la tête.

Will sentit l'espoir renaître en lui, mais il déchanta dès que le prêtre reprit la parole.

— Tu as raison. Je t'ai mis à l'écart de certaines tâches à cause de ce que tu as fait, mais pas pour te punir. J'étais simplement prudent. Si tu partais pour cette mission, non seulement tu te retrouverais face à face avec un homme dont tu souhaitais tellement la mort que tu as trahi tout le monde, mais tu serais en danger. Tu sais combien d'hommes nous avons déjà envoyés traiter avec Baybars au fil des ans, et combien il en est revenu. Il pourrait très bien utiliser cette proposition pour nous prouver que la paix avec nous n'a aucun sens pour lui, et dans ce cas il égorgera tous les hommes et nous enverra leur tête dans un panier!

Everard se rassit sur sa chaise.

— Et même si tu me pousses prématurément vers la tombe avec tous tes excès, j'aime ta tête où elle se trouve, William.

— Je ne crois pas que le sultan fera ça, répondit Will. Ce serait mesquin. Et on peut dire tout ce qu'on veut de Baybars, mais il n'est pas mesquin. Quoi qu'il en soit, je veux y aller.

Will gardait encore son calme, mais il ne cachait plus sa détermination.

— Je ne vous ai jamais rien demandé, Everard. Pour une fois, je vous le demande. Laissez-moi y aller.

Everard prit la plume et le couteau, puis il les reposa avec un soupir d'irritation.

— Tu me jures que tu ne feras rien de stupide?

Avant que Will ait eu le temps de répondre, il leva la main.

— Non, jure-le au nom de ton père!

— Je le jure, Everard, dit Will en soutenant son regard. Je ne vous décevrai pas une autre fois.

Au bout d'un long moment, Everard opina.

Les écuries étaient étouffantes, l'air confiné et la chaleur aggravant la puanteur du fumier. Simon portait des sacs d'avoine au grenier et la sueur lui dégoulinait sur le visage. Il devait sans cesse agiter la tête dans tous les sens pour se débarrasser des mouches qui le harcelaient en vrombissant en cercle autour de lui. Ses muscles lui faisaient mal et ses joues, déjà brunies par le soleil, avaient pris une teinte rougeaude sous l'effort. Il laissa tomber un sac et se pencha pour prendre une cruche d'eau au sol.

— Simon?

La voix le fit se redresser si rapidement qu'il se cogna la tête contre une mangeoire. Il poussa un juron, lâcha la cruche qui explosa en mille morceaux et se retourna, une main sur la tête.

Dans l'entrée, la silhouette à contre-jour était celle d'une grande femme à la chevelure blonde. Simon avait reconnu sa voix avant même de se retourner, mais il reçut quand même un choc en la voyant là, bien réelle, dans sa robe rose. C'était une vision qu'il avait à la fois espérée et redoutée chaque jour depuis quatre ans.

— J'ai reçu ta lettre, dit Elwen.

Elle avait l'air plus mature, plus calme.

— Je ne pensais pas que tu viendrais.

— Moi non plus. Pendant longtemps. Mais j'ai toujours voulu voir la Terre sainte.

Essuyant ses mains sur sa tunique, Simon s'approcha timidement d'elle.

— Comment es-tu venue ici?

— Sur le bateau d'un marchand.

— Et la reine t'a laissée venir?

— C'est elle qui m'y a poussée. Quand le corps du roi Louis est arrivé à Paris et que nous l'avons enterré, le palais est devenu un lieu de deuil. Beaucoup de domestiques sont partis parce qu'ils ne pouvaient supporter d'y rester sans lui. Puis j'ai reçu ta lettre, et... je l'ai déchirée. Mais j'ai gardé les morceaux, je ne sais pas pourquoi. Un jour, la reine les a trouvés et elle m'a demandé de lui raconter toute l'histoire.

Simon rougit à l'idée que la reine connaissait son secret.

— Elle m'a dit que je devais venir, continua Elwen. D'après elle, je ne dois pas gâcher ma seule chance de trouver l'amour parce c'est quelque chose de trop rare dans cette vie. Je ne sais pas si ça convient à la situation : Will est chevalier et je sais qu'il ne peut pas...

Elwen blêmit et laissa passer quelques secondes, le temps de se reprendre.

— Je voulais juste te dire que j'ai eu ton message, dit-elle finalement en l'étudiant de ses yeux verts. Et que je comprends pourquoi tu as fait ce que tu as fait.

Simon détourna le regard.

— Tu veux voir Will? demanda-t-il simplement.

— Il est ici? Je ne savais pas si...

Elle s'interrompit de nouveau, puis elle prit une profonde inspiration.

— Je pense. Oui, ajouta-t-elle aussitôt avec davantage de conviction. Oui, je veux le voir.

Elle regarda par-dessus son épaule vers la porte principale, où plusieurs sergents montaient la garde.

— Mais je ferais peut-être mieux de ne pas trop attirer l'attention sur moi, dit-elle en souriant malicieusement.

J'ai dit aux sentinelles que j'étais la nièce du grand maître pour qu'ils me laissent entrer…

Simon reconnut un instant la fille espiègle et audacieuse qui avait embarqué à bord de l'*Endurance* des années plus tôt.

— Très bien.

Il fit un tour d'horizon des écuries, qui étaient désertes. La plupart des sergents étaient dans la Grande Salle pour le repas du midi, mais ils auraient terminé d'un moment à l'autre. Simon se dirigea vers la réserve où étaient entreposées les selles.

— Cache-toi ici si tu veux, dit-il en ouvrant la porte. Je vais aller chercher Will pour…

Sa voix se brisa et il dut se racler la gorge à plusieurs reprises pour pouvoir continuer.

— Je vais te l'amener.

Elwen l'observa tandis qu'il parlait. Il remuait, mal à l'aise, ses bras puissants et musculeux pendant maladroitement le long de son corps, les poings serrés et les yeux baissés, incapable de croiser son regard. Elle pouvait lire sur son visage la lutte qui se jouait entre ce qu'il lui disait et ce qu'il éprouvait. Elle se sentit comme une voleuse.

— Merci, dit-elle doucement, en espérant que cela suffisait.

Will était en chemin vers les quartiers des chevaliers quand il vit Simon marcher lourdement à travers la cour. Le palefrenier l'aperçut également et s'arrêta net, puis il leva légèrement la main à son intention. Quatre jeunes sergents hilares s'interposèrent entre eux. Quand ils furent passés, Will découvrit l'expression maussade de Simon. La cour se remplissait peu à peu d'hommes et de jeunes gens, le repas de midi ayant pris fin. Will alla vers son ami.

— Qu'est-ce qui cloche?

— Rien, répondit immédiatement Simon en souriant.

Will arqua les sourcils, il était évident que son ami se forçait à paraître gai.

— À te voir, j'aurais pourtant juré que quelqu'un venait de mourir.

— Non, tout va bien. C'est... je viens juste de recevoir un choc, c'est tout.

— Un choc ?

— Will.

Ils se tournèrent tous deux et virent Robert qui s'approchait. Le soleil avait décoloré ses cheveux blonds noués en queue-de-cheval, ils étaient maintenant presque aussi blancs que son manteau.

Robert fit un salut de la tête à Simon puis il passa ses bras sur les épaules de Will en un geste amical.

— Es-tu allé voir Everard ?

— Oui.

— Et ?

— Il a accepté d'en parler à Édouard.

— Bien, dit Robert en souriant. Nous irons donc ensemble voir l'Arbalète.

— Will, murmura Simon. Il faut qu'on y aille.

Will lui jeta un regard distrait.

— Dis-moi juste de quoi il s'agit.

Simon allait dire quelque chose, mais il se ravisa.

— Je pense qu'il vaut mieux que tu viennes voir par toi-même, dit-il d'un air résolu.

Puis il se tourna et repartit d'où il était arrivé. Will adressa un sourire étonné à Robert.

— Il a dû travailler trop longtemps au soleil, je pense. On parlera ensemble tout à l'heure.

— Je serai à l'armurerie, dit Robert.

— Attends-moi, cria Will en suivant le palefrenier.

Simon ne ralentit pas, continuant au même rythme en direction des écuries. En approchant de celles-ci, Will s'arrêta un instant.

— Simon, dit-il d'une voix qu'il voulait à la fois aimable et ferme.

Le palefrenier se retourna.

— Je n'ai pas le temps de jouer. Dis-moi de quoi il s'agit, j'ai des choses à faire.

— Viens simplement un moment, insista Simon en disparaissant à l'intérieur.

Will soupira d'un air irrité, puis il entra à son tour. Simon se tenait devant la réserve, presque invisible dans la pénombre. Il ouvrit la porte puis recula. Will fronça les sourcils, la bizarrerie de son ami le rendant mal à l'aise, puis il s'approcha. Mais en voyant la femme se retourner, il s'arrêta sur le seuil, pétrifié. De petits rayons de soleil obliques traversaient le mur du fond, l'entourant d'un fragile halo de lumière dorée. La bouche de Will s'assécha, bloquant les milliers de mots qui tourbillonnaient dans son cerveau et qui demandaient tous à sortir en même temps. Quand la bousculade initiale des exclamations fut dispersée, quand ses pensées chaotiques se retirèrent comme une vague qui reflue, il ne lui resta plus qu'un seul mot. Et ce mot qui était un nom, il le prononça d'une voix étrange, calme, qui ne lui ressemblait pas.

— Elwen.

Elle sourit légèrement.

— Bonjour, Will Campbell.

Will s'avança d'un pas sans remarquer la porte que Simon fermait doucement derrière eux.

Le silence enfermait les deux anciens amants dans un cocon intime. La pièce étroite, dont l'air chaud puait le cuir et le fumier, sembla s'élargir. Le sentiment qu'il éprouvait était si intense que Will ressentit un vertige.

Il constata qu'il ne respirait plus et qu'il n'avait pas quitté Elwen des yeux depuis qu'il était entré dans la réserve. Il se déplaça et se força à détourner le regard. Au bout de quelques secondes, il reprit ses esprits et reconnut l'environnement habituel où il se trouvait.

— Comment vas-tu? demanda Elwen en le regardant.

Will secoua la tête.

— Bien.

Il se dandina d'un pied sur l'autre et releva les yeux sur elle.

— Et toi?

— Je vais bien.

Soudain, Will fit plusieurs pas dans sa direction, les yeux plantés dans les siens.

— Elwen, je n'ai jamais voulu partir de cette façon, affirma-t-il. Je n'ai jamais voulu que les choses prennent cette tournure, que ça se passe comme ça.

— Pourquoi es-tu parti, dans ce cas? répondit-elle d'une voix grave, accusatrice. Pourquoi étais-tu avec…

Elle s'interrompit, détourna un instant les yeux mais les reporta aussitôt sur lui.

— Pourquoi étais-tu avec cette fille? demanda-t-elle en braquant sur lui un regard farouche.

Will poussa un profond soupir en se grattant le front.

— Tu te rappelles le livre qu'Everard t'avait demandé de voler pour lui?

— Celui du troubadour? Bien entendu.

— Et tu te souviens que j'ai dû partir à la poursuite de quelqu'un qui nous l'avait repris?

— Oui, murmura-t-elle, tu me l'as dit quand nous nous sommes vus au palais. Quand tu m'as demandé de devenir ta femme.

Will étudia le plafond, le temps de récapituler mentalement le cours des événements.

— Ce soir-là, alors qu'Everard et moi nous préparions à partir, Garin de Lyons m'a envoyé une lettre en prétendant qu'elle venait de toi. Cette lettre me disait de me rendre à l'auberge pour t'y retrouver. J'ai été capturé par un homme qui voulait lui aussi le livre. Garin et lui m'ont fait dire où il se trouvait et Garin m'a drogué. Puis il est parti en m'abandonnant sur le lit.

— Garin? s'étonna Elwen, le visage exprimant à la fois la confusion et la colère.

Simon ne s'était pas épanché dans la lettre qu'il lui

avait envoyée. Il lui avait simplement dit qu'il lui avait menti, que Will avait été drogué.

— Pourquoi aurait-il fait une chose pareille? lui demanda-t-elle.

— L'homme qui m'a capturé l'y a forcé, répondit Will. Mais ça n'a plus d'importance. Cet homme est mort, et Garin en prison. Tout ce que je veux que tu saches, c'est que je n'étais pas là de mon plein gré.

— Et la fille? Comment as-tu pu la laisser faire ça? Tu pouvais sans doute l'empêcher. Elle était jeune et toi...

— La laisser faire ça? la coupa Will. Je n'ai *rien* laissé faire du tout.

Sa voix était dure et froide. Il se tut un instant, le temps de se calmer, avant de poursuivre.

— J'étais drogué. Je n'étais pas conscient de ce qui m'arrivait. Je ne me rappelle pas de tout.

Il fronça les sourcils, soit qu'il essayât de retrouver ses souvenirs, soit qu'il les empêchât au contraire de refaire surface.

— Je pense que pendant un moment, j'ai cru que c'était toi. La potion pour me faire dormir, en plus du fait que j'étais venu pour te voir, c'est à cause de ça, je pense. Et quand j'ai compris que ce n'était pas toi, il était trop tard : j'étais paralysé, je ne pouvais même pas parler.

Elwen avait encore des questions.

— Si tout ça est vrai, pourquoi n'es-tu pas venu m'en parler? Pourquoi es-tu parti sans aucune explication?

Ses yeux s'étaient remplis de larmes et elle se tourna brusquement. Will voulut s'approcher d'elle, mais il en était incapable.

— Le lendemain matin, dès que j'ai appris ce qui m'était arrivé, j'ai voulu te voir. Everard m'en a dissuadé. Je... je ne sais pas pourquoi je l'ai écouté. Je ne me rappelle plus vraiment. Je pense que je nageais en pleine confusion. Il m'a raconté ce qu'avait fait Garin et...

— Tu voulais te venger plus que tu ne me voulais, moi, dit-elle en pivotant pour lui faire face.

Mais le ton de sa voix n'était plus accusateur, elle se bornait à énoncer un fait.

— Je ne peux pas t'expliquer dans quel état j'étais, c'est comme si j'avais été privé de ce choix, répondit difficilement Will, et que j'avais constaté que les mots ne pouvaient pas suffire à exprimer ce que j'éprouvais. Je me sentais impuissant, comme si quelque chose avait déteint sur moi... comme si une maladie, ou quelque chose de mauvais, s'était insinué en moi. Je n'aurais pas pu vivre avec ça, Elwen. Quand nous nous sommes jetés aux trousses de Garin, je suis tombé malade. Nous avons dû rester trois mois à Orléans. J'ai failli mourir. Le temps que je me rétablisse, Garin et le livre étaient déjà partis pour la Terre sainte, Simon nous avait trouvé un bateau et je savais qu'il fallait que j'aille au bout de cette histoire, même si j'avais terriblement envie de te revoir. Je devais retrouver mon honneur.

— Pourquoi ne m'as-tu pas écrit? dit-elle après un long silence.

— J'ai essayé. J'ai commencé cent lettres mais je n'ai jamais réussi à en finir aucune. Puis le temps a passé et je me suis dit que tu t'étais mariée, que tu avais fondé une famille, que tu étais heureuse. Je ne voulais pas te blesser, ou faire intrusion dans ta vie alors que je ne savais pas ce que tu étais devenue. Et j'avais peur, aussi. Je me suis comporté comme un idiot.

— Oui, en effet.

Elwen pinça les lèvres, puis elle lui sourit. L'expression de son visage le surprit.

— Tu te rappelles que nous parlions de la Terre sainte quand nous étions jeunes?

Will opina, l'air morose, mais le sourire d'Elwen s'élargit.

— Quand j'étais une jeune fille et que je vivais au palais, à Paris, je rêvais souvent qu'un jour nous irions là-bas tous les deux. L'hiver, quand il y avait du brouillard, je fermais les yeux et je nous imaginais sur le balcon en marbre d'un palais doré, aux murs et aux plafonds couverts de joyaux, avec la mer la plus bleue qu'on puisse imaginer s'étalant à nos pieds.

Elwen avait presque fermé les yeux.

— Tu portais une cape de chevalier et une armure polie, et moi une robe blanche en soie. Tu me prenais dans tes bras et tu me disais que tu m'aimais. Je me suis endormi en rêvant de cette scène pendant des années.

Elwen ouvrit les bras en désignant la réserve étroite à l'odeur immonde, avec la paille au sol et les toiles d'araignées sur les murs fissurés. Puis elle rit. C'était un rire mélodieux et doux, sans ironie ni amertume.

Will la regarda et un sourire timide naquit aux commissures de ses lèvres. Il essaya de le réprimer mais n'y parvint pas, et il partagea bientôt son hilarité. Puis, semble-t-il sans qu'aucun des deux n'ait bougé, elle fut dans ses bras. Et ils riaient, sanglotaient et se cramponnaient l'un à l'autre. Puis ils se séparèrent, et chacun fut embarrassé par cet étrange débordement.

— Je ne sais même pas comment tu es arrivée ici, dit Will.

— C'est une longue histoire, répondit-elle en s'essuyant les yeux du revers de la main. Je te raconterai une autre fois. Pour faire court, je suis venu avec un marchand. Un Vénitien.

— Tu as un endroit où rester ?

— Oui, avec lui.

Elwen surprit l'air contrarié de Will et sourit.

— C'est un fournisseur du palais, à Paris. À la demande de la reine Marguerite, il m'a offert un travail et un logement ici. Il a une fabrique de tissus dans le quartier vénitien. C'est un homme bon, et sa femme aussi. Ils ont trois filles avec qui je m'entends bien.

Will lui rendit son sourire. Dehors, une cloche sonna. Il regarda par-dessus son épaule, comme si on l'appelait en personne.

— J'aimerais bien qu'on puisse parler plus longtemps, mais...

— Je sais, le coupa Elwen. Il vaut mieux que je parte. Je comprends.

— Non, tu ne comprends pas. Écoute, Elwen, je vais probablement partir. Ce ne sera que pour quelques jours, j'espère. Mais je dois vraiment y aller. Je suis désolé.

Elwen hocha la tête.

— Après ça, poursuivit Will, nous aurons davantage de temps pour parler.

Il baissa les yeux sur son manteau.

— Je ne sais pas ce que nous... enfin, je ne sais même pas si...

Elwen l'arrêta en posant un doigt sur ses lèvres.

— Ce n'est pas la peine de dire quoi que ce soit. Nous ne sommes pas obligés de penser déjà à la suite. C'est encore bizarre pour moi de me retrouver ici. J'ai besoin de temps, moi aussi.

Elle passa devant lui, puis s'arrêta, se mit sur la pointe des pieds et lui déposa un baiser sur la joue.

— Je te verrai à ton retour.

Quand elle fut partie, Will resta seul un long moment. À l'endroit où elle l'avait embrassé, sa joue le brûlait.

47

Le Temple, Acre

20 mai 1272 après J.-C.

— Faites attention. Ma signature est à peine sèche.

Will prit le rouleau que le prince Édouard lui tendait. Il l'inséra dans un étui qu'il glissa dans sa sacoche. En nouant la sangle, il sentit le poids de la responsabilité peser sur lui. Everard n'avait pas seulement sollicité le prince pour qu'il le laisse se joindre à la compagnie, il lui avait demandé que Will la dirige.

— Êtes-vous certain que nous envoyons assez de troupes, monseigneur ?

Édouard se tourna vers le grand maître de l'Hôpital.

— Nous n'avons aucune raison de craindre un combat, maître de Revel.

— Nous n'en savons rien. Et même si Baybars a l'intention d'honorer sa promesse, il y a deux jours de voyage jusqu'à Césarée. Les Bédouins utilisent cette route. Ils pourraient attaquer une aussi petite troupe pour la détrousser.

— J'en doute, fit la voix profonde de Thomas Bérard, grand maître du Temple.

Édouard et Revel se tournèrent en le voyant arriver.

— De plus, frère, ajouta-t-il à l'intention du maître

hospitalier, nous ne voulons pas passer pour belliqueux. C'est un traité de paix, après tout.

Hugues de Revel ne parut pas totalement convaincu par ses arguments, mais il acquiesça d'un bref hochement de tête.

— Je m'assurais juste que nous avions pris nos précautions, frère. Nous ne pouvons nous permettre aucun incident.

Tous trois se tournèrent vers Will, qui inclina la tête.

— Il n'y en aura pas, maîtres.

Les grands maîtres de l'Hôpital et du Temple semblèrent satisfaits et ils s'éloignèrent pour discuter avec les autres dignitaires du gouvernement d'Acre venus assister au départ de la compagnie.

Édouard s'attarda un instant.

— Bonne chance, Campbell, dit-il avant de s'éloigner.

Will regarda le prince se diriger vers trois chevaliers royaux qui préparaient leur monture.

Le plan d'Édouard pour faire régner la paix en Terre sainte s'était jusqu'ici déroulé mieux qu'on n'eût pu le prévoir. Will savait également qu'il était responsable de la sortie de prison de Garin. Après quatre ans de détention, le chevalier avait soudainement été libéré trois jours plus tôt. Il était venu trouver Will pour lui faire ses adieux avant de quitter la commanderie par la porte des domestiques, pâle, faible et banni à jamais de l'ordre du Temple. Quand Will avait demandé à Everard ce qui l'avait fait changer d'avis, le prêtre lui avait répondu : *notre Gardien*. À ce qu'il semblait, lors de sa visite des geôles, Édouard avait été ému par la situation critique du chevalier et il l'avait pris en pitié. Quelques mois plus tard, il avait parlé avec Everard et le sénéchal et, en découvrant les raisons de son emprisonnement, il avait proposé de ramener Garin en Angleterre avec lui. Le prince avait déclaré que le chevalier l'aiderait à un poste de secrétaire dans son travail au service de l'Anima Templi. Ce serait un labeur prenant et il aurait peu de liberté, mais là au moins ses connaissances pourraient être utiles au Cercle, avait argumenté Édouard. Personne n'avait rien à gagner à le laisser croupir au fond d'un trou. À la suite de ce plaidoyer, Everard, que Will avait à plusieurs reprises imploré sans succès de reconsidérer la cruelle sanction, s'était laissé fléchir.

Bien qu'il n'eût aucune raison de douter des motivations du prince, il y avait toujours quelque chose chez Édouard qui rendait Will mal à l'aise comme face à une colonne de fumée s'élevant d'une forêt, ou une ombre inquiétante portée sur un mur.

— William.

Will se retourna. Everard avançait clopin-clopant dans sa direction, la capuche rabattue sur la tête malgré la chaleur.

— Prends-en grand soin, murmura le prêtre en désignant du menton la sacoche.

— Ne vous inquiétez pas.

— Notre espoir à tous est entre tes mains.

Will fut surpris de voir des larmes baigner les yeux d'Everard. Le visage desséché du prêtre exprimait l'angoisse.

— Peut-être devrais-je vous accompagner? dit-il en jetant un regard aux chevaliers réunis dans la cour, qui attachaient des gourdes d'eau à leur ceinture, ajustaient leur heaume et leur épée.

Outre les hommes d'Édouard, Will irait à Césarée avec six Templiers, quatre Hospitaliers et trois Teutoniques : une démonstration de force et d'unité par lequel ils prouveraient qu'ils parlaient au nom de toute la Chrétienté.

— Everard, lui répondit Will d'une voix ferme, je ferai en sorte que le traité arrive à destination. Je vous le promets.

Le visage ridé du prêtre s'éclaira d'un sourire.

— Je sais, William, je sais, dit-il en se reculant pour le laisser monter à cheval.

Will se mit en selle et trotta pour rejoindre Robert de

Paris et les autres chevaliers. Simon et Robert étaient en train de parler.

Le palefrenier sourit à Will en le voyant arriver.

— Je t'ai trouvé une gourde, dit-il en la tendant à son ami.

— J'en ai déjà une, répondit Will en montrant sa sacoche.

— Oui, fit Simon en secouant la tête, évidemment.

— Mais ça ne peut pas me faire de mal d'en prendre deux, ajouta Will en le voyant partir tête basse. Passe-la-moi, s'il te plaît.

Simon revint et lui donna la gourde. Tandis que Will l'attachait à sa sacoche, Simon passa ses pouces dans sa ceinture et souffla en gonflant ses joues.

— Eh bien, bonne chance alors.

Will éclata de rire en levant les yeux au ciel.

— Pourquoi tout le monde agit-il comme si nous n'allions pas revenir? Nous ne devons vraiment pas inspirer confiance!

— Je n'ai rien dit de tel, protesta Simon.

Will lui sourit chaleureusement.

— Nous nous reverrons dans quelques jours.

Césarée, 22 mai 1272 après J.-C.

La cité de Césarée était dévastée. Les décombres des bâtiments en ruine s'entassaient çà et là et les grandes arches de la cathédrale s'élevaient vainement dans le ciel, le dôme qu'elles avaient soutenu ayant disparu. La suie, le sable et la poussière s'étaient répandus dans les rues désertes, à travers les colonnades et à l'intérieur des maisons, couvrant tout d'une couche de poudre grisâtre.

Regardant du haut d'une colline le résultat d'une de ses campagnes, Baybars sentit le vide de la ville l'oppresser. Il se tourna vers Kalawun, qui montait à ses côtés.

— Nous établirons notre camp à l'intérieur des murs.

Envoie des éclaireurs pour t'assurer que personne ne nous a précédés, puis poste des gardes aux entrées. Nous leur montrerons que nous les attendons à leur arrivée.

— Oui, seigneur, acquiesça l'officier.

— Autre chose, Kalawun.

— Seigneur ?

— Quand ils arriveront, tu iras à leur rencontre. Dis aux gardes de les maîtriser et amène-moi le chef. J'insiste : uniquement le chef. Nous devons être prudents, Kalawun. Nous n'en avons pas encore complètement fini avec les Francs. Encore un coup et ils partiront pour de bon, mais il faut toujours se méfier des bêtes acculées. Ils peuvent voir la signature du traité comme une opportunité de me frapper directement.

Ses yeux se durcirent à l'évocation des Assassins et de la tentative de meurtre à laquelle il avait échappé.

— Fais en sorte que cela ne se produise pas.

— Bien sûr, seigneur.

La soirée ne faisait que commencer quand Will et les chevaliers arrivèrent à proximité de la ville anéantie. Le soleil ornait d'ambre les toits éventrés et les arcades et, au loin, la mer se brisait contre le rivage en soupirs monotones. Des oiseaux de mer tourbillonnaient au-dessus de leur tête, troublés par l'intrusion des chevaliers. Les hommes entrèrent en silence dans la cité aux murailles détruites, les sabots de leurs chevaux résonnant lourdement dans la quiétude qui les environnait. Will eut l'impression de pénétrer dans une tombe, ou une église, un lieu sacré où le son de voix humaines eût été irrévérencieux.

— Curieux endroit pour signer un traité de paix, remarqua Robert à voix basse.

Will ne lui répondit pas. Pour lui, il n'y aurait pu avoir de meilleur endroit. Voilà ce que nous avons vécu, disait Césarée ; voilà ce que nous pourrions vivre, répondait le parchemin dans sa sacoche.

— Nous ne sommes pas seuls, lui glissa à l'oreille l'un des hommes d'Édouard.

À cet instant, Will perçut un éclair lumineux dans l'angle de son champ de vision. Monté sur un cheval de guerre, dans une brèche entre deux bâtiments à moitié démolis, se trouvait un guerrier mamelouk. Il portait l'uniforme des Bahrites, la garde royale de Baybars. Les chevaliers continuèrent à avancer au pas, dépassant le guerrier qui jeta sur eux un regard morne. Au bout d'un moment, Will regarda par-dessus son épaule et s'aperçut que le guerrier était sorti de la brèche. Will sentit un frisson de peur le parcourir en voyant quatre soldats à cheval arriver de la rue en face et le rejoindre.

— Devant aussi, murmura Robert en indiquant d'un geste de la tête un toit incliné donnant sur la rue.

Un soldat était allongé dessus, un arc tendu entre les mains. La pointe de la flèche suivait les chevaliers tandis qu'ils avançaient. Soudain, ils entendirent des sabots sur des pierres disjointes : deux soldats de plus émergeaient d'une allée latérale.

— Qu'est-ce qu'ils font ? grogna l'un des Hospitaliers, la main enroulée autour de la garde de son épée.

— Ils nous dirigent comme un troupeau, marmonna un Templier quand quatre Mamelouks apparurent face à eux en leur bloquant le chemin.

Les chevaliers se rapprochèrent les uns des autres. La plupart d'entre eux avaient déjà tiré leur épée, mais les quatre soldats face à eux ne cherchaient pas à les attaquer. Ils se contentaient simplement de les regarder approcher.

— Je pense qu'ils veulent que nous suivions ce chemin, dit Will alors que la compagnie débouchait sur un carrefour.

À gauche, une large avenue parsemée de gravats s'étirait vers la cathédrale dont les arcades à demi écroulées prenaient une teinte rouge sous la lumière déclinante du soleil posé sur la ligne d'horizon. À l'intérieur de la cathédrale, ou plutôt du squelette qui en restait, les Mamelouks avaient dressé leur camp. Will discernait des chevaux, des chariots et beaucoup d'hommes, une centaine ou peut-être plus, qui s'agitaient au milieu des panaches de fumée produits par les torches.

— Avançons, dit-il calmement aux autres en dirigeant son cheval dans l'avenue déserte.

Les Mamelouks les suivaient toujours.

Will s'était senti tendu et inquiet quand Everard lui avait annoncé qu'il serait le chef de la troupe, et ce sentiment avait perduré jusqu'à ce qu'ils quittent la sécurité des murs d'Acre. Soudain, en pénétrant sur les terres ennemies, sa nervosité s'était dissipée et il avait retrouvé la maîtrise de ses nerfs. Il avait apprécié de prendre la route, d'avancer vers quelque chose d'aussi important. En outre, il avait eu le temps de penser à Elwen, et les réflexions personnelles, les rêveries langoureuses qu'il s'était accordé l'avaient empêché de ruminer sur leur destination. Maintenant, dans le calme oppressant de cette ville morte, avec les cris perçants des oiseaux et le silence des soldats derrière eux, il sentait une terreur de plus en plus palpable s'abattre de tous côtés sur leur groupe.

Il pensa au sort de son père, que ces hommes avaient eu entre leurs mains, et aux craintes d'Everard qu'il avait apaisées avec tant d'assurance. Il pensa aussi à Elwen. Son visage occupait toutes ses pensées et il prit la décision de survivre, quoi qu'il arrive cette nuit. Cependant, à mesure que la distance entre la compagnie et la petite armée mamelouke dans la cathédrale se réduisait, son esprit lui répétait que seul un idiot pouvait prêter un tel serment.

Lorsque les chevaliers approchèrent de la cathédrale, un groupe de sept Mamelouks vint au galop à leur rencontre. À leur tête se trouvait un grand officier vêtu des robes et de l'armure d'un homme de rang. Les Mamelouks s'arrêtèrent à quelque distance et l'officier mit pied à terre. La troupe de Will fit halte à son tour et il s'approcha d'eux en marchant.

— Nous sommes pris au piège, dit l'un des Templiers en se retournant pour regarder la ligne de Mamelouks qui leur coupait toute retraite à une quinzaine ou une vingtaine de mètres à l'arrière.

Will descendit de cheval et ouvrit la sacoche.

— *As salam alaykoum*[1], lança Will à l'homme qui lui faisait face, en espérant que ses années passées à traduire des traités arabes rendaient son vocabulaire compréhensible. Mon nom est William Campbell, je suis venu rencontrer le sultan Baybars de la part du prince Édouard d'Angleterre et du gouvernement d'Acre.

L'homme sourit en entendant l'étrange accent de Will, mais son amusement semblait bienveillant plutôt que moqueur.

— *Wa alaykoum salam*[2], William Campbell, répondit-il en parlant lentement pour que Will le comprenne. Je suis l'émir Kalawun. Avez-vous le traité ?

Voyant que Will ne comprenait pas, il répéta une deuxième fois.

— Je l'ai, finit par répondre Will en l'observant avec attention.

— Venez avec moi. Vos hommes peuvent rester ici.

— Que dit-il ? demanda l'un des gardes d'Édouard.

Will leur répéta les propos de Kalawun.

— Non, fit Robert en secouant énergiquement la tête. Dis-lui que c'est inacceptable. Nous devons venir avec toi.

Will ne détournait pas les yeux de Kalawun. Bien que doté d'un physique impressionnant, le commandant mamelouk respirait la modération et une intelligence subtile émanait de ses yeux bruns. Un diplomate dans le corps d'un guerrier, pensa Will. Le mélange lui parut intéressant.

— Tout va bien, dit-il aux hommes. J'irai seul. Je ne crois pas que nous ayons le choix.

1. Que la paix soit avec toi.
2. Avec toi également.

Will s'avança et Kalawun leva la main.

— Vous devez déposer votre épée.

Will hésita, puis il dénoua sa ceinture et posa le fauchon dans la poussière.

— Avancez vers moi, ordonna Kalawun d'une voix calme. Levez les bras.

Il passa les mains le long des côtes et des hanches de Will, à la recherche d'une arme cachée.

— Vous avez connu mon père, dit Will tandis que Kalawun fouillait une de ses manches. James Campbell. Everard de Troyes m'a parlé de vous.

Kalawun s'arrêta, les mains fermées autour du poignet de Will. Il jeta un regard aux Bahrites derrière lui, mais ils étaient trop loin pour entendre.

— Je ne peux pas prétendre l'avoir vraiment connu, dit-il en inspectant l'autre manche. Nous ne nous sommes jamais rencontrés. Ç'aurait été trop dangereux pour moi. Mais j'ai l'impression de savoir quel genre d'homme il était.

— Je continue le travail de mon père, dit Will dans un souffle.

— Alors peut-être nous reverrons-nous, William Campbell.

Il allait se retourner mais il s'interrompit.

— Soyez prudent, murmura-t-il. Le sultan Baybars ne porte pas votre peuple dans son cœur, en particulier votre Ordre, et il se tient sur ses gardes à cause d'une récente tentative de meurtre des Assassins. Un attentat dont il tient les Francs pour responsables. Ne faites aucun geste brusque et ne parlez que s'il vous adresse la parole. Ses gardes ont ordre de vous tuer s'ils vous soupçonnent de quoi que ce soit.

Will eut l'impression de sentir ses tripes bouillonner étrangement tandis qu'il marchait avec Kalawun le long de l'avenue. Ils entrèrent dans le camp éclairé par des torches, passant des nuées et des nuées d'hommes et de bannières arborant des croissants de lune et des étoiles. La croix rouge flamboyante de son manteau semblait commander à tous les yeux de se tourner vers lui, le démarquant horriblement au sein de cette foule hostile.

À l'intérieur de la cathédrale, dans ce qui avait été le chœur et dont il ne restait plus maintenant qu'un parterre de pierres éclatées, était installé le trône aux bras ornés de deux lions d'or. Les marches qui y menaient étaient à moitié effondrées et les deux murs latéraux étaient traversés par de gigantesques fissures à travers lesquelles Will aperçut la mer. Sur le trône, resplendissant dans ses robes brodées et son armure scintillante, droit et fier, était assis Baybars Bundukdari, l'Arbalète, sultan d'Égypte et de Syrie, l'assassin de son père.

En grimpant les marches avec Kalawun, Will entendit une sorte de couinement. Il vit alors un homme tatoué, vêtu de robes grises, blotti contre les marches sur le côté du chœur. L'homme dardait sur lui des yeux blancs luisants et lui montrait ses dents en une grimace effrayante. Derrière lui se trouvaient cinq guerriers bahrites pointant autant d'arbalètes dans sa direction.

— Vous pouvez avancer vers le sultan, dit Kalawun à côté de lui en le poussant légèrement dans le dos.

Will s'exécuta avec précaution, les yeux respectueusement baissés. Son cœur battait à tout rompre dans sa poitrine. Quand il atteignit la marche du haut, il s'inclina avant de lever la tête.

Croiser les yeux bleus de Baybars, lesquels avaient un éclat particulier en raison d'une petite pointe blanche, lui causa un choc. En même temps qu'il fixait ces yeux, une voix scandait dans son esprit : *cet homme a tué ton père, et tu as essayé de le tuer.* Il lui sembla entendre si distinctement les mots que pendant une terrible seconde, il crut les avoir prononcés à voix haute.

Il n'était qu'à quelques mètres de l'homme qui avait ordonné la mort de son père, de l'homme que les Assassins n'avaient pas été capables de tuer. Will imagina qu'il se jetait sur lui et le prenait à la gorge. Il s'imagina serrer les mains et presser de toutes ses forces. Il savait qu'il serait mort avant même d'avoir touché le sultan, criblé de carreaux d'arbalètes. Mais ce n'était pas ce qui l'arrêtait. Tout cela le dégoûtait. Tout ce dont il avait rêvé avec tant de ferveur et de constance un an plus tôt semblait maintenant inepte, et même insignifiant. Le besoin de revanche était inéluctablement mort en lui. Comprendre cela le surprit.

Tout cela tourbillonna en Will en l'espace de quelques secondes, car déjà il s'avançait en présentant au sultan le traité de paix. Mais Baybars ne bougea pas. Will hésita, puis retira lentement son bras.

Au bout d'un long moment, au cours duquel il scruta Will de fond en comble, Baybars s'adressa finalement à lui. Dans sa bouche, les intonations de la langue arabe parurent à Will agréablement profondes.

— Quel est ton nom, chrétien ?

— William Campbell.

Le temps s'étira, rempli seulement par le flux et le reflux de la mer, avant que Baybars ne reprenne la parole.

— Tu as un traité pour moi, William Campbell ?

Will tendit de nouveau le parchemin, conscient que tous les hommes présents dans la cathédrale avaient les yeux braqués sur lui. Quand Baybars se saisit du rouleau, leurs doigts se frôlèrent brièvement. Le sultan déroula le document et l'étudia attentivement, puis il fit signe à l'un des hommes qui se tenait non loin de là, vêtu d'une robe en soie verte et d'un turban orné de bijoux. Will supposa qu'il s'agissait d'un conseiller. L'homme s'approcha, prit le rouleau, le lut et le redonna à Baybars en hochant la tête. Un autre s'avança avec un plateau sur lequel se trouvaient une petite fiole et une plume. Le sultan signa le document et le tendit à Will.

Voilà qu'il était enfin signé, ce traité de paix qui durerait dix ans, dix mois, dix jours et dix heures, garantissant aux Francs la possession des terres qu'ils détenaient encore et l'usage des chemins de pèlerinage vers Nazareth.

Chacun sembla se détendre quand Baybars se rassit au fond de son trône.

Une voix s'éleva derrière Will.

— Venez, dit Kalawun, qui avait gravi les marches. Je vais vous escorter jusqu'à vos hommes.

Au lieu de bouger, Will resta là un moment à fixer le sultan. Les arbalétriers se contractèrent. Will sentit la main de Kalawun se poser sur son épaule.

Baybars fronça les sourcils et se pencha légèrement en avant, ses yeux scrutant Will d'un air suspicieux. Celui-ci prit rapidement la parole.

— Sultan, j'aimerais que vous m'accordiez la permission de voyager sans encombre jusqu'à la forteresse de Safed. Mon père y est mort au cours du siège, j'aimerais l'enterrer et lui rendre hommage. Je sais que je n'ai pas le droit de vous demander cela et que rien ne vous oblige à m'y autoriser, mais...

Il hésita, la confiance le fuyant et sa langue butant sur les consonances étrangères.

— Mais je me dois de vous le demander, termina-t-il.

Du coin de l'œil, il remarqua les gardes et les conseillers qui échangeaient des regards de surprise, d'amusement ou de dédain. Derrière lui, Kalawun semblait s'être raidi. Baybars l'étudia avec un intérêt renouvelé pendant quelques instants, puis il hocha la tête.

— J'accède à votre requête, répondit-il. Mais vous irez sans vos hommes, ce sont les miens qui vous accompagneront.

Sans quitter Will des yeux, il désigna deux arbalétriers. Ceux-ci baissèrent leurs armes et s'avancèrent.

— Emmenez-le à Safed, ordonna-t-il. Puis escortez-le jusqu'en Acre.

— Je vous remercie, murmura Will.

— Nous en avons fini, conclut Baybars en se redressant sur son trône et en posant les mains sur les têtes de lion. Partez, maintenant.

Will s'inclina et quitta la cathédrale. À mesure que la

tension redescendait, tout son corps tremblait comme une feuille. Dehors, la nuit était tombée et une lune argentée veillait sur la ville.

— C'était absurde de faire une chose pareille, lui dit Kalawun alors qu'ils s'approchaient de la compagnie franque, les deux Bahrites que Baybars avait choisis pour l'escorter à leur suite.

— Il fallait que je le fasse, répondit Will en s'arrêtant pour récupérer son fauchon dans la rue, à l'endroit où il l'avait déposé.

— Je comprends.

Kalawun s'inclina devant lui.

— Que la paix soit avec vous, William Campbell.

— Et avec vous.

Kalawun repartit en sens inverse.

— L'a-t-il signé ?

Will se retourna. Robert arrivait près de lui.

— Oui. Je te confie le traité, assure-toi de le ramener en Acre.

— Pourquoi ? demanda Robert d'un air inquiet. Où vas-tu ?

Will sourit en lui tendant le rouleau.

— Offrir le repos à un fantôme.

NOTE DE L'AUTEUR

Quand j'ai formé le projet de ce roman, il y a cinq ans, je savais que je voulais raconter l'histoire des croisades des deux points de vue, ceux de l'Occident et de l'Orient. Au-delà des mythes persistants liés aux Templiers, la réalité vécue par ces hommes me fascinait, de même que l'extraordinaire ascension du guerrier mamelouk Baybars, qui demeure aujourd'hui encore, au Moyen-Orient, un héros.

Durant l'écriture de ce roman, j'ai essayé de rester aussi fidèle que possible aux événements, aux personnages et aux détails de cette période, sans sacrifier pour autant le rythme ou l'intrigue, si bien qu'au final le roman est le produit de ces deux contraintes. Par moments, il est enraciné dans les faits historiques, à d'autres il est le pur résultat de l'imagination, et il lui arrive de mélanger les deux. Les événements d'Ayn Djalut, Safed ou Antioche, par exemple, se sont probablement déroulés à peu de choses près tels que je les décris. L'Anima Templi est une invention, bien que *Le Livre du Graal* d'Everard m'ait été vaguement inspiré par une romance autour du Graal datant du XIIIᵉ siècle, le *Perlesvaus*, une œuvre anonyme remplie d'une imagerie peu orthodoxe, dont certains pensent qu'il aurait été écrit par un Templier. De la même façon, l'attaque contre la compagnie de Templiers à Honfleur est fictive, mais le roi Henri III a bien été obligé de donner les joyaux de la couronne d'Angleterre en gage à l'Ordre en raison de dettes qu'il ne pouvait pas honorer.

Pour les détails historiques, j'ai puisé dans une centaine de sources, la plupart purement factuelles, d'autres légèrement plus fantastiques, souvent contradictoires mais toujours éclairantes. Les livres sur lesquels je me suis le plus appuyée méritent néanmoins d'être cités car ils se sont révélés inestimables et méritent sans hésitation d'être lus par tous ceux qui souhaitent en apprendre davantage sur cette période incroyable dont je n'ai fait qu'effleurer la surface. Ces travaux sont la stupéfiante *Histoire des croisades* de Steven Runciman (Tallandier) ; *The Templars*, de Piers Paul Read (Weidenfeld & Nicolson) ; *The Knights Templar : A New History*, de Helen Nicholson (Sutton Publishing) ; *The Wars of Crusades*, de Terence Wise (Osprey Publishing Ltd) ; *The Cross and the Crescent : A History of the Crusades*, de Malcolm Billings (BBC Publications) ; *Le Procès des Templiers*, Malcolm Barber (Tallandier) et *History of Medieval Life : A Guide to Life from 1000 to 1500 AD*, David Nicolle (Chancellor Press).

Je suis heureuse d'avoir obtenu l'autorisation de reproduire deux lignes de *La Chanson de Roland*. Je suis également redevable à l'historien Malcolm Barber, auteur du *Procès des Templiers*, à qui j'ai emprunté deux citations de Bernard de Clairvaux, et qui propose dans son livre la retranscription d'un témoignage direct d'une initiation du Temple, témoignage qui m'a été d'une grande utilité quand il s'est agi de réaliser ma propre peinture de cette scène de vie relative à l'Ordre.

GLOSSAIRE

ACRE : ville de la côte palestinienne, également appelée Saint-Jean-d'Acre. Conquise par les Arabes en 640 après J.-C., elle fut prise par les croisés au début du XIIᵉ siècle et devint l'un des principaux ports du royaume latin de Jérusalem. Acre était dirigé par un roi, mais à partir de la moitié du XIIIᵉ siècle, la noblesse franque locale lui disputa l'autorité. Par la suite, la ville, avec ses vingt-sept quartiers séparés, fut essentiellement gouvernée par une oligarchie.

ASSASSINS : secte extrémiste fondée en Perse au XIᵉ siècle. Les Assassins faisaient partie de la branche ismaélienne des musulmans chiites. Au fil des ans, ils essaimèrent dans divers pays, dont la Syrie. Là, sous l'impulsion de leur célèbre chef Sinan, le « Vieux de la Montagne », ils instaurèrent un pays indépendant dont ils gardèrent le contrôle jusqu'à ce que Baybars les incorpore dans les territoires mamelouks.

AYYOUBIDES : dynastie de dirigeants d'Égypte et de Syrie aux XIIᵉ et XIIIᵉ siècles, responsable de la création de l'armée mamelouke (esclave). Saladin était de cette lignée. Durant son règne, les Ayyoubides atteignirent leur apogée. Le dernier Ayyoubide fut Turan

Chah, tué par Baybars sur ordre du commandant mamelouk Aibek, ce qui mit fin à la dynastie ayyoubide et initia le règne des Mamelouks.

BERNARD DE CLAIRVAUX (SAINT) (1090-1153) : abbé et fondateur de l'abbaye cistercienne de Clairvaux, en France. Soutien des Templiers dès leurs débuts, Bernard aida à la rédaction de la Règle et fit reconnaître officiellement le Temple par l'Église au concile de Troyes, en 1128.

CALIFE : titre donné aux dirigeants civils et religieux de la communauté musulmane, considérés comme les successeurs de Mahomet. Le califat fut aboli en 1924 par les Turcs.

CHEVALIERS DE SAINT-JEAN : ordre fondé à la fin du XIe siècle, qui doit son nom à l'Hôpital Saint-Jean-Baptiste de Jérusalem. Également connu sous le nom d'ordre Hospitalier, sa vocation initiale était de soigner les pèlerins chrétiens. Mais après la première croisade, les objectifs des Hospitaliers changèrent du tout au tout. Ils conservèrent leurs hôpitaux, mais leur principale préoccupation fut la construction et la défense de châteaux en Terre sainte, le recrutement de chevaliers et l'acquisition de terres et de propriétés. Ils jouirent d'une puissance et d'un statut similaires à ceux des Templiers, et les deux ordres furent souvent rivaux. À la fin des croisades, les chevaliers de Saint-Jean établirent leur quartier général à Rhodes, puis à Malte, où ils prirent le nom de chevaliers de Malte.

CHEVALIERS DU TEMPLE : ordre de chevaliers formé au début du XIIe siècle, après la première croisade. Établi par Hugues de Payns, qui avait fait le voyage à Jérusalem avec huit autres chevaliers français, l'Ordre fut baptisé d'après le Temple de Salomon, où il était installé à l'origine. Les Templiers suivaient à la fois la règle religieuse et un code militaire strict. Leur raison d'être initiale était de protéger les pèlerins chrétiens en Terre sainte, mais ils excédèrent néanmoins très largement leur mission première par leur dynamisme économique et militaire au Moyen-Orient comme en Europe. Ils développèrent l'une des organisations les plus florissantes et les plus puissantes de leur époque. Il y avait trois catégories différentes de Templiers : les sergents, les chevaliers et les prêtres. Seuls les chevaliers, qui prononçaient les trois vœux de chasteté, de pauvreté et d'obéissance, portaient les habits blancs distinctifs arborant la croix rouge.

CHEVALIERS TEUTONIQUES : ordre militaire de chevaliers semblable à ceux des Templiers et des Hospitaliers, dont l'origine est allemande. Les Teutoniques furent fondés en 1198 et ils furent responsables, en Terre sainte de la défense des terres situées au nord-ouest d'Acre. Vers la seconde moitié du XIIIe siècle, ils conquirent la Prusse où ils se basèrent par la suite.

COMMANDERIE : nom latin pour désigner les domaines administratifs des ordres militaires, qui étaient des sortes de manoirs où se trouvaient également les quartiers des domestiques, des ateliers et une chapelle.

CONFÉRENCE : discussion organisée pour débattre les points d'une discorde et fixer les termes d'un accord ou d'une trêve.

CROISADES : mouvement européen de la période médiévale initié pour des raisons à la fois économiques, religieuses et politiques. La première croisade fut prêchée en 1095 par le pape Urbain II à Clermont, en France. L'appel à la croisade fut lancé pour aider l'empereur byzantin à défendre ses terres envahies par les Seldjoukides turcs, qui avaient pris Jérusalem en 1071.

Les Églises romaine et grecque orthodoxe étant divisées depuis 1054, Urbain vit là une opportunité de réunifier les deux Églises et, ce faisant, d'augmenter l'emprise du catholicisme en Orient. L'objectif d'Urbain ne fut atteint que brièvement, et de manière imparfaite, avec la quatrième croisade en 1204. En deux siècles, plus de onze croisades pour la Terre sainte furent lancées depuis les rivages d'Europe.

DOMINICAINS : Ordre dont la règle était basée sur la doctrine de saint Augustin. Fondé en France en 1215 par Dominique de Guzman, qui promulguait un catholicisme austère et évangélique, ce nouvel Ordre aida l'Église à éradiquer l'hérésie cathare. En France, ils étaient connus sous le nom de Jacobins. Les dominicains, qui continuèrent à croître rapidement après la mort de Guzman, négligeaient le luxe dont certains s'accommodaient dans la prêtrise, et bénéficiaient d'une grande instruction. En 1233, le pape les choisit pour éliminer les hérétiques et les désigna comme inquisiteurs officiels. Dès 1252, les inquisiteurs avaient l'autorisation de torturer pour obtenir des aveux et nombre de dominicains devinrent des membres zélés de cette nouvelle institution qui deviendrait célèbre sous le nom d'Inquisition.

ÉMIR : titre arabe pour commandant, également utilisé pour certains dirigeants.

ENGINS DE SIÈGE : toute machine utilisée pour attaquer les fortifications durant les sièges.

FEU GRÉGEOIS : inventé par les Byzantins au VIIe siècle, le feu grégeois était un mélange de poix, de soufre et de naphte utilisé lors des combats pour mettre le feu aux navires et aux fortifications, car il avait l'avantage de brûler même sur l'eau

FRANCS : au Moyen-Orient, le terme Franc fait référence aux chrétiens d'Occident. En Occident, c'était le nom du peuple germanique qui conquit la Gaule au VIᵉ siècle et donna son nom à la France.

GRAND MAÎTRE : chef d'un ordre militaire. Le grand maître des Templiers était élu à vie par un conseil d'officiers du Temple. Jusqu'à la fin des croisades, il fut basé aux quartiers généraux de l'Ordre en Palestine.

HUISSIER : bateau utilisé pour le transport des chevaux, qui comportait en général deux ponts, l'un pouvant embarquer une centaine de chevaux, l'autre étant utilisé pour les engins de siège et les chariots.

JIHAD : signifiant littéralement « effort », le Jihad peut être interprété de deux manières différentes. Sur le plan politique, il signifie la guerre sainte pour défendre l'Islam. Sur le plan spirituel, il implique la lutte interne de chaque musulman contre les tentations terrestres.

LÉONARDIE : maladie inconnue dont les symptômes étaient semblables au scorbut, en particulier la léthargie, la peau qui pèle et la perte de cheveux. Richard Cœur de Lion en aurait souffert.

MADRASA : école religieuse dédiée à l'étude de l'Islam.

MAMELOUKS : terme arabe signifiant « esclave », il fut donné aux gardes royaux, principalement d'origine turque, achetés et éduqués par les sultans ayyoubides d'Égypte qui en firent une armée de fervents guerriers musulmans. Connus à leur époque comme les « Templiers de l'Islam », les Mamelouks arrivèrent au pouvoir en assassinant le sultan Turan Chah, neveu de Saladin, et en prenant le contrôle de l'Égypte. Sous Baybars, l'empire mamelouk s'étendit pour englober l'Égypte et la Syrie, et ils furent les principaux artisans du départ des Francs du Moyen-Orient. Après la fin des croisades en 1291, le règne mamelouk continua jusqu'à ce que les Turcs ottomans les renversent en 1517.

MARÉCHAL : troisième personnage dans la hiérarchie du Temple, il est le chef militaire de l'Ordre, et en prend la tête au moment des batailles.

MONGOLS : peuple tribal et nomade qui vivait à l'est, dans les steppes d'Asie, jusqu'à la fin du XIIe siècle où Gengis Khan les unifia. Il établit sa capitale à Karakorum et son empire s'étendit de la Chine à la mer Caspienne et de la Russie à la Perse. La première grande défaite infligée aux Mongols fut l'œuvre de Baybars et Qutuz à Ayn Djalut en 1260. L'Empire mongol connut un déclin progressif au cours du XIVe siècle.

MUSULMANS CHIITES ET SUNNITES : deux branches de l'Islam qui se séparèrent lors du schisme survenu à la mort de Mahomet à propos de son successeur. Les sunnites, qui constituaient la majorité, pensaient que personne ne pouvait réellement succéder à Mahomet et désignèrent un calife pour diriger la communauté musulmane. Les sunnites révèrent les quatre premiers califes nommés après la mort de Mahomet, dont ils suivent la ligne de conduite, la voie (*sunna*), celle que tout musulman doit suivre selon eux. Pour les chiites (*shi'ah*), l'autorité est détenue par l'imam, qu'ils considèrent comme l'héritier du Prophète, descendant de la lignée d'Ali, gendre de Mahomet et quatrième calife, le seul qu'ils révèrent car ils rejettent les trois premiers califes et les traditions de la croyance sunnite.

PALEFROI : cheval léger utilisé pour les courses quotidiennes.

PRENDRE LA CROIX : partir en croisade. Terme dérivé des croix en tissu données à ceux qui prêtaient serment pour devenir des croisés.

QUINTAINE : instrument de précision utilisé pour l'entraînement des chevaliers aux joutes, composé d'un mannequin fixé sur un pieu. Les chevaliers devaient frapper l'écu avec leur lance, ou bien lancer un anneau attaché au bout d'une corde sur le bout de la lance du mannequin.

ROYAUME DE JÉRUSALEM : le royaume latin de Jérusalem fut fondé en 1099, à la suite de la prise de Jérusalem par les premiers croisés. Son premier souverain fut Godefroy de Bouillon, comte franc. Jérusalem devint la capitale des croisés, mais ils la perdirent et la reconquirent à plusieurs reprises en deux siècles, jusqu'à ce que les musulmans s'en emparent définitivement en 1244, après quoi Acre acquit le statut de capitale. Trois autres États furent constitués par les envahisseurs occidentaux durant les premières croisades : la principauté d'Antioche et les comtés d'Édesse et de Tripoli. Édesse fut perdu en 1144, prise par le chef seldjoukide Zengi. Baybars conquit la principauté d'Antioche en 1268. Tripoli tomba en 1289 et Acre, la dernière ville d'importance détenue par les croisés, en 1291, sonnant la fin du royaume de Jérusalem et de l'influence occidentale au Moyen-Orient.

RÈGLE (LA) : la Règle du Temple a été écrite en 1129 avec l'aide de saint Bernard de Clairvaux au Concile de Troyes, où le Temple fut formellement reconnu. C'était un règlement à la fois religieux et militaire qui définissait la manière dont les membres de l'Ordre devaient se conduire dans toutes les situations. La Règle fut augmentée de divers ajouts au fil des ans : au XIIIe siècle, elle comptait plus de six cents clauses, dont toutes n'avaient pas la même importance, mais auxquelles les Templiers devaient se plier sous peine de sanctions allant jusqu'à l'expulsion.

RÉPUBLIQUES MARITIMES : villes-États marchandes d'Italie : Venise, Gênes, Pise.

RICHARD CŒUR DE LION (1157-1199) : fils de Henri II et d'Aliénor d'Aquitaine, Richard fut roi d'Angleterre en 1189 jusqu'à sa mort en 1199, mais il passa peu de temps dans son royaume. Avec Frédéric Barberousse et Philippe Auguste, il conduisit la troisième croisade destinée à reprendre Jérusalem à Saladin.

ROMAN DU GRAAL : cycle populaire de romans en vogue aux XIIᵉ et XIIIᵉ siècles, dont le premier fut *Joseph d'Arimathie*, écrit par Robert de Borron à la fin du XIIᵉ siècle. À partir de cette époque, le Graal, dont on pense que le concept trouve son origine dans la mythologie pré-chrétienne, fut christianisé et introduit dans la légende arthurienne. Le poète français Chrétien de Troyes, qui influencera par la suite des écrivains tels que Malory et Tennyson, le rendit célèbre au XIIᵉ siècle. Au siècle suivant, on vit se multiplier les œuvres évoquant le thème du Graal, dont le *Parzival* de Wolfram von Eschenbach qui inspirera à Wagner son opéra. Les romans étaient composés en vers dans une langue vernaculaire et combinaient des thèmes à la fois historiques, mythiques et religieux.

SALADIN (1138-1193) : d'origine kurde, il devint sultan d'Égypte et de Syrie en 1173, en sortant victorieux de plusieurs luttes de pouvoir. Saladin mena son armée contre les Francs aux Cornes de Hattin et leur infligea une lourde défaite. Il reconquit une grande partie du royaume de Jérusalem créé par les chrétiens au cours de la première croisade. Ces derniers ripostèrent en lançant une troisième croisade, au cours de laquelle il s'opposa à Richard Cœur de Lion. Saladin était un héros pour tous les musulmans, mais il provoquait aussi la crainte et l'admiration des croisés pour son courage et sa vaillance.

SARRASINS : au Moyen Âge, terme utilisé par les Européens pour désigner l'ensemble des Arabes et des musulmans.

SÉNÉCHAL : dans la hiérarchie du Temple, poste juste en dessous de celui du grand maître. Il avait tout pouvoir pour régir l'Ordre en l'absence du grand maître.

SURCOT : vêtement long et sans manches en soie ou en lin, porté en général par-dessus une cotte de mailles ou une armure.

VÉLIN : parchemin utilisé pour écrire, le plus souvent fabriqué en peau de veau.

VISITEUR : poste créé au sein de la hiérarchie du Temple au cours du XIIIᵉ siècle. Après le grand maître, le visiteur commandait toutes les possessions du Temple en Occident.

Bientôt le deuxième volet de la trilogie
L'Âme du Temple

Après des années de guerre,
la Terre sainte connaît enfin la paix.
Baybars se retire au Caire et le Prince Édouard
rentre en Angleterre ourdir ses plans.

Mais, dans les deux camps,
des hommes de l'ombre
intriguent et complotent...

... pour une cause, pour la vengeance,
pour le pouvoir, pour le profit.

Pour la guerre.

En librairie le 13 novembre 2008

Achevé d'imprimer sur les presses de

BUSSIÈRE

GROUPE CPI

à Saint-Amand-Montrond (Cher)
en février 2008

FLEUVE NOIR
12, avenue d'Italie
75627 Paris Cedex 13

— N° d'imp. : 080710/4. —
Dépôt légal : mars 2008.

Imprimé en France